ein Ullstein

ÜBER DAS BUCH:

Bernard Samson, dem ebenso eigenwilligen wie unbequemen Top-Mann des britischen Geheimdienstes, ist es gelungen, den KGB-Major Stinnes zum Seitenwechsel zu bewegen. Doch Samson gibt sich nicht der Illusion hin, daß damit das Mißtrauen ein Ende hat, mit dem ihm seine Vorgesetzten begegnen, seit seine Frau Fiona zu den Russen übergelaufen ist. Stinnes' Vernehmungen lassen nur den Schluß zu, daß ein weiterer »Maulwurf« in der Londoner Geheimdienstzentrale sitzt. Ein raffiniert eingefädelter Schachzug Fionas und des KGB? Um Fiona endgültig mattzusetzen, muß Samson Kopf und Kragen riskieren ...
London Match beschließt die mit *Brahms Vier* (UB 20702) begonnene und mit *Mexico Poker* (UB 20819) fortgeführte Thriller-Trilogie von Len Deighton, die von Granada Television (Manchester) für eine dreizehnteilige Fernsehserie verfilmt wurde.

DER AUTOR:

Len (Leonard Cyril) Deighton, am 18. Februar 1929 in London geboren. Sein ursprünglicher Berufswunsch, Buchhändler zu werden, erfüllte sich nicht. Er diente bei der Royal Air Force, besuchte eine Kunstschule, arbeitete als Kellner, Eisenbahnarbeiter, Illustrator, Übersetzer und Journalist. Seit seinem ersten Buch, *The Ipcress File* (1962), hat er als Fiction- und Nonfiction-Autor gleichermaßen internationalen Ruhm erworben. Len Deighton lebt in Irland.

Len Deighton
London Match

Roman

ein Ullstein Buch

ein Ullstein Buch
Nr. 20845
im Verlag Ullstein GmbH,
Frankfurt/M – Berlin
Titel der englischen Originalausgabe:
London Match

Übersetzt von Peter Hahlbrock

Ungekürzte Ausgabe

Umschlagentwurf:
Hansbernd Lindemann
Illustration: Hargrave Hands

Printed in Germany 1988
Druck und Verarbeitung:
Ebner Ulm
ISBN 3 548 20845 2

Mai 1988
21.–26. Tsd.

Vom selben Autor
in der Reihe der
Ullstein Bücher:

Bomber (20577)
Nahaufnahme (20660)
Brahms Vier (20702)
Mexico Poker (20819)

CIP-Titelaufnahme
der Deutschen Bibliothek

Deighton, Len:
London Match: Roman / Len Deighton.
[Übers. von Peter Hahlbrock]. –
Ungekürzte Ausg., 21.–26. Tsd. –
Frankfurt/M; Berlin: Ullstein, 1988
(Ullstein-Buch; Nr. 20845)
Einheitssacht.: London match <dt.>
ISBN 3-548-20845-2
NE: GT

I.

»Kopf hoch, Werner. Bald ist Weihnachten«, sagte ich.

Ich schüttelte die Flasche und verteilte die letzten Tropfen Whisky auf die beiden weißen Plastikbecher, die auf dem Autoradio standen. Die leere Flasche schob ich unter den Sitz. Der Whisky-Geruch war stark. Anscheinend hatte ich etwas von dem Zeug auf die Heizung oder den warmen Lederüberzug des Radios verschüttet. Ich nahm an, daß Werner es ablehnen würde. Er war kein Trinker und hatte jetzt schon viel zuviel gepichelt, aber Berliner Winternächte sind kalt, und Werner trank den Whisky mit einem Schluck und hustete. Dann zerdrückte er den Plastikbecher mit seinen großen, starken Händen und sortierte die verbogenen und zerbrochenen Stücke, so daß sie alle in den Aschenbecher paßten. Werners Frau Zena war zwanghaft ordnungsliebend, und wir saßen in ihrem Wagen.

»Es kommen immer noch Leute«, sagte Werner, als ein schwarzer Mercedes vorfuhr. Dessen Scheinwerfer provozierten glitzernde Reflexe auf dem Glas und Lack der geparkten Wagen und schimmerten auf der überfrorenen Straße. Der Chauffeur riß eilig den Schlag auf, und acht oder neun Leute stiegen aus. Die Männer trugen dunkle Kaschmirmäntel über ihren Abendanzügen und die Frauen eine ganze Menagerie von Pelzen. Diese Leute waren alle das, was man in Berlin noch heute gelegentlich die ›Hautevolaute‹ nennen hört. In Wannsee, wo Pelze und Kaschmir Alltagskleidung sind, ist ein guter Teil dieser Berliner Hautevolaute zu Hause.

»Worauf wartest du eigentlich noch? Warum platzen wir nicht einfach da rein und verhaften ihn gleich jetzt?« Werner sprach schon eine Spur undeutlich, und er grinste, um mir zu zeigen, daß er sich dessen bewußt war. Obwohl ich Werner kannte, seitdem wir zusammen in die Schule gegangen waren, hatte ich ihn erst selten betrunken gesehen – oder auch nur so beschwipst wie jetzt. Morgen würde er einen Kater haben, morgen würde er mir die Schuld geben und seine Frau Zena desgleichen. Aus diesem und anderen Gründen würde es morgen früh höchste Zeit sein, aus Berlin zu verschwinden.

Das Haus in Wannsee war groß: Ein häßliches Durcheinander von Anbauten, Balkonen, ein Sonnendeck und Penthouse entstellten die alte Villa fast zur Unkenntlichkeit. Sie stand auf einer Anhöhe, so daß man von der rückwärtigen Terrasse aus über den Wald auf das schwarze Wasser des Sees blicken konnte. Jetzt lag die Terrasse verlassen, die Gartenmöbel waren aufeinandergestapelt, die Sonnenschirme fest aufgerollt. Aber das Haus war hell erleuchtet, und Girlanden mit Hunderten von kleinen, weißen Glühbirnen schmückten die kahlen Bäume des Vorgartens wie elektrisch blühende Schlinggewächse.

»Der BfV-Mann versteht sein Handwerk«, sagte ich. »Er wird uns Bescheid sagen, wenn der Kontakt hergestellt ist.«

»Die Kontaktperson wird sich hüten, hierher zu kommen. Glaubst du, Moskau weiß nicht, daß wir einen Überläufer in London haben, der uns sein Herz ausschüttet? Die werden ihr Netz längst gewarnt haben.«

»Nicht unbedingt«, entgegnete ich. Ich bestritt diese Behauptung zum hundertsten Mal und zweifelte nicht daran, daß ich bald Gelegenheit haben würde, es abermals zu tun. Werner war vierzig Jahre, nur ein paar Wochen älter als ich, aber er machte sich Sorgen wie ein altes Weib, und das reizte auch mich. »Selbst wenn er nicht käme, gäbe uns das vielleicht eine Chance, ihn zu identifizieren«, sagte ich. »Zwei Kriminalbeamte in Zivil überprüfen jeden, der heute abend hierher kommt, und das Büro hat eine Kopie der Einladungsliste.«

»Die würde uns nur was nützen, wenn die Kontaktperson einer von den geladenen Gästen wäre«, sagte Werner.

»Die Angestellten werden ebenfalls überprüft.«

»Die Kontaktperson wird jemand sein, den hier keiner kennt«,

67 728 Germany

90

Des Gerechten Gebet vermag viel, wenn es ernstlich ist.

Jakobus 5, 16

Kann ein einiges Gebet
einer gläubgen Seelen,
wenn's zum Herzen Gottes geht,
seines Zwecks nicht fehlen:
was wird's tun, wenn sie nun
alle vor ihn treten
und zusammen beten!

sagte Werner. »Er wäre schließlich doch nicht so blöde, uns seine Kontaktperson auf einem silbernen Tablett zu präsentieren.«

»Ich weiß.«

»Wollen wir wieder ins Haus gehen?« schlug ich Werner vor. »Ich kriege Gliederkrämpfe, wenn ich zu lange in diesen kleinen Autos herumsitze.«

Ich öffnete die Tür und stieg aus.

Werner schloß die Tür auf seiner Seite leise. Man gewöhnt sich das an, wenn man jahrelang Observierungen durchgeführt hat. Hier wohnten zwischen Wald und Wasser wohlhabende oder reiche Leute auf eigenem Grund und Boden. In der stillen Nacht hörte man aus dem Osten die Motoren der schweren Lastwagen, die auf der Avus zum Kontrollpunkt Drewitz und weiter durch die Zone nach Westdeutschland (wie wir früher sagten, das heißt, durch die DDR in die BRD) unterwegs waren. »Heute nacht wird's noch Schnee geben«, prophezeite ich.

Werner ließ sich nicht anmerken, daß er mich gehört hatte. »Sieh dir bloß mal diesen ganzen Reichtum an«, sagte er mit großer Gebärde, wobei er auf der vereisten Straße ausrutschte und fast hinfiel. Die große Gebärde hatte der Automobilausstellung gegolten, die hier die Straße auf beiden Seiten säumte, ein glitzerndes, neues, teures Auto hinter dem anderen. Mehrere Mercedes 500 SE mit Autotelefonantennen, Turbo-Porsche, große Ferraris und drei oder vier Rolls-Royce-Limousinen waren da zu bewundern. An den Nummernschildern war abzulesen, daß Berlin, wenn die richtigen Leute zu einer Party einladen, auch den richtigen Leuten eine Reise wert ist: Geschäftsleuten aus Hamburg, Bankiers aus Frankfurt, Filmleuten aus München und hohen Beamten aus Bonn. Einige Wagen hatte man neben den am Bordstein geparkten auf dem Bürgersteig abgestellt. Wir begegneten zwei Polizisten, die an den langen Reihen geparkter Wagen entlanggingen, die Nummernschilder überprüften und den Lack bewunderten. In der Einfahrt standen, mit den Füßen stampfend, um sich die Kälte vom Leibe zu halten, zwei Parkwächter bereit, die Wagen jener Gäste zu parken, die unterprivilegiert genug waren, über keinen eigenen Chauffeur zu verfügen. Werner ging die bergan liegende, vereiste Einfahrt hinauf und streckte, um nicht die Balance zu verlieren, seitlich die Arme aus wie ein Seiltänzer. Indessen glich seine schwankende Gestalt bei diesem Manöver mehr derjenigen eines überfütterten Pinguins.

Aus dem Haus war trotz der gegen die kalte Winternacht fest geschlossenen Doppelfenster das sirupsüße Wirbeln eines von einem zwanzigköpfigen Orchester gespielten Strauß-Walzers schwach vernehmlich. Mir war, als sollte ich in einem zähflüssigen Erdbeer-Milchshake ersaufen.

Ein Diener öffnete uns die Tür, ein anderer nahm uns die Mäntel ab. Einer unserer Leute war direkt am Eingang neben dem Butler postiert. Er verriet mit keiner Miene, daß er uns kannte, als wir die blumengeschmückte Eingangshalle betraten. Angesichts seines Konterfeis in dem goldgerahmten Spiegel, der hier die Wand bedeckte, strich Werner nervös seine seidene Smokingjacke glatt und zupfte an den Enden seiner schwarzen Frackschleife. Werners Abendanzug war das Werk eines der teuersten Schneider Berlins, doch sah an Werners massiver Figur jeder Anzug aus, als sei er nur geliehen.

Am Fuß der großartigen Freitreppe standen zwei ältere Männer, die zu ihren gut geschnittenen Abendanzügen noch Stehkragen trugen und überhaupt dem Neumodischen keine Konzessionen zu machen geneigt schienen. Sie rauchten dicke Zigarren und mußten, um sich zu unterhalten, der Lautstärke des nebenan im Ballsaal aufspielenden Orchesters wegen, die Köpfe verschwörerisch zusammenstecken. Einer der beiden starrte uns an, redete aber weiter, als seien wir unsichtbar für ihn: Wir paßten offensichtlich nicht in diese Gesellschaft. Endlich wandte er den Blick ab. Wahrscheinlich meinte er, wir zwei seien zur Bewachung des Tafelsilbers angeheuert.

Bis 1945 wurde diese Villa von einem Mann bewohnt, der seine Karriere als verhältnismäßig subalterner Beamter des Reichsnährstands der Nazis begonnen hatte. Zufällig war dann aber seiner Abteilung die Aufgabe zugefallen, von Fall zu Fall zu entscheiden, welche Bauern und Landarbeiter für die Wirtschaft so unentbehrlich waren, daß sie zurückzustellen, vorläufig von der Wehrdienstpflicht zu befreien seien. Diese verantwortungsvolle Aufgabe bescherte ihm – wie anderen Bürokraten mit ähnlichen

Aufgaben vor und nach seiner Zeit – eine Fülle von Gelegenheiten, sich zu bereichern, und so lebte er fortan – jedenfalls bis 1945 – auf großem Fuß, wie auch dieses Haus bewies.

Während einiger Jahre nach dem Krieg diente es dann Lastwagenfahrern der US-Army als Unterkunft. Erst kürzlich war es wieder in Privatbesitz gelangt. Die Täfelung der Eingangshalle der vermutlich um die Jahrhundertwende gebauten Villa war seitdem sorgfältig restauriert worden, doch schien der hellgraue Anstrich des Eichenholzes eine vom Geschmack des gegenwärtigen Besitzers diktierte Neuerung zu sein. Ein riesiges Gemälde, einen Soldaten hoch zu Roß darstellend, beherrschte die der Treppe gegenüberliegende Wand, und überall gab es geschmackvolle Arrangements frischer Blumen. Was jedoch das Auge des Besuchers hier vor allem auf sich zog, war der Fußboden aus schwarzem, weißem und rotem Marmor. Dieser war fast unverändert so geblieben, wie der frühere Eigentümer des Hauses ihn hatte legen lassen. Nur ein Kranz von weißem Marmor zeugte davon, wo sich vorher ein großes, goldenes Hakenkreuz befunden hatte.

Werner stieß eine in die Täfelung eingelassene Tür auf, und ich folgte ihm einen schäbigen Korridor entlang, der dem unauffälligen Kommen und Gehen des Personals diente. An seinem Ende befand sich ein Anrichteraum. Auf einem Regal waren saubere Leinentücher gestapelt, ein Dutzend leere Champagnerflaschen standen kopfüber zum Abtropfen im Ausguß, und der Abfalleimer war mit den Resten von Sandwiches, Petersilien-Garnierung und zerbrochenem Glas gefüllt. Ein Kellner in weißer Jacke kam mit einem großen silbernen Tablett voller schmutziger Gläser. Er leerte diese, stellte sie ebenso wie die leeren Flaschen in einen Küchenaufzug, wischte das Tablett mit einem Lappen ab und verschwand wieder, ohne uns eines Blickes gewürdigt zu haben.

»Da ist er, an der Bar«, sagte Werner, die Tür aufhaltend, so daß wir über die belebte Tanzfläche sehen konnten. Um die Tische, wo zwei Köche dutzenderlei verschiedene Sorten von Würstchen und schäumende Krüge starken Biers ausgaben, drängten sich die Gäste. Eben löste sich aus diesem Gedränge der Mann, der festzunehmen war.

»Ich will bloß hoffen, daß wir richtig informiert sind«, sagte ich. Der Mann war kein ordinärer kleiner Beamter. Vielmehr war er der Privatsekretär eines einflußreichen Bundestagsabgeordneten. Ich sagte: »Wenn er sich stur stellt und alles ableugnet, weiß ich nicht, ob wir's schaffen werden, ihm was nachzuweisen.«

Ich sah mir den Verdächtigen genau an und versuchte mir vorzustellen, wie er reagieren würde. Er war ein kleiner Mann mit kurzgeschnittenem Stoppelhaar und einem sorgfältig gestutzten Van-Dyke-Bart. Die Kombination von Haarschnitt und Barttracht kam mir irgendwie typisch deutsch vor. Selbst hier, unter der aufgedonnerten Berliner Hautevolaute oder, gemeinverständlich gesagt, Schickeria, fiel der Mann durch seine Kleidung auf. Sein Jackett hatte breite, mit Seide versehene Revers, desgleichen auch Ärmelaufschläge und Hosennähte. Die Enden der Frackschleife waren unter den Kragen gesteckt, und er trug ein schwarzes Seidentaschentuch in der Brusttasche.

»Er sieht viel jünger aus als zweiunddreißig, findest du nicht?« fragte Werner.

»Auf diese Computer-Ausdrucke ist kein Verlaß, besonders was Staatsbeamte und sogar Bundestagsabgeordnete angeht. Die Daten wurden in den Computer eingegeben, gleich nachdem wir unsere EDV-Anlage kriegten. Und die Schreibkräfte haben damals lange Überstunden gemacht, um sich ein bißchen dazuzuverdienen.«

»Was meinst du?« fragte Werner.

»Ich kann nicht sagen, daß er mir gefällt«, sagte ich.

»Er ist schuldig«, sagte Werner. Er wußte nicht mehr als ich, aber er versuchte, mich zu beruhigen.

»Aber das durch keinerlei Beweise erhärtete Zeugnis eines Überläufers wie Stinnes wird vor einem ordentlichen Gericht nicht sehr ernst genommen werden, selbst wenn London Stinnes gestattet, vor Gericht auszusagen. Wenn sich der Chef dieses Kerls hinter ihn stellt und beide Zetermordio schreien, könnte er uns trotzdem durch die Lappen gehen.«

»Wann nehmen wir ihn hopp, Bernie?«

»Vielleicht taucht seine Kontaktperson noch auf«, sagte ich. Das war eine Ausrede. Ich wollte einfach noch ein bißchen abwarten.

»Das würde doch höchstens ein blutiger Anfänger tun, Bernie. Ich meine, man braucht doch nur einen Blick auf das Haus zu werfen, illuminiert wie ein Weihnachtsbaum, von Bullen bewacht, kein Ellbogenraum – niemand, der auch nur ein bißchen Erfahrung hat, würde riskieren, hier hereinzukommen.«

»Vielleicht rechnen sie nicht mit Schwierigkeiten«, sagte ich optimistisch.

»Moskau weiß, daß Stinnes weg ist, und sie haben reichlich Zeit gehabt, ihre Netze zu warnen. Und wer auch nur ein bißchen Erfahrung hat, riecht die Falle hier, sobald er seinen Wagen draußen parkt.«

»Er hat nichts gerochen«, sagte ich und deutete mit einem Kopfnicken auf unseren Mann mit dem kurzgeschnittenen Haar, der sich, sein Bierglas in der Hand, jetzt mit einem anderen Gast unterhielt.

»Moskau kann einen Nachrichter wie ihn nicht zu einem Schulungskursus schicken«, sagte Werner. »Aber schon deshalb kannst du Gift darauf nehmen, daß seine Kontaktperson von Moskau ausgebildet ist, und das heißt: verdammt vorsichtig sein wird. Du kannst ihn also ebensogut jetzt gleich festnehmen.«

»Wir sagen überhaupt nichts; wir verhaften niemand«, bedeutete ich ihm noch einmal. »Darum kümmert sich der deutsche Verfassungsschutz. Er wird einfach zur Vernehmung festgenommen. Wir halten uns im Hintergrund und warten ab, was passiert.«

»Laß mich das doch machen, Bernie.« Werner Volkmann war geborener Berliner. Ich war als Kind nach Berlin gekommen und hier zur Schule gegangen, mein Deutsch war nicht schlechter als seins, aber weil ich nun einmal Engländer war, war Werner entschlossen, an dem Vorurteil festzuhalten, daß sein Deutsch auf irgendeine magische Weise echter sei als meins. Mir würde es vielleicht genauso gehen, wenn mir ein Deutscher begegnete, der perfekt Englisch mit Londoner Tonfall spräche. Ich ließ ihn deshalb bei seinem Glauben.

»Ich will nicht, daß er merkt, daß irgendein außerdeutscher Dienst in die Sache verwickelt ist. Wenn er spitzkriegt, wer wir sind, wird er wissen, daß Stinnes in London ist.«

»Das wissen sie doch schon, Bernie. Inzwischen müssen sie doch wissen, wo er steckt.«

»Stinnes hat schon Ärger genug, auch ohne daß ein Mordkommando des KGB seine Spur aufnimmt.«

Werner betrachtete die Tänzer und lächelte in sich hinein, wie über einen Witz, den er niemand anderem verraten wollte – dazu neigen manche Leute, wenn sie ein bißchen zuviel getrunken haben. Sein Gesicht war noch immer gebräunt von der Sonne Mexikos, und seine Zähne waren weiß und vollkommen. Er hätte fast als gutaussehender Mann gelten können, trotz seines schlechtsitzenden Smokings. »Es ist wie ein Hollywood-Film«, sagte er.

»Ja, für das Fernsehen wären die Produktionskosten zu hoch.« Der Ballsaal war voller eleganter Paare, deren Kleider sich auch auf einem Ball um die Jahrhundertwende hätten sehen lassen können. Dabei waren die Gäste keineswegs die vertrockneten alten Spießer, die ich auf diesem Fest zum fünfzigsten Geburtstag eines Geschirrspülmaschinenfabrikanten erwartet hatte. Eine Menge elegant gekleideter junger Leute walzten da zu der Musik einer anderen Zeit und einer anderen Stadt: der *Kaiserstadt.*

Das Make-up der Damen und die Frisuren freilich störten die historische Illusion – wie ebenfalls der Revolver, der Werners schönes Seidenjackett über der Brust ausbeulte, ein von seinem teuren Schneider nicht berücksichtigtes Accessoire.

Der Kellner kehrte mit einem weiteren großen Tablett voller Gläser zurück, einige noch nicht geleert. Ein Geruch von Alkohol verbreitete sich plötzlich, als er diese Reste alkoholischer Getränke mit etlichen Kirschen und Oliven in das warme Wasser des Spülbeckens kippte, ehe er die Gläser in den Aufzug stellte. Dann wandte er sich Werner zu und sagte respektvoll: »Die Kontaktperson ist verhaftet worden. Ist zu dem Wagen gegangen, genau wie Sie gesagt haben.« Er wischte das leere Tablett mit einem Tuch ab.

»Was soll das heißen, Werner?« fragte ich.

Der Kellner sah mich an und dann Werner. Als dieser zustimmend nickte, erklärte der dienstbare Geist: »Die Kontaktperson ist zu dem geparkten Wagen des Verdächtigen gegangen ... eine Frau, mindestens vierzig Jahre alt, vielleicht älter. Sie hatte einen

Schlüssel zu dem Wagen. Sie schloß das Handschuhfach auf und entnahm diesem einen Umschlag. Wir haben sie festgenommen, aber den Umschlag noch nicht geöffnet. Mein Vorgesetzter will wissen, ob er die Frau ins Büro bringen lassen oder hierbehalten soll. Wenn Sie wollen, könnten Sie sie gleich hier in unserem Wagen vernehmen.«

Die Musik endete, und die Tänzer applaudierten. Irgendwo am anderen Ende des Ballsaals hörte man eine Männerstimme ein Volkslied intonieren. Dann verstummte der Sänger, durch die Stille eingeschüchtert, und es gab Gelächter.

»Hat sie eine Berliner Adresse angegeben?«

»Kreuzberg. Ein Mietshaus am Landwehrkanal.«

»Sagen Sie Ihrem Vorgesetzten, daß er mit der Frau in deren Wohnung fahren soll. Durchsuchen Sie die Wohnung und halten Sie die Frau dort fest. Rufen Sie hier an und lassen Sie uns wissen, ob sie die richtige Adresse angegeben hat. Wir kommen dann später nach und reden mit ihr«, sagte ich. »Lassen Sie die Frau auf keinen Fall telefonieren. Und sorgen Sie dafür, daß der Umschlag verschlossen bleibt. Wir wissen, was drin ist. Ich brauche es als Beweismaterial, lassen Sie also niemand daran herumfummeln, okay?«

»Jawohl«, bestätigte der Kellner diensteifrig. Dann verschwand er durch den Ballsaal, dessen Tanzfläche sich inzwischen geleert hatte.

»Warum hast du mir nicht gesagt, daß das einer von unseren Leuten ist?« fragte ich Werner.

Werner kicherte. »Du hättest dich mal sehen sollen.«

»Du bist besoffen, Werner«, sagte ich.

»Nicht mal einen Bullen in Zivil kannst du mehr erkennen. Was ist eigentlich los mit dir, Bernie?«

»Ich hätte es wenigstens vermuten sollen. Sie lassen sie immer beim Abräumen helfen. Ein Bulle versteht nicht genug von Speisen und Getränken, um irgend etwas zu servieren.«

»Du meintest doch, es sei nicht der Mühe wert, sein Auto beobachten zu lassen, stimmt's?«

Er fing an, mich zu ärgern. Ich sagte: »Wenn ich soviel Knete hätte wie du, würde ich hier nicht mit einem Haufen von Bullen und Sicherheitsbeamten rumziehen.«

»Was würdest du denn machen?«

»Mit Geld? Wenn die Kinder nicht wären, würde ich mir eine kleine Pension in der Toskana suchen, irgendwo, wo man's nicht allzu weit zum Strand hat.«

»Gib's ruhig zu: Du warst der Meinung, es lohnte sich nicht, das Auto beobachten zu lassen, nicht wahr?«

»Du bist ein Genie.«

»Dein Sarkasmus ist hier völlig fehl am Platz«, sagte Werner. »Jetzt hast du ihn. Ohne mich würdest du jetzt dastehen wie ein begossener Pudel.« Er rülpste dezent und hielt dabei eine Hand vor den Mund.

»Ja, Werner«, sagte ich.

»Gehen wir also und verhaften den Hund ... Als ich sah, wie er die Tür abschloß und sich dann umsah, als wartete da irgendwo jemand auf ihn, hatte ich gleich so'n Gefühl, daß sich's lohnen könnte, das Auto im Auge zu behalten.« Werner hatte von jeher eine Neigung zum Didaktischen. Er hätte Lehrer werden sollen, wie es seine Mutter gewünscht hatte.

»Du bist ein besoffener Blödmann, Werner«, sagte ich.

»Soll ich hingehen und ihn festnehmen?«

»Geh nur, und laß ihn deine Fahne riechen«, sagte ich.

Werner lächelte. Werner hatte bewiesen, daß ihm im Außendienst keiner das Wasser reichen konnte, Werner hatte uns gezeigt, was eine Harke ist. Werner war sehr, sehr glücklich.

Natürlich schrie der Kerl Zetermordio. Er verlangte seinen Rechtsanwalt und wollte mit seinem Chef und irgendeinem Freund, der angeblich der Regierung angehörte, verbunden werden. Ich kannte seinen Typ nur allzu gut. Er behandelte uns, als wären wir dabei geschnappt worden, geheime Dokumente für die Russen zu klauen. Er protestierte noch, als die Beamten, die ihn verhaftet hatten, mit ihm abzogen. Den Beamten imponierten seine Beteuerungen nicht. Sie waren dergleichen gewöhnt, erfahrene Leute aus dem ›Ressort Politik‹ des BfV in Bonn.

Sie brachten ihn in das Spandauer Büro des BfV, ich war aber überzeugt, daß sie in dieser Nacht außer empörten Beschwerden über die Verletzung seiner Bürgerrechte nichts aus ihm herauskriegen würden. Morgen im Laufe des Tages würde er vielleicht ein bißchen nachdenklicher und nervös genug werden, etwas Hörenswertes zu sagen, ehe man ihm einen Haftbefehl zeigen oder auf freien Fuß setzen mußte. Die Entscheidung darüber fiel glücklicherweise nicht in meine Zuständigkeit. Inzwischen beschloß ich festzustellen, ob nicht aus der Frau irgendwas herauszukriegen sei.

Werner lenkte den Wagen. Während der Fahrt nach Kreuzberg sagte er nicht viel. Ich starrte aus dem Fenster. Berlin ist voller Denkmäler der blutigen Geschichte des zwanzigsten Jahrhunderts, und jede Straßenecke erinnerte mich an irgend etwas, von dem ich gelesen oder gehört oder das ich selbst miterlebt hatte. Der Landwehrkanal, zum Beispiel, an dem wir jetzt entlangfuhren. Als 1919 der Versuch der Spartakisten, durch einen bewaffneten Aufstand die Macht in Berlin an sich zu reißen, gescheitert war, wurden die Leichen von Rosa Luxemburg und Karl Liebknecht aus dem Landwehrkanal gefischt. Heute erinnert an der Stelle, wo die beiden kommunistischen Führer von den Offizieren, die sie im Wagen aus dem Eden-Hotel am Zoo abgeholt hatten, abgeknallt und ins Wasser geworfen wurden, eine Bronzetafel die Westberliner Spaziergänger an dieses Ereignis. In Ostberlin hat man Straßen nach den Ermordeten benannt. »Es schwimmt eine Leiche im Landwehrkanal . . .« Das war ein Lied, das einst in Berlin gesungen wurde, allerdings lange vor meiner Zeit, und ich weiß nicht, von welcher Leiche es handelt.

Doch nicht ausschließlich die Geister derer, die er nur als aufgedunsene Leichen wieder hergab, spuken an den Ufern des Landwehrkanals. Im Februar 1920 zog an der Bendlerbrücke ein Polizeiwachtmeister eine junge Frau lebendig aus dem Wasser. Man brachte sie in das Elisabeth-Krankenhaus in der Lützowstraße, wo sie sich später als die einzige Überlebende des Massakers identifizieren ließ, dem die Familie des letzten Zaren aller Reußen zum Opfer gefallen war, die »Großfürstin Anastasia«, die jüngste Tochter des Zaren.

»Hier ist es«, sagte Werner und hielt am Bürgersteig. »Gut, daß da ein Bulle an der Tür steht, da wird wenigstens niemand auf die Idee kommen, das Auto auszuschlachten, während wir oben sind.«

Die Mietskaserne, in der die Verhaftete angeblich wohnte, stand in einer schon seit Jahren überwiegend von Türken bewohnten Gegend Berlins. Das einst prächtige neobarocke Portal des Vorderhauses war vor inzwischen schon mindestens vierzig Jahren von Bombensplittern und Maschinengewehrkugeln lädiert und neuerdings mit Spraydosenparolen beschmiert worden, so daß es jetzt einen ziemlich traurigen Anblick bot. In dem düsteren Hausflur roch es nach Schmutz, Desinfektionsmitteln und scharfen Gewürzen.

Die Wohnung der Verhafteten lag in der vierten und letzten Etage des Vorderhauses. Die Tür war mit zwei Sicherheitsschlössern versehen, im Inneren schien es aber nichts zu geben, das diesen doppelten Schutz verdient hätte. Zwei Männer waren bei unserer Ankunft noch mit der Untersuchung des Korridors beschäftigt. Sie klopften die Wände ab, nahmen Dielenbretter hoch und bohrten Schraubenzieher tief in den Gips mit jenem unerforschlichen Vergnügen, das Männern zuteil wird, die von Amts wegen zu zerstörerischer Tätigkeit ermächtigt sind.

Die Wohnung war ganz typisch für Unterkünfte, die das KGB für seine Genossen bereitstellt. Unter dem Dach: kalt, eng und billig. Vielleicht bevorzugten die Russen diese schäbigen Schlafstätten für ihre Leute, um ihnen das Elend des Proletariats in der kapitalistischen Ökonomie so handgreiflich wie möglich zu demonstrieren. Vielleicht fiel es in Gegenden wie dieser hier auch weniger auf, wenn zu den ungewöhnlichsten Zeiten die verschiedensten Leute kamen und gingen.

Kein Fernsehgerät, kein Radio, keine gepolsterten Stühle oder gar Sessel. Eiserne Bettstelle mit einer alten grauen Decke, vier hölzerne Stühle, ein kleiner Tisch mit Resopalplatte und auf diesem ein angeschnittener Laib Brot, eine Kochplatte, ein verbeulter Teekessel, Büchsenmilch, ein Glas Pulverkaffee und ein paar Zuckerwürfel, deren Verpackung ihrer Herkunft aus einem Hilton-Hotel gedachte. Drei zerlesene deutsche Taschenbücher – eine Übersetzung von Dickens' *David Copperfield,* Schillers *Don Carlos* und eine Sammlung von größtenteils bereits gelösten Kreuzworträtseln. Auf einem der beiden schmalen Betten lag offen ein kleiner Koffer und zeigte seinen Inhalt. Offensichtlich das

Gepäck einer Frau: ein billiges schwarzes Kleid, Nylon-Unterwäsche, Lederschuhe mit flachen Absätzen, ein Apfel und eine Apfelsine sowie eine englische Zeitung – der *Socialist Worker.*

Ein junger Beamter des BfV erwartete mich. Wir begrüßten uns, und er erklärte mir, daß er bisher nur eine kurze vorläufige Befragung der Festgenommenen durchgeführt habe. Zunächst hatte sie sich erboten, eine Erklärung abzugeben, sagte der Beamte, dann aber dieses Anerbieten zurückgezogen. Er hatte nach einer Schreibmaschine geschickt, falls sie sich's noch einmal anders überlegte. Er händigte mir etwas Geld aus – Westmark –, einen Führerschein und einen Paß. Führerschein und Paß waren britisch.

»Ich habe ein kleines Tonbandgerät«, sagte ich zu ihm, ohne meine Stimme zu senken. »Das schriftliche Protokoll werden wir aufsetzen und unterschreiben lassen, nachdem ich mit ihr geredet habe. Sie werden bitte so freundlich sein, die Unterschrift zu bezeugen.«

Die Frau saß in der winzigen Küche. Zwischen den schmutzigen Tassen lagen ein paar Haarklammern auf dem Tisch, die wahrscheinlich nach der Untersuchung des Inhalts ihrer Handtasche, die sie jetzt auf dem Schoß hielt, zurückgeblieben waren.

»Wie ich höre, wollten Sie eine Erklärung abgeben«, sagte ich auf englisch.

»Sind Sie Engländer?« fragte sie. Sie sah mich an und dann Werner. Es schien sie nicht sonderlich zu überraschen, uns beide im Smoking zu sehen, geschniegelt und gebügelt von den Manschettenknöpfen bis hinunter zu den Lackschuhen. Wahrscheinlich hatte sie schon vermutet, daß wir im Haus auf der Lauer gelegen hatten.

»Ja«, sagte ich. Ich bedeutete Werner mit einer Handbewegung, uns allein zu lassen.

»Sind Sie hier verantwortlich?« fragte sie. Sie sprach mit dem übertriebenen Upper-class-Akzent, den sich die Verkäuferinnen in den Boutiques von Knightsbridge zulegen. »Ich will wissen, wessen man mich anklagt. Ich weise Sie darauf hin, daß ich meine Rechte kenne. Bin ich verhaftet?«

Ich nahm das Brotmesser vom Tisch und hielt es ihr vor die

Nase. »Nach dem Gesetz 43 der Alliierten Militärregierung, das in dieser Stadt noch immer gilt, ist der Besitz dieses feststehenden Messers ein Vergehen, für das die Todesstrafe verhängt werden kann.«

»Sie müssen verrückt sein«, sagte sie. »Der Krieg ist fast vierzig Jahre her.«

Ich legte das Messer in eine Schublade und warf diese zu. Der Laut erschreckte sie. Ich rückte einen der Küchenstühle so, daß ich ihr in knapp einem Meter Entfernung gegenübersaß. »Sie sind hier nicht in Deutschland«, erklärte ich ihr. »Sondern in Berlin. Und der Erlaß 511, der 1951 ratifiziert wurde, enthält eine Klausel, derzufolge das Sammeln von Nachrichten als Vergehen zu werten ist, das mit bis zu zehn Jahren Haft bestraft werden kann. Das heißt, daß nicht nur Spionage, nachrichtendienstliche Tätigkeiten im eigentlichen Sinne, sondern jedes Sammeln von Nachrichten in dieser Stadt strafbar ist.«

Ich legte ihren Paß vor mir auf den Tisch und blätterte darin, als sähe ich ihn zum ersten Mal. »Kommen Sie mir also nicht mit Ihren Rechten. Sie haben hier keine«, verkündete ich.

Dann las ich laut: »Carol Elvira Miller, geboren 1930 in London, Beruf Lehrerin.«

Meinen Blick in ihr Gesicht erwiderte sie mit dem ausdruckslosen Starren, das die Kamera für ihr Paßfoto festgehalten hatte. Sie hatte glattes Haar, das sie kurz geschnitten trug. Die Frisur erinnerte an den Pagenkopf, der in den zwanziger Jahren Mode war. Ihre Augen waren blau und klar, ihre Nase spitz, und der schnippische Gesichtsausdruck schien ihr ganz natürlich zu sein. Sie war einmal hübsch gewesen, aber jetzt war sie mager und wirkte – im dunklen Kleid und ohne eine Spur von Make-up im Gesicht – schon fast wie eine verhärmte alte Frau.

»Elvira. Das ist doch ein deutscher Name, nicht wahr?«

Sie ließ keine Angst erkennen. Ihr Gesicht hellte sich vielmehr auf, wie viele Frauen schien sie gern von persönlichen Dingen zu reden. »Der Name ist spanisch. Jedenfalls ist Mozarts Donna Elvira eine Spanierin. Oder nicht?«

Ich nickte. »Und Miller?«

Sie lächelte nervös. Sie hatte nicht direkt Angst, aber dieses Lächeln gab mir zu verstehen, daß sie Wert darauf legte, den Eindruck zu erwecken, sie sei bereit zu tun, was immer in ihren Kräften stehe, die zwischen uns bestehenden Mißverständnisse zu bereinigen. Offensichtlich hatte meine einschüchternde kleine Rede ihre Wirkung nicht verfehlt. »Mein Vater ist Deutscher . . . war Deutscher. Aus Leipzig. Er ist schon lange vor Hitler nach England ausgewandert. Meine Mutter ist Engländerin.« Und nach einer langen Pause setzte sie hinzu: »Aus Newcastle.«

»Verheiratet?«

»Mein Mann ist vor nun schon fast zehn Jahren gestorben. Er hieß Johnson, aber nach seinem Tod habe ich meinen Mädchennamen wieder angenommen.«

»Kinder?«

»Eine verheiratete Tochter.«

»Wo unterrichten Sie?«

»Ich gab Vertretungsstunden in London, aber in der letzten Zeit hat man mich immer seltener beschäftigt. Seit einigen Monaten schon bin ich praktisch arbeitlos.«

»Sie wissen, was in dem Umschlag war, den Sie vorhin dem Handschuhfach des Autos entnommen haben?«

»Ich werde Ihre Zeit nicht mit langen Ausreden vertrödeln. Ich weiß, daß er irgendwelche geheimen Informationen enthielt.« Sie hatte die klare Stimme und den pedantischen Ton, an denen man überall den Pädagogen erkennt.

»Und wußten Sie, für wen diese Informationen bestimmt waren?«

»Ich will eine Erklärung abgeben. Das habe ich schon dem deutschen Beamten gesagt. Ich will nach England zurückgebracht werden und mit jemand von der Britischen Inneren Sicherheit reden. Dann werde ich eine umfassende Erklärung abgeben.«

»Warum?« fragte ich. »Warum sind Sie so wild darauf, nach England zurückzukehren? Sie sind russische Agentin. Das wissen wir beide. Ist es da nicht völlig schnuppe, wo Anklage gegen Sie erhoben wird?«

»Ich war schön blöde«, sagte sie. »Soviel ist mir jetzt klar.«

»Seit wann?« fragte ich. »Seit Ihrer Festnahme, oder kam Ihnen diese Offenbarung schon etwas eher?«

Sie preßte ihre Lippen zusammen, als unterdrückte sie ein Lächeln. »Ein Schock war diese Festnahme schon.« Sie legte die Hände auf den Tisch. Ihre Hände waren weiß, voller Fältchen und kleiner brauner Flecke, wie sie sich auf unserem Handrücken einfinden, wenn wir unsere Jugend hinter uns haben. An den Fingern hatte das Nikotin zahlreicher Zigaretten und die Tinte eines lecken Füllfederhalters unterschiedlich dauerhafte Spuren hinterlassen. »Ich zittere immer noch, wenn ich daran denke, wie ich hier saß und mitansehen mußte, wie diese Sicherheitsbeamten mein Gepäck durchsuchten; da wurde mir nämlich plötzlich klar, wie absolut idiotisch ich war, mich in diese Lage zu bringen. Ich liebe England. Mein Vater hat mich dazu erzogen, England und alles Englische zu lieben.«

Nichtsdestoweniger sprach sie ein Weilchen später wieder deutsch. Sie war keine Deutsche. Aber eine richtige Engländerin ebensowenig. Ich kannte das Gefühl der Wurzellosigkeit, das Menschen wie diese Frau gelegentlich quält, aus eigener Erfahrung. Wer sich an mehr als einem Ort zu Hause fühlen kann, wird das Gefühl nie ganz los, nirgends zu Hause zu sein.

Ich sagte: »War es ein Mann?« Sie sah mich stirnrunzelnd an. Sie hatte erwartet, daß ich ihre Aufrichtigkeit, ihr schuldbewußtes Lächeln mit einem verstehenden Lächeln belohnen würde, vielleicht sogar mit dem Versprechen, daß sich das alles schon wieder in Ordnung bringen ließe. »Ich meine, hat Sie ein Mann dazu verführt, diese Dummheit zu begehen?«

Anscheinend hörte sie einen verächtlichen Unterton heraus, denn sie erwiderte: »Nein. Die habe ich ganz allein mir selbst zuzuschreiben. Ich bin vor fünfzehn Jahren in die Partei eingetreten. Nach dem Tode meines Mannes wollte ich mich irgendwie nützlich machen. Ich habe dann sehr aktiv in der Lehrergewerkschaft mitgearbeitet. Und eines Tages dachte ich, das führt doch alles zu nichts, wenn du nicht bereit bist, aufs Ganze zu gehen.«

»Und was war dann das Ganze, Mrs. Miller?«

»Mein Vater hieß Müller. Ich kann Ihnen das ruhig gleich sagen, denn Sie kriegen's ja ohnehin leicht genug raus. Hugo Müller. Als er in England eingebürgert wurde, hat er seinen Namen anglisiert. Wir sollten alle echte Engländer werden.« Abermals legte sie ihre Hände flach auf den Tisch und betrachtete diese, während sie weiterredete. Es war, als hielte sie ihren Händen vor, Sachen gemacht zu haben, die sie nie so recht habe billigen können.

»Ich mußte Päckchen abholen, Sachen verwahren und so weiter. Später stellte ich meine Wohnung in London als Unterkunft zur Verfügung. Man brachte nur Schlafgäste, meist spätnachts. Russen, Tschechen und so fort. Gewöhnlich konnten sie kein Englisch und Deutsch auch nicht. Manche von ihnen waren Seeleute, der Kleidung nach zu urteilen. Einmal hatte ich einen da, der geistliche Tracht trug, ein Priester zu sein schien. Er sprach nur polnisch, aber irgendwie machte ich mich ihm verständlich. Alle diese Leute schienen mir halb verhungert zu sein, wenn sie bei mir ankamen. Am nächsten Morgen wurden sie dann von irgend jemand abgeholt.«

Sie seufzte und sah dann zu mir auf, fragend, sie hätte gern gewußt, wie ich ihr Geständnis aufnahm. »Ich habe ein Gästezimmer«, fügte sie hinzu, als sei es ihre größte Sorge, den Anschein eines unsoliden Lebenswandels zu korrigieren, den der Bericht von den bei ihr ein und aus gehenden fremden Männern vielleicht hervorgerufen haben mochte.

Dann sagte sie eine Weile gar nichts mehr und betrachtete schweigend ihre Hände.

»Es handelte sich um Flüchtlinge«, sagte ich, um sie zur Fortsetzung ihres Berichts anzuregen.

»Ich weiß nicht, wer diese Leute waren. Später fand ich gewöhnlich einen Briefumschlag mit ein paar Pfund in meinem Briefkasten. Aber ich habe es nicht des Geldes wegen getan.«

»Warum denn sonst?«

»Ich war Marxistin. Ich tat das aus Überzeugung.«

»Und jetzt?«

»Die haben mich für dumm verkauft«, sagte sie. »Haben mich ihre Dreckarbeit machen lassen. Was kümmerte die, was mir passierte, wenn ich geschnappt würde? Was kümmert's die jetzt? Was soll ich nun machen?«

Das klang mehr nach der Klage einer von ihrem Liebhaber verlassenen Frau als nach der Aussage eines geschnappten Agenten.

»Sie sollten sich Ihres Martyriums für den Sozialismus freuen«, sagte ich. »Soweit ich weiß, ist das Usus.«

»Ich werde Ihnen Namen und Adressen geben. Ich werde Ihnen alles sagen, was ich weiß.« Sie beugte sich vor. »Ich will nicht ins Gefängnis. Kommt die ganze Sache in die Zeitungen?«

»Würde Ihnen das was ausmachen?«

»Meine verheiratete Tochter lebt in Kanada. Sie hat einen spanischen Jungen geheiratet, den sie im Urlaub kennenlernte. Die beiden haben die kanadische Staatsbürgerschaft beantragt, aber noch wurde dem Antrag nicht entsprochen. Es wäre schrecklich, wenn diese Sache, für die ich allein verantwortlich bin, meinen Kindern das Leben ruinierte. Sie sind so glücklich zusammen.«

»Und diese Beherbergung Ihrer russischen Freunde – wann hat man aufgehört, Ihnen diese Schlafgäste zu schicken?«

Sie blickte schnell auf, es schien sie zu überraschen, daß ich annahm, man habe aufgehört, ihre Wohnung als Nachtquartier in Anspruch zu nehmen, obwohl sie davon nichts gesagt hatte.

»Die beiden Tätigkeiten sind nicht miteinander vereinbar«, sagte ich. »Als Schlummermutter haben Ihre Freunde Sie nur in Anspruch genommen, bis sie von Ihrer Zuverlässigkeit überzeugt waren.«

Sie nickte. »Vor zwei Jahren«, sagte sie leise. »Schon fast zweieinhalb, wenn ich's recht bedenke.«

»Und dann?«

»Ich wurde für eine Woche nach Berlin geschickt. Sie haben mir die Reise bezahlt. Ich fuhr nach Ostberlin, ich meine, in die DDR, und besuchte dort einen einwöchigen Ausbildungskursus. Die anderen Teilnehmer waren Deutsche, aber wie Sie hören, spreche ich ja ganz gut Deutsch. Mein Vater wollte zwar gute Engländer aus uns machen, aber Deutsch hat er trotzdem immer mit uns gesprochen.«

»War das in Potsdam, dieser Kursus?«

»Ja, in der Nähe von Potsdam, das stimmt.«

»Vergessen Sie nichts Wichtiges, keine Einzelheit, Mrs. Miller«, fragte ich.

»Bestimmt nicht«, versicherte sie nervös. »Also zehn Tage war ich da und ließ mich über Kurzwellenradios, Mikropunkte und solches Zeug belehren. Sie wissen schon, was ich meine.«

»Ja, ich weiß, was Sie meinen. Sie besuchten eine Schule für Spione.«

»Ja«, flüsterte sie.

»Sie werden mir doch nun hoffentlich nicht weismachen wollen, daß Sie von diesem Studienaufenthalt zurückkamen, ohne zu wissen, daß Sie in Zukunft als sowjetischer Spion dienen sollten, Mrs. Miller?«

Sie blickte auf und sah mir in die Augen. »Nein. Wie ich Ihnen schon sagte, war ich überzeugte Marxistin. Ich war nur allzu bereit, für die UdSSR zu spionieren. Ich glaubte schließlich zu wissen, daß ich damit der Sache der unterdrückten und hungrigen Massen überall auf der Welt dienen würde. Ich meine, irgendwie bin ich wohl sogar jetzt noch Marxistin-Leninistin.«

»Sie sind anscheinend unheilbar romantisch«, sagte ich.

»Es war falsch zu tun, was ich getan habe. Das sehe ich jetzt natürlich ein. England ist gut zu mir gewesen. Aber die halbe Welt verhungert, und der Marxismus bietet die einzig denkbare Lösung dieses Problems.«

»Halten Sie mir keine Vorträge, Mrs. Miller«, sagte ich. »Was ich in dieser Richtung von meinem Büro zu hören kriege, reicht mir völlig.« Ich stand auf, so daß ich meinen Mantel aufknöpfen und meine Zigaretten aus der Tasche holen konnte. »Wollen Sie eine?« fragte ich.

Sie schien mich nicht gehört zu haben.

»Ich versuche, mir das Rauchen abzugewöhnen«, sagte ich, »aber ich habe noch immer Zigaretten bei mir.«

Sie antwortete noch immer nicht. Vielleicht war sie geistesabwesend, weil sie sich Sorgen um ihre Zukunft machte, wozu sie ja auch allen Grund hatte. Ich ging ans Fenster und blickte hinaus. In der Dunkelheit draußen war nicht viel zu sehen, außer der nie erlöschenden Berliner Scheindämmeung, die kein Naturschauspiel ist, sondern der Widerschein des Flutlichts über dem ›Todesstreifen‹, der den antifaschistischen Schutzwall (wie Mrs. Miller die Mauer spätestens während ihrer Ausbildung in Potsdam zu nennen gelernt haben dürfte) auf dessen östlicher Seite rings um West-Berlin begleitet. Die Straße, auf die ich hinuntersah, kannte ich bestens. Ich war an diesem Haus schon unzählige Male vorbeigekommen. Am Landwehrkanal entlang kam man, seitdem 1961 die Mauer gebaut wurde, so auf dem schnellsten Wege vom Kurfürstendamm zum Checkpoint Charlie.

»Muß ich ins Gefängnis?« fragte sie.

Ich drehte mich nicht um. Ich knöpfte meinen Mantel wieder zu, sehr zufrieden mit mir, weil ich der Versuchung zu rauchen widerstanden hatte. Ich zog das winzige Pearlcoder-Bandaufnahmegerät aus der Tasche. Es war aus silberglänzendem Metall. Ich versuchte nicht, es zu verstecken. Ich wollte, daß sie es bemerkte.

»Muß ich ins Gefängnis?« fragte sie wieder.

»Ich weiß es nicht«, antwortete ich. »Aber ich will es hoffen.«

Es hatte nicht länger gedauert als vierzig Minuten, ihr Geständnis aufzunehmen. Werner wartete nebenan auf mich. Das Zimmer war ungeheizt. Werner saß auf einem Küchenstuhl, den Pelzkragen seines Mantels hochgeschlagen, so hoch, daß dieser fast die Krempe seines Huts berührte.

»Na, hat sie gesungen?« fragte er.

»Du siehst aus wie ein Bestattungsunternehmer, Werner«, sagte ich. »Ein sehr wohlhabender Bestattungsunternehmer in Erwartung einer sehr wohlhabenden Leiche.«

»Ich muß ins Bett«, sagte er. »Ich bin nicht mehr jung genug, um mir so die Nächte um die Ohren zu schlagen. Wenn du jetzt noch hier 'rumtrödelst, bis sie das schriftliche Protokoll getippt haben, gehe ich schon mal nach Hause.«

Was ihn so geschafft hatte, war natürlich der Alkohol. Die manische Phase der Trunkenheit hielt bei Werner nie sehr lange an. Letztendlich wirkt Alkohol depressiv, und Werners Stoffwechsel war jetzt so sehr verlangsamt, daß er sich besser nicht mehr ans Steuer setzen sollte. »Ich fahre dich«, befand ich. »Ich werde die Abschrift auf deiner Schreibmaschine selbst tippen.«

»Schon recht«, sagte Werner. Ich wohnte bei ihm in Dahlem. Und jetzt malte er sich in melancholischer Stimmung aus, was er von seiner Frau zu erwarten hatte, wenn wir sie zu so früher Morgenstunde weckten. Werners Schreibmaschine war ein sehr lauter, alter Klapperkasten, und er wußte, daß ich nicht schlafen gehen würde, ehe das Protokoll geschrieben war. »Ist es viel?« fragte er.

»Kurz, Werner. Aber in der Kürze liegt die Würze. Sie hat uns ein paar Sachen gegeben, über die man in der Londoner Zentrale Bauklötzer staunen wird.«

»Was zum Beispiel?«

»Lies es morgen früh, Werner. Wir unterhalten uns dann beim Frühstück darüber.«

Es war ein schöner Morgen in Berlin. Der Rauch der mit Braunkohle beheizten Kraftwerke jenseits der Mauer zog ausnahmsweise so restlos anderswohin ab, daß über West-Berlin der blaue Himmel zum Vorschein kam, was draußen die Vögel mit ihrem Gezwitscher gebührend feierten. Drinnen an der Fensterscheibe brummte zornig eine Überlebende des vergangenen Sommers, eine große Wespe.

Werners Wohnung in Dahlem war mir so vertraut, daß ich mich dort kaum weniger als in meiner eigenen zu Hause fühlte. Ich kannte diese Wohnung schon aus der Zeit, als sie noch Treffpunkt für Werners unzählige seltsame Freunde gewesen war. Damals standen wacklige, alte Mobel hier herum, Werner spielte Jazz auf einem Klavier, dessen Furnier im Laufe der Jahre durch zahlreiche Zigarettenkippen manche Brandstellen davongetragen hatte, und Werners schmucke Flugzeugmodelle hingen von der Decke herab, wo sie nicht Gefahr liefen, von jemand, der einen Sitzplatz suchte, am Boden zerstört zu werden.

Das war jetzt alles anders. Werners junge Frau Zena hatte das alte Gerümpel abholen lassen. Jetzt war die Wohnung nach ihrem Geschmack eingerichtet: teure, moderne Möbel, ein großer Gummibaum und ein Wandteppich mit eingewebtem Namenszug des Künstlers, der aus dem Ding anscheinend einen Anspruch auf Nachruhm ableitete. Das einzige Überbleibsel aus den alten Tagen war das durchgesessene Sofa, das im Bedarfsfall in ein durchgelegenes Bett verwandelt werden konnte, in dem ich, wenn ich bei den Volkmanns zu Gast war, noch jetzt schlief.

Wir saßen zu dritt in der ›Frühstücksecke‹ an einer Art Tresen zwischen Küche und Wohnraum. Werner und ich, nebeneinander, spielten an diesem Counter die Rolle der Gäste, Zena, auf der andere Seite, in der Küche, die der Wirtin. Werner und ich hatten durch das Küchenfenster Aussicht auf die besonnten Kronen der Kiefern des Grunewalds. Zena schob Orangen in einen elektrischen Entsafter, und in der automatischen Kaffeemaschine tropfte duftend Kaffee aus dem Filter. Wir sprachen über die Ehe. »Die Tragödie der Ehe ergibt sich unvermeidlich aus dem Umstand, daß, während alle Frauen bei der Eheschließung von der Überzeugung ausgehen, daß ihr Mann sich schon noch ändern wird, alle Männer in dem Glauben heiraten, daß ihre Frau sich niemals ändern wird: Unvermeidlich werden beide Erwartungen enttäuscht.«

»Was für ein Quatsch«, sagte Zena und goß Orangensaft in drei Gläser. »Männer können sich ändern.«

Sie bückte sich, um den Flüssigkeitsspiegel in den drei Gläsern besser vergleichen und sicherstellen zu können, daß keiner weniger als der andere erhielt. Vielleicht machte sich da die preußische Erziehung geltend, auf die sie sich viel einbildete, obwohl sie, wie das elterliche Gut im Osten, Preußen nur vom Hörensagen kannte, da sie ja erst lange nach dem Ende des Krieges und also unter keineswegs mehr preußischen Verhältnissen zur Welt gekommen und aufgewachsen war. »Geh doch nicht auf diesen Quatsch auch noch ein, herzallerliebste Zena«, sagte Werner. »Merkst du denn nicht, daß der gute alte Bernie dich mit solchen Sprüchen nur auf die Palme bringen will?«

Aber Zena ließ sich von dem Streit nicht abbringen. Sie stritt gerne mit mir. »Männer können sich ändern. Gewöhnlich sind's doch die Männer, die weggehen und die Ehe kaputtmachen. Und das, weil sie sich eben geändert haben.«

»Guter Saft«, sagte ich, an meinem Glase nippend.

»Männer gehen zur Arbeit. Sie wollen mit ihrer Arbeit vorwärtskommen, wollen in die höhere Gesellschaftsschicht aufsteigen, der ihre Chefs und Vorgesetzten angehören. Dann merken sie, daß ihre Frauen da nicht mithalten können, und fangen an, sich nach einer neuen umzusehen, die über die Manieren und das Vokabular der Klasse verfügt, in die sie aufsteigen wollen.«

»Ganz recht«, gab ich zu. »Ich meine, daß sich die Männer nicht auf die Weise ändern, in der es die Frauen von ihnen erwarten.«

Sie lächelte. Sie wußte, daß ich daran dachte, wie sie aus dem armen, unbekümmerten, wie ein Bohemien in den Tag hineinlebenden Werner einen ergebenen und fügsamen, pflichtbewußten Ehemann gemacht hatte. Zena hatte Werner genötigt, das Rauchen aufzugeben und abzunehmen. Und es wäre Werner jetzt nicht mehr eingefallen, sich irgendein Kleidungsstück zu kaufen – gleichviel, ob sich's dabei um einen Smoking oder ein Paar Badehosen handelte – ohne Zena deshalb zu Rate zu ziehen. Mich betrachtete Zena als Gegner bei ihrem Bemühen, einen neuen Mann aus ihrem Mann zu machen. Von mir mochte ein schlechter Einfluß ausgehen, der womöglich ihre erzieherischen Bemühungen zunichte machte, und dem vorzubeugen, war Zena fest entschlossen.

Sie stieg auf den Hocker. Sie war so gut proportioniert, daß man eigentlich nur bei solchen Gelegenheiten merkte, wie klein sie war. Sie hatte langes, dunkles Haar, das sie an diesem Morgen zu einem Pferdeschwanz zusammengebunden hatte, der ihr bis zur Mitte des Rückens fiel. Sie trug einen roten Baumwoll-Kimono mit einer breiten schwarzen Schärpe um die Taille. Sie hatte, im Gegensatz zu uns Männern, ausgeschlafen, und ihre Augen waren hell und klar. Sogar etwas Make-up hatte sie schon aufgelegt. Sie brauchte das eigentlich nicht – sie war erst zweiundzwanzig Jahre alt und ihre Schönheit über jeden Zweifel erhaben – aber Zena hätte sich wahrscheinlich ihres Lebens nicht ganz sicher gefühlt, wenn sie der Welt mal ganz ohne Kriegsbemalung entgegengetreten wäre.

Der Kaffee war sehr schwarz und stark. So mochte ihn Zena. Ich verdünnte meinen mit viel Milch. Ein Summer am Backofen ertönte, und Zena entnahm diesem die aufgebackenen Schrippen, die als solche zu bezeichnen sie sich allerdings hütete: Sie war zwar auf ihre angeblich preußische Erziehung stolz, aber als Berlinerin wollte sie nicht gelten, und also zog sie's vor, hochdeutsch von *Brötchen* zu sprechen.

»Gibt es Butter?« fragte ich, eine der Schrippen aufschneidend.

»Wir essen keine Butter«, sagte Zena. »Zuviel Cholesterin.«

»Gib Bernie wenigstens diese neue Margarine, davon müßte doch noch was dasein«, forderte Werner sie auf.

»Du solltest ein bißchen abnehmen«, erklärte mir Zena. »Ich würde nicht mal Brot essen, wenn ich du wäre.«

»Na, ja, es gibt sicherlich noch 'ne Menge anderer Sachen, die ich mache und die du nicht machen würdest, wenn du ich wärst«, sagte ich verbindlich. Die Wespe ließ sich, erschöpft von dem erfolglosen Bemühen, die Fensterscheibe zu durchdringen, auf meinem Kopf nieder. Ich scheuchte sie weg.

Zena schien für den Augenblick an einer Grundsatzdiskussion unserer unterschiedlichen Prinzipien nichts gelegen zu sein. Statt auf meine Bemerkung zu antworten, rollte sie den *Tagesspiegel* zusammen und schlug damit nach der Wespe. Dann ging sie unverhohlen schlechter Laune zum Kühlschrank und brachte mir Margarine in einem Plastikbecher.

»Danke«, sagte ich. »Ich fliege heute vormittag. Ich rasiere mich nur noch, dann seid Ihr mich los.«

»Nun mal langsam«, sagte Werner besänftigend. Er war natürlich bereits rasiert. Unrasiert hätte er sich Zena nicht am Frühstückstisch zu zeigen gewagt. »Du bist also mit dem Tippen noch fertig geworden heute früh«, sagte er. »Ich hätte aufbleiben und dir helfen sollen.«

»Es war nicht nötig. Ich lasse es in London übersetzen. Ich weiß zu schätzen, daß Zena und du mich hier habt schlafen lassen, nicht zu reden von dem Kaffee gestern spät und Zenas großartigem Frühstück heute früh.« Vermutlich trug ich meine Dankbarkeit etwas zu dick auf. Dazu neige ich, wenn ich nervös bin, und Zena schaffte es immer, mich nervös zu machen.

»Ich war verdammt müde«, sagte Werner.

Zena warf mir einen Blick zu, doch das Wort richtete sie an Werner: »Du warst betrunken«, sagte sie. »Ich dachte, ihr hättet zu arbeiten, letzte Nacht.«

»Wir hatten zu arbeiten, und wir haben gearbeitet, Liebling«, erklärte Werner.

»Wir haben nicht viel getrunken, Zena«, sagte ich.

»Werner braucht doch nur die Schürze einer Bardame zu riechen, um besoffen zu werden«, stellte Zena fest.

Werner wollte etwas erwidern. Doch dann schien ihm klarzuwerden, daß er dieser Geringschätzung seiner Trinkfestigkeit eigentlich nur mit der Behauptung begegnen konnte, jede Menge getrunken zu haben, jedenfalls zog er's vor, den Mund zu halten. Er nippte schweigend an seinem Kaffee.

»Ich habe sie schon mal gesehen«, sagte Werner.

»Die Frau?«

»Ja, wie heißt sie?«

»Sie nennt sich Miller, sagt, sie sei eine geborene Müller und verwitwete Johnson. Hier? Ich meine, hast du sie hier gesehen? Sie sagt, sie lebe in England.«

»Sie hat diese Schule in Potsdam besucht«, ergänzte Werner. Er belächelte mein überraschtes Gesicht. »Ich habe deinen Bericht gelesen, als ich heute aufstand. Du hattest doch nichts dagegen, oder?«

»Natürlich nicht. Ich wollte, daß du ihn liest. Die Sache könnte Weiterungen haben.«

»Hat sie irgendwas mit Erich Stinnes zu tun?« fragte Zena, nach der jetzt ihr Haupt umschwirrenden Wespe schlagend.

»Ja«, sagte ich. »Er hat uns den Tip gegeben.«

Sie nickte und schenkte sich Kaffee ein. Es war schwer zu glauben, daß sie noch vor gar nicht langer Zeit in Erich Stinnes verliebt gewesen war. Es war schwer zu glauben, daß sie ihr Leben aufs Spiel gesetzt hatte, um diesen Mann zu schützen, und daß sie wegen der Verletzung, die sie sich dabei zuzog, noch jetzt in Behandlung war. Aber Zena war noch jung; und romantisch. Beides mochte sie zu Leidenschaften von kurzer Dauer disponieren. Vermutlich war sie, weil sie jung und romantisch war, auch während der kurzen Dauer ihrer Leidenschaft für Erich Stinnes nicht in diesen, sondern in die Vorstellung oder Fiktion einer in Erich Stinnes verliebten Zena verliebt gewesen.

Werner schien nichts dabei zu finden, daß seine Frau nach Erich Stinnes fragte. So war Werner – *honni soit qui mal y pense*, hätte sein Wahlspruch sein können, denn Werner war zu großmütig und rücksichtsvoll, jemals schlecht von seinem Nächsten zu denken. Und wenn man doch etwas Böses tat, war er stets bereit, es mit dem Mantel seiner Nächstenliebe zuzudecken. Zenas Liebesaffäre mit Frank Harrington – dem Leiter unserer Berliner Außenstelle – hatte mich wütender auf sie gemacht als Werner.

Manche Leute hielten Werner für einen Masochisten, glaubten, es habe ihm ein perverses Vergnügen bereitet zu wissen, daß ihn seine Frau mit Frank betrog, aber ich kannte Werner zu gut, als daß mich diese Illustrierten-Psychologie überzeugt hätte. Werner war ein harter Bursche, der das Spiel nach seinen eigenen Spielregeln spielte. Einige dieser Regeln mochten ziemlich flexibel scheinen, aber wehe dem, der sich einbildete, er könne sich unter allen Umständen so zurechtbiegen, wie's ihm gerade paßte. Werners gerechter Zorn konnte furchtbar sein und seine Rache schrecklich. Ich weiß das, und Werner weiß, daß ich es weiß. Deshalb sind wir einander so nahe, daß sich niemand zwischen uns drängen kann, auch die schlaue kleine Zena nicht.

»Ich habe diese Frau Miller schon irgendwo gesehen«, wiederholte Werner. »Du kennst doch mein gutes Gedächtnis für Gesichter.« Er betrachtete die Wespe. Schläfrig kroch sie an der Wand hoch. Werner griff nach Zenas gerollter Zeitung, aber die Wespe spürte die Gefahr und flog davon.

Zenas Gedanken waren noch bei Erich Stinnes. »Wir machen die ganze Arbeit«, sagte sie erbittert. »Bernard heimst den ganzen Ruhm dafür ein. Und Erich Stinnes kriegt das ganze Geld.« Sie dachte an all das schöne Geld, das Erich Stinnes zum Lohn für den lobenswerten Entschluß, sich zu ändern und in Zukunft statt für das KGB für uns zu arbeiten, aus London erhalten hatte. Sie griff nach der Kaffeekanne, und ein paar Tropfen fielen laut zischend auf die Wärmplatte. Nachdem sie sich eingegossen hatte, stellte sie die sehr heiße Kanne auf den gekachelten Tresen, an dem wir saßen. Augenscheinlich ertrug die Kanne den plötzlichen Temperaturunterschied nicht, denn es knallte wie ein Pistolenschuß, und der heiße Kaffee ergoß sich über den Tresen, so daß wir alle in Sicherheit sprangen.

Zena ergriff ein paar Papierhandtücher und begann, den nun zu Boden tropfenden Kaffee aufzuwischen. »Ich habe die Kanne wohl zu hart abgesetzt«, sagte sie, nachdem alle Spuren des Unfalls beseitigt waren.

»Vermutlich, Zena«, sagte ich.

»Sie hatte schon einen Sprung«, sagte Werner. Dann schlug er mit der Zeitung nach der Wespe. Diesmal erwischte er sie.

II.

Um acht Uhr abends gab ich in London meinem unmittelbaren Vorgesetzten, Dicky Cruyer, dem Leiter der Deutschland-Abteilung, meinen schriftlichen Bericht. Eine Übersetzung des Vernehmungsprotokolls hatte ich beigelegt, denn ich wußte, daß Dickys Kenntnisse der deutschen Sprache nur mäßig waren.

»Herzlichen Glückwunsch«, sagte er. »Eins rauf mit Mappe für den Genossen Stinnes, was?« Er schüttelte die dünnen Seiten meines hastig verfaßten Berichts, als erwarte er, daß irgendwas Interessantes dazwischen herausfiel. Mein Tonband hatte er bereits abgehört, und da ich ihm natürlich über meine Reise nach Berlin auch schon mündlich Bericht erstattet hatte, war nicht zu erwarten, daß er den schriftlichen Bericht sehr aufmerksam lesen würde, zumal nicht, wenn er sich deshalb hätte zum Abendessen verspäten müssen.

»In Bonn wird uns das niemand glauben«, sagte ich warnend.

»Wir liefern ihnen alle Beweise, die sie brauchen«, entgegnete Dicky naserümpfend.

»Ich habe vor einer Stunde mit Berlin telefoniert«, sagte ich. »Er läßt alle Beziehungen spielen, die er hat, und ich sage dir, er hat eine Menge.«

»Was sagt sein Chef?«

»Der verbringt seinen Weihnachtsurlaub in Ägypten. Niemand kann ihn finden«, erklärte ich.

»Ein wirklich vernünftiger Mann«, meinte Dicky mit ebenso aufrichtiger wie unverhohlener Bewunderung. »Hatte man ihn von der bevorstehenden Verhaftung seines Sekretärs informiert?«

»Nicht von uns aus, aber das wäre das normale Verfahren des Bundesamtes für Verfassungsschutz.«

»Hast du auch mit Berlin telefoniert? Wie beurteilt das BfV die Chancen für ein Geständnis?«

»Wir sollten uns lieber da raushalten, Dicky.«

Dicky sah mich an, während er überlegte, und wandte sich, da er anscheinend zu der Einsicht gelangte, daß ich recht hatte, einem anderen Aspekt des Problems zu.

»Hast du schon mit Stinnes gesprochen, seitdem du ihn im *London Debriefing Centre* abgeliefert hast, wo man ihn verhören wird?«

»Wenn ich nicht irre, sehen die geltenden Verfügungen vor, daß ich von ihm fernzuhalten bin.«

»Ach, komm«, sagte Dicky, lächelnd bemüht, meinen Verfolgungswahn zu beschwichtigen. »Du glaubst doch nicht etwa, daß du immer noch unter Verdacht stehst?« Er erhob sich hinter dem Rosenholztisch, der ihm als Schreibtisch diente, und holte mir einen Klappstuhl aus Plastik.

»Meine Frau ist übergelaufen.« Ich setzte mich. Dicky hatte die Stühle für Besucher aus seinem Büro entfernen lassen unter dem Vorwand, dort mehr Platz zu brauchen. Tatsächlich schuf er so die Voraussetzung dafür, seine Besucher in einem der Konferenzräume entlang dem Korridor zu empfangen. Dicky benützte diese Konferenzräume gerne. Das steigerte sein Selbstwertgefühl, zumal damit einherging, daß auf einem Schwarzen Brett vor den Aufzügen im Obergeschoß dann in kleinen Plastik-Buchstaben sein Name zu lesen war.

Seine Klappstühle waren die unbequemsten Sitzgelegenheiten im ganzen Haus, doch das focht Dicky nicht an, da er nie in die Verlegenheit kam, auf einem von ihnen Platz nehmen zu müssen. Andererseits hatte heute abend auch ich keine Lust, lange in Dickys Büro herumzusitzen. Ich hatte noch eine Menge zu tun, ehe ich nach Hause gehen konnte.

»Das ist doch nur von historischem Interesse«, sagte Dicky und fuhr sich mit der dünnen, knochigen Hand durch das lockige Haar, so daß er einen verstohlenen Blick auf seine große, schwarze Armbanduhr werfen konnte, eins von diesen Dingern, die noch auf dem Meeresgrund unfehlbar zeigen, was die Stunde geschlagen hat.

Ich hatte immer angenommen, daß sich Dicky mit kurzgeschnittenem und gebürstetem Haar, in dunklem Anzug, weißem Hemd und mit einer Krawatte in den Farben seiner alten Schule – so gekleidet, wie es sich für einen höheren Beamten gehörte – eigentlich wohler fühlen würde. Er beharrte aber darauf, als einziger von uns in ausgeblichenen Jeans, Cowboy-Stiefeln, schwarzen Lederjacken und bunten Halstüchern herumzulaufen, vielleicht weil er hoffte, sich durch diese Tracht als Wunderknabe zu erkennen zu geben. Vielleicht ging ich allerdings das Problem auch von der falschen Seite an. Es war nämlich nicht auszuschließen, daß Dickys Herz an den modischen Klamotten hing, weil er eigentlich viel glücklicher gewesen wäre, wenn er in einer Werbeagentur hätte sitzen und *kreativ* sein können. Er zog den Reißverschluß seiner Lederjacke zu, dann wieder auf und sagte: »Du bist doch jetzt der große Held hier. Du warst es, der Stinnes brachte, zu einem Zeitpunkt, als hier alle sagten, das sei unmöglich, völlig unmöglich.«

»Ach, haben sie das gesagt? Ich wünschte, ich hätte das gewußt. Mir hat man nämlich angedeutet, daß hier viele Leute der Meinung seien, ich täte alles, um ihn vom Überlaufen abzuschrekken, weil ich fürchten müßte, durch seine Aussagen entlarvt zu werden.«

»Na, die Leute, die solche Verdächtigungen herumgetratscht haben, hast du jedenfalls bis auf die Knochen blamiert.«

»Ich bin keineswegs entlastet, Dicky, meine Unschuld gilt als noch nicht erwiesen. Ich weiß das ebenso gut wie du, du brauchst also nicht so blöd daherzureden.«

Er hielt die Hand in die Höhe, als wollte er einen Schlag abwehren.

»Offiziell gilt deine Unschuld als noch nicht erwiesen«, sagte Dicky. »Offiziell ... weißt du denn nicht, warum?«

»Nein, keine Ahnung. Sag's mir bitte.«

Dicky seufzte. »Aus dem einfachen und offensichtlichen Grund, daß unsere Abteilung einen Vorwand braucht, Stinnes noch weiterhin im *London Debriefing Centre* festzuhalten und weiterhin zu vernehmen. Wenn wir mit der Überprüfung unserer eigenen Leute im Lichte seiner Aussagen fertig zu sein zugäben, müßten wir ihn an MI 5 überstellen ... und deshalb hat die Abteilung dich noch nicht offiziell entlastet. Die Abteilung braucht noch eine Zeitlang einen Verdächtigen und läßt dich diese Rolle spielen. Laß dir aber deshalb bloß keine grauen Haare wachsen.«

»Wer leitet die Vernehmungen von Stinnes?« fragte ich.

»Sieh mich nicht an, alter Freund. Stinnes ist 'ne heiße Kartoffel. Von dem lasse ich die Finger. Bret will übrigens auch nichts mit ihm zu tun haben ... Kein Mensch in der obersten Etage hier hat dazu Lust.«

»Das könnte sich ändern«, sagte ich. »Wenn Stinnes uns noch ein paar Tips gibt wie diesen hier, wird zweifellos verschiedenen Leuten klarwerden, daß die Leitung der Vernehmungen von Stinnes, den, dem sie obliegen, leicht zu Ruhm und Wohlstand führen könnte.«

»Ich glaube nicht«, sagte Dicky. »Der Typ, dem du da in Berlin nachgegangen bist, war doch nur ein Hors-d'œuvre, derartige Tips werden doch bald nicht mehr viel wert sein ... Moskau wird schließlich merken, was da läuft, und Konsequenzen ziehen. Andererseits werden die Vernehmungsbeamten schließlich mit Stinnes die Akten durchgehen ... stimmt's?«

»Akten? Du meinst, sie werden im Lichte seiner Aussagen alle unsere früheren Operationen überprüfen?«

»Nicht *alle*. Ich nehme nicht an, daß sie herauskriegen wollen, woher Christopher Marlowe wußte, daß die Spanische Armada ausgelaufen war.« Dicky gestattete sich, seinen Scherz zu belächeln. »Aber es ist doch klar, daß die Abteilung festzustellen interessiert ist, wie zutreffend oder unzutreffend die Mutmaßungen waren, von denen wir jeweils ausgegangen sind. Sie werden also alle unsere Spiele noch einmal nachspielen, aber diesmal werden sie erfahren, welche gut gelaufen sind.«

»Und das läßt du dir bieten?«

»Ich werde da gar nicht gefragt, alter Junge. Ich bin nur der Leiter der Deutschland-Abteilung. Ich bin nicht der Direktor. Ich gehöre nicht mal dem Taktik-Ausschuß an.«

»Wenn man Stinnes die Archive der Abteilung offenzulegen bereit ist, muß man schon eine Menge Vertrauen zu ihm haben.«

»Du weißt doch, wie der Alte ist. Gestern hat der Stellvertretende Direktor dem Amt einen seiner seltenen Besuche abgestattet. Er ist hingerissen von dem Verlauf der Vernehmungen.«

»Wenn uns Stinnes nun aber untergeschoben worden ist ...«

»Ach, wenn man uns Stinnes untergeschoben hat ...« Dicky ließ sich in seinen Charles-Eames-Sessel sinken und setzte die Füße auf die dazu passende Fußbank. Die Nacht draußen war dunkel, und die Fensterscheiben, wie poliertes Ebenholz, reflektierten ein vollkommenes Bild des Raumes. Nur die antike Schreibtischlampe brannte. In ihrem runden Schein auf dem Tisch lagen nebeneinander mein Bericht und das Protokoll. Dicky verschwand fast in der Dunkelheit außerhalb dieses Lichtkreises – nur der eine oder andere Lichtreflex von seiner Messinggürtelschnalle oder von dem goldenen Medaillon, das er unter dem offenen Hemdkragen am Halse trug, verriet ihn. »Aber es ist schwer zu glauben, daß man uns Stinnes untergeschoben haben könnte angesichts der Tatsache, daß er uns gerade drei gutplazierte KGB-Agenten nacheinander ans Messer geliefert hat.«

Er sah auf seine Uhr, ehe er »Kaffee« rief – laut genug, daß seine Sekretärin im Nebenraum es hören konnte. Wenn Dicky Überstunden machte, machte seine Sekretärin ebenfalls Überstunden. Er ließ sich seinen Kaffee nicht von jedem machen.

»Wird er reden, dieser Kerl, den du in Berlin festgenommen hast? Wie ich seinen Akten entnehme, war er in Bonn ein Jahr lang im Verteidigungsministerium tätig.«

»Ich habe ihn nicht festgenommen. Wir haben das den Deutschen überlassen. Ja, er wird reden, wenn sie ihm hart genug zusetzen. Sie haben die Beweise und – wofür sie Volkmann zu danken haben – die Frau, die das Material aus seinem Wagen abholen sollte.«

»Und ich bin überzeugt, daß man das genauso in deinem Bericht nachlesen kann. Bist du jetzt eigentlich offizieller Sekretär des Werner-Volkmann-Fan-Clubs? Oder setzt du dich für alle deine alten Schulkameraden so ein?«

»Was er macht, macht er sehr gut.«

»Das bestreitet hier ja wohl niemand. Aber bitte, versuche mir doch nicht weiszumachen, daß wir ohne Volkmann die Frau nicht geschnappt hätten. Überwachung des Wagens ... ich meine, das war doch nun wirklich nichts weiter als Polizeiroutine. Jeder Polizeidienstanwärter hätte daran gedacht.«

»Eine Belobigung würde Wunder für ihn wirken.«

»Na, von mir kriegt er jedenfalls keine verdammte Belobigung. Du denkst, nur weil er ein enger Freund von dir ist, kannst du mich dazu überreden, ihm alle möglichen Belobigungen und Privilegien zu verschaffen.«

»Es würde doch nichts kosten, Dicky«, sagte ich begütigend.

»Nein, es würde nichts kosten.« Dicky wurde sarkastisch. »Jedenfalls nicht, ehe er die nächste monumentale Scheiße baut. Dann würde ich nämlich gefragt werden, weshalb ich den Mann belobigt und empfohlen habe. Und dann würde es was kosten. Es würde mich vielleicht eine Beförderung kosten.«

»Ja, Dicky«, sagte ich.

Beförderung? Dicky war zwei Jahre jünger als ich und bereits mehrere Stufen über seine Befähigung hinaus befördert worden. Welche Beförderung hatte er jetzt im Auge? Eben erst hatte er Bret Rensselaers Versuch abgeschlagen, die Leitung der Deutschland-Abteilung an sich zu reißen. Ich fand, er hätte eigentlich fürs erste zufrieden sein sollen, seine gute Stellung derart konsolidiert zu haben.

»Und was hältst du von dieser Engländerin?« Er tippte auf die Niederschrift ihrer Aussage. »Sieht ja so aus, als hättest du sie zum Reden gebracht.«

»Sie war gar nicht zu bremsen«, sagte ich.

»Ach so? Ich will das heute abend nicht noch mal alles im einzelnen durchgehen. Ist irgend etwas Wichtiges dabei?«

»Ein paar Widersprüche, denen wir nachgehen sollten.«

»Zum Beispiel?«

»Sie arbeitete in London, leitete bestimmte ausgewählte Meldungen über einen Kurzwellensender direkt nach Moskau weiter.«

»Das müssen ja verdammt eilige Meldungen gewesen sein«, sagte Dicky. Das war ihm also bereits aufgefallen. Hatte er nur darauf gewartet, daß ich es erwähnte? »Und das heißt verdammt wichtige. Stimmt's? Ich meine, wenn sie die nicht mal dem Sender

der Botschaft anvertrauen wollten, kann das nur heißen, daß sie die Quelle dieser Informationen sehr, sehr geheimhalten wollten.«

»Fionas Meldungen wahrscheinlich«, sagte ich.

»Ich habe mich schon gefragt, ob du darauf kommen würdest«, sagte Dicky. »Offensichtlich handelte es sich um die Sachen, die ihnen deine Frau über unsere jeweils laufenden Operationen meldete.«

Es machte ihm offensichtlich Spaß, das Messer in der Wunde herumzudrehen. Er schob mir die Verantwortung für Fionas Verrat zu. Bei mehr als einer Gelegenheit hatte er das schon ziemlich deutlich zu verstehen gegeben.

»Aber die Quelle versiegte nicht.«

Dicky runzelte die Stirn. »Was willst du damit sagen?«

»Es kam weiteres Material. Erstklassiges Material, auch dann noch, als Fiona längst abgehauen war.«

»Das Material, das diese Frau nach Moskau übermittelte, kam nicht alles aus derselben Quelle«, sagte Dicky. »Sie selbst hat das erwähnt, ich erinnere mich deutlich, so etwas gehört zu haben, als du mir das Band vorgespielt hast.«

Er griff nach der Niederschrift ihrer Aussage und versuchte zu finden, woran er sich erinnerte, verirrte sich aber in dem Durcheinander von *hmms* und *hahs* und Kennzeichnungen »unverständlicher Stellen«, das für derartige Niederschriften von Tonbandaufnahmen charakteristisch ist. Er legte die Blätter wieder auf den Tisch.

»Na, jedenfalls erinnere ich mich, daß es da zwei Code-Namen gab: *Jake* und *Ironfoot.* Ist es das, was dir Sorgen bereitet?«

»Wir sollten dem nachgehen«, sagte ich. »Lose Enden dieser Art beunruhigen mich. Die Daten legen die Vermutung nahe, daß Fiona *Ironfoot* war. Aber wer zum Teufel war *Jake*?«

»Unsere Sorge ist das Material von Fiona. Was Moskau sonst noch gekriegt haben mag – oder noch kriegt – geht MI 5 an. Das weißt du doch, Bernard. Es ist nicht unsere Aufgabe, jeden russischen Spion aufzuspüren.«

»Trotzdem finde ich, daß wir die Aussage dieser Frau an Hand der Informationen überprüfen sollten, die uns Stinnes gibt.«

»Stinnes fällt nicht in meine Zuständigkeit, Bernard. Das habe ich dir doch gerade erst erklärt.«

»Ich bin aber der Meinung, daß du da zuständig sein solltest. Es ist doch der helle Wahnsinn, daß wir uns erst eine Genehmigung vom *Debriefing Centre* holen müssen, wenn wir mal mit ihm reden wollen.«

»Ich werde dir jetzt mal was sagen, Bernard«, sagte Dicky, lehnte sich bequem in seinen gepolsterten Stuhl zurück und wirkte jetzt ganz wie ein Oxford-Professor, der sich anschickt, einem Botenjungen das Gesetz der Schwerkraft zu erklären. »Wenn das *London Debriefing Centre* mit Stinnes fertig ist, rollen hier in der obersten Etage die Köpfe. Du weißt, welche kolossalen Pannen die Arbeit dieser Abteilung in den letzten Jahren behindert haben. Jetzt kriegen wir genaue Angaben zur Beurteilung jeder Entscheidung, die hier oben getroffen wurde, während Stinnes in Berlin die Operationen der Gegenseite leitete. Jede während dieser Zeit von einem der leitenden Beamten hier oben getroffene Entscheidung wird nun im Rückblick objektiv bewertet werden können. Das kann höchst unbehaglich werden. Mit Leuten, denen eine ganze Reihe falscher Entscheidungen nachzuweisen ist, wird man kurzen Prozeß machen.«

Dicky lächelte. Er konnte es sich leisten. Dicky hatte noch nie im Leben eine Entscheidung getroffen. Wenn irgendwas bevorstand, das eine Entscheidung hätte erfordern können, ging Dicky mit Kopfschmerzen nach Hause.

»Und du meinst, wer immer die Vernehmungen von Stinnes leitet, wird sich unbeliebt machen?«

»Na ja, wer eine Hexenjagd inszeniert, kann wohl kaum erwarten, dadurch sein gesellschaftliches Prestige zu erhöhen, oder?«

Ich hätte Maßnahmen gegen unfähige Inhaber höherer Stellungen nicht als »Hexenjagd« bezeichnet, wußte aber, daß Dickys Terminologie den Anschauungen vieler Kollegen entsprach.

»Und das ist nicht nur meine Meinung«, fuhr Dicky jetzt fort. »Niemand will Stinnes. Und ich will nicht, daß du sagst, wir sollten die Verantwortung für ihn übernehmen.«

Dickys Sekretärin brachte Kaffee.

»Hier bin ich, Mister Cruyer«, sagte sie schüchtern. Sie war eine mausgraue, kleine Witwe. Jedes Blatt, das aus ihrer Schreibmaschine kam, war dick mit Tipp-Ex bepflastert. Einst hatte Dicky eine wohlgebildete, fünfundzwanzigjährige, geschiedene Sekretärin, aber seine Frau Daphne hatte ihn gezwungen, sie zu entlassen. Dicky hatte damals natürlich vorgegeben, es sei seine Idee gewesen, die junge Frau zu feuern. Er sagte, sie habe kein anständiges Kaffeewasser kochen können. »Ihre Frau hat angerufen. Sie wollte wissen, wann sie Sie zum Essen erwarten darf?«

»Und was haben Sie ihr geantwortet?« fragte Dicky.

Die arme Frau zögerte, war offensichtlich in Sorge, ob sie auch das Richtige gesagt hatte. »Ich habe gesagt, Sie wären in einer Konferenz, und ich würde zurückrufen.«

»Sagen Sie meiner Frau, daß sie mit dem Essen nicht auf mich warten soll. Ich werde irgendwo in der Stadt einen Happen essen.«

»Wenn du gehen willst, Dicky«, sagte ich, mich von dem unbequemen Klappstuhl erhebend.

»Setz dich, Bernard. Wir werden doch eine anständige Tasse Kaffee nicht umkommen lassen. Ich werde schon noch früh genug zu Hause sein. Daphne weiß, wie dieser Job ist. Neuerdings achtzehn Stunden täglich.« Das war keine leise melancholische Betrachtung, sondern eine laute Proklamation für die Ohren der ganzen Welt, zumindst meine und die seiner Sekretärin, die nun verschwand, um die ihr aufgetragene Botschaft an Daphne zu übermitteln.

Ich nickte, fragte mich aber unwillkürlich, ob Dicky nicht irgendeine andere Dame mit seinem Besuch zu beglücken plante. Neuerdings lief Dicky mit auffällig leuchtenden Augen und auffällig elastischem Schritt herum, zudem auffällig geneigt, Überstunden zu machen.

Dicky erhob sich aus seinem Sessel und machte sich an dem Servierbrett (natürlich auch eine Antiquität) zu schaffen, das seine Sekretärin so sorgfältig auf den Abstelltisch plaziert hatte. Er goß das heiße Wasser aus den Staffordshire-Tassen und füllte jede der beiden so vorgewärmten Tassen halb mit schwarzem Kaffee. Dicky war seinen Kaffee betreffend außerordentlich wählerisch. Zweimal wöchentlich mußte ihm einer der Fahrer ein Paket frisch gerösteten Kaffee bei Mr. Higgins in der South Molton Street holen – reinen Chagga, versteht sich, keine Beimischungen –, und die Bohnen durften erst unmittelbar vor dem Aufbrühen gemahlen werden.

»Sehr gut«, sagte er jetzt und nippte mit der konzentrierten Aufmerksamkeit des Feinschmeckers, der er zu sein behauptete. Da der Kaffee seine Billigung gefunden hatte, nickte er mir auffordernd zu.

»Wäre es nicht besser, die Finger von Stinnes zu lassen, Bernard? Er gehört uns doch nicht mehr, oder?« Er lächelte. Das war ein Befehl. Ich kannte Dickys Stil.

»Kann ich Milch oder Sahne oder irgend etwas dazuhaben?« fragte ich. »Das starke, schwarze Gebräu, das du bevorzugst, raubt mir sonst den Schlaf.«

Er ließ sich zu seinem Kaffee stets ein Kännchen Sahne und eine gefüllte Zuckerdose bringen, die er aber nie antastete. Im Offizierskasino seines Regiments, so hatte er mir einmal erzählt, stand die Sahne immer auf dem Tisch, es galt aber als Fauxpas, wenn nicht direkt sittenwidrig, sich etwas davon zu nehmen. Ich fragte mich, ob es beim Militär viele Leute gab, die so waren wie Dicky. Und fand die Vorstellung schrecklich. Er brachte mir die Sahne.

»Du wirst alt, Bernard. Du solltest ein bißchen Sport treiben, Joggen, zum Beispiel. Ich laufe jeden Morgen drei Meilen – sommers wie winters, sogar Weihnachten, jeden Morgen ohne Fehl.«

»Nützt dir das wirklich was?« fragte ich, während er mir aus einem silbernen Kännchen in Gestalt einer Kuh Sahne eingoß.

»Beim Zeus, Bernard, ich bin jetzt besser in Form als mit fünfundzwanzig.«

»Und wie warst du mit fünfundzwanzig in Form?«

»Verdammt gut.« Er stellte das Kännchen ab, so daß er die Finger in den Gürtel mit Messingschnalle stecken konnte, der seine Jeans hielt. Er zog den Bauch ein, um seine Schlankheit zu betonen, und schlug sich dann mit der flachen Hand dagegen. Seine Schlankheit war wirklich eindrucksvoll, selbst wenn er nicht den Atem anhielt. Zumal in Anbetracht der langen Arbeitsessen, für die er Spesen abrechnete.

»Aber nicht so gut wie jetzt?« beharrte ich.

»Ich war nie so fett und wabbelig, wie du jetzt bist, Bernard. Ich fing nicht jedesmal an zu keuchen, wenn ich 'ne Treppe steigen mußte.«

»Ich dachte, Bret Rensselaer würde das *Debriefing* von Stinnes übernehmen.«

»Debriefing«, sagte Dicky plötzlich. »Wie ich diesen Jargon hasse. *Briefing,* das ist schon schlimm genug. Warum können wir nicht von *Instruktionen* reden? Ich werde es dir sagen: Weil jeder merken würde, daß man ihn zwar instruieren und immer wieder neu instruieren, aber niemals desinstruieren, von einem erhaltenen Auftrag so entlasten kann, als hätte er ihn nie gehabt. Stinnes kann uns die Aufträge, die er ausgeführt hat, zwar verraten, aber steht es in unserer Macht anzuordnen, daß er sie nicht ausgeführt hat? Verdammter Jargon. Sagen wir doch einfach: Vernehmung.«

»Ich dachte, Bret würde sich die Gelegenheit nicht entgehen lassen. Seitdem wir Stinnes haben, ist er doch arbeitslos.«

Dicky kicherte fast unmerklich und rieb sich die Hände. »Er ist arbeitslos, seitdem er versuchte, meine Abteilung an sich zu reißen, und bei dem Versuch scheiterte. Das willst du doch sagen, oder?«

»Wollte er wirklich deine Abteilung an sich reißen?« fragte ich unschuldig, obwohl mir Dicky Brets strategische Maßnahmen und seine eigenen Gegenmaßnahmen im Laufe dieses Kampfes um die Deutschland-Abteilung laufend berichtet hatte.

»Lieber Himmel, Bernard, das weißt du doch. Ich habe dir doch alles darüber erzählt.«

»Und worauf spitzt er sich jetzt?«

»Er würde gerne Berlin übernehmen, wenn Frank geht.«

Den Posten des Leiters unserer Berliner Außenstelle hätte ich selbst gern gehabt. Allerdings mußte der Inhaber dieses Postens eng mit Dicky zusammenarbeiten, gelegentlich sogar dessen Anordnungen befolgen. (Wenn auch diese Anordnungen stets in höfliche Phrasen eingewickelt und von dem Stellvertretenden Leiter des Europa-Ressorts oder einem Angehörigen des Taktik-Ausschusses der Londoner Zentrale unterzeichnet waren.) Ich konnte mir deshalb nicht vorstellen, daß gerade diese Stellung dem autokratischen Bret Rensselaer sonderlich behagen würde.

»Berlin? Bret? Würde es dem da gefallen?«

»Gerüchten zufolge wird Frank demnächst in den Adelsstand erhoben und pensioniert.«

»Und nun plant Bret seinerseits, in Berlin herumzusitzen, bis er das Pensionsalter erreicht, in der Hoffnung, daß man zuletzt auch ihn in den Adelsstand erheben wird?« Ich fand das ziemlich unwahrscheinlich. Brets gesellschaftliche Ambitionen fanden ihre Erfüllung in London SW 1; ich bezweifelte, daß er es fern dieses Dunstkreises der Londoner Schickeria in Berlin lange aushalten könnte.

»Warum nicht?« fragte Dicky, dem das Blut zu Kopfe zu steigen schien, jedesmal wenn Erhebungen in den Adelsstand zur Sprache kamen.

»Warum nicht?« wiederholte ich. »Weil Bret nicht mal Deutsch kann, zum Beispiel.«

»Ach, komm, Bernard«, sagte Dicky, der die deutsche Sprache nicht besser beherrschte als Bret. »Er wird die Operationen leiten. Dazu braucht er nicht imstande zu sein, sich als Maurer vom Prenzlauer Berg auszugeben.«

Eins zu null für Dicky. Bernard Samson hatte nämlich seine Jugend damit verbracht, solche proletarischen Rollen zu spielen. Er war stolz darauf, solche Rollen überzeugend verkörpert zu haben. Chef der Deutschland-Abteilung war gleichwohl Dicky Cruyer geworden.

»Trotzdem ist's nicht damit getan, glänzende Gesellschaften in dieser Grunewald-Villa zu geben«, sagte ich. »Der Leiter der Berliner Außenstelle muß sich auch nördlich und östlich des Rosenecks ein bißchen auskennen. Er kann einpacken, wenn er keinen Draht zur Unterwelt hat. Eine Menge interessante Informationen werden von kleinen Kriminellen verhökert.«

»Das sagst du«, sagte Dicky und goß sich Kaffee nach. Er hielt die Kanne hoch: »Du auch noch einen Schluck?« Ich schüttelte den Kopf, und er fuhr fort: »Das sagst du, weil du gerne Frank Harringtons Posten hättest ... bestreite es nicht, du weißt, daß es stimmt. Du hast die Leitung in Berlin schon immer haben wollen.

Aber, Bernard, die Zeiten haben sich geändert. Berlin ist nicht mehr wie der Wilde Westen, verstehst du, Nacht-und-Nebel-Aktionen, kühne Handstreiche und dergleichen sind da heute nicht mehr gefragt. So was konnten wir uns zu Zeiten deines Vaters leisten, als wir nicht nur de jure, sondern auch de facto Besatzungsmacht in Berlin waren. Jetzt aber müssen die Deutschen – ganz egal, wie die Juristen das Besatzungsstatut auslegen – als gleichberechtigte Partner behandelt werden. Auf den Berliner Posten gehört deshalb jetzt ein aalglatter, diplomatischer Typ wie Bret, jemand, der die Bevölkerung durch Liebenswürdigkeit gewinnt und durch sanfte Überredung erreicht, was nötig ist.«

»Kann ich doch noch ein bißchen Kaffee haben?« fragte ich. Vermutlich vertrat Dicky da die Überzeugung der Mehrheit der Bonzen hier im Obergeschoß. Niemandem würde es einfallen, mich zu den aalglatten, diplomatischen Typen zu rechnen, die durch sanfte Überredung erreichten, was nötig ist. Ich hatte also keine Chance, den Berliner Posten zu kriegen.

»Deshalb brauchst du doch nicht gleich so 'ne Leichenbittermiene aufzusetzen«, sagte Dicky, der neben anderen auch eine Schwäche für altväterliche Redensarten hatte. »Ich fürchte, es ist fast nur noch Satz da. Du hast doch nicht im Ernst geglaubt, daß du für Frankies Posten in Frage kämst?«

»Der Staat hat nicht genug Geld, mich auch nur in Versuchung zu führen, auf Dauer nach Berlin zurückzukehren. Ich habe schließlich schon mein halbes Leben dort verbracht. Die Versetzung nach London habe ich mir sauer verdient, und ich denke nicht daran, hier wieder wegzugehen.«

»Nur in London läßt sich's leben«, sagte Dicky beifällig. Aber er durchschaute mich. Mein Zorn war zu heftig, meine Erklärung zu lang. Wäre ich wie Dicky in Eton auf das Leben vorbereitet worden, hätte ich meine Erbitterung besser verheimlichen können. Ich hätte kalt gelächelt und gesagt, oh, allerdings, den Berliner Posten hätte ich schon sehr gern gehabt – doch das in einem Ton, der unmißverständlich angedeutet hätte, daß mir der Posten gestohlen bleiben konnte.

Ich war kaum zehn Minuten in meinem Büro, als ich Dicky den Korridor entlangkommen hörte. Dicky und ich waren wahrscheinlich die einzigen, die zu dieser Stunde noch arbeiteten – von den paar Leuten abgesehen, die zum Nachtdienst eingeteilt waren –, und seine Schritte klangen unnatürlich scharf, wie zu nachtschlafender Zeit jeder Laut, der die Ruhe stört. Dickys hochhackige Cowboystiefel taten dies allerdings besonders wirkungsvoll. »Weißt du, was diese blöden Hunde gemacht haben?« fragte er und erschien mit hängenden Armen und breitbeinig in der Tür wie Wyatt Earp auf der Schwelle des Saloons von Tombstone. Ich wußte, daß er in Berlin anrufen würde, sobald ich sein Büro verließ. Es ist immer leichter, anderen Leuten ins Handwerk zu pfuschen, als die eigene Pflicht zu tun.

»Haben sie ihn laufenlassen?«

»Genau«, bestätigte er. Meine zutreffende Vermutung machte ihn noch wütender. Offenbar glaubte er, damit hätte ich verraten, daß die Sache nicht ohne mein Zutun so gelaufen war. »Woher weißt du das?«

»Ich wußte es nicht. Aber wie du da stehst, kann man's dir am Gesicht ablesen. Du bist doch kurz vorm Explodieren.«

»Vor einer Stunde haben sie ihn schon laufenlassen. Direkte Anweisung aus Bonn. ›Noch ein Skandal, und die Regierung geht baden‹, scheint die dieser Anordnung zugrundeliegende Lagebeurteilung zu sein. Wie kommen die dazu, mit ihrer verdammten Politik unsere Arbeit zu behindern?«

Die hübsche Wendung »unsere Arbeit« fiel mir auf.

»Alles ist Politik«, sagte ich ruhig. »Spionage dient der Politik. Wenn man auf Politik verzichten könnte, brauchte man weder Spionage noch das ganze Zubehör.«

»Mit diesem Zubehör meinst du uns, nehme ich an? Na ja, ich wußte schon vorher, daß du so 'ne neunmalkluge Antwort parat haben würdest.«

»Wir sind für den Lauf der Welt nicht verantwortlich, Dicky. Wir sehen uns nur an, wie sie läuft, und berichten darüber. Alles weitere ist Sache der Politiker.«

»Wahrscheinlich hast du recht.« Sein Zorn verebbte. Zornesausbrüche kamen bei Dicky ziemlich häufig vor, waren aber nie von langer Dauer, wenn jemand greifbar war, den er anbrüllen konnte.

»Ist deine Sekretärin schon weg?« fragte ich.

Er nickte. Das erklärte alles. Gewöhnlich mußte die arme Sekretärin den Kopf hinhalten, wenn der Lauf der Welt mit Dickys Wünschen mal nicht gleich war. »Ich gehe auch«, erklärte er mit einem Blick auf seine Taucheruhr.

»Ich habe noch eine ganze Menge zu erledigen«, sagte ich, erhob mich hinter meinem Schreibtisch, legte Papiere in den einbruchsicheren Aktenschrank und drehte das Kombinationsschloß. Dicky blieb, wo er war. Ich sah ihn stirnrunzelnd an.

»Und diese verdammte Mrs. Miller hat versucht, sich umzubringen.«

»Die haben sie doch wohl nicht auch entlassen?«

»Nein, natürlich nicht. Aber sie haben ihr ihre Schlaftabletten gelassen. Kannst du dir so was Schwachsinniges vorstellen? Sie hat gesagt, das wäre Aspirin, sie hätte starke Menstruationsbeschwerden. Kaum war sie einmal fünf Minuten allein, hat sie die ganze Packung geleert.«

»Und?«

»Sie liegt im Klinikum Steglitz. Man hat ihr den Magen ausgepumpt. Anscheinend besteht keine Lebensgefahr mehr. Aber ich frage dich . . . weiß der Himmel, wann sie wieder vernehmungsfähig ist.«

»Warten wir's ab, Dicky.«

Doch Dicky blieb wie angewurzelt stehen, anscheinend nicht willens zu gehen, ohne irgendein weiteres tröstendes Wort von mir. »Und ausgerechnet heute abend muß das alles passieren«, sagte er verdrießlich, »gerade heute, wo ich 'ne Verabredung zum Essen habe.«

Ich sah ihn an, und er nickte: Meine Dickys Liebesleben betreffende Vermutung war bestätigt. Er biß sich auf die Lippe, sichtlich wütend, daß ihm sein Geheimnis entschlüpft war.

»Das bleibt natürlich unter uns.«

»Ich werde schweigen wie ein Grab«, versprach ich.

Und der Leiter der Deutschland-Abteilung marschierte ab zu seinem Rendezvous. Die Entdeckung, daß dieser Mann, der eine

Schlüsselposition im System der westlichen Geheimdienste innehatte, nicht mal verschwiegen genug war, seine außerehelichen Abenteuer geheimzuhalten, war ernüchternd.

Als Dicky Cruyer weg war, ging ich hinunter ins Filmarchiv und nahm eine Filmrolle aus dem Regal, in dem Neueingänge der Registrierung harrten. Der Film war noch verpackt, das Päckchen mit dem Symbol des Kuriers gezeichnet, der es überbracht hatte. Ich legte den Film auf dem Schneidetisch ein, löschte die Deckenbeleuchtung und wandte mich dem Bildschirm zu.

Die Titel waren ungarisch, der Kommentar desgleichen. Der Film war während einer Sicherheitskonferenz gedreht worden, die kürzlich in Ungarn stattgefunden hatte. Das Material war nicht sonderlich geheim: Der ungarische Film-Dienst hatte den Streifen zur Verteilung an die Nachrichtenagenturen angefertigt. Wir hatten diese Kopie für Identifikationszwecke angefordert, um über allerneueste Bilder ihrer hohen Beamten zu verfügen.

Die Konferenz hatte in einem schönen alten Herrenhaus stattgefunden, das in einem gepflegten Park stand. Die Kameraleute hatten ausreichend Material gedreht: Sie hatten die Ankunft der schwarzen, schweren Limousinen gefilmt, Militärs und Zivilisten auf der Marmor-Freitreppe, schließlich gab es die unvermeidlichen Aufnahmen der Delegierten am Konferenztisch, eine harmonische Runde einander freundlich anlächelnder Gesichter.

Ich ließ den Film laufen, bis die Großaufnahmen einzelner Delegierter kamen. Die Kamera wanderte von einem zum anderen, fand schließlich das Namensschild *Fiona Samson* und dann die zu dem Namen gehörige Frau, meine Frau – schöner denn je, elegant wie immer, lächelte sie den Kameramann an. Ich stoppte den Film. Die Stimme des Kommentators brach jaulend ab, und sie erstarrte, die Finger unnatürlich gespreizt, das Gesicht verzerrt, das Lächeln falsch. Ich weiß nicht, wie lange ich dagesessen und sie angesehen habe. Aber plötzlich öffnete sich knarrend die Tür des Schneideraumes, und aus dem Korridor fiel blendend helles Licht ein.

»Entschuldigung, Mister Samson. Ich wußte nicht, daß hier noch jemand arbeitet.«

»Ich arbeite nicht«, sagte ich. »Ich schwelge in Erinnerungen.«

III.

Nachdem er meine Vermutung, man wollte mich von Stinnes fernhalten, als Ausgeburt meines Verfolgungswahns abgetan hatte, hatte mir Dicky also praktisch befohlen, mich nicht in der Nähe des Mannes sehen zu lassen. Na schön, mir sollte es recht sein. Zum ersten Mal seit Monaten gelang es mir, nahezu alles, was unerledigt auf meinem Schreibtisch herumlag, aufzuarbeiten. Ich hielt mich an die Dienststunden, arbeitete von neun bis fünf, und hatte sogar Zeit, mich an einigen jener ernsthaften Unterhaltungen über das Fernsehprogramm des vorigen Abends zu beteiligen.

Und schließlich konnte ich jetzt auch etwas mehr Zeit mit meinen Kindern verbringen. In den vergangenen sechs Monaten war ich für sie fast ein Fremder geworden. Sie fragten nie nach Fiona, aber jetzt, nachdem wir den Weihnachtsschmuck angebracht hatten, sagte ich, sie sollten mal gut zuhören, und erzählte ihnen, daß es ihrer Mutter gutginge, daß sie aber eine Zeitlang dienstlich im Ausland zu tun hätte.

»Ich weiß«, sagte Billy. »Sie ist in Deutschland bei den Russen.«

»Wer hat dir denn das erzählt?« fragte ich.

Von mir hatte er es nicht. Ich hatte es niemandem erzählt. Unmittelbar nach Fionas Überlaufen hatte der Direktor die ganze Belegschaft unten im Speisesaal versammelt – der Boß war ein alter Militär mit unverhohlener Bewunderung für des verewigten Feldmarschalls Montgomery Behandlung niedriger Dienstgrade – und uns eingeschärft, daß Fionas Flucht aus allen schriftlichen Berichten herauszuhalten sei und keinesfalls Gegenstand von Erörterungen außerhalb des Amtes werden dürfe. Dem Premierminister war davon Meldung gemacht worden, und im Foreign Office wußte jeder, den die Sache anging, aus dem Tagesbericht darüber Bescheid. Von diesen Ausnahmen abgesehen, ging Fionas Seitenwechsel niemanden etwas an und hatte »unter uns« zu bleiben.

»Großvater hat's uns erzählt«, erklärte Billy.

Damit hatte der Direktor nicht gerechnet; ich meine, mit meinem unbezähmbaren Schwiegervater, Mr. David Kimber-Hutchinson, einem Selfmademan, wenn man ihm glauben durfte, denn so nannte er sich mit Stolz.

»Was hat er euch denn noch erzählt?« fragte ich.

»Ich weiß nicht mehr«, sagte Billy. Er war ein heller Junge, mit angeborener Wißbegier, der schon früh gelernt hatte, zwei und zwei zusammenzuzählen. Ich fragte mich, ob er mir mit dieser Erklärung vielleicht nur sagen wollte, daß er keine Lust hatte, weiter über die Angelegenheit zu reden.

»Er hat gesagt, daß es noch sehr lange dauern kann, bis Mami zurückkommt«, sagte Sally. Sie war jünger als Billy, offenherzig, dabei aber auf jene geheimnisvolle Weise, die zweiten Kindern nicht selten eigen ist, introvertiert und ihrer Mutter näher. Sally war niemals launisch wie Billy, doch empfindsamer. Sie schickte sich weit besser in die durch Fionas Flucht entstandene Situation, als ich befürchtet hatte, dennoch machte ich mir ihretwegen Sorgen.

»Das war, was ich euch erzählen wollte«, sagte ich, erleichtert, daß die Kinder diese Diskussion über die Umstände und Folgen des Verschwindens ihrer Mutter so ruhig angingen. Früher hatte Fiona ihre Ausflüge stets im voraus geplant und keine Mühe gescheut, die Geburtstagsfeiern und sonstigen Feste der Kinder so gründlich zu organisieren, daß dabei kaum etwas schiefging. Meine Anstrengungen in dieser Richtung waren nur selten von Erfolg gekrönt, mein guter Wille kein Ersatz für Fionas strategisches Genie, das wußten wir alle.

»Mami spioniert da für uns, stimmt's, Daddy?« fragte Billy.

»Hmmm«, sagte ich. Die Frage war nicht leicht richtig zu beantworten. Ich hatte Angst, daß Fiona oder ihre Kollegen beim KGB noch einmal versuchen würden, die Kinder nach Ostberlin, Moskau oder sonstwohin zu entführen. Sollten sie das tun, erleichterte ich ihnen schon jetzt die Arbeit, wenn ich Billy recht gab. Andererseits brachte ich es nicht über das Herz, sie vor ihrer eigenen Mutter zu warnen. »Niemand weiß das genau«, sagte ich unbestimmt.

»Natürlich, das ist ja geheim«, sagte Billy, mit dem zuversichtlichen Schulterzucken, dessen sich Dicky Cruyer bediente, wenn es die Offensichtlichkeit des Offensichtlichen hervorzuheben galt. »Mach dir keine Sorgen, ich quatsche nicht.«

»Das Beste ist, wir sagen einfach, sie ist verreist«, meinte ich.

»Großvater sagt, wir sollen sagen, daß Mami in der Schweiz im Krankenhaus ist.«

Es war typisch für David, sich seine eigene verrückte Lügengeschichte zurechtzulegen und die Kinder hineinzuverwickeln.

»Tatsächlich haben Mami und ich uns getrennt«, sagte ich hastig. »Und ich habe eine Dame aus meinem Büro gebeten, uns heute nachmittag hier zu besuchen.«

Ein langes Schweigen folgte dieser Erklärung. Billy sah Sally an, und Sally betrachtete ihre neuen Schuhe.

»Wollt ihr nicht wissen, wie sie heißt?« fragte ich verzweifelt.

Sally sah mich aus großen, blauen Augen an. »Wird sie hier wohnen?« fragte sie.

»Das wird wohl nicht nötig sein. Nanny kümmert sich ja um euch«, wich ich der Frage aus.

»Wird sie unser Badezimmer benutzen?« fragte Sally.

»Nein. Ich nehme es jedenfalls nicht an«, sagte ich. »Warum?«

»Nanny hat es nicht gerne, wenn Besuch unser Bad benutzt.«

Da offenbarte sich ein neuer Aspekt dieser Nanny, die sonst ein stilles, rundliches Mädchen aus dem Dorf in Devon war, nur flüsternd sprach, wann immer möglich ergriffen vor dem Fernsehschirm saß, Berge von Süßigkeiten vertilgte und sich nie beklagte. »Also schön, ich werde ihr sagen, daß sie mein Badezimmer benutzen soll«, versprach ich.

»Muß sie unbedingt heute kommen«, fragte Billy.

»Ich habe sie zum Tee eingeladen, damit wir einmal alle zusammensein können«, sagte ich. »Dann, wenn ihr ins Bett geht, gehe ich mit ihr zum Abendessen in ein Restaurant.«

»Wir wünschten, wir könnten alle zum Abendessen in ein Restaurant gehen«, sagte Billy, der erst vor kurzem einen blauen Blazer nebst langer Hose erhalten hatte und sich eine Gelegenheit herbeisehnte, in diesen Sachen vor der Welt zu erscheinen.

»Welches Restaurant?« fragte Sally.

»Das griechische Restaurant, wo Billys Geburtstagsfeier war.«

»Die Kellner haben *Happy Birthday* für ihn gesungen.«

»Ich weiß.«

»Du warst damals weg.«

»Ich war in Berlin.«

»Warum sagst du nicht einfach, daß deine Freundin Geburtstag hat?« sagte Sally. »Sie werden unheimlich nett zu ihr sein, und die Wahrheit werden sie ja nie rauskriegen.«

»Sie ist nicht meine Freundin«, sagte ich. »Ich meine, nicht wie du denkst, wir sind einfach Freunde.«

»Sie ist sein Freund«, sagte Billy. Sally lachte.

»Wir sind einfach Freunde«, sagte ich nüchtern.

»Alle meine Liebhaber und ich sind einfach nur gute Freunde«, sagte Sally in dem Ton, den ich als ihre Hollywood-Stimme kannte.

»Das hat sie aus einem Film«, erklärte Billy.

»Sie heißt Gloria«, sagte ich.

»Wir haben nichts da zum Tee«, sagte Sally. »Nicht mal Kekse.«

»Nanny wird Toast machen«, sagte Billy, um mich zu beruhigen. »Sie macht immer Toast, wenn sonst nichts da ist. Toast mit Butter und Marmelade. Schmeckt eigentlich ganz anständig.«

»Ich glaube, sie bringt einen Kuchen mit.«

»Tante Tessa bringt immer die besten Kuchen«, sagte Sally. »Sie holt sie aus einem Laden in der Nähe von Harrods.«

»Na klar, Tante Tessa ist ja auch steinreich«, sagte Billy. »Sie fährt einen Rolls-Royce.«

»Zu uns kommt sie in einem Volkswagen«, sagte Sally.

»Na klar, weil sie keine große Schau abziehen will«, sagte Billy. »Jedenfalls habe ich mal gehört, wie sie das am Telefon sagte.«

»Ich finde Tante Tessa aber bombig«, stellte Sally fest, und aus ihrem Ton sprach die Bewunderung noch unmißverständlicher als aus den Worten. »Könnte nicht Tante Tessa deine Freundin werden, Daddy?«

»Tante Tessa ist mit Onkel George verheiratet«, erwiderte ich, um Sallys Spekulationen einen Riegel vorzuschieben.

»Aber Tante Tessa ist ihm nicht treu«, sagte Sally zu Billy. Ehe ich diese unbestreitbare Tatsache bestreiten konnte, gab Sally, nach einem Blick auf mich, die Quelle ihrer Information preis: »Ich habe einmal gehört, wie Daddy das zu Mami gesagt hat, als er glaubte, er wäre mit ihr allein.«

»Was für Kuchen wird sie mitbringen?« fragte Billy.

»Schokoladencremetorte?« fragte Sally.

»Ich mag Rum-Baba am liebsten«, sagte Billy. »Besonders, wenn eine Menge Rum drin ist.«

Sie diskutierten noch immer die Frage, welcher Kuchen am besten schmeckte – die Frage hat schon sehr langen Diskussionen ungelöst standgehalten –, als es an der Haustür klingelte.

Gloria Zsuzsa Kent war eine hochgewachsene und sehr schöne blonde, junge Frau, noch keine zwanzig. Sie gehörte der Abteilung an als, wie man das bei uns nannte, *Executive Officer,* das heißt, Beamtin im höheren Dienst. Theoretisch stand ihrer schließlichen Beförderung auf den Posten des Direktors mithin nichts im Wege. Sie hatte, empfohlen durch ihre sehr guten Schulzeugnisse und im Elternhaus erworbene ungarische Sprachkenntnisse, bei uns angefangen, da man ihr seitens der Abteilung Hoffnung auf bezahlten Studienurlaub gemacht hatte; denn sie wollte studieren und hätte sich anders kein Universitätsstudium leisten können. Inzwischen hatten Etatkürzungen ihren diesbezüglichen Hoffnungen aber jede Grundlage entzogen, und es hatte ganz den Anschein, als sollte ihre Tätigkeit bei uns schließlich doch nur auf den zweitklassigen Bürojob hinauslaufen, den sie überall hätte kriegen können.

Sie legte ihren teuren, pelzgefütterten Wildledermantel ab, und die Kinder stießen ein Freudengeheul aus, als sich zeigte, daß sie ihnen sowohl Schokoladencremetorte als auch Rum-Baba mitgebracht hatte.

»Du bist ja eine Gedankenleserin«, sagte ich. Ich küßte sie. Vor den Augen der Kinder riskierte ich natürlich nicht mehr als einen jener zeremoniellen Wangenküsse, die man beim Empfang des Ordens der Ehrenlegion erhält und austeilt.

Sie lächelte, als auch die Kinder ihr mit einem Kuß für den mitgebrachten Kuchen dankten, ehe sie den Teetisch deckten. »Ich finde deine Kinder bezaubernd, Bernard.«

»Du hast ihnen ihre Lieblingskuchen mitgebracht«, sagte ich.

»Ich habe zwei jüngere Schwestern. Ich weiß, was Kindern schmeckt.«

Sie setzte sich an den Kamin und wärmte sich die Hände. Draußen hatte es zu dämmern begonnen, und so war es hier drinnen schon dunkel. Nur auf ihrem strohblonden Haar lag noch ein Schimmer von Tageslicht, roter Feuerschein erhellte ihr Hände und Gesicht.

Nanny kam herein, und die beiden Frauen begrüßten einander mit geräuschvoller Herzlichkeit. Sie hatten schon des öfteren miteinander telefoniert, und ihres fast gleichen Alters wegen schienen sie genug miteinander auszukommen, was meine Befürchtung, Nanny könnte es mir verübeln, wenn ich eine »Freundin« mitbrachte, gegenstandslos machte.

Zu mir sagte Nanny: »Die Kinder wollen den Toast hier am Kaminfeuer rösten, aber ich könnte ihn doch ohne weiteres im Toaster machen.«

»Setzen wir uns doch alle zum Tee hier ans Feuer«, schlug ich vor.

Nanny sah mich an und sagte nichts.

»Ist was, Nanny?«

»Wir sollten besser in der Küche essen. Die Kinder werden auf den Teppich krümeln und kleckern, und Mrs. Dias kommt erst am Dienstag wieder zum Saubermachen.«

»Ach, Nanny, seien Sie doch nicht so pingelig«, sagte ich.

»Ich werde nachher saubermachen, Doris«, sagte Gloria. Doris! Donnerwetter! Die beiden schienen ja schon die dicksten Freundinnen zu sein.

»Und, Mister Samson«, fuhr Nanny zögernd fort: »Die Kinder sind eingeladen, den Abend bei einem von Billys Schulkameraden zu verbringen. Bei den Dubois'. Sie wohnen in der Nähe von Swiss Cottage. Ich habe versprochen, vor fünf Bescheid zu sagen.«

»Sicher, warum nicht? Wenn die Kinder wollen. Gehen Sie auch hin?«

»Ja, ich würde gerne. Die Dubois haben *Swinging' in the Rain* auf Video, und nachher soll es Suppe und belegte Brote geben. Es werden auch noch andere Kinder dasein. Wir werden wahrscheinlich ziemlich spät heimkommen, aber die Kinder können morgen lange schlafen.«

»Na schön, aber fahren Sie vorsichtig, Nanny. Die Stadt ist Samstag abends immer voller betrunkener Autofahrer.«

Aus der Küche ertönten Jubelrufe, als Nanny meine Entscheidung dort bekanntgab. Und der gemeinsame Tee am Kaminfeuer war ein voller Erfolg. Die Kinder sagten Rudyard Kiplings Gedicht »Wenn ...« für Gloria auf (Wenn du, da ringsum alle den Kopf verlieren und dir die Schuld daran geben, den Kopf nicht verlierst ... und so weiter, und so weiter, ist dein die ganze Welt und, was mehr zählt, mein Sohn, bist du ein Mann), und Billy führte drei neue Zauberkunststücke vor, die er für die Weihnachtsaufführung in der Schule gelernt hatte.

»Wenn ich mich recht erinnere«, sagte ich, »hatte ich dir versprochen, dich zum Essen in das griechische Restaurant auszuführen, dann auf ein Glas oder zwei in *Les Ambassadeurs* und dich dann wieder bei deinen Eltern abzuliefern.«

»So ist's besser«, sagte sie. Wir lagen im Bett. Ich sagte nichts. »Es ist doch besser, oder nicht?« fragte sie ängstlich.

Ich küßte sie. »Es ist Wahnsinn, und du weißt es.«

»Nanny und die Kinder kommen noch lange nicht zurück.«

»Ich spreche von dir und mir. Wann wirst du endlich begreifen, daß ich zwanzig Jahre älter bin als du?«

»Ich liebe dich, und du liebst mich.«

»Ich habe nicht gesagt, daß ich dich liebe«, sagte ich.

Sie zog einen Flunsch. Sie nahm's mir übel, daß ich nie sagen wollte, ich liebte sie, aber in dem Punkt blieb ich hart; sie war so jung, daß ich mich des Gefühls, sie auszunützen, nicht erwehren konnte. Verrückterweise kam es mir auch so vor, als könne ich mir nur durch diese standhafte Weigerung, ihr eine Liebeserklärung zu machen, einen letzten Rest von Selbstachtung bewahren.

»Ist ja auch egal«, sagte sie und zog die Bettdecke wie ein Zelt über unsere Köpfe. »Ich weiß, daß du mich liebst. Du willst es nur nicht zugeben.«

»Ahnen deine Eltern, daß wir ein Verhältnis haben?«

»Hast du immer noch Angst, daß dich mein Vater deswegen zur Rede stellt?«

»Allerdings.«

»Ich bin eine erwachsene Frau«, sagte sie. Je mehr ich mich bemühte, ihr meine gemischten Gefühle auseinanderzusetzen, desto mehr schien ich sie zu belustigen. Sie lachte und kuschelte sich an mich.

»Du bist nur zehn Jahre älter als meine kleine Sally.«

Nun langweilte sie ihr Zelt, und sie warf die Bettdecke zurück.

»Deine Tochter ist erst acht. Aber von dem deiner Behauptung zugrundeliegenden Rechenfehler abgesehen, wirst du dich auch damit abfinden müssen, daß deine entzückende Tochter in weiteren zehn Jahren ebenfalls eine erwachsene Frau sein wird. Sogar noch eher. Du bist ein verknöcherter, alter Spießer, Bernard.«

»Erst erzählt mir Dicky, daß ich fett und wabbelig bin, und jetzt erfahre ich von dir, daß ich auch noch ein verknöcherter, alter Spießer bin. Wenn das nicht reicht, jedes Selbstwertgefühl in einem zu ersticken.«

»Du weißt genau, daß dein Selbstwertgefühl nicht so leicht kleinzukriegen ist, Liebster.«

»Komm her«, sagte ich. Ich drückte sie an mich und küßte sie.

Die furchtbare Wahrheit war, daß ich mich auf dem besten Wege befand, mich in sie zu verlieben. Ich dachte zuviel an sie. Bald würde jeder im Büro wissen, wie es zwischen uns stand. Schlimmer, bei der Vorstellung, daß dieses unmögliche Verhältnis eines Tages zu Ende sein würde, kriegte ich es mit der Angst zu tun. Und das ist ja wohl schon Liebe, nehme ich an.

»Ich habe die ganze Woche über für Dicky Akten abgelegt.«

»Ich weiß, und ich bin eifersüchtig.«

»Dicky ist ein solcher Idiot«, sagte sie, ohne erkennbaren Zusammenhang. »Ich hielt ihn immer für unheimlich klug, aber in Wirklichkeit ist er ganz schön dumm.« Ihr Ton war amüsiert und spöttisch, aber ein gewisser zärtlicher Unterton war nicht zu überhören. Dicky wußte bei allen Frauen den mütterlichen Instinkt für sich zu mobilisieren, übrigens sogar bei seiner eigenen.

»Wem sagst du das?« fragte ich. »Der Kerl ist mein Chef.«

»Hast du jemals daran gedacht, die Abteilung zu verlassen, Bernard?«

»Nicht nur einmal – schon oft, immer wieder. Aber was könnte ich machen?«

»Du könntest fast alles machen«, erklärte sie mit der schwärmerischen Glut und der festen Überzeugung, die bei solchen Gelegenheiten nur sehr junge Leute aufbringen.

»Ich bin vierzig«, sagte ich. »Die Firmen sind an vielversprechenden Männern von vierzig nicht interessiert. In der freien Wirtschaft kann ich nichts mehr werden.«

»Ich haue bald ab«, sagte sie. »Diese Hunde werden mir nie bezahlten Urlaub für Cambridge gewähren, und wenn ich nicht nächstes Jahr anfange zu studieren, weiß der Himmel, wann ich wieder einen Platz kriege.«

»Haben sie dir gesagt, daß sie dir keinen bezahlten Urlaub geben wollen?«

»Sie haben mich gefragt, ob mir auch unbezahlter Urlaub recht wäre. Morgan wollte das wissen. Dieser eklige, kleine Waliser, der alle Drecksarbeit für das Büro des Direktors macht.«

»Und was hast du ihm geantwortet?«

»Ich habe ihm gesagt, er solle sich zum Teufel scheren.«

»Ausdrücklich?«

»Ich hatte wohl keinen Grund mehr, dem Kerl meine Meinung zu verheimlichen.«

»Nicht die geringste, Liebling«, sagte ich.

»Ich kann diesen Morgan nicht ausstehen«, fuhr sie fort. »Übrigens ist er auch kein besonderer Freund von dir.«

»Wieso nicht?«

»In der vorigen Woche habe ich ihn mit Bret Rensselaer reden gehört. Morgan sagte, du tätest ihm leid, weil du jetzt, nachdem deine Frau zu den Russen übergelaufen ist, ja wohl kaum noch eine Zukunft in der Abteilung hättest.«

»Was hat Bret dazu gesagt?«

»Er ist immer sehr gerecht, sehr leidenschaftslos, sehr ehrenhaft und aufrichtig; er ist der schöne Amerikaner, Bret Rensselaer. Er sagte, die Deutschland-Abteilung wäre ohne dich aufgeschmissen. Morgan sagte, die Deutschland-Abteilung wäre schließlich nicht die einzige Unterabteilung der Abteilung, und Bret sagte: ›Nein, aber die wichtigste.‹«

»Wie hat Morgan das aufgenommen?«

»Er sagte, Bret würde sich die Sache vielleicht noch anders überlegen, wenn erst die Vernehmungen von Stinnes beendet sind.«

»Jesus«, sagte ich. »Wovon redet das Schwein?«

»Reg dich doch nicht auf, Bernie. Das ist eben Morgans giftige Art, du kennst ihn doch.«

»Frank Harrison hat einmal gesagt, Morgan sei der Martin Bormann von London SW 1.« Ich lachte.

»Den Witz mußt du mir erklären.«

»Martin Bormann war Hitlers Sekretär, aber da er darüber entschied, wer zum Führer vorgelassen wurde und wer nicht, übte er große Macht aus. Wer es mit Bormann verdarb, kriegte Hitler nicht mehr zu Gesicht und verschwand binnen kurzem in der Versenkung.«

»Und Morgan, meinst du, beeinflußt die Entscheidungen des Direktors auf diese Weise?«

»Der Alte ist leidend«, sagte ich.

»Er ist total plemplem«, sagte Gloria.

»Er hat gute und schlechte Tage«, sagte ich. Unser Direktor tat mir leid. Früher war er wirklich gut – griff, wenn nötig, hart durch, aber immer um Gerechtigkeit bemüht und grundehrlich. »Aber seitdem Morgan sozusagen als Vollstrecker oder Scharfrichter des Alten fungiert – niemand sonst wollte diesen Job haben –, ist er zu einem sehr mächtigen Mann in unserem Haus geworden. Und das sehr schnell.«

»Seit wann ist er denn schon in der Abteilung?«

»Ich weiß nicht genau – zwei Jahre, höchstens drei. Aber heute redet er mit Leuten, die schon so lange dabei sind wie Bret Rensselaer und Frank Harrington, als hätte er mit ihnen zusammen angefangen.«

»Das stimmt. Ich hörte, wie er Bret empfahl, die Leitung der

Vernehmungen von Stinnes zu übernehmen. Bret sagte, dazu hätte er keine Zeit. Morgan meinte, der Zeitaufwand dafür wäre nicht groß. Er solle nur die Zügel in die Hand nehmen, damit man hier in der Abteilung erfährt, was da drüben im *London Debriefing Centre* gespielt wird. Er redete, als wäre er der Chef persönlich.«

»Wie hat denn Bret darauf reagiert?«

»Er erbat sich Bedenkzeit und versprach, Morgan nächste Woche Bescheid zu sagen. Und dann fragte er, ob irgend jemand wisse, wann Frank Harrington in Pension geht. Morgan sagte, das stehe noch nicht fest, diesbezüglich sei noch nichts entschieden. Bret fragte ›Wirklich nicht?‹ mit so einer komischen Stimme, und dann lachten beide. Keine Ahnung, was sie so komisch fanden.«

»Der Direktor kann einem einen Adelstitel verschaffen. Angeblich hat er den Frank Harrington zugedacht, wenn er die Leitung der Berliner Außenstelle abgibt und in den Ruhestand tritt. Jeder weiß aber, daß Bret für einen Adelstitel seinen rechten Arm geben würde.«

»Ach, so werden Leute also adelig?«

»Manchmal.«

»Da war noch was«, sagte Gloria. »Ich wollte es dir eigentlich nicht erzählen, aber Morgan erzählte, der Direktor sei der Meinung, es sei sicherlich das beste, dich von Anfang nächsten Jahres an nicht mehr im Außendienst einzusetzen.«

»Ehrlich?« fragte ich bestürzt.

»Bret meinte, die Leute von der Inneren Sicherheit hätten dir ein tadelloses Gesundheitsattest gegeben – er sagte wörtlich ›Gesundheisattest‹ –, darauf sagte Morgan, mit der Inneren Sicherheit hätte die Entscheidung des Chefs gar nichts zu tun. Dem ginge es vielmehr um das Ansehen der Abteilung.«

»Das klingt aber kein bißchen wie unser Chef«, sagte ich. »Das hört sich mehr nach Morgan an.«

»Morgan, der Bauchredner«, sagte Gloria.

Ich küßte sie erneut und wechselte das Thema.

»Tut mir leid«, sagte Gloria, der auffiel, daß mich ihre Berichte aus dem Büro deprimierten. »Eigentlich wollte ich ja auch gar nicht davon anfangen.«

Ich nahm sie in die Arme. »Woher wußtest du, was für Kuchen meine Kinder am liebsten essen, du Hexe?«

»Ich habe Doris angerufen und sie gefragt.«

»Ihr seid schon die dicksten Freundinnen, du und unsere Nanny, was?« fragte ich mißtrauisch.

»Warum nennst du sie nicht bei ihrem Namen?«

»Ich sage immer Nanny, wie die Kinder. Schon damit niemand auf die Idee kommt, sie sei mehr für mich als unser Kindermädchen.«

»Mein Himmel, diese Prüderie! Sie schwärmt für dich, weißt du das?«

»Bitte, weiche meiner Frage nicht aus. Hast du mit Nanny konspiriert?«

»Mit Nanny? Über was denn?«

»Das weißt du ganz genau.«

»Laß das. Verdammt, hör auf, mich zu kitzeln. Oh, oh, oh. Ich weiß nicht, wovon du redest. Bitte, hör doch auf.«

»Hast du dich mit Nanny auf verschwörerische Weise arrangiert, daß wir heute abend allein sind?«

»Natürlich nicht.«

»Was hast du ihr gegeben?«

»Hör auf. Bitte. Du Scheusal.«

»Was hast du ihr gegeben?«

»Eine Schachtel Konfekt.«

»Wußte ich's doch. Du berechnendes Biest.«

»Ich hasse griechische Küche.«

IV.

Immer wenn ich mit den Kindern Billys Patenonkel besuchte, lohnte sich das für mich mindestens so sehr wie für Billy und Sally. Ich genoß es, einen Tag auf dem Lande zu verbringen. Ich genoß das gute Essen – was sonntags bei ›Onkel Silas‹ auf den Tisch kam, hätte die Ansprüche des verwöhntesten Feinschmekkers zufriedengestellt –, und ich genoß die Gelegenheit, mich mit »Onkel Silas« zu unterhalten, einem der legendären Helden des goldenen Zeitalters unserer Abteilung. Diesmal ergab sich dabei für mich auch die Gelegenheit, gewisse Widersprüche in der Aussage der festgenommenen Frau aufzuklären. Wenn Dicky der Meinung war, seitens der Abteilung bestünde daran kein Interesse, wollte ich doch wenigstens meine eigene Neugier befriedigen.

Der Besitz hatte mich von jeher fasziniert: *Whitelands* war so überraschend wie Silas Gaunt selbst. Von der langen Auffahrt aus gesehen, war das alte, steinerne Gutshaus in dem gepflegten Garten so hübsch wie ein Kalenderbild. Doch bei näherem Betrachten erkannte man, daß dieses Haus im Laufe seiner schon langen Geschichte von vielen verschiedenen Besitzern, deren sehr verschiedenen Geschmäckern entsprechend, umgebaut, ausgebaut, modernisiert und entstellt worden war. Jenseits des mit Kopfsteinen gepflasterten Hofs hinter dem Haus stand ein seltsamer gotischer, zinnengekrönter Turm, dessen Wendeltreppe in einen großen, prächtig ausgestatteten Raum hinaufführte, eine Art Spiegelkabinett, das einst als Schlafzimmer gedient hatte. Noch überraschender wirkte im Gebäude selbst, das ursprünglich nichts weiter als ein großes Bauernhaus gewesen war, was man den steinernen Fußböden und Balkendecken noch heute ansah, ein reich getäfeltes Billard-Zimmer, dessen Wände mit Jagdtrophäen geschmückt waren. Diese beiden Zutaten waren das Werk eines Bierbrauers, der das Haus im 19. Jahrhundert besaß und sich in den beschriebenen Räumlichkeiten die Zeit auf die seinem Geschmack am meisten zusagende Weise zu vertreiben pflegte.

Silas Gaunt hatte *Whiteland* von seinem Vater geerbt, das Gut aber nie selbst bewirtschaftet. Auch jetzt, da er aus dem aktiven Dienst ausgeschieden war und sich hierher zurückgezogen hatte, überließ er alle Entscheidungen seinem Gutsverwalter. Kein Wunder, daß Silas das Leben auf seinen sechshundert Morgen am Rande der Cotswolds manchmal ziemlich einsam fand. Das sanfte Grün des Sommers war dahin. Das Braun des Herbstes auch. Jetzt zeigte sich das nackte Gerüst der Landschaft: struppige Hecken, entblätterte Bäume. Der erste Schnee hatte die harten Kämme der Furchen der leeren, braunen Äcker weiß gepudert. So lagen sie da, schraffierte Stückchen Land, auf dem Elstern, Krähen und Spatzen nach Würmern und Insekten suchten.

Anfangs hatte Silas hier nur selten Besuch gehabt, also ein rechtes Einsiedlerleben geführt, denn die Unterhaltung seiner Haushälterin, Mrs. Porter, ging über die Erörterung von Kochrezepten, Handarbeiten und der ständig steigenden Preise des Krämers im Dorf nicht hinaus. Silas Gaunt hielt sich an seine Bibliothek, seine Schallplattensammlung und seinen Weinkeller. Aber auf die Dauer fand er die Gesellschaft Schillers, Mahlers und des guten Margaux doch nicht ganz ausreichend (obwohl er von diesen drei »Gefährten seines Ruhestandes« stets voller Hochachtung sprach), und so lud er jetzt gelegentlich zum Wochenende ein paar Leute ein, meistens ehemalige oder noch aktive Angehörige der Abteilung, gemischt mit einigen der zahlreichen Künstler, Industriekapitäne, Exzentriker und Spinner, deren Bekanntschaft Silas im Laufe seiner sehr langen und erstaunlichen Karriere gemacht hatte.

Silas war immer zerzaust. Das dünne, weiße Haar, das sein fast kahles Haupt wie ein Heiligenschein umgab, fügte sich weder der Disziplin des Kamms noch der drohend gespreizten Finger, die Silas jedesmal erhob, wenn ihm eine Strähne über die Augen fiel. Er war groß und breit, eine Falstaff-Gestalt, lachte und redete gern laut, konnte in einem halben Dutzend Sprachen fließend fluchen, schloß auf alles und jedes verwegene Wetten ab und behauptete – nicht ganz unzutreffend –, imstande zu sein, jeden unter den Tisch zu trinken.

Billy und Sally betrachteten ihn mit einer Art ehrfürchtiger Scheu. Zwar freuten sie sich jedesmal, wenn wir nach *Whitelands* zu Onkel Silas fuhren, aber sie wußten auch, daß sie vor seinen plötzlich wechselnden Launen, obwohl er ihnen im großen ganzen vermutlich wohlgesonnen war, stets auf der Hut sein mußten. Mein eigenes Verhältnis zu Onkel Silas war ähnlich. Heute fanden wir in der Eingangshalle seines Hauses einen prächtig geschmückten Weihnachtsbaum, unter dem für jedes der Kinder Geschenke lagen, in buntes Papier gewickelt und mit rotem Band verschnürt, dessen Enden adrett zu festlichen Schleifen gebunden waren, zweifellos von Mrs. Porter.

Wie alle alten Leute legte Silas Gaunt großen Wert auf die Einhaltung unwandelbarer Rituale. Wenn über das Wochenende Gäste kamen, wußten diese also im voraus, was sie erwartete: Ein langer Spaziergang am Samstagmorgen (um den ich mich nach Möglichkeit drückte), Roastbeef zum Lunch, Billard am Nachmittag, und am Samstagabend zum Dinner hatte man im Abendanzug zu erscheinen. Am Sonntagmorgen trieb Onkel Silas die Herde seiner Gäste in die Kirche, und nach einem Glas im Dorfgasthaus gab es dann zum Mittagessen bei ihm zu Hause gewöhnlich ein Stück Wild oder, wenn Wild nicht erhältlich war, Geflügel. Diesmal bewirtete er uns mit Ente, wie ich zu meiner Erleichterung bemerkte. Als Geflügel kamen nämlich bei Onkel Silas oft Haufen von seltsamen kleinen Vögelchen auf den Tisch, bei deren Verzehr man mit jedem Happen eine Ladung Schrot zu sich nahm.

»Staunst du nicht, daß Walter hier ist?« fragte mich Onkel Silas abermals, während er mit der sorglosen Beiläufigkeit eines Metzgers sein langes Vorlegemesser wetzte.

Ich hatte schon bei meiner Ankunft pflichtschuldig gestaunt, aber die mir zugedachte Rolle anscheinend dennoch nicht ganz zufriedenstellend gespielt. »Ich bin baff«, antwortete ich und zwinkerte Munte zu. Ich kannte Dr. Walter von Munte noch besser, als ich Onkel Silas kannte. Vor langer Zeit hatte er mir unter

Einsatz seines eigenen Daseins das Leben gerettet. Munte schmunzelte, und sogar die reservierte alte Dame an seiner Seite lächelte, wenn auch fast unmerklich. Den Muntes mußte nach dem verschwiegenen, unauffälligen, bescheidenen Leben, das sie in der Deutschen Demokratischen Republik geführt hatten, die Gesellschaft des extrovertierten, lauten, anscheinend immer unverblümt frei von der Leber weg redenden Silas Gaunt ziemlich exotisch vorkommen.

Ich wußte, daß die Muntes sich bei ihm aufhielten, schließlich war es mein Beruf, solche Sachen zu wissen. Ich hatte geholfen, sie aus dem Osten herauszuholen. Diesmal galt sogar mein Besuch bei Onkel Silas hauptsächlich ihnen. Doch wurde ihr Aufenthaltsort in der Abteilung als Geheimnis behandelt, und so durfte Onkel Silas erwarten, daß ich staunte, sie bei ihm zu finden, oder dies doch zumindest überzeugend darstellte.

Bis vor wenigen Wochen war dieser melancholische alte Mann einer unserer zuverlässigsten Agenten gewesen. Unter dem Decknamen Brahms Vier – seine wahre Identität war selbst in London außer mir nur sehr wenigen bekannt gewesen – hatte er uns regelmäßig über die Operationen der Deutschen Notenbank berichtet, das heißt, über die Geschäfte der Staatsbank der DDR, so daß wir durch ihn umfassend über den Staatshaushalt der DDR unterrichtet waren. Gelegentlich hatte er uns zudem über Entscheidungen und Pläne des Comecon – des Rates für gegenseitige Wirtschaftshilfe des Ostblocks – informiert und für die Deutsche Notenbank bestimmte Mitteilungen der Moskauer Narodny-Bank an uns weitergeleitet. Bei uns hatte Bret Rensselaer diese Informationen bearbeitet und auf Muntes gefährlicher Arbeit innerhalb der Abteilung ein eigenes Reich für sich gegründet. Nun war Munte *debriefed,* das heißt, sein Einsatz war beendet; und nachdem man ihn erschöpfend vernommen hatte, wurde er in die Obhut seines alten Freundes Silas Gaunt entlassen. Bret aber suchte verzweifelt nach einer neuen Machtbasis.

Silas stand am Ende der langen Tafel und zerlegte die Ente, von der er jedem Gast das ihm seines Erachtens zukommende Stück vorlegte. Als Hausvater wußte Silas, was gut für einen war. Mrs. Porter sah diesem Spektakel mit ausdruckslosem Gesicht zu. Sie stellte die vorgewärmten Teller bereit, verteilte die Schüsseln mit Gemüse und Bratensoße auf den Tisch und brachte im dramaturgisch genau richtigen Moment eine zweite Ente. »Noch eine!« rief Silas entzückt, als hätte er alle Anordnungen für dieses Essen nicht selbst getroffen und wüßte nicht, daß sich für alle Fälle noch eine dritte Ente in der Bratröhre befand.

Ehe er den Wein einschenkte, hielt uns Silas einen Vortrag über denselben: Palmer 1961, dozierte er, sei der beste Rotwein, den er je gekostet hätte, vielleicht der beste Rotwein dieses Jahrhunderts. Dann zögerte er, betrachtete den aus seiner Flasche bereits in eine kostbare alte Karaffe umgefüllten Wein, als bedaure er, dieses kostbare Naß an die gegenwärtige Gesellschaft zu verschwenden.

Herr von Munte spürte wahrscheinlich dieses Zögern, denn er sagte: »Es ist wahrhaft großherzig von Ihnen, diesen Wein mit uns zu teilen.«

»Neulich habe ich mich mal in meinem Weinkeller umgesehen«, sagte Silas. Er stand kerzengerade am Ende der Tafel und sah aus dem Fenster über den verschneiten Rasen, als spräche er mit sich selbst. »Ein Dutzend Flaschen Portwein des Jahrgangs 1878 habe ich da gefunden. Die hat mir mein Großvater zu meinem zehnten Geburtstag gekauft, und ich hatte sie total vergessen. Ich habe diesen Wein nie probiert. Aber abgesehen davon habe ich eine Menge anderer Schätze da unten. Ich habe mich mit gutem Wein eingedeckt, als ich noch das Geld hatte, ihn mir leisten zu können. Es würde mir das Herz brechen, wenn allzuviel von diesem erlesenen Rotspon an dem Tag da unten läge, da man mich ins Grab senkt.«

Er schenkte uns sorgfältig ein und wurde von uns mit all den Komplimenten bedacht, deren er bedurfte. Wie in manch anderer Hinsicht glich er einem Schauspieler – er brauchte regelmäßig wiederholte und aufrichtige Versicherungen, daß man ihn liebte. »Das Etikett nach oben, immer das Etikett nach oben, im Keller und beim Gießen. Sonst wird der Wein trübe.«

Ich wußte, daß die Tischgesellschaft größtenteils aus Männern, dazu noch überwiegend aus Kollegen, bestehen würde. Silas hatte das warnend zu bedenken gegeben, ich war aber trotzdem gekommen. Sowohl Bret Rensselaer als auch Frank Harrington waren anwesend. Rensselaer war Mitte Fünfzig, gebürtiger Amerikaner. Er achtete streng auf seine schlanke Linie, so daß er kaum Fleisch auf den Knochen zu haben schien. Obwohl sein Haar schon weiß wurde, war das Blond noch vorherrschend, was ihm sein jugendliches Aussehen bewahrte. Auch lächelte er viel und hatte gute Zähne und ein knochiges Gesicht ohne viele Falten.

Während des Lunchs gab man dem zu dieser Jahreszeit üblichen Staunen Ausdruck, daß schon wieder einmal Weihnachten vor der Türe stehe, und es wurde erörtert, ob mehr Schnee zu erwarten sei. Bret Rensselaer plante einen Ski-Urlaub. Frank Harrington, der Leiter unserer Berliner Außenstelle, erklärte, daß es für richtig guten Schnee noch zu früh sei. Silas riet Bret, in die Schweiz zu fahren.

Frank äußerte sich auch kritisch über die Schneeverhältnisse zu dieser Jahreszeit in der Schweiz. Frank hielt sich für eine Autorität in diesen Fragen. Skilaufen, Golfspielen, Segeln, davon verstand er was, überhaupt vom Urlaubmachen. Frank Harrington sollte demnächst in den Ruhestand treten, in den Stand, auf den er sich lebenslang und unermüdlich vorbereitet hatte. Er war eine soldatische Erscheinung mit wettergegerbtem Gesicht und kurzgeschnittenem Bürstenschnurrbart. Im Gegensatz zu Bret, der hier den gleichen von einem teuren Schneider in der Savile Row gefertigten Anzug trug wie im Büro, war Frank für ein Weekend der englischen Oberschicht auf dem Lande korrekt gekleidet: alte Bedford-Cordhosen und ein Khaki-Pullover mit seidenem Halstuch im offenen Kragen des ausgeblichenen Hemdes. »Februar«, sagte Frank. »Nur zu dieser Zeit lohnt es sich, zum Skilaufen irgendwohin zu fahren.«

Mir fiel auf, wie Bret Herrn von Munte musterte, den Mann, dessen wertvolle Informationen Bret den Aufstieg in die höchsten Sphären der Abteilung ermöglicht hatten. Nun war Brets kleiner Staat im Staate aufgehoben worden, und seitdem der alte Mann aus Ostberlin geflüchtet war, war Brets Stellung in der Abteilung bedroht. Kein Wunder also, daß die beiden Männer einander mit den Augen abtasteten wie Boxer im Ring.

Die Unterhaltung wurde ernsthafter, als das in dieser Gesellschaft unvermeidliche Thema der deutschen Wiedervereinigung zur Sprache kam. »Wie tief sitzt bei den Ostdeutschen die kommunistische Philosophie«, fragte Bret seinen einstigen Informanten über wirtschaftliche Vorgänge im kommunistischen Herrschaftsbereich.

»Philosophie?« mischte sich Silas ein. »Als eine Art pervertierter Religion will ich den Kommunismus gelten lassen – der Kreml so unfehlbar wie der Vatikan –, aber doch nicht als Philosophie.« Man hörte seiner Stimme an, daß es ihm guttat, die Muntes seit einiger Zeit als Hausgenossen zu haben.

Herr von Munte ging auf den von Silas angefangenen Streit um Worte nicht ein. »Die Art und Weise, in der Stalin Deutschland Schlesien, Pommern und Ostpreußen weggenommen hat, macht es vielen von uns Deutschen unmöglich, die UdSSR als Freund, guten Nachbarn und Vorbild zu akzeptieren.«

»Inzwischen ist das Ende des Krieges doch aber schon eine ganze Weile her«, entgegnete Bret. »Von welchen Deutschen sprechen Sie? Sind nicht vielleicht den jungen Deutschen von heute diese verlorenen Ostgebiete ziemlich schnuppe?« Er lächelte. Bret setzte, wenn er jemanden absichtlich provozierte wie jetzt, seine verbindlichen Umgangsformen oft als örtliche Betäubung ein, während er mit dem scharfen Messer beleidigender Bemerkungen operierte.

Herr von Munte ließ sich nicht aus der Ruhe bringen. Während seiner langen Dienstjahre bei der Deutschen Notenbank hatte er zweifellos Gelegenheit gehabt, sich darin zu vervollkommnen. Ich bin jedoch überzeugt, daß die Kunst, sich nichts anmerken zu lassen, diesem Mann in die Wiege gelegt worden war. Ich hätte jedenfalls nicht gegen ihn Poker spielen wollen. »Ihr Engländer vergleicht die deutschen Ostgebiete mit Britisch-Indien. Die Franzosen finden unsere Heimatvertriebenen, die sich nicht auf die Dauer mit der Oder-Neiße-Grenze abfinden wollen, so reaktionär wie die *pieds-noirs,* die Algerien-Franzosen, die hoffen, Algerien eines Tages wieder von Paris aus regiert zu sehen.«

»Genau«, bestätigte Bret. Er lächelte still und aß einen Happen Ente.

Herr von Munte nickte. »Aber die deutschen Ostgebiete waren

viele Jahrhunderte hindurch deutsch und spielten von jeher in den Beziehungen Europas zum Osten eine wichtige Mittlerrolle. Der deutsche Osten, nicht Polen, war von jeher das Gebiet, wo sich Europa – in psychologischer und kultureller Hinsicht, aber auch in praktisch machtpolitischer – mit Rußland auseinandersetzte und austauschte. Preußen lag östlich der Elbe, Friedrich der Große, Yorck und Bismarck waren, nach heutigen Begriffen, Ostdeutsche, und Preußen hat immer gute Beziehungen zu Rußland gepflegt.« Er hielt inne und sah stumm in die Runde, ehe er mit seinen Erläuterungen fortfuhr, die er offenbar schon zu wiederholten Malen abgegeben hatte. »Zar Alexander I. und sein Nachfolger Nikolaus waren mehr deutscher als russischer Abstammung, und beide heirateten deutsche Prinzessinnen. Und denken Sie doch nur an Bismarck, der russische Interessen verteidigte, selbst wo dies Deutschlands Beziehungen zu Österreich zu stören drohte.«

»Freilich«, sagte Bret spöttisch. »Dabei haben Sie Karl Marx, der sogar aus Trier in der Bundesrepublik stammte, noch gar nicht erwähnt.«

Einen Augenblick lang fürchtete ich, daß Munte diesen Scherz ernst nehmen und sich lächerlich machen würde, aber er merkte, wie der Hase lief, und lächelte.

»Wird es jemals einen dauerhaften Frieden in Europa geben?« fragte Bret verdrießlich. »Wenn ich meinen Ohren glauben darf, hat also Ihrer Meinung nach Deutschland berechtigte Gebietsansprüche, die es nicht auf die Dauer fallenlassen kann?« Für Bret war die ganze Sache ein Spiel, nur daß der arme, alte Munte die Regeln nicht kannte und deshalb nicht merkte, daß er schon geschlagen war.

»Ansprüche auf deutsche Gebiete«, sagte Munte hartnäckig.

»Polnische, meinen Sie, und ein Stück der Sowjetunion«, sagte Bret, »wir wollen da doch keine Mißverständnisse aufkommen lassen.«

Silas schenkte allen Beteiligten besänftigend von neuem seinen kostbaren (und tatsächlich köstlichen) Château Palmer nach. »Sie stammen aus Pommern, Walter, nicht wahr?« Es war eine Aufforderung, das Thema zu wechseln, keine echte Frage, denn inzwischen war Silas mit allen Einzelheiten der Geschichte der Familie von Munte bestens vertraut.

»Ja, aus Falkenburg. Meine Familie besaß dort ein Gut.«

»Das liegt doch fast an der Ostsee, nicht?« fragte Bret und heuchelte als versöhnliche Geste Interesse.

»Na ja, fast. Im Regierungsbezirk Köslin, Kreis Dramburg, genaugenommen an der Drage, einem kleinen Fluß, der in die Netze mündet, die ihrerseits in die Warthe fließt, den größten Nebenfluß der Oder, von der Sie vielleicht schon gehört haben und daher wissen werden, daß sie aus dem Stettiner Haff in die Ostsee mündet«, sagte Munte. Und dann, zu mir gewandt: »Sie kennen die Gegend, nicht wahr, Bernard?« Unter den Anwesenden war ich der einzige, dem er Bekanntschaft mit seiner alten Heimat zutraute.

»Ja«, antwortete ich. »Viele Seen und Hügel. Nennt man die Umgebung von Falkenburg nicht die Pommersche Schweiz?«

»Nicht mehr.«

»Eine schöne Gegend«, sagte ich. »Aber, wenn ich mich recht an sie erinnere, verdammt kalt, Walter.«

»Sie müßten sie im Sommer erleben«, sagte Herr von Munte. »Kein schöner Land in dieser Zeit . . .« Ich sah Frau von Munte an. Der freie Westen – glaube ich – hielt nicht, was sie sich vielleicht von ihm versprochen hatte. Sie sprach nicht besonders gut Englisch und litt unter der Isolation, in der sie hier als Flüchtlinge lebten. Als die Unterhaltung auf Pommern gekommen war, hatte sich ihr Gesicht aufgehellt; ich merkte, daß sie sich bemühte, zu verstehen, was gesagt wurde.

»Sind Sie nach dem Krieg noch einmal dort gewesen?« fragte Silas.

»Ja, meine Frau und ich sind vor zehn Jahren einmal hingefahren. Aber das war ein Fehler. Man sollte nie zurückgehen.«

»Erzählen Sie uns davon«, bat Silas.

Zunächst schien es, als hätte Herr von Munte seine Erinnerungen an dieses Wiedersehen mit seiner Heimat lieber für sich behalten, aber schließlich sagte er: »Es ist irgendwie unheimlich, in seine Heimat zurückzukehren und diese ausschließlich von Fremden bewohnt zu finden, von Fremden, die in einer fremden Sprache die Heimat bei einem fremden Namen nennen. Wie ich sagte, bin ich in Falkenburg geboren, aber wir kehrten nach Zlocieniec zurück.«

»Sie werden doch aber darauf vorbereitet gewesen sein, daß Ihr Geburtsort inzwischen einen polnischen Namen erhalten hat«, meldete sich Frank Harrington.

»Mein Verstand war darauf vorbereitet, das Herz nicht, wie ich entdeckte.« Er wandte sich zu seiner Frau und wiederholte in deutscher Sprache, was er gesagt hatte. Sie nickte traurig.

»Die Eisenbahnverbindung mit Berlin war nie gut«, fuhr Herr von Munte fort. »Sogar vor dem Krieg mußte man zweimal umsteigen. Diesmal fuhren wir mit dem Bus. Ich versuchte, einen Wagen zu leihen, aber das war nicht möglich. Der Autobus brachte uns nach Neustettin, dort ist meine Frau aufgewachsen. Ihr Elternhaus steht noch, es war aber gar nicht leicht zu finden.«

»Konnten Sie nicht nach dem Weg fragen?« fragte Frank.

»Wir sprechen beide nicht viel Polnisch«, sagte Munte. »Außerdem hatte meine Frau in der Hermann-Göring-Straße gewohnt, und nach der zu fragen war nicht zweckmäßig.« Er lächelte. »Aber schließlich haben wir die Straße und das Haus doch gefunden. Wir trafen auf der Straße sogar eine Deutsche, eine alte Frau, die sich an meine Schwiegereltern erinnerte, eine von den wenigen Deutschen, die noch in Neustettin leben.«

»Und in Falkenburg, gab es da auch noch Deutsche?«

»Ach, in meinem geliebten Falkenburg war die Polonisierung gründlicher. Jedenfalls haben wir dort niemanden getroffen, der Deutsch verstand. Unser Gutshaus hatte am Ufer des Sees gestanden, aber irgendwie sah die Umgebung anders aus, als ich erwartet hatte. Wir suchten den Priester im nächsten Dorf auf, aber der war selbst erst kürzlich aus dem Inneren Polens dorthin versetzt worden und konnte uns keine Auskunft geben. Er war sehr hilfsbereit und lieh mir sogar ein Fahrrad zur Fortsetzung meiner Nachforschungen. Schließlich wurde mir klar, warum ich mein Elternhaus nicht wiederfand. Ich stieß nämlich im Wald auf Reste unserer Stallungen hinten auf dem früheren Hof. Das Wohnhaus hatte man offensichtlich abgerissen. Seinen Platz nahm jetzt ein

Kiefernwald ein, schon ziemlich hoch. Ich hätte gern gewußt, wie es dazu gekommen war, und der Priester versprach, uns zu schreiben, wenn er etwas darüber in Erfahrung brächte. Er hat nie geschrieben.«

»Und Sie selbst sind nicht noch einmal hingefahren, nach ... wie hieß jetzt doch der Ort?«

»Zlocieniec. Nein. Ich hätte es vielleicht getan, aber dann gab es diese Unruhen in Polen. Über die großen Demonstrationen für freie Gewerkschaften und die Gründung der Solidarność berichteten unsere Zeitungen natürlich mit Abscheu. Wir lasen, daß sich da reaktionäre Elemente regten, angestiftet von faschistischen Agenten aus dem Westen. Sie kennen das ja. Bei uns traute sich kaum jemand, ein Wort zu diesen polnischen ›Unruhen‹ zu sagen. Allgemein herrschte die Meinung vor, daß uns die verdammten Polen das Leben noch schwerer machten, indem sie die Russen reizten. Die Polen machten sich mit ihrem Freiheitsdrang selbst bei ihren gleichfalls unterdrückten Nachbarn unbeliebt. Vorsichtige Leute – und der gewöhnliche Sterbliche ist vorsichtig, jedenfalls in Deutschland – gingen zu Polen und seinen gefährlichen ›Unruhen‹ auf Distanz. Wer aus der DDR nach Polen fuhr, machte sich womöglich verdächtig, mit den Unruhestiftern zu sympathisieren. Na, und ich hatte ja, wie Sie wissen, sehr schwerwiegende Gründe, meine Loyalität von niemandem bezweifelt wissen zu wollen.«

»Aber nun essen Sie erst mal«, sagte Silas. »Wir halten Sie nur vom Essen ab, Walter.«

Nach dem Lunch begab sich ein Teil der Gäste ins Billardzimmer, ein anderer nahm im Wohnzimmer vor dem lodernden Kaminfeuer Platz, meine Kinder und Mrs. Porter etablierten sich vor dem Fernsehgerät.

Silas, der wußte, daß ich gern ohne die Gesellschaft meiner Kollegen mit Munte gesprochen hätte, führte uns beide in die verglaste Veranda, wo zu dieser Jahreszeit die Topfpflanzen untergebracht waren. Die Veranda erstreckte sich über eine ganze Seite des Hauses, ein riesiger Glaspalast, dessen Boden mit schönen alten Kacheln ausgelegt war, überall strotzendes Grün, wie in einem Gewächshaus. Ich wunderte mich, daß dieses Grünzeug bei der herrschenden Kälte anscheinend sehr gut gedieh, aber Silas sagte, was die Pflanzen brauchten, sei nicht so sehr Wärme als vielmehr Licht.

»Bei mir«, sagte ich, »verhält sich's genau umgekehrt.«

Silas lächelte, als hätte er den Witz schon mal gehört, was der Fall war, denn ich machte ihn jedesmal, wenn er mich zu irgendeiner vertraulichen Unterredung hierher ins Rübenkraut schleppte. Aber Silas gefiel es in seinem Gewächshaus, und wenn es ihm gefiel, dann hatte es dort jedem zu gefallen. Die Kälte schien ihm nichts anzuhaben. Er trug kein Jackett, und seine knallroten Hosenträger waren unter der aufgeknöpften Weste zu sehen. Herr von Munte trug einen schwarzen Anzug, in dem er wie der bescheidene, pflichtbewußte, preußische Staatsbeamte aussah, der er unter anderen historischen Voraussetzungen vielleicht geworden wäre. Sein Gesicht war grau und faltig, das kurzgeschnittene Haar schon fast weiß. Er nahm seine goldgeränderte Brille ab und polierte deren Gläser mit einem Taschentuch. Wie er da in einem Korbstuhl unter den großblätterigen Pflanzen saß, hätte man meinen können, er posiere für eines dieser Studio-Porträts, die die Fotografen allerdings schon seit mehr als hundert Jahren nicht mehr machen.

»Der junge Bernard will Sie etwas fragen, Walter«, sagte Silas. Er hatte eine Flasche Madeira und drei Gläser mitgebracht. Jetzt stellte er diese auf den Tisch, goß jedem von uns ein Glas ein und ließ sich gewichtig in einem gußeisernen Gartenstuhl nieder. Da saß er dann zwischen uns wie ein Schiedsrichter.

»Das ist nicht gut für mich«, sagte Herr von Munte, nahm aber desungeachtet das Glas, bewunderte die schöne Bernsteinfarbe des Weins und schnupperte dessen Duft.

»Gut tut das Zeug niemanden«, bemerkte Silas vergnügt und nippte an dem sich selbst sorgfältig zugemessenen Quantum. »Niemand erwartet das von ihm. Letztes Jahr hat mir mein Arzt nur noch eine Flasche pro Monat genehmigt.« Er trank. »In diesem Jahr hat er mir befohlen, es ganz zu lassen.«

»Sie verstoßen also gegen die Anordnungen Ihres Arztes?« fragte Herr von Munte.

»Ich habe mir einen anderen Arzt genommen«, sagte Silas.

»Wir leben hier in einer kapitalistischen Gesellschaft, Walter. Ich kann mir leisten, zu einem Arzt zu gehen, der nichts dagegen hat, daß ich rauche und trinke.« Er lachte und nippte abermals an seinem Madeira. »Cossart 1926, fünfzig Jahre später auf Flaschen gezogen. Nicht der feinste Madeira, den ich getrunken habe, aber gar nicht übel, was?« Er wartete eine Antwort auf diese Frage aber nicht ab, sondern suchte in der Kiste, die er sich, ehe wir hier hinausgingen, unter den Arm geklemmt hatte, eine Zigarre aus. »Versuch die mal«, forderte er mich auf, indem er mir eine seiner Wahl reichte. »Das ist eine Upmann Grand Corona, eine der besten Zigarren, die es gibt, und gerade richtig für diese Tageszeit. Walter, für Sie vielleicht wieder eine Petit, wie die von gestern abend, die Ihnen so gut geschmeckt hat?«

»Bedaure«, sagte Herr von Munte und hob ablehnend die Hand. Er seufzte. »Ich kann mir Ihren Arzt nicht leisten. Eine in der Woche, mehr erlaubt mir meiner nicht.«

Ich zündete die Zigarre an, die Onkel Silas mir gegeben hatte. Es war typisch für ihn, die Auswahl für uns zu treffen. Onkel Silas wußte genau, was das Beste für einen war, jedenfalls besser als man selbst. Schimpfte ihn jemand einen ›Faschisten‹, was eine Menge Leute taten, konnte er Narben vorweisen, die ihn als Antifaschisten auswiesen: Er war der Gestapo mehrmals nur mit knapper Not entgangen.

»Was wollten Sie mich fragen, Bernard?« fragte Herr von Munte.

Ich wartete, bis die Zigarre richtig brannte, und sagte dann: »Haben Sie schon mal irgendwas von *Martello, Harry, Jake, Seesaw* oder *Ironfoot* gehört?« Zur Kontrolle hatte ich ein paar Namen mehr als die zwei genannt, hinter die ich kommen wollte.

»Was sind das für Namen?« fragte Munte. »Namen von Personen?«

»Agenten, Decknamen. Russische Agenten, die innerhalb des Vereinigten Königreichs operieren.«

»Gegenwärtig oder bis vor kurzem?«

»Einen dieser Namen hat anscheinend meine Frau benützt.«

»Also bis vor kurzem, ich verstehe.« Herr von Munte trank einen kleinen Schluck Portwein. Er war altmodisch genug, die Erwähnung meiner Frau und ihrer Spionagetätigkeit peinlich zu finden. Er verlagerte sein Gewicht in dem Korbsessel. Es knackte laut.

»Sind Ihnen diese Namen irgendwie bekannt?« fragte ich.

»Meine Leute hatten gewöhnlich keinen Zugang zu Geheimnissen dieser Art, Decknamen von Agenten hat man uns nicht verraten.«

»Nicht mal die Code-Namen der Nachrichter?« beharrte ich.

»Diese Namen sind höchstwahrscheinlich keine Decknamen von Agenten, sondern dienten nur zur Bezeichnung der Quellen von Meldungen und Nachrichten. Damit riskiert man eigentlich nichts, und das Material kann über diese Namen nach seiner jeweiligen Herkunft unterschieden werden, bis es von der Zentrale überprüft und beurteilt ist. Jedenfalls ist das so üblich beim KGB, bei uns übrigens auch.«

Ich sah mich nach Silas um. Er betrachtete eine seiner Pflanzen und kehrte uns den Rücken zu, als interessierte ihn unsere Unterhaltung nicht. Aber natürlich hörte er zu. Hörte zu und merkte sich jedes Wort, das gesprochen wurde. Ich kannte Silas schon lange.

»Quellen-Namen. Ja, *Martello* kommt mir bekannt vor«, sagte Munte. »Vielleicht habe ich auch die anderen schön gehört, ich weiß es nicht mehr genau.«

»Mich interessieren zwei Namen, die ein Agent zur gleichen Zeit benützt zu haben scheint«, sagte ich.

»Das wäre aber sozusagen beispiellos«, sagte Munte. Die Sache fing offensichtlich an, ihn zu interessieren, und seine Zurückhaltung bekam Risse. »Zwei Namen, nein. Wie hätten wir in dem Fall unserem Material auf der Spur bleiben können?«

»Das habe ich mich auch gefragt«, sagte ich.

»Kommt diese Information nicht von der Frau, die in Berlin festgenommen wurde?« fragte Silas plötzlich, aus seiner vorgeblichen botanischen Betrachtung auftauchend. »Ich habe davon gehört.« Silas wußte immer, was los war. Früher, als der jetzige Direktor des Amtes noch neu auf seinem Posten war, hatte er den pensionierten Silas wiederholt sogar mit der Überwachung besonders heikler Operationen betraut. Und noch heute standen Onkel

Silas und unser Chef in Kontakt. Ich wußte deshalb, daß unsere Unterhaltung hier auf der Veranda binnen kurzem dem Alten referiert werden würde.

»Ja, die Frau in Berlin hat davon gesprochen«, bestätigte ich. Herr von Munte lockerte seinen steifen, weißen Kragen. »Mich hat man nie in irgendwelche Geheimnisse eingeweiht. Mir haben sie immer nur gegeben, was ich ihrer Meinung nach brauchte.«

Ich sagte: »Wie Silas, wenn er Essen und Zigarren austeilt, meinen Sie?« Ich wünschte, Silas würde verschwinden und mir Gelegenheit geben, mich unter vier Augen mit Munte zu unterhalten. Aber natürlich war das zuviel verlangt. Informationen waren die Ware, mit der Silas handelte, zeitlebens gehandelt hatte, stets mit Gewinn, wie die Tatsache, daß er in der Abteilung so lange überlebt hatte, zweifellos bewies.

»Nicht so großzügig wie Silas«, sagte Munte. Er lächelte, trank einen Schluck Madeira und setzte sich von neuem knisternd und knackend in seinem Korbsessel zurecht, was ihm Zeit gab, sich zurechtzulegen, was er uns erklären wollte. »Einmal wöchentlich besuchten alle Mitarbeiter des Nachrichtendienstes der Bank das Büro in der Warschauer Straße. Dort lag dann für jeden das in sein Ressort fallende neue Material bereit. Der alte Herr Heine sortierte es und teilte es zu.«

»Roh?« fragte ich.

»Roh?« fragte Herr von Munte »Wie meinen Sie das?«

»Hat man Sie wissen lassen, was jeweils der betreffende Agent gemeldet hatte, oder Ihnen nur eine Zusammenfassung des Inhalts der Meldung vorgelegt?«

»Oh, die Meldungen waren zwar redigiert, aber im übrigen unverändert. Das war auch erforderlich. Denn die Leute, die diese Meldungen an uns weiterleiteten, konnten ja, weil sie keine Wirtschaftsexperten waren, gar nicht beurteilen, was daran interessant war und was nicht.«

»Sie konnten also verschiedene Quellen dieser Informationen identifizieren, nicht wahr?« fragte ich noch einmal.

»Manchmal schon, mitunter war das ganz leicht. Viele dieser Informationen waren völliger Quatsch.«

»Von verschiedenen Agenten?« fragte ich. Alte Leute sind

wirklich eine Last, dachte ich wütend. Ob ich eines Tages selbst so sein würde?

»Einige ihrer Agenten meldeten nur Gerüchte; einer insbesondere hat nie ein wahres Wort geliefert. Den nannten wir ›Grock‹. Das war nicht sein Deckname oder Quellen-Code, sondern ein Spitzname, den wir ihm gaben. Wir nannten ihn ›Grock‹ nach dem berühmten Clown, wissen Sie?«

»Ja«, antwortete ich. Trotzdem war ich froh, daß Munte es mir erzählt hatte. Denn so wußte ich, daß ich über diesen Clown, der nie ein wahres Wort lieferte, lachen sollte, was ich bereitwillig tat, ehe ich weiterfragte: »Und die guten Quellen?«

»Die konnte man an der Qualität der Nachrichten erkennen, die sie lieferten, und an dem Stil, indem sie diese präsentierten.« Er lehnte sich in seinem Sessel zurück. »Vielleicht sollte ich erklären, wie das in diesem Büro in der Warschauer Straße war. Es war nicht unser Büro. Vorgeblich ist irgendeine Abteilung von Aeroflot dort untergebracht, aber das Gebäude wurde immer von Polizei und Sicherheitsdienst bewacht. Ganz gleich, wie oft wir da zu tun hatten, jedesmal wurden unsere Papiere sorgfältig kontrolliert, bevor man uns reinließ. Ich weiß nicht, wer das Gebäude sonst noch nutzt, aber die Mitarbeiter des Nachrichtendienstes für den Wirtschaftssektor trafen sich dort regelmäßig, wie ich schon sagte.«

»Und gehörten Sie selbst diesem Nachrichtendienst an?«

»Natürlich nicht. Die eigentlichen Mitarbeiter waren alles Leute vom KGB oder Staatssicherheitsdienst. Mein Vorgesetzter wurde zur Teilnahme an diesem Treffen nur aufgefordert, wenn irgendeine Sache zur Debatte stand, die unmittelbar unser Ressort betraf.«

»Weshalb fanden diese Besprechungen denn nicht direkt beim KGB statt?« fragte ich. Silas saß aufrecht auf seinem gußeisernen Stuhl, die Augen geschlossen, als wolle er gleich einschlummern.

»Das Büro in der Warschauer Straße war – oder vielleicht sollte ich vielmehr sagen, ist – so eine Art Außenstelle des KGB. Wenn irgendein Parteibonze oder hochgestellter ausländischer Besucher genügend Einfluß hatte, die Berliner Niederlassung des KGB besuchen zu dürfen, brachte man ihn immer in die Warschauer Straße anstatt nach Karlshorst.«

»Die Warschauer Straße diente dem KGB also für seine Öffentlichkeitsarbeit, ja?« fragte Silas und öffnete blinzelnd die Augen, als erwache er soeben aus tiefem Schlaf.

»Sie wollten natürlich keinen Besuch in den Büros, in denen wirklich gearbeitet wurde. In der Warschauer Straße gab es eine Küche und einen Speisesaal, wo man solche hohen Gäste bewirten konnte. Auch ein Vortragssaal war vorhanden, in denen ihnen Lichtbilder und Dokumentarfilme gezeigt wurden. Wir sind immer gern in die Warschauer Straße gegangen. Der Kaffee und die belegten Brote, die es da gab, waren wesentlich besser als das, was man sonstwo kriegte.«

»Sie sagten, daß Sie die Quellen der Nachrichten an Qualität und Stil erkennen konnten. Könnten Sie sich dazu etwas ausführlicher äußern?« fragte ich.

»Manche Meldungen begannen etwa mit einer Feststellung wie: Ich höre, daß die *Bank of England,* oder so ähnlich, jedenfalls in gewissermaßen persönlichem Ton. Andere sagten: In der vergangenen Woche gab das Schatzamt eine vertrauliche Erklärung ab. Oder man las: Angesichts der drohenden Sekung des Zinssatzes in den Vereingten Staaten ist damit zu rechnen ... Schon anhand solcher stilistischen Unterschiede konnte man die Verfasser der Berichte ziemlich zweifelsfrei unterscheiden, aber überdies konnte man aus der nachweislichen Qualität mancher Informationen auf jeweils bestimmte Agenten schließen. Wir redeten denn auch von ihnen wie von Bekannten und pflegten Witze zu reißen über den Unsinn, den uns einige manchmal servierten.«

»Sie müssen also das erstklassige Material erkannt haben, das meine Frau Ihnen schickte.«

Herr von Munte sah von mir zu Silas. Silas sagte: »Ist das amtlich, Bernard?« Ein unverkennbar warnender Ton lag in seiner Stimme.

»Noch nicht«, sagte ich.

»Ich finde, daß wir für ein privates Plauderstündchen hier ein bißchen zu nah am Wind segeln«, stellte Silas fest. Die Beiläufigkeit dieser Bemerkung und der verbindliche Ton verbargen die dahinterstehende Autorität keineswegs. Im Gegenteil: In diesem

Ton und derart beiläufig pflegen Engländer einer bestimmten Gesellschaftsschicht ihren Untergebenen Befehle zu erteilen. Ich sagte nichts, und Herr von Munte sah Silas fragend an. Dann nahm Silas nachdenklich einen Zug aus seiner Zigarre, stieß den Rauch genüßlich durch die Lippen und sagte: »Erzählen Sie ihm alles, was Sie wissen, Walter.«

»Wie ich schon sagte, habe ich nur das wirtschaftlich relevante Material zu sehen bekommen. Ich habe keine Ahnung, in welchem Verhältnis dieses Material zu dem übrigen stand, das der betreffende Agent lieferte.« Er sah mich an. »Zum Beispiel die Berichte des Mannes, den wir ›Grock‹ nannten. Völlig wertlos, wie ich bereits sagte. Aber ich kann keineswegs ausschließen, daß eben dieser Clown ganz fabelhaft wertvolles Material über Untersee-Waffensysteme oder geheime NATO-Konferenzen lieferte.«

»Können Sie im Rückblick sagen, welche Meldungen, die durch Ihre Hände gegangen sind, von meiner Frau hätten gewesen sein können?«

»Mit Sicherheit kann ich da natürlich nichts behaupten«, antwortete Herr von Munte. »Aber bestimmte Meldungen waren immer besonders gut geschrieben und auf eine Weise gegliedert, die man wissenschaftlich nennen könnte.«

»War der Inhalt was wert?«

»Die Quelle war sehr zuverlässig, riskierte aber nie sensationelle Behauptungen. Meistens bestätigte sie Vermutungen, zu denen wir bereits auf Grund anderswo erlangter Informationen neigten. Nützlich war sie schon, aber von unserem Standpunkt aus nicht gerade enorm nützlich.« Er sah durch das Glas der Veranda in den Himmel. »Eisenguß«, sagte er plötzlich und lachte. »Nicht *Eisenfuß,* sondern *Eisenguß,* wer immer Ihnen was über *Ironfoot* sagte, hat das offensichtlich bei der Vernehmung der Frau mißverstanden.«

»Aha«, sagte Silas.

»Na schön«, sagte ich ärgerlich. »Das Mädchen, das das Tonband transkribierte, hat sich also verhört. Das kommt leider gar nicht selten vor.« Eine sehr dürftige Entschuldigung war das, und, wie ich wußte, überdies nicht die Wahrheit. Der Fehler lag bei mir. Ich hätte Mrs. Miller aufmerksamer zuhören oder mein ursprüngliches Mißverständnis bei der Abschrift des Tonbands ihrer Vernehmung entdecken und berichtigen sollen.

»Nun wissen wir also, unter welchem Code-Namen das von Fiona gelieferte Material in Berlin einging. *Eisenguß«,* sagte Silas. »War es das, was du wissen wolltest?«

Ich sah Herrn von Munte an. »Wurden die Meldungen aus dieser Quelle stets und ausnahmslos als *Eisenguß* bezeichnet?«

»Ausnahmslos. Weshalb hätte man sie unter zwei verschiedenen Code-Bezeichnungen führen sollen? Das wäre doch sinnlos, oder?«

»Allerdings«, sagte ich. Ich trank mein Glas aus und stand auf. »Es wäre sinnlos.«

Im Obergeschoß hatten jetzt die Kinder angefangen, ziemlichen Krach zu machen. Das Fernsehen fesselte sie nie für lange. »Ich werde mich mal um meine Kinder kümmern«, sagte ich, »ehe sie die arme Mrs. Porter total fertigmachen.«

»Bleibt ihr zum Abendbrot?« fragte Silas.

»Herzlichen Dank, aber wir haben es ja ziemlich weit, Silas. Die Kinder kommen ohnehin heute viel zu spät ins Bett.«

»Warum übernachtet ihr dann nicht einfach hier?«

»Du bist ein fabelhafter Gastgeber, Silas, aber dann müßten wir vor Tau und Tag hier losfahren, damit die Kinder rechtzeitig in die Schule kämen und ich ins Büro.«

Er nickte und wandte sich wieder Herrn von Munte zu. Ich wußte, daß er mich nicht fahren lassen wollte, ohne vorher ein Wort unter vier Augen mit mir gesprochen zu haben. Ich ging nach oben, sagte den Kindern, daß wir nach dem Tee fahren würden, und war eben wieder auf dem Weg treppabwärts, als Silas aus seinem Arbeitszimmer trat, mir die Hand auf die Schulter legte und mich hineinzog. Er schloß sorgfältig die Tür. Dann sagte er mit plötzlich völlig verändertem Ausdruck – diese unvermittelten Stimmungswechsel waren typisch für ihn, überraschten einen aber trotzdem jedesmal –: »Wie zum Teufel kommst du eigentlich dazu, Munte in dieses Kreuzverhör zu nehmen?«

»Die festgenommene Frau . . .«

»Mrs. Miller«, unterbrach er mich, um mir zu zeigen, daß er bestens informiert war.

»Ja, Mrs. Carol Elvira Johnson, geborene Miller, Tochter von Hugo Müller, geboren 1930 in London, Beruf Lehrerin. Eben die.«

»Das war völlig überflüssig«, monierte Silas, über diese Antwort beleidigt. »Also, was ist mit ihr?«

»Ihre Aussage widersprach dem, was ich von der Verfahrensweise des KGB weiß, und ich wollte hören, ob Munte vielleicht zur Aufhellung dieses Widerspruchs beitragen kann.«

»Über die Anwendung mehrerer Code-Namen durch ein und denselben Agenten? Hat diese Mrs. Miller gesagt, daß Agenten, mit denen sie zu tun hatte, mehrere Code-Namen benützten?«

»Sie hatte mit außerordentlich hochwertigem Material zu tun, das angeblich aus zwei verschiedenen Quellen stammte, jedenfalls wurde dessen Herkunft mit zwei verschiedenen Code-Namen identifiziert. Die Abteilung ist aber überzeugt, daß diese Informationen sämtlich von Fiona stammten.«

»Du hingegen bist geneigt zu glauben, daß die verschiedenen Namen wie üblich zwei verschiedene Lieferanten bezeichneten.«

»Das habe ich nicht gesagt«, entgegnete ich. »Ich versuche vielmehr, hinter den wahren Sachverhalt zu kommen. Es kann ja wohl nicht schaden, wenn ich ein bißchen zur Verbesserung unserer diesbezüglichen Erkenntnisse beitrage, oder?«

»Hast du mit irgend jemand im Büro darüber gesprochen?«

»Dicky Cruyer weiß Bescheid.«

»Dicky ist ein heller Junge«, stellte Silas fest. »Was sagt er dazu?«

»Ihn interessiert die Frage nicht.«

»Was würdest du an Dickys Stelle tun?«

»Irgend jemand sollte Stinnes dazu befragen«, sagte ich. »Was nützt es uns, einen Überläufer vom KGB zu verhören, wenn wir nicht ein bißchen mehr von ihm erfahren, als wir schon wissen?«

Silas wandte sich zum Fenster, die Lippen fest zusammengepreßt, das Gesicht zornig. Aus dem Fenster dieses Raums im ersten Obergeschoß hatte man eine Aussicht über die Koppel bis zum Bach, den Silas seinen ›Fluß‹ nannte. Lange blickte Silas in die Schneeflocken hinaus, die jetzt vor diesem Panorama durch die Luft tanzten. »Fahr langsam. Heute nacht mußt du mit Glatteis rechnen«, sagte er, ohne sich umzudrehen. Er hatte seinen Zorn überwunden, und sein Körper entspannte sich.

»Mit meiner alten Kiste kann ich sowieso gar nicht anders fahren«, sagte ich.

Als er sich mir nun wieder zuwandte, lächelte er. »Habe ich nicht gehört, wie du Frank erzählt hast, daß dein Schwager dir einen großartigen Gebrauchtwagen angeboten hat?« Silas entging nichts. Offensichtlich hatte ihn Mutter Natur mit einem übermenschlich feinen Gehör ausgestattet, das überdies in genauem Gegensatz zu den Gaben, die sie gewöhnlichen Sterblichen verlieh, von Jahr zu Jahr nicht schlechter, sondern immer besser wurde. Tatsächlich hatte ich Frank Harrington von diesem Wagen erzählt, und Frank, der einst meinem Vater versprochen hatte, sich um mich zu kümmern (was er mir jedesmal, wenn er sich um mich kümmerte, in Erinnerung rief), hatte mich ermahnt, ihn besonders vorsichtig zu fahren.

»Ja«, sagte ich. »Eine Rover-3500-Limousine, die ein paar Ganoven frisiert haben, so daß sie jetzt über zweihundert Kilometer in der Stunde macht.«

»Bei einem Achtzylinder sollte das nicht allzu schwer sein.« Seine Augen wurden schmal. »Na, jedenfalls wirst du mit diesem Wagen den einen oder anderen Sonntagsfahrer verblüffen.«

»Ja, das hat Tessas Mann auch gesagt. Aber bis ich ihn kriege – es ist noch verschiedenes dran zu machen –, muß ich mich noch mit dem Ford behelfen. Und damit kann ich beim besten Willen niemanden verblüffen.«

Silas beugte sich zu mir vor und strahlte onkelhaftes Wohlwollen aus. »Inzwischen kannst du's dir leisten, über diese Kimber-Hutchison-Geschichte zu lächeln, Bernard. Ich muß sagen, das freut mich für dich.« Ich konnte nicht umhin zu bemerken, daß die Erwähnung seiner entfernten Verwandten Fiona so, bei ihrem Mädchennamen genannt, keinen von uns beiden mehr sonderlich zu berühren schien, was immer sie auch für Geschichten machte.

»Na, ob ich schon darüber lächeln kann . . .?« zweifelte ich.

»Fang bloß nicht an, die ganze Geschichte wieder auszugraben. Laß sie ruhen, rate ich dir.«

»Meinst du, das wäre das Beste?« fragte ich, um ihm nicht die Versicherung geben zu müssen, die er haben wollte.

»Überlaß das den Leuten von MI 5. Die Jagd auf Spione ist doch gar nicht unsere Sache«, sagte Silas und öffnete mir die Tür seines Arbeitszimmers. »Kommt, Kinder«, rief ich ins Treppenhaus hinaus. »Tee und Kuchen, und dann müssen wir fahren.«

»Weißt du«, sagte Silas, der nie aufhören konnte, »man muß wissen, wo man aufhören muß. Genug ist genug, verstehst du, was darüber hinausgeht, ist zuviel. Was gut ist, soll man gut sein lassen, sonst macht man's schlechter anstatt besser. Du als halber Deutscher wirst doch wissen, daß sich's nicht lohnt, endlos an jeder Sache herumzufummeln, weil man sie schließlich unvermeidlich nur noch ›verschlimmbessert‹.« Das letzte Wort sprach er deutsch aus.

»Ja«, sagte ich. »Genug ist genug.«

Er lächelte und klopfte mir auf die Schulter. Sein Zorn war verflogen. Silas war wieder unser Onkel Silas.

V.

»Warum muß überhaupt jemand nach Berlin?« fragte ich Dicky unmutig. Ich war zu Hause. Es war dort warm und gemütlich, und ich hatte mich darauf gefreut, Weihnachten im Kreise meiner Lieben zu verbringen.

»Sei vernünftig«, sagte Dicky. »Sie fischen die Leiche dieser Mrs. Miller aus dem Hohenzollernkanal. Wir können die Sache nicht ganz der Berliner Polizei überlassen und brauchen Antworten auf eine Menge Fragen. Weshalb wurde sie verlegt? Wer hat den Krankentransport genehmigt? Und wohin zum Teufel sollte sie überhaupt verlegt werden?«

»Es ist Weihnachten, Dicky«, sagte ich.

»Ach, wirklich?« fragte Dicky, Überraschung heuchelnd. »Deshalb klappt heute nichts richtig, ich habe mich schon gewundert.«

»Weiß die Einsatzleitung eigentlich nicht, daß wir eine Berliner Außenstelle haben?« fragte ich ironisch. »Weshalb kümmert sich Frank Harrington nicht um die Sache?«

»Sei doch nicht so übellaunig, alter Knabe«, sagte Dicky, dem es, glaube ich, Spaß machte, mir die Feiertage zu verderben. »Wir haben Frank zu verstehen gegeben, wie wichtig uns diese Angelegenheit ist, indem wir dich zur Überwachung der Festnahme nach Berlin schickten. Du warst dabei, und du hast die Frau vernommen. Jetzt können wir die Erledigung des Falls nicht plötzlich der Berliner Außenstelle überlassen. Die würden sagen, daß wir die Aufgabe jetzt auf sie abwälzen, nur weil hier niemand seinen Weihnachtsurlaub opfern will. Mit Recht.«

»Was sagt denn Frank?«

»Frank ist nicht in Berlin. Er ist über Weihnachten verreist.«

»Er muß doch eine Telefonnummer hinterlassen haben, unter der wir ihn erreichen können«, sagte ich verzweifelt.

»Er ist bei irgendwelchen Verwandten im schottischen Hochland. Da hat es Schneestürme gegeben, und die Telefonleitungen sind unterbrochen. Sag aber nicht, daß ich ihm in dem Fall ja den Ortspolizisten ins Haus schicken kann, denn wenn ich ihn schließlich aufgespürt hätte, würde Frank mich darauf hinweisen, daß er einen Stellvertreter in Berlin hat. Nein, du wirst fahren müssen, Bernard. Tut mir leid, aber so ist's nun mal. Immerhin bist du ja unverheiratet.«

»Verdammt, Dicky, ich habe die Kinder hier, und unsere Nanny ist über Weihnachten zu Hause bei ihren Eltern. Ich war nicht mal zum Notdienst eingeteilt. Ich hatte für die Feiertage alles mögliche vor.«

»Zweifellos mit der appetitlichen Gloria. Ich kann mir schon denken, was du so alles mit ihr vorhattest, Bernard. Pech, aber hier ist Not am Mann, verstehst du.«

»Mit wem ich die Weihnachtsfeiertage verbringe, ist ganz allein meine Angelegenheit«, sagte ich beleidigt.

»Natürlich, alter Junge. Aber gestatte mir, dir in Erinnerung zu rufen, daß du deine persönlichen Angelegenheiten zuerst zur Sprache gebracht hast, nicht ich.«

»Ich werde Werner anrufen«, sagte ich.

»Mach das. Aber du wirst trotzdem fahren müssen. Du bist dem Verfassungsschutz bekannt. Unter den Umständen ist der Papierkram, der erforderlich wäre, um irgend jemand anderen zur Zusammenarbeit mit dem BfV zu autorisieren, nicht schnell genug zu erledigen.«

»Ach so«, sagte ich. Das war natürlich der eigentliche Grund. Dicky war fest entschlossen, nicht für ein paar Stunden ins Büro zurückzukehren, um die erforderlichen Telefongespräche zu führen und den erwähnten Papierkram zu erledigen.

»Und wen sollte ich sonst schicken? Sag mir, wer die Sache statt deiner erledigen könnte?«

»Wenn ich dich richtig verstanden habe, wird es auf die Identifizierung einer Leiche hinauslaufen, nicht wahr?«

»Wer wäre aber außer dir dazu imstande?«

»Jeder von den Leuten des BfV, die die Festnahme vorgenommen haben.«

»Das würde sich in unseren Akten prima machen«, sagte Dicky mit dick aufgetragener Ironie. »Wir übernehmen unsere Identifizierungen ungeprüft von einem fremden Dienst. Selbst der Koordinierungsausschuß würde das bemängeln.«

»Wenn es eine Leiche ist, warum können wir sie nicht bis nach den Feiertagen auf Eis legen?«

Ein tiefer Seufzer ertönte vom anderen Ende der Leitung. »Wie du dich auch drehst und wendest, lieber Bernard, du hängst am Haken, und je eher du einsiehst, daß da nichts zu machen ist, desto besser für uns beide. Ich kann schließlich auch nichts dafür, daß ich dir die Feiertage versauen muß. Dein Flug ist gebucht und Reisegeld und so fort wird dir morgen früh durch Sicherheitsboten ins Haus gebracht.«

»Na gut«, fügte ich mich schließlich.

»Es sollte übrigens Daphne und mir ein Vergnügen sein, die Kinder während deiner Abwesenheit zu uns zu nehmen. Gloria kann auch kommen, wenn sie will.«

»Schönen Dank, Dicky«, sagte ich. »Ich überleg's mir.«

»Sie wird bei mir völlig sicher sein, Bernard«, verkündete Dicky, und das Grinsen, mit dem er diese Versicherung abgab, stand mir so deutlich vor Augen, als grinste er mir ins Gesicht. Dicky war schon immer scharf auf Gloria. Ich wußte das, und er wußte, daß ich es wußte. Ich hängte auf, ohne mich zu verabschieden.

Und so geschah es, daß ich am Heiligen Abend, während Gloria meine Kinder früh zu Bett brachte, damit Santa Claus ungestört und unbeobachtet seines Amtes walten konnte, den Bemühungen der Berliner Polizei zusah, ein Auto zu heben. Es war übrigens nicht in den Hohenzollernkanal versenkt worden – Dicky hatte da anscheinend etwas mißverstanden –, sondern in die Havel, allerdings gegenüber der Stelle, wo der Hohenzollernkanal in sie mündet, vor Hakenfelde nämlich. Hakenfelde ist ein Industriegebiet im Norden Spandaus am westlichen Ufer der Havel.

Die Havel ist an dieser Stelle breit wie ein See. Es war so kalt, daß den Froschmännern, auf Anordnung des Polizeiarztes, eine längere Erholungspause gewährt werden mußte. Eben jetzt verschwand das Boot mit ihnen in der Dämmerung. Der Inspektor und ich blieben allein am Ufer zurück. Die beiden zur Bewachung des Unfallorts (oder Tatorts) eingeteilten Polizisten hatten sich hinter den Generatorwagen zurückgezogen, der einen Höllenlärm machte, den man zu dem Licht, das diese Dinger generieren, leider in Kauf nehmen muß. Die Polizeielektriker hatten längs des Ufers Flutlampen für die Kran-Besatzung aufgestellt, so daß es in unserer unmittelbaren Umgebung hell war wie in einem Filmatelier.

Ich trat durch die Lücke im Geländer, die der Wagen gerissen hatte, als er über die Kaimauer hinab ins Wasser gestürzt war, und blickte in die Tiefe, in deren Dunkelheit schwach der Umriß des Wracks schimmerte. Der Kran und zwei zusätzliche Stahlseile hielten es dort in der Schwebe. Fürs erste hatte es sich dem Versuch, es aus dem Wasser zu ziehen, erfolgreich widersetzt. Ein Stahlseil war gerissen, und bei dem ersten Versuch, den gesunkenen Wagen zu heben, war dessen hintere Stoßstange abgebrochen. Autos machten immer besondere Schwierigkeiten, sagte der Inspektor – sie füllten sich mit Wasser, und ein Kubimeter Wasser wiegt eine Tonne. Und hier handelte es sich um einen großen Wagen, einen Citroën-Krankenwagen. Zudem hatte sich das Chassis bei dem Sturz so verbogen, daß es den Froschmännern nicht gelungen war, die Türen zu öffnen.

Der Inspektor war Mitte Fünfzig, ein großer Mann mit einem weißen, wilhelminisch gezwirbelten Schnurrbart. Der Bart ließ ihn älter erscheinen, als er war, ich vermutete, daß er sich ihn deshalb stehen ließ. Nicht jeder will jünger aussehen, als er ist. »Und ich habe mich von der Verkehrspolizei versetzen lassen, weil ich keine Lust mehr hatte, dauernd in der Kälte herumzustehen«, erklärte der Inspektor. Er stampfte mit den Füßen. Unter den schweren Stiefeln knirschte das Eis, das sich zwischen den Kopfsteinen des Pflasters gebildet hatte.

»Sie hätten bei der Verkehrspolizei bleiben und sich nach Cannes oder Nizza versetzen lassen sollen«, meinte ich.

»Rio«, sagte der Inspektor. »Einen Posten in Rio haben sie mir tatsächlich mal angeboten. Eine Agentur hier warb ehemalige Polizeibeamte zum Dienst in Rio an. Meine Frau war ganz dafür, aber mir gefällt's in Berlin. Warum sollte ich hier weg? Und ich liebe meinen Beruf. Wollte nie etwas anderes werden. Haben wir uns nicht schon mal irgendwo gesehen? Irgendwie kommt mir Ihr Gesicht bekannt vor. Waren Sie mal bei der Polizei?«

»Nein«, sagte ich. Ich wollte keine Diskussion der Umstände, unter denen ich mir mein Brot verdiente.

»Schon als Kind«, fuhr er fort. »Ich meine, schon im Krieg und sogar noch vor dem Krieg. Damals gab es einen Verkehrspolizisten, der in ganz Berlin berühmt war. Siegfried sagten sie zu dem, ich weiß nicht, ob er wirklich so hieß, aber unter dem Namen kannte ihn jeder. Er tat immer auf dem Wilhelmplatz Dienst, vor dem hübschen kleinen weißen Palast, wo Goebbels sein Propagandaministerium hatte, wissen Sie. Immer standen da Scharen von Touristen, die hofften, eines von den großen Tieren zu sehen, die da ein und aus gingen. Und wenn was Besonderes los war, bildeten sich auf dem Wilhelmplatz Ansammlungen von Leuten, die glaubten, dem Propagandaministerium ansehen zu können, was wieder auf sie zukam. Na ja, mein Vater zeigte mir immer Siegfried, einen großen Polizisten, in langem weißem Mantel. Ich wollte, wenn ich groß war, auch so dastehen wie der, in so einem langen, weißen Mantel. Dann würden auch mich die Minister und Generäle und Journalisten und Filmstars so freundlich grüßen, dachte ich. Es gab einen Zeitungsstand am Wilhelmplatz, wo Reiseandenken und Postkarten verkauft wurden, der hielt Fotos von all den Nazibonzen feil, und ich fragte meinen Vater, warum es da kein Foto von Siegfried gab? Ich wollte eins haben. Mein Vater sagte, vielleicht kriegen sie nächste Woche welche rein, das hat er natürlich nur so gesagt. Ich aber beschloß, Polizist zu werden, auf dem Wilhelmplatz den Verkehr zu regeln und dafür zu sorgen, daß mein Foto an dem Zeitungsstand zu haben war. Komisch, welche Kleinigkeiten einem einfallen, wenn man sich fragt, warum man geworden ist, was man ist, nicht?«

»Allerdings«, sagte ich.

»Ich kenne Sie irgendwoher«, wiederholte er und sah mich stirnrunzelnd an. Ich reichte ihm meinen mit Cognac gefüllten Flachmann. Er zögerte und sah sich auf dem verlassenen Frachthof um.

»Sagen wir, der Arzt hätte es Ihnen verordnet«, schlug ich vor. Er lächelte, trank einen Schluck und wischte sich mit dem Handrücken den Mund ab.

»Mein Gott, ist das kalt«, sagte er, als wollte er seinen Verstoß gegen die Dienstvorschrift rechtfertigen.

»Kalt und außerdem Heiligabend«, ergänzte ich.

»Jetzt erinnere ich mich«, sagte er plötzlich. »Sie waren in der Fußballmannschaft, die immer auf dem Feld hinter dem Olympiastadion spielte. Ich habe oft meinen kleinen Bruder dahin mitgenommen, zehn oder elf war der damals. Sie müssen ungefähr gleichen Alters gewesen sein.« Er lachte vergnügt bei der Erinnerung, zufrieden auch, daß ihm nun eingefallen war, woher er mich kannte. »Ja, diese Fußballmannschaft. Dieser verrückte englische Oberst trainierte die Jungs, so ein langer mit Brille. Dabei hatte der keine Ahnung von Fußball, konnte nicht mal richtig kicken, aber trotzdem ... wie der da immer rumrannte, mit diesem Spazierstock herumfuchtelte und die Jungen herumkommandierte, sehenswert war das ... Erinnern Sie sich?«

»Ich erinnere mich«, sagte ich.

»Verrückter alter Kerl. Aber nett. Nach dem Spiel gab er jedem Jungen einen Riegel Schokolade und einen Apfel. Die meisten kamen deswegen, glaube ich. Vor allem wegen der Schokolade.«

»Richtig«, sagte ich.

»Ich wußte doch, daß ich Sie irgendwoher kenne.« Eine Zeitlang sah er schweigend auf das dunkle Wasser hinaus, dann fragte er: »Wer war in diesem Krankenwagen? Einer von Ihren Leuten?« Er wußte, daß ich aus London kam, und reimte sich den Rest zusammen.

»Ein Häftling«, antwortete ich.

Es war jetzt schon fast ganz dunkel. Es wird früh dunkel im Dezember in Berlin, besonders an bewölkten, dunstigen Tagen wie heute. Die erleuchteten Fenster eines Lagerhauses zu unserer Linken blinzelten verdrießlich. Die ganze nähere Umgebung war voller Kräne, Schuppen, Öltanks, haushoch aufgestapelter Container und Eisenbahngleise, nicht gerade wohnlich also, und so weit das Auge reichte, ausgestorben. Nur der jaulende Motor des Generatorwagens störte die Stille. Man hätte meinen können, hier von der nächsten menschlichen Ansiedlung sehr weit entfernt zu sein. Tatsächlich liegt Hakenfelde in West-Berlin, um es ganz genau zu sagen: im britischen Sektor von Berlin. Flußabwärts, in südlicher Richtung, ist es von Hakenfelde nicht weit nach Spandau, wo, wie alle Welt weiß, noch heute Soldaten der vier Siegermächte des Zweiten Weltkriegs abwechselnd und einträchtig ein riesiges, stark befestigtes Gefängnis bewachen, in dem nur ein einziger alter, kranker Mann einsitzt: Hitlers Stellvertreter.

Der Inspektor folgte meinem Blick und schien meine Gedanken zu lesen, denn er sagte lachend: »Nun erzählen Sie mir bloß nicht, daß Ihnen der Heß ausgerissen ist.«

Ich lächelte verbindlich. »Pech, daß Sie Weihnachten Dienst machen müssen«, sagte ich. »Sind Sie verheiratet?«

»Ich bin verheiratet. Ich wohne hier ganz in der Nähe. Meine Eltern wohnten schon in dem Haus. Ich bin nie länger aus Berlin weggewesen.«

»Waren Sie auch während des Krieges hier?«

»Ja, ich habe den ganzen Krieg hier miterlebt. Daran mußte ich gerade denken, als Sie mir den Weinbrand gaben.« Er schlug den Kragen seines Uniformmantels hoch. »Da wird man alt, und plötzlich erinnert man sich an Sachen, an die man schon seit vierzig Jahren nicht mehr gedacht hat. Vorhin, zum Beispiel, mußte ich an etwas denken, das kurz vor Weihnachten 1944 passiert ist, als ich hier in der Nähe bei den Gaswerken Dienst hatte.«

»Waren Sie denn noch Soldat?« Dafür schien er nicht alt genug zu sein.

»Nein, nein, nur Luftwaffenhelfer. Ich war vierzehn und gerade erst in die HJ aufgenommen worden. Zum Granatenschleppen war ich zu schwach, ich wurde einer Flakstellung als Melder zugeteilt. Zu Anfang war das prima, Soldatenspielen in echter Uniform, verstehen Sie, denn 1944 erfolgte monatelang kein Luftangriff mehr auf Berlin. Es wurde erzählt, Stalin hätte von den Westmächten verlangt, Berlin zu schonen, damit seine rote Armee hier nicht in einen Trümmerhaufen einzumarschieren brauchte, die Mühe sollte sich schließlich lohnen.« Er grinste sarkastisch. »Was die Leute eben so erzählen, wenn sie Angst haben. Am 5. Dezember 1944 griffen die Amis dann Berlin am Tage an. Angeblich wollten sie Siemens treffen. Na ja, Siemensstadt hat an dem Tag 'ne Menge abgekriegt, aber Spandau, Pankow, Oranienburg und Weißensee auch. Unsere Jäger haben natürlich den Fliegenden Festungen ganz schön die Hölle heiß gemacht da oben. Sehen konnte man das von unten nicht, wir hatten eine tiefliegende Wolkendecke an dem Tag, aber ich hörte das MG-Feuer, und ich nehme an, die haben ihre Bomben bei der ersten besten Gelegenheit auf gut Glück abgeladen, um sich so schnell wie möglich wieder auf den Heimweg zu machen.«

»Und weshalb ist Ihnen vorhin gerade dieser Angriff in Erinnerung gekommen?«

»Ich war unterwegs, und der Luftdruck einer Bombe, die da hinten in der Streitstraße runterkam, hat mich glatt von meinem Fahrrad gepustet. Der Kommandeur meiner Flakstellung organisierte mir ein neues Fahrrad und gab mir einen Schluck Schnaps, genau wie Sie vorhin. Ich fühlte mich unerhört erwachsen. Es war das erste Mal, daß ich Schnaps kriegte, wissen Sie. Dann schickte er mich mit einer Meldung zu unserem Befehlsstand am Bahnhof Spandau. Die Telefonleitungen waren nämlich kaputt. Sieh dich vor, sagte er, und geh irgendwo in den Keller, wenn die nächste Welle kommt. Als ich vom Befehlsstand zu unserer Stellung zurückkehrte, war da nur noch ein Trümmerhaufen, alle tot. Eine Zeitzünderbombe. Die muß praktisch neben uns gelegen haben, als er mir den Schnaps zu trinken gab. Irgendwie scheint niemand gemerkt zu haben, wie sie runterkam. Na ja, der Krach war ja überall unvorstellbar.«

Er hielt verlegen inne, als sei ihm plötzlich eingefallen, daß andere Leute ja noch ganz andere Sachen erlebt hatten, und schämte sich, den Eindruck zu erwecken, als nähme er seine eigenen Erlebnisse allzu wichtig.

Er zupfte an seinem Mantel, wie ein Solat vor dem Appell, sah dann ins Wasser zu dem versunkenen Auto hinunter und sagte: »Wenn wir es auch beim nächsten Versuch nicht hochkriegen, müssen wir einen größeren Kran holen. Und das heißt, daß wir dann bis nach den Feiertagen warten müssen.«

»Na, ich lasse es darauf ankommen«, erklärte ich. Ich wußte, daß er mir eine Entscheidung zum Abgang zuschustern wollte.

»Die Taucher sagen, daß der Wagen leer ist.«

»Die wollen nur nach Hause«, sagte ich leichtfertig.

Der Inspektor war beleidigt. »Aber nein. Das sind zuverlässige Leute. Die würden mir nie die Unwahrheit sagen, um sich vor Überstunden zu drücken.« Er hatte natürlich recht. Die Arbeitsmoral in Deutschland war noch immer recht hoch.

Ich sagte: »So wie der Wagen dort unten liegt, mit Dreck und Öl verkleistert, können sie nicht viel sehen. Ich weiß, wie das ist in dieser Art von Wasser. Das Licht der Unterwasserlampen dringt nicht durch geschlossene Fenster, sondern wird von den Scheiben reflektiert.«

»Da kommt Ihr Freund«, bemerkte der Inspektor. Er schlenderte zum anderen Ende der Kaianlage, um uns Gelegenheit zu geben, unter vier Augen zu sprechen.

Es war Werner Volkmann. Er hatte seinen Hut auf und trug den langen, schweren Mantel mit dem Persianerkragen, den ich immer spöttelnd seinen ›Impresario-Mantel‹ nannte. Heute hätte ich den feuchten Trenchcoat, in dem ich erbärmlich fror, herzlich gern gegen das von mir bespöttelte Kleidungsstück getauscht. »Was ist los?« fragte er.

»Nichts«, sagte ich. »Überhaupt nichts.«

»Nun laß deine Wut nicht an mir aus«, sagte Werner. »Ich werde nicht mal bezahlt.«

»Tut mir leid, Werner, aber ich habe dir gesagt, daß du dich meinetwegen nicht zu bemühen brauchst.«

»Die Straßen sind leer, und wenn du's genau wissen willst, als Jude habe ich immer ein bißchen ein schlechtes Gewissen, wenn ich Weihnachten feiere.«

»Du hast doch hoffentlich Zena nicht allein gelassen?«

»Ihre Schwester ist zu Besuch bei uns, mit der ganzen Familie, vier Kindern und einem Mann, der bei VAT arbeitet.«

»Na gut, jetzt verstehe ich, warum du gekommen bist.«

»Eigentlich habe ich gar nichts gegen Weihnachten, bis zu einem gewissen Grade finde ich's sogar richtig schön«, sagte Werner. »Aber Zena nimmt Weihnachten enorm wichtig. Du weißt ja, wie das in Deutschland ist. Sie hat den ganzen Nachmittag damit verbracht, den Baum zu schmücken und die Geschenke aufzubauen, und natürlich haben wir echte Kerzen am Baum.«

»Du hättest dich nicht dünnemachen sollen«, sagte ich. In Deutschland, fiel mir ein, ist Heiligabend der Höhepunkt des Festes. »Schon um aufzupassen, daß der Weihnachtsbaum kein Feuer fängt.«

»Zum Essen will ich wieder daheim sein. Übrigens habe ich versprochen, dich mitzubringen.«

»Ich wünschte, du könntest das Versprechen halten, Werner. Aber ich muß hier sein, wenn sie das Ding endlich aus dem Wasser ziehen. Dicky hat das schriftlich angeordnet, und du weißt ja, wie der ist.«

»Werden sie's bald wieder versuchen?«

»In etwa einer Stunde. Was hast du heute vormittag im Krankenhaus rausgekriegt?«

»Leider nicht viel Nützliches. Die Leute, die sie abgeholt haben, waren als Arzt und Krankenhauspersonal verkleidet. Der Citroën wartete draußen auf sie. Die Leute an der Aufnahme wollen gehört haben, daß sie in eine Privatklinik in Dahlem verlegt werden sollte.«

»Und was ist mit dem Polizisten, der auf sie hätte aufpassen sollen?«

»Für den hatten sie eine andere Geschichte. Dem haben sie gesagt, sie müßten die Patientin noch einmal zum Röntgen bringen, ins Untergeschoß, wären in einer knappen halben Stunde wieder zurück. Die Patientin war sehr schwach und klagte über die abermalige Störung. Wahrscheinlich hatte sie keine Ahnung, was da wirklich lief.«

»Du meinst, daß sie binnen kurzem ein für allemal zur Ruhe kommen würde, auf dem Grunde der Havel?«

»Nein. Daß diese Leute im Auftrage des KGB kamen, um sie aus dem Polizeigewahrsam herauszuholen.«

Ich sagte: »Warum haben die Leute an der Aufnahme nicht wenigstens bei der Polizei nachgefragt, ehe sie die Frau entließen?«

»Ich weiß nicht, Bernie. Einer sagte, die hätten die Papiere einer anderen Patientin vorgelegt, die an diesem Tag tatsächlich verlegt werden sollte. Ein anderer meinte, draußen bei dem Krankenwagen hätte ein Polizist gestanden, so daß alles in Ordnung zu sein schien. Wahrscheinlich werden wir nie genau erfahren, was da wirklich passiert ist. Schließlich ist's ja ein Krankenhaus, kein Gefängnis. Das Personal hat andere Sorgen, als das Kommen und Gehen der Patienten zu überwachen.«

»Wie erklärst du dir diese Entführung, Werner?«

»Die müssen gewußt haben, daß sie redete. Irgendwie hat Moskau erfahren, daß sie auspackt, und da scheint man denn der Meinun gewesen zu sein, daß sofortiges Handeln vonnöten sei.«

»Schön. Aber warum haben sie sie nicht einfach nach Ostberlin gebracht?« sagte ich.

»In einem Krankenwagen? Zu auffällig. Selbst die Russen sind dieser Tage nicht scharf darauf, mit solchen Husarenstückchen für ihr Gesellschaftssystem zu werben. Glaubst du, die DDR würde riskieren, sich im Westfernsehen nachsagen zu lassen, daß sie Häftlinge im Westen aus Polizeigewahrsam entführt, um sie hinter der Mauer verschwinden zu lassen – gerade jetzt, da man auch im Westen den Kommunisten zu glauben anfängt, daß sie im Grunde verträgliche Leute sind, die mit aller Welt nur in Frieden leben wollen? Nee, Bernie.« Ich verzog das Gesicht. Werner fuhr fort: »So war's doch viel einfacher. Jetzt sind sie die Frau für immer los. Was immer sie uns schon erzählt hat, wird sie jetzt auf keinen Fall mehr vor Gericht aussagen können.«

»Trotzdem, Werner, gerade unter den gegenwärtigen Umständen war die Maßnahme doch auffällig, wie soll ich sagen, also rabiat, auffällig rabiat, findest du nicht? Was mag die bloß so aufgeregt haben?«

»Sie wußten, daß sie die Informationen übermittelte, die deine Frau lieferte.«

»Richtig«, sagte ich. »Aber Fiona ist da drüben. Weshalb sollte ihnen also nicht ganz schnuppe sein, was die Frau uns jetzt erzählt? Die Information, daß Fiona für sie spioniert hat, ist doch Schnee von gestern.«

»Glaubst du vielleicht, daß Fiona selbst hinter der Operation steckt?«

»Der Verdacht liegt schließlich nahe.«

»Aber wie du selbst sagst, ist Fiona inzwischen drüben, in Sicherheit. Weshalb sollte nicht auch ihr piepegal sein, was die Frau ausplaudert?«

»Allerdings, Werner. Ich weiß auch nicht, weswegen sie sich hätte Sorgen machen sollen.«

Er sah mich an, als hätte ich ihm ein Rätsel aufgegeben. Dann sagte er: »Dieser Funkverkehr. Was sagt Dicky zu dem doppelten Code-Namen?«

»Dicky schien diese Information nicht zur Kenntnis nehmen zu wollen. Er hoffte, daß Mrs. Miller irgendwie in der Versenkung verschwinden würde, glaube ich, und hat mir verboten, mit Stinnes zu reden.«

»Dicky hat sich noch nie um Arbeit gerissen«, stellte Werner fest.

»Aber die Sache interessiert in London niemanden«, sagte ich. »Ich bin extra zu Silas Gaunt hinausgefahren, um mich mit ihm und Munte darüber zu unterhalten. Silas empfahl mir onkelhaft, die Finger davonzulassen.«

»Ich kenne den alten Mister Gaunt natürlich nicht so gut wie du. Aber ich habe ihn hier kennengelernt, als dein Vater Leiter der Berliner Außenstelle war, damals, als wir achtzehn waren. Mister Gaunt wettete mit mir, daß es keine Mauer geben würde. Ich gewann am 13. August 1961 fünfzig Mark. Und fünfzig Mark waren damals eine Menge Geld.«

»Ich wünschte, ich hätte 'ne Mark für jedesmal, wo du mir diese Geschichte erzählt hast, Werner.«

»Mann, hast du heute schlechte Laune, Bernie. Tut mir leid, daß du diesen lausigen Job erledigen mußt, aber wirklich, ich kann nichts dafür.«

»Ich hatte mich wirklich darauf gefreut, mal ein paar Tage mit den Kindern zu verbringen. Die wachsen ja sozusagen hinter meinem Rücken heran, weißt du. Und Gloria ist auch da.«

»Na, das freut mich, daß das läuft, ich meine ... mit dir und dieser Gloria.«

»Na ja, wie und wohin das läuft, weiß der Teufel ... ich meine, schließlich bin ich alt genug, ihr Vater zu sein. Weißt du überhaupt, wie alt sie ist?«

»Nein, und ich will's auch gar nicht wissen. Auch zwischen Zena und mir ist ein ziemlicher Altersunterschied. Aber wir sind trotzdem glücklich.«

Ich drehte mich nach Werner um und sah ihn an. Es war dunkel. Sein Gesicht war nur erkennbar, weil es vom reflektierten Licht der Flutlampen gerahmt wurde. Die Augen unter den schweren Lidern blickten ernst. Armer Werner. War er wirklich glücklich? Seine Ehe entsprach ziemlich genau meiner Vorstellung der Hölle.

»Zena ist älter als Gloria«, sagte ich.

»Sei glücklich, wenn sich die Gelegenheit dazu bietet, Bernie. Mit Glorias Alter haben deine Bedenken ja wohl wirklich auch nichts zu tun. Du kannst dich nur nicht freuen, weil du dich immer noch nicht damit abfinden kannst, daß dir Fiona weggelaufen ist. Ich kenne dich und weiß, daß ich recht habe. Sie war eine Art Anker für dich, ein Halt. Ohne sie hast du keine Ruhe mehr und bist deiner selbst nicht mehr sicher. Aber das geht vorüber. Du wirst darüber wegkommen. Und Gloria ist genau das, was du dazu brauchst.«

»Vielleicht.« Ich widersprach nicht. Werner hatte ein ziemlich gutes Gespür für die Eigenarten der Menschen und deren Beziehungen. Deshalb war er ja auch ein fabelhafter Agent im Außendienst gewesen, als wir beide noch jung und sorglos waren und den Kitzel der Gefahr liebten.

»Was macht dir denn nun wirklich Sorgen? Code-Namen sind doch eigentlich nur für die Analytiker und die Leute vom Koordinierungsbüro interessant. Kann es dir nicht scheißegal sein, wie viele Code-Namen Fiona benützte?«

»Sie hat aber nur einen benützt«, sagte ich scharf. »Das tun doch alle. Unsere Leute haben einen Namen für jede Quelle und deren Agenten ebenso. Munte hat mir das bestätigt. Fiona war *Eisenguß,* andere Namen hat sie nicht benützt.«

»Woher weißt du das so genau?«

»Ganz genau weiß ich es nicht«, sagte ich. »Ich weiß, daß jede Regel Ausnahmen hat, besonders in der Kunst, die wir praktizieren. Aber ich bin mir dessen zu neunundneunzig Prozent sicher.«

»Was soll das heißen, Bernie?«

»Das liegt doch wohl auf der Hand, Werner.«

»Bernie, es ist Weihnachten. Ich habe vorhin schon, zur Gesellschaft, ein paar Glas mitgetrunken, bin also vielleicht schon ein bißchen schwer von Begriff, sag's mir also.«

»Diese Mrs. Miller hat Material aus zwei Quellen übermittelt. Beide lieferten Nachrichtenmaterial von höchstem Wert. Eine von den beiden war Fiona.«

Werner packte seine Nase mit Daumen und Zeigefinger und schloß die Augen. Das tat er immer, wenn er scharf nachdachte.

»Du meinst also, daß es da noch irgend jemanden anderen gibt? Du meinst, das KGB hat noch jemanden in der Londoner Zentrale?«

»Ich weiß nicht«, sagte ich.

»Tu nicht so dämlich«, sagte Werner. »Du kannst mir nicht so 'ne Torte ins Gesicht schmeißen und dann sagen, daß du von nichts was weißt.«

»Alles weist darauf hin«, sagte ich. »Aber ich habe meinen Verdacht in der Londoner Zentrale geäußert, und niemand scheint was davon wissen zu wollen.«

»Vielleicht handelt sich's um ein Täuschungsmanöver, ein KGB-Täuschungsmanöver.«

»Ich wollte ja auch niemanden lynchen lassen, Werner. Ich wünschte nur lediglich, daß dem Verdacht nachgegangen würde.«

»Vielleicht hat diese Mrs. Miller die Sache mit den Code-Namen in den falschen Hals gekriegt«, meinte Werner.

»Kann schon sein, aber selbst dann erheben sich eine Menge Fragen, die meines Erachtens beantwortet werden müßten. Und was passiert, wenn jemand bei der Lektüre des Vernehmungsprotokolls auf die Idee kommt, daß sich's bei der zweiten Quelle vielleicht um mich handeln könnte?«

»Ach so! Du willst bloß Mißverständnissen vorbeugen«, sagte Werner. »Du glaubst nicht wirklich, daß das KGB eine andere Quelle in der Londoner Zentrale hat, meinst aber, du müßtest Mrs. Millers Aussage so interpretieren, um zu verhüten, daß ein anderer auf die Idee kommt, das zu tun, und dir vorwirft, du hättest versucht, den Tatbestand zu verschleiern, um dich selbst zu schützen.«

»Sei nicht so blöde.«

»Ich bin nicht blöde, Bernard. Ich kenne die Londoner Zentrale, und ich kenne dich. Du schreist nur Feurio! Feurio! Für den Fall, daß dich jemand der Brandstiftung beschuldigt.«

Ich schüttelte den Kopf, fragte mich aber, ob er nicht vielleicht doch recht hatte. Er kannte mich besser als sonstwer, besser sogar als Fiona.

»Willst du wirklich so lange hierbleiben, bis sie das Auto aus dem Wasser gezogen haben?«

»Genau das werde ich tun.«

»Komm doch wenigstens mit zum Essen. Bitte den Inspektor anzurufen, wenn sie wieder mit der Arbeit anfangen.«

»Ich kann nicht, Werner. Übrigens habe ich Lisl versprochen, zum Essen zu ihr ins Hotel zu kommen, in dem unwahrscheinlichen Fall, daß ich hier rechtzeitig fertig werde.«

»Soll ich sie anrufen und sagen, daß du's nicht schaffst?«

Ich sah auf meine Uhr. »Ja, bitte, Werner. Sie hat ein paar alte Bekannte eingeladen – den alten Herrn Koch und diese Leute, bei denen sie ihren Wein kauft – und die werden sicherlich nervös, wenn sie meinetwegen auf das Essen warten müßten.«

»Ich rufe sie an. Mein Geschenk habe ich ihr gestern schon vorbeigebracht, aber ich werde die Gelegenheit wahrnehmen, ihr fröhliche Weihnachten zu wünschen.« Er schlug den Mantelkragen hoch und stopfte seinen weißen Seidenschal darunter. »Verdammt kalt hier draußen am Fluß.«

»Fahr zurück zu Zena«, riet ich ihm.

»Wenn du wirklich nicht mitkommen willst . . . Soll ich dir was zu essen herbringen?«

»Sei nicht so verdammt fürsorglich, Werner. Ich kriege schon irgendwo was zu essen. Überhaupt, ich werde dich zu deinem Wagen begleiten. An der Ecke ist eine Kneipe geöffnet. 'ne Bockwurst und ein Bier werde ich da ja wohl bekommen.«

Es war schon fast zehn, als sie endlich den Krankenwagen aus der Havel hievten. Ein trauriger Anblick: Die Seite, die auf das Flußbett gekippt war, war dick mit öligem Schlamm verklebt. Ein Reifen war abgerissen, und hinten war, wie gesagt, beim ersten Versuch, ihn zu heben, nicht nur die Stoßstange, sondern auch ein

Stück der Karosserie abgebrochen. Trotzdem begrüßten wir sein Auftauchen mit so viel Enthusiasmus, wie wir unter den Umständen noch aufbrachten.

Was wir allerdings im Innern des Wagens fanden, lohnte diesen Enthusiasmus schlecht. Daß niemand drin war, keine Leiche, sah man ziemlich auf den ersten Blick. Doch als um Viertel nach elf der Inspektor die vorläufige Untersuchung des Wracks für beendet erklärte, hatten wir zwar einen Haufen Krimskrams in Plastiktüten verwahrt, es schien jedoch nichts zu sein, was uns irgendeinen Hinweis auf den Verbleib von Carol Elvira Miller hätte geben können, die, ihrem eigenen Geständnis zufolge, für den sowjetischen Geheimdienst gearbeitet hatte, ehe sie uns ins Netz ging. Wo mochte sie jetzt, da sie uns wieder entschlüpft war, geblieben sein?

Wir waren alle sehr schmutzig. Ich ging mit den Polizisten in die Waschräume der Kaianlage. Das heiße Wasser lief nicht, und es gab nur ein einziges Stück Seife. Einer der Polizisten organisierte irgendwo einen Eimer kochendes Wasser. An zwei Waschbecken nebeneinander stehend, versuchten der Inspektor und ich uns zu säubern.

»Was halten Sie von diesem Ergebnis?« fragte der Inspektor.

»Wo würde eine Leiche wieder auftauchen?« fragte ich.

»Spätestens in der Spandauer Schleuse«, antwortete er, ohne zu zögern. »Aber, als dieser Wagen ins Wasser stürzte, war niemand drin.« Er zog Jacke und Hemd aus und schrubbte seine Unterarme, denn der Schlamm war ihm in die Ärmel gelaufen.

»Meinen Sie?« Ich nahm das mir angebotene Stück Seife.

»Die Vordertüren waren verschlossen und die Hecktür auch. Wer unter Wasser aus dem Auto steigt, nimmt sich selten die Zeit, die Türen abzuschließen.« Er reichte mir ein paar Papierhandtücher.

»Der Wagen stürzte also leer ins Wasser?«

»Sie wollen nicht drüber reden. Soll mir auch recht sein.«

»Nein, Sie haben recht«, sagte ich. »Das Ganze war sicher ein Täuschungsmanöver. Woher hatten Sie den Hinweis auf den Unfallort?«

»Ich habe im Wachbuch nachgesehen. Anonymer Anruf eines

Passanten, der den Unfall beobachtet haben will. Glauben Sie, die haben uns an der Nase herumgeführt?«

»Wahrscheinlich.«

»Während sie den Häftling anderswohin brachten?«

»Jedenfalls haben sie damit fürs erste unsere Aufmerksamkeit abgelenkt.«

»Und mir den Heiligabend versaut«, sagte er. »Ich bringe die Brüder eigenhändig um, wenn ich sie zu fassen kriege.«

»Brüder?«

»Na, wie man so sagt. Jedenfalls waren es wenigstens zwei. Kein Gang war eingelegt, sie müssen den Wagen also geschoben haben. Dazu waren wenigstens zwei Leute nötig, einer, der steuerte, und einer, der schob.«

»Unseren Informationen zufolge waren es drei.«

Er nickte. »Es laufen viel zu viele von diesen Krimiserien im Fernsehen«, sagte er. Er zog Hemd und Jacke wieder an. »Dieser alte englische Oberst, der mit den Jungen Fußball spielte ... das war Ihr Vater, habe ich recht?«

»Ja«, bestätigte ich.

»Ich hätte mir die Zunge abbeißen mögen, als mir endlich ein Licht aufging. Hoffentlich habe ich Sie nicht beleidigt. Jeder mochte den alten Herrn, wissen Sie.«

»Schon recht«, sagte ich.

»Dabei machte ihm Fußball überhaupt keinen Spaß. Er wollte nur was für die deutschen Kinder tun. Wahrscheinlich war die ganze Fußballerei eigentlich mehr eine Qual für ihn. Aber warum er sich die auflud, haben wir damals natürlich nicht kapiert. Wir staunten nur, daß er es so verdammt ernst nahm, obwohl er nicht mal richtig kicken konnte. Er hat damals eine Menge solcher Sachen für die Kinder organisiert, nicht wahr? Und Sie hat er auf eine deutsche Schule geschickt, obwohl es doch für die Kinder der britischen Besatzungsmacht eine besondere britische Schule gab. Er muß schon ein ungewöhnlicher Mensch gewesen sein, Ihr Vater.«

Sauber war ich nicht, nachdem ich mir da Hände, Arme und Gesicht gewaschen hatte. Mein Trenchcoat war pitschnaß, und das Wasser quietschte mir in den Schuhen. Den Schlamm des Havelgrundes hatte ich mir zwar einigermaßen abscheuern können, der Gestank desselben haftete mir aber noch in Charlottenburg an.

Das Hotel war dunkel, als ich mir mit dem Schlüssel, der nur gewissermaßen privilegierten Gästen überlassen wurde, Zugang dazu verschaffte. Lisl Hennigs Hotel war einst ihr Elternhaus gewesen. Es stand unweit der Kantstraße, ein massives, graues Gebäude von der Art, die man überall in Berlin findet. Im Erdgeschoß war der Laden eines Optikers, dessen glitzernde Blendfassade die Spuren von Bombensplittern und Einschüssen aus den Jahren des Luftkriegs und den Tagen der Eroberung Berlins mehr oder weniger verbarg. Meine frühesten Erinnerungen waren mit Lisls Haus verknüpft, denn als mein Vater nach Berlin versetzt wurde und wir dort einzogen, konnte ich noch nicht laufen. Den geflickten, braunen Läufer auf der imposanten Treppe kannte ich schon, als er noch leuchtend rot war.

Die erwähnte mächtige Treppe führte in das Stockwerk mit dem großen Salon, in dem sich heute die Bar des Hotels befand. Jetzt wurde dieser Raum nur durch die Lichter eines winzigen Weihnachtsbaums beleuchtet, der auf dem Tresen stand. Winzige grüne und rote Glühbirnen blinkten im melancholisch stimmenden Bemühen, festliche Stimmung zu erzeugen. Aus den gerahmten Fotos, die hier alle Wände füllten, blinzelten durch diese flakkernde Beleuchtung eine Menge berühmter ehemaliger Bewohner Berlins, Großadmiral Dönitz neben Marlene Dietrich und Greta Garbo, Max Schmeling zwischen Einstein und Nabokov.

Ich warf einen Blick in das Frühstückszimmer. Es war leer. Die Stühle waren auf die Tische gestellt, so daß der Fußboden gefegt werden konnte. Auf der Anrichte neben dem Speiseaufzug war ein hoher Stapel weißer Teller bereitgestellt, daneben das Besteck, der Frühstücksgäste harrend. Ich bemerkte aber kein Lebenszeichen, nicht einmal Küchengeruch.

Auf Zehenspitzen schlich ich durch den Salon zum Hinteraufgang. Mein Zimmer lag unter dem Dach. Wenn irgend möglich, nahm ich in der Mansarde Quartier, wo ich während meiner Berliner Kinderjahre gewohnt hatte. Auf dem Wege zum Hinteraufgang kam ich aber an der Tür von Lisls Zimmer vorbei. Ein Lichtstreifen auf der Schwelle zeigte mir, daß sie vermutlich noch wach war.

»Wer ist da?« rief sie ängstlich. »Wer ist das?«

»Bernd«, antwortete ich.

»Komm rein, du elender Bengel«, schrie sie so laut, als wollte sie das ganze Haus aufwecken.

Sie saß in ihrem Bett, auf mindestens ein Dutzend Kopfkissen in Spitzenbezügen gestützt. Sie hatte sich einen Schal um den Kopf gebunden, und auf dem Nachttisch standen eine Flasche Sherry und ein Glas. Das Bett war vollständig mit Zeitungen bedeckt. Zahllose Seiten waren zu Boden gefallen und ringsum bis hin zum Kamin verstreut.

Sie hatte ihre Lesebrille so schnell abgenommen, daß sie dabei ihr braungefärbtes Haar zerzauste. »Gib mir einen Kuß«, verlangte sie.

Ich gehorchte und bemerkte dabei das teure Parfum, Make-up und die falschen Wimpern, die sie nur zu ganz besonderen Gelegenheiten anlegte. »Hast du dich gut amüsiert?« fragte sie. Mühsam unterdrückter Ärger sprach aus ihrem Ton.

»Ich habe zu arbeiten«, erwiderte ich. Ich hatte keine Lust zu einer langen Unterhaltung. Ich wollte ins Bett und mich ausschlafen.

»Mit wem warst du unterwegs?«

»Ich habe dir doch gesagt, ich hatte zu arbeiten.« Ich versuchte, ihren Ärger zu beschwichtigen. »War es nett mit deinen Freunden? Was hast du ihnen denn vorgesetzt? Karpfen?« Zu Weihnachten, am Heiligabend, kam bei Lisl immer Karpfen auf den Tisch. Selbst während des Krieges, hatte sie mir erzählt (mehr als einmal), hatte sie für Heiligabend immer einen Karpfen organisieren können.

»Lothar Koch konnte nicht kommen. Er liegt mit einer Grippe im Bett, und die Leute von der Weinhandlung mußten anderswo hin.«

»Also warst du ganz allein«, stellte ich betrübt fest, beugte mich über sie und küßte sie noch einmal. »Das tut mir aber leid, Lisl.«

Sie war einst ausnehmend hübsch gewesen. Ich erinnerte mich, daß ich als Kind oft ein schlechtes Gewissen hatte, weil ich Lisl hübscher fand als meine Mutter. »Das tut mir wirklich leid.«

»Das sollte dir auch leid tun.«

»Aber es war nicht zu ändern. Ich mußte dasein.«

»Wo? Im Kempinski oder im Steigenberger? Lüge mir nichts vor, mein Bester. Als Werner angerufen hat, konnte ich im Hintergrund Stimmen und Musik hören. Du brauchst mir also nicht vorzuschwindeln, daß du zu arbeiten hattest.« Sie lachte, aber es klang weder freundlich noch fröhlich.

Deshalb war sie also so wütend. »Ich hatte aber wirklich zu arbeiten«, wiederholte ich. »Morgen erzähle ich dir alles.«

»Du brauchst mir gar nichts zu erzählen, lieber Bernd. Du bist ein freier Mann. Du brauchst den Heiligen Abend nicht bei einer häßlichen alten Frau zuzubringen, wenn du nicht willst. Geh ruhig hin und amüsiere dich. Ich gönne es dir von Herzen.«

»Nun reg dich doch nicht unnötig auf«, versuchte ich sie zu beschwichtigen. »Werner hat aus seiner Wohnung angerufen, weil da, wo ich zu tun hatte, kein Telefon war.«

Inzwischen war ihr der Geruch des Havelschlamms aufgefallen, und sie setzte ihre Brille wieder auf, um mich genauer in Augenschein zu nehmen. »Du bist ja total verdreckt, Bernd. Was hast du denn bloß gemacht? Wo bist du gewesen?« Aus ihrem Arbeitszimmer war jetzt die prunkvolle Ormolu-Uhr zu hören, die melodisch die halbe Stunde schlug. Halb drei.

»Wie oft soll ich's dir denn nun noch sagen? Ich hatte etwas Dienstliches zu erledigen, das heißt, ich habe der Berliner Polizei an der Havel bei dem Bemühen Gesellschaft geleistet, ein Auto aus dem Wasser zu ziehen, wenn du's ganz genau wissen mußt.«

»Wie oft habe ich dir schon gesagt, daß du nicht so schnell fahren sollst.«

»Es war nicht mein Auto«, sagte ich.

»Weshalb warst du also da?«

»Das Auto hatte was mit meiner Arbeit zu tun«, sagte ich. »Kann ich was zu trinken haben?«

»Ein Glas findest du auf der Anrichte. Ich habe aber nur Sherry hier. Whisky und Cognac sind im Keller eingeschlossen.«

»Sherry ist gut genug für mich.«

»Mein Gott, Bernd, was machst du denn da? Sherry trinkt man doch nicht becherweise.«

»Es ist Weihnachten«, sagte ich.

»Ja, es ist Weihnachten«, sagte sie und goß sich auch noch einen Schluck ein. »Es hat jemand für dich angerufen. Sie hieß Gloria Kent, hat sie gesagt. Ich soll dich von allen schön grüßen. Sie wollte ihre Telefonnummer nicht geben. Du würdest schon wissen, meinte sie.« Lisl schniefte.

»Ja, ich weiß«, sagte ich. »Die Frau paßt auf meine Kinder auf.«

»Ach, Bernd. Gib mir noch 'n Kuß. Warum bist du so häßlich zu deiner Tante Lisl. Ich habe dich auf den Knien geschaukelt, hier in diesem Zimmer, noch bevor du laufen konntest.«

»Ja, ich weiß, aber ich konnte wirklich nicht kommen. Dienst ist Dienst, das weißt du doch.«

Sie klapperte mit den Augenlidern wie eine junge Schauspielerin. »Eines Tages wirst du alt sein, mein Bester. Und dann wirst du wissen, wie das ist.«

VI.

Weihnachtsmorgen. Berlin lag wie von seinen Bewohnern verlassen vor Lisls Haustür. Die Stille in den Straßen war direkt unheimlich. Kein Verkehr auf dem Kurfürstendamm, und obwohl die Auslagen mancher Geschäfte noch beleuchtet waren, stand kein Mensch davor und wünschte sich, was drinlag. Überhaupt begegnete ich kaum einer Menschenseele auf dem ganzen Weg zur Potsdamer Straße.

Die breite Potsdamer Straße ist die Hauptstraße von Schöneberg und heißt an ihrem südlichen Ende auch so, im alten Ortskern des Dorfes, dessen Bauern reich wurden, als sich Berlin nach der Reichsgründung über ihre Äcker auszudehnen begann. Ein paar von den schönen Villen, die sich diese reich gewordenen Bauern – Millionenbauern nannten die Berliner sie – bauen ließen, stehen noch heute an der Hauptstraße. Aber das Straßenbild zwischen Schöneberger Dorfkirche und Potsdamer Brücke ist sehr abwechslungsreich. Zwischen der Dorfkirche und dem Betongebirge der Wohnanlage, die man, ich glaube zu Anfang der siebziger Jahre, an die Stelle des Sportpalastes gesetzt hat, wo sich Goebbels am 18. Februar 1943 der Zustimmung des deutschen Volkes zum »Totalen Krieg« versicherte (»Man frage landauf, landab das deutsche Volk, und man wird nur eine Antwort erhalten: Das *Radikalste* ist heute gerade *radikal* und das *Totalste* ist gerade *total* genug, um zum Siege zu führen«, sagte er jedenfalls bei dieser Gelegenheit) liegt der Kleistpark, an dessen westlichem Rand sich ein durch den totalen Krieg wunderbar unversehrt gebliebener neobarocker Palast erhebt, ehemals Sitz des Obersten Preußischen Landgerichts, nach 1945 Sitz des Alliierten Kontrollrats für Deutschland, dessen Gesetz vom 24. Februar 1947 den Staat Preußen, seine Zentralregierung und alle nachgeordneten Behörden formell auflöste. Noch heute werden täglich vor der Parkfront des Gebäudes nebeneinander die Flaggen der vier Siegermächte des Zweiten Weltkriegs gehißt, denn noch immer arbeiten dort die vier Mächte zusammen, allerdings nur in wenigen Räumen des weitläufigen Palasts und bei einer sehr beschränkten Aufgabe: Die Alliierte Luftsicherheitszentrale für Berlin kontrolliert den Flugverkehr zwischen Berlin (West) und der Bundesrepublik Deutschland.

Von diesen Sehenswürdigkeiten abgesehen, gibt es an der Potsdamer Straße zwischen Kleistpark und Potsdamer Brücke alles mögliche: alteingesessene Kunsthandlungen, Feinkostgeschäfte und Herrenausstatter, türkische Grünkrämer, Döner-Kebab-Stuben, Bierschwemmen, Bordelle und Video-Verleihe. Neben guten Bürgern und ebenso gesetzestreuen ausländischen Mitbürgern sind in dieser Gegend Prostituierte, Zuhälter und Rauschgifthändler zu Hause. Einige Nebenstraßen der *Potse* sind noch heute unsaniert.

In einer dieser Straßen wohnte Langer. Langer war nicht sein Familienname, er hieß überhaupt nicht so. ›Langer‹ nannten ihn seine Berliner Freunde, weil er unleugbar sehr lang war, und so kannten ihn schließlich selbst Leute als ›Langer‹, die nur englisch mit ihm sprachen. Er war Amerikaner. Eigentlich hieß er John Koby, weil sein aus Litauen ausgewanderter Großvater den aus der alten Heimat mitgebrachten Namen ›Kubilunas‹ für die Neue Welt zu lang fand. Das Haus, in dem Langer wohnte, sah aus, als hätten dessen Besitzer die Abrißgenehmigung schon in der Tasche. Die Tür seiner Wohnung im obersten Geschoß war allerdings frisch gestrichen, und unter dem Klingelknopf las man in Messing graviert: John Koby – Journalist.

Frau Koby ließ mich ein und führte mich in eine helle, hübsch eingerichtete Wohnung. »Langer war so froh, von Ihnen zu hören«, flüsterte sie. »Und es ist wunderbar, daß Sie gleich kommen konnten. Er wird manchmal so trübsinnig. Sie werden ihn bestimmt ein bißchen aufheitern.« Sie war eine kleine, dünne Frau, blaß, wie die meisten Berliner im Winter. Unter den bis fast auf die Augenbrauen fallenden Pony-Fransen leuchteten helle Augen aus dem runden Gesicht.

»Ich werde es versuchen«, versprach ich.

Der Raum sah aus wie der Arbeitsplatz eines Schriftstellers oder Journalisten. Vollgestopfte Bücherregale an den Wänden, eine alte, mechanische Schreibmaschine auf dem Schreibtisch. Stapel von Büchern und Papieren auf dem Fußboden. Doch verdiente Langer schon seit Jahren sein Brot nicht mehr schreibend, und selbst als er noch vorwiegend für Zeitungen gearbeitet hatte, war er nie ein Journalist gewesen, der die Welt von seinem Schreibtisch aus analysierte. Langer war als Reporter tätig, der selten Bücher zu Rate zog, sich seine Fakten aus erster Hand beschaffte und seine Schlüsse daraus zog. Genau wie ich. Die Möbel waren alt, aber nicht wertvoll – Sachen, wie man sie, als sich in Berlin der Sperrmüll noch zu gewissen Zeiten am Straßenrand stapelte, hätte auflesen können. In einer Ecke hatte offensichtlich einst ein großer Kachelofen gestanden – die Wände waren dort noch jetzt blau-weiß gekachelt. Derartige alte Kacheln konnte man für teures Geld verkaufen, und ich wunderte mich ein bißchen, daß Langer sie an der Wand gelassen hatte. Die Wohnung machte nämlich den Eindruck, als hätten deren Bewohner ziemlich alles Verkäufliche schon veräußert.

Langer trug einen alten rot und golden gemusterten seidenen Schlafrock, darunter graue Flanellhosen und eins von den strapazierfähigen Baumwollhemden mit offenstehendem Kragen, die die Brooks Brothers in New York zu einem weltweit anerkannten Statussymbol gemacht haben. Seine Krawatte zeigte die Speiseeis-Farben des Garrick-Clubs in London, dem neben Schauspielern hauptsächlich Werbefachleute und Rechtsanwälte angehören. Er war über siebzig, aber dünn und, wie gesagt, hochgewachsen, was ihn irgendwie jünger aussehen ließ. Sein Gesicht war straff und glatt rasiert, das Haar über der hohen Stirn sorgfältig gescheitelt. Die Nase war groß und knochig, die Zähne standen ihm so gelb und unregelmäßig im Munde, wie das nur den uns von Mutter Natur mit auf den Lebensweg gegebenen Kauwerkzeugen gelingt.

Ich erinnerte mich, daß Langer alte Freunde nach deutscher Art mit Handschlag zu begrüßen pflegte. Ich streckte ihm also meine Rechte entgegen.

»*Merry Christmas,* Langer«, sagte ich.

»It's good to see you, Bernie«, sagte er, mir die Hand schüttelnd. »Das letzte Mal hast du uns in der alten Wohnung besucht, in der über der Bäckerei.« Er sprach deutsch mit starkem amerikanischem Akzent, so, als hätte er die Sprache ohne große Sprechpraxis aus Büchern gelernt. Dabei lebte er schon länger in Berlin als die meisten seiner Nachbarn. Schon vor der nationalsozialistischen Machtergreifung, so um 1930, hatte er sich als Korrespondent amerikanischer Zeitungen hier niedergelassen und war bis zum Eintritt der USA in den Zweiten Weltkrieg geblieben.

»Kaffee, Bernard? Er ist schon fertig. Oder hätten Sie lieber ein Glas Wein?« fragte Gerda Koby, während sie meinen Mantel aufhängte. Sie war eine schüchterne, zurückhaltende Frau, und obwohl sie mich seit meiner Kindheit kannte, wäre es ihr nie eingefallen, mich zu duzen. Wenn sie mich anstatt »Mr. Samson« mit Vornamen anredete, so nur, weil sie hierin, wie in den meisten anderen Dingen, dem Beispiel ihres Mannes folgte. Sie war wesentlich jünger als er und immer noch hübsch. In ihrer Jugend war sie übrigens als Opernsängerin in ganz Deutschland bekannt gewesen. Langers Bekanntschaft hatte sie gemacht, als dieser 1945 mit der US-Army nach Berlin zurückkehrte.

»Ich habe noch nicht gefrühstückt«, sagte ich. »Eine Tasse Kaffee wäre genau das Richtige.«

»Und du, Langer?« fragte sie. Er starrte sie ausdruckslos an und antwortete nicht. Sie zuckte mit den Schultern. »Er wird Wein trinken«, sagte sie zu mir, der resignierte Ton war unüberhörbar. Sie sah zu zierlich aus für eine Opernsängerin, aber die alten Plakate an der Wand besagten, daß sie in der Staatsoper *Fidelio* gesungen und bei Aufführungen des *Lohengrin* in Bayreuth und von Händels *Mongolensturm* in München mitgewirkt hatte (bei dem letzten handelte es sich übrigens um eine *arisierte* oder *aufgenordete* Fassung des unter dem Titel *Israel in Ägypten* bekannteren Werks).

»Es ist doch Weihnachten«, sagte Langer. »Gib uns beiden Wein.« Er lächelte nicht, sie auch nicht. Allerdings sprach er immer so barsch mit ihr.

»Ich trinke lieber Kaffee«, sagte ich. »Ich habe noch eine

Menge zu erledigen heute, muß unter anderem zum Polizeipräsidium, ein paar Unterschriften leisten.«

»Sit down, Bernie, and tell me what you're doing here«, forderte Langer mich auf und wies auf einen Stuhl. »Als ich dich zuletzt sah, warst du in London vor Anker gegangen, verheiratet, zwei Kinder.« Seine Stimme war rauh, er nuschelte ein bißchen in der Manier Humphrey Bogarts.

»Da liege ich immer noch vor Anker«, bestätigte ich. »Ich bin nur für ein paar Tage geschäftlich hier.«

»Ach so«, sagte Langer. »Weihnachtsgeschenke in den Rauchfang stopfen, und dann: nichts wie weg, zurück in die Firma, so schnell die Rentiere rennen können, was?«

»Die Kinder müssen schon groß sein«, sagte Frau Koby. »Sie sollten bei ihnen zu Hause sein. Schlimm, daß Sie zu Weihnachten arbeiten müssen.«

»Mein Chef ist ein Ekel«, sagte ich.

»Und ihr habt keine Gewerkschaft und müßt euch deshalb alles bieten lassen«, sagte Langer. Er hatte wenig übrig für die Abteilung und machte keinen Hehl daraus, wann immer die Rede auf sie kam.

»Du sagst es«, stimmte ich zu.

So saßen wir da und machten Konversation, ungefähr eine Viertelstunde, vielleicht eine halbe. Ich brauchte eine Weile, um mich wieder an Langers schroffen, unliebenswürdigen Umgangston zu gewöhnen.

»Du arbeitest also noch immer für die Abteilung?«

»Nicht mehr«, antwortete ich.

Er nahm mein Dementi nicht zur Kenntnis. Er wußte, daß es nichts bedeutete.

»Na, ich bin jedenfalls froh, daß ich mit dem verdammten Laden nichts mehr zu tun habe.«

»Du warst der erste Mann, den mein Vater in Berlin angeworben hat, wenigstens habe ich das so gehört.«

»Dann hast du die Wahrheit gehört«, sagte Langer. »Und ich war ihm dankbar dafür. 1945 hatte ich die Nase voll von der Zeitungsarbeit.«

»Wie kam denn das?«

»Richtig, du bist zu jung, um das noch miterlebt zu haben. Also damals steckten sie Reporter in schicke Uniformen mit Abzeichen, die einem zum *War Correspondent* deklarierten. Offizielle Kriegsberichterstatter machten sie aus uns, verstehst du, damit diese Idioten von der Pressestelle der Army uns herumkommandieren und befehlen konnten, was wir zu schreiben hatten.«

»Na, aber dir doch nicht, Langer. Dir kann doch niemand sagen, was du zu schreiben hast.«

»Sag das nicht. Ich wohnte in einer Wohnung, die die US-Army beschlagnahmt hatte. Ich wurde von der US-Army verpflegt, fuhr ein US-Army-Fahrzeug, tankte US-Army-Benzin und gab US-Army-Besatzungsgeld aus. Die Army hatte mich an der Kandare, da konnte ich gar nichts machen.«

»Sie haben Langer verboten, mich zu besuchen«, empörte sich Frau Koby.

»Es wurde allen alliierten Soldaten verboten, mit Deutschen zu sprechen. Das war, als diese Schwachköpfe versuchten, den Soldaten ihr blödsinniges Fraternisierungsverbot aufzuzwingen. Kannst du mir sagen, wie ich aus Berlin hätte berichten sollen, ohne mit Deutschen zu sprechen? Die Army wütete und steckte eine Menge von unseren Jungen wegen Verbrüderung mit dem Feind in den Bau. Aber als dann schließlich die Mädchen herausfordernd an den GIs vorbeipromenierten, spöttisch mit den Hintern wackelten und ihnen zuriefen ›Verboten!‹, begann man selbst in der Army-Bürokratie endlich einzusehen, daß man Uncle Sam lächerlich machte.«

»Viel zu lachen hatten wir 1945 hier nicht, als ich Langer kennenlernte«, warf Gerda Koby ein. »Die Stadt sah schlimm aus, Bernard, überall Schutthaufen und kaum noch irgendwo ein grünes Blatt. Der Tiergarten eine Wüste. Alle Kanäle und Wasserläufe mit Mauertrümmern und verbogenem Eisen verstopft. Und dieser Verwesungsgeruch – ich dachte, ich würde nie wieder was anderes zu riechen kriegen.«

Sie hatte mit einer bei dieser zurückhaltenden Frau überraschenden Leidenschaftlichkeit gesprochen. Und sie verstummte plötzlich, als schämte sie sich dieses Ausbruchs. Dann stand sie auf und schenkte mir aus einer Thermosflasche Kaffee ein, ihrem

Mann ein Glas Wein aus einer schon fast geleerten Flasche. Augenscheinlich hatte Langer dieser Flasche schon vor meiner Ankunft zugesprochen.

Der Kaffee war guter Mokka. Dankbar leerte ich das Täßchen mit einem Schluck. Ohne Kaffee komme ich morgens nicht in Gang.

»Ja«, bestätigte Langer. »Berlin sah schlimm aus in der sogenannten Stunde Null.« Er kratzte sich den Kopf, ohne sein sorgfältig gekämmtes Haar zu verwirren. »Und in diesem Chaos mußte ich meine Arbeit machen. Keiner von diesen Kerlen in der Militär-Bürokratie oder von den Komikern, die bei der sogenannten Militär-Regierung beschäftigt waren, kannte die Stadt. Die meisten hätten, selbst wenn sie es gewollt hätten, mit den Deutschen nicht mal sprechen können. Ich hatte bis 1941 in Berlin gelebt und kannte noch immer eine Menge Leute. Das ganze Agentennetz, das dein Vater im Osten hatte, habe ich mit Hilfe meiner alten Bekannten organisiert. Dein Vater war ein kluger Mann, der wußte genau, was er an mir hatte. Er nahm mich also als seinen Assistenten in Dienst, und ich habe der US-Army gesagt, wo sie sich mein *War-Correspondent*-Abzeichen hinstecken kann.« Er lachte. »Mann, waren die wütend. Wütend auf mich und wütend auf deinen Vater. Die Army beschwerte sich bei Eisenhowers Nachrichtendienst. Aber dein Vater hatte 'nen direkten Draht nach Whitehall, und dagegen kamen sie nicht an.«

»Warum bist du dann eigentlich nach Hamburg gegangen?« fragte ich.

»Ich war einfach schon zu lange hier.« Er nahm einen Schluck Rotwein.

»Und wie lange nach deinem Umzug ist Bret Rensselaer auf seine ›Inspektionsreise‹ gegangen?«

»Hör bloß auf mit diesem Bastard. Bret war noch ein grüner Bengel, als er hier ankam, um ›die Verwaltung zu rationalisieren‹, wie er das nannte.« Langer zitierte Bret Rensselaers Beschreibung seines damaligen Vorhabens mit sarkastischer Betonung. »Bret war der beste Freund, der sich dem Kreml jemals nützlich gemacht hat, das kannst du jederzeit schriftlich von mir haben.«

»War er das wirklich?« fragte ich.

»Geh ins Archiv und sieh nach ... oder, noch besser, frage das *Yellow Submarine.«* Er lächelte und beobachtete mich aufmerksam nach Anzeichen von Überraschung angesichts seiner detaillierten Kenntnis der Interna der Londoner Zentrale. »Angeblich wird doch der große Computer in der Londoner Zentrale das *Yellow Submarine* genannt.«

»Kann sein, ich weiß nicht«, erwiderte ich.

»Na schön«, sagte Langer. »Ich weiß, du gehörst der Abteilung nicht mehr an; du bist hier, um ein Weihnachtskonzert für die britische Garnison zu dirigieren.«

»Was hat Bret Rensselaer dann schließlich gemacht?«

»Gemacht? Er hat drei Netze demontiert, die ich in der russischen Besatzungszone aufgebaut hatte. Alles lief wie geschmiert, bis er hier auftauchte. Er kippte Sand ins Getriebe und kriegte endlich London dazu, mich nach Hamburg abzuschieben.«

»Und wie hat er das gerechtfertigt?« beharrte ich.

»Bret hat überhaupt nichts gerechtfertigt. Du solltest ihn doch gut genug kennen, um das zu wissen. Niemand konnte ihn bremsen. Bret war damals bei uns noch nicht beamtet, aber irgend jemand in der Londoner Zentrale hatte ihm ein Papierchen besorgt, das besagte, daß er machen konnte, was er wollte.«

»Und was hat mein Vater gemacht?«

»Dein Vater war nicht hier. Den haben sie aus dem Wege geräumt, bevor Bret hier ankam, das gehörte offensichtlich zu ihrem Plan. So hatte ich niemand, der mich hätte unterstützen können.«

»Was heißt Plan? Glaubst du wirklich, es gab einen Plan, dich kaltzustellen?«

»Aber sicher. Bret kam her, um mich abzusägen. Alles gute Material, das wir damals von den Russen kriegten, lief über meinen Schreibtisch. Ich hatte einen Mann in Karlshorst, der mich täglich mit den neuesten Nachrichten aus dem Büro des sowjetischen Stadtkommandanten belieferte. Besser kann man's doch gar nicht haben.«

»Und nach Brets Inspektionsreise versiegte diese Quelle?«

»Der Mann in Karlshorst war einer der ersten, den wir verloren. Ich habe dann der US-Army angeboten, was von meinen Netzen noch übrig war, aber Bret war schon vorher bei denen gewesen. Mir zeigten sie die kalte Schulter. Natürlich waren die mir sowieso nicht wohlgesonnen, wegen des Krachs, den ich gleich nach dem Krieg mit ihnen hatte. Also bin ich abgezogen – nach Hamburg, wie es die Londoner Zentrale befahl.«

»Aber du bist nicht lange dageblieben.«

»In Hamburg? Nee, in Hamburg nicht. *Berlin is my town, mister.* Ich bin in Hamburg gerade lange genug geblieben, um in aller Form meinen Abschied zu nehmen. Und damit hatte Bret Rensselaer erreicht, was er wollte.«

»Und was war das genau?«

»Er hatte uns gezeigt, was für 'ne Kanone er ist. Er hatte die Berliner Außenstelle entnazifiziert und unsere besten Agentennetze ruiniert. Der Idiot hat doch tatsächlich von ›Entnazifizierung‹ geredet. Er verbot mir, Leute zu beschäftigen, die schon für die Nazis gearbeitet hatten. Aber wo, zum Teufel, sollten wir denn damals die Profis, die wir brauchten, sonst hernehmen? Als dann endlich dein Vater zurückkam und versuchte, wieder zusammenzuflicken, was Bret hier hinterlassen hatte, studierte Bret Philosophie an irgend'nem kostspieligen College. Dein Vater wollte, daß ich wieder mit ihm zusammenarbeitete. Aber ich habe ihm geantwortet: *Ick nich.* Nicht, daß ich nicht gerne wieder mit deinem Vater zusammengearbeitet hätte, ich hatte keine Lust, mir von Bret Rensselaer noch mal zeigen zu lassen, wo's langgeht. *No, Sir.«*

»Es war meine Schuld, Bernard«, sagte Frau Koby. Wieder sprach sie meinen Namen aus, als sei ihr dieser eigentlich unvertraut. Vielleicht fühlte sie sich als Deutsche unter den amerikanischen und britischen Freunden ihres Mannes immer ein bißchen als Außenseiterin.

»Nein, nein, nein«, sagte Langer.

»Es war wegen meines Bruders«, beharrte sie. »Er war noch kurz vor Schluß in Ungarn schwer verletzt worden, der arme Kerl hatte niemanden mehr auf der Welt außer mir, und Langer hat ihm erlaubt, bei uns zu bleiben.«

»Ach, Quatsch!« sagte Langer ärgerlich. »Mit Stefan hatte das nichts zu tun.«

»Stefan war ein herzensguter Junge.« Sie sagte das mit tiefem

Empfinden, als hoffte sie, einen vom Gegenteil überzeugten Staatsanwalt umzustimmen.

»Stefan war ein Aas«, erklärte Langer.

»Du hast ihn ja erst nach seiner Verwundung kennengelernt ... Es waren die Schmerzen, die dauernden Schmerzen, die ihn so unumgänglich machten. Aber, ehe er eingezogen wurde, war er ein freundlicher Junge, ein sonniges Gemüt, unendlich liebenswürdig. Hitler hat ihn kaputtgemacht.«

»Na gut, schieb's nur auf Hitler«, sagte Langer. »Hitler ist an allem schuld. Ich frage mich, was die Deutschen machen würden, wenn sie nicht mehr alles auf die Nazis schieben könnten.«

»Er war unendlich liebenswürdig«, sagte Frau Koby. »Du hast ihn nie richtig kennengelernt.«

Langer lachte ein sarkastisches Lachen, das mit einem verächtlichen Schnauben endete: »Nein, einen liebenswürdigen Jungen namens Stefan habe ich, weiß Gott, nie kennengelernt.«

Frau Koby wandte sich an mich und sagte: »Langer gab ihm ein Zimmer. Damals arbeitete Langer für Ihre Leute. Wir hatten eine große Wohnung in Tegel, am Wasser.«

»Er war doch da«, sagte Langer. »Bernie kennt die Wohnung.«

»Richtig, ich vergaß«, sagte Frau Koby. »Dann haben Sie also auch meinen Bruder noch gekannt?«

»Ich weiß nicht genau«, erwiderte ich.

»Bernie wird sich an Stefan kaum erinnern können«, sagte Langer. »Bernie war noch ein kleiner Junge, als Stefan starb. Und während der letzten Jahre hat ja Stefan kaum noch sein verdammtes Schlafzimmer verlassen!«

»Ach, der arme Stefan. Sein Leben war kurz, und die Zeit vergeht so schnell«, sagte Frau Koby.

»Der arme Stefan war Offizier der Waffen-SS«, erklärte mir Langer. »Im Majorsrang ... Wie nannten sie das doch bei der Waffen-SS?«

»Sturmbannführer«, antwortete Frau Koby resigniert. Langer kannte die Bezeichnung offensichtlich sehr gut, aber es schien ihm Spaß zu machen, seine Frau zu nötigen, den armen Stefan als Sturmbannführer zu identifizieren. »Aber Schwierigkeiten haben sie ausgerechnet meinem Bruder machen wollen, weil er eine Zeitlang Sepp Dietrichs Adjutant war.«

»Unsinn«, fiel Langer ihr ins Wort. »Den Posten hatte er kaum vierzehn Tage. Eigentlich war er bei der Artillerie.«

»Stefan sollte bei dem Prozeß gegen Dietrich aussagen, aber er konnte wegen seiner Verwundung nicht.« Aus dem Gespräch über Gerda Kobys Bruder war ein Streit geworden, eines jener stillen, ritualisierten Streitgespräche, die Ehepaare nur vor Publikum aufführen, wenn Besuch da ist, an dessen Urteilsvermögen sie appellieren können.

»Dein Bruder hatte das Pech, in einer Division zu dienen, die den Namen des Führers führte. Hätte er, statt bei der Division *Adolf Hitler* bei einer anderen Einheit der Waffen-SS gestanden, der Division *Prinz Eugen* oder der Reiter-Division *Maria Theresia,* zum Beispiel, hätte vermutlich kein Hahn nach dem armen Stefan gekräht.« Er lächelte und nahm abermals einen Schluck von dem blutroten Wein in seinem Glas. »Du solltest diesen Wein probieren, Bernie. Pflaumenwein. Gerda macht ihn selbst. Er schmeckt hervorragend.«

»Die Menschen können so grausam sein«, klagte Frau Koby.

»Sie will sagen, daß nicht nur die Nazis grausam waren, sondern auch manche von den anständigen Deutschen, die nach dem Krieg von Anfang an dagegen gewesen sind und das dadurch bewiesen, daß sie den armen Stefan bei der Militärregierung denunzierten.«

»Die haben auch Langer geschadet«, sagte Frau Koby. »Eines Tages kam Mister Rensselaer in die Wohnung und befahl ihm, Stefan rauszuschmeißen. Aber Langer war tapfer, hat Rensselaer bedeutet, er solle sich zum Teufel scheren. Dafür habe ich ihn geliebt.« Sie wandte sich zu ihrem Mann. »*I loved you for that,* Langer«, sagte sie. Es war vielleicht zum ersten Mal in all den Jahren, die seit jenem Tag vergangen waren, daß sie ihrem Mann so ausdrücklich sagte, was sie damals empfand. Mir wenigstens kam es so vor.

»Mir macht kein Schleicher wie Bret Rensselaer Vorschriften über die Gesellschaft, die ich mir leisten oder nicht leisten kann, verdammt noch mal«, sagte Langer. »Und wo hätte Stefan hingehen sollen? Irgend jemand mußte sich dauernd um ihn kümmern. Oft hat Gerda die ganze Nacht bei ihm sitzen müssen.«

Frau Koby erklärte: »Es war ein schrecklicher Krach ... Langer hat Mister Rensselaer so laut angeschrien, daß ich fürchtete, er würde ihn noch umbringen. Und seitdem hatte es Mister Rensselaer auf Langer abgesehen. Er sagte, Alliierte dürften sich nicht kompromittieren, indem sie SS-Kriegsverbrecher bei sich beherbergen. Dabei war Stefan überhaupt kein Kriegsverbrecher, nur ein deutscher Soldat, der nichts weiter als seine Pflicht getan hatte. Ich meine, wenn irgendwas gegen ihn bekannt gewesen wäre, hätten ihn die Amerikaner ja wohl kaum aus der Kriegsgefangenschaft entlassen, habe ich recht?«

»Bret verliert manchmal die Selbstbeherrschung, Mrs. Koby«, warf ich ein. »Dann sagt er Sachen, die er eigentlich gar nicht meint.«

»Damals war er noch weiter nichts als ein grüner Bengel«, sagte Langer. Daß ein grüner Bengel ihn gemaßregelt hatte, schien er als besonders demütigend empfunden zu haben. »Aber wenn man einen reichen Vater hat, kriegt man schon als grüner Bengel einen feinen Posten beim Nachrichtendienst.«

»Es war vermutlich letztlich diese Russin«, sagte Frau Koby. »Ich habe immer gesagt, daß im Grunde die dahintergesteckt hat.«

»Ach, was«, sagte Langer.

»Was für eine Russin?« fragte ich.

»Eine angebliche Großfürstin«, erklärte Langer. »Groß, schwarzhaarig ... muß in ihren jüngeren Jahren wirklich toll ausgesehen haben. Sie war viel älter als Bret, aber der flog schon damals auf den ganzen aristokratischen Hokuspokus, wie das anscheinend nur Amerikanern passiert. Außerdem hatte die Dame phantastische Beziehungen, kannte jeden, der hier was darstellte, und das imponierte Bret natürlich. Er quartierte sie in der luxuriösen Wohnung ein, die ihm angewiesen worden war, und lebte mit ihr zusammen, solange er hier war. Sie hatten zwei Dienstboten und gaben exquisite kleine Dinner-Parties für Brets Vorgesetzte. Frank Harrington, Silas Gaunt und der Chef, der Direktor höchstpersönlich, waren ihre Gäste. Sie sprach perfekt Englisch und ein

Dutzend andere Sprachen. Ihr Vater war ein russischer General, während der Revolution gefallen. So hieß es jedenfalls.«

»Und sie war fanatische Nationalsozialistin, solange das in Berlin Mode war«, warf Frau Koby ein.

»Das war das wirklich Komische an der ganzen Sache«, sagte Langer. »Seine russische Großfürstin war ein Liebling der Nazi-Prominenz. Sie glänzte bei allen gesellschaftlichen Ereignissen in der Reichshauptstadt. Tatsächlich fraternisierte also unser tugendhafter Bret mit den Nazis, nich ick.«

»Steht irgendwas von alledem in Brets Personalakte?« fragte ich.

Mißtrauisch fragte Langer: »Sag mal, überprüfst du vielleicht Rensselaer? Soll das Mistvieh vielleicht auf einen höheren Posten befördert werden, daß es 'n neues Gesundheitsattest braucht?«

»Nein«, erwiderte ich wahrheitsgemäß.

»Diese verdammte Unterhaltung kommt aber immer wieder auf diesen Rensselaer zurück, wie jedesmal, wenn Leute aus der Londoner Zentrale hier auftauchen.«

Ich stand auf.

»Na, jedenfalls fröhliche Weihnachten wünsche ich Ihnen beiden«, sagte ich bissig.

»Setz dich wieder, du Kindskopf. Ich meine, du bist genau wie dein Vater, zu verdammt empfindlich.« Er trank seinen Wein aus und reichte seiner Frau das leere Glas. »Trink einen Schluck von Gerdas hausgemachtem Wein, ein wirklich edler Tropfen ist das. Ich habe dich doch nicht gemeint, du dummer Bengel. Ich meine, du warst doch mit Max zusammen, als er den erwischte. Max war einer von meinen besten Leuten. Na, und war der vielleicht ein Nazi?«

»Max war einer von den Besten«, bestätigte ich.

»Ich habe nie gehört, was damals eigentlich passiert ist«, sagte Langer.

Ich zögerte einen Augenblick. Dann sagte ich: »Wir waren seit fast drei Wochen im Osten. Zu der Zeit ging bei uns eine Menge schief. Ein KGB-Kommando kreuzte in einem Sicheren Haus auf, wo wir uns gerade aufhielten, in Stendal. Ungefähr neun Uhr abends war es. Max besorgte uns ein Auto, weiß der Himmel woher. Keiner von uns hatte Papiere. Die lagen in einem Koffer in der Gepäckaufbewahrung am Bahnhof.«

»Trotzdem hättet ihr versuchen sollen, an die Papiere ranzukommen. Es war doch völlig schwachsinnig, über die Mauer abhauen zu wollen.«

»Aber am Bahnhof?« sagte ich. »Hast du denn vergessen, wie es auf Bahnhöfen in der DDR zugeht? Da wimmelt es doch von Polizisten und Soldaten, die nichts Besseres zu tun haben, als einen um den Personalausweis zu bitten. Außerdem wurde die Gepäckaufbewahrung bestimmt schon vom Stasi überwacht. Nee, da hätten wir uns gleich auf der nächsten Polizeiwache stellen können. Wir beschlossen also, durch den Draht zu gehen, und zwar in der Nähe von Wolfsburg. Da wurden nämlich damals gerade die Sperreinrichtungen repariert, und ich hatte einen Plan der Anlage gesehen. Natürlich ist es total schwachsinnig, zu versuchen, über die Mauer abzuhauen, aber zu der Überzeugung konnten ja auch die Wachposten neigen und deshalb in einer kalten Nacht nicht besonders scharf aufpassen.

Durch die Sperrzone sind wir ziemlich leicht durchgekommen. Sie bestand größtenteils aus Ackerland, das noch bestellt wurde. Die Bunker und Wachtürme standen so, daß wir, einem Straßengraben folgend, unbemerkt bis an den Zaun herankamen. Drahtscheren hatten wir, und so klappte alles bestens, bis wir durch den Kontrollstreifen krochen. Die Nacht war ja auch dunkel, stockdunkel. Aber irgendwo im Kontrollstreifen müssen wir einen Alarm ausgelöst haben, denn plötzlich wurde es verdammt lebendig. Die Knallerei fing schon an, ehe uns irgend jemand wirklich im Visier haben konnte. Du weißt ja, wie die sind. Die ballern einfach drauflos ins Blaue, nur um ihrem Feldwebel zu beweisen, daß sie auf dem Posten sind. Wir erreichten jedenfalls unversehrt die Straße, auf der sie die Sperreinrichtungen patrouillieren, und rannten darüber hinweg in das Minenfeld. In das Minenfeld kamen sie uns nicht nach. Als sie dessen Rand erreichten, waren wir schon zu weit drin, als daß sie uns noch mit ihren Handscheinwerfern hätten aufspüren können. Wir krochen also weiter, während sie ihre Scheinwerfer auf die Ecke einstellten, in der sie uns vermuteten. Max war ein alter Mann. Es fiel ihm schwer, auf dem

Bauch durchs Gelände zu robben. Ein paarmal glitt der Scheinwerfer vom nächsten Turm über uns weg, ohne daß man uns sah. Schließlich fingen sie aber an, das Gebiet, in dem wir waren, systematisch zu durchleuchten. Max zielte sorgfältig und schoß ihnen mit zwei Kugeln den Scheinwerfer kaputt. Aber sie sahen natürlich das Mündungsfeuer. Der MG-Schütze auf dem Turm ballerte einfach auf die Stelle, bis es Max in tausend Stücke zerrissen haben mußte. Ich rannte. Es war ein Wunder. In der Dunkelheit und dem allgemeinen Durcheinander konnte ich entkommen.«

Ich zitterte, wenn ich bloß daran dachte.

»Monate später kriegte Frank Harrington den Bericht des für die Sicherung dieses Grenzabschnitts der DDR verantwortlichen Offiziers in die Finger. Daraus ging hervor, daß Max bei dem Versuch, die Staatsgrenze zu verletzen, getötet worden war. Mich erwähnte der Bericht gar nicht, so daß die Sicherheitskräfte einen hundertprozentigen Erfolg ihrer Bemühungen in dieser Angelegenheit verbuchen konnten.« Ich nahm einen Schluck Kaffee. »Max hat mir das Leben gerettet, Langer. Er muß gewußt haben, was passieren würde. Er hat sich für mich geopfert.« Warum nur hatte ich Langer plötzlich diese ganze Geschichte erzählt? Ich hatte mit niemandem mehr darüber gesprochen, seitdem ich damals, 1978, meinen Vorgesetzten Bericht erstattet hatte.

»Hör dir das an«, sagte Langer leise zu seiner Frau. »Du erinnerst dich doch an den alten Max, *don't you*? Wie der, solange es noch was zu trinken gab, einfach kein Ende finden konnte? Und wie wütend du jedesmal wurdest, weil er so unendlich lange bei uns herumsaß? Aber am nächsten Tag hat er dir Blumen geschickt, und alles war vergeben und vergessen.«

»Natürlich weiß ich das noch«, antwortete sie. Ich wußte jetzt, weshalb ich die Geschichte von Max' Opfergang hier hatte erzählen müssen. Max konnte ich nicht mehr sagen, daß ich wußte, daß er sich für mich geopfert hatte. Max war tot. Das Nächstbeste war, es Langer zu sagen, dem Langen, der Max geliebt hatte.

»Er war ein guter Mann«, bestätigte Langer.

Frau Koby gab mir ein Glas ihres leuchtendroten Pflaumenweins und dem Langen auch.

»Hast du nie daran gedacht, in die Staaten zurückzukehren,

Langer?« fragte ich. Ich trank einen Schluck. Frau Kobys hausgemachter Wein war ein feuriges, fruchtiges Gebräu, das einem den Mund zusammenzog.

»Nee. Mir gefällt's in Berlin.« Er sah zu, wie ich den Wein trank, ohne etwas zu sagen. Ich hatte das Gefühl, daß Besucher, denen ein Glas von Gerdas Pflaumenwein gereicht wurde, diese Prüfung klaglos zu erdulden hatten, wenn sie in des Langen Augen bestehen wollten.

»Sie haben uns nicht erlaubt, nach Amerika zu gehen«, sagte Frau Koby, ihres Mannes Behauptung Lügen strafend, daran nie interessiert gewesen zu sein. »Wir hatten uns eigentlich dazu entschlossen, aber die Botschaft hat uns die Visa verweigert.«

»Wieso, du brauchst doch kein Visum, Langer, bist du denn nicht amerikanischer Bürger?«

»Nein, nicht mehr. Als ich anfing, für deinen Vater zu arbeiten, hat er mir als erstes einen britischen Paß besorgt. Selbst wenn sie uns reingelassen hätten, wären wir also in den USA beide Ausländer gewesen. Als ich mit einem der Leute von unserer Bonner Botschaft deswegen verhandelte, hatte der Kerl doch die Unverschämtheit, mir anzudeuten, daß die Tatsache, daß ich für ›einen ausländischen Nachrichtendienst‹ gearbeitet habe, bei der Einwanderungsbehörde wahrscheinlich keinen guten Eindruck machen würde. Wie findest du das?«

»Ach, der wollte dich nur aufziehen«, sagte ich.

Langer sah mich an und sagte nichts, und ich bestand nicht auf der geäußerten Meinung. Ich trank mein Weinglas aus und erhob mich abermals von meinem Sitz. »Jetzt muß ich aber wirklich gehen.«

»Ich habe das nicht so gemeint, Bernie. Ich weiß, daß dich nicht die Londoner Zentrale hergeschickt hat.«

»Ich bin nicht beleidigt, Langer. Aber ich bin mit Lisl bei Werner Volkmann zum Essen eingeladen. Und du weißt doch, daß Lisl nicht vertragen kann, wenn man zu spät kommt.«

»Ach, ein jüdisches Weihnachtsmahl, alles koscher, was?«

»Wird schon schmecken«, sagte ich. Manche von Langers Witzen waren nicht nach meinem Geschmack.

Langer erhob sich nun auch. »Wie ich höre, läßt Frank sich

pensionieren«, sagte er. Offensichtlich ein letzter Versuch, mich auszuholen. »Jesus, angekündigt hat er seinen Abschied ja schon oft genug, was?«

»Wer, Sinatra?« sagte ich spaßend.

»Frank *Harrington*«, sagte Frau Koby, die anscheinend ein echtes Mißverständnis meinerseits für möglich hielt.

Langer lachte kurz und schnaubend, wie es seine Art war, und sagte: »Und angeblich hat in London jetzt ein Kerl namens Cruyer das Sagen.«

Ich zog meinen Trenchcoat an. »Cruyer?« fragte ich. »Ich kann mich nicht erinnern, von dem schon gehört zu haben.«

»Deinen Sinn für Humor habe ich schon immer bewundert, Bernie«, sagte Langer, ohne ein Hehl aus seiner Erbitterung zu machen, in den neuesten Klatsch über die Londoner Zentrale nicht eingeweiht zu werden.

VII.

Tatsächlich hatte ich noch ziemlich viel Zeit, als ich den Langen verließ, den wir uns ›Langer‹ zu nennen gewöhnt hatten, als sei das sein bürgerlicher Name; so machte ich einen Spaziergang im Tiergarten und suchte die Gegend auf, die mir früher immer wie der geheimnisvollste Teil der ganzen Stadt vorgekommen war.

Der Park war leer, Rauhreif funkelte im toten, braunen Gras, und jenseits der kahlen, schwarzen Baumkronen glänzte die geflügelte Viktoria frisch vergoldet auf der Siegessäule, die, zum Gedenken an die Siege der deutschen Waffen, die der Gründung des Deutschen Reiches 1871 vorausgingen, errichtet, inzwischen den Untergang des Deutschen Reiches schon ziemlich ein Menschenalter lang überdauert hat und jetzt füglich als Denkmal einer ganzen versunkenen Epoche angesehen werden kann. Ich kenne keine Stadt, die mich zu weltgeschichtlichen Betrachtungen so anregt wie Berlin. Und nun erblickte ich das Ziel meines gegenwärtigen Ausflugs in die Vergangenheit: die hochragend und breit in verwildertem Buschland am südlichen Rand des Tiergartens verlassenen Paläste des ehemaligen Diplomatenviertels. Während meiner Schulzeit waren die Ruinen der Botschaften an der Tiergartenstraße für mich die romantischsten Ruinen in ganz Berlin gewesen. Da war das Fenster, aus dem Werner sein selbstgebasteltes Segelflugzeug fliegen ließ und diesem dann in der Aufregung hinterherstolperte, fast drei Meter tief, hinein in die Brennesseln. Durch die leeren Fensterhöhlen standen die Dachbalken schwarz gegen den Himmel, auf denen ich damals über die ganze Breite des bis zum Keller ausgehöhlten Gebäudes balancierte, weil ich mit einem Jungen namens Binder gewettet hatte, daß ich mich trauen würde. Ich hatte seinerzeit ein besonders kostbares Stück aus Binders berühmter Sammlung von NS-Ehrenzeichen gewonnen (ein goldenes Mutterkreuz, glaube ich). Jetzt lief es mir bei der Erinnerung dieser Heldentat (»Mutprobe« sagten wir damals) kalt den Rücken runter. Überhaupt lief es mir neuerdings im Rückblick auf die Mutproben, die ich im Laufe der Zeit schon bestanden hatte, häufig kalt den Rücken runter. Deshalb war ich für den Außendienst auch nicht mehr tauglich.

Heute hatte ich das alte Diplomatenviertel aufgesucht, weil ich mich vergewissern wollte, ob der Mann mir nun folgte oder nicht. Paranoia ist ja für unsereinen ein nie außer acht zu lassendes Berufsrisiko. Der Mann war augenscheinlich kein Profi. Er war dafür nicht schnell genug, und welcher Profi wäre mit einem so leicht zu identifizierenden Bart und in diesem auffälligen kurzen Mantel mit Schottenmuster losgegangen? Er trug ein großes, in braunes Packpapier eingeschlagenes Paket, als wäre er mit einem Weihnachtsgeschenk unterwegs. Aber er war nirgendwohin mit einem Weihnachtsgeschenk unterwegs, er folgte mir, soviel war inzwischen trotz der tiefhängenden Wolkendecke sonnenklar. Ich blieb stehen und betrachtete abermals sinnend die Westseite der halb zerstörten Italienischen Botschaft. Einige nach hinten hinaus gelegene Räume schienen bewohnt zu sein, und ich fragte mich, wie es wäre, da zu wohnen. Der bärtige Mann blieb ebenfalls stehen und schien sich die gleiche Frage zu stellen.

Da ich mich zu meinem Besuch bei dem Langen, ich meine bei Langer, heute früh ganz spontan entschlossen hatte, mußte mir mein Verfolger auf den Fersen sein, seit ich Tante Lisls Haus verlassen hatte. Vermutlich hatte er während der ganzen Nacht das Hotel im Auge behalten. Das zeugte von einem heute nicht mehr häufig anzutreffenden Pflichteifer, fand ich, zumal es schließlich Weihnachten war. Von Tante Lisls Haus aus war er mir sicherlich im Wagen gefolgt, sonst hätte ich ihn eher bemerkt. Der Wagen hätte sich zwar als Klotz am Bein für meinen Verfolger erwiesen, wenn ich beispielsweise an der Uhlandstraße oder am Kurfürstendamm die U-Bahn genommen hätte, da ich aber Zeit hatte und mir ein bißchen Bewegung verschaffen wollte, war ich zu Fuß nach Schöneberg gegangen. Natürlich hätte mir der Wagen sofort auffallen müssen. Ich wurde auf meine alten Tage nachlässig. Er blieb wieder stehen. Vermutlich hatte er gemerkt, daß er bemerkt worden war. Aber einstweilen beachtete er noch die Regeln, hielt eine gewisse Entfernung ein und versuchte, sich so gut wie außer Sicht zu halten. Er war kein Profi, aber der gute Wille war nicht zu verkennen. Offensichtlich hatte er gehofft, den ganzen Job im Auto erledigen zu können, deshalb der auffällige Schottenmuster-Mantel. Nun hatte ich ihm, als ich durch den Tiergarten wanderte, aber einen Strich durch die Rechnung gemacht, er hatte seinen Wagen abstellen und mal wirklich anfangen müssen, für sein Geld zu arbeiten. Jetzt war er nämlich sehr, sehr auffällig, besonders mit diesem großen Paket unter dem Arm.

Ich sah zurück. Ich konnte seinen Wagen nicht sehen, aber wahrscheinlich hatte er ihn auf dem Parkplatz hinter der Philharmonie abgestellt. Ich ging wieder in nördlicher Richtung durch den Tiergarten. War der Mann allein? fragte ich mich. Kein Profi würde versuchen, jemanden ohne Unterstützung zu verfolgen. Aber es war Weihnachten, und vielleicht sollte der Mann nur über meine Bewegungen Bericht erstatten. Ein Privatdetektiv war er nicht. Was man gegen Privatdetektive auch sagen mag, sie können jedenfalls einem ungetreuen Ehemann folgen, ohne sich dabei sehen zu lassen. Wenn der Mann nun aber weder vom KGB noch ein Privatdetektiv war, was war er dann? Einer von unseren eigenen Leuten, jemand von unserer Berliner Außenstelle? Trotz meines schon recht weit fortgeschrittenen Verfolgungswahns konnte ich mir nicht vorstellen, daß von diesen faulen Hunden einer zu überreden gewesen sein sollte, am Weihnachtstage eine so undankbare Aufgabe zu übernehmen. Ich blieb vor einem Baum stehen, in dessen Rinde ich das Emblem der Sowjetmacht eingeschnitten sah, und zwar von jemandem, der von ihr anscheinend nicht viel Gutes erwartete, denn er hatte Hammer und Sichel dargestellt, wie sie sich in ein Hakenkreuz verwandeln. Aus dem Augenwinkel beobachtete ich meinen Verfolger. Er ließ sein Paket fallen und bückte sich danach. Ein Rechtshänder, bemerkte ich, als er es wieder aufhob. Es kann nichts schaden, das zu wissen, dachte ich.

Abermals blieb ich am Fluß stehen. Dort liefen zwei Leute Schlittschuh, ein Mann und eine Frau, nicht mehr die jüngsten, der Figur nach zu schließen. Seite an Seite, hocherhobenen Hauptes mit wehenden langen Mänteln und Schals glitten sie über das Eis, als wären sie geradewegs einem Modejournal des 19. Jahrhunderts entstiegen.

Ich lief jetzt eilig einen Pfad entlang durch ein Gebüsch, als sei mir plötzlich eine Verabredung eingefallen. Dann duckte ich mich hinter einem Baumstamm am Weg. Ein erfahrener Agent wäre nicht in eine solche Falle gegangen. Ich stellte sie ja auch nur, um herauszukriegen, mit wem ich's zu tun hatte, hatte ja keine Ahnung, was dem Mann zuzutrauen war und was er wollte. Er lief geradewegs hinein, das heißt, mir direkt in die Arme. Blinder Eifer schadet nur, auch wenn man hinter jemandem her ist, dann sogar oft besonders unangenehm. Hannibal bewies das in der Schlacht am Trasimenischen See: Da er nach der Überquerung des Appenin plötzlich in Eilmärschen auf Rom vorzurücken schien, vergaß Flaminius alle Vorsicht, jagte dem Karthager nach und ging ihm prompt in die Falle. Hannibals Talente hätten ihm auch bei uns im Außendienst glänzende Erfolge gesichert.

»Rühren Sie sich nicht«, befahl ich. Ich hatte ihn von hinten, einen Arm über seiner Kehle, fest im Griff, während ich ihm mit der anderen Hand den rechten Arm aus Leibeskräften umdrehte. Er röchelte. Vielleicht würgte ich ihn zu stark. »Ich werde Sie loslassen«, versprach ich. »Aber bei der ersten unvorsichtigen Bewegung werde ich Ihnen dann wirklich weh tun müssen. Ist das klar.?«

Er brachte kein Wort heraus, so lockerte ich die Klammer über seiner Kehle, um ihn Luft schnappen zu lassen. Als ich ihn dann ganz losließ, klappte er zusammen wie ein Taschenmesser, und ich fürchtete, er würde in Ohnmacht fallen. Die Ärmelnaht seines Jacketts war geplatzt, sein Hut lag am Boden. Er stöhnte laut. Vermutlich hatte ich ihn tatsächlich zu fest angepackt. Ich war aus der Übung. Dennoch hätte er nicht so zu ächzen brauchen. Ein junger Mann wie er, jedenfalls unter dreißig, hätte eigentlich in besserer Kondition sein müssen. Er stand noch immer vornübergebeugt, die Arme um den Bauch gelegt, und atmete ächzend und stöhnend.

»Wer, zum Teufel, sind Sie?« fragte ich.

»Wir werden hier die Fragen stellen, Mister Samson.« Da war

also noch einer, ein schlanker Mann mit Brille, in einem auffälligen braunen Wildledermantel mit Pelzkragen. Er hielt eine Pistole in der Hand, und es schien ihm egal zu sein, ob ihn irgend jemand damit sah oder nicht. »Hände auf den Rücken, Samson. Sie wissen ja, wie das gemacht wird.« Ich verfluchte meine Dummheit. Natürlich hätte ich schlau genug sein sollen, zu merken, daß der Mann mit dem Bart sich dumm stellte, um am Ende mich den Dummen sein zu lassen. Da hatte ich mich als Hannibal gefühlt und war statt dessen wie Flaminius in die Falle getappt.

Der Bärtige – noch immer nach Luft japsend – tastete mich schnell und gründlich ab, dann sagte er: »Er hat nichts dabei.«

»Keine Waffe, Samson? Das sieht dem Experten, von dem wir schon soviel gehört haben, aber gar nicht ähnlich. Sie werden alt und unvorsichtig.«

Ich antwortete nicht. Er hatte recht. Ich wollte bei Langer nicht mit 'ner Kanone im Schulterholster aufkreuzen, weil ich's in dem Fall noch schwerer gehabt hätte, jede Beziehung zur Londoner Zentrale abzustreiten.

»Endlich kommt er«, sagte der Mann. »Hat sich ganz schön Zeit gelassen.« Ein verbeulter Lieferwagen rollte über die Lichtung, an deren Rand ich meinem Verfolger aufgelauert hatte. Man begleitete mich aus dem Gehölz auf den Rasen. Von den beiden Schlittschuhläufern war nichts mehr zu sehen. Offensichtlich gehörten die auch zu dem Team, in dessen Obhut ich mich jetzt befand.

Die Hecktüren des Lieferwagens wurden geöffnet. Der Laderaum enthielt einen chromglänzenden Rollstuhl. Man nötigte mich, auf ihm Platz zu nehmen, und fesselte mich mit Knöcheln und Hals an dessen stählernen Rahmen. Der Wagen fuhr schon an, als man mir die Augen verband. Die ganze Operation dauerte keine fünf Minuten.

Die Straßen waren leer. Wir waren höchstens zwanzig Minuten unterwegs. Ich konnte zwar nichts sehen, merkte aber, daß ich ein paar Stufen hochgeschleppt und in einen Aufzug gerollt wurde. Dann löste man mir die Fesseln, die mich an den Stuhl banden, und ließ mich allein. Ich hörte, wie eine Tür abgeschlossen wurde. Das Tuch von meinen Augen zu nehmen, hatte man meiner eigenen Geschicklichkeit überlassen, die man offenbar zu schätzen wußte, denn das erwies sich, da mir die Arme mit Handschellen auf dem Rücken zusammengeschlossen waren, als durchaus nicht einfach. Es war unter den Umständen unmöglich, die Tüchtigkeit dieser Leute nicht zu bewundern und meine eigene Untüchtigkeit nicht zu beklagen. Wo ich war, wußte ich ziemlich genau: In Ostberlin, nur ein paar Schritte hinter dem Checkpoint Charlie, an einem Ort also, wo man's nach Berlin-West zurück verdammt weit hat.

Der Raum, in dem ich mich befand, hatte zwei Fenster. Es schien sich um eine Art Vorzimmer zu handeln, genaugenommen ein Wartezimmer. Aber für den Fall, daß den Leuten, die hier warteten, die Zeit lang wurde, hatte man die Tür mit schweren Schlössern gesichert, die Fenster vergittert, übrigens mit dickem Milchglas verglast, so daß einen auch keine Aussicht ins Freie vom Warten ablenkte. Allerdings konnte man die schmalen Segmente am oberen Rand der Fenster zum Lüften öffnen – wenn man rankam. Da mir keine Leiter zur Verfügung stand, stellte ich einen Schemel auf den Tisch, der zu meinem Mobiliar gehörte, und nachdem es mir gelungen war, diesen schwankenden Turm zu erklimmen und das schmale Stück Fenster aufzukriegen – beides sehr beachtliche Leistungen in Anbetracht der Tatsache, daß mir die Hände auf dem Rücken gefesselt waren –, sah ich draußen ein Stück Berlin, wo sich nichts rührte, kein Auto, kein Mensch, kein Hund, keine Katze, kein Vogel – nichts. Ich erkannte das massive Gebäude der Sowjetischen Botschaft Unter den Linden an der Form des Daches. In der Nähe stand alles, was von dem einst berühmten *Hotel Adlon* übriggeblieben ist, das Hintergebäude nämlich, in dem einst die persönliche Dienerschaft der Gäste des Hauses untergebracht wurde. Und da drüben war der Parkplatz und der Hügel, der den Ort bezeichnete, wo sich der Führerbunker befand. Jetzt wußte ich ganz genau, wo ich war: Mein Wartezimmer lag im ehemaligen Reichsluftfahrtministerium, dem ersten Großbau der NS-Ära, der merkwürdigerweise den Bombenkrieg fast unversehrt überstand und heute einige Ministerien der Regierung der DDR beherbergt.

Ich stieg von meinem Aussichtsturm wieder hinab und nahm

auf einem der harten, hölzernen Stühle Platz. Es war heute der erste Weihnachtsfeiertag, und obwohl strenggenommen kein gläubiger Kommunist Weihnachten feiern sollte, gab es offenbar viele ungläubige. Das Haus der Ministerien lag in feiertäglichem Schlummer. Nur hin und wieder hörte ich in der Ferne eine Tür klappen oder das Summen eines Aufzugs. Ich sah mich in meinem Wartezimmer um: keine Bücher, keine Zeitschriften, überhaupt keine Druckerzeugnisse außer einem bunten Plakat an der Wand, das wohl als Beitrag des Kremls zur Abrüstungsdebatte zu verstehen war. Es zeigte NATO-Raketen, die den Frieden bedrohten. Außer der Tür, die man hinter mir abgeschlossen hatte, gab es eine zweite. In diese Tür war eine Glasscheibe eingelassen, die man allerdings mit einem durchscheinenden Papier überklebt hatte. Es gelang mir, mit dem Rücken zur Tür stehend, eine Ecke dieses Papiers abzupellen. Wenn ich das Auge an das so geschaffene Guckloch legte, konnte ich ins Nebenzimmer sehen.

In dem Zimmer hielten sich zwei Personen auf, ein Mann und eine Frau. Beide trugen weißes Leinen: Arzt und Krankenschwester. Die Frau war über vierzig. Über ihren grauen Haaren saß ein gestärktes Häubchen. Der Mann war jünger, Mitte Zwanzig. Seine weiße Jacke stand offen, und an einem der Revers war ein Fleck, bei dem sich's durchaus um einen Blutfleck handeln konnte. Er hatte ein Stethoskop umgehängt und schrieb in einem kleinen Notizbuch. Er sah auf seine Armbanduhr und schrieb dann weiter. Die Krankenschwester lehnte an einem zweistöckigen Bett und betrachtete die untere der beiden Kojen so, daß man annehmen mußte, daß jemand drin lag. Sie drehte sich um und suchte den Blick des Arztes. Er sah von seinem Notizbuch auf, und sie schüttelte den Kopf. Die Bewegung war fast unmerklich, so als hätte sie schon den ganzen Vormittag lang den Kopf geschüttelt. Sie war unzweifelhaft Russin, oder vielleicht sollte ich sagen, ein Sowjetmensch, denn sie hatte die flachen Züge, die schmalen Augen und die blasse Gesichtsfarbe, die charakteristisch für die Leute aus dem arktischen Nordosten der Union sind. Nun wandte sie sich dem Bündel auf dem unteren Bett wieder zu und berührte es sanft. Das Bündel war für einen Menschen zu klein, dachte ich, es sei denn, es handelte sich um einen sehr kleinen Menschen. Sie beugte sich jetzt über das Bündel und machte sich daran zu schaffen, wie an einem Säugling, der mit dem Gesicht in den Kissen eingeschlafen war. Für einen Säugling aber war das Bündel zu groß. Sie trat etwas zur Seite. Es war ein Kind – eine rotgestreifte Wollmütze war ihm vom Kopf geglitten. Ein Ellbogen sah seitlich unter den Decken heraus, die es größtenteils verbargen. Ein gelber Ärmel – ein Anorak. Unten glänzende Stiefel. Um Himmels willen, sie hatten Billy. Den kleinen Billy. Hier in Berlin.

Das Bild verschwamm. Mein Puls raste, und meine Kehle war plötzlich trocken wie Sandpapier. Ich mußte mich an die Wand lehnen, um nicht in Ohnmacht zu fallen. Billy! Billy! Billy! Wieder preßte ich das Auge an das Guckloch. Die Krankenschwester holte jetzt ein kleines emailliertes Tablett vom Tisch. Dies trug sie behutsam zum Ausguß und entnahm ihm eine Injektionsspritze. Die Nadel steckte sie in ein Glas, das eine rosa gefärbte Flüssigkeit enthielt. Mir wurde übel. Wie ernstlich ich mir auch mit dem Verstand empfahl, die Ruhe zu bewahren, die Gefühle machten meinem Verstand einen Strich durch die Rechnung. Kein Wunder, daß Männer, die Frau und Kinder hatten, selten im Außendienst eingesetzt wurden.

Sie beobachten dich, sie beobachten dich, jetzt, in diesem Augenblick, sagte ich mir wohl zum hundertsten Mal. Diese ganze Schau dient nur dem Zweck, dich für das weichzumachen, was sie auch immer mit dir vorhaben mögen. Leider hörte ich nicht auf mich. Ich konnte an nichts anderes als meinen Sohn denken und an das, was diese Schweine ihm antun konnten. Aber sicherlich mußte doch Fiona Bescheid wissen. Fiona würde doch bestimmt nicht zulassen, daß ihrem Sohn ein Leid geschah. Aber wenn nun Fiona nicht Bescheid wußte?

Plötzlich wurde hinter mir geräuschvoll ein Schlüssel ins Schloß gesteckt. Vom Korridor kam jemand herein. Ich hatte genügend Zeit, mein Guckloch zu verlassen und mich wieder hinzusetzen. Die Zeit hätte sogar gereicht, mir eine entspannte und sorglose Miene zurechtzulegen, ich weiß aber nicht, ob ich das geschafft habe, obwohl ich's natürlich versuchte.

»Herr Samson!« Wir kannten uns. Ein bulliger, großer Kerl, etwa fünfzig Jahre alt, breitstirnig, der Schädel schimmerte ihm durch das kurzgeschorene Haar. Pawel Moskwin. Der Computer in der Londoner Zentrale beschrieb ihn als »politischen Berater« des KGB. Das konnte alles heißen. Politische Berater waren manchmal hochgebildete, hochintelligente junge Leute, die Groucho Marx ebenso treffend zitieren konnten wie den Karl gleichen Namens. Solche Leute dienten manchmal eine Zeitlang beim KGB, um ihren Fähigkeiten den letzten Schliff zu geben. Aber Moskwin war nicht von dieser Art. Ich kannte ihn schon lange als unbegabten Streber, der mit Fleiß und Tücke allein Karriere gemacht und keine Kunst studiert hatte außer der, bei seinen Vorgesetzten nicht anzuecken. Leute seines Schlages gibt es in der UdSSR haufenweise. Ihr beschränkter Eifer hält das ganze wakkelige System zusammen.

»Wo ist meine Frau?« fragte ich ihn. Mit dieser Frage eröffnete ich die Partie zwar nicht auf eine Weise, die die Londoner Zentrale gebilligt hätte, aber ich wußte, daß man die Unterhaltung auf Band aufnehmen würde, und es war einigermaßen wahrscheinlich, daß Fiona diesen Dialog zu hören kriegen würde.

»Ihre Frau? Weshalb wollen Sie denn das wissen, Herr Samson?« fragte Moskwin spottend.

»Meine Leute wissen, daß ich hier bin, Moskwin«, sagte ich. »Machen Sie sich drauf gefaßt, bald von ihnen zu hören.«

»Versuchen Sie mir Angst zu machen?« fragte er. »Ihre Leute wissen nichts und wollen nichts wissen, was ihre Feiertagsruhe stören könnte. Es ist Weihnachten, Sie sind allein, Herr Samson, ganz allein. Ihre Leute in London sind vollauf damit beschäftigt, Plumpudding zu essen, die Weihnachtsansprache der Queen im Fernsehen zu hören und sich zu betrinken.«

»Wir werden ja sehen«, murmelte ich vielsagend, doch seine Mutmaßungen über die gegenwärtigen Aktivitäten unserer Londoner Zentrale hatten leider nur allzuviel Wahrscheinlichkeit für sich.

»Warum werden Sie eigentlich nicht vernünftig, Samson?«

»Wie denn, zum Beispiel?«

Auf dem Korridor waren jetzt Schritte zu hören. Er drehte sich halb zur Tür, den Kopf lauschend erhoben. Diese Ablenkung seiner Aufmerksamkeit gab mir die Gelegenheit, um die ich den

Himmel angefleht hatte. Mit den auf dem Rücken zusammengeschlossenen Händen packte ich die Rückenlehne des Stuhls, dann drehte ich mich um die eigene Achse mit als Gegengewicht tiefgebeugtem Kopf und schleuderte den Stuhl in seine Richtung. Der Stuhl war zu schwer für mich. Anstatt ihn an der Schläfe zu treffen, flog er Moskwin nur zwischen die Beine, doch der Aufprall traf diesen so unvermutet, daß er keuchend und stammelnd vor Wut zurücktaumelte.

Er stieß den Stuhl beiseite. »Ich werde Sie lehren ...«, drohte er und trat vor, um mich zu schlagen. Er schlug zu, ohne zu zielen, wie ein wütender Betrunkener auf eine Wand einschlägt. Aber Moskwin war ein Schwergewicht. Er brauchte nicht zu zielen, denn ihm konnte egal sein, wo er einen traf. Wenn er einen nur überhaupt traf, reichte das völlig. Mir jedenfalls, als ich merkte, wie ich gegen die Wand geschmissen wurde und dann an dieser herunterrutschte, bis ich am Boden lag. »Sie verrückter Narr«, knurrte er und wischte sich den Mund mit dem geröteten Handknöchel. »Wenn Sie sich unbedingt schlagen wollen, nehme ich Sie mit in den Keller und bringe Sie mit den bloßen Händen um.«

Langsam kam ich auf die Füße, und er stieß den Stuhl mit der Seite des Stiefels zu mir herüber. Ich setzte mich und schloß die Augen. Ein schrecklicher Schmerz erfüllte mich, als hätte ich geschmolzenes Blei in den Lungen.

Moskwin wartete, bis er einen Teil seiner früheren Gemütsruhe wiedererlangt hatte, ehe er sich von neuem vernehmen ließ: »Seien Sie vernünftig. Sehen Sie doch der Wahrheit ins Gesicht. Ihre Frau hat sich aus eigenem, freiem Willen entschlossen, für uns zu arbeiten. Glauben Sie wirklich, daß wir sie hier gefangen halten? Behaupten das etwa Ihre Bosse in London? Samson, sie gehört zu uns. Sie will nicht zurück in den Westen. Sie wird nie dorthin zurückkehren. Nie.« Er beobachtete mich aufmerksam, und ich starrte ihm derweil ins Gesicht. »Wollen Sie eine Zigarette?« fragte er schließlich.

»Nein«, antwortete ich, obwohl ich eine Zigarette dringend brauchte. Wir beide wußten ja, wie so etwas lief. Man nimmt eine Zigarette an, sagt ›danke‹, und ehe man sich's versieht, fängt man an zu plaudern und läßt sich Schreibpapier geben. »Ich rauche nicht.«

Er lächelte. Er wußte genau über mich Bescheid. Da Fiona für das KGB arbeitete, war das ja auch kein Wunder. Der Schmerz ließ etwas nach, als ich meine Haltung geändert und die Atmung wieder besser in der Gewalt hatte, aber einer der Schläge schien mir ein Ligament zerrissen zu haben, und der Trapeziusmuskel, der am Schulterblatt und am Schlüsselbein einsetzt, jagte mir stechende Schmerzen bis in den Hals hinauf.

»Warum wollen Sie denn unbedingt Ihrer Frau und sich selbst das Leben schwermachen?« fragte Moskwin in einem Ton, der offenbar freundlich klingen sollte. »Solange Sie bei der Deutschlandabteilung Ihres Dienstes in London arbeiten und Ihre Frau hier in Berlin bei uns, müssen Sie doch beide dauernd unglücklich sein.«

»Was schlagen Sie mir denn vor?« fragte ich. Ich versuchte, nicht in Richtung der Tür mit dem Guckloch zu blicken, was mir sehr schwerfiel. Moskwin beobachtete mich aufmerksam. Er wußte, daß ich gesehen hatte, was nebenan vorging. Er war genau in dem Augenblick erschienen, da ich durch das Guckloch Billy entdeckt hatte. Offensichtlich hatte ich unter Beobachtung gestanden, jetzt wurde mir auch klar, von wo aus: Die Kamera steckte hinter dem Plakat mit den friedensbedrohenden NATO-Raketen. Da war ein runder Fleck von etwas stumpferer Farbe als ringsherum – weil diese dort vermutlich auf Mullgewebe aufgetragen war, dessen Fäden die Sicht des Kamera-Auges dahinter nicht beschränkten.

»Hier wäre für Sie nichts zu tun, Samson. Wir wissen alles, was Sie uns erzählen könnten.«

Ich nickte. Hatten sie wirklich die Hoffnung fahrenlassen, mich anzuwerben, oder war das ein Versuch, mich zu der Erklärung zu provozieren, ich wüßte mehr, als sie in Ostberlin dächten? »Stimmt«, sagte ich.

»Warum lassen Sie sich also nicht nach Übersee versetzen?« fragte Moskwin. Er hatte beide Hände in den Manteltaschen, wo er mit irgend etwas Metallischem klimperte. Als er die Hände aus den Taschen zog, hielt er drei Ladestreifen mit Pistolenmunition in den Fingern. Er spielte weiter damit herum. Als er meinen Blick auf seine Hände bemerkte, sagte er: »Keine weiteren dummen Ideen, Samson. Die Pistole liegt unten in meinem Safe.« Pistolenkugeln zum Klimpern – genau das Richtige für die Pranken dieses brutalen Neandertalers, fand ich.

»Übersee?«

»Sie kennen Washington. Sie mögen die Amerikaner.«

»Viele Leute würden sich gerne nach Washington versetzen lassen«, sagte ich, um Zeit zu gewinnen. »Wer weiß, wann da mal eine Stelle frei wird.«

Moskwin fummelte weiter mit seinen Ladestreifen herum. »In Washington wird erzählt, daß die Londoner Zentrale innerhalb der nächsten Monate zwei Stellen dort neu besetzen wird. Zwei führende Positionen – wie unser Büro in Washington meldet.«

Mein Gedächtnis bestätigte mir hinter einem Nebel von Schmerzen, daß der Mann recht hatte: Ein Krankheitsfall und eine Beförderung hatten überraschend zwei freie Stellen an unserer Botschaft in Washington geschaffen. Ich hatte die Mitteilung auf Brets Schreibtisch gesehen. Dem Dienstalter nach hätte ich mich um jeden dieser beiden Posten bewerben können. »Nein«, sagte ich.

»Überlegen Sie sich's«, sagte Moskwin. Unter dem verbindlichen Ton hörte ich den Haß und die Verachtung, die er zu verbergen suchte.

»Oder was?«

»Keine Drohung«, sagte Moskwin. »Schließlich wäre es doch zweifellos zivilisierter.«

»Zivilisierter als in London zu bleiben und zu versuchen, einen Teil des Schadens zu beheben, den meine Frau mit ihrem Verrat angerichtet hat?«

»Seien Sie doch ein wenig klüger und nicht so arrogant, Herr Samson. Bilden Sie sich wirklich ein, daß es auf Ihren Beitrag zur Arbeit der Londoner Zentrale auch nur im mindesten ankommt?«

Ich zuckte mit den Schultern, es tat weh.

»Was versuchen Sie eigentlich zu beweisen, Samson? Unsere Akte über Ihre Aktivitäten ist so dick.« Er zeigte mit Daumen und

Zeigefinger, wie dick. »Und nicht alle Ihre gefährlichen Streiche werden bei uns aktenkundig sein. Wie lange können Sie das noch durchhalten, diesen Versuch, aller Welt zu beweisen, daß Sie als Mann für gefährliche Einsätze unschlagbar sind? Wollen Sie so lange weitermachen, bis Sie sich mal den Hals dabei brechen, ja?«

»Sie würden das nicht verstehen«, sagte ich.

»Weil ich ein Bürohengst bin, was?« Fast verlor er wieder die Selbstbeherrschung. »Es ist also Eitelkeit, stimmt's? Sie müssen sich immer von neuem beweisen, daß Sie kein Feigling sind; wie latente Homosexuelle sich als Weiberhelden profilieren, um sich zu beweisen, daß sie echte Männer sind.« Ich fragte mich, ob sich das auf Moskwins ehemaligen Kollegen Stinnes bezog. Wenn ja, klärte mich Moskwin diesbezüglich aber nicht weiter auf. Er steckte seine Klimperkugeln weg und stemmte die Hände in die Hüften, den offenen Mantel zurückhaltend, so daß ich jetzt sah, was er darunter trug: einen schlecht sitzenden, grauen Anzug und einen dunklen Rollkragenpullover. Er schien sich sehr hastig angezogen zu haben.

»Fangen Sie ein neues Leben an, Samson. Vergessen Sie die Schmerzen der Vergangenheit.« Er sah mich in Richtung der Tür mit dem Guckloch blicken. »Was kann ich tun, Sie zu überreden?« Er lächelte, und sein sadistisches Pläsier war unübersehbar. Er wußte, daß ich ins Nebenzimmer geblickt hatte.

»Überlegen Sie nicht lange«, sagte Moskwin leise. Und dann brüllte er plötzlich wie ein Feldwebel auf dem Kasernenhof: »Tun Sie's.«

»Ich habe gesagt, daß ich's mir überlegen werde.«

»Dann machen Sie sich auch mal Gedanken über das hier«, brüllte er. Er riß die Tür auf und blieb auf der Schwelle stehen. Mit auf dem Rücken gefesselten Händen hatte ich keine Chance gegen ihn, das hatte er mir schon bewiesen. Aber ich drängte mich gegen ihn, um ihm über die Schulter zu sehen.

»Billy!« rief ich, aber die in Decken gehüllte Gestalt auf dem Bett antwortete nicht. »Warum mußten Sie das Kind betäuben?« fragte ich. Ich wußte, daß mir anzuhören war, wie elend und geschlagen ich mich fühlte, das war leider nicht zu ändern. Der Arzt und die Krankenschwester waren weg. Sogar das Desinfektionsmittel, die Injektionsspritze und das emaillierte Tablett waren verschwunden. »Wo ist der Arzt?« fragte ich.

»Arzt?« fragte Moskwin. »Was für ein Arzt? Sind Sie verrückt?« Er ging durch das Zimmer und trat an das doppelstöckige Bett. »Machen Sie sich mal darüber Gedanken, Samson«, schrie er mir über die Schulter zurück. Er hob den Arm mit der massiven, geballten Faust über dem unteren der beiden Betten.

»Nein, tun Sie's nicht!« rief ich bittend und verzweifelt. Aber er hörte nicht auf mich. Sein Faustschlag fiel mit solcher Wucht, daß er fast den hölzernen Rahmen des Bettes zerbrochen hätte, und fegte alles, was auf dem Bett lag, quer durchs Zimmer: Decken, die herzzerreißende, rotgestreifte wollene Mütze, die Stiefel und den Anorak, alles wurde über den Fußboden verstreut.

Moskwin lachte. »Was haben Sie denn angenommen, Samson? Daß wir Ihren Sohn hierhätten?« Jetzt sah ich, daß da nicht Billys Sachen lagen. Billy hatte nur ganz ähnliche Sachen.

Ich lehnte mich an die Wand. Die Galle stieg mir in die Kehle. Ich kniff die Lippen zusammen, entschlossen, ihm nicht den Gefallen zu tun, vor seinen Augen zu kotzen. Aber natürlich war da beim besten Willen nichts zu machen. Ich beugte mich vornüber und tat ihm den Gefallen.

Das fand Moskwin nun wirklich lustig. Sein Gelächter war die erste spontane menschliche Reaktion, die ich je von ihm erlebt hatte. Er nahm mir die Handschellen ab. »Ich werde Sie in den Westen zurückbringen lassen, Herr Samson. Wo wollen Sie hin? In Frau Hennings Hotel?«

Ich nickte und wischte mir mit dem Taschentuch Gesicht und Kleider ab. Der säuerliche Geruch des Erbrochenen stieg mir widerwärtig in die Nase.

»Sie werden sich waschen und umziehen müssen«, sagte Moskwin. »Vergessen Sie aber in Zukunft eins nicht, Sie Möchtegern-James-Bond: Wann immer wir Sie haben wollen, werden wir Sie uns holen. Sie haben ja heute nacht erlebt, wie einfach das für uns ist. Und nicht nur Sie können wir jederzeit rankriegen, Samson: Ihre Kinder, Ihre Mutter, Ihren Freund Volkmann – wir brauchen nur zu wollen.« Er lachte wieder. Ich hörte ihn noch lachen, als er wegging, den Chauffeur zu holen. Ich sah zu dem verborgenen Kamera-Auge hinüber. Beachtete Fiona das alles? Und war sie stolz auf sich?

Als ich zu Tante Lisl zurückkam, nahm ich ein langes, heißes Bad und untersuchte meine Verletzungen. Alles in allem war ich ziemlich glimpflich davongekommen. Dann machten Lisl und ich uns auf den Weg zu den Volkmanns, wo wir uns zu einem gemütlichen Weihnachtsmahl im Familienkreise eingeladen glaubten. Wir irrten uns gewaltig.

Statt dessen gerieten wir in ein Pandämonium, eine von diesen superhektischen Parties, die man nur in Berlin und New York findet. Die Stereo-Anlage spielte *Hello Dolly,* als wir ankamen, die Gäste waren mit Schmuck behängt wie Weihnachtsbäume, übrigens aber fast so bunt aufgeputzt, als hätten wir schon Rosenmontag. Die Luft, mit dem Lärm ihrer Unterhaltungen erfüllt, war knapp und rauchgeschwängert und roch nach teuren Parfüms und Havanna-Zigarren.

Tante Lisl schien das Tohuwabohu, das wir bei Werner vorfanden, nicht sonderlich zu überraschen. Sie hatte den kleinen Werner nach dem Tode seiner Eltern an Kindesstatt angenommen und war noch immer geneigt, was er tat und ließ, mit mütterlicher Nachsicht zu betrachten. Sie nahm auf einer Art Thron Platz, den Werner eigens für sie in einer Ecke aufgestellt hatte, von der aus man das Geschehen bequem überblicken konnte, nippte an ihrem Champagner-Glas und sah sich herablassend-amüsiert das tolle Treiben der Gäste an, wie wohl ein aufgeklärter Despot irgendeines dunklen Erdteils den zeremoniellen Tänzen zugesehen haben mag, die da nach altem Brauch den Menschenopfern vorausgingen. Doch wußte sie die Ehre, dazu Gelegenheit zu haben, ganz offensichtlich zu schätzen: Falsche Wimpern und echte Perlen trug Lisl nur für Leute, auf deren Gesellschaft sie Wert legte. Ich begab mich an das im Eßzimmer aufgebaute Buffet, um ihr etwas zu essen zu holen. Wie alle Räume der Wohnung war auch das Speisezimmer voller Menschen. Vor mir unterhielt sich ein großer, dünner, mephistophelischer Typ ernst mit einem Mann in weißseidenem Rollkragenpullover. Der mephistophelische Typ sagte in verständlichem, wenn auch nicht ganz perfektem Englisch: »Wir Deutschen sind euch Amerikanern so ähnlich! Deshalb gibt es dauernd Spannungen zwischen uns. Ihre wie meine Landsleute sind leicht für Ideologien zu begeistern, beide sinnen dauernd auf Mittel und Wege, die Welt zu verbessern, und beide sind nur allzu willens, wenn's drauf ankommt, die Verbesserung der Welt mit Waffengewalt durchzusetzen.«

»Beide lieben auch saubere Toiletten«, sagte der Amerikaner im weißseidenen Rollkragenpullover. »Deutschland ist das einzige *goddamned country in Europe,* wo die Toiletten nicht dreckig sind.«

»Sehr richtig«, bemerkte der mephistophelische Typ. »Wie die deutsche ist auch die amerikanische Kultur, psychoanalytisch betrachtet, anal fixiert, was durch die gemeinsame Vorliebe unserer beiden großen Völker für saubere Toiletten hinlänglich bewiesen ist. Andere Völker sind mit Abtritten zufrieden, wo sie eilig ihr Bedürfnis verrichten; aber ihr Amerikaner und wir Deutsche, wir machen es uns auf der Toilette gern gemütlich, man braucht sich nur die diesbezüglichen Tips anzusehen, die der ständig um die Steigerung der Wohnlichkeit seiner Wohnung bemühte Heimwerker in jeder Hobbyzeitschrift findet.«

Eine Bewegung der das Buffet umlagernden Menge gestattete mir, bis zu dem Tisch am Fenster vorzudringen, wo Teller und Besteck zu haben waren. Ich sah mich um. Nur in Berlin gab es solche Parties am hellichten Tag. Ich meine, hell war der Tag zwar gerade nicht, immerhin fiel eben jetzt ein wenig Sonnenschein aus dem bewölkten Himmel. Befremdend war auch das Essen: nicht, was man in Deutschland (oder sonst irgendwo in der Welt) herkömmlicherweise zu Weihnachten auf den Tisch zu bringen pflegt, sondern Hummerschwänze in Mayonnaise, Krebsscheren in Weinsauce, Kaviar, gebeizter Lachs, Gänseleberpastete mit Trüffeln und dutzenderlei Aufschnitt. Obwohl von alledem schon eine Menge verzehrt war, fehlte es noch an nichts, denn Kellnerinnen mit Spitzenschürzen und Spitzenhäubchen ersetzten die bis auf die Petersilie abgegrasten Platten alsbald durch neu gefüllte.

»Sie sind blutig im Gesicht«, sagte eine Frau mit diamantenbesetzter Brille, indem sie an mir vorbei nach der Leberpastete langte. »Es sieht fast so aus, als hätten Sie sich geprügelt wie ein böser Bube, Sie böser Bube.« Sie lachte schelmisch.

»Stimmt«, sagte ich. »Wissen Sie, ich habe den Weihnachtsmann bei meinem Whisky ertappt, und da verstehe ich nun mal keinen Spaß.« Die Manschettenknöpfe des bärtigen Mannes im Tiergarten hatten mir die Backe aufgeritzt, und als ich die Stelle jetzt betupfte, fand ich, daß sie wieder blutete.

Die diamantenbesetzte Brille entdeckte eine Platte mit Aal in Gelee, häufte unter Entzückensschreien davon auf ihren Teller, ergriff dazu ein Stück Schwarzbrot und entfernte sich.

Ich disponierte nun meinerseits ein Sortiment Delikatessen auf zwei Tellern und machte mich, diese vorsichtig balancierend, auf den Rückweg durch die Menge zu Tante Lisl. Inzwischen hatten in der Mitte des Wohnzimmers etwa sechs Paare zu tanzen begonnen, der Platz reichte gerade, wenn sich Männlein und Weiblein sehr eng aneinander hielten, was sie taten. ›Dienst ist Dienst und Schnaps ist Schnaps‹, lautet ein deutsches Sprichwort. Dies war Schnaps, sozusagen.

Ein sehr gutaussehender junger Schwarzer, der glänzende Seiden-Shorts und ein buntes Leibchen trug – und überdies, für den Fall, daß jemand dieses zusätzlichen Hinweises auf sein Handwerk bedurfte, ein Paar Boxhandschuhe um den Hals hängen hatte –, unterhielt sich, während beide vom selben Teller aßen, mit Zena Volkmann, der Gastgeberin.

Zena trug glitzernd goldene, enge Hosen und ein enges schwarzes Hemd, das eine schwere, goldene Halskette und eine goldene Brosche in Gestalt einer Blume ebenso gut zur Geltung brachte wie ihre angeborenen Reize. Ihr Gesicht – sie war ja erst kürzlich aus Mexiko zurückgekehrt – war noch sonnengebräunt, das lange, schwarze Haar fiel ihr offen über die Schultern. Sie bemerkte mich und winkte mir zu.

»Hallo, Zena«, sagte ich. »Wo ist Werner?«

»Ich habe ihn zu unseren Nachbarn Eis holen geschickt, wir hatten plötzlich keins mehr«, erwiderte sie und wandte sich alsbald wieder ihrem Gefährten zu. *»Go on with what you were saying.«*

Ich bemerkte noch andere Bekannte in der Menge. Dort in der

Ecke stand Axel Mauser, der mit Werner und mir zur Schule gegangen war. Er trug ein fabelhaft geschnittenes weißes Seidenjakkett, schwarze Hosen, Frackschleife und Frackhemd. Er sprach mit einer Frau in engem silbernem Kleid und gestikulierte dabei so lebhaft wie immer, wenn er Geschichten erzählte. »Tante Lisl ist hier«, sagte ich, als ich an ihm vorbeiging. »Sie würde sich freuen, wenn du sie mal fragst, wie's ihr geht.«

»Hallo, du alter Halunke«, sagte Axel und musterte mich. »Du siehst ja schlimm aus. Noch immer in der Branche?«

»Sag ihr nur mal guten Tag«, sagte ich, »wünsche ihr fröhliche Weihnachten. Sie wäre verletzt, wenn du sie vergißt.«

»Okay, Bernd, ich denke dran. Meine Frau kennst du doch, oder?«

Ich begrüßte Axels Frau, die ich in dem silbernen Kleid nicht erkannte, da ich sie bisher nie anders als in einer speckigen Küchenschürze bei der Hausarbeit gesehen hatte. Als ich endlich mit meinen Tellern vor Lisls Thron anlangte, zeigte sich, daß ich mich vergebens bemüht hatte, denn inzwischen hatte ihr schon der alte Lothar Koch etwas zu essen gebracht. Er saß neben ihr und versuchte, etwas verlegen, wie mir schien, ihr seine augenscheinlich vollständige Erholung von der Grippe, die ihn am Abend zuvor daran gehindert hatte, ihrer Einladung zum Abendessen Folge zu leisten, durch ein Loblied auf die Leistungen der modernen Medizin plausibel zu machen. Koch war ein eingeschrumpfter, kleiner Mann Mitte Achtzig. Sein alter Abendanzug war ihm inzwischen viel zu groß, aber er sagte schon seit langem, daß sich bei seiner Lebenserwartung die Anschaffung neuer Kleidungsstücke einfach nicht mehr lohne. Ich begrüßte ihn. »Wunderdrogen«, sagte er zu mir, zu Lisl und der Welt im allgemeinen. »Gestern abend glaubte ich, in den letzten Zügen zu liegen, wie ich schon zu Frau Hennig sagte, Bernd.« Ich nannte sie Lisl und er auch, sprach er aber in ihrer Anwesenheit von ihr, sagte er unweigerlich »Frau Henning«. Das war typisch. Er wischte sich die lange Nase mit einem frischen Leinentaschentuch.

Ich entschloß mich, die beiden Teller mit Leckerbissen irgendwo zu deponieren. Was ich wirklich brauchte, war was zu trinken. Ich schloß mich also der wartenden Menge vor der Theke an, hinter der eine abgehetzte Kellnerin Champagner ausschenkte.

»Tolles Kostüm«, sagte ein sehr junger Sheriff, seinen Zehngallonenhut lüftend, anerkennend zu einem Mann, der in der Uniform eines Berliner Polizeibeamten erschienen war. Der Mann fühlte sich aber nicht geschmeichelt, er war ein Polizist, der in dem Getümmel verzweifelt nach dem Fahrer des in der Einfahrt der Tiefgarage geparkten hellblauen Audi fahndete.

»Cocktails von links anstellen, Champagner von rechts«, sagte die Kellnerin in dem Bemühen, den Ausschank zu rationalisieren.

Ich rückte in Richtung der Getränke etwas weiter vor. Vor mir redete ein mir von früheren Besuchen bei den Volkmanns bekannter Dozent der Baugeschichte auf eine zierliche Studentin ein, der ich gleichfalls schon bei Werner begegnet war. »Von der Politik mal ganz abgesehen, waren Hitlers Pläne für die Erneuerung Berlins jedenfalls großartig«, dozierte der Dozent.

»Na, ich weiß nicht«, sagte das zierliche, blasse Mädchen, es studierte Geschichte. »Ich bin doch froh, daß aus diesen Plänen nichts geworden ist.«

»Die Bahnhöfe, der Anhalter ebenso wie der Potsdamer, sollten abgerissen, dafür sollte südlich von Tempelhof ein großartiger Staatsbahnhof erbaut werden, so daß in der Innenstadt Raum geschaffen worden wäre für eine fünf Kilometer lange Prachtstraße. Paläste, vornehme Verwaltungsgebäude und ein gigantischer Triumphbogen waren da vorgesehen. Und dann, die große Halle am Ende dieser Prachtstraße. Die größte Versammlungshalle der Welt war da geplant, mit einem Kuppeldurchmesser von 250 Meter, 250 Meter hoch; 150000 Menschen hätten darin Platz gehabt; Brandenburger Tor und Reichstag wären daneben kaum noch zu sehen gewesen; ich meine, daß das groß geplant war, können Sie doch nicht leugnen.«

»Ich weiß, was da geplant war«, sagte das Mädchen in gelangweiltem Ton.

Der Dozent der Baugeschichte ließ sich durch diesen Einwuf in seiner Begeisterung für große Planung nicht beirren. »Stadtplanung ist auf eine starke, zentralisierte Regierung angewiesen. Unter den gegenwärtigen Verhältnissen ist kaum irgendwo mit einer anständigen Stadtplanung zu rechnen.«

»Gott sei Dank«, sagte das gelangweilte Mädchen, ergriff zwei mit Champagner gefüllte Gläser und schritt von dannen. Sie erkannte mich und lächelte mir zu.

Sobald ich meinen Champagner ergattert hatte, sah ich mich nach einem Sitzplatz um. Dann entdeckte ich Werner. Er stand an der Schwelle seines Schlafzimmers. »Das ist ja 'ne tolle Party, Werner«, sagte ich bewundernd. »Ich war auf acht oder neun Tischgenossen und die traditionelle Weihnachtsgans vorbereitet.«

Werner sah erschöpft aus. Er schob mich ins Schlafzimmer. Um im Wohnraum Platz für die Gäste zu schaffen, hatten die Volkmanns alle irgend entbehrlichen Möbel ins Schlafzimmer geschafft, wo sie sich fast bis unter die Decke stapelten. Werner zog die Schlafzimmertür hinter uns zu. Wegen der abgestellten Möbel hatten wir es ziemlich eng dort, aber wir waren unter uns. »Ich brauche einfach mal ein paar Minuten allein«, erklärte Werner. »Zena sagt, daß kein Eis mehr da sei, aber im Kühlschrank war eben noch 'ne Menge, ich weiß nicht, was sie wieder hat.«

»Na, es ist ja wirklich viel los bei euch, heute. Gerade habe ich Axel gesehen ... ich meine, wie der angezogen war, ich wollte meinen Augen nicht trauen. Ist der immer noch bei der Polizei?«

»Axels Frau ist bei der AEG auf einen Direktionsposten versetzt worden, und die beiden haben vor, aus dem Märkischen Viertel in ein Häuschen im Grünen zu ziehen, irgendwo in Hermsdorf, glaube ich.«

»Ich kann dir nur dringend raten, Tante Lisl fröhliche Weihnachten zu wünschen«, sagte ich. »Sie fragt dauernd nach dir. Zu ihrer Zeit pflegten ja die Gastgeber ihre Gäste noch an der Tür zu empfangen.«

»Zena liebt diese Parties«, sagte Werner. »Mir sind sie zu laut. Irgendwann muß ich mich dabei immer verkriechen. Ich kenne von den Leuten da draußen kaum die Hälfte, kannst du dir das vorstellen?« Er rang die Hände und fragte: »Bist du beim Langen gewesen?« Er rückte ein paar von den neben uns aufgestapelten Eßzimmerstühlen zurecht. Dann sah er mich an. »Geht's dir gut?«

»Ich habe ihn angerufen und heute vormittag besucht.«

Werner nickte traurig. »Er hat sich nicht geändert, was? Noch immer dauernd schlechter Laune. Weißt du noch, wie er uns immer runtergemacht hat, als wir noch kleine Jungen waren?« Werner sah nicht mich an. Unter den Sitzen der Eßzimmerstühle klebten Etiketten der Herstellerfirma. Werner schien plötzlich von der Lektüre eines dieser Etiketten fasziniert.

»Ich wußte nicht, wie sehr er Bret Rensselaer haßt«, sagte ich.

»Langer gibt noch immer Bret die Schuld daran, daß er aus dem Dienst scheiden mußte.«

Werner unterbrach das angestrengte Studium des Etiketts und gönnte mir ein kleines Lächeln, aus dem keine Sympathie für den Langen sprach. »Das sagt er nur, weil er seitdem nirgends mehr einen Fuß in die Tür gekriegt hat. Als Langer aus der Abteilung ausschied, glaubte er, daß er irgendwo anders einen wundervollen Job kriegen würde und dann zurückkommen könnte, um deinem Vater und allen anderen vorzuführen, wie herrlich weit er's gebracht hat.«

»Ich möchte nur wissen, wovon er jetzt lebt«, sagte ich.

»Seine Frau hat die große Wohnung ihrer Eltern in München geerbt. Sie vermieten sie und leben davon.«

»Heute vormittag ist mir jemand gefolgt, Werner«, sagte ich. Ich trank meinen Champagner aus. Ich hätte eigentlich lieber was Stärkeres gehabt.

Er sah schnell auf und zog die Augenbrauen hoch. Ich erzählte ihm von dem bärtigen Mann und wie man mich nach Ostberlin entführt hatte. »Mein Gott«, sagte Werner. Er wurde ganz weiß. »Und dann haben sie dich wieder laufenlassen?«

»Du, ich habe mir nicht wirklich Sorgen gemacht«, sagte ich nicht ganz der Wahrheit gemäß. »Ich habe gleich gemerkt, daß die mir nur Angst einjagen wollten.«

»Vielleicht wäre es aber doch das Vernünftigste, den Job in Washington anzunehmen.«

»Du hast nie in einer Botschaft gearbeitet«, sagte ich. »Diese Leute leben in einer Traumwelt . . . Ritz Crackers, Weißwein und geile Weiber. Danke, nein. Ich habe das sechs Monate lang genossen. Es reicht fürs ganze Leben.«

»Glaubst du, daß das Fionas Idee war? Ich meine, was steckt dahinter?«

»Ich bin mir immer noch nicht klar darüber«, antwortete ich.

»Ein Arzt und eine Krankenschwester ... die so taten, als hätten sie deinen Sohn da ... nein, das ist zu grotesk für Fiona, das riecht nach Moskau.«

»Mir wäre es sehr lieb, wenn ich Moskau dafür verantwortlich machen könnte, das kann ich dir versichern, Werner.«

»Du wirst es natürlich melden?« sagte Werner.

»Na, mit Ruhm bekleckert habe ich mich ja nicht gerade bei der Geschichte ...«

»Trotzdem mußt du sie melden, Bernie.«

»Woher wußtest du von den freien Stellen in Washington?« fragte ich.

»So was spricht sich schnell rum«, sagte Werner vorsichtig. Er sah wohl schon kommen, was mir durch den Kopf ging.

»Du weißt doch, wer automatisch als erster von allen Veränderungen in Washington in Kenntnis gesetzt wird«, sagte ich.

Werner kam nahe an mich heran und senkte die Stimme: »Sag mal, kommt mir das nur so vor, oder wird Bret Rensselaer bei dir allmählich zur fixen Idee?« fragte er.

»Was meinst du mit fixer Idee?«

»Na, daß du ihn überall reinziehen willst. Zuerst war es die Sache mit den Code-Namen ... daß noch nie ein Agent zwei Code-Namen gehabt hat, daß zwei Code-Namen auch für zwei Agenten stehen. Und dann willst du mich ja auch davon überzeugen, daß tatsächlich noch ein KGB-Maulwurf in der Londoner Zentrale sitzt.«

»Was ich dir erzählt habe, sind lediglich Tatsachen«, stellte ich fest.

»Tatsachen muß man nehmen, wie sie sind, Bernie. Aber wie sind sie? Die Rolle, die du dir für Bret Rensselaer zurechtlegst, entspricht keiner kühlen, klaren Vorstellung. Deine Verdächtigungen sind persönlich motiviert, aber damit durchaus noch nicht sachlich gerechtfertigt, verstehst du?«

»Bret ist mir völlig schnuppe«, erklärte ich.

»Du weißt, daß das nicht wahr ist«, sagte Werner sanft und vernünftig. »Du bist zum Langen gegangen, von dem du genau wußtest, daß er Bret haßt. Du wolltest von jemandem hören, daß Bret ein Monstrum ist, das planmäßig die geduldige Aufbauarbeit unserer Agenten kaputtgemacht hat. Und du wußtest, daß der Lange genau das sagen würde. Wir haben ihn diese Räuberpistole ja beide gut hundertmal erzählen hören. Wenn du Bret in Schwierigkeiten bringen willst, wirst du mehr gegen ihn geltend machen müssen als den Tratsch, mit dem der Lange hausieren geht. Versuche aber zu beweisen, daß Bret ein ernstes Sicherheitsrisiko ist, und alles, was du damit erreichst, wird sein, daß du dich lächerlich machst.«

»Warum sollte mir denn daran überhaupt gelegen sein?« forderte ich ihn heraus.

»Irgendwann hast du ihn mal verdächtigt, was mit Fiona zu haben . . .«

»Irrtümlich«, sagte ich schnell. Werner sah auf. Ich war mit dieser Antwort verdächtig schnell bei der Hand gewesen. »Die Vermutung erwies sich als unbegründet«, setzte ich hinzu, ein gerechter Richter, der alle Verdachtsmomente sorgfältig geprüft und keinen zwingend gefunden hatte.

»Du hast was gegen Bret. Vielleicht willst du's nicht wahrhaben, weil du's selbst unvernünftig findest, aber laß dir gesagt sein: Du hast was gegen Bret.«

»Aber warum sollte ich?«

»Keine Ahnung. Aber er ist reich und charmant und so etwas wie ein Herzensbrecher. Ich habe auch was gegen ihn. Er ist so verdammt glatt und kann, wenn's ihm paßt, ganz schön grausam sein. Aber verrenn dich nicht, Bernie.«

»Keine Angst«, sagte ich.

Werner war so leicht nicht zu beruhigen. »Bret hat alle Vorteile auf seiner Seite. Bret ist anglophil: Alles Britische ist schon deshalb wunderbar, weil es britisch ist. So was hören die Briten gern – denn es entspricht genau ihrer Überzeugung –, und weil Bret es ihnen sagt, ist dieser Amerikaner in England sehr beliebt. Und deshalb wirst du gegen Bret so leicht nichts ausrichten.«

»Daß Bret nicht leicht was anzuhaben ist, habe ich schon entdeckt«, sagte ich. »Silas Gaunt kritisiert ihn mit sarkastischen Bemerkungen, und Dicky Cruyer verzehrt sich in bitterem Neid, aber keiner der beiden will Bret vor einem Untersuchungsausschuß sehen.«

»Bret ist ein altmodischer US-Gentleman – ehrenhaft und tapfer.«

»Siehst du ihn so?«

»So ist er, Bernie. Kein KGB-Typ. Versprich mir, daß du dir meine Worte sehr gründlich überlegen wirst, Bernie. Bret ist mir scheißegal. Mir geht's nur um dich. Das weißt du doch, oder?«

»Natürlich, Werner. Danke. Aber es stimmt nicht, daß ich hinter Bret her bin. Ich will nur mal mit Stinnes reden und mir über ein paar Unklarheiten Klarheit verschaffen.«

»Hast du dich eigentlich schon mal gefragt, ob Stinnes vielleicht im Auftrag des KGB zu uns übergelaufen sein könnte?«

»Das frage ich mich immer wieder, aber er hat uns unbestreitbar ein paar interessante Dinge erzählt, nicht gerade sensationelle, aber immerhin gute«, sagte ich. »Und jetzt sieht es so aus, als wäre diese Mrs. Miller ermordet worden. Sie war schon lange bei denen, Werner. Glaubst du wirklich, die hätten jemand von ihren eigenen Leuten umgelegt, nur damit uns Stinnes koscher erscheint?«

»Noch haben wir ihre Leiche nicht gefunden«, sagte Werner.

»Natürlich haben sie die aus dem Krankenwagen geholt, um es uns nicht zu leicht zu machen«, erklärte ich. Aber Werner hatte recht. Solange wir nicht ihre Leiche hatten, war keineswegs auszuschließen, daß Mrs. Miller noch am Leben war.

»Und dann könnte uns ja vielleicht auch Brahms Vier vom KGB untergejubelt worden sein. Hast du das schon mal in Erwägung gezogen?«

Ich zog es kurz in Erwägung und sagte dann: »Das glaube ich nicht.«

Aber Werner hatte mein Zögern bemerkt und bohrte weiter: »Mußte Herr von Munte wirklich aus der DDR herausgeschmuggelt werden? Er war doch schon fast im Rentenalter, er hätte ganz legal in den Westen reisen können, und seine Frau auch.«

»Red keinen Unsinn, Werner. Leute, die zu so vertraulichen Informationen Zugang gehabt haben wie er, kriegen niemals die Genehmigung zu Besuchen im Westen, und wenn sie hundert Jahre alt werden, das weißt du ganz genau.«

»Aber nimm mal an, Herr von Munte wäre uns von denen geschickt worden, um uns ein paar garantiert Verwirrung stiftende sowjetische Bären aufzubinden. Du hast mir erzählt, daß Silas Gaunt sich taub stellte, als du ihn seinetwegen befragen wolltest. Vielleicht hat das *London Debriefing Centre* ihn schon als KGB-Agenten entlarvt. Vielleicht haben sie ihn bei Silas Gaunt untergebracht, um sicherzustellen, daß er ständig unter Beobachtung bleibt und keinen Schaden anrichten kann.«

»Die Vorstellung setzt leider einen Glauben an den Scharfsinn der Herren vom *LDC* voraus, den ich beim besten Willen nicht aufbringe«, erwiderte ich.

»Das ist genau, was ich meine, Bernie. Du bist entschlossen, an deinen Vorurteilen festzuhalten.«

VIII.

Weihnachten war vorbei, aber da ich während der Feiertage im Dienst gewesen war, hatte ich meine freien Tage noch gut. Ich ging mit den Kindern in den Zirkus und ins Theater. Wir machten das, wozu die Kinder Lust hatten. Wir besichtigten die Schiffsmodelle und die echten Flugzeuge in den Obergeschossen des *Science Museum,* die lebendigen Reptilien im Schlangenhaus des Regent's-Park-Zoos und den Gipsabguß des Dinosaurierskeletts in der großen Halle des *Natural History Museum.* Die Kinder hatten diese Dinge schon tausendmal gesehen, aber Kinder sind Gewohnheitstiere, und die Besichtigung von Sehenswürdigkeiten, die sie bereits kannten, verschaffte Billy und Sally die Gelegenheit, mich zu belehren, was Kindern mehr Spaß macht, als sich belehren zu lassen. Ich gönnte ihnen diesen Spaß und hatte meinerseits Freude daran. Leider konnte Gloria nicht mit von der Partie sein, und sie fehlte mir.

Dann besuchten wir George Kozinski, den angeheirateten Onkel der Kinder, meinen Schwipp-Schwager. Wir besuchten ihn nicht in einem seiner hocheleganten Ausstellungs- und Verkaufsräume, sondern auf einem schmutzigen, mit Kopfsteinen gepflasterten Hof in Southwark. Vor Jahrzehnten war das hier draußen Marschland gewesen. Jetzt war Southwark voller rußiger Slums und Fabriken, neuerdings, seitdem die steigenden Mieten mehr und mehr Firmen zur Abwanderung aus der City zwangen, auch häßlicher neuer Büro-Silos.

George Kozinskis Reparatur-Hof war ein Trümmergrundstück, eine Baulücke, die 1941 eine deutsche Bombe gerissen hatte. Auf dem Grundstück nebenan war ein Mietsblock stehengeblieben, dessen reichgeschmückte Fassade der Welt aber nicht mehr verbergen konnte, daß die Wohnungen dahinter längst zu Elendsquartieren verkommen waren. Die neuerrichtete Wohnanlage auf der anderen Straßenseite machte keinen besseren Eindruck. Georges Hof lag hinter einer hohen Mauer, auf der einzementierte spitze Glasscherben ungeladene Besucher warnten, das Gelände zu betreten. Auf Leute, die vielleicht auch diesen Wink nicht verstanden, warteten jenseits der Mauer zwei Wachhunde. Hinten stieß der Hof an einen Eisenbahnviadukt. Zwei Bögen des Viadukts hatte man vorn zugemauert und unter dem Gewölbe Reparaturwerkstätten eingerichtet. Georges Büro befand sich in einem dieser Räume.

George saß dort hinter einem Tisch. Er trug Hut und Mantel, denn die kleine elektrische Heizsonne wärmte die kalte, feuchte Luft nicht sonderlich auf. Und die Decke zeigte das hohe Mauerwerk des Viadukts, das zu kaschieren oder zu isolieren man der Mühe nicht wert gehalten hatte. In einer Ecke stand ein Pappkarton mit leeren Bier- und Weinflaschen, Zigarettenkippen und Weihnachtsdekorationen, Überbleibsel einer Weihnachtsfeier. Durch die dünne Trennwand, die dieses improvisierte Büro von der Werkstatt abteilte, war Rockmusik aus einem Transistorradio zu hören.

George Kozinski war sechsunddreißig Jahre alt, die meisten Leute hätten ihm aber mindestens fünf, wenn nicht sogar zehn Jahre mehr gegeben. Er war ein kleiner Mann mit großer Nase und großem Schnurrbart. Beides stand ihm so schlecht zu Gesicht, daß man versucht war, ihre Echtheit anzuzweifeln. Das galt auch für seinen ausgeprägten Cockneydialekt, an den ich mich jedesmal von neuem gewöhnen mußte. Sein Anzug war teuer: Savile Row, die Revers eine Kleinigkeit zu eng gesäumt, so daß die Handarbeit auffiel. Sein Hemd, seine auf dem Tisch mitten zwischen den Geschäftspapieren ruhenden Schuhe und seine Krawatte waren ebenfalls gut und teuer. Und sein krauses, an den Schläfen leicht ergrautes Haar verlieh ihm jenes distinguierte Aussehen, das auf die Bemühungen eines guten Friseurs schließen läßt. Wenn er irgendwo sparte, dann jedenfalls weder an seiner Garderobe, noch an seinem fahrbaren Untersatz, denn draußen vor der Tür war sein glitzernder, nagelneuer Rolls-Royce geparkt.

»Na, da seid ihr ja. Wolltet wohl euren Onkel George in seiner

Höhle aufstöbern, was?« Seufzend nahm er die Füße vom Tisch. Ich glaube, er hatte sich für unseren Besuch in Positur gesetzt. Er gefiel sich in der Rolle des unkonventionellen Geschäftsmanns.

Die Kinder waren zu beeindruckt, um zu antworten. George lehnte sich in seinen Sessel zurück und schlug mit der Faust gegen die Trennwand. Irgend jemand nebenan interpretierte dies als einen Befehl, denn alsbald wurde das Radio leiser gedreht.

»Euer Vater ist hier, um mir ein schönes Auto abzukaufen – hat er euch das schon erzählt?« Er sah zu mir auf und fügte hinzu: »Es ist noch nicht da.« Ein Blick auf die Uhr. »Muß aber gleich gebracht werden.«

»Wir sind ein bißchen zu früh, George«, sagte ich.

»Kann euch leider nichts zu trinken oder sonstwas anbieten. Ich habe hier nichts, das zu klauen sich lohnen würde. Ihr seht ja, wie die Bude eingerichtet ist.«

Ich sah es. Das rissige Linoleum auf dem Fußboden und die kahlen Wände sprachen Bände. Überdies hing da ein Schild, das besagte: *Kein Ankauf von Autoradios.* George folgte meinem Blick und erklärte: »Tagein, tagaus rennen mir Leute die Bude ein, die mir Autoradios und Kassettenrecorder verkaufen wollen.«

»Geklaute?«

»Natürlich. Woher sollten diese Strolche teure Autostereoanlagen haben, wenn man die nicht aus geparkten Autos ausbauen könnte? Mir sollen sie damit vom Halse bleiben. Ich rühre keine heiße Ware an.«

»Verbringst du viel Zeit hier?« fragte ich.

Er zuckte die Achseln. »Ich sehe ab und zu rein. Wer ein Geschäft hat, ganz gleich, was für eins, muß sich ab und an drum kümmern, stimmt's, Bernard?«

»Ich nehme an.« George Kozinski war ein reicher Mann, und ich fragte mich, weshalb er sich mit diesem Loch abfand. Er war nicht geizig – seine Großzügigkeit war allgemein bekannt und wurde selbst von Leuten nicht bestritten, die seine Zähigkeit bei Geschäftsverhandlungen kennengelernt hatten.

»Rover 3500. Du wirst den Kauf nicht bereuen, Bernard. Und solltest ich mich irren, bring mir den Wagen zurück, und du kriegst das Geld wieder. Okay?«

»Na klar«, sagte ich. Seine Erklärung war mindestens so sehr für mich wie für die Kinder bestimmt. Er liebte Kinder. Vielleicht wäre seine Ehe glücklicher gewesen, wenn er Kinder gehabt hätte.

»Ich habe mir den Wagen gestern früh noch einmal angesehen. Dunkelgrün. Fabelhaft neu gespritzt, sieht aus wie fabrikneu. Klassisch ist der Wagen, den du da kriegst, ein klassisches Modell, ja, mehr als das, eine Maßanfertigung. Der Achtzylinder-Motor ist noch kaum gelaufen, Bernard.«

»Es wird doch hoffentlich nicht wieder eins von diesen Autos sein, die einer alten Dame gehört haben, die damit nur einmal wöchentlich zum Einkaufen fuhr und sich nie traute, schneller als knapp dreißig die Stunde zu fahren.«

»Frechheit«, sagte George lächelnd. »Euer Papa ist ungezogen«, klärte er die Kinder auf. »Er glaubt nicht, was ich ihm sage. Dabei habe ich noch nie im Leben geschwindelt.« Plötzlich war da ein ohrenbetäubendes Dröhnen. Billy zuckte zusammen, und Sally legte die Hände auf den Kopf. »Das sind die Züge«, erklärte George. »Sie fahren direkt über unsere Köpfe weg.«

Aber Georges Behauptung unbedingter Wahrhaftigkeit hatte Billy nachhaltig beeindruckt, und kaum war das Dröhnen verklungen, fragte er: »Hast du wirklich nie geschwindelt? Nie und nimmer?«

»Fast nie«, sagte George. Er wandte sich an mich. »Ein Freund von dir wollte heute vormittag vorbeikommen. Ich habe ihm gesagt, daß du hier sein wirst.«

»Wer denn?«

»Ich meine, das ist doch kein Geheimnis, oder?« fragte George. »Ich kriege doch hoffentlich keinen Ärger, weil ich jemandem erzählt habe, wo du zu finden bist?« Die Frage war scherzhaft gemeint, aber nicht ganz. Diesen Unterton von Verärgerung kannte ich aus den Stimmen anderer Leute, die nur ungefähr wissen, womit ich mein Brot verdiene.

Er setzte eine Miene auf, die wohl reumütig anmuten sollte. »Es gibt da Leute, die wissen, daß ich dich kenne ... Leute, die besser zu wissen scheinen als ich, womit du deine Brötchen verdienst.« Nervös schob George mit dem Zeigefinger seine Brille in die

Stirn. Das machte er immer, wenn er sich aufregte. Ich nehme an, daß die Fassung zu schwer war, aber vielleicht schwitzte er auch nur.

»Die Leute versuchen immer, sich auszumalen, was ich so treibe«, sagte ich. »Man sollte sie dazu aber besser nicht ermutigen, George. Wer ist es?«

»Der Feine Harry wird er genannt. Weißt du, wen ich meine? Der ist doch irgendwas bei der CIA, nicht? Er scheint dich jedenfalls ganz gut zu kennen. Ich dachte, dem könnte ich ruhig sagen, daß ich dich erwarte.«

»Der war mal bei der CIA, aber das ist schon eine Ewigkeit her«, sagte ich. »Aber trotzdem, Harry ist schon in Ordnung. Und der wollte hier vorbeikommen, sagst du?«

»Er will mit dir sprechen, Bernard. Er glaubt, irgendwas zu haben, was dich interessieren sollte.«

»Wir werden sehen«, sagte ich. »Aber du weißt ja, wie er ist, George. Ich frage mich jedesmal, wenn ich ihm über den Weg laufe, ob er's wohl diesmal schafft, mir 'ne Mitgliedschaft in einem Buchklub aufzuschwatzen, zu befürchten ist das immer.«

Der Feine Harry kam pünktlich. Er war ein Amerikaner reinsten Wassers, dessen Gesicht wie seine Anzüge und Hemden stets ohne das geringste Fältchen glatt zu bleiben schienen. Er war hawaiianischer Herkunft, und obwohl er in der Menge leicht als Europäer durchgehen mochte, fielen einem bei näherer Betrachtung die flachen Züge, die kleine Nase und die hohen Backenknochen polynesischer Ahnen auf. Er verbrachte einen guten Teil seiner Zeit in Flugzeugen und hatte keine Adresse, außer denen von Hotels, Büros, die er gelegentlich benützte, und Postfächern. Er war erstaunlich polyglott und wußte immer, was gerade wem passierte – von Washington bis Warschau und zurück. Er war, was Reporter eine »Quelle« nennen, und wann immer den Medien zu dem neuesten Spionageskandal mal nichts mehr einfiel, zu dem neuesten Hochverratsprozeß oder Geheimdienst-Hearing, brauchten sie sich nur vertrauensvoll an ihn zu wenden, um von einem noch nicht berücksichtigten Aspekt des Falles zu hören. Sein Bruder – wesentlich älter als Harry – war seit den Tagen des OSS im Zweiten Weltkrieg bei der CIA gewesen. Er war bei irgendeiner CIA-

Schlamperei in Vietnam draufgegangen. Es wurde gelegentlich behauptet, daß die CIA Harry benützte, um die ihr genehmen Versionen der Ereignisse, in die sie verwickelt war, unter die Leute zu bringen, aber angesichts von Harrys Familiengeschichte war das ziemlich unwahrscheinlich. Harry war jedenfalls kein Lobredner der CIA. Er hatte der Firma die Schlamperei, die den Tod seines Bruders verursachte, nie ganz vergeben.

Harry war genau der Typ, mit dem Hollywood die Rolle des CIA-Agenten zu besetzen pflegt. Auch seine Stimme war genau richtig für den Part. Er hatte die sonore amerikanische Stimme, die nichtsdestoweniger deutlich artikuliert und dabei sympathisch im Ton ist – die Stimme, mit der Sportberichter Spiele kommentieren, die sehr langsam und langweilig vonstatten gehen.

Harry war englisch gekleidet, wie man sich nur in New York City englisch kleiden kann. Er trug einen dunkelgrauen Popeline-Regenmantel, Oxfordschuhe aus Kalbsleder, ein Tweed-Jackett und eine gestreifte englische Public-School-Krawatte, die Schöpfung eines amerikanischen Designers. Die Kopfbedeckung verriet ihn allerdings: eine Sportmütze mit Schottenmuster, mit der sich ein Engländer kaum in der Öffentlichkeit gezeigt hätte, nicht einmal auf einem Golfplatz.

»Schön, Sie wieder mal zu sehen, George«, sagte er und nahm Georges Hand. Dann begrüßte er mich mit der gleichen leisen Stimme und dem gleichen festen, herzlichen Händedruck.

»Ich werde mal nachsehen, ob das Auto inzwischen da ist«, sagte George. »Kommt mit, Kinder.«

»Ich habe mit Langer telefoniert«, erklärte Harry. »Er hat sich wirklich gefreut, Sie mal wiederzusehen.«

»Was hat er denn von mir gesagt?«

»Nichts, was ich nicht schon gewußt hätte. Daß Sie noch immer eifrig bei der Arbeit sind, Anordnungen der Londoner Zentrale ausführen.«

»Was noch?«

»Irgendwas über Bret Rensselaer«, sagte Harry. »Da habe ich aber nicht richtig hingehört.«

»Das war unter den Umständen sicherlich das beste«, gab ich zu. »Langer hat 'ne Macke, was Bret Rensselaer angeht.«

»Es stimmt also nicht, daß Bret gerade besonders überprüft wird?«

»Meines Wissens nicht.«

»Ich bin kein besonderer Freund von Bret, wie Sie wahrscheinlich wissen. Aber Bret ist hundertprozentig okay, Bret würde nie Verrat üben.«

»Tatsächlich?« fragte ich so beiläufig wie möglich.

»Jahrelang haben Ihre Leute Bret aus allen Sachen herausgehalten, die Sonderinteressen der USA berührten, um seine Loyalität nicht auf eine vielleicht allzu harte Probe zu stellen. Aber Bret ist niemals Agent der CIA gewesen, hat nie amerikanische Interessen wahrgenommen. Bret war immer euer Mann, darauf können Sie sich verlassen.«

Ich nickte und fragte mich, woher der Feine Harry die Idee hatte, daß Bret verdächtigt wurde, den Amerikanern Informationen zukommen zu lassen. War das Langers Mißinterpretation meines Intreresses an Bret, oder versuchte Harry auf eigene Faust, sich einiges plausibel zu machen? Oder konnte sich niemand vor stellen, daß Bret zu etwas so Ehrwidrigem imstande wäre wie Spionage für die Russen? Aber falls er sich nichtsdestotrotz derart unehrenhaften Verhaltens schuldig gemacht hatte – wer würde davon zu überzeugen sein?

»Was haben Sie denn eigentlich gegen Bret?« fragte Harry.

»Das sollten Sie mich lieber auf dem Dienstweg fragen, Harry«, sagte ich. »Ich möchte meine Verwandten nicht in diese Geschichten verwickeln.«

»Natürlich, entschuldigen Sie«, sagte Harry, dem nicht anzumerken war, daß er sich für irgend etwas entschuldigt hätte. »Aber wissen Sie, wir sollten das besser hinter dem Rücken der Leute da jenseits des Flusses verhandeln.« Er nickte unbestimmt in Richtung Westminster und Whitehall.

»Was denn?«

»Ich werde Ihnen was auf dem Präsentierteller überreichen, Bernard. Etwas, mit dem Sie bei Ihren Leuten große Ehre einlegen werden.«

»Na, fabelhaft«, sagte ich, mäßig begeistert. Ich hatte schon so manches von Harrys guten Diensten erduldet.

»Und doch die reine Wahrheit«, sagte Harry. »Sehen Sie sich das mal an.« Er reichte mir die Fotokopie eines maschinengeschriebenen Dokuments. Acht Seiten.

»Muß ich das lesen? Oder wollen Sie mir sagen, worum sich's handelt?«

»Das ist eine Denkschrift, die vor drei oder vier Monaten im Kabinett erörtert wurde. Sie betrifft die Sicherheit der britischen Einrichtungen in Westdeutschland.«

»Im britischen Kabinett? Das ist eine Denkschrift der britischen Regierung?«

»Allerdings.«

»Und ist da irgendwas Besonderes dran?«

»Das Besondere daran ist, daß mindestens eine Kopie dieser Denkschrift bei den Akten des KGB in Moskau gelandet ist.«

»Von da haben Sie diese Kopie?«

»KGB. Moskau. Genau«, lächelte er. Das Lächeln eines Verkäufers, breit und freudlos.

»Was geht das mich an, Harry?«

»Das könnte die Chance sein, die Sie brauchen, Bernard.«

»Brauche ich 'ne Chance?«

»Kommen Sie, Bernard. Kommen Sie! Glauben Sie, es ist ein Geheimnis, daß Ihre Leute sich fragen, ob Sie noch verwendungsfähig sind?«

»Ich weiß nicht, wovon Sie sprechen, Harry«, sagte ich.

»Na schön. Als Ihre Frau übergelaufen ist, hat man die ganze Sache unter den Teppich gekehrt. Aber glauben Sie nur ja nicht, daß die Jungs in Washington und Brüssel nicht unter der Hand verständigt worden sind. Und was, glauben Sie, haben die als erstes gefragt? Was ist denn nun mit dem Ehemann, haben sie natürlich gefragt. Ich meine, wir wollen uns doch nichts vormachen. Eine ganze Menge Leute, Leute der Branche, wissen, was mit Ihrer Frau los war. Und Sie wissen, daß Sie deshalb jetzt unter dem Mikroskop liegen. Wollen Sie das vielleicht bestreiten?«

»Was schlagen Sie mir vor, Harry?« fragte ich.

»Diese Denkschrift ist 'ne heiße Kartoffel, Bernie. Welcher Schweinehund hat das durchsickern lassen und Sorge getragen, daß sie in Moskau landete?«

»Ein Agent in Downing Street Nummer zehn? Ist es das, was Sie mir weismachen wollen?«

»Ihr Premierminister ist Ihr Bier, alter Junge. Ich empfehle Ihnen nur, diese Fotokopie zu nehmen und ein bißchen herumzufragen. Ich sage nur, daß Ihnen ein derart dicker Hund gerade jetzt eigentlich sehr gelegen kommen sollte.«

»Und was wollen Sie dafür?«

»Ich bitte Sie, Bernie. Wofür halten Sie mich? Ich schenke Ihnen das Ding. Ich schulde Ihnen ein paar Gefälligkeiten. Das wissen wir beide.«

Ich faltete die Papiere, so gut ich konnte, und steckte sie in die Tasche. »Ich werde die Sache natürlich melden.«

»Tun Sie, was Sie für richtig halten. Aber wenn Sie über unsere Unterhaltung Meldung machen, verschwindet dieses Dokument in einem Safe, und Sie werden nie wieder was davon hören. Denn die Untersuchung wird natürlich sofort der Sicherheitsdienst an sich reißen, das wissen Sie so gut wie ich.«

»Ich lasse es mir noch mal durch den Kopf gehen, Harry. Jedenfalls schönen Dank.«

»Sie haben mehr Freunde, als Sie glauben, Bernie.«

»Woher haben Sie die Kopie, Harry?«

Der Feine Harry hatte einen Fuß auf den Stuhl gestellt und kratzte sachte mit dem Fingernagel einen Schmutzspritzer vom Oberleder des Schuhs. »Bernard!« sagte er vorwurfsvoll. »Sie wissen doch, daß ich Ihnen das nicht verraten kann.« Er befeuchtete jetzt die Fingerspitzen mit Spucke und wischte ab, was dem Fingernagel widerstanden hatte.

»Wenigstens sollten wir doch ein paar eklige Möglichkeiten eliminieren«, sagte ich. »Sie haben das Memorandum nicht zufällig aus irgendeinem Büro der CIA geklaut, zum Beispiel?«

»Bernard, Bernard«, sagte Harry, noch immer mit seinem Schuh beschäftigt. »Schlimm, daß Sie so denken.«

»Ich habe nämlich keine Lust, mit einem Paket unter dem Arm herumzulaufen, in dem es tickt.«

Er hatte jetzt den Glanz seines Schuhs zu seiner Zufriedenheit wiederhergestellt, setzte den Fuß auf den Boden, richtete sich auf und sah mir ins Gesicht. »Natürlich nicht. Dieses Memorandum ist roh, heiß. Hat hier noch auf keinem Schreibtisch rumgelegen.«

»Oder ist es vielleicht Spielmaterial?«

»Wofür halten Sie mich, Bernard? Glauben Sie, ich spiele nebenbei ein bißchen den Zuhälter für das KGB? Glauben Sie wirklich, ich hätte mich so lange gehalten, wenn ich keine Nase für KGB-Spielmaterial hätte?«

»Irgendwann passiert alles zum ersten Mal, Harry. Keiner von uns ist unfehlbar.«

»Na, wie Sie meinen, Bernard. Ich muß zugeben, daß ich die Provenienz dieser Kopie nicht lückenlos nachweisen könnte. Ich habe sie von einer deutschen Kontaktperson, die mir bisher immer nur Erstklassiges geliefert hat.«

»Und wer bezahlt den Mann?«

»Er ist nicht käuflich, Bernard.«

»Dann ist's niemand, den ich kenne«, sagte ich.

Er lachte kurz und lustlos, wie man über einen lahmen Witz zu lachen sich genötigt fühlt, wenn er von einem wichtigen Kunden herrührt. »Sie werden alt und verbittert, Bernard. Wissen Sie überhaupt noch, daß es mal eine Zeit gab, in der man Sie mit so einer Bemerkung hätte auf die Palme bringen können? Damals hätten Sie einem sofort einen Vortrag über Idealismus und Politik und Freiheit gehalten und Leute, die für ihre Überzeugung in den Tod gingen.« Er schüttelte den Kopf. Es war reiner Spott, aber wir wußten beide, daß er recht hatte. Wir kannten beide eine Menge Leute, die nie käuflich gewesen waren, und ein paar, die diesen Starrsinn mit dem Leben bezahlt hatten.

»Verkauft Ihnen George einen Wagen?« fragte ich, um das Thema zu wechseln.

»Ich lease meine Wagen schon seit Jahren bei George. Einen Leihwagen kann man wechseln, so oft man Lust hat, verstehen Sie?« Er wollte mir damit andeuten, daß George ihm einen Wagen nach dem anderen lieh, wenn er jemanden observierte und vermeiden wollte, daß dem schließlich ein bestimmter Wagen auffiel.

»Nein«, sagte ich. »George wahrt das Beichtgeheimnis seiner Kunden. Ich wußte nicht mal, daß er Sie kennt.«

»Und so nette Kinder, Bernie.« Er klopfte mir auf die Schulter. »Sehen Sie doch nicht so sorgenvoll drein, Kamerad. Sie haben eine Menge Freunde. Eine Menge Leute, die in Ihrer Schuld stehen. Die werden Ihnen da schon durchhelfen.«

Plötzlich ging die Tür des Büros krachend auf. Auf der Schwelle stand eine Frau in den Dreißigern, hübsch auf die Art, in der Frauen hübsch werden, wenn sie eine Menge teures Make-up auflegen. Sie trug einen langen Pelzmantel und drückte eine große Handtasche an sich, als enthielte diese jede Menge Wertsachen.

»Liiiebling«, rief sie ungeduldig. »Wie lange soll ich noch in diesem Loch herumsitzen?«

»Komme schon, Schätzchen«, sagte der Feine Harry.

»Aber Harrry! Wir werden uns verspäten«, sagte sie. Ihre Stimme hatte ganz den Südstaatendialekt drauf, wie von Damen, wenn sie mit einer Schachtel Pralinen vor der Glotze sitzen und sich *Vom Winde verweht* zu Gemüte führen.

Harry sah auf seine Uhr. Ohne großen Enthusiasmus tauschten wir unsere Telefonnummern aus und versprachen einander, uns gelegentlich zum Lunch zu treffen. Nachdem sich Harry endlich verabschiedet hatte, kam George ohne die Kinder zurück.

»Alles in Ordnung, Bernard?« fragte er. Er sah mich erwartungsvoll an. George erwartete wohl von jeder Begegnung einen Geschäftsabschluß oder doch wenigstens die Anbahnung eines Geschäfts.

»Ja, es war schon recht«, sagte ich.

»Dein Rover ist da. Den Kindern gefällt er.« Er stellte seine Aktentasche auf den Tisch und kramte darin herum, fand den Kraftfahrzeugbrief aber erst, nachdem er den ganzen Inhalt der Tasche auf dem Tisch ausgeschüttet hatte. Außer dem gesuchten Dokument kamen da ein Bündel frankierter Briefe, eine Mozart-Biographie und eine prächtig eingebundene Bibel zum Vorschein. »Ein Geschenk für meinen Neffen«, sagte er, als bedürfe die Bibel in seiner Aktentasche einer Erklärung. Überdies hatte die Aktentasche einen *Daily Telegraph*, eine Kollektion von Autoschlüsseln mit großen Anhängeschildern, ein Adreßbuch, ein paar ausländische Münzen und einen roten Seidenschal enthalten. Er hielt mir die Mozart-Biographie vor die Nase. »Ich interessiere mich neuerdings für Musik«, sagte er. »Gehe mit Tessa ins Konzert. Mozart hatte ein furchtbares Leben, wußtest du das?«

»Ich habe davon läuten hören«, sagte ich.

»Wenn du nach Beweisen dafür suchst, daß in dieser Welt zwischen Leistung und Lohn keinerlei Beziehung besteht, brauchst du nur mal Mozarts Leben nachzulesen.«

»Dafür brauche ich keine Bücher«, sagte ich. »Dafür finde ich an jedem Arbeitstag bei mir im Büro unwiderlegbare Beweise.«

»Die Klavierkonzerte«, sagte George. Er schob abermals seine Brille in die Stirn. »Am besten gefallen mir die Klavierkonzerte. Seitdem ich Mozart entdeckte, habe ich für Popmusik nichts mehr übrig. Heute früh habe ich in einem Schallplattengeschäft sämtliche Quintette bestellt. Wunderbare Musik, Bernard, wunderbar.«

»Teilt Tessa deine musikalische Begeisterung?« fragte ich.

»Sie läßt es sich gefallen«, sagte George. »Sie hat natürlich 'ne viel bessere Erziehung genossen als ich. Ich meine, als ich mit vierzehn von der Schule abgegangen bin, konnte ich ja kaum lesen und schreiben. Tessa weiß Bescheid über Musik und Kunst und solche Sachen.«

Er bemerkte, daß ich durch das Fenster die Vorgänge auf dem Hof im Auge zu behalten versuchte. »Wegen der Kinder brauchst du dir keine Sorgen zu machen, Bernard. Mein Werkmeister läßt sie in der Reparaturwerkstatt zugucken. Alle Kinder interessieren sich für mechanische Sachen. Das weißt du sicherlich. Autos üben auf Jungen eine magische Anziehungskraft aus. Ich war in dem Alter genauso. Die meisten Autos werden von Jungens geklaut, die für den Führerschein noch nicht alt genug sind.« Er seufzte. »Ja, Tessa und ich kommen jetzt so einigermaßen miteinander zurecht. Es bleibt uns nichts anderes übrig, Bernard. Sie wird allmählich zu alt dazu, dauernd hinter anderen Männern herzulaufen, das hat sie inzwischen selbst gemerkt.«

»Das freut mich«, sagte ich. »Ich habe Tessa immer gerne gehabt.«

Georg brach diese ziellose Unterhaltung ab. Er sah mich an und überlegte sich eine Weile, was er sagen wollte. »Ich schulde dir eine Entschuldigung, Bernard. Das ist mir klar.«

Tatsächlich hatte er mich vor noch nicht allzu langer Zeit ziemlich unumwunden beschuldigt, ein Verhältnis mit Tessa zu haben, als er noch jeden Mann, den seine Frau kannte, ehebrecherischer Beziehungen verdächtigte. Inzwischen war ihm klargeworden, daß er mir Unrecht getan hatte.

»Zwischen uns ist nie was Unrechtes gewesen«, sagte ich. »Als Fiona mich verließ, hat mir Tessa geholfen, wo sie konnte ... mit den Kindern, im Haus, bei den Auseinandersetzungen mit ihrem Vater und so fort. Ich bin ihr dafür sehr dankbar und habe sie wirklich gern, George. So gern, daß ich finde, daß sie eine glückliche Ehe verdient.«

»Wir versuchen, eine zu führen«, sagte George. »Wir geben uns beide Mühe. Aber ihr Vater macht's einem nicht leicht. Er haßt mich, weißt du. Er kann es nicht ertragen, wenn von seinen Bekannten jemand erfährt, daß ich sein Schwiegersohn bin. Er schämt sich meiner. Er nennt sich einen Sozialisten, aber er schämt sich meiner, weil ich nicht mit dem richtigen Akzent rede, nicht die richtige Erziehung genossen habe und nicht aus der richtigen Familie stamme. Er haßt mich wirklich.«

»Na ja, direkt schwärmen tut er für mich auch nicht gerade«, gab ich zu bedenken.

»Aber du läufst ihm nicht in deinem Club über den Weg oder stolperst im Restaurant über ihn, wenn du gerade einen Kunden im Schlepptau hast. Ich schwöre dir, der hat mir schon ein paar gute Geschäfte vermasselt, indem er plötzlich auftauchte und anfing, über meine Ehe zu lamentieren, während ich gerade mit einem Kunden beim Lunch saß. Das Leben ist ohnedies schwierig genug, Bernie. Die Art Behandlung kann ich wirklich entbehren, vor allem, wenn ich gerade mit einem Kunden zusammenbin.«

»Er hat das vielleicht nicht mit Absicht getan«, sagte ich.

»Natürlich macht er das mit Absicht. Er lehrt mich Mores, verstehst du? Ich gehe herum und erzähle jedem, daß ich sein Schwiegersohn bin. Also geht er herum und erzählt jedem, daß ich meine Frau nicht zügeln kann.«

»Sagt er das wirklich?«

»Wenn ich ihn dabei erwischte ...« George machte ein finsteres Gesicht bei dem Gedanken. »Er macht Andeutungen in dieser

Richtung. Andeutungen. Du weißt doch, was dieser Mann mit einem Augenzwinkern und einem Kopfnicken alles andeuten kann.«

»Er hat schon ziemlich merkwürdige Ideen«, sagte ich.

»Du meinst, er ist stockdumm. Das weiß ich leider nur allzu gut. Du solltest mal seine Vorstellungen darüber hören, wie ich mein Geschäft führen sollte.« George hörte auf, seine Habseligkeiten wieder in der Aktentasche zu verstauen, legte die Hände auf die Hüften und neigte den Kopf wie unser Schwiegervater. Auch seine Stimme war jetzt die David Kimber-Hutchinsons: »Geh an die Börse, George. Besser noch, versuche mit einer von den wirklich großen Gesellschaften zu fusionieren. Du brauchst einen weiteren Horizont. Du willst doch nicht dein ganzes Leben lang ein kleiner Autohändler bleiben, oder?« George lächelte. Der unvergleichliche David Kimber-Hutchinson war unnachahmlich, aber George hatte ihn recht gut imitiert. Aufschlußreich war diese Imitation indessen für mich vor allem insofern, als man nie so viel von sich selbst verrät, wie wenn man jemanden imitiert. George hatte unter dem Mann, den er nachäffte, sehr gelitten und haßte ihn dementsprechend, das duldete jetzt keinen Zweifel mehr. Wenn es jemals hart auf hart kommt zwischen den beiden, dachte ich, möchte ich nicht in Kimber-Hutchinsons Schuhen stecken. Und da ich meine eigenen Gründe hatte, meinen Schwiegervater zu verabscheuen, nahm ich Georges Abscheu mit lebhaftem Interesse zur Kenntnis.

»Und doch verdient er 'ne Menge Geld«, sagte ich.

»Sie helfen einander gegenseitig, die Davids dieser Welt.«

»Er wollte mir die Kinder wegnehmen, sie adoptieren ...«

»Und kleine Kimber-Hutchinsons aus ihnen machen. Ich weiß, Tessa hat mir davon erzählt. Aber du wirst dich doch gegen ihn zur Wehr setzen, Bernard ...?«

»Na und wie.«

Der Feind meines Feindes: Irgendeinem alten Sprichwort zufolge gibt es keine solidere Basis für eine Freundschaft als gemeinsame Feindschaft. »Siehst du ihn oft?« fragte ich.

»Öfter, als mir lieb ist, sehr viel öfter«, sagte George. »Aber ich habe mir vorgenommen, Tessa den Gefallen zu tun, und also fahre ich mit ihr zu ihm raus und höre mir an, was für ein großer Mann der alte Idiot ist.« George steckte das Mozart-Buch wieder in die Aktentasche. »Er will einen neuen Rolls von mir kaufen und seinen alten zu einem guten Preis in Zahlung geben. Er hat mir Lack und Polster schon dreimal vorgeführt, ungelogen dreimal.«

»Wäre das denn nicht ein gutes Geschäft, George? Ein neuer Rolls-Royce kostet doch 'ne Stange Geld.«

»Ein gutes Geschäft, wenn ich dann alle Nase lang meinen Schwiegervater auf dem Halse habe, jedesmal, wenn die Kutsche nicht sofort anspringt? Sieh mal, ich bin kein Rolls-Händler, aber doch kaufe und verkaufe ich jedes Jahr ein paar. Ich verkaufe nur gute Exemplare, denn ich fasse keinen an, der nicht tipptopp ist. Der Rolls ist ja 'ne schwierige Ware, heutzutage kann der Kunde keinen allzugroßen Prozentsatz des Kaufpreises mehr von der Steuer absetzen. Dennoch weißt du, und ich weiß es auch: Ganz gleich, was für einen fabrikneuen Rolls ich dem alten Ekel auch besorge, vom Augenblick der Lieferung an wird er garantiert Ärger mit ihm haben. Stimmt's? Da waltet irgendein Naturgesetz. Der Wagen, den ich ihm besorge, wird Probleme machen. Und er wird natürlich sofort wissen, daß es sich nicht um ein fabrikneues Exemplar handelt. Er wird sagen, ich hätte das Ding billig gekriegt, weil irgend etwas daran nicht in Ordnung war.« Er ließ das Schloß seiner Aktentasche einschnappen. »Diesen ganzen Heckmeck würde ich mir wirklich lieber ersparen. Mir wär's lieber, er kaufte sich seine Kutsche woanders, am Berkeley Square meinetwegen. Ich habe ihm das sogar schon gesagt, aber er will einfach nicht glauben, daß sich jemand freiwillig ein Geschäft entgehen läßt.«

»Na, das ist ja sonst auch wirklich nicht deine Art, George.«

Er grinste schuldbewußt. »Vermutlich nicht, aber da siehst du, wie der Kerl auf mich wirkt.«

»Also los. Sehen wir uns mal mein neues Auto an«, sagte ich. Aber er rührte sich nicht von seinem Platz hinter dem Schreibtisch.

»Der Feine Harry sagt, du hast Sorgen. Stimmt das, Bernard?«

»Der Feine Harry verdient seinen Lebensunterhalt mit dem Verkauf von Informationen. Was er nicht weiß, vermutet er, was er nicht vermuten kann, erfindet er.«

»Sind es Geldsorgen? Eine Frauengeschichte? Oder Ärger im Beruf? Wenns um Geld geht, kann ich dir vielleicht helfen, Bernard. Wenn du Geld brauchst, solltest du es dir lieber von mir leihen als von einer Bank in der High Street. Ich weiß, daß du das Haus nicht aufgeben willst, Tessa hat mir das erklärt.«

»Danke, George. Ich glaube, mit meinen Geldsorgen werde ich schon allein fertig. Anscheinend ist das Amt bereit, mir eine Sonder-Aufwandsentschädigung zu bewilligen, für die Kinder, unsere Nanny und so weiter.«

»Könntest du nicht mal mit den Kindern verreisen? Unbezahlten Urlaub nehmen und ein bißchen ausspannen? Du siehst in letzter Zeit verdammt müde aus.«

»Das kann ich mir nicht leisten«, sagte ich. »Du bist reich, George. Du kannst machen, was dir paßt. Ich nicht.«

»Um zu machen, was mir paßt, bin ich nicht reich genug. Aber ich weiß, was du meinst. Ich bin reich genug, nicht tun zu müssen, was mir nicht paßt.« George nahm seine schwere Brille ab.

»Ich habe den Feinen Harry gefragt, weshalb er mit dir sprechen möchte. Er wollte es mir nicht sagen, aber ich habe nicht lokkergelassen. Und er kann sich's nicht leisten, es mit mir zu verderben, ich erweise ihm 'ne Menge Gefälligkeiten auf die eine oder andere Art. Und er weiß, daß nicht viele Leute so geduldig auf ihr Geld warten wie ich. Ich sagte: ›Was wollen Sie von Bernard?‹ Er sagte: ›Ich helfe ihm. Er hat Ärger.‹ ›Was für Ärger?‹ fragte ich. ›Seine Leute glauben, daß er für die andere Seite arbeitet‹, sagte Harry. ›Wenn sie den Beweis dafür erbringen können, kriegt er ungefähr dreißig Jahre Knast. Sie können ihn nicht frei herumlaufen lassen. Er kennt zu verdammt viele Amtsgeheimnisse.‹« George schwieg einen Augenblick lang.

»›Bernard würde niemals für die Russen arbeiten‹, habe ich gesagt. ›Ich kenne ihn gut genug, um das zu wissen, und wenn die Leute, für die er arbeitet, es nicht merken, müssen sie ziemlich beschränkt sein.‹« George kratzte sich am Hals, während er überlegte, wie die Geschichte weitergehen sollte. »›Na, seine Frau hat aber für die Russen gearbeitet‹, sagte der Feine Harry. ›Und wenn er sich weigert, ebenfalls für sie zu arbeiten, werden ihm die Russen die Daumenschrauben anlegen.‹ ›Wie meinen Sie das?‹ habe ich den Feinen Harry gefragt. ›Na, genau das ist die Scheiße, in der er steckt‹, sagte der Feine Harry. ›Deshalb braucht er Hilfe. Entweder schicken ihn die Tommys für dreißig Jahre hinter Gitter, oder die Ruskis geben ein paar Spezialisten den Auftrag, ihn zu liquidieren.‹« George setzte seine Brille wieder auf und sah mich an, als sähe er mich zum ersten Mal.

»Der Feine Harry verdient seinen Lebensunterhalt mit dem Verkauf solcher Storys, George. Zugegeben, das Exposé hat dramatisches Potential. Kommt einem allerdings irgendwie schon bekannt vor, aus dem Fernsehen, ein bißchen abgedroschen, findest du nicht?«

»Nein«, sagte George, »nicht, wenn du 'ne Rolle dabei spielen sollst.« Abermals rollte langsam ein Zug über den Viadukt, und der Lärm der Räder gebot uns Schweigen. »Scheiß-Züge«, sagte George, nachdem der Lärm verklungen war. »An dem Haus, in dem ich aufgewachsen bin, fuhren dauernd Züge vorbei, die solchen höllischen Krach machten. Damals habe ich mir geschworen, Schluß damit für alle Zeiten, wenn ich erst mal genügend Geld verdient hätte ... und jetzt sitze ich hier.« Er sah sich in seinem erbärmlichen, kleinen Büro um, als musterte er es mit den Augen eines Besuchers. »Komisch, nicht?«

»Komm, sehen wir uns mein Auto an«, schlug ich noch einmal vor.

»Bernard«, sagte George und fixierte mich mit ernstem Blick. »Kennst du einen Mann namens Richard Cruyer?«

»Ja«, sagte ich unbestimmt genug, um es plötzlich wieder ableugnen zu können, wenn sich das als opportun erweisen sollte.

»Du arbeitest mit ihm zusammen, nicht wahr?«

Ich versuchte, mich zu erinnern, ob ich jemals George und Tessa zusammen mit den Cruyers zum Essen zu mir nach Hause eingeladen hatte. »Ja, ich arbeite mit ihm zusammen. Warum fragst du?«

»Tessa hat sich ein paarmal mit ihm treffen müssen. Sie sagt, es hätte was mit dieser wohltätigen Stiftung für Kinder zu tun, für die sie in letzter Zeit so rührig ist.«

»Ach so«, sagte ich verständnisinnig, obwohl ich keineswegs verstand. Ich hatte Tessa nie von dieser angeblichen Tätigkeit für eine wohltätige Stiftung reden hören, und ich konnte mir einfach nicht vorstellen, daß sich Dicky Cruyer für irgendeine wohltätige Stiftung engagierte, die nicht ausschließlich die Förderung seines eigenen Wohls zum Ziele hatte.

»Ich kann mir nicht helfen, aber irgendwie mißtrauisch bin ich noch immer, Bernard. Ich habe ihr vergeben und eine Menge von den Vorwürfen, die unsere Beziehung vergiftet haben, fallengelassen. Aber irgendwie bin ich noch immer mißtrauisch. Ich bin auch nur ein Mensch, Bernard.«

»Und was willst du nun wissen?« fragte ich, obwohl zum Himmel schrie, was er wissen wollte. Er wollte wissen, ob Dicky Cruyer ein Mann war, von dem befürchtet werden mußte, daß er die Gelegenheit zu einem Techtelmechtel mit Tessa nicht ungenutzt lassen würde. Diese Frage wäre wahrheitsgetreu nur mit einem unbedingten »Ja« zu beantworten.

»Was geht da vor? Ich will wissen, was da vorgeht.«

»Hast du das Tessa gefragt?«

»Das würde nur einen furchtbaren Krach provozieren. Es würde alles wieder einreißen, was wir in gemeinsamer Arbeit zur Festigung unserer Ehe aufgebaut haben. Aber ich muß wissen, was los ist. Es quält mich. Ich bin deshalb völlig verzweifelt. Wirst du mir Gewißheit verschaffen? Bitte?«

»Ich werde tun, was ich kann«, versprach ich.

IX.

Ich identifizierte mich mit Stinnes. Ein kalter Fisch, dieser Stinnes, und doch fand ich, daß er mir irgendwie glich. Sein Vater hatte der sowjetischen Besatzungsmacht in Berlin angehört. Und er war, wie ich, sozusagen als Deutscher aufgewachsen. Ich fühlte mich ihm nahe, weil sich unsere Wege seit dem Tage, da er mich in Ostberlin festnahm, immer wieder gekreuzt haben. Ich hatte ihn überredet, zu uns überzulaufen. Ich hatte ihm die Zusicherungen gegeben, die er für diesen Fall verlangte, und ich hatte ihn zuletzt von Mexiko nach London begleitet. Ich schätzte seine berufliche Tüchtigkeit, und diese Wertschätzung beeinflußte alle meine ihn betreffenden Gedanken und Handlungen. Aber schließlich und endlich war der Kerl mir trotz allem unsympathisch, und das färbte natürlich ebenfalls auf mein Urteil ab. Seine unbestreitbaren Erfolge bei Frauen, zum Beispiel, waren mir nicht ganz verständlich. Was zum Teufel sahen die Frauen in dem Mann? Zielsichere, männliche Kraft, Organisationstalent und eine Art Selbstsicherheit, die alles ungesagt läßt, haben Frauen natürlich von jeher imponiert. Mit alledem konnte Stinnes aufwarten und nicht zu knapp. Aber was Frauenhelden überdies gewöhnlich auszeichnet, ging ihm durchaus ab: Er war nicht lustig, hatte nichts Auffälliges an sich, erzählte keine amüsanten Geschichten. Eindrucksvolle Größe, Gesten, wie sie Frauen von den Männern, die sie einmal geliebt haben, in Erinnerung behalten, hatte er nicht zu bieten. Er hatte keine von den warmen, menschlichen Eigenheiten, die Frauen so unwiderstehlich finden, keine Selbstironie, keine eingestandenen Schwächen. Nur diese kalten Augen, diese kühle, berechnende Art und diese undurchdringliche Miene. Besonders kaltblütig schien er in Hinsicht auf seine Arbeit zu sein. Vielleicht machte das seine besondere Anziehungskraft aus. Denn der

Frauenheld ist zerstörerisch, er ist der Felsen, an dem verzweifelte Frauen kaputtgehen.

Unbestreitbar allerdings war die ungeheure Energie, die dieser etwas gleichgültige, fast schwerfällige Mann aufbrachte. Stinnes konnte mit dem Geschick eines Schauspielers einen unwiderstehlichen Willen wie einen Laserstrahl auf sein Gegenüber richten. Eine derart herzlose Zielstrebigkeit findet man bei den großen Hollywood-Stars, bei gewissen, sehr idealistischen Politikern und öfter noch bei Komikern, die alles daransetzen, ihr Publikum über ihre faulen Witze zum Lachen zu bringen.

Bret Rensselaer wirkte nicht so auf mich. Bret war ein ganz anderer Charakter. Bret war nicht der kalt blickende Profi wie Stinnes. Ganz abgesehen von seinen ungenügenden Sprachkenntnissen, hätte Bret nie erfolgreich im Außendienst arbeiten können. Er hätte den Schmutz und die Unbequemlichkeit nicht ertragen. Bret taugte nicht für den Außendienst aus einem Grunde, der auch viele andere Amerikaner dafür disqualifizierte: Bret wollte gesehen werden. Bret stellte sein Licht nicht gern unter den Scheffel. Sich im Hintergrund halten, was Europäer als Angehörige einer noch wesentlich feudalistischen Gesellschaft von klein auf lernen müssen, geht Amerikanern gegen den Strich.

Bret schien, seitdem seine Frau ihn verlassen hatte, Affären ohne Zahl gehabt zu haben, aber seine Fähigkeit zu bezaubern war leicht verständlich, selbst für Leute, auf die sie wirkungslos blieb. Trotz seines Alters war er körperlich anziehend, er war großzügig in Gelddingen und ein amüsanter Gesellschafter. Er genoß gutes Essen, Wein, Musik, Kino. Und er tat alles, was reiche Leute immer zu tun belieben: Er lief Ski, war ein guter Schütze, Segler und Reiter. Er wurde auch in überfüllten Restaurants umgehend bedient. Meinungsverschiedenheiten mit Bret hatte ich schon viele gehabt. Ich hatte seine beleidigenden Ausbrüche über mich ergehen lassen und seine Hartnäckigkeit widerwillig bewundert. Aber er war kein herzloser Apparatschik. Wenn man ihn im richtigen Augenblick erwischte, war er ungezwungen und zugänglich wie kein anderer Beamter seines Rangs. Vor allem aber hatte Bret die einzigartige amerikanische Begabung der Flexibilität, das heißt die Bereitschaft, alles auszuprobieren, was nur irgend zweckdienlich erschien. Dabei wurde unter seiner Leitung sehr anständige Arbeit geleistet, was ich sehr wohl zu schätzen wußte. Schon deshalb war ich geneigt, größte Vorsicht walten zu lassen, als mir zum ersten Mal Zweifel an seiner Loyalität aufkamen.

Bret Rensselaer hatte das vorspringende Kinn und die alterslosen, scharfgeschnittenen Züge eines Comic-strip-Helden. Wie die meisten Amerikaner wachte Bret über sein Gewicht, seine Gesundheit, seine Kleidung mit einer Sorgfalt, die seinen englischen Kollegen übertrieben und fremdartig vorkam. Die Männer, die neben Bret in leitender Position in der Londoner Zentrale tätig waren, im Gegensatz zu ihm aber eine englische Public-School-Erziehung genossen hatten, gaben zwar für ihre in der Savile Row geschneiderten Anzüge, handgemachten Hemden und Schuhe aus der Jermyn Street genausoviel Geld aus wie Bret, trugen diese Sachen aber mit einer sorglosen Nonchalance, die wesentlicher Bestandteil ihres Snobismus war. Ein echter britischer Gentleman strengte sich nie an, das war ein Prinzip, gegen das nicht verstoßen werden durfte. Und Bret Rensselaer strengte sich an. Andererseits stammte Bret aus einer Familie, die schon zur Zeit des amerikanischen Befreiungskriegs in der Neuen Welt einen guten Namen gehabt hatte, und, was noch schwerer wog, Bret hatte Geld, eine Menge Geld. Und mit Geld kann man bekanntlich jeden snobistischen Vorbehalt übertrumpfen, wenn man diese Karte nur richtig zu spielen weiß.

Bret war schon in seinem Büro, als ich kam. Er begann stets sehr früh mit der Arbeit, auch das wurde als eine seiner amerikanischen Eigentümlichkeiten empfunden. Sein frühes Erscheinen und seine Pünktlichkeit bei Verabredungen wurden allgemein bewundert, wenn auch nicht unbedingt nachgeahmt. An diesem Morgen war ein Treffen in Brets Büro vereinbart worden, zwischen mir, Dicky Cruyer, Morgan – dem Handlanger des Direktors – und Bret Rensselaer. Als ich aber pünktlich zur verabredeten Zeit dort eintraf – in Deutschland wird einem ein etwas übertriebenes Pflichtbewußtsein in puncto Pünktlichkeit anerzogen –, war Morgan nicht da und Dicky noch nicht im Hause, geschweige denn in Brets Büro.

Bret Rensselaers Büro befand sich, wie die aller in der Londoner Zentrale tonangebenden Leute, in der obersten Etage. Von seinem Schreibtisch aus überblickte man den Teil Londons, in dem die Parks lagen: St. James's Park, Green Park, der Garten des Buckingham-Palace und der Hyde Park waren wie ein lückenloser grüner Teppich unter Brets Fenster ausgebreitet. Im Sommer war dieser Ausblick herrlich. Selbst jetzt im Winter, da ein Dunst von Kohlenrauch über den kahlen Bäumen hing, war das immer noch besser als der Blick auf verbeulte metallene Aktenschränke, mit dem ich von meinem Zimmer aus vorliebnehmen mußte.

Bret arbeitete. Er saß an seinem Schreibtisch und las in seinen Akten. Das Jackett seines Anzugs, in dessen Brusttasche ein gestärktes, weißes Leinentaschentuch steckte, war sorgfältig über die Lehne eines Stuhls gehängt, den Bret einzig zu diesem Zweck in seinem Büro zu haben schien. Er trug eine grauseidene Fliege zum weißen Hemd mit eingesticktem Monogramm, das selbst bei aufgeknöpfter Weste noch sichtbar war. Die Weste stand offen, und die Hemdsärmel waren hochgekrempelt.

Das Büro war nach seinem persönlichen Geschmack eingerichtet – die Herren im obersten Stockwerk der Londoner Zentrale hatten dieses Vorrecht –, und ich erinnere mich noch lebhaft der Komplikationen, die es gab, als Bret den Innenarchitekten seiner Wahl mit der Ausstattung seines Amtszimmers betraute. Den erbittertsten Widerstand gegen die Hinzuziehung eines Innenarchitekten leistete jemand von der Inneren Sicherheit, der sich Innenarchitekten nicht ohne Arbeiterkolonnen in weißen Overalls mit Baugerüsten, Dampfhämmern und Farbentöpfen vorstellen konnte. Tatsächlich erwies sich dann der Innenarchitekt als ein zartes, bärtiges Männchen, das eine mit Blumenmuster bestickte Jeansjacke über einem Sweatshirt trug und mit dürren Worten *(no nukes)* den Verzicht auf Atomwaffen forderte. Es dauerte lange, bis der Pförtner dazu bewegt werden konnte, Brets Innenarchitekten ins Gebäude zu lassen. Doch dann rechtfertigte dessen Leistung all diesen Aufwand. In der Mitte des Büros stand ein eigens aus Dänemark importierter großer Schreibtisch aus Chrom, Glas und schwarzem Leder. Der Teppich war dunkelgrau, die Wände waren in zwei verschiedenen Grautönen gehalten. Für Besucher gab es ein langes, schwarzes Polstersofa. Bret selbst konnte sich in einem passend zu seinem Schreibtisch aus Chromstahl und schwarzem Leder gefertigten Sessel drehen und schaukeln. Der Innenarchitekt hatte vorausgesetzt, daß die Kleidung der im Raum befindlichen Personen diesen eher düsteren Eindruck schon farbig beleben würde. Bret indessen war eine monochrome Erscheinung, und er paßte sich dem für ihn geschaffenen Hintergrund so vollkommen an wie ein Chamäleon; wie ein Chamäleon, das Angst hat und nicht auffallen will, heißt das.

»Ich übernehme Stinnes«, erklärte er, als ich eintrat.

»Ich habe schon gehört, daß sie dir das aufzubürden versucht haben«, entgegnete ich.

Er grinste, um mir zu zeigen, daß er den Versuch, ihn zu frotzeln, zur Kenntnis nahm. »Das hat mir niemand aufgebürdet, Kamerad. Ich bin im Gegenteil sehr froh, diesen Teil der Vernehmungen von Stinnes selbst zu Ende führen zu können.«

»Na, dann ist ja alles in bester Ordnung«, sagte ich, auf meine Uhr blickend. »Bin ich zu früh dran?«

Wir beide wußten, daß ich damit für Dicky Cruyer und Morgan den Brunnen vergiftete, aber Bret ließ sich darauf ein. »Die anderen sind wieder mal nicht pünktlich«, sagte er. »Die kommen leider immer zu spät.«

»Sollen wir anfangen?« fragte ich. »Oder soll ich noch mal weggehen, 'ne Tasse Kaffee trinken?«

»Du bleibst auf deinen vier Buchstaben sitzen, du Schlauberger. Wenn du unbedingt Kaffee brauchst, lasse ich dir welchen kommen.« Er drückte auf einen Knopf an seinem weißen Telefon und orderte Kaffee.

Man schickte uns eine Kanne für vier, und Bret erhob sich und goß alle vier Tassen voll, so daß Cruyers und Morgans Kaffee kalt wurde. Die Methode, die beiden für ihre Unpünktlichkeit zu bestrafen, kam mir irgendwie kindisch vor, aber vielleicht fiel Bret im Augenblick nichts Besseres ein. Während ich meinen Kaffee trank, sah Bret aus dem Fenster, und dann musterte er die Sachen, die auf seinem Schreibtisch lagen, und rückte diese zurecht. Er war ein ruheloser Mann, der trotz eines Knieschadens gern dauernd in Bewegung war, sich duckte, hin und her pendelte wie ein angeschlagener Boxer. Er erhob sich und setzte sich mit seiner

Kaffeetasse auf die Ecke seines Schreibtisches: ein Bild direktorialer Zwanglosigkeit, wie es die Präsidenten großer Gesellschaften nach Möglichkeit bieten, wenn gerade ein Fotograf von *Forbes* anwesend ist, um sie für die prominente Wirtschaftszeitung abzulichten.

Selbst nach zehnminütigem schweigendem Kaffeetrinken waren die anderen beiden noch nicht da. »Ich habe Stinnes gestern gesehen«, äußerte Bret schließlich unaufgefordert. »Ich weiß nicht, was sie in diesem Verhör-Zentrum mit den Leuten machen, aber er war scheußlicher Laune, nicht ein bißchen entgegenkommend.«

»Wo haben sie ihn untergebracht, im Berwick House?«

»Ja. Wußtest du, daß das *London Debriefing Centre* Dependancen bis hin nach Birmingham hat?«

»Bis ins vergangene Jahr haben sie sogar ein Haus in Schottland benützt, aber dann hat der Direktor gesagt, daß dabei für unser Londoner Personal zuviel Fahrzeit draufgeht.«

»Stinnes amüsiert sich jedenfalls nicht da, wo er ist. Er hat sich nur über alles beklagt. Wir kriegen nichts mehr von ihm zu hören, wenn wir nicht ein bißchen Entgegenkommen zeigen, sagt er. Und zunächst will er woanders untergebracht werden. Der Direktor, übrigens Potter, den du nicht leiden kannst, sagt, daß Stinnes schon zu fliehen gedroht hat.«

»Wie würdest du dir denn vorkommen, wenn man dich wochenlang im Berwick House einsperrte? Ich meine, das Haus ist doch 'ne bessere Herberge, und im Freien gibt's keine andere Abwechslung, als im Garten immer dicht an der Mauer entlangzulaufen und sich zu fragen, wie viele Alarmsignale man auslösen kann, ehe einem ein Tor den Ausgang versperrt.«

»Das hört sich ja an, als wärst du selbst schon mal da eingesperrt gewesen«, sagte Bret.

»Das noch nicht, Bret, aber an sehr ähnlichen Orten.«

»Du hättest ihn da also nicht reingesteckt?«

»Da reingesteckt?« Ich mußte unwillkürlich lächeln, so verdammt lächerlich war die ganze Sache. »Hast du dir das Personal des *London Debriefing Centre* in letzter Zeit mal angesehen?« fragte ich. »Weißt du, wo sie diese Leute hernehmen? In der

Mehrzahl handelt es sich um überflüssig gewordene Beamte der berühmten Zoll- und Steuerbehörde Ihrer Majestät. Dieser fette Kerl, der jetzt offiziell als Direktor des LDC bezeichnet wird, kommt aus dem Finanzamt in West Hartlepool. Nein, Bret, ich hätte den armen Kerl nicht in das Berwick House gesteckt. Stalin übrigens auch nicht.«

»Na schön, also laß mal hören«, sagte Bret, betont geduldig. Er glitt von der Kante seines Schreibtischs und reckte sich, als sei er vom Sitzen steif geworden.

»Ich habe noch nicht groß darüber nachgedacht, Bret. Aber wenn ich jemand geneigt machen wollte, mir gefällig zu sein, würde ich ihn irgendwo unterbringen, wo es ihm gefällt. Also vielleicht in der Oliver-Messel-Suite des Dorchester-Hotels.«

»Ach, wirklich?« Er wußte, daß ich versuchte, ihn zu reizen.

»Und weißt du was, Bret? Das Dorchester würde den Steuerzahler nur einen Bruchteil dessen kosten, was er für Stinnes' Unterbringung im Berwick House aufwenden muß. Was meinst du, wie viele Wachposten und Angestellte da heutzutage beschäftigt sind?«

»Und was würde ihn daran hindern, aus dem Dorchester abzuhauen?«

»Na, Bret, vielleicht würde er aus dem Dorchester nicht so eilig verschwinden wollen wie aus dem Berwick House.«

Bret beugte sich vor, wie um mich genauer zu betrachten. »Ich höre mir immer alles an, was du so erzählst, aber ich bin mir nie ganz sicher, wieviel von dem Quatsch du selber glaubst«, sagte er. Ich antwortete nicht. Dann sagte Bret: »Wenn ich mich recht erinnere, kamen diese Theorien nicht zur Sprache, als Giles Trent im Berwick House einsaß. Damals hast du gesagt, daß wir ihm nicht gestatten dürften zu rauchen, und hast dafür gesorgt, daß er einen etwas zu kleinen Schlafanzug kriegte, an dem die Knöpfe fehlten, und einen geflickten baumwollenen Bademantel ohne Gürtel.«

»Das ist weiter nichts als die Routinebehandlung bei Leuten, die wir verhören. Himmel, Bret, du kennst doch die Regeln: Das soll sie verunsichern. Meine Idee war das nicht, so wird das von jeher gemacht.«

»Also, Stinnes kriegt die Oliver-Messel-Suite und Trent durfte nicht mal Knöpfe an seinem Pyjama haben? Was willst du mir da bloß aufschwatzen?«

»Stinnes ist kein Häftling. Er ist freiwillig zu uns übergelaufen. Wir sollten ihm schmeicheln und um sein Wohlbefinden besorgt sein. Wir sollten ihn geneigt machen, uns alles zu geben, was er hat.«

»Vielleicht.«

»Und Stinnes ist ein Profi ... ein Mann, der den Außendienst aus eigener Erfahrung kennt, kein Schreibtischhengst wie Trent. Und Stinnes versteht sein Geschäft von A bis Z. Er weiß, daß wir ihm nicht die Fingernägel ausreißen werden oder ihm Elektroden applizieren, wo es am wehesten tut. Er hat nichts zu befürchten und wird sich nicht rühren, wenn wir ihm nicht entgegenkommen.«

»Hast du das schon mit Dicky besprochen?« fragte Bret.

Ich zuckte mit den Schultern. Bret wußte, daß Dicky von Stinnes nichts wissen wollte, darüber hatte er niemanden in Zweifel gelassen. »Lassen wir den übrigen Kaffee doch nicht kalt werden«, sagte ich. »Hast du was dagegen, wenn ich Dickys Tasse nehme?«

Er schob mir die Tasse herüber und sagt, mit einem abermaligen Blick zur Tür: »Eine großartige Idee wäre gar nicht erforderlich, um uns weiterzubringen.«

»Redet er denn überhaupt nicht?«

»Die ersten vierzehn Tage waren in Ordnung. Der leitende Vernehmungsbeamte – Ladbrock, der ehemalige Polizist – versteht sein Geschäft. Aber unser Geschäft kennt er unglücklicherweise weniger gründlich, und so hat er da den Boden unter den Füßen verloren, und seit der Festnahme in Berlin ist Stinnes sehr schwierig geworden. Er ist enttäuscht, Bernard. Er hat die Flitterwochen hinter sich, und jetzt ist er in der Katerstimmung, die auf die Euphorie der Flitterwochen gewöhnlich folgt.«

»Nein, sag's mir nicht, Bret!« Ich faßte mir an den Kopf, als versuchte ich, einer unbestimmt am Horizont meines Bewußtseins auftauchenden Erinnerung habhaft zu werden. »Die ›Flitterwochen‹ und die ›Katerstimmung‹, die auf die Euphorie der Flitterwochen gewöhnlich folgt ... irgendwoher kenne ich doch diesen poetischen Höhenflug ... diese brillante Formulierung pessimistischer Lebensweisheit ... einer der großen Romantiker, nicht Hemingway vielleicht? Oder schon Shelley? Also, diese ›Katerstimmung, die auf die Euphorie der Flitterwochen gewöhnlich folgt‹, das muß ich mir unbedingt aufschreiben, ehe ich's vergesse. Also sag schon, wer dir erklärt hat, daß Stinnes in dieser Stimmung ist. War's der stellvertretende LDC-Direktor, der bärtige mit dem an Inkontinenz erkrankten Dackel, der immer auf den Teppich kackt? Herrgott, wenn ich doch derartige Formulierungen fände für meine Berichte, ich könnte längst der Boß hier sein.«

Bret sah mich an und kaute zornig auf seiner Unterlippe herum. Er war wütend auf mich, aber noch wütender auf sich selbst, weil er diesen Quatsch nachgebetet hatte, mit dem die Idioten vom *London Debriefing Centre* ihre Unfähigkeit zu bemänteln versuchten. »Also, wo können wir ihn hinschaffen? Offiziell ist noch immer LDC für ihn zuständig.«

»Ich weiß, Bret. Und in diesem Zusammenhang mußt du mich noch mal darauf hinweisen, wie dringend wir den Schein wahren müssen, daß wir Stinnes zur Überprüfung meiner Loyalität brauchen, damit nicht das Home Office auf die Idee kommt, zu verlangen, daß der Mann sofort dem MI 5 überstellt wird.«

»Allerdings«, sagte Bret. »Wie unangenehm dir das vielleicht auch sein mag, die Wahrheit ist, wir können ihn nur deinetwegen einstweilen noch für uns behalten.«

»Quatsch«, sagte ich. »Selbst wenn das Home Office ihn heute von uns forderte, wäre die Überstellung erst frühestens in drei Monaten fällig, wenn der erforderliche Papierkrieg auf dem Dienstweg erledigt wird: Und du weißt genau, daß wir's in der Hand haben, diesen Papierkrieg auf vier bis fünf Monate auszudehnen.«

»Das stimmt nicht. Ich könnte dir drei oder vier Leute nennen, die schon binnen zwei, drei Wochen nach ihrer Ankunft in Großbritannien dem MI 5 übergeben worden sind.«

»Ich spreche vom Papierkrieg, Bret. Die Leute, die wir umgehend an MI 5 überstellten, haben wir freiwillig überstellt, weil wir sie nicht mehr wollten. Der Papierkrieg, der seinen Lauf nehmen muß, ehe man uns zwingen kann, jemanden zu überstellen, dauert durchschnittlich drei Monate.«

»Ich werde mich nicht mit dir streiten«, sagte Bret. »Ich nehme an, daß du von diesem Papierkrieg mehr mitkriegst als ich.«

»Da kannst du Gift drauf nehmen.«

Er blickte auf seine Uhr. »Wenn sie bis neun nicht kommen, müssen wir die Sache auf später verschieben. Viertel vor zehn muß ich bei einer Besprechung im Konferenzraum sein.«

Doch er hatte noch nicht ausgeredet, als Dicky Cruyer und Morgan zur Tür hereinkamen, in lebhafter Unterhaltung und offensichtlich im besten Einvernehmen. Diese zur Schau getragene Freundlichkeit störte mich, denn ich verabscheute Morgan, wie ich niemanden sonst im Amt verabscheute. Morgan war der einzige Mensch dort, dessen herablassende Hochnäsigkeit mich mitunter fast zu physischer Gewalttätigkeit provozierte.

»Und was passiert, wenn ich dich erst nach Mitternacht zu Hause abliefere?« fragte Dicky mit sonorer Stimme, der er sich befleißigte, wenn Leute schon ein paar von seinen Witzen belacht hatten. »Verwandelst du dich in einen Kürbis oder so was?« Beide lachten. Vielleicht redete er nicht von Tessa, aber mir wurde richtig schlecht bei dem Gedanken, daß sie sich mit Dicky Cruyer abgab und daß George darunter leiden mußte.

Ohne ein Wort der Begrüßung deutete Bret auf das schwarze Ledersofa, und die beiden setzten sich. Das schien sie zu ernüchtern, und Dicky fühlte sich sogar genötigt, sich für seine Verspätung zu entschuldigen. Morgan hatte einen blauen Aktendeckel bei sich, er legte diesen auf seine Knie und brachte ein Blatt Papier und einen dünnen, goldenen Bleistift zum Vorschein. Dicky trug die Gucci-Tasche (mit Reißverschluß) bei sich, die er kürzlich von seinem Ausflug nach Los Angeles mitgebracht hatte. Er entnahm ihr ein dickes Bündel verschiedener Papiere, das aussah wie die Gesamtheit des noch unbearbeiteten Posteingangs von seinem Schreibtisch. Ich vermutete, daß er vorhatte, es auf mich abzuladen; das tat er nämlich für gewöhnlich. Er verwandte aber einige Zeit darauf, die Papiere zu ordnen, um zu zeigen, wie ausgezeichnet er sich auf unsere Unterredung vorbereitet hatte.

»Ich habe in Kürze eine wichtige Verabredung«, sagte Bret. »Überspringen wir also die Präliminarien und kommen wir zur Sache.« Er griff nach der schriftlichen Tagesordnung und rückte seine Brille zurecht, um uns zu verlesen, was Sache war. Bret war entschlossen, von Anfang an unmißverständlich klarzustellen, daß er bei der Besprechung den Vorsitz führte. Unzweifelhaft war er der dienstälteste Beamte in unserer Runde, aber nichtsdestotrotz hatte er allen Grund, gegen die beiden Neuankömmlinge auf der Hut zu sein. Die hinterlistigen Machenschaften Morgans, der seine Stellung als Assistent des Direktors dazu ausnützte, alle und jeden zu manipulieren, waren allgemein gefürchtet. Andererseits hatte Bret versucht, die von Dicky geleitete Deutschland-Abteilung zu übernehmen, und war dabei kläglich gescheitert. Als ich jetzt sah, wie Dicky sich bei Morgan einschmeichelte, wurde mir klar, wie Bret ausgetrickst worden war.

»Wenn du weg mußt, Bret, können wir die Besprechung in mein Büro verlegen und dort beenden«, bot Morgan gefällig an. Sein Gesicht war sehr blaß und rundlich, mit kleinen Augen, die darin wie zwei Rosinen in einem Reispudding glänzten. Er sprach in starkem walisischem Singsang. Ich fragte mich, ob ihm wirklich der Schnabel so gewachsen war oder ob er diese Sprechweise angenommen hatte, um zu demonstrieren, daß man 's bei ihm mit einem jungen Mann aus der Provinz zu tun hatte, der 's in der Hauptstadt weit gebracht hatte.

»Aber wer sollte in dem Fall das Protokoll abzeichnen?« fragte Bret und wies so den Versuch, ihn abzuschieben, elegant zurück. »Nein, ich werde schon dafür sorgen, daß wir rechtzeitig fertig werden.«

Es war eine Routinebesprechung, bei der es um die Bewilligung zusätzlicher Haushaltsmittel für britische Geheimdienststellen in Deutschland ging. Unser Etat war schon seit geraumer Zeit sehr knapp bemessen, da er schon lange nicht mehr erhöht worden war, während die Deutsche Mark fast täglich aufgewertet wurde. Bret handelte alle Punkte der Tagesordnung mit halsbrecherischer Geschwindigkeit ab, ohne sich auf Dickys Abschweifungen und Morgans Fragen einzulassen. Als alles vorbei war, stand Bret auf. »Der Chef will, daß ich die Vernehmung von Stinnes leite«, verkündete er, obwohl das inzwischen jedem der hier Anwesenden – wenn nicht sogar dem ganzen Amt – bestens bekannt war. »Und ich werde Bernard bitten, mir dabei behilflich zu sein.«

»Das geht nicht«, sagte Dicky und fuhr hoch wie eine verbrühte Katze. Plötzlich sah er kommen, daß er sich um die in der Deutschland-Abteilung anfallende Arbeit höchstpersönlich würde kümmern müssen, anstatt sie auf mich abzuwälzen, und er würde keine Zeit mehr haben, sich auf Kosten des Amtes schöne Stunden zu machen. »Bernard hat eine Menge Sachen aufzuarbeiten, ich kann ihn unmöglich entbehren.«

»Es wird ihm genügend Zeit bleiben, seine anderen Pflichten zu erledigen«, meinte Bret. »Ich brauche ihn nur als Berater. Er hat ein paar Ideen, die mir vielversprechend vorkommen.« Er sah mich an und lächelte; ich war mir allerdings nicht ganz sicher, über was.

Morgan sagte: »Als ich Hilfe anbot, dachte ich nicht an Beamte höheren Dienstalters. Jedenfalls nicht an Spezialisten wie Bernard.«

»Na, ich wußte gar nicht, daß *du* mir überhaupt irgendwas angeboten hattest«, sagte Bret kalt. »Ich war der Meinung, daß noch immer Sir Henry die Abteilung leitet.«

»Ein Versprecher, Bret«, sagte Morgan glatt.

»Bernard ist der einzige, der die Probleme lösen kann, die das *Debriefing Centre* mit Stinnes hat.« Bret beeilte sich, das zu begründen: Die Probleme mit Stinnes blieben Probleme des LDC. Bret bliebe davon unberührt. Sollte es aber weiterhin nicht gelingen, diese Probleme zu lösen, läge die Verantwortung für den Fehlschlag allein bei mir. Ich hätte nicht gehalten, was man sich von mir versprach.

»Es ist einfach nicht möglich«, sagte Dicky Cruyer. »Tut mir leid, daß ich dir da nicht entgegenkommen kann, aber wenn Sir Henry deinen Anspruch weiter unterstützt, werde ich ihm auseinandersetzen müssen, aus welchen Gründen ich mich dagegen verwahren muß.« Im Klartext hieß das, daß, wenn Bret seinen Anspruch auf meine Unterstützung nicht ohne weiteres fallenließ, Dicky nur Morgan zu bitten brauchte, zu behaupten, der Direktor höchstpersönlich habe angeordnet, Stinnes sei nicht mein Bier.

»Du wirst dir irgendeine Aushilfskraft besorgen müssen, Dicky«, sagte Bret. »Denn du wirst feststellen, daß in dieser Sache Sir Henry bereits entschieden hat. Ich habe mich nämlich gestern im Travellers Club mit ihm unterhalten – wir trafen uns dort zufällig, und ich nahm die Gelegenheit wahr, ein paar aktuelle Fragen mit ihm zu besprechen. Der Boß sagte, ich könnte jeden haben. Wenn mich nicht alles täuscht, war es Sir Henry selbst, der, noch ehe ich dazu kam, mir dessen Hilfe auszubitten, die Meinung äußerte, daß mir bei dieser Angelegenheit wohl Bernard die nützlichste Hilfe leisten könnte.« Er blickte auf seine Uhr und lächelte uns dann der Reihe nach an, wobei er seine Brille abnahm. »Ich muß weg. Die Konferenz ist wirklich wichtig«, sagte Bret. Unmißverständlich gab er uns derart zu verstehen, daß die Besprechung mit uns dreien eine wirklich unwichtige gewesen war.

Nun hielt Morgan den Augenblick für gekommen, sich seinerseits wichtig zu machen. »Du scheinst aber ein oder zwei Sachen unberücksichtigt zu lassen, Bret«, sagte er in seinem affektiertesten walisischen Singsang. »Der großen, weiten Welt erzählen wir, daß wir Stinnes nur zu dem Zweck, um mit seiner Hilfe womöglich landesverräterische Beziehungen Bernards aufzudecken, noch weiter in Gewahrsam halten wollen. Wie können wir dann Bernards Anwesenheit im Berwick House als einer der mit den Vernehmungen betrauten Beamten rechtfertigen?«

Bret kam hinter seinem Schreibtisch hervor. Wir standen jetzt alle vier dicht zusammen. Bret schien um eine Antwort verlegen. Langsam rollte er seine Ärmel herunter und praktizierte die goldenen Manschettenknöpfe in die Manschetten, was eine kleine Weile lang seine ganze Aufmerksamkeit erforderte. Vielleicht hatte er mit einem solchen Einwand nicht gerechnet.

Obwohl ich meinerseits bis zu diesem Augenblick keineswegs sicher gewesen war, ob ich in Bret Rensselaers Mannschaft mitspielen wollte, hielt ich es jetzt für angebracht, eine eigene Meinung zu äußern, schon aus Selbsterhaltungstrieb. »Die Lügen, die ihr verbreitet, um weiter an Stinnes festhalten zu können, sind allein euer Problem, Morgan«, sagte ich. »Mich hat man diesbezüglich nie befragt, und ich kann nicht einsehen, daß bei Sachentscheidungen auf die unhaltbaren Märchen, die ihr euch ausge dacht habt, irgendwelche Rücksicht genommen werden sollte.« Bret schlug in die gleiche Kerbe. »Ja, warum sollte Bernard sich totstellen, nur damit ihr ungeschoren davonkommt?« fragte er. »Bernard ist der einzige von uns, der Stinnes näher kennt. Er weiß, worum es geht, wie niemand sonst hier. Wir wollen doch den Schwanz nicht mit dem Hund wackeln lassen, was?« Die Frage war an Morgan gerichtet – den Schwanz.

»Der Direktor wird mit dieser Entscheidung letzlich nicht zufrieden sein«, drohte Morgan. Er strich seine Krawatte glatt. Das war eine nervöse Geste, und nervös war auch der Blick, den er Dicky zuwarf, der das Ziel aber verfehlte, da sich Dicky unbemerkt auf das Sofa verzogen hatte, mit dem Aktenbündel, das er stets bei sich trug, um sich in kritischen Augenblicken wie dem gegenwärtigen vom Kampfplatz zu entfernen und sich den Anschein zu geben, überarbeitet in keinen Aufschub duldende Arbeiten vertieft zu sein.

Bret ging zu dem Stuhl, der sein Jackett trug, und nahm sich Zeit, es anzuziehen, zog seine Manschetten und seine Fliege zurecht. »Ich habe die Sache mit ihm durchgesprochen, Morgan«, sagte Bret. Er holte tief Atem. Bisher war er sehr ruhig und beherrscht gewesen, aber gleich würde er explodieren. Ich kannte die Anzeichen. Ohne die Stimme nennenswert zu heben, sagte Bret: »Ich habe mich wahrhaftig nicht darum gerissen, die Verantwortung für diese Stinnes-Angelegenheit zu übernehmen. Du solltest das besser wissen als irgendwer sonst, denn du warst es doch, der mich so lange genervt hat, bis ich endlich nachgab und mich an die Arbeit machte.« Noch einmal atmete Bret tief durch. Ich erlebte das nicht zum ersten Mal. Man sah nicht ein, wozu er die viele Luft brauchte, und fragte sich nervös, ob er vielleicht vorhatte, mit den Fäusten auf einen loszugehen. Tatsächlich tippte er Morgan nur mit dem ausgestreckten Zeigefinger auf die Brust. Morgan zuckte zurück. »Wenn du mir jetzt weiter Schwierigkeiten machst, wird's dir leid tun, verlaß dich drauf. Und komm ja nicht mit irgendeiner vom Alten abgezeichneten Aktennotiz hier an, sage ich dir. Alles, was du damit erreichen kannst, ist, daß ich dir deinen Scheiß-Job zurückreiche, lieber Morgan, und glaube mir, das ist kein Job, der einem hilft, Karriere zu machen. Solltest du blöd genug sein, mir nicht zu glauben und zu versuchen, dir irgendwelche Lorbeeren damit zu verdienen, wirst du's erleben. Du weißt ja, wer nicht hören will, muß fühlen.«

»Reg dich doch nicht so auf, Bret«, sagte Dicky besänftigend, wobei er kurz von seinen Papieren aufblickte, ohne sich jedoch in Reichweite von Brets Zorn zu begeben.

Bret war wirklich zornig. Dieser Ausbruch war heftiger als eine seiner sonstigen Rollen, mit denen er uns gelegentlich malträtierte. Ich fragte mich, was wohl dahinterstecken mochte. Sein Gesicht war verzerrt, und sein Mund zuckte, als wollte er noch mehr sagen, dann schien er aber anderen Sinnes zu werden. Er faßte in die Brusttasche seines Jacketts, um sich zu vergewissern, daß er seine Brille eingesteckt hatte, und ging aus dem Zimmer, ohne sich noch einmal nach einem von uns umzusehen.

Brets Zornesausbruch hatte Morgan sichtlich eingeschüchtert. Auch er hatte, wie ich, solche Ausbrüche schon gelegentlich miterlebt, war aber noch nie das Ziel eines Wutanfalls gewesen. Dicky wühlte abermals in seinen Papieren und hielt entschieden an seinem neutralen Status fest. Diese Runde ging an Bret, aber nur nach Punkten, und Bret war nicht so dumm (oder so amerikanisch), sich einzubilden, daß ein Kampf gegen zwei Gegner dieser Art durch ein paar kurze Hiebe zu entscheiden wäre. Wenn man bei einer solchen Auseinandersetzung mit der Public-School-Mafia in der Londoner Zentrale den Sieg davontrug, war das, als hätte man einen schweren ledernen Sandsack geschlagen – die sichtbare Wirkung war gering: Zwei Minuten später schwang die geballte Masse wie ein Pendel zurück und hieb einen von den Füßen.

Nach Brets Abgang herrschte Schweigen. Ich kam mir vor wie Aschenbrödel, das die gute Fee in der Gewalt ihrer bösen Schwestern zurückgelassen hatte. Wie um meine Ängste zu bestätigen, reichte mir Dicky die Papiere, bei denen es sich tatsächlich um die gesammelten unerledigten Geschäfte der Deutschland-Abteilung handelte, und sagte, ich möchte mir die doch bitte mal ansehen und ihm am Nachmittag zurückbringen. Dann sah Dicky Morgan an und meinte: »Bret ist nicht besonders in Form dieser Tage.«

»Das ist ja verständlich«, sagte Morgan. »Der arme Bret hat's wirklich schwer gehabt in letzter Zeit. Seit er den Ausschuß für Wirtschaftsspionage los ist, hat er irgendwie keinen Halt mehr.«

»Gerüchteweise ist zu erfahren, daß Bret Berlin kriegen soll, wenn Frank Harrington in Pension geht«, sagte Dicky.

»Nicht ohne deine Einwilligung, Dicky«, sagte Morgan. »Der Alte würde doch nicht jemand nach Berlin schicken, mit dem du nicht gut zusammenarbeiten könntest. Willst du denn Bret in Berlin haben?«

Aha! Das war es also. Was Dicky sich davon versprach, Morgan bei guter Laune zu halten, lag auf der Hand. Jetzt wurde mir klar, was Morgan sich seine gute Laune kosten lassen wollte. Dicky murmelte etwas des Sinnes, daß das ja alles noch in ferner Zukunft liege, was Dickys Art war, einer Frage auszuweichen, die ihm Morgan immer wieder stellen würde, bis er endlich die verneinende Antwort bekam, die er haben wollte.

X.

»Wo gehobelt wird, fallen Späne«, sagte Bret. Er zitierte Stinnes, aber hätte dabei auch an seinen Krach mit Morgan und dessen mögliche Konsequenzen denken können. Wir saßen im Fond seines Bentley, der, von einem uniformierten Chauffeur gelenkt, auf der Überholspur schnurrend unserem Rendezvous mit Stinnes zustrebte. »Ist das ein Sprichwort?« fragte er.

»Ja«, sagte ich. »Aber den Russen dient es vor allem als häufig vorgebrachte Rechtfertigung für Zwangsmaßnahmen, die Massenverhaftungen und Exekutionen aus der Zeit des Stalin-Regimes erinnerlich.«

»Du hast wirklich ein verdammt enzyklopädisches Gedächtnis, Samson«, sagte Bret. »Und Stinnes ist ein gerissener Hund.«

Ich nickte und lehnte mich in das weiche Lederpolster zurück. Aus Sicherheitsgründen waren alle höheren Beamten angewiesen, bei dienstlichen Fahrten Dienstwagen zu benützen. Nur Sir Henry stand ein Wagen mit Chauffeur zu. Bret ließ diese Anweisung für sich persönlich nicht gelten. Zu dem Haus in Belgravia, das sich schon vor dem Ersten Weltkrieg im Besitz der Familie Rensselaer befunden hatte, gehörte, wie eine vielköpfige Dienerschaft, auch ein eigener Fuhrpark. Als Bret ein Beamter der Londoner Zentrale wurde, dachte man nicht daran, ihm zuzumuten, auf seinen luxuriösen Lebensstil zu verzichten und sich in Zukunft in ein Gefährt zu zwängen, das seinem Rang und seinem Dienstalter entsprach, und es auch noch selbst zu chauffieren.

»Wir sind da«, sagte Bret. Er hatte während der Fahrt die Protokolle seiner früheren Unterredungen mit Stinnes gelesen und steckte nun die mit Maschinenschrift bedeckten Seiten in seine Aktentasche zurück. Die Lektüre hatte ihn offensichtlich nicht beglückt.

Berwick House, ein schönes, altes Herrenhaus, war aus roten Ziegeln erbaut, lange vor der Zeit, da dieser Baustoff usurpiert wurde von neugegründeten und unbedeutenden Provinzuniversitäten. Dem Architekten hatte augenscheinlich eins von Christoph Wrens Landhäusern als Muster vorgeschwebt. Den Beamten des Kriegsministeriums freilich, der den ganzen Besitz kurz nach Ausbruch des Zweiten Weltkriegs requirieren ließ, hatte wohl weniger die Schönheit der Baulichkeiten dieses Hauses angelockt, als vielmehr der tiefe Wassergraben, der es umgab.

Das Haus war von der Straße aus nicht zu sehen. Man sah es erst, wenn der Wagen in die Einfahrt einbog, einem verwitterten Schild folgend, das auf eine Ausbildungsstätte des Ministeriums für Altersversorgung hinwies. Wir fuhren durch das äußere Tor und parkten auf einem mit Kies bestreuten Platz neben dem Wachlokal, um den Wagen mit elektronischen Suchgeräten kontrollieren zu lassen. Man erwartete uns, und Brets schwarzer Bentley war hier natürlich wohlbekannt, aber dennoch wurden wir ordnungsgemäß überprüft. Ted Riley ließ sich sogar unsere Papiere zeigen wie auch diejenigen Alberts, des Chauffeurs. Ted war ein älterer Mann, der vor langer Zeit unter meinem Vater gearbeitet hatte. Ich kannte ihn gut, aber er ließ sich nicht anmerken, daß er mich kannte.

»Hallo, Ted.«

»Guten Morgen, Sir.« Er war nicht der Mann, der sich auf alte Freundschaften verließ.

Ted war nach dem Krieg als Hauptmann des *Intelligence Corps* in Berlin stationiert gewesen, er ließ sich aber mit den Schwarzhändlern am Potsdamer Platz ein, und mein Vater hatte ihn schleunigst versetzen lassen. Ted hatte meiner Mutter ab und zu ganze westfälische Schinken ins Haus gebracht, und als mein Vater das entdeckte, wurde er fuchsteufelswild bei dem Gedanken, Ted könnte beabsichtigt haben, uns zu Komplizen seiner illegalen Aktivitäten zu machen. Jetzt war Ted weißhaarig, aber er war noch immer der gleiche Mann, der mir jede Woche seine Schokoladenration geschenkt hatte, als ich ein kleiner Junge gewesen war. Ted Riley winkte uns durch. Der zweite Mann öffnete uns das elektrisch verschlossene innere Tor, der dritte Mann kündigte uns telefonisch bei dem Wachposten vor der Haustür an.

»Eine unhöfliche Bande ist das hier«, sagte Bret, als erwartete er, daß ich mir diese Charakterisierung für zukünftige Besuche merkte.

»Sie haben einen verdammt ungemütlichen Job, Bret«, entgegnete ich.

»Man sollte den Sicherheitsdienst des Verteidigungsministeriums für solche Aufgaben einsetzen. Diese Brüder haben doch nicht alle Tassen im Schrank. Identitätskontrollen, daß ich nicht lache. Die wissen doch genau, wer ich bin.«

»Die Sicherheitsbeamten des Verteidigungsministeriums sehen aus wie Bullen, Bret. Während es hier doch gerade darauf ankommt, daß die Wachposten Zivil tragen und wie Zivilisten wirken.«

»Wie Zivilisten sieht dieser Haufen allerdings aus«, sagte Bret verächtlich. »Wie Senioren sehen sie aus. Kannst du dir vorstellen, daß diese Leute bei einem ernsthaften Versuch, die Sperren zu durchbrechen, damit fertig werden könnten?«

»Wenigstens sind sie zuverlässig und erregen kein Aufsehen in der Gegend. Sie sind sämtlich sorgfältig überprüft, und für Ted Riley, der das Wachkommando leitet, verbürge ich mich. Hier kommt's doch vor allem darauf an, daß der Wachdienst von Leuten versehen wird, die sich nicht von Reportern bestechen lassen und keinen Gin für die Einquartierten einschmuggeln.« Da Bret darauf nichts sagte, fügte ich hinzu: »Schließlich wird nicht verlangt, daß sie es vermögen, einer Panzerdivision Widerstand zu leisten.«

»Gut, daß du mir das sagst«, bemerkte Bret ironisch. »Das beruhigt mich doch sehr.« Er starrte aus dem Fenster, als wir jetzt an den Nissenhütten vorbeifuhren, wo die Wachen ihre Unterkünfte hatten, und an den grauen Betonklötzen, in denen manchmal Besprechungen stattfanden. Das Gelände war zu dieser Jahreszeit so braun und kahl, daß stellenweise die Alarmvorrichtungen und Drähte zum Vorschein kamen.

Wir überquerten die alte Brücke über den Wassergraben. Erst als der Wagen in den Hof hinter dem Gebäude einbog, wurde die wirkliche Beschaffenheit des Komplexes sichtbar. Das Ganze sah ein bißchen nach einer Filmkulisse aus. Von dem Ostflügel war wenig mehr als die von großen Balken abgestützte Fassade übrig. Diese Seite des Hauses war nämlich ausgebrannt, als ein Luftwaffenpilot in dem vergeblichen Bemühen, durch Abwurf von Ballast Höhe zu gewinnen, eine Ladung Brandbomben darauf abgeladen hatte. Dem Piloten hatte das, wie gesagt, nichts genützt, denn seine Heinkel war zehn Kilometer weiter abgestürzt, nachdem sie im Sturz noch die Turmspitze der Dorfkirche abgeknickt hatte.

Das *London Debriefing Centre* (LDC) war aus dem *London District Cape* hervorgegangen. Dort hatte seinerzeit die *War Crimes Investigation Unit* NS-Kriegsverbrecher in Untersuchungshaft gehalten. Gewisse Spuren jener Tage waren noch nicht genug beseitigt. Fetzen von Propagandaplakaten der Kriegszeit klebten noch immer an den Wänden einiger Büros, und die Wände einiger der unterirdischen ›ausbruchsicheren Räume‹ – eine von uns benutzte höfliche Umschreibung von Gefängniszellen – waren mit den seltsamen runengleichen Zeichen bekritzelt, die einst der Zeitrechnung inhaftierter Nazis gedient hatten.

Die leitenden Beamten der Verwaltung des LDC waren im Hause, als wir eintrafen. Ihre Anwesenheit hatten wir zweifellos der Tatsache zu verdanken, daß jetzt Bret die Interessen unserer Abteilung an Stinnes wahrnahm. Bei meinen früheren Besuchen im Berwick House hatte man mich kaum beachtet, aber Bret war so wichtig, daß uns diesmal sowohl der LDC-Direktor als auch sein Stellvertreter in ihren Büros erwarteten.

Der LDC-Direktor, erst Mitte Dreißig, war ein Hüne mit schweren Kinnbacken, glatt auf den Schädel gekämmtem schwarzem Haar und einem sorgfältig gepflegten dünnen Oberlippenbart, wie Rudolph Valentino ihn zu tragen pflegte, wenn er Schurkenrollen spielte. Wie zur Unterstützung der Wirkung dieses Schnurrbarts rauchte er eine Zigarette in einer Zigarettenspitze aus Bernstein. Wie sein Stellvertreter trug er schwarze Hosen, weißes Hemd und eine schwarze Krawatte. Ich hatte das Gefühl, daß es beiden lieber gewesen wäre, wenn das Personal von Berwick House Uniform getragen hätte, vorzugsweise eine üppig mit goldenen Tressen geschmückte.

Das Büro des LDC-Direktors war in Wirklichkeit ein großes, getäfeltes Zimmer mit bequemen Sesseln und einem imposanten

Kamin. Als Büro konnte man den Raum allenfalls bezeichnen, weil in einer Ecke auch ein kleinerer Schreibtisch und zwei metallene Aktenschränke untergebracht waren und auf dem Fensterbrett ein kleiner Karteikasten stand. Der LDC-Direktor bot uns etwas zu trinken an und bat uns, doch Platz zu nehmen, allem Anschein nach zu einer umfassenden Erörterung des Wetters aufgelegt. Bret ging aber nicht darauf ein.

»Ja, warten Sie mal«, sagte der LDC-Direktor, griff nach dem Karteikasten und wanderte mit den Fingerspitzen die eingeordneten Karten ab, als wäre Stinnes keineswegs der einzige »Gast«, den er gegenwärtig in seinem Kastell beherbergte. »Sadow . . . ah, ja, das wär's: Sadow, Nikolai.« Er zog eine Fotografie von Erich Stinnes aus dem Kasten und knallte diese auf die Tischplatte mit der Miene eines Mannes, der beim Poker gewonnen hat. Stinnes starrte einem gerade in die Augen und hielt sich ein kleines Schild vor die Brust, auf dem eine Nummer zu lesen war.

»Gewöhnlich nennt er sich Stinnes«, sagte ich.

Der LDC-Direktor sah auf, als bemerkte er mich zum ersten Mal. »Wir gehen hier auf die Phantasien unserer ›Gäste‹ nicht ein. Wenn man ihnen ein Pseudonym abnimmt, ermutigt man sie doch geradezu, sich auch eine Pseudobiographie auszudenken.« Er legte seine Zigarette ab und zog eine der Karten aus dem Kasten, wobei er jedoch mit dem kleinen Finger die Lücke offen hielt.

»Wann ist er zuletzt vernommen worden?« fragte Bret.

»Wir lassen ihn ein paar Tage lang im eigenen Saft schmoren«, erklärte der LDC-Direktor. Er lächelte. »Fing an, ziemlich lästig zu werden.«

»Was hat er denn gemacht?« fragte Bret.

Der LDC-Direktor warf seinem bärtigen Stellvertreter einen Blick zu, und dieser sagte: »Er hat mich angebrüllt, als ich ihm ein paar Bücher wegnahm. Ein kindischer Wutausbruch, weiter nichts. Aber er muß lernen, wer hier zu bestimmen hat.«

»Ist er eingeschlossen?« fragte ich.

»Er hat Stubenarrest«, sagte der LDC-Direktor.

»Wir versuchen, eine Information von ihm zu kriegen«, erklärte ich geduldig, »und wir haben's eilig.«

»Eine Frage von Leben oder Tod, nicht?« fragte der LDC-Direktor mit kaum verhohlenem Sarkasmus.

»Ganz recht«, erwiderte ich im gleichen Ton.

Er rauchte jetzt wieder die Zigarette in der Bernsteinspitze.

»Das ist's bei euch Burschen ja immer«, sagte der LDC-Direktor und lächelte dabei wie ein Erwachsener, der sich auf ein Kinderspiel einläßt. »Man darf in diesen Fällen nichts überstürzen. Zunächst mal muß die Beziehung zwischen dem Personal und dem Häftling klargestellt werden. Erst dann kommt man an die wirklich wertvollen Informationen heran.« Er setzte sich auf einen Stuhl, der viel zu klein für ihn war, und kreuzte die Beine.

»Ich werde versuchen, mir das zu merken«, versprach ich.

Er sah mich nicht an; er sah Bret an und sagte: »Wenn Sie wollen, können Sie ihn besuchen, ich halte es aber für besser, wenn ihm nicht gestattet wird, sein Zimmer zu verlassen.«

»Und dann war da die Sache mit der ärztlichen Untersuchung«, erinnerte der bärtige Stellvertreter seinen Chef.

»Ach ja«, sagte der LDC-Direktor betrübt, während er die Indexkarte und das Foto wieder an ihren Platz im Karteikasten zurückstellte. »Zweimal hat er sich einer ärztlichen Untersuchung verweigert. Das können wir nicht zulassen. Wenn ihm irgendwas zustieße, wäre der Teufel los, und ihr Burschen würdet zweifellos mir die Schuld geben.« Großes Lächeln. »Und mit vollem Recht.«

»Und wie sieht's jetzt aus?« fragte Bret.

»Der Arzt seinerseits weigert sich, eine Untersuchung gegen Sadows Willen vorzunehmen. Wir haben die Angelegenheit also um eine Woche verschoben. Wir wissen noch nicht mal, wie groß er ist, was er wiegt und so weiter.« Er blickte zu uns auf. Ich nehme an, daß sowohl Bret als auch ich ein besorgtes Gesicht machten. Der LDC-Direktor sagte: »Für uns ist dies Verhalten nichts Neues. Wir haben da unsere Erfahrungen. Nächste Woche wird er entgegenkommender sein, machen Sie sich deswegen keine Sorgen.«

Bret sagte: »Das hört sich an, als hätte sich die Sache zu einer Art Wettkampf entwickelt, wer den stärksten Willen hat ...«

»Auf Wettkämpfe lasse ich mich nicht ein«, sagte der LDC-Direktor mit dünnem Lächeln. »Ich habe die Leitung hier. Die Häftlinge befolgen meine Anordnungen. Und ich denke nicht daran, einem von ihnen zu gestatten, sich einer ärztlichen Untersuchung zu entziehen.«

»Wir werden uns mal mit ihm unterhalten«, sagte Bret.

»Ich begleite Sie«, sagte der LDC-Direktor. Er erhob sich gewichtig.

»Das ist nicht nötig«, befand Bret.

»Bedaure, es ist leider nötig«, sagte der LDC-Direktor.

Ich sah, daß Bret immer wütender wurde, deshalb sagte ich zu ihm: »Ich weiß nicht, ob die Anwesenheit des Direktors mit den Sicherheitsvorschriften zu vereinbaren ist, ich meine, in Anbetracht der Themen, die zur Sprache kommen werden.«

Tatsächlich hatten wir natürlich keine Ahnung, wovon bei unserer Unterhaltung mit Stinnes die Rede sein würde, aber Bret verstand sofort, worauf ich hinauswollte. »Das stimmt allerdings«, sagte er nämlich, und dann, dem Direktor zugewandt: »Wir sollten uns also wohl doch besser an die Vorschriften halten, Herr Direktor. Wenn ich Sie recht verstanden habe, ist keineswegs auszuschließen, daß Stinnes über irgendwas schriftliche Beschwerde führen wird. Für den Fall wäre es mir wirklich lieber, die geringste Unvorschriftsmäßigkeit zu vermeiden.«

»Unvorschriftsmäßigkeit?« wiederholte der LDC-Direktor empört. Aber da Bret nichts weiter sagte, ließ sich der entrüstete Leiter vom Berwick House wieder gewichtig hinter seinem kleinen Schreibtisch nieder, schob dort irgendwelche Papiere hin und her und sagte: »Ich habe sowieso hier noch eine Menge zu erledigen. Wenn Sie also wirklich meinen, daß Sie allein zurechtkommen, bitte sehr! Lassen Sie sich nicht aufhalten!«

Ich ging allein hinein. Erich Stinnes sah zufrieden aus – so zufrieden, wie man bestenfalls sein konnte, wenn man unter der Fuchtel des Direktors vom Berwick House und seines Stellvertreters Stubenarrest bis auf weiteres genoß. Ich hatte schon vorher gewußt, auf welches Zimmer sie ihn gelegt hatten: das Zimmer im zweiten Stock mit den beige gestrichenen Wänden, dem schlichten Eisenbett und dem Kunstdruck an der Wand, der eine Seeschlacht zeigte. In diesem Zimmer waren nämlich die Mikrophone. Und der Spiegel über dem Waschbecken gestattete einer im Nebenraum postierten Fernsehkamera, das Innere dieses Zimmers zu filmen. Anstatt des leichten Baumwollanzugs, in dem ich ihn zuletzt in Mexiko gesehen hatte, trug er jetzt einen schwereren englischen. Dieser englische Anzug paßte ihm zwar nicht perfekt, stand ihm aber nicht übel. Das dünne Licht, das ins Fenster fiel, ließ seine Brillengläser aufblitzen, als er sich jetzt nach mir umwandte. »Ah, Sie sind es«, sagte er in einem Ton, dem nicht zu entnehmen war, ob der Besuch ihn freudig überraschte oder enttäuschte. Er hatte am Fenster gestanden und gezeichnet.

Stinnes war vierzig Jahre alt, eine magere, knochige Erscheinung. Hinter seinen goldgefaßten, runden Brillengläsern funkelten aufmerksame, intelligente Augen, die dem im übrigen ziemlich nichtssagenden slawischen Gesicht eine bemerkenswerte Härte verliehen. Man hätte ihn für einen zerstreuten Professor halten können, wie er da stand, aber Sadow – der sich gewöhnlich mit seinem Decknamen Stinnes nannte – war bis vor wenigen Wochen Major des KGB gewesen. Zum zweitenmal verheiratet, war Stinnes kürzlich in den Westen übergelaufen, auf welchem Wege er nicht nur seine lästig gewordene zweite Frau losgeworden war, sondern auch eine Prämie von einer Viertelmillion Dollar kassiert hatte. Ein solcher Mann stand nicht unter Zeitdruck. Er war noch verhältnismäßig jung und zudem Russe. Die Vorstellung, bei Stinnes etwas auszurichten, wenn man ihn »ein paar Tage im eigenen Saft schmoren« ließ, konnte eigentlich nur jemand hegen, der sich diesen nie angesehen oder keine Augen im Kopf hatte. Ich hatte Stinnes noch nie so entspannt gesehen wie hier im Berwick House unter Stubenarrest.

Ich sah mir seine Zeichnung an. Er schien die meisten Stunden bei Tageslicht am Fenster zugebracht zu haben. Auf dem Fensterbrett lag ein Exemplar des *Reader's Digest Book of British Birds,* in dem verschiedene Papierschnipsel als Lesezeichen steckten. Daneben ein Schulheft voller Notizen in der eckigen Handschrift des Russen, dem mein Besuch galt.

Ein Handbuch zur Identifikation der in Großbritannien heimischen Vögel hatte Stinnes bei seiner Ankunft im Berwick House als erstes verlangt. Verlangt hatte er desgleichen ein Fernglas, doch diesem Wunsch wurde nicht entsprochen. Die Frage, ob Erichs Interesse an der britischen Vogelwelt echt oder vorgetäuscht sei – ob er mit dem erbetenen Fernglas wirklich Vögel oder irgend etwas anderes beobachten wollte –, war dabei offengeblieben. Inzwischen hatte Stinnes unleugbar viel Zeit und Energie für dieses Hobby aufgewandt: Das Schulheft enthielt neben Bemerkungen über das Verhalten und den Gesang der gesichteten Vögel auch Zeichnungen.

Indessen beschränkten sich seine Beobachtungen nicht auf die Ornithologie. Am Fensterrahmen lehnte ein Brett, das er einem Regal entnommen und zu einem Zeichenbrett umfunktioniert hatte. Auf das braune Packpapier, mit Reißzwecken darauf befestigt, hatte er mit Bleistift und Füllfederhalter die Aussicht aus seinem Fenster gezeichnet.

»Ich wußte gar nicht, daß Sie sich auch als Kunstmaler sehen lassen können, Erich«, sagte ich. »Die Perspektive ist tadellos, wenn auch die Bäume ein bißchen spillrig geraten sind.«

»Mit Bäumen tue ich mich immer schwer«, gestand er. »Kahles Geäst kriege ich noch ganz ordentlich hin, aber immergrünes Nadelholz und belaubte Baumkronen gelingen mir weniger.« Nach einem prüfenden Blick auf seine Zeichnung der Kammhöhe des Hügels jenseits des Dorfes fügte er den Bäumen dort ein paar zusätzliche Schatten hinzu. »Gefällt Ihnen das Bild?« fragte er, ohne den Blick davon zu wenden.

»Ich bin entzückt«, sagte ich. »Die Leute im Erdgeschoß werden allerdings weniger entzückt sein.«

»Wieso?«

»Sie werden meinen, daß Sie die Sicherheit der hiesigen Institution gefährden, indem Sie die Umgebung des Hauses, den Wassergraben, die Gartenmauer, und was jenseits davon liegt, nicht nur ausspähen, sondern auch noch im Bild festhalten.«

»Wieso haben sie mich dann aber im Obergeschoß untergebracht? Wenn sie mich nicht über die Mauer sehen lassen wollten, weshalb haben sie mir dieses Zimmer gegeben?«

»Keine Ahnung, Erich. Es war nicht meine Idee, Sie hier einzusperren.«

»Sie hätten mich in einem Vier-Sterne-Hotel einquartiert, nicht wahr?«

»Irgendwas in der Art«, sagte ich.

Er zuckte mit den Schultern, um anzudeuten, daß ich mir meine frommen Lügen sparen könnte. »Ich finde es hier eigentlich gar nicht so übel. Das Essen ist gut, das Zimmer geheizt, ich kann heiß baden, sooft ich Lust habe. Was Besseres hatte ich nicht erwartet – im Gegenteil, es ist viel besser als befürchtet.«

Hatte Brett mir nicht erzählt, daß Stinnes sehr unzufrieden war mit seiner Unterbringung und sich dauernd beschwerte? Unvermittelt sagte ich: »Sie haben den Sekretär laufenlassen. Eine politische Entscheidung: Bonn. Wir hatten genügend Beweismaterial gegen ihn, aber aus politischen Gründen hat man sich entschlossen, keinen Gebrauch davon zu machen. Den Kurier haben wir auch geschnappt. Ich dachte erst sogar, der Führungsoffizier wäre uns ins Netz gegangen, es war aber nur der Kurier.«

»Welcher Name?« fragte Stinnes. Er betrachtete immer noch sein Bild der Aussicht aus seinem Fenster.

»Miller – eine Frau. Kennen Sie die?«

»Ich bin ihr einmal begegnet. Parteigenossin. Eine Fanatikerin. Ich setze solche Leute nicht gern ein.« Er zeigte mir seinen Bleistift. Der Bleistift war stumpf. »Haben Sie ein Taschenmesser?« fragte er.

»Sie hat ein Funkgerät bedient«, erinnerte ich ihn. Ich fragte mich, ob er sich die Würmer aus der Nase ziehen ließ, um mir ein Erfolgserlebnis zu verschaffen, wenn ich schließlich herauskriegte, was er mir ebensogut hätte gleich sagen können.

»Richtig. Sie hat einen Kursus in Potsdam absolviert. Bei der Gelegenheit habe ich sie getroffen. Sie wußte natürlich nicht, daß ich zum Kommandostab gehörte.«

»Sie operierte in London, hat wahrscheinlich das von meiner Frau gelieferte Material übermittelt«, sagte ich.

»Sind Sie sich dessen sicher?« Er nahm das Schweizer Offiziersmesser, das ich ihm reichte, und spitzte sorgfältig seinen Bleistift. »Wenn ich meine Rasierklinge dazu benütze, taugt sie nicht mehr zum Rasieren, und sie geben mir nur eine Klinge pro Woche, tauschen eine neue gegen die gebrauchte aus, verstehen Sie.«

»Für wahrscheinlich halte ich es schon, wie gesagt. Und übrigens, lassen Sie sich doch einen Bart stehen.«

»Für wahrscheinlich halte ich es auch. In unserem System besteht kein Kontakt zwischen den für Operationen und den für Nachrichtenübermittlung zuständigen Organen, deshalb bin ich mir nicht sicher.« Er gab mir das Messer zurück und probierte den frisch gespitzten Bleistift am Rand seines Bildes aus, um sich dann erneut um seine Bäume zu bemühen.

»Mit zwei Code-Namen?« fragte ich. »Ein Agent mit zwei Code-Namen? Ist das wahrscheinlich?«

Stinnes kehrte aus den Zweigen der Bäume auf dem Hügelrükken jenseits des Dorfes in meine Gegenwart zurück und sah mich stirnrunzelnd an, als versuchte er zu verstehen, worauf ich hinauswollte. »Die für die Nachrichtenübermittlung zuständigen Organe haben natürlich ihre eigenen Gesetze. Ich weiß, daß man da schon alle möglichen verrückten Ideen praktiziert hat, aber von Agenten, die sich zweier verschiedener Code-Namen bedienen, habe ich nie gehört.«

»Und nachdem meine Frau übergelaufen war, wurde die Miller weiter mit Material beliefert«, sagte ich.

Er lächelte. Ein grimmiges Lächeln, von dem die kalten Augen sich distanzierten. »Behauptet das diese Mrs. Miller?«

»Genau das behauptet sie.« Ich sagte das so, als täte sie's noch gegenwärtig, denn ich wollte ihm nicht verraten, daß uns Mrs. Miller inzwischen abhanden gekommen war.

»Sie ist verrückt.« Er betrachtete jetzt wieder seine Zeichnung. Ich sagte nichts. Ich wußte, daß er sich das Gehörte überlegte. »Na ja, vielleicht hat man ihr tatsächlich noch irgendwas geliefert, aber Funker können nie zwischen hochwichtigem Material und dem alltäglichen Kleinkram unterscheiden. Diese Mrs. Miller führt Sie an der Nase herum. Was hofft sie von Ihnen zu kriegen?« Er machte die Bäume etwas höher. Das Bild gewann dadurch. Dann schattierte er die Gartenmauer etwas dunkler.

»Überlegen Sie, Erich, es ist wichtig.«

Er sah mich an. »Wichtig? Versuchen Sie sich davon zu überzeugen, daß in der Londoner Zentrale noch einer von unseren Leuten sitzt?«

»Ich will wissen, ob es so ist oder nicht«, sagte ich.

»Sie wollen sich einen Namen machen. Ist es das, was Sie meinen?« Er sah mir in die Augen und glättete seinen Scheitel. Das Haar war wuschelig, aber spärlich und sah im Gegenlicht wie ein Heiligenschein aus.

»Vielleicht auch das ein wenig«, räumte ich ein.

»Davon hätte man mich verständigt.« Er tippte sich mit der Bleistiftspitze in die Handfläche, nicht einmal, sondern wiederholt, wie ein Pionier, der vorsichtig ein vermintes Gelände abtastet. »Wenn es noch einen gut plazierten Agenten in der Londoner Zentrale gäbe, müßte ich das wissen.«

»Aber angenommen, diese Mrs. Miller hatte einen direkten Draht zu Moskau?«

»Selbst in dem Fall hätte man mich unterrichtet. Ich war Leiter der Berliner Außenstelle. Ich hätte davon wissen müssen.« Er hörte auf, mit dem Bleistift zu spielen, und steckte ihn in seine Brusttasche. »Die Miller versucht Sie an der Nase rumzuführen. Ich rate Ihnen, solche Hinweise auf einen angeblich noch jetzt in der Londoner Zentrale befindlichen KGB-Agenten nicht ernst zu nehmen. Damit will Moskau Sie nur verunsichern.«

»Haben Sie genug zu lesen?«

»Ich habe die Bibel«, sagte er. »Man hat mir die Bibel gegeben.«

»Lesen Sie die etwa?«

»Sie hat mich schon immer interessiert, und wenn ich sie, wie jetzt, in Englisch lese, erweitere ich auch meine Kenntnisse der englischen Sprache. Ich fange an zu begreifen, daß das Christentum eine ganze Menge mit dem Marxismus-Leninismus gemein hat.«

»Zum Beispiel?«

»Gott ist der dialektische Materialismus; Christus ist Karl Marx; die Kirche ist die Partei, die Auserwählten sind das Proletariat, Christi Wiederkehr ist die Revolution.« Er sah mich an und lächelte.

»Und wie übersetzen Sie Himmel und Hölle in marxistisch-leninistische Begriffe?« fragte ich.

Er dachte einen Augenblick nach. »Der Himmel ist natürlich

die klassenlose Gesellschaft. Und die Hölle vermutlich der Abfallhaufen der Geschichte, wo alles landet, was sich dieser widersetzt – letztendlich meine ich.«

»Bravo, Erich«, sagte ich.

»Sie wissen wahrscheinlich, daß ich mal in der Sektion 44 Dienst getan habe.«

Die Sektion 44 war das Amt für Religiöse Angelegenheiten des KGB. »Ja, es steht in Ihrer Akte«, sagte ich. »Da hätten Sie ruhig ein bißchen länger bleiben sollen, das Amt hatte ja Zukunft.«

»Sie meinen wegen Polen? Ja, der jetzige Leiter der Sektion 44 hat Generalsrang. Aber mich hätten sie nie so hoch befördert. Sie hätten mir statt dessen irgendwelche unfähigen Bonzen vor die Nase gesetzt. Wäre ich da geblieben, wäre ich immer noch Leutnant. Das ist so üblich in Rußland.«

»Das ist überall so üblich«, sagte ich. »Die Bibel genügt Ihnen also als Lektüre?«

»Über ein paar weitere Bücher würde ich mich schon freuen.«

»Ich werde sehen, was sich machen läßt«, sagte ich. »Und ich werde versuchen, Sie irgendwohin umquartieren zu lassen, wo Sie ein bißchen mehr Bequemlichkeit haben als hier. Das wird aber vermutlich nicht auf Anhieb klappen.« Ich nahm fünf Päckchen Zigaretten aus der Tasche. Wie ich wußte, stanken die Dinger bestialisch, und ich gab sie ihm erst jetzt, um nicht Gefahr zu laufen, noch im Zimmer zu sein, wenn er sich die erste anzündete.

»Was klappt schon auf Anhieb?« Er streckte die Arme aus und zeigte mir die leeren Flächen beider Hände. Die Geste war aber ganz humorlos. Eher spöttisch, ja verächtlich.

»Mußtest du ihm unbedingt erzählen, daß Bonn die Freilassung dieses Burschen angeordnet hat?« fragte Bret. Er stand in dem Überwachungsraum und hielt ein Paar Kopfhörer in der Hand. »Ich meine, dein Sicherheitsbewußtsein läßt wirklich zu wünschen übrig, Bernard. Dabei haben wir's uns ganz schön was kosten lassen – an Mühe und Not, meine ich –, diese Sache aus den Zeitungen herauszuhalten.« Der Raum war halbdunkel und gerade geräumig genug für die dort untergebrachten Radio- und Fernseheinrichtungen, von denen heute freilich nur die Leitung zu dem versteckten Mikrophon in Stinnes Zimmer eingeschaltet war.

»Was immer du's dir hast kosten lassen, die Sache aus den Zeitungen herauszuhalten, jeder Reporter weiß darüber Bescheid, bilde dir also ja nicht ein, daß man in Moskau noch daran herumrätselt. Stinnes andererseits wird sich uns nur anvertrauen, wenn auch wir ihn bis zu einem gewissen Grade ins Vertrauen ziehen.«

»Du hättest ihm härter zusetzen sollen. Dich habe ich angefordert, weil ich hoffte, daß du mir behilflich sein könntest, die Vernehmung endlich ein bißchen auf Touren zu bringen.«

»Ich werde dir dabei behilflich sein, aber ich bin für die Vernehmung nicht offiziell zuständig, und ich kann nicht in einer einzigen kurzen Unterhaltung alle Dummheiten aus der Welt schaffen, die zu machen andere wochenlang Zeit hatten«, sagte ich. »Lassen also auch wir uns Zeit. Wenn ich ihn erstmal hier rausgebracht und mich ein bißchen mit ihm eingearbeitet habe, geht's vielleicht schneller voran.«

»Eure heutige Unterhaltung jedenfalls hat kaum die Mühe meines Besuchs hier gelohnt«, nörgelte Bret, legte die Kopfhörer in ein Regal und schaltete das Licht aus. »Ich hätte heute nachmittag eine Menge nützliche Arbeit erledigen können.«

»Das erinnere ich mich dir vorher gesagt zu haben, lieber Bret, aber du wolltest ja unbedingt mitkommen.«

»Wenn man dich dir selbst überläßt, weiß man leider nie, worauf du dabei verfällst.« Jetzt fiel nur noch Licht durch ein hoch unter der Decke befindliches Fenster in den Raum. Brets Gesicht lag ganz im Schatten. Er steckte die Hände in die Hosentaschen, so daß sich sein dunkler Mantel hinter ihm bauschte. Diese aggressive Pose, die Kleidung und die Beleuchtung weckten die Erinnerung an gewisse Standfotos unserer Jugendzeit, die uns in den Schaukästen der Kinos zum Besuch der Gangsterfilme animierten.

»Nicht zuletzt deshalb frage ich mich, warum du in dieser Sache ausgerechnet auf meine Mitarbeit Wert legst«, sagte ich. Das war die reine Wahrheit.

Er sah mich an, als überlegte er noch, ob diese Frage wirklich eine Antwort verdiente. Dann sagte er: »Niemand in der Deutschland-Abteilung hat so viel Erfahrung im Außendienst wie du. Du bist verdammt helle, obwohl du keine nennenswerte akademische Bildung genossen und deshalb Minderwertigkeitskomplexe hast. Für die meisten Bereiche, die in die Zuständigkeit der Deutschland-Abteilung fallen, hast du deine eigenen inoffiziellen Quellen, und du hast schon oft Material ausgegraben, an das kein anderer rangekommen ist. Du bist ehrlich. Du bildest dir deine eigene Meinung und schreibst dementsprechend deine Berichte, ohne dich darum zu scheren, ob das jemand lesen will oder nicht. Das gefällt mir.« Er schwieg und schlenkerte leicht das Bein, als mache ihm sein verletztes Knie Beschwerden. »Anderseits stellst du dich selbst und deine persönlichen Sorgen über die Interessen der Abteilung. Du bist verdammt unhöflich, und ich persönlich finde deine sarkastischen Bemerkungen nicht so amüsant wie anscheinend manche von unseren Kollegen. Du bist eigenwillig und störrisch in einem Maße, das nur arrogant zu nennen ist. Du bist egoistisch, rücksichtslos und meckerst ununterbrochen.«

»Du scheinst meine Post gelesen zu haben, Bret«, sagte ich. Interessant fand ich, daß Bret über Stinnes Meinung von Mrs. Miller und zu dem Verdacht, daß gegenwärtig noch ein KGB-Agent in der Londoner Zentrale sitzen könnte, kein Wort verlor. Vielleicht dachte er, ich hätte diesen Verdacht nur vorgeschoben, um Stinnes zum Reden zu bringen.

XI.

Es war ruhig im *Science Museum* an diesem Vormittag, einem Sonnabend. Die kichernden, gummikauenden, schwatzenden und drängelnden Scharen von Schulkindern, die an Wochentagen, von überforderten Pädagogen glasigen Blicks beaufsichtigt, hier durchtrampeln, pflegen Institutionen wie dieses Museum für Naturwissenschaft und Technik nicht in ihrer Freizeit zu besuchen. Erst recht nicht, wenn – wie heute vormittag – das Fernsehen ein Fußballspiel bot.

Ich war mit den Kindern und Gloria hier. Jeden Sonnabendvormittag besuchten wir neuerdings eines der Museen in South Kensington und aßen anschließend in Marios Restaurant an der Brompton Road zu Mittag. Danach begleitete mich Gloria nach Hause und leistete mir dort bis Sonntag abend, manchmal sogar bis Montag morgen Gesellschaft.

Die Luftfahrthalle im Obergeschoß des *Science Museum* war leer. Wir standen auf dem erhöhten Laufgang, von dem aus man die unter der Decke aufgehängten alten Flugzeuge aus der Nähe betrachten kann. Die Kinder waren vorausgelaufen, um die Spit fire zu bestaunen, und hatten Gloria und mich bei der alten Vic kers Vimy, die den ersten Nonstopflug über den Atlantik gemacht hatte, stehengelassen. Wir hatten nicht von unserer Arbeit gesprochen, aber plötzlich sagte ich: »Kennst du diese Laufzettel, die man braucht, um Nachforschungen im *Cabinet Office* anzustellen? Hellgrüne Formulare, liniert und mit einem kleinen Kästchen, wo der Stempel hinkommt. Weißt du, was ich meine?«

»Ja«, sagte sie. Sie lehnte sich über das Geländer des Laufgangs, um zu sehen, was die Kinder machten.

»Hast du jemals mit dem *Cabinet Office* zu tun gehabt? Kennst du jemanden dort?«

»Ab und zu habe ich mit den Leuten drüben zu tun«, sagte sie. Sie widmete dieser Unterhaltung noch immer nur einen Bruchteil ihrer Aufmerksamkeit. Jetzt setzte sie sich Kopfhörer auf, die ihr flüsternd das Ausstellungsstück erklärten, vor dem wir standen, und ich mußte warten, bis die Stimme an ihren Ohren verstummte. Als Gloria mir die Kopfhörer reichen wollte, winkte ich ab.

»Es wird regnen«, sagte sie. »Ich hätte einen Schirm mitbringen sollen.« Sie kam gerade vom Friseur, und Regen garantiert den Friseuren Kundschaft. Ich blickte durch die großen Fenster der Luftfahrthalle über die Dächer West-Londons. Dunkle Wolken bedeckten den Himmel, so daß es drinnen zwischen den alten Flugzeugen dämmrig war.

Als Gloria die Kopfhörer weggelegt hatte, fragte ich: »Kennst du irgend jemanden im *Cabinet Office,* mit dem ich mich mal ohne offizielle Genehmigung unterhalten könnte?«

»Du willst also da rüber gehen und Nachforschungen anstellen?« fragte sie. Sie war jetzt ganz bei der Sache und sah mich prüfend an. »Wenn das dein Wunsch ist, ließe sich das wahrscheinlich organisieren.« Sie lächelte.

Die heitere Bereitwilligkeit, mit der sie auf mein Ansinnen einging, weckte mein schlechtes Gewissen. »Vielleicht doch lieber nicht«, sagte ich. »Vergiß, was ich gesagt habe.« Ich hörte die Kinder die Treppe am Ende des Laufgangs hinabpoltern und sah sie dann unten in der Halle wieder zum Vorschein kommen. Billy steuerte geradewegs auf die Flugzeugmotoren zu. Schon als ganz kleiner Junge hatte er eine Vorliebe für Motoren gehabt.

»Natürlich organisiere ich das für dich.« Gloria umarmte mich und drückte mich an sich. »Sieh mich doch an, Liebling. Ich kümmere mich darum. Das läßt sich machen.«

»Nein. Es war nur so 'ne dumme Idee«, sagte ich und wandte mich von ihr ab. »Wenn sie schließlich doch diesen Laufzettel verlangen, könnte das deine fristlose Entlassung zur Folge haben.« Das *Cabinet Office* war unsere vorgesetzte Behörde. Wenn der Direktor mal zusammengestaucht wurde – was gelegentlich vorkam –, geschah das dort, im *Cabinet Office,* durch den Kabinettsminister.

»Warum kannst du deine Nachforschungen nicht unter Einhaltung des Dienstwegs betreiben?« fragte sie. Sie strich sich über das hellblonde Haar. Der Himmel war noch dunkler geworden, und es begann zu regnen. Die Tropfen prasselten auf das Glasdach der Halle.

»Bitte, können wir die Sache nicht einfach vergessen?«

»Du brauchst nicht gleich böse zu werden. Ich habe ja gesagt, daß ich's organisieren werde. Aber sag mir doch, warum du nicht den Dienstweg einhalten kannst?«

»Unmöglich, unter den Umständen ... und überhaupt will ich gar nicht darüber reden. Also vergiß es.«

Sie drückte meinen Arm. »Sag mir warum, Bernard. Ich meine, solltest du von jemand darum gebeten werden, würdest du doch auch fragen, weshalb der das für nötig hält, nicht wahr?«

Sie hatte natürlich recht. Aber es war verdammt schwierig, ihr die ganze Sache zu erklären, ohne den Eindruck zu erwecken, ich sei ein Opfer von Wahnvorstellungen. »Es gibt Hinweise, die auf das Eindringen von KGB-Agenten in die Londoner Zentrale schließen lassen.«

Sie lachte. Ein entzückendes kleines Lachen. Wenn sie lachte, verliebte ich mich jedesmal aufs neue in sie, selbst wenn sie mich wie jetzt auslachte. »So gewunden und bürokratisch drückst du dich doch sonst nicht aus. Du redest schon wie Mister Cruyer. Willst du auf diese geschwollene Weise vielleicht sagen, daß die Frau, die ihr in Berlin festgenommen habt, behauptet, wir hätten noch immer einen Maulwurf hier?«

»Du sagst es.«

»Und du glaubst ihr, Bernard? Ein Maulwurf? Hast du irgend jemanden in Verdacht?«

»Ich glaube ihr nicht, denke aber, wir sollten dem Hinweis nachgehen.«

»Ja, warum erzählst du's in dem Fall nicht Mister Cruyer ... Mein Gott, du verdächtigst doch hoffentlich nicht Dicky Cruyer höchstpersönlich?«

Ich spielte die Sache herunter, natürlich. »Die Frau ist keine sehr hochkarätige Informantin. Sie hat nur einen Sender bedient, verschlüsselte Informationen übermittelt, hatte keinen Zugang zu wirklichen Geheimnissen. Der Verdacht ist im Zusammenhang mit Prozeduren der Nachrichtenübermittlung und Code-Namen aufgetaucht. Selbst wenn alles, was sie sagte, der Wahrheit entspricht, erklärt sich der Sachverhalt vielleicht auf ganz harmlose Weise.«

Gloria sah mich noch immer an und erwartete eine Antwort auf ihre Frage. »Nein, Dicky habe ich nicht in Verdacht«, schob ich nach. »Aber es hat keinen Zweck, mit ihm darüber zu reden. Dicky will in die Geschichte nicht verwickelt werden. Ich habe sie ihm gegenüber erwähnt, er will aber nichts davon wissen.«

Natürlich konnte sie der Versuchung, etwas zu erkunden, nicht widerstehen. Wer kann ihr widerstehen? Ich wenigstens nicht. »Vielleicht ist diese Indifferenz nur Tarnung«, sagte sie wie ein Kind, das glaubt, die Lösung eines Rätsels gefunden zu haben.

»Nein, Dicky ist viel zu beschäftigt mit seinen Clubs, seinen Arbeitsessen auf Spesen und seinen Freundinnen, um Zeit für Arbeit zu erübrigen – geschweige denn, für die doppelte Arbeit eines Doppelagenten.«

»Was ist aber, wenn . . .?«

»Sieh mal, mein Herz: Wie oft ist es schon vorgekommen, daß du einen Stoß Arbeit zu Dicky hineingebracht hast, und er hat erklärt, daß ich mich darum kümmern sollte, ohne sich auch nur anzusehen, was er da auf mich abschob?«

»Ja«, sagte sie, »ich verstehe, was du meinst.«

»Sei doch nicht so enttäuscht«, sagte ich. »Nein, Dicky ist es nicht. Höchstwahrscheinlich ist's überhaupt niemand.«

»Wenn es aber jemand gäbe, säße der in der Deutschland-Abteilung?«

»Ja. Das nehme ich an.«

»Es ist also Bret.« Sie war schnell.

»Wahrscheinlich ist es niemand.«

»Aber du verdächtigst Bret. Den Antrag, das *Cabinet Office* zu besuchen und dort Fragen zu stellen, würde Bret zu genehmigen haben. Und Bret willst du umgehen, stimmt's?«

»Fürs erste, ja.«

»Aber das ist absurd, Liebling. Bret ist . . . ich meine, er ist . . .«

»Er ist so ehrenhaft, ich weiß. Alle sagen es. Ich habe es längst satt, mir sagen zu lassen, wie ehrenhaft Bret ist.«

»Sprechen denn irgendwelche Verdachtsmomente gegen ihn?«

»Ein paar blöde Kleinigkeiten. Ein Mann in Berlin ist der Meinung, daß Bret, als er vor vielen Jahren dorthin kam, nichts Eiligeres zu tun hatte, als unsere Agentennetze in der sowjetischen Zone zu zerschlagen.«

»Und hat er das wirklich getan?«

»Keine Ahnung.«

Sie drückte sich an mich und legte den Kopf gegen meine Wange. »Rede keinen Unsinn, Liebling«, flüsterte sie. »Ich kenne dich doch zu gut. Selbstverständlich hast du diesbezüglich die Akten eingesehen. Erst gestern bist du im Archiv gewesen.«

»Seine Handlung wird damit offiziell gerechtfertigt, daß Bret für die Durchführung des auf höchster Ebene beschlossenen anglo-amerikanischen Entnazifizierungsprogramms verantwortlich war und nur das tat, was dazu erforderlich war.«

»Und glaubst du, daß Bret wirklich nur das getan hat?«

»Bret hatte in Berlin einen Auftrag zu erledigen. Und ich kann keine Beweise dafür finden, daß er etwas getan hätte, was nicht mit seinen Pflichten zu vereinbaren gewesen wäre.«

»Aber irgendwie kommt es dir so vor, als habe er Dreck am Stecken?«

»So ist es«, bestätigte ich.

»Und nun ist noch was zum Vorschein gekommen«, sagte sie, »ein unübersehbarer Fleck auf der weißen Weste, habe ich recht?«

»Wie kommst du darauf?«

»Bisher hast du nichts erwähnt, was mir deinen Wunsch, dich mal hinter Brets Rücken mit jemand vom *Cabinet Office* zu unterhalten, plausibel machen könnte.«

»Ja«, sagte ich. »Es ist tatsächlich noch was zum Vorschein gekommen. Man hat mir eins von unseren geheimen Dokumenten in die Hände gespielt ... mit dem Hinweis, daß man 's aus Moskau beschafft habe.«

»Und du hast dieses Dokument?«

»Eine Fotokopie«, sagte ich.

»Und du hast niemanden im Büro was davon gesagt? Das ist schrecklich gefährlich, Bernard. Sogar ich weiß, daß das mit Gefängnis bestraft werden kann.«

»Wem sollte ich davon erzählen?«

»Und belastet diese Entdeckung wirklich Bret?«

»Selbst angenommen, daß das fragliche Dokument wirklich irgendwie nach Moskau gelangt ist, was ich nicht mit Sicherheit behaupten kann, würde das noch keineswegs jemanden in unserer Abteilung belasten. Wir verlieren Papiere auch durch Diebstahl und unglückliche Zufälle. Es kommen Sachen einfach irgendwie abhanden, die dann früher oder später bei der anderen Seite landen.«

»Wenn du irgendwas fändest, was gegen Bret spricht, würde das niemanden mehr freuen als Morgan ... Dem ist alles recht, was gegen Bret verwendbar ist. Morgan haßt Bret, weißt du? Neulich hatten sie einen Streit. Hast du davon gehört?«

»Ja.«

»Morgan ist entschlossen, Bret Rensselaer zu Fall zubringen.«

»Die Aussicht, Morgan dabei in die Hände zu arbeiten, entzückt mich nicht gerade, das kann ich dir sagen. Aber ich muß dieser Spur nachgehen, egal, wohin sie führt. Es paßt mir nicht, wenn Denkschriften des Kabinetts an die Zeitungen verschickt werden; und wenn sie direkt in die Hände Moskaus gelangen, paßt mir das erst recht nicht.«

»Was willst du jetzt herauskriegen?«

»Ich will mit jemandem reden, der die Arbeitsweise des *Cabinet Office* kennt. Jemand, der weiß, nach welchem Verteilerschlüssel da die Papiere zirkulieren.«

»Ich kenne eine Frau im Büro des *chief whip,* des parlamentarischen Hauptgeschäftsführers. Sie ist nett und kennt jeden. Die könnte dir ohne weiteres sagen, was du wissen willst. Auf die Weise könntest du dir den unautorisierten Besuch im *Cabinet Office* sparen.«

»Sieh dir doch bloß mal Billy an, wie er Sally den Motor erklärt. Wie ein Alter tut er das, findest du nicht?«

»Wie lieb die Kinder miteinander sind«, sagte sie.

»Wir sollten nicht zu spät zu Mario gehen. Sonnabends zur Lunchzeit ist es da immer ziemlich voll.«

»Reg dich ab. Mario wird dich schon nicht vor der Tür stehen lassen«, sagte sie. »Aber vielleicht solltest du bei den *pappardelle* mehr Zurückhaltung üben. Du wirst nämlich allmählich ziemlich rundlich.«

Das war zu erwarten gewesen. Keine Frau kann der Versuchung widerstehen, dem Manne den Weg des Heils zu weisen. Ich sagte: »*Pappardelle con lepre* – die gibt's nur im Winter. Und wenn wir zu spät kommen, kriegen wir keine mehr.«

»Sagte ich rundlich?« fragte sie. »Ich meinte fett. Iß zwei Portionen, Bernard. Ich habe meine Männer gerne kolossal.«

Ich schlug nach ihr, aber sie sah es kommen, wich aus, und so schlug ich ins Leere.

Es regnete noch immer, als wir das *Science Museum* verließen. Taxis lassen sich sonnabends zur Mittagszeit in der Exhibition Road nie sehen, die suchen sich ihre Fahrgäste im West End oder am Flughafen oder gönnen sich einen freien Tag. Es ist nicht weit bis zu Marios Restaurant, aber wir waren alle ziemlich naß, als wir dort eintrafen.

Mario war persönlich anwesend, natürlich. Wie üblich lachte er und begrüßte uns lautstark. Wir aßen immer bei Mario. Na ja, nicht immer, aber doch häufig und mit Vorliebe. Dafür gab es viele Gründe. Ich kannte Mario seit Jahren – jeder kannte Mario in London –, aber dieses neue Restaurant hatte er eben erst aufgemacht, als Fiona sich nach Ostberlin absetzte. Mit ihr war ich nie dort gewesen. Ich begegnete dort also keinen unglücklichen Erinnerungen. Und ich hatte Mario gern. Einmal zum Beispiel hatte Billy ihm seinen schönen Fliesenboden vollgekotzt, Mario hatte nur gelacht und das Malheur aufgewischt. Leute wie Mario werden immer seltener. Wenn überhaupt noch Menschen seiner Art nachwachsen, wenden die sich heutzutage jedenfalls nicht mehr der Gastronomie zu.

Die Kinder bestellten *spaghetti carbonara* und als zweiten Gang Huhn. Das waren ihre Leibgerichte. Gloria warf mir vor, mit meinem schlechten Beispiel die Eßgewohnheiten meiner Kinder negativ zu beeinflussen, ich gab aber zu bedenken, daß die Kinder nie Salat bestellten, wenn ich Salat aß.

Als ich nun *pappardelle* verlangte, sagte Gloria: »Geben Sie ihm eine große Portion. Er hat seit Tagen nichts mehr gegessen.«

Marios Gesicht blieb undurchdringlich, ich aber sagte: »Mario weiß, daß das nicht stimmt. Ich habe gestern mit Dicky Cruyer hier zu Mittag gegessen.«

»Du Lügner«. sagte Gloria. »Und mir hast du erzählt, daß du versuchen willst abzunehmen.«

»Es mußte sein«, entgegnete ich. »Das war ein Arbeitsessen, und Dicky hat die Rechnung bezahlt.«

Billy suchte die Toilette auf. Die Pißbecken hatte sich Mario für teures Geld aus Mexiko kommen lassen, und Billy ließ keine Gelegenheit aus, Gebrauch davon zu machen.

Sally begleitete Mario, um eine Avocado für Gloria auszusuchen. Von Avocados glaubte Sally etwas zu verstehen. Während wir für einen Augenblick allein waren, fragte Gloria: »Hat Dicky Cruyer eine Affäre mit deiner Schwägerin?«

»Soweit ich weiß, nicht«, antwortete ich wahrheitsgetreu, wenn auch nicht ganz wahrheitsgetreu, denn George hatte mir ja anvertraut, daß er genau das argwöhnte. »Warum?«

»Ich bin den beiden in einem Restaurant in Soho begegnet an dem Abend, als mich mein Vater zum Essen ausführte, um mich auszuquetschen, warum ich an den Wochenenden so selten zu Hause übernachtete.«

»Du mußt dich geirrt haben. Tessa geht zum Essen nur ins Savoy.«

»Keine Ausflüchte«, sagte sie. Sie grinste und schlug nach meiner Hand, da ich diese aber rechtzeitig wegzog, ließ der Schlag nur klappernd das Besteck auf dem Tisch tanzen. »Antworte mir. Habe ich recht?«

»Was hat dein Vater an dem Abend gesagt? Davon höre ich jetzt zum ersten Mal.«

»Warum antwortest du nicht einfach auf meine Frage?« erkundigte sie sich.

»Warum antwortest du nicht einfach auf *meine* Frage?« hielt ich dagegen.

Sie seufzte. »Ich hätte mich nie in einen Spion verlieben sollen.«

»Einen Ex-Spion«, sagte ich. »Das Spionieren habe ich schon vor langem aufgegeben.«

»Du tust überhaupt nichts anderes als spionieren, du spionierst andauernd, wo du gehst und stehst, im Schlafen oder Wachen . . .« Das war ein Scherz, aber es war doch kein Scherz.

An diesem Abend waren wir bei George und Tessa Kozinski zum Essen eingeladen. Man kann aber nicht in Gesellschaft erscheinen, wenn der Regen einem die Frisur total ruiniert hat. Wir hatten den Kozinskis versprochen zu kommen – sie feierten die Einweihung ihrer neuen Wohnung –, aber Gloria jammerte, so wie sie aussähe, könnte sie sich unmöglich in der Öffentlichkeit zeigen. Das war das Problem, das wir an jenem Nachmittag zu lösen hatten. Hätte sich meine Frau Fiona jemals so kindisch aufgeführt, ich hätte ihre Tirade zornig oder wenigstens sarkastisch von der Hand gewiesen. Aber Gloria war noch so jung, und ich fand das Theater, das sie wegen solcher Kleinigkeiten mitunter machte, zugleich belustigend und rührend. Wie wundervoll, so jung zu sein und von den Schrecken der wirklichen Welt noch so wenig mitbekommen zu haben, daß man wegen einer zerzausten Frisur Tränen vergoß. Wie befriedigend, wenn mit einem schnellen Telefongespräch und dem Preis für die Wiederherstellung einer Frisur durch einen Haarkünstler in der Sloane Street alles ins Lot gebracht werden kann.

Wenn man mir aber gesagt hätte, daß meine Reaktionen Symptome einer tiefen Unausgewogenheit unserer Beziehungen seien, wenn man mir gesagt hätte, meine Haltung sei typisch für einen Mann von Vierzig, der sich in eine junge Frau verliebt, die gut und gerne seine Tochter sein könnte – ich hätte das bekümmert eingeräumt. Tatsächlich machte ich mir darüber häufig Gedanken, fragte mich letztlich immer, ob meine sozusagen paternalistische Haltung wirklich nur durch unseren Altersunterschied bedingt war. Wenn sie vielleicht auch keine Garantie für eine glückliche Ehe bot, so doch für eine glückliche Beziehung.

Ich war noch immer vorsichtig, um nicht zu sagen argwöhnisch, bei der Wahl der Orte, wohin ich sie mitnahm, und der Leute, mit denen ich sie bekannt machte. Allzugroß war die Qual der Wahl allerdings nicht, denn tatsächlich rissen sich die Leute nicht um unsere Gesellschaft. Wenn einem die Ehefrau wegläuft, findet man sich nämlich von aller Welt gemieden wie ein Aussätziger. Die Leute scheinen das Scheitern einer Ehe irgendwie für eine ansteckende Krankheit zu halten. Verheiratete Freunde laden den verlassenen Gatten also nicht mehr zu ihren Gesellschaften ein, man sitzt abends allein neben dem schweigenden Telefon; wird man aber doch mal irgendwohin eingeladen, zeigt sich gewöhnlich, daß man der einzige Gast ist an einem Abend, da die hübschen Töchter des Hauses außer Haus sind.

Die Gesellschaft zur Einweihung der neuen Wohnung der Kozinskis war ein Erfolg, wir unterhielten uns vortrefflich. Da machte es sich bezahlt, daß George und Tessa als Veranstalter solcher Parties schon Übung hatten, es wurde nämlich erzählt, daß die beiden ihre neue Wohnung heute keineswegs zum ersten Mal einweihten, wenn sie das auch behaupteten. Wie dem auch sei, wir unterhielten uns glänzend. Den Gästen war anzusehen, daß sie viel Geld hatten, dem reichhaltigen Buffet, daß es viel Geld gekostet hatte. Die Speisen und Getränke waren ihr Geld wert. Tessa war amüsant und George liebenswert, und sein Verhalten zeigte, daß es ihm gefiel, mich in Glorias Gesellschaft zu sehen. Vielleicht entkräftete unsere augenscheinliche Verliebtheit Georges alten Argwohn, daß es mich nach seinem Weibe gelüstete. Georges Wohnung in Mayfair war von höchster geschmackvoller Extravaganz. Der Eßzimmertisch aus der Zeit der Jahrhundertwende, der einst Georges Eltern gehörte, armen Emigranten aus Polen, war das einzige bescheidene Möbelstück, das zu sehen war. Das bescheidene Möbelstück stand jetzt allerdings buchstäblich im Mittelpunkt, denn, wie er einst einer kinderreichen Familie Platz geboten hatte, fanden jetzt an diesem Tisch, zu ganzer Länge ausgezogen, sechzehn Gäste Platz, und es war auch reichlich Raum da für drei große, geschliffene Weingläser, massiv silbernes Besteck und große Damastservietten pro Gedeck. Von Gloria und mir abgesehen, waren die Gäste eine schicke Mischung aus Bürgern der verschiedenen Welten, in denen Tessa und George verkehrten: ein kahlköpfiger Börsenmakler, dem das Monokel in den Rotwein fiel, wenn er genießerisch dessen Aroma schnupperte; eine stark zurechtgemachte TV-Schauspielerin, die nur Gemüse aß; ein japanischer Karosserie-Designer, der nur Cognac trank; eine grauhaarige Dame, die wie 'ne echte Oma aussah, alles aß und alles trank und uns schließlich als sagenhaft tollkühne Rallye-Fahrerin vorgestellt wurde; ein Leutnant der *Horse Guards* mit einer schrillen Debütantin; und die beiden Mädchen, denen die Kochschule gehörte, welche die Köchin mit Auszeichnung absolviert hatte, die heute in Tessas Küche wirkte.

Keine der Frauen – nicht einmal die blendende Tessa, die sich heute abend in einem neuen grünen Seidenkleid voller Rüschen und Falten zur Schau stellte – hielt den Vergleich mit meiner Begleiterin aus. Glorias Frisur war aufs schönste wiederhergestellt, sie trug eine einfache Perlenkette und ein tiefausgeschnittenes weißes Kleid, das eng genug war, ihrer fabelhaften Figur Geltung zu verschaffen. Ich beobachtete den ganzen Abend über, wie sie jeden mühelos bezauberte, und ich wußte ohne den Schatten eines Zweifels, daß ich mich ernsthaft in sie verliebt hatte. Wie solche Dinner-Parties in London gewöhnlich, endete auch diese ziemlich früh, und so kamen wir schon vor Mitternacht nach Hause und ins Bett. Gelesen haben wir vor dem Einschlafen nicht mehr an diesem Abend.

Es war dunkel. Ich sah auf die Radiouhr, und als ich richtig wach wurde, erkannte ich, daß sie zwanzig Minuten nach drei Uhr früh anzeigte. Schon seit einiger Zeit schlief ich schlecht. Ein häufig wiederkehrender Alptraum spiegelte mir vor, daß ich in einem schmutzig gurgelnden, breiten tropischen Fluß ersoff. An seinen fernen Ufern erkannte ich Palmen, ehe ich versank und der auf der Wasseroberfläche treibende ölige Abschaum mir den Atem nahm. In dem Augenblick, da ich erstickte, erwachte ich immer.

»Geht es dir gut?« fragte Gloria schläfrig.

»Ja, ja.«

»Ich hörte dich husten. Du hustest immer, wenn du mitten in der Nacht aufwachst.« Sie knipste die Nachttischlampe an.

»Nur ein Traum, den ich manchmal habe.«

»Seitdem sie diesen jungen Mackenzie umgebracht haben?«
»Vielleicht«, antwortete ich.
»Sicherlich«, sagte sie. »Du selbst hast mir's ja gesagt.«
»Knips das Licht aus. Mir ist schon wieder besser. Ich werde wieder einschlafen.«
Ich versuchte zu schlafen, da war aber nichts zu machen. Gloria blieb ebenfalls wach, und nach einer Weile sagte sie: »Ist es wegen Bret? Machst du dir Sorgen wegen Bret?«
»Warum sollte ich mir Sorgen seinetwegen machen?«
»Du weißt schon, was ich meine.«
»Ich weiß, was du meinst.« Es war dunkel. Ich hatte einen furchtbaren Jieper auf eine Zigarette, aber ich hatte mir fest vorgenommen, nicht wieder mit dem Rauchen anzufangen. Übrigens waren auch keine Zigaretten im Hause.
»Willst du's mir nicht erzählen?«
»Nicht besonders gern«, erwiderte ich.
»Weil schließlich auch ich der Maulwurf sein könnte?«
Ich lachte. »Nein, nicht weil du der Maulwurf sein könntest«, sagte ich. »Du gehorst der Abteilung noch nicht lange an. Du bist erst kürzlich überprüft worden. Und das, da dein Vater Ungar ist, ganz besonders gründlich. Du bist nicht der Maulwurf.«
»Dann erzähl's mir.«
»Die Kabinett-Denkschrift, die in Moskau landete, behandelt die für gewisse sehr geheime britische Einrichtungen in Westdeutschland getroffenen Sicherheitsvorkehrungen. Der Premierminister hatte wissen wollen, wie gut geschützt diese Einrichtungen seien, und irgendeinem genialen Kopf fiel ein, uns anzuregen, den Schutz dieser Einrichtungen mit dem Versuch zu testen, ihn zu unterlaufen. Genau das haben wir dann gemacht. Wir haben zuverlässige Leute auf diese Einrichtungen angesetzt. ›Operation Vitamin‹, unter diesem Decknamen lief die Sache. Nach Abschluß der Operation haben wir Bericht erstattet und auf die Lücken im Sicherheitssystem der getesteten Institutionen hingewiesen.«
»Na, und?«
»Die ganze Sache war natürlich bescheuert, aber angeblich hat dem Premierminister unser Bericht gefallen. Er las sich wie eine Abenteuergeschichte. Er war einfach, so einfach, daß er sogar für

Politiker verständlich war. Bei uns hier gefiel er natürlich niemandem. Der Direktor war von Anfang an dagegen. Er glaubte, mit der ›Operation Vitamin‹ hätten wir einen gefährlichen Präzedenzfall geschaffen. Er fürchtet, daß man uns in Zukunft nötigen könnte, den größten Teil unserer Zeit und Kraft auf solche Überprüfungen der Sicherheitsvorkehrungen zu verschwenden.«

»Und dann?«

»MI 5 war außer sich. Obwohl die ganze Operation ja im Ausland ablief, hatten die Kollegen von unserer Spionageabwehr den Eindruck, wir machten Anstalten, uns ihre Kompetenzen anzumaßen. Das Verteidigungsministerium war ebenfalls sauer. Sie hätten schon genug Mühe, Kommunisten und Protestler fernzuhalten, ohne daß wir auch noch Ärger machten, sagten sie da. Und sie sagten auch, daß die Existenz dieses Berichts ein schweres Sicherheitsrisiko darstelle. Schließlich handle sich's dabei ja gewissermaßen um eine Anleitung zur Überwindung der Sicherheitsvorkehrungen, die unsere geheimsten Einrichtungen schützen, ein nützliches Handbuch für feindliche Agenten also.«

»Und hat Bret den Vitamin-Bericht unterzeichnet?«

»Das habe ich nicht gesagt.« Es waren doch Zigaretten im Haus. Jemand hatte ein unangebrochenes Päckchen Benson & Hedges auf dem Tisch in der Eingangshalle liegengelassen. Ich hatte es in der Schublade des Tisches verwahrt.

»Du brauchst es nicht zu sagen.«

»Siehst du, weshalb das so wichtig ist? Meine Frau hat vermutlich die Denkschrift gesehen, der Bericht aber wurde erst nach ihrer Flucht erstellt. Moskau hat die Denkschrift irgendwie gekriegt. Aber kennt man in Moskau auch den ausführlichen Bericht? Das müssen wir unbedingt in Erfahrung bringen.«

Sie knipste das Licht wieder an und stieg aus dem Bett. Sie trug ein blaues Nachthemd mit Spitzenoberteil und einer Menge kleiner Seidenschleifen. »Möchtest du 'ne Tasse Tee?« Der abgeblendete Schein der Nachttischlampe umrandete ihre Gestalt golden. Ich fand sie sehr begehrenswert.

»Ach, laß man, du könntest die Kinder oder Nanny damit aufwecken.« Nach einer einzigen Zigarette würde ich vielleicht nicht gleich wieder zu rauchen anfangen.

»Selbst wenn der Bericht nach Moskau gelangt ist, muß das nicht unbedingt Bret Rensselaers Schuld gewesen sein.«

»Ob's nun seine Schuld war oder nicht, wenn dieser Bericht in die Hände Moskaus gelangt ist, wird man Bret die Schuld daran geben.«

»Das wäre nicht recht.«

»Doch. Oder meinst du, daß es nicht gerecht wäre? Vielleicht nicht. Aber er hat die ›Operation Vitamin‹ geleitet. Man wird ihn für die ungenügende Absicherung verantwortlich machen. Und das könnte das Ende von Brets Karriere in der Abteilung bedeuten.« Verdammt. Jetzt fiel mir ein, daß ich die Zigaretten dem Klempner gegeben hatte, der wegen des Tauchsieders gekommen war. Anstelle eines Trinkgeldes.

Sie sagte: »Ich brühe Tee auf. Ich hätte selbst gern 'ne Tasse.« Sie stand vor dem Spiegel, strich sich übers Haar und zog ihr Nachthemd glatt. Das Hemd war dünn, fast durchsichtig, verbarg aber nichts.

»Ach, komm her, Prinzessin«, sagte ich. »Auf Tee habe ich im Augenblick keinen Appetit.«

XII.

Meine Abteilung wird gelegentlich als »Ministerium ohne Minister« bezeichnet, jedoch niemals von unseren eigenen Leuten. Aber neidische Beamte, die unter der Fuchtel der Regierungspartei seufzen, finden die Bezeichnung zutreffend. Tatsächlich ist sie's nicht. In dem Fall hätte nämlich unser Direktor ein Karrierebeamter sein müssen wie die Leiter vergleichbarer Abteilungen, und bekanntlich scheiden Abteilungsleiter bei Vollendung des sechzigsten Lebensjahrs aus dem Dienst. Unserem Direktor war auf den ersten Blick anzusehen, daß er das Pensionsalter längst überschritten hatte, und dennoch wies nichts darauf hin, daß er beabsichtigte, uns zu verlassen. Allerdings war unser Direktor kein Minister, es stimmte, er gehörte der Regierungspartei nicht an. Nur gab es da leider etwas viel Schlimmeres. Wir hatten das *Cabinet Office.* Ungeladen ließ ich mich dort nicht gern sehen. Ich war deshalb Gloria für die Anregung, mich doch wegen der Zirkulation von Memoranden bei ihrer Freundin im Büro des *chief whip* der Regierung zu erkundigen, äußerst dankbar.

Downing Street ist bekanntlich keine Straße, an der irgendwelche Häuser stehen. Was da steht, ist genaugenommen ein riesiger Häuserblock, ist Mittelpunkt der Regierungsbehörden. Von dort kann man bis zur Kaserne der *Horse Guards,* ja bis zur Admiralität gelangen, wenn man sich auskennt.

Nummer zwölf, wo sich das Büro des *chief whip* befand, war ruhig. Früher, als die Sozialisten noch regierten, traf man da immer alle möglichen unterhaltsamen Leute. Obskure Parteichargen aus weit entfernten provinziellen Wahlkreisen und Gewerkschaftsführer, die sich bei Bier, Whisky und Schinkenbroten dem Klatsch und Tratsch hingaben und die verqualmte Luft mit schallendem Gelächter zum Wabern brachten.

Jetzt ging es da gemessener zu. Der Premierminister war Nichtraucher (militanter Nichtraucher), und Glorias Freundin, Mrs. Hogart, bot mir nur schwachen Tee und Ingwerkekse an. Sie war ungefähr vierzig, eine attraktive rothaarige Frau mit Christian-Dior-Brille, in handgestricktem Cardigan, der an einem Ellbogen durchgescheuert war.

Sie führte mich in eins der ziemlich imposanten, holzgetäfelten Büros an der Rückseite des Gebäudes, denn wie sie mir erklärte, war ihr eigener Arbeitsraum im Souterrain ungemütlich eng. Sie benütze deshalb während der Parlamentsferien, wenn die Mandatsträger nicht im Hause waren – während eines guten Teils des Jahres also –, dieses Büro hier. Sie servierte mir Tee und, wie gesagt, Ingwerkekse, rückte mir einen bequemen Sessel zurecht und nahm hinter dem Schreibtisch Platz.

»Das hätte Ihnen doch jeder, der mit der Lobby zu tun hat, sagen können«, antwortete sie auf meine Frage, wer gewöhnlich die Denkschriften des Kabinetts zu sehen kriegte. »Es ist kein Geheimnis.«

»Ich kenne keinen Lobbyisten.«

»Wirklich nicht?« fragte sie und betrachtete mich zum ersten Mal mit echtem Interesse. »Ich hätte gedacht, daß Sie eine Menge von denen kennen.«

Ich lächelte verlegen. Das war kein Kompliment. Ich hatte das Gefühl, daß sie Whisky in meinem Atem roch. Durch das Fenster hinter ihrem Rücken hatte man eine schöne Aussicht auf den Garten des Premierministers und jenseits der Mauer desselben auf den Exerzierplatz der *Horse Guards,* auf dem gewisse, sehr privilegierte Regierungsbeamte ihre Wagen geparkt hatten.

»Ich habe nicht viel Zeit zum Plaudern«, erklärte sie. »Die Leute meinen immer, wir hätten während der Parlamentsferien hier nichts zu tun, ich jedenfalls habe unheimlich viel Arbeit. Eigentlich immer.« Sie lächelte, als habe sie mir etwas gestanden, das man schamvoll verschweigen sollte.

»Es ist sehr freundlich von Ihnen, mir behilflich zu sein, Mrs. Hogarth«, sagte ich.

»Gehört alles zu meinem Job«, erwiderte sie. Sie gab einen Löffel Zucker in ihren Tee, rührte um, sehr vorsichtig, so daß nichts überschwappte, und trank dann gemächlich. »Kabinetts-Denkschriften.« Sie sah auf die Fotokopie, die ich ihr reichte, und las ein paar Zeilen. »Diese hier gab es in acht Exemplaren. Ich erinnere mich genau.«

»Können Sie mir sagen, wer diese acht Exemplare erhielt?« fragte ich. Ich tunkte meinen Keks in den Tee, bevor ich ihn aß. Ich wollte sehen, wie sie das aufnahm.

Sie bemerkte es, sah aber schnell weg und vertiefte sich in die Aufzeichnungen auf ihrem Notizblock. »Der Premierminister erhält natürlich eine Ausfertigung. Ebenso der Minister des Auswärtigen und der Minister des Inneren. Ein weiteres Exemplar erhielten der Verteidigungsminister, die Führer des Unterhauses und des Oberhauses und je eines schließlich der *chief whip* und der Kabinettsminister.«

»Acht?« Zwei Männer waren in den Garten gekommen, die eine große Kiste mit Rosenstöcken trugen. Einer der beiden kniete nieder und lockerte den Boden mit einer Schaufel. Dann nahm er ein wenig Erde in die Hand, um ihre Feuchtigkeit zu prüfen.

Mrs. Hogarth drehte sich um und folgte meinem Blick. »Eine herrliche Aussicht im Sommer«, sagte sie. »Lauter Rosen. Der Premierminister liebt Rosen.«

»Ist es nicht schon ein bißchen spät, Rosenstöcke zu setzen?«

»Es war zu feucht«, sagte sie. Sie beobachtete die Männer. »Ich habe ein paar im November gesetzt, aber sie schlagen nicht recht an. Allerdings wohne ich in Cheam – der Boden ist dort sehr lehmig.« Die Gärtner waren inzwischen zu der Überzeugung gelangt, daß der Boden im Garten des Premierministers für ihre Rosen recht war. Einer von ihnen grub eine Reihe von Löchern, um sie darin einzupflanzen, der andere holte ein Bündel Bambusstangen hervor, mit denen er die bereits gesetzten Rosenstöcke abstützte.

Mrs. Hogarth hustete, um meine Aufmerksamkeit von dem Schauspiel im Garten abzuwenden. »Diese Denkschrift ist im Verteidigungsministerium aufgesetzt worden. Ich weiß nicht, von wem, aber im Entwurfsstadium haben wahrscheinlich eine ganze Menge Leute sie zu sehen bekommen.«

»Was mich interessiert, ist, wer das fertige Dokument oder eine Kopie desselben gesehen hat.«

»Na, dann wollen wir mal überlegen, was mit den acht Exemplaren des Memorandums passiert sein könnte«, sagte sie munter. »Im Büro des Ministers sitzt dessen persönlicher Referent und ein oder zwei tüchtige junge Assistenten, darüber hinaus noch ein Verwaltungsbeamter und einige Büroangestellte.«

»Würden alle diese Leute normalerweise ein derartiges Memorandum zu sehen kriegen?«

»Der persönliche Referent würde es zweifellos lesen. Und eine der Bürokräfte oder vielleicht ein Verwaltungsbeamter würde es ablegen. Den übrigen sollte jedenfalls ungefähr bekannt sein, worum es in dem Memorandum geht, für den Fall, daß der Minister es plötzlich braucht und sie es finden müssen.«

»Allem Anschein nach haben also eine Menge Leute Kenntnis davon gehabt«, sagte ich. Die Gärtner richteten nun die soeben gesetzten Rosenstöcke an einer zu diesem Zweck gespannten weißen Schnur aus.

»Das sind noch nicht alle. Das *Cabinet Office* und die Ministerien des Innern und des Äußeren tragen überdies die Verantwortung für die Durchführung der sich aus diesem Dokument ergebenden Maßnahmen.«

»Das Innenministerium doch wohl nicht«, berichtigte ich sie sanft.

»Das glauben Sie vielleicht«, entgegnete sie. Offenbar hatte auch Mrs. Hogarth schon die Erfahrung gemacht, daß die Herrschaften in unserem Ministerium des Inneren gern über jeden und alles verfügten.

»Stimmt, im Innenministerium ist man anderer Ansicht«, sagte ich. »Bitte fahren Sie fort.«

»In diesen Ministerien wird also das Memorandum außer den bereits Genannten dem jeweiligen Ständigen Staatssekretär vorgelegen haben, dessen Büro es sodann an die zuständige Stelle zur Bearbeitung weitergeleitet haben wird.«

»Zwei weitere Verwaltungsbeamte und wenigstens eine Bürokraft«, sagte ich.

»Im Falle des *Cabinet Office* kommen noch ein persönlicher Referent und eine weitere Bürokraft dazu. Von dort zum Verteidigungsministerium, wo sich vielleicht noch drei weitere Verwaltungsbeamte und eine Bürokraft mit dem Dokument befaßt haben.«

»Eine Menge Leute«, sagte ich.

»Ja, alles in allem.« Sie trank einen Schluck Tee. Ein Mann kam zur Tür herein. »Ich wußte nicht, daß Sie hier sind, Mabel. Ich wollte nur mal telefonieren.« Dann sah er mich. »Ach, hallo, Samson«, sagte er.

»Hallo, Pete«, sagte ich. Pete war dreißig Jahre alt, ging jedoch noch immer mit einem Kindergesicht durchs Leben, braunlockig und rotbäckig, dabei übrigens so blaß, daß die roten Wangen wie angemalt wirkten. Ungeachtet seiner konventionellen äußeren Erscheinung – er trug die in Whitehall üblichen Nadelstreifenhosen zum schwarzen Jackett – war Pete Barret nicht auf herkömmlichen Wegen nach Whitehall geraten. Er war ein sehr ehrgeiziger Polizeibeamter, der in Abendkursen einen juristischen Grad erworben hatte. Den hier herrschenden Sitten und Gebräuchen hatte er sich anscheinend äußerst geschickt und binnen kurzem angepaßt, wie ich es nach kurzer Bekanntschaft schon vor fünf Jahren erwartet hatte. Barret gehörte der *Special Branch* an und wollte unbedingt in unsere Abteilung. Dieser Wunsch wurde ihm nicht erfüllt, und obwohl er's dann hier sehr gut getroffen hatte, war er noch immer vergrämt.

»Belästigt dieser Mann Sie etwa, Mrs. Hogarth?« fragte er bemüht humorvoll. Er hütete sich, mich direkt zu beleidigen, aber selbst diese Zurückhaltung hatte etwas leicht Verächtliches. Er trat ans Fenster, als wollte er sich davon überzeugen, daß die Gärtner taten wie aufgetragen, dann musterte er die Papiere auf dem Schreibtisch. Mrs. Hogarth schloß das Spiralbuch, in dem sie ihre Berechnungen angestellt hatte. Es war auf dem Deckel mit einem doppelten roten Streifen gekennzeichnet; solche Notizbücher sind für geheime Informationen bestimmt, die Seiten numeriert.

Sie hielt die Hand auf das geschlossene Notizbuch. »Eine Routineanfrage«, antwortete sie, bemüht gleichgültig, um Barrets aufkeimende Neugier zu ersticken.

Aber Barrets Neugier war nicht so leicht zu ersticken. »Eine Routineanfrage?« Er lachte theatralisch. »Das hört sich an wie

Scotland Yard, Mabel. Das klingt wie einer von meinen Sprüchen.« Er lehnte sich vor, um das Dokument zu lesen, das vor ihr auf dem Tisch lag. Dabei hielt er sich mit der flachen Hand die Krawatte vor der Brust fest. Diese steife Haltung gab dem rotbäkkigen jungen Mann mit lockigem Haar vollends das Aussehen einer Puppe.

»Wenn Sie Tee wollen, haben Sie Pech gehabt. Meine Bürohilfe ist krank, ich habe den Tee heute also selbst zubereiten müssen. Und die Ingwer-Plätzchen sind gerade alle geworden.«

Barret erwiderte auf all das nichts. Unter anderen Umständen hätte ich ihn unmißverständlich aufgefordert, das Zimmer zu verlassen, aber er war hier zu Hause, und ich hatte keinerlei Befugnis, hier zu recherchieren. Zudem hatte ich das Gefühl, Barret mußte gewußt haben, daß ich hier war, deshalb war er gekommen.

»Sieh an, eine Kabinetts-Denkschrift«, sagte er. Dann sah er mich an und fragte: »Worum geht es hier eigentlich, Bernie?«

»Ach, nur ein bißchen Zeitvertreib«, sagte ich.

Er postierte sich vor mir, das Kinn gesenkt, die Brust herausgestreckt, jeder Zoll ein standhafter Zinnsoldat. Er sah mich an. »Sie befinden sich in meinem Revier«, erklärte er mit leichtem Spott. Einer von den Gärtnern draußen blickte jetzt zum Himmel auf, als sähe er Regen kommen.

»Es ist nichts, was Sie interessieren könnte.«

»Mein Büro ist von Ihrem Besuch nicht unterrichtet worden«, monierte er.

Mrs. Hogarth beobachtete mich. Sie biß sich auf die Lippe, ich wußte aber nicht, ob Zorn oder Angst sie dazu bewegte.

»Sie kennen doch die Vorschriften, Bernie«, beharrte er. »Ein Kabinetts-Memorandum ... Nachforschungen in einem solchen Zusammenhang sind jedenfalls sehr heikel.«

Mrs. Hogarth hörte auf, sich auf die Lippe zu beißen, und sagte: »Ich wünschte, Sie würden endlich aufhören, in den Papieren auf meinem Schreibtisch herumzuschnüffeln, Mister Barret.« Sie legte die fotokopierte Denkschrift, die ich ihr gegeben hatte, zu den anderen Papieren in einen Ablegekorb. »Dieses spezielle Dokument hat nichts mit meinem Besucher zu tun, und ich finde, daß Sie sich eines bedauerlichen Verstoßes gegen die Sicherheitsbestimmungen schuldig machen, wenn Sie hier anfangen, *coram publico* laut daraus vorzulesen.«

Barret wurde rot. »Ach, so ...«, sagte er. »Ach. Ach, so. Verstehe.«

»Telefonieren Sie nebenan. Das Zimmer ist frei. Ich muß hier jetzt wirklich weitermachen. Vielleicht haben Sie ja gerade nicht viel zu tun, ich jedenfalls kann es mir nicht leisten, Zeit zu vertrödeln.«

»Ja, natürlich«, sagte Barret. »Bis dann, Bernie.«

Ich erwiderte den Gruß nicht.

»Und bitte machen Sie die Tür hinter sich zu«, rief Mrs. Hogarth ihm nach.

»Entschuldigung«, sagte er und schloß die Tür.

»Also, wo waren wir stehengeblieben?« fragte Mrs. Hogarth. »Richtig. Nummer zehn: das Büro des Premierministers. Hier geht eine derartige Denkschrift gewöhnlich durch die Hände von zwei Referenten. Mindestens eine Bürokraft erhält außerdem davon Kenntnis. Ich glaube, Sie sollten auch die Möglichkeit in Betracht ziehen, daß die fragliche Denkschrift von hinreichendem Interesse für das Presseamt und für die Strategiekommission gewesen sein könnte. Wenn ich's recht überlege, ist das sogar sehr wahrscheinlich.«

»Ich verliere allmählich die Übersicht.«

»Ich habe alles notiert. Richtig, die Leute vom Verteidigungsministerium fehlen noch in meiner Aufstellung ...« Sie unterbrach sich und schrieb etwas in ihr Notizbuch, wobei sie vor sich hin murmelte: »... Privatbüro, sagen wir zwei; Büro des Ständigen Staatssekretärs, noch zwei ... sowie Strategiekommission und Bürokräfte. Sagen wir elf im Verteidigungsministerium.«

»Elf im Verteidigungsministerium? Aber die hatten diesbezüglich doch gar nichts zu veranlassen.«

»Meinen Sie nicht, daß die ein Interesse hatten, ihre Einheiten auf den bevorstehenden Versuch, ihre Sicherheitseinrichtungen zu unterlaufen, sagen wir mal, warnend hinzuweisen?«

»Doch, zweifellos. Trotzdem hätten sie sich's verkneifen sollen. Schließlich war doch der Zweck der Übung, diese Sicherheitseinrichtungen, so wie sie bestanden, zu testen.«

»Seien Sie doch nicht naiv. Wir sind hier in Whitehall. Hier geht's um Politik. Hier geht's um Macht. Natürlich denkt das Verteidigungsministerium nicht daran, einfach stillzuhalten und sich ohne Gegenwehr von Ihrer Abteilung die Eier absäbeln zu lassen.« Sie sah die Überraschung in meinem Gesicht. Sie lächelte. Eine überraschende Dame war sie schon. »Wenn Sie aber eine gründliche Untersuchung anstellen wollen, müssen Sie noch berücksichtigen, daß Minister Referenten haben, durch deren Hände alle Akten gehen, die auf dem Schreibtisch ihres Chefs landen. Schließlich auch, daß alles, was in der Registratur erfaßt wird, dem einen oder anderen Beamten dort zu Gesicht kommt.«

»Verdammt viele Leute, alles in allem«, sagte ich. »Sehr geheim sind also die geheimsten Geheimnisse durchaus nicht.«

»Ich brauche Ihnen sicherlich nicht zu sagen, daß solche Papiere zeitweilig auf Schreibtischen herumliegen und dort nicht nur von den Mitarbeitern, sondern auch von Besuchern eingesehen werden können.« Sie tippte leicht mit den Fingerspitzen auf die Fotokopie.

»Dieses bestimmte Exemplar? Wie meinen Sie das?«

»Nun, das hier ist eine Fotokopie des für den Kabinetts-Minister bestimmten Exemplars. Das wußten Sie doch, oder nicht?«

»Nein, das habe ich nicht gewußt. Nummer und Datum sind auf der Kopie abgedeckt. Woher wissen Sie es also?«

Sie zögerte ein wenig. »Ich weiß nicht recht, ob ich Ihnen das sagen darf«, sagte sie.

»Ich führe eine Untersuchung durch, Mrs. Hogarth.«

»Na schön, es wird wohl nichts schaden. Die Einzelheiten kann ich Ihnen natürlich nicht erklären, aber ehe derartig geheime Informationen weitergegeben werden, wird der Text in den Computer eingegeben und für jeden Ausdruck leicht abgewandelt. Nur die Syntax, verstehen Sie, der Sinn bleibt der gleiche. Das ist eine Vorsichtsmaßnahme . . .«

»So daß, wenn eine Zeitung aus einem Geheimdokument zitiert, festgestellt werden kann, woher sie es hat.«

»Genau. Das will man aber natürlich nicht an die große Glocke hängen.«

»Natürlich nicht. Dies Exemplar wurde also dem *Cabinet Office* zugestellt?«

»Ganz recht.« Ich hätte Ihre Zeit nicht mit all diesen Einzelheiten beansprucht, wenn ich gewußt hätte, daß es Ihnen nur darauf ankam. Ich dachte natürlich, Sie hätten das Exemplar Ihrer eigenen Abteilung fotokopiert und versuchten, eins aufzuspüren, das anderswo gestohlen worden sei.« Sie gab mir die Fotokopie zurück.

»Das war eine ganz natürliche Annahme«, sagte ich, die Fotokopie in meiner Tasche verwahrend. »Dumm von mir, mich nicht gleich klar verständlich gemacht zu haben.«

»Jedenfalls ist diese Kopie von dem für Ihre Abteilung bestimmten Exemplar gezogen worden«, sagte Mrs. Hogarth.

Sie erhob sich, aber ich blieb noch einen Augenblick sitzen, um mich mit dem Gedanken vertraut zu machen, daß es Bret Rensselaer war, der dieses Dokument als Anweisung zum Handeln erhielt, von dem dann eine Kopie gezogen und nach Moskau lanciert worden war. Ich hatte bis zuletzt gehofft, das Leck anderswo zu entdecken. Jetzt mußte ich den Tatsachen direkt ins Gesicht sehen.

»Ich werde Sie zur Tür begleiten«, bot sie an. »Wir werden mit der Zeit ziemlich sicherheitsbewußt hier. Wollen Sie das Amt durch die Tür von Nummer zehn verlassen? Die meisten Besucher gönnen sich den Spaß, dieselbe Tür wie der Premierminister zu benutzen.«

»Sie sind also ganz sicher?« fragte ich. »Sie können sich unmöglich geirrt haben?«

»Unmöglich. Ich habe es zweimal mit meiner Liste verglichen. Ich kann Ihnen die Liste leider nicht zeigen, aber ich könnte die Identifikation durch einen unserer Sicherheitsbeamten bestätigen lassen...«

»Nicht nötig«, sagte ich.

Es regnete jetzt, und die Gärtner ließen fürs erste von ihrem Bemühen um die Rosenstöcke ab. Sie nahmen ihre Kiste vom Boden auf und strebten einem schützenden Dach zu.

Mrs. Hogarth beobachtete sie traurig. »Das passiert jedesmal, wenn sie dabei sind, den Garten herzurichten. Die reinsten Regenmacher, diese Gärtner.«

In der Eingangshalle von Downing Street Nummer zehn trafen

wir einen gelangweilt dreinschauenden Polizeiinspektor, der mir die Tür öffnete. »Ich bin Ihnen wirklich dankbar für Ihre Hilfe, Mrs. Hogarth«, sagte ich. »Tut mir leid, daß ich keinen offiziellen Laufzettel dabei hatte.«

Sie schüttelte mir die Hand, während ich über die berühmte Schwelle hinaustrat, und sagte: »Machen Sie sich keine Sorgen wegen des Laufzettels. Ich habe ihn schon. Er wurde mir heute früh bereits zugeschickt.«

XIII.

»Wir haben ein Jubiläum heute«, sagte Gloria.

»Wirklich?« sagte ich.

»Tu nicht so verblüfft, Liebling. Morgen sind es auf den Tag genau drei Monate, daß wir zusammen sind.«

Ich wußte nicht, von welchem Ereignis an sie diese Zeitrechnung datierte, und fragte aus Zartgefühl nicht danach. »Und alle haben gesagt, unsere Liebe hätte keine Zukunft«, sagte ich.

»Mach keine Witze«, rügte sie. »Über mich kannst du lästern, soviel du willst, aber lästere nicht über uns.«

Wir waren im Wohnzimmer eines Apartments im elften Stock eines Hochhauses, unweit von Notting Hill Gate, im Westen der Londoner Innenstadt, einer Gegend, wo verschiedene Rassen und Lebensstile mehr oder weniger friedlich koexistieren. Es war halb neun an einem Montagabend. Wir tanzten sehr langsam in der altmodischen Weise, bei der man einander fest umfaßt. Das Radio brachte im Rahmen des Alan-Dell-BBC-Programms *Tea for Two* zu Gehör, eine alte Platte von Tommy Dorsey, aufgenommen vor Ewigkeiten, lange vor Glorias Geburt jedenfalls. Gloria ließ ihr Haar wachsen. Es war von blaßgoldener Farbe und fiel ihr jetzt bereits auf die Schultern. Sie trug einen dunkelgrünen Rollkragenpullover und einen hellbraunen Wildlederrock, nichts Besonders. Aber ihre langen Beine und sonstigen Reize kamen hinreißend zur Geltung.

Ich sah mich im Zimmer um: Spiegel mit vergoldetem Rahmen, seidenbespannte Lampenschirme, Wandleuchten in Gestalt imitierter Kerzen und rote Samtvorhänge. Die Hi-Fi-Anlage war hinter einer Attrappe vorgetäuschter Buchrücken versteckt. Alles in allem Mobiliar, das entfernt an Bordellinterieurs des 19. Jahrhunderts erinnerte, wie man es in den Schaufenstern der Möbelgeschäfte an jeder Hauptstraße jeder Provinzstadt überall in Großbritannien finden kann. Die Vorhänge waren aufgezogen und gestatteten die Aussicht auf das elektrisch erleuchtete nächtliche London. Wenn wir allerdings dicht am Fenster vorbeitanzten, sahen wir uns in der Scheibe gespiegelt.

Erich Stinnes war schon seit einer halben Stunde überfällig. Er sollte jetzt hier wohnen, bei Ted Riley als seinem »Haushälter«. Im Obergeschoß, wo Stinnes den größten Teil seiner Zeit verbringen sollte, gab es ein kleines Schlafzimmer und ein Arbeitszimmer sowie ein mit allem Komfort ausgestattetes Bad. Das Haus stand der Abteilung zur Verfügung, war zwar nicht eigentlich ein »Sicheres Haus«, aber einer der Orte, wo Außendienst-Agenten der Abteilung während ihres Aufenthaltes in London unauffällig untergebracht werden konnten. Solche Leute ließ man gewöhnlich nicht in die Londoner Zentrale kommen. Manche wußten nicht einmal, wo sich diese befand.

Ich war hier, um Stinnes in seiner neuen Behausung willkommen zu heißen, um mich zu vergewissern, daß Ted Riley auf seinem Posten war, und um Stinnes dann zum Essen auszuführen, zur Feier seiner neuen »Freiheit«, die man ihm, auf mein Betreiben, widerwillig zugestanden hatte. Gloria war bei mir, weil ich Bret und mir selbst eingeredet hatte, daß ihre Gegenwart Stinnes ein bißchen auflockern würde, was im Hinblick auf die neue Serie von Vernehmungen, die ihm bevorstand, äußerst wünschenswert war.

»Wie war das mit diesem Laufzettel für Downing Street Nummer zehn?« fragte ich, während wir tanzten. »Deine Freundin da hat gesagt, sie hätte ihn schon gekriegt. Aber das kann doch nicht stimmen. Ich hatte ja nicht mal einen beantragt.«

»Ich habe ihr eine Räuberpistole aufgetischt, ich meine, daß ich das verdammte Ding, nachdem es ordnungsgemäß beantragt, genehmigt und abgestempelt worden sei, verbummelt hätte. Ich habe gesagt, ich würde wahrscheinlich meine Stellung verlieren, wenn sie mich nicht deckte.«

»Böses Mädchen«, sagte ich.

»Dieser total überflüssige Papierkrieg ist doch ungeheuer. Wenn wir da nicht ab und zu mal die Prozeduren eigenmächtig ein bißchen vereinfachten, würden wir zu keiner produktiven

Arbeit mehr kommen.« Während wir uns weiter zur Musik durchs Zimmer bewegten, erhob sie die Linke und strich mir übers Haar. Eigentlich habe ich's nicht gerne, wie ein Schoßhündchen gestreichelt zu werden, aber sie war noch so jung und hielt solche kitschigen kleinen Zärtlichkeiten anscheinend für geboten, um sich als echte *femme fatale* zu erweisen. Ich fragte mich, was sie eigentlich in dieser Richtung von mir erwartete – sollte ich sie vielleicht mit langstieligen Rosen überschütten, sie auf einem Zobelpelz überwältigen, vor einem Kaminfeuer in den Bergen mit Zigeunergeigen im Nebenzimmer?

»Du machst dir Sorgen wegen Bret Rensselaer, nicht wahr?« fragte sie leise.

»Das sagst du dauernd, und ich antworte dir jedesmal, daß mir der Kerl völlig schnuppe ist.«

»Deine Entdeckung macht dir Sorgen«, stellte sie fest. Sie nahm meine gelegentliche Übellaunigkeit mit bewundernswerter Gelassenheit hin. Ich fragte mich, ob sie ahnte, wie sehr ich sie gerade deswegen liebte.

»Ich würde mich verdammt viel besser fühlen, wenn ich diese Entdeckung nicht gemacht hätte«, gab ich zu. Die Platte endete, und Alan Dell erzählte uns was über Trompeten- und Tenorsaxophon-Soli, ehe er die nächste Platte auflegte: Count Basie spielte *Moonglow*. Gloria warf den Kopf zurück und schüttelte das lange, helle Haar, so daß es im Licht schimmerte. Wir begannen wieder zu tanzen.

»Was wirst du tun? Wirst du deine Entdeckung melden?« fragte sie.

»Da ist nicht viel zu melden. Fast nur Vermutungen und Indizien, abgesehen von der Kabinetts-Denkschrift, und ich bin nicht geneigt, die dem Direktor auf den Schreibtisch zu knallen. Dann würden sie mich nämlich fragen, wieso ich davon nicht gleich Meldung gemacht habe. Sie würden mich fragen, wo ich sie her habe, und das will ich ihnen nicht sagen. Und dann werden sie anfangen, gründliche Nachforschungen anzustellen. Und mich unterdessen vom Dienst suspendieren.«

»Warum sagst du ihnen nicht einfach, woher du das Memorandum hast?«

»Wenn ich einen meiner Informanten preisgebe, würde ich nie wieder irgendwelche vertraulichen Informationen kriegen. Kannst du dir vorstellen, wie Morgan den Mann in die Mangel nehmen würde, der an Brets Exemplar der Denkschrift gekommen ist?«

»Um Rensselaer zu erledigen.«

»Ja, um Rensselaer zu erledigen.«

»Muß schon ein wunderbarer Mann sein, dein Informant«, sagte sie versonnen. Ich hatte ihr vom feinen Harry nichts erzählt, und sie nahm mir meine Verschwiegenheit ein bißchen übel.

»Ein ganz gerissener ist der«, sagte ich. »Aber ich denke nicht daran, ihn Morgan ans Messer zu liefern.«

»Ihn oder dich selbst, darauf wird's doch wohl hinauslaufen«, sagte sie mit der rücksichtslosen Schlichtheit, die von Frauen gern als weibliche Logik bezeichnet wird.

»Noch muß ich weder ihn noch mich selbst ans Messer liefern. Noch lange nicht.«

»Du willst also gar nichts tun?«

»Ich bin mir noch nicht sicher.«

»Aber wie kann es Bret sein?« fragte sie. Damit waren wir bei dem Ringelreihen von Fragen angekommen, die mir ohne Unterlaß im Kopf herumgingen. »Bret läßt sich dauernd von dir beraten. Er hat sogar auf deinen Rat hin eingewilligt, Stinnes aus dem Berwick House umzuquartieren.«

»Allerdings«, sagte ich.

»Und jetzt fragst du dich, ob es wirklich klug war, das anzuregen, stimmt's? Machst du dir Sorgen, daß Bret versuchen könnte, ihn um die Ecke zu bringen oder so was?«

»Im Berwick House haben sie Wachposten und Alarmanlagen und so fort. Die sorgen nicht nur dafür, daß die ›Gäste‹ drinbleiben, sondern auch dafür, daß sich keine Finsterlinge einschleichen.«

»Dann schick Stinnes doch dahin zurück.«

»Er wird ja gleich hier sein.«

»Dann schick ihn morgen zurück.«

»Wie kann ich? Ich würde ganz schön dämlich dastehen, wenn ich mich jetzt vor Bret Rensselaer aufbaute und sagte: Ach, Entschuldigung, ich hab's mir anders überlegt.«

»Aber bedenke, wie dämlich du dastehen würdest, wenn Stinnes hier was zustieße.«

»Daran habe ich auch schon gedacht«, sagte ich mit vorbildlicher Selbstbeherrschung.

Sie lächelte. »Es ist wirklich komisch, Liebling. Sei nicht böse, daß ich lache, aber wenn du Bret nicht dauernd erzählt hättest, wie unfähig das Personal des *Debriefing Centre* ist, wäre dir diese Sorge erspart geblieben.«

»Ich frage mich jetzt, inwiefern Bret mich vielleicht zu diesen Klagen provoziert hat.«

Gloria buhte. »Das möchte ich mal erleben, Liebster, den Tag, an dem dich jemand zu diesen Tiraden provozieren muß.«

Ich lächelte nun auch. Sie hatte natürlich recht. Wenn jemand provoziert hatte, was da jetzt vielleicht auf mich zukam, dann kein anderer als ich selbst.

Sie sagte: »Aber wenn Bret ein KGB-Agent ist . . .«

»Ich habe dir doch gesagt, es gibt keinerlei . . .«

»Aber nehmen wir's doch einfach mal an«, beharrte sie. »Dann hat er sich in eine wunderbare Machtposition manövriert.« Sie zögerte.

Sie zögerte, weil jede Mutmaßung über Bret und Stinnes unvermeidlich mit sich zu bringen schien, daß ich irgendwo dämlich dastand. »Sprich ruhig weiter«, sagte ich.

»Wenn Bret Rensselaer ein KGB-Agent ist, ist diese Sache wirklich bestens für ihn gelaufen. Man hat ihm die Leitung der Vernehmungen von Stinnes, um die er sich wahrlich nicht gerissen hat – ganz im Gegenteil –, schließlich geradezu aufgenötigt. Jetzt kann er die beste Informationsquelle, die wir seit Jahren gehabt haben, isolieren – und zwar auf deinen ausdrücklichen Rat hin. Jetzt kann er filtern, was immer Stinnes aussagt, und sollte irgendwas schieflaufen, stehst du ihm jederzeit als Sündenbock zur Verfügung.« Sie sah mich an, aber ich reagierte nicht. »Nehmen wir mal an, Bret Rensselaer weiß, daß du eine Fotokopie des Kabinetts-Memorandums hast. Hast du an diese Möglichkeit gedacht, Bernard? Vielleicht weiß Moskau, was passiert ist. Wenn er KGB-Agent ist, hätte man ihn natürlich davon in Kenntnis gesetzt.«

»Ich habe an diese Möglichkeit gedacht«, gab ich zu.

»Oh, Bernard, Liebster. Ich habe solche Angst.«

»Ach, da gibt's nichts, was dir Angst machen sollte.«

»Ich habe Angst um dich, Liebster.«

Ich hörte die Wohnungstür knallen und einen Wortwechsel, Ted Riley ließ Stinnes den Vortritt in den Korridor und verschloß dann die Wohnungstür zweimal von innen.

Ich ließ Gloria los und sagte: »Hallo, Ted.«

Ted Riley sagte: »Bedaure unsere Verspätung. Die Brüder im Berwick House sind sich nicht mal über die Prozeduren ihres eigenen Papierkrams so recht im klaren.« Er ging zum Fenster und zog die Vorhänge zu. Ted hatte natürlich recht. Ich hätte sie zuziehen sollen, ehe ich das Licht anschaltete. Wir waren zwar hier ziemlich hoch und hatten kein Gegenüber, aber das Fenster war keineswegs außer Reichweite der Kugeln eines Scharfschützen. Und Moskau dürfte an Erich Stinnes Liquidierung genug Interesse nehmen, um einen Scharfschützen damit zu betrauen.

Erich Stinnes musterte uns mit spöttischem Respekt. Selbst als er Gloria vorgestellt wurde, ging seine Reaktion über ein höfliches Lächeln und eine Verbeugung deutscher Art nicht hinaus. Über seinem grauen Anzug trug er einen brandneuen Regenmantel, und die Krempe seines weichen Filzhutes hatte er ringsum nach unten gebogen, was ihm ein entschieden fremdländisches Aussehen gab.

»Sie haben's wahrscheinlich eilig, zu Ihrem Festessen zu kommen«, sagte Riley, während er seinen Mantel über einen Stuhl warf und auf die Uhr sah.

»Na ja, Festessen«, sagte ich. »Was mir da vorschwebt, ist ein gemütliches, intimes Lokal.« Stinnes blickte auf und verstand, daß er sich mit etwas Bescheidenerem als einem Festessen aus der feinsten Küche der Stadt zufriedengeben müsse. Mein Spesenkonto gestattete mir keine großen Sprünge, und da auch Gloria mit von der Partie war, würde ich sowieso die Rechnung für ein bescheidenes Essen zu dritt umfrisieren müssen.

Ehe wir ausgingen, führten wir Stinnes aber noch ins Obergeschoß und zeigten ihm das Arbeitszimmer, das wir ihm da oben eingerichtet hatten. Ein kleiner Schreibtisch stand für ihn bereit, mit einer elektrischen Schreibmaschine und einem Stoß Papier. An der Wand hing eine Weltkarte und über dem Schreibtisch eine Landkarte der Sowjetunion. Es gab ein Bücherregal mit größtenteils russischen Büchern sowie englisch-russischen und deutsch-russischen Wörterbüchern. Auf dem Schreibtisch lagen die neueste Ausgabe des *Economist* und verschiedene englische und deutsche Tageszeitungen. Ebenfalls zur Ausstattung gehörte ein kleiner Kurzwellenempfänger, ein Sony 2001, mit Voreinstellung und Suchlauf. Er war über ein Netzteil an die Stromleitung angeschlossen (normalerweise werden diese Apparate mit Batteriestrom gespeist), und ich wies Stinnes darauf hin, daß ihm der Transformator durchbrennen konnte, wenn er den Stecker am Radio herauszog, was er indessen schon zu wissen schien. Kein Wunder, denn der Sony 2001 gehört seit langem zur Standardausrüstung von KGB-Agenten.

»Demnächst werden Sie auch allein ausgehen können«, erklärte ich ihm. »Fürs erste wird Ted Riley Sie überall, wohin Sie wollen, begleiten. Wenn er sich weigert, können Sie nicht gehen. Ted hat diesbezüglich die Entscheidung.«

»Sie haben sich aber wirklich große Mühe gegeben, Samson«, sagte Stinnes angesichts des Arbeitszimmers, das wir für ihn hergerichtet hatten. Das Mißtrauen, das aus seinem Blick sprach, war auch seiner Stimme anzuhören.

»Dieser Umzug war wirklich nicht leicht zu arrangieren, enttäuschen Sie mich also nicht«, sagte ich. »Wenn Sie sich dünnemachen, fällt die ganze Schuld auf mich ... die ganze Schuld.« Ich sagte das zweimal, um die Wahrheit der Erklärung zu betonen.

»Ich habe nicht vor, mich dünnezumachen«, entgegnete er.

»Gut«, sagte ich, und wir gingen wieder hinunter, wo Ted eben sein Übernachtungsgepäck auspackte und Gloria den Vorhang beiseite geschoben hatte, um das nächtliche London zu betrachten. Verstoß gegen die Sicherheitsbestimmungen, aber man kann nicht ununterbrochen Bestimmungen und Anweisungen gehorchen. Ich weiß das, weil ich's versucht habe.

»Wir sind beizeiten zurück, Ted«, versprach ich.

Ted betrachtete Gloria, wie sie die Vorhänge schloß und nach ihrem Mantel griff. Er half ihr hinein. »Um Mitternacht verwandelt er sich in einen Frosch«, verriet er ihr, mit einer Kopfbewegung auf mich.

»Ja, ich weiß, aber er ist deshalb schon in Behandlung«, sagte sie verbindlich.

Ted lachte. Er ahnte wohl, daß ich ihn angefordert hatte, und das Gefühl, noch gebraucht zu werden, schien ihn zu beleben.

Am liebsten wäre ich mit Erich Stinnes in ein deutsches Restaurant gegangen oder, weil das nicht möglich war, in ein Restaurant mit guter russischer Küche. Leider zeichnet sich London vor den meisten anderen Weltstädten dadurch aus, daß es dort weder gute russische noch gute deutsche Restaurants gibt. Gloria schlug ein spanisches Lokal in Soho vor, aber mein Widerwille gegen spanische und portugiesiche Küche wird nur von meinem Abscheu vor dem feurigen Fraß aus den Küchen Lateinamerikas übertroffen. So entschlossen wir uns schließlich für ein indisches Restaurant. Erich Stinnes war beim Studieren der Speisekarte auf Erläuterungen angewiesen. Er gab das offen zu, und das war ungewöhnlich. Stinnes war nämlich nicht der Mann, der zugab, daß er Hilfe brauchte, wenn sich das irgend vermeiden ließ. Wenn er sich diesmal dazu herabließ, so wahrscheinlich nur, weil er, für weibliche Reize sehr empfänglich, zu schätzen wußte, wie fürsorglich Gloria bemüht war, ihm den Unterschied zwischen gepfefferten *Windalus* und den sanfteren *kormas* zu erklären. Gutes Essen war Glorias Hobby. Sie redete für ihr Leben gern darüber und genoß die Erörterung der Qualitäten von Restaurants und Kochrezepten womöglich noch mehr als die rohe materielle Nahrungsaufnahme. Ich ließ sie deshalb ein vollständiges indisches Diner bestellen, angefangen mit einem dicken Püree von *dhal* über kroß gebratene *papadoms* bis zu der großen Schale Reis, die mit einer Dekoration von Nüssen, getrockneten Früchten und kleinen Schnipseln einer Substanz, die wie Silberpapier aussieht, aber eßbar ist, aufgetragen wird.

Ich beobachtete die beiden, wie sie, mit zusammengesteckten Köpfen, flüsternd die lange Speisekarte durchgingen. Eine vorübergehende Regung von Eifersucht trübte mir den Blick. Angenommen, Erich Stinnes war nicht als Flüchtling vor dem KGB, sondern als dessen Agent bei uns – diese Möglichkeit hatte ich nie ganz ausgeschlossen, nicht einmal während der Perioden, da er sich in jeder Hinsicht kooperationsbereit zeigte –, welcher Spaß für Fiona, wenn mir einer ihrer Leute die Freundin abspenstig machte. Gloria war fasziniert von Stinnes, das sah man auf den ersten Blick. Mir war rätselhaft, was die Frauen an diesem Kerl sahen, dessen blasses Gesicht und schwindende Haarpracht sich, so fand ich wenigstens, schwärmenden Blicken nicht im mindesten empfahlen. Vermutlich zog die offenbar ungewöhnliche Energie des Mannes die Frauen an, doch jetzt gab es, wenn er sich unbeobachtet wähnte, Anzeichen für ein Nachlassen dieser Energie. Stinnes wirkte müde. Oder alt. Oder ängstlich. Ich kannte das Gefühl.

Wir tranken Bier. Für das indische Restaurant hatte ich mich deshalb entschlossen, weil dort keine starken alkoholischen Getränke auf den Tisch kommen. Bei diesem Ausflug sollte Stinnes seiner Sinne mächtig bleiben und Diskretion wahren. Schon weil mein Spesenkonto das nicht verkraftet hätte. Vor allem aber war Stinnes bei diesem ersten Ausflug zweifellos auf der Hut davor, sich vielleicht mit einem guten Tropfen gesprächig machen zu lassen. Der erste Schluck der Faßbrause, die in Großbritannien als Bier ausgeschenkt wird, beschwichtigte aber offenbar seine diesbezüglichen Befürchtungen. Er schürzte angewidert die Lippen, beklagte sich aber weder über das wäßrige Bier noch über sonst etwas. Das indische Restaurant wies das typische Dekor auf: Rote Wollpulvertapeten und goldene Sterne an der tiefblau getünchten Decke. Aber das mit Ingwer, rotem Pfeffer und vielen milderen Gewürzen abgeschmeckte Essen war nicht übel. Erich Stinnes schien es zu genießen. Er saß an der Wand neben Gloria, und obgleich er sich höflich an der Unterhaltung beteiligte, waren seine Augen ständig in Bewegung und suchten unter den übrigen Gästen, ja selbst den Angestellten des Restaurants Mitarbeiter des Geheimdienstes zu entdecken. So hätte man das nämlich in Moskau gemacht. Dort ist man stets Beobachtern ausgesetzt.

Wir hatten von Büchern gesprochen. »Erich liest gerne die Bibel«, erklärte ich, eigentlich nur, um die Unterhaltung in Gang zu halten.

»Ist das wahr?« fragte Gloria Stinnes erstaunt.

Bevor er antworten konnte, erklärte ich: »Er hat früher bei der Sektion 4 gearbeitet.«

»Wissen Sie, was das ist?« fragte er sie.

»Das Büro für Religiöse Angelegenheiten des KGB«, antwortee sie. Gloria war nicht leicht in Verlegenheit zu bringen. In den Akten wußte sie Bescheid. »Ich weiß allerdings nicht genau, worin diese Tätigkeit besteht.«

»Ich werde dir ein Beispiel dieser Tätigkeit nennen«, sagte ich zu ihr, einen Augenblick lang die Anwesenheit eines ehemaligen Mitarbeiters des fraglichen Büros ignorierend. »Sie verwüsten Gräber und sprühen Hakenkreuze an die Wände von Synagogen in NATO-Staaten, so daß die westliche Presse in Schlagzeilen über die beängstigende Zunahme neonazistischer Aktivitäten berichten und damit den Linksparteien ein paar zusätzliche Stimmen zuschustern kann.«

Ich beobachtete Stinnes und fragte mich, ob er solche Greuelgeschichten leugnen würde. »Manchmal«, korrigierte er indessen ernst. »Manchmal.«

Ich aß nicht mehr, aber Gloria nahm jetzt ein knuspriges *papadom,* das ich auf meinem Teller hatte liegenlassen, und begann daran zu knabbern. »Heißt das, daß Sie ein überzeugter Christ geworden sind?«

»Ich bin von gar nichts überzeugt«, antwortete Stinnes. »Aber eines Tages werde ich ein Buch schreiben und darin die mittelalterliche Kirche mit dem angewandten Marxismus-Leninismus oder real existierenden Sozialismus vergleichen.«

Das war nun ein Gesprächsthema so recht nach Glorias Herzen. Es versprach eine intellektuelle Diskussion. Bei mir aber mußte Gloria sich zu ihrem Leidwesen mit banalerem Geplauder, mit Büroklatsch und aufgewärmten Nachrichten des *Economist* zufriedengeben. »Wie, zum Beispiel?« fragte sie mit gerunzelter Stirn. Sie sah sehr jung und sehr schön aus im gedämpften Licht unter der mit goldenen Sternen bemalten nachtblauen Decke des Restaurants – wenn das britische Lagerbier nicht doch stärker war als ich dachte.

»Die mittelalterliche Kirche und der kommunistische Staat haben vier gemeinsame Grundsätze«, erklärte er. »Zunächst und vor allem das Gebot, das Geistliche über das Fleischliche zu stellen: Strebe also nach reinem Marxismus. Verschwende also dein Bemühen nicht an Trivialitäten. Gewinn befriedigt die sündige Habgier, die Liebe nur die sündige Wollust, Schönheit und Eitelkeit.« Er sah uns an, erst mich, dann Gloria. »Zweitens: Kommunisten werden ermahnt, dem Staat zu dienen, wie die Christen der Kirche – andächtig und demütig, ohne nach persönlichem Erfolg zu streben. Ehrgeiz ist böse: Dahinter steckt sündiger Stolz ...«

»Aber Sie haben nicht ...«, sagte Gloria.

»Bitte, lassen Sie mich fortfahren«, sagte Stinnes ruhig. Seine Darlegungen machten ihm offensichtlich Spaß. Ich glaube, daß ich ihn in diesem Augenblick zum ersten Mal wirklich glücklich sah. »Drittens: Die mittelalterliche Kirche verurteilte Geld wie später Marx. Geldanlagen und Zinsen werden als die schlimmsten Übel angeprangert. Viertens, und da haben wir die bedeutsamste Ähnlichkeit zwischen den beiden Heilslehren: Die mittelalterliche Kirche riet den Gläubigen, sich die Freuden dieser vergnüglichen Welt zu versagen, um der unvergänglichen Freuden des Paradieses willen, die sie in diesem Fall nach dem Tode erwarteten.«

»Und was rät der kommunistische Staat?« fragte Gloria.

Stinnes lächelte sein hartes, dünnes Lächeln. »Den Bürgern kommunistischer Staaten wird versprochen, daß, wenn sie hart arbeiten und sich die Freuden dieser vergänglichen Welt versagen, ihre Kinder im Paradiese wohnen werden.«

»Sehr gut«, sagte Gloria bewundernd. Die Teller und Schüsseln waren nun fast leer. Ich war schon satt – mein Appetit auf Curry ist schnell befriedigt –, Gloria teilte also den Rest des Hühner-*korma* zwischen Stinnes und sich auf. Stinnes tat mit dem restlichen Reis und den restlichen Auberginen das gleiche.

»Sie haben eine fünfte Parallele vergessen«, stellte ich fest, während die beiden aßen. Sie sahen mich an, als hätten sie ganz vergessen, daß ich auch noch da war. »Den Sieg über die fleischlichen Begierden. Sowohl die Kirche als auch der kommunistische Staat feiern diesen.«

Ich meinte das ernst, aber Gloria ließ es nicht gelten. »Sehr komisch«, sagte sie. Sie wischte sich mit der Serviette den Mund ab.

Zu Stinnes sagte sie: »War die Kirche sehr gegen den Kapitalismus? Ich weiß, daß sie gegen Geldleiher und Wucherer predigte, aber sie war doch wohl nicht gegen den Handel?«

»Sie irren«, antwortete Stinnes. »Die mittelalterliche Kirche war gegen jede Art von freiem Wettbewerb. Allen Handwerkern war verboten, ihre Werkzeuge zu verbessern oder ihre Methoden zu ändern, damit sie sich keinen Vorteil gegenüber ihren Zunftgenossen verschafften. Es war den Gewerbetreibenden verboten, eigenmächtig die Preise zu senken. Waren mußten zu einem festgesetzten Preis angeboten werden. Die Kirche verurteilte auch die Werbung, namentlich wenn jemand seine Waren vorteilhaft mit den zum gleichen Preis angebotenen geringwertigeren Waren eines anderen Händlers verglich.«

»Klingt irgendwie bekannt«, stellte Gloria fest. »Nicht, Bernard«, fragte sie, höflich bedacht, mich an der Unterhaltung zu beteiligen, während sie sich durch einen Blick in einen winzigen Handtaschenspiegel überzeugte, daß das Curry keine Spur auf ihren Lippen zurückgelassen hatte.

»Ja«, sagte ich. *»Homo mercator vix aut nunquam potest Deo placare,* kaum jemals, wenn überhaupt, wird der Kaufmann Gott zufriedenstellen können, oder den Parteitag, oder die Gewerkschaften.«

»Arme Kaufleute«, sagte Gloria.

»Ja«, sagte Stinnes.

Der Kellner kam an unseren Tisch und begann, das Geschirr abzuräumen. Er bot uns eine Auswahl sehr süßer indischer Nachspeisen an, aber außer Kaffee wollte niemand etwas. Stinnes wartete, bis der Tisch abgeräumt war. Es war, als hätte ihn diese Unterbrechung angeregt, das Thema zu wechseln. Er lehnte sich nach vorn, deponierte die Ellbogen auf der Tischplatte und sagte: »Sie haben mich nach Codeworten gefragt ... Funkcodes ... zwei Namen für ein und denselben Agenten.« Er hielt inne, um mir Gelegenheit zu geben, ihm zu bedeuten, den Mund zu halten, wenn er in Glorias Beisein nicht weiterreden sollte.

Ich bat ihn fortzufahren.

»Ich habe gesagt, das sei unmöglich. Oder wenigstens nie dagewesen. Aber ich habe inzwischen darüber nachgedacht ...«

»Und?« fragte ich nach einer langen Pause, während deren uns der Kellner den bestellten Kaffee brachte.

»Ich habe erst gemeint, das sei Unsinn, jetzt glaube ich aber, daß vielleicht an Ihrer diesbezüglichen Information etwas dran sein könnte. Es gab Funksprüche, die mir nicht zugänglich waren. Unser Funker nahm sie zwar auf, gab sie aber umgehend nach Moskau weiter. Keiner von meinen Leuten wußte, was für Informationen das waren.«

»War das ungewöhnlich?« fragte ich.

»Sehr ungewöhnlich, aber wir hatten keinerlei Ursache zu der Annahme, daß wir da was Heißes verpaßten. Ich dachte, daß einer der Herren in der Moskauer Zentrale versuchte, sich einen Namen zu machen, indem er ein kleines Spezialgebiet persönlich bearbeitete. Höhere Beamte in Moskau machen das mitunter. In einem geeigneten Augenblick legen sie dann eine dicke Akte mit neuem Material auf den Tisch, und wenn der Jubel darüber verrauscht, haben sie die Beförderung, auf die sie aus waren, schon in der Tasche.«

»Wie haben Sie davon erfahren?«

»Diese Sachen wurden separat gefunkt, aber nicht unter besonders strengen Sicherheitsvorkehrungen. Das könnte natürlich eine Sicherheitsmaßnahme gewesen sein – auf die Weise erregten sie keine Aufmerksamkeit. Die Leute, die mit der Übermittlung des fraglichen Materials befaßt waren, mögen gedacht haben, daß es sich auf irgendwelche sterbenslangweiligen technischen Kleinigkeiten bezöge. Wie ich darauf aufmerksam geworden bin? Es ist einmal zufällig auf meinem Schreibtisch gelandet. Am zweiten Februar vergangenen Jahres war das. Ich erinnere mich an das Datum, weil es der Geburtstag meines Sohnes ist. Die decodierten Abschriften gelangten in einem Stapel anderer Sachen auf meinen Tisch. Als ich den Stapel durchsah, stieß ich auf dieses Material eines mir unbekannten Agenten, der aber, dem Adressencode zufolge, in London operierte. Ich meinte damals, es müsse sich dabei um einen Fehler handeln, glaubte, ein Tippfehler habe die Gruppe von fünf Buchstaben ergeben, die bei uns London bedeutete. Solche Tippfehler passieren zwar höchst selten, kommen aber schon mal vor. Erst nachdem Sie mich in der vergangenen

Woche nach einem Agenten mit zwei verschiedenen Codenamen fragten, ist mir die Geschichte wieder eingefallen. Nützt Ihnen das was?«

»Vielleicht«, sagte ich. »Fällt Ihnen noch etwas dazu ein?«

»Nichts. Nur, daß die Nachricht sehr lang zu sein und irgendeine Spionageabwehrübung zu betreffen schien, die Ihre Leute in Westdeutschland veranstaltet hatten.« Er sah mich an, aber ich ließ mir nichts anmerken. »Ihre eigenen Agenten waren angewiesen worden, in Ihre Datei einzubrechen. Eine Art Kontrolle der Einrichtungen und eine Menge Zeug über Elektronik ... Ich verstehe nichts von Elektronik, Sie etwa?«

»Nein«, antwortete ich. Das war es also. Bei der langen Nachricht konnte es sich nur um den ausführlichen Bericht an den Premierminister gehandelt haben, dem die Kabinetts-Denkschrift voranging. Bret hatte für diesen Bericht verantwortlich gezeichnet. Wenn die Moskauer Kopie der Denkschrift durch Brets Hände gegangen war – und dafür hatte Mrs. Hogarth sich verbürgt –, lag die Vermutung nahe, daß der ausführliche Bericht, der dieser Denkschrift folgte, ebenfalls von Bret nach Moskau übermittelt wurde. Auch wenn ich auf die Schlußfolgerung vorbereitet war, war sie nichtsdestoweniger niederschmetternd. Vielleicht war sie sogar niederschmetternder, weil ich es geahnt hatte. Bret, konnte es wahr sein?

»Sie sind plötzlich so still«, bemerkte Stinnes.

»Das kommt nur von diesem verdammten *dahl*«, sagte ich. »Das macht mich immer ein bißchen schlaff.«

Gloria sah zu mir herüber. Sie sagte nichts, begann aber zerstreut in ihrer Handtasche zu kramen, als suche sie etwas. Das sollte den Anschein erwecken, als langweile sie die Unterhaltung. Vielleicht gelang es uns, Stinnes zu täuschen. Ich bezweifelte es jedoch.

XIV.

Der gemütliche Abend mit Stinnes in dem indischen Restaurant zahlte sich bald aus. Schon am folgenden Sonnabendvormittag trank ich Gin Tonic bei Bret Rensselaer und vernahm dessen Gratulation zu dem schönen Erfolg. Die Tatsache, daß er diesen Glückwunsch so aussprach, als gratuliere er sich zu seiner eigenen Leistung, störte mich nicht. Zum einen, weil ich an Brets Idiosynkrasien gewöhnt, zum anderen, weil kein unbeteiligter Beobachter anwesend war.

»Es hat sich wahrhaftig ausgezahlt«, sagte Bret. »Alles, was ich gebilligt habe, hat sich ausgezahlt.« Er trug Freizeitkleidung: ein dunkles Sporthemd mit offenem Kragen und weiße Leinenhosen. Selten hatte ich Bret anders als in Maßanzügen aus der Savile Row gesehen, freilich war mir auch erst selten die Ehre einer Einladung in Brets Herrenhaus am Themse-Ufer außerhalb der Dienststunden zuteil geworden. In seiner Freizeit verkehrte Bret mit Angehörigen des Adels, des internationalen Jet-sets, mit Bankern (oder, wie man früher sagte, Bankiers) und Industriekapitänen (oder wie man japanisch sagt, Taikunen). Aus der Abteilung wurde niemand regelmäßig bei ihm eingeladen, mit Ausnahme vielleicht des Direktors und dessen Stellvertreters sowie, ab und zu, wenn Bret gerade wieder mal auf eine Gefälligkeit des Leiters der Deutschland-Abteilung angewiesen war, die Cruyers. Die mit auffälligen Reizen ausgestatteten Mädchen aus dem Büro, die Bret ebenfalls (zur Besichtung seiner Kunstsammlungen) ziemlich regelmäßig über die Wochenenden einlud, standen sozusagen schon auf einem anderen Blatt seiner Einladungsliste.

Es war trocken gewesen, als ich aus London abfuhr, die Sonne hatte durch ein Loch in der Wolkendecke geschienen, aber jetzt hatte der Himmel sich wieder züchtig bedeckt, und es war grau in grau. Ich konnte von meinem Platz aus über eine große, sacht abfallende winterbraune Rasenfläche bis hin zur Themse sehen, die hier in Berkshire nur ein wenige Meter breites Rinnsal mit schilfigen Ufern bildet. Selbst wenn man wußte, daß die Themse in großen Windungen verläuft, war kaum zu glauben, daß man da hinten den nämlichen Fluß erblickte, der in London, gar nicht weit von hier, schon große Schiffe aus aller Herren Länder trägt.

Bret trat hinter das Sofa, auf dem ich Platz genommen hatte, und goß noch etwas Gin in mein Glas. Das Zimmer war groß. Drei weiche, mit grauem Leder bezogene Sofas, von einem modernen italienischen Designer gestylt, umgaben einen niedrigen Tisch mit gläserner Platte. In einem Kamin flackerte ein Holzfeuer und ließ ab und zu eine Rauchwolke ins Zimmer entweichen, die mir Tränen in die Augen trieb. Auf dem schlichten weißen Anstrich der Wände kamen schmückende Gemälde gut zur Geltung. Selbstverständlich hatte Bret jedem der hier ausgestellten Werke eine eigene Wand zugestanden, so daß jedes seine besonderen Qualitäten unbeengt entfalten konnte. Es handelte sich um ein Porträt von Bratby sowie eine bärtige Dame von Peter Blake (Pop-Art!), einen Swimming-Pool von Hockney und – diese letztere hing über dem Kamin – eine abstrakte Komposition von Tilson. Je ein Werk von den vier besten zeitgenössischen Künstlern Großbritanniens (nach dem Urteil derer, die es wissen müssen, meine ich). Das war charakteristisch für Bret. Natürlich britische Künstler und natürlich die besten! Bret war nicht nur zu seinem Vergnügen anglophil, er schwärmte allen Ernstes für alles Englische. Abgesehen von den Sofas waren auch die Möbel englisch, antik und, selbstverständlich, teuer. Auf einer Regency-Kommode aus dunklem Mahagoni stand unter einem Glassturz eine Skelett-Uhr, und in dem Bücherfach eines Sekretärs waren einige Stücke Minton zur Schau gestellt. Keine Bücher. Die Bücher befanden sich in der Bibliothek, einem Raum, zu dem Brets Gäste keinen Zutritt hatten.

»Der Vernehmungsoffizier ist zufrieden, natürlich. Der Direktor ist zufrieden. Dicky Cruyer ist zufrieden. Alle sind zufrieden, außer vielleicht das Personal des *London Debriefing Centre,* aber der Direktor wird auch die irgendwie besänftigen. Ein Brief, in dem er Ihnen zu Ihrer geschickten Vorarbeit gratuliert, die unseren Erfolg ermöglichte, sollte dafür eigentlich schon genügen, meine ich.«

War das der Augenblick, Bret wegen seiner anscheinenden Komplizität mit dem KGB in die Zange zu nehmen? Eigentlich nicht, fand ich und trank noch einen Schluck Gin-Tonic. »Gut«, sagte ich.

»In nur zwei Tagen hat uns Stinnes die Informationen geliefert, die wir brauchen, um den Spionen in den Laboratorien des Verteidigungsministeriums in Cambridge das Handwerk zu legen. Schon seit Monaten war bekannt, daß es da irgendwo ein Loch gab, und jetzt ergibt sich endlich die Möglichkeit, dieses Leck zu orten und zu stopfen.«

»England?« fragte ich. »Cambridge in England? Bret, immer langsam! Wir sind nicht befugt, Spionagenetze des KGB in England zu zerschlagen. Dafür ist das Innenministerium zuständig. Das ist ein Job für MI 5. Die wären stinksauer, wenn wir uns da einmischten.«

Bret ging zum Kamin, hockte davor nieder und stubste das brennende Holzscheit mit den Fingerspitzen. Ein Funkenregen ging von ihm nieder. Bret säuberte sich die Finger mit einem Papiertaschentuch, ehe er sich mir gegenüber auf dem weichen Lederpolster niederließ. Er lächelte sein breites, gewinnendes Hollywood-Lächeln. Die Geste zielte darauf ab, die dramatische Wirkung der folgenden Erklärung zu steigern. Alles, was er tat, war berechnet, und er liebte das Drama so, daß er sich jederzeit über jeden, der gerade in Sicht war, maßlos aufregen konnte, wenn ihm der Sinn nach einer dramatischen Szene stand. »Wir sind offiziell bevollmächtigt, Erich Stinnes weiterhin festzuhalten. Das Innenministerium hat sich den Gründen unseres Direktors gebeugt und eingewilligt, uns die ersten Verhöre durchführen zu lassen, damit wir feststellen können, inwiefern durch Stinnes' Aussagen Mitarbeiter unserer Abteilung belastet oder entlastet werden.«

»Du meinst, wir können ihn festhalten, solange noch Unklarheit über die Art meiner Beziehung zum KGB besteht?«

»Natürlich«, sagte Bret. »Du weißt ganz genau, daß wir Zweifel an deiner Zuverlässigkeit vorschieben. Wie du siehst, ist uns damit fabelhaft gedient. Also spiel jetzt nicht die beleidigte Leberwurst, Bernard. Es handelt sich doch nur um einen Vorwand. Glaubst du denn, man würde dich an Stinnes überhaupt heranlassen, wenn du tatsächlich unter Verdacht stündest?«

»Ich weiß nicht, Bret. Es gibt ein paar verdammt komische Leute in der Abteilung.«

»Du stehst nicht wirklich unter Verdacht, also rege dich ab.«

»Und nun willst du irgendeinen armen Schlucker in das Cambridge-Netz einschleusen, und der soll versuchen, den Brüdern da auf die Schliche zu kommen? Das hat doch keine Chance. Können wir da nicht eine amtliche Untersuchung veranlassen, ganz offiziell, mit Verhören und so?«

»Das würde zu lange dauern. Wir müssen schnell zuschlagen. Wenn wir eine amtliche Untersuchung verlangen, wird MI 5 die übernehmen, sobald wir Stinnes überstellen müssen, und dann nehmen die die Verhaftungen vor und ernten den ganzen Ruhm. Nein, die Sache eilt. Wir werden das selbst deichseln.«

»Und den Ruhm erntest dann du«, sagte ich.

Bret war nicht beleidigt. Er lächelte. »Laß gut sein, Bernard«, sagte er freundlich. »Du solltest mich besser kennen.« Er redete dabei die Decke an, denn er saß in den weichen Kissen des Sofas, den Kopf zurückgeworfen und die Wildleder-Mokassins auf der gläsernen Tischplatte gerade ausgestreckt, wie ein Lineal. Draußen wurde der Himmel dunkler, und im Zimmer war es jetzt trotz der weißen Wände schummrig.

Auf Brets letzte Bemerkung ging ich nicht ein. Ich kannte ihn nicht besser. Ich kannte ihn überhaupt nicht. »Du wirst aber die Leute von MI 5 verständigen müssen.«

»Habe ich schon gemacht, gestern abend.«

»Was, du hast den Beamten verständigt, der zufällig an einem Freitagabend Nachtdienst hatte? Die werden fuchsteufelswild sein. Wann willst du deinen Mann einschleusen?«

»Heute abend.«

»Heute abend?« Fast hätte ich den Schluck Gin-Tonic, den ich eben im Mund hatte, durch die Nase wieder ausgepustet.

»Wer ist sein Führungsoffizier? Ist *Operations* unterrichtet? Wer hat das genehmigt?«

»Reg dich ab, Bernard. Wird schon alles glattgehen. Der Direktor hat eingewilligt. Nein, die von *Operations* sind nicht unterrichtet. Besser, sie erfahren nichts davon. Geheimhaltung ist von höchster Wichtigkeit.«

»Geheimhaltung ist von höchster Wichtigkeit? Und dann erzählst du, was du vorhast, dem Mann, der zufällig Freitag abend bei MI 5 Nachtdienst schiebt? Das sind doch meistens noch Volontäre, die da an den Wochenenden am Telefon sitzen, junge Leute ohne jede Autorität. Ganz gleich, wen du erwischt hast, der Betreffende wird sich absichern wollen, hat inzwischen bestimmt schon bei allen Adressen in seinem Kontaktbuch Meldung gemacht und überlegt jetzt, wen er noch alles anrufen sollte.«

»Du kriegst allmählich den Verfolgungswahn, Bernard«, stellte Bret fest. Er lächelte, um mir zu zeigen, wie ruhig er blieb. »Selbst wenn ich einen unerfahrenen Jüngling erwischt habe, ist das, was der jetzt den Dienst- und Au-pair-Mädchen seiner Vorgesetzten mit der Bitte anvertrauen kann, es auszurichten, keineswegs eine ausdrückliche Beschreibung unserer Operation. Mach dir also keine Sorgen.«

»Aber Bret, überleg doch mal«, wandte ich ein. »Siehst du denn nicht ein, daß allein diese Aufregung – daß da plötzlich dringende Botschaften für höhere Beamte des MI 5 an allen möglichen und unmöglichen Orten hinterlegt werden –, daß das schon genügt, deine Operation zu gefährden?«

»Der Meinung bin ich nicht«, erwiderte er, aber nun lächelte er nicht mehr.

»Irgendein schlauer Zeitungsmann wird schließlich von der Sache Wind bekommen. Und wenn das passiert, kriegst du Ärger, verlaß dich drauf.«

»Wieso ich?«

»Na, was werden denn diese Meldungen besagen? Daß wir im Begriff stehen, uns in Sachen einzumischen, die uns nichts angehen. Sie werden melden, daß wir Anstalten machen, MI 5 die Arbeit wegzunehmen. Mit Recht werden sie das melden.«

»Hier handelt sich's doch nicht um einen heißen Tip fürs Pferderennen. Die werden schon vernünftig sein«, sagte Bret.

»In der ganzen Stadt wird sich das rumsprechen«, sagte ich.

»Du bringst deinen Mann in Gefahr, in echte Gefahr. Blase die Operation ab.«

»MI 5 wird derartige Geheimnisse doch nicht in die Zeitungen kommen lassen.«

»Das hoffst du. Aber das fragliche Geheimnis ist nicht ihres, sondern unseres. Glaubst du, daß es denen was ausmacht, wenn der Grünschabel, den du auf die Sache ansetzt, dabei auf die Nase fällt? Im Gegenteil, sie wären entzückt. Das würde uns doch zeigen . . . Und weshalb sollten sie etwas dagegen haben, daß die Geschichte in die Zeitungen kommt? Wenn die Schlagzeilen verkünden, daß wir anfingen, in ihrem Revier zu wildern, wäre das denen doch nur recht.«

»Ich weiß nicht, ob ich mir das noch länger anhören will«, sagte Bret indigniert. Das war Bret in Erwartung seiner Erhebung in den Adelsstand – loyaler Diener Ihrer Majestät und so weiter. »Ich bin überzeugt, daß MI 5 geheime Informationen ebenso vertraulich behandelt, wie das bei uns üblich ist.«

»Ich auch, solange sich's um deren eigene Geheimnisse handelt. Aber das ist hier nicht der Fall. Was hier vorliegt, ist eine Botschaft – eine Botschaft von dir; und sie betrifft nicht eine ihrer eigenen Operationen, sondern eine von uns. Überdies wurde ihnen diese Botschaft an einem Freitagabend übermittelt, ganz unverkennbar in der Absicht, während des Wochenendes ihrem Einspruch gegen die angekündigte Operation zuvorzukommen, um sie am Montag vor vollendete Tatsache zu stellen. Wie kannst du erwarten, daß sie sich das gefallen lassen und dir auch noch dabei helfen?«

»Deine Bedenken kommen zu spät«, sagte Bret. »Hoffen wir also das beste.« Er entnahm einem Behälter, der so bemalt war, daß er wie eine Trommel der Regimentskapelle der *Grenadier Guards* aussah, zwei Eiswürfel und warf sie in sein Glas. In Brets Glas hielt sich ein Drink Ewigkeiten, während meines immer leer war, ehe ich's mich versah. Auch mir bot er Eis an, ich schüttelte aber den Kopf. »Die ganze Operation ist genehmigt, mit Brief und Siegel. Wir werden nicht lange versuchen, das Netz zu infiltrieren. In einem Büro in Cambridge stehen Akten über alle Operationen und die Verbindungen dieser Leute. Die Akten sind so verschlüsselt, daß sie für uneingeweihte Leser irgendwelche normalen Geschäftsvorgänge zu betreffen scheinen. Aber das sollte uns keine unüberwindlichen Schwierigkeiten bereiten. Wir schikken gleich heute abend einen Mann dorthin. Er kommt vorher hier vorbei, um dich zu sprechen.«

»Fabelhaft, Bret«, sagte ich ironisch. »Das fehlt mir gerade, daß dein zahmer Gorilla sich meine Züge einprägt, ehe er in einen Teppich gewickelt und nach Moskau transportiert wird.«

Bret gestattete sich ein kaum merkliches Lächeln. »Hier handelt es sich nicht um eine Operation dieser Art, Bernard. Vergiß nicht, daß wir diesmal in England operieren. Wenn irgend jemand stören will, legen wir den Schweinen Handschellen an, nicht die uns.«

Ich fühlte meinen Widerstand erlahmen. Ich hätte hart bleiben sollen, aber ich gab nach, denn plötzlich hielt ich es für möglich, daß die Sache wirklich so anstandslos über die Bühne ging, wie Bret voraussetzte. »Na gut. Was soll ich also machen?«

»Fahre ihn nach Cambridge und paß dort auf, daß er nicht zu Schaden kommt.« Das war es also. Ich hätte wissen müssen, daß man nicht umsonst einer Einladung in Brets Haus gewürdigt wird. Mir sank das Herz in die Hosen. Mir war zumute, wie vermutlich manchem der Mädchen zumute gewesen sein mag, die als Brets Gäste die Erfahrung machten, daß – ob sie nun an seinen Kunstschätzen interessiert waren oder nicht – kein Weg an seinem Schlafzimmer vorbeiführte. Er sah mir das an. »Dachtest du, ich würde versuchen, es selbst zu tun?«

»Aber nein«, sagte ich.

»Wenn du wirklich meinst, ich sollte es selbst tun, Bernard, werde ich's versuchen.« Er war unruhig. Wieder stand er auf und schenkte mir Gin nach. Erst in diesem Augenblick bemerkte ich, daß ich mein Glas inzwischen schon wieder geleert hatte. »Ich glaube aber, unser Mann verdient die beste Unterstützung, die wir ihm bieten können. Und die hat er, wenn du ihn begleitest.«

Er setzte sich wieder. Ich antwortete nicht. Für einen Augenblick saßen wir stumm in diesem schönen Raum und hingen jeder seinen eigenen Gedanken nach. Ich weiß nicht, was Bret dachte, aber ich überlegte mir wieder einmal, in welcher Beziehung er zu meiner Frau gestanden haben mochte.

Ich war fast überzeugt gewesen, daß Fiona mich mit Bret betrog. Ich sah ihn mir an. Sie war genau richtig für ihn, eine sehr schöne Frau aus reicher Familie. Sie war weltklug und kultiviert, wie es nur reiche Leute sind. Sie hatte die Selbstsicherheit, Unerschütterlichkeit und den Scharfsinn, mit denen Mutter Natur gewöhnlich nur erstgeborene Kinder bedenkt.

Der Argwohn und die Eifersucht jener noch nicht lange zurückliegenden Zeit hatten mich nie ganz verlassen und färbten noch immer das Bild, das ich von Bret hatte. Höchstwahrscheinlich würde ich nie erfahren, ob mein Verdacht zu Recht bestand, und ich war mir auch keineswegs sicher, daß ich es wirklich wissen wollte. Dennoch beschäftigte mich diese Frage immer wieder. Waren sie zusammen in diesem Zimmer gewesen?

»Ich werde dich nie verstehen, Bernard«, sagte Bret plötzlich. »Du bist so voller Zorn.«

Am liebsten hätte ich darauf gesagt, ein zorniger Mann in mittleren Jahren sei immer noch besser als ein alter Scheißkerl, aber, ehrlich gesagt, wußte ich nicht, ob ich Bret wirklich für einen Scheißkerl hielt. Ich wußte einfach nicht, was ich von ihm halten sollte. Dabei hatte ich während der letzten Monate wahrhaftig viel, angestrengt und nicht gerade wohlwollend über ihn nachgedacht. Zunächst weil ich ihn verdächtigte, ein Verhältnis mit Fiona zu haben, und jetzt, weil er des Landesverrats verdächtig war. Die beiden Verdächtigungen schienen einander gegenseitig zu bestätigen. Wenn Bret und Fiona Ehebruch miteinander trieben – warum nicht auch Landesverrat?

Es war niemals eine offizielle Untersuchung gegen mich eingeleitet worden, aber Bret hatte versucht, mich zu dem Geständnis zu überreden, daß ich mich mit meiner Frau verschworen hätte, die Geheimnisse der Abteilung zu verraten. Ein wenig von dem Dreck, mit dem er mich beschmissen hatte, war hängengeblieben. Vielleicht hatte er auf diese Weise sehr schlau die eigenen Spuren verwischt. Niemals hatte jemand Bret beschuldigt, mit Fiona unter einer Decke gesteckt zu haben. Niemand hatte auch nur vermutet, daß sie vielleicht miteinander ins Bett gingen. Niemand, außer mir. Ich hatte immer gesehen, wie anziehend sie ihn finden mußte, denn er war ein Mann von der Art meiner Rivalen, als ich sie kennenlernte: reife, erfolgreiche Männer - keine Oxbridge-Absolventen, die versuchten, in einer Handelsbank Karriere zu machen, sondern Männer, die viel älter waren als Fiona. Männer mit Dienstboten und großen glänzenden Wagen, die alles einfach mit ihrer unter die Rechnung gesetzten Unterschrift bezahlten. Es war jetzt sehr dunkel im Zimmer, und man hörte Donnergrollen. Dann noch einmal Donner. Ich sah das hin- und herschwingende Messingpendel der Uhr blitzen. Brets Stimme kam aus der Dunkelheit: »Oder ist es Traurigkeit? Zorn oder Traurigkeit – was plagt dich, Samson?«

Ich hatte keine Lust, mich auf seine albernen Studentenspiele oder blasierten Jet-set-Spiele, oder was sie sonst waren, einzulassen. »Wann erwartest du denn den armen Hund?« fragte ich.

»Wir haben keine Zeit verabredet. Zum Tee wird er hier sein.«

»Na, großartig«, sagte ich. *Earl Grey,* zweifellos, und ich vermutete, daß Brets Haushälterin diesen in einer silbernen Teekanne mit *muffins* und hauchdünnen Gurkensandwiches ohne Kruste servieren würde.

»Du hast mit Langer geredet«, sagte er. »Hat er mich wieder madig gemacht, wie gewöhnlich? Was hat er denn diesmal erzählt?«

»Er redete davon, wie du damals nach Berlin kamst und ihn gezwungen hast, seine Agentennetze abzuwracken.«

»Er ist so ein Gauner. Nimmt er mir das wirklich immer noch übel, nach all den Jahren?«

»Er denkt, du hättest damit ein gut funktionierendes System ruiniert.«

»Das ›Berliner System‹, das berühmte ›Berliner System‹, das Langer immer für seine persönliche Schöpfung hielt. Tatsächlich hat es Langer ruiniert, indem er es so in Mißkredit brachte, daß die Londoner Zentrale mich schließlich mit dem Auftrag nach Berlin schickte, was davon noch zu retten war, aus den Trümmern zu bergen.«

»Warum du?« fragte ich. »Du warst damals doch noch sehr jung.«

»Die Welt war damals noch sehr jung«, sagte Bret. »Großbritannien und die USA hatten gemeinsam den Krieg gewonnen. Gemeinsam, Arm in Arm, wollten wir auch den Frieden gewinnen.«

»Weil du Amerikaner warst?«

»Richtig. Ein Amerikaner konnte sich ansehen, was da in Berlin lief, und unparteiisch darüber befinden. Ich sollte der Mann sein, der die Tommies und die Yankees in Berlin wieder zu einer Mannschaft vereinte, die am selben Strang zog. Das war die Theorie. Praktisch konnte ich sie nur in ihrem Haß und ihrem Widerwillen gegen mich vereinigen. Die verschiedenen in Berlin tätigen westlichen Nachrichtendienste arbeiteten nur bei der Aufgabe zusammen, mich an der Nase herumzuführen und aufs Kreuz zu legen. Mann, haben die mir das Leben schwergemacht, alle miteinander. Sie sorgten mit vereinten Kräften dafür, daß ich an die Leute, die ich brauchte, an die Dokumente, die ich sehen wollte, nicht herankam und daß ich kein zuverlässiges Büropersonal zur Verfügung hatte. Tatsächlich besaß ich nicht mal ein richtiges Büro. Wußtest du das? Hat Langer dir erzählt, wie er es angestellt hat, daß kein Deutscher für mich arbeiten wollte?«

»Wie ich die Geschichte hörte, haben sie dir eine große Wohnung und zwei Dienstboten gestellt.«

»Inzwischen glaubt Langer das wohl selber, obwohl er es wirklich besser weiß. Aber hat er denn von der russischen Fürstin nichts gesagt?«

»Doch, die hat er auch erwähnt.«

»Die Wahrheit ist, daß diese Sauhunde mich zwangen, ein Büro mit einem Mann zu teilen, der jeden Tag meine Akten durchschnüffelte und ihnen berichtete, was ich trieb. Als ich mich um ein eigenes Büro bemühte, haben sie mich behindert, wo sie konnten. Schließlich habe ich mit einer Freundin meiner Mutter Kontakt aufgenommen. Die Frau war nicht jung, sie war keine Fürstin und nie in Rußland gewesen, obwohl ihre Mutter entfernt mit russischem Adel verwandt war. Sie hatte eine große Wohnung an der Heerstraße, und indem sie mir die Hälfte davon überließ, konnte sie verhindern, daß die ganze Wohnung von irgendeiner anderen Militärbehörde beschlagnahmt und sie selbst auf die Straße gesetzt wurde. Damit war uns beiden gedient. Ich richtete mir bei ihr ein Büro ein, und eine Nachbarin erledigte meinen Schreibkram.«

»Langer sagt, sie wäre dick mit den Nazis befreundet gewesen, deine Freundin.«

»Sie hat den ganzen Krieg über in Berlin gelebt, und die Bolschewisten hatten eine Menge von ihren Verwandten massakriert, sie wird also vermutlich für Onkel Joe nicht viel übrig gehabt haben. Aber unter den Verschwörern des 20. Juli hatte sie enge Freunde. Nach dem Attentat in der Wolfsschanze ist sie vom SD verhaftet und verhört worden. Sie hat drei Nächte in den Zellen des Gestapohauptquartiers in der Prinz-Albrecht-Straße verbracht. Um ein Haar wäre sie in ein Lager abtransportiert worden, aber damals wurden mehr Leute verhaftet, als in der Prinz-Albrecht-Straße unterzubringen waren, und weil man sie vermutlich doch für vergleichweise harmlos hielt, hat man sie laufenlassen, ehe der Transport abging.«

»Es gab Krach wegen Langers Schwager«, sagte ich.

»Allerdings. Wenn Langer sich ein bißchen geduckt und den Schnabel gehalten hätte, wäre dieser Krach vielleicht zu vermeiden gewesen. Aber Langer trat gern großspurig auf. Und zu mir ging er sofort auf Kollisionskurs, schon weil ich ein Landsmann von ihm war. Er wollte der einzige Amerikaner am Platze sein, und so, wie er diese Rolle spielte, konnte er sich ja wirklich damals alle möglichen Freiheiten nehmen. Das Büro sah ihm viele Unregelmäßigkeiten nach, weil die Engländer zu wissen meinten, daß Amerikaner eben ihre eigenen unkonventionellen, aber unerhört praktischen Methoden hätten, Probleme zu lösen.«

»Er ist also aus dem Dienst ausgeschieden?«

»Das war bitter für ihn, aber schließlich ist er auf die möglichen Konsequenzen seiner Eheschließung mit dieser Frau rechtzeitig hingewiesen worden. Ich konnte schließlich angesichts eines SS-Mannes in Langers Wohnzimmer nicht beide Augen zudrücken, wenn ich andererseits kurzen Prozeß mit Kerlen machte, die nichts Schlimmeres verbrochen hatten, als in die Partei einzutreten, um ihre Anstellung bei der Schulbehörde zu behalten.«

Ich antwortete nicht. Ich versuchte, Brets Darstellung der Ereignisse mit Langers glühendem Haß in Übereinstimmung zu bringen. »Schlimme Zeiten waren das damals«, sagte ich.

»Hast du jemals was von CROWCASS gehört?« sagte Bret.

»Ganz vage. Was ist das denn?«

»Unmittelbar nach Einstellung der Feindseligkeiten begann SHAEF mit der Anlage einer Kartei, die alle Personen erfassen sollte, die verdächtig waren, an Kriegsverbrechen beteiligt gewesen zu sein, dem *Central Registry of War Criminals and Security Suspects,* abgekürzt CROWCASS. Gut möglich, daß diese Kartei die Ermittlungen eher behinderte als förderte, weil die Leute, die sie anlegten, keinen Durchblick hatten, wie später behauptet wurde. Aber damals zweifelten wir auch nicht an unserem Durchblick. Und Langers Schwager war in dieser Kartei erfaßt.«

»Hat Langer das gewußt?«

»Natürlich.«

»Wann hat er's denn erfahren?«

»Ich weiß nicht, wann er es erfahren hat. Aber daß sein zukünftiger Schwager bei der Waffen-SS gedient hatte, wußte er vor seiner Heirat. Ich weiß das, denn ich fand bei den Akten die Kopie eines Schreibens, in dem man ihn darauf aufmerksam machte und ihm riet, von der geplanten Eheschließung abzusehen. Alle ehemaligen Angehörigen der SS und der Waffen-SS aber wurden automatisch verhaftet, wenn sie nicht nachweisen konnten, daß sie sich bereits einer Untersuchung gestellt und den gegen sie bestehenden Verdacht hatten entkräften können. Aber Langer kümmerte sich um diese Regelungen nicht. Er spielte wieder die amerikanische Karte. Er machte den Briten weis, für ihn hätten die Amerikaner eine Sonderregelung getroffen – und gegen die Amerikaner berief er sich auf eine Sonderregelung der Briten. Langer ist ein gerissener Bursche. Vermutlich weißt du das.«

»Wußtest du es nicht?«

»Ich weiß es jetzt und wußte es damals. Aber dann schwärmten alle von dem Agentennetz, das er aufgebaut hatte. Was dabei herauskam, konnte mir natürlich niemand zeigen – die Sicherheitsvorschriften verboten das. Ich mußte also einfach glauben, daß Langers Agenten fabelhaft nützliche Informationen lieferten.«

»Er hat ein paar gute Leute zu uns gebracht. Er hatte schon vor dem Krieg in Berlin gelebt. Er kannte jeden dort. Er kennt noch immer jeden dort.«

»Aber was sollte ich denn machen?« fragte Bret abwehrend.

»Sein verdammter Schwager lief mit einer Kennkarte herum, die ihn als Lohnbuchhalter einer Baufirma auswies. Während des Krieges war er angeblich Sanitäter bei der Marine gewesen. So weit, so gut. Aber dann wurde er eines Abends bei einer Kneipenschlägerei im Wedding verhaftet und wegen Volltrunkenheit und Widerstands gegen die Staatsgewalt über Nacht eingebuchtet. Auf der Polizeiwache haben sie ihn unter die Dusche gestellt, ehe sie ihn in die Ausnüchterungszelle steckten, und dabei fiel einem Polizisten, dem er vorher übel mitgespielt hatte, die nur bei der SS übliche Blutgruppentätowierung an seinem Arm auf.«

Draußen verbarg jetzt grauer Nebel den Fluß, und Regen prasselte gegen die Scheiben. Bret saß in tiefem Schatten, und seine Stimme klang unpersönlich, wie diejenige eines zu unanfechtbaren Ergebnissen gelangten Elektronenrechners.

»Ich mußte darauf reagieren«, sagte er. »Die Meldung kam von der Polizei. Sie wurde dem Büro zugestellt, aber niemand wollte die unangenehme Geschichte auf seinem Schreibtisch haben. Man hat sie deshalb an mich weitergeleitet, ordnungsgemäß. Wahrscheinlich war das überhaupt das einzige Stück Papierkram, das je ordnungsgemäß an mich weitergeleitet wurde.« Ich sagte nichts. Bret merkte, daß seine Erklärung überzeugend klang, und stieß nach. »Langer hielt sich für unentbehrlich«, sagte er. »Dazu ist natürlich jeder geneigt, aber wenn man mehrere Agentennetze führt – Agentennetze, die allem Anschein nach sehr gute Arbeit leisteten –, ist der Irrtum fast verzeihlich. Nichtsdestoweniger erwies sich die Vorstellung auch bei Langer als Irrtum. Niemand ist unentbehrlich. Das Berliner System funktionierte ohne Langer weiter. Dein Vater hat die Schäden repariert.«

»Langer glaubt, daß mein Vater ihm geholfen hätte. Er ist überzeugt, daß man meinen Vater absichtlich aus Berlin entfernt hat, um es dir leichter zu machen, Langer in die Pfanne zu hauen.«

»Das ist Quatsch, und Langer weiß das. Dein Vater hat seine Sache in Berlin sehr gut gemacht. Silas Gaunt war sein Chef, und als Silas befördert wurde, hat er sich deinen Vater nach London geholt. Es gab zwar nichts Schriftliches darüber, aber man nahm allgemein an, daß deinen Alten Herrn mit Silas zusammen eine große Zukunft in der Londoner Zentrale erwartete.«

»Also, wie ging's dann weiter?«

»Als Langer sauer wurde, versuchte er, seine Agentennetze an die US-Army zu verhökern. Die ließ aber natürlich die Finger davon.«

»Die Agentennetze waren doch exzellent«, wandte ich ein.

»Nun gut, aber selbst wenn sie super gewesen wären, glaube ich nicht, daß er's geschafft hätte, das *Counter Intelligence Corps,* die Spionageabwehr der Army, zu überreden, sie zu übernehmen.«

»Warum?«

»Das CIC interessierte sich nicht sonderlich für die Vorgänge in der Sowjetzone. Seine Aufgabe war Sicherheit. Die Leute vom CIC jagten Nazis, Neonazis und subversive kommunistische Gruppen, die im Westen operierten.«

»Warum haben sie Langer dann nicht an irgendeine andere Abteilung weitergereicht?«

»Damals hatten die USA noch keinen gegen die UdSSR operierenden Nachrichtendienst. Der Kongreß billigte nichts, was dem guten Ruf Uncle Sams bei den sowjetischen Waffenbrüdern zu Schaden gereichen konnte. Ein paar Veteranen des alten OSS arbeiteten für etwas, das sich das *War Department Detachment* nannte und einer Organisation angehörte, die als *Central Intelligence Group* bezeichnet wurde. Aber diese ganze zentrale Nachrichtengruppe einschließlich der Sonderabteilung des Kriegsministeriums war ein Haufen von Dilettanten, über den die Russen sich mit Recht lustig machten. Langer hat auch bei denen die Klinken geputzt, konnte seine Agentennetze aber schließlich nirgends anbringen.«

»Absatzschwierigkeiten im Menschenhandel, sozusagen?«

»So etwa wurde das von den Agenten gesehen, als sie schließlich von Langers Schwierigkeiten Wind bekamen. Verraten und verkauft fühlten sie sich, und wenn Langer zu irgendeiner Zeit bei ihnen beliebt gewesen sein sollte, war er's nun mit Sicherheit nicht mehr.«

»Und mein Vater kam nach Berlin zurück, um zu reparieren, was Langer kaputtgemacht hatte?«

»Ja, dein Vater meldete sich freiwillig für die Aufgabe, obwohl er wußte, daß er dadurch seine Beförderungschancen in London verpaßte. Unterdessen wurde Langer nach Hamburg geschickt, um sich dort ein bißchen zu beruhigen.«

»Er hat sich aber nicht beruhigt?«

»Er wurde im Gegenteil immer wütender. Und als dein Vater sich weigerte, ihn zu reaktivieren, wenn er sich nicht völlig von seinem SS-Schwager distanzierte, nahm Langer seinen Abschied.«

»Willst du mir erzählen, daß mein Vater Langer gefeuert hat?«

»Sieh doch in den Akten nach. Sie sind nicht streng geheim.«

»Langer gibt dir die Schuld.«

»Wenn er mit dir spricht, gibt er mir die Schuld.«

»Gibt er dir gegenüber meinem Vater die Schuld?«

»Im Laufe der Jahre hat Langer schon jedem die Schuld gegeben, von Präsident Truman bis zum letzten Registraturbeamten. Frei von jeder Schuld an seinem Pech ist in seinen Augen nur ein Mann: Er selbst.«

»Die Entscheidung war bestimmt nicht leicht«, sagte ich. »Ob der Kerl nun bei der SS war oder nicht, ich bewundere die Festigkeit, mit der Langer zu ihm gehalten hat. Vielleicht hat er das Richtige getan. Wenn er seinen Schwager auf die Straße gesetzt hätte, wäre das das Ende seiner Ehe gewesen. Und diese Ehe besteht noch immer und scheint ganz glücklich zu sein.«

»Langer wollte seinen Schwager nicht auf die Straße setzen, weil dieser Schwager allwöchentlich bis zu tausend Dollar vom schwarzen Markt nach Hause brachte.«

»Soll das ein Witz sein?«

»In dieser Schicksalsnacht, in der er im Wedding festgenommen wurde, hatte er fast tausend Dollar in der Tasche und noch einmal den gleichen Betrag in Besatzungswährung. Das war es ja, was ihn dem besonderen Interesse der Polizisten empfahl, die ihn verhafteten. Wenn du mir nicht glaubst, kannst du dir ihren Bericht ja selbst ansehen.«

»Du weißt genau, daß ich das nicht kann. So alte Vorgänge sind nicht im Computer gespeichert, und in der Ablage danach zu suchen ist absolut hoffnungslos.«

»Dann frage irgend jemand, der damals in Berlin war. Verlaß

dich drauf, Langer hat bei seinem Schwager abkassiert. Es hieß übrigens, daß Langer seinerseits auch manche Geschäfte seines Schwagers arrangierte.«

»Wie?« fragte ich, obwohl ich mir das denken konnte.

»Ich weiß es nicht genau, kann's mir aber denken. Langer hört von einem seiner Agenten, daß irgendwo ein dickes Geschäft vor dem Abschluß steht. Anstatt nun, wie es seine Pflicht gewesen wäre, die Schwarzhändler zu verhaften und das Geschäft zu vereiteln, beteiligt er seinen Schwager daran.«

»Wenn er solche krummen Dinge gedreht hätte, wäre er früher oder später auf die Fresse gefallen.«

»Ach, tu nicht so unschuldig, Samson, das steht dir nicht. Du weißt doch, was damals in Berlin los war. Du weißt doch, wie das gedeichselt wurde. Langer brauchte nur zu sagen, er wolle die Schwarzhändler fürs erste ungeschoren lassen, weil einer von ihnen ein wichtiger sowjetischer Agent sei. Sein Schwager spielte dann Langers Lockvogel. Das Geschäft wurde abgewickelt, Langers Lockvogel und Langer kassierten, ohne Ärger seitens der Behörden befürchten zu müssen. Ein idiotensicheres Verfahren. Ihnen konnte keiner.«

Es wurde an der Tür geklingelt. Ich hörte die Haushälterin in die Eingangshalle gehen.

»Das wird unser Mann für den Bruch heute abend sein«, sagte Bret. »Dich wird dieser Job bestimmt an die guten alten Zeiten erinnern, Bernard.«

Dann öffnete sich die Tür, und Ted Riley trat ein.

XV.

»Warum haben Sie sich bloß auf diesen Scheiß eingelassen?« fragte ich Ted Riley, sicherlich schon zum hundertsten Mal. Und zum hundertsten Mal wich Ted einer ordentlichen Erklärung aus. Er hatte es nicht eilig. Er trank Powers Irish Whiskey, und der verfehlte seine Wirkung auf ihn keineswegs, denn wenn er sprach, war jetzt der Tonfall der irischen Grafschaft Kerry unverkennbar, und mir fielen tausend Geschichten ein, die mir Ted in genau diesem singenden Ton erzählt hatte, als ich noch ein kleiner Junge gewesen war.

Eine von diesen Geschichten handelte von Teds Großvater, der allabendlich den frisch gestochenen Torf sauber aufstapelte, um beim rosigen Licht jedes Morgens, den Gott werden ließ, zu entdecken, daß man ihm über Nacht einen Teil davon geklaut hatte. So ging das jahrelang, bis Großvater Riley eines Abends Schießpulver in die frisch gestochenen Torfballen praktizierte, was zur Folge hatte, daß die Hütte eines Nachbarn abbrannte. Nur um der Rache der Verwandten des Geschädigten zu entgehen, waren die Rileys in die Grafschaft Kerry gezogen, wo dann, wie der besondere Tonfall seiner Stimme verriet, Ted das Licht der Welt erblickte. Welche von Teds Geschichten auf reiner Wahrheit beruhten, werde ich sicherlich nie erfahren. Teds Geschichten alle miteinander waren Teil meiner Bildung wie die Klettertouren in den Trümmern Berlins und das Schlittschuhlaufen auf dem Müggelsee.

»Hhhhh.« Teds Gähnen war ein Symptom der Besorgtheit. Allen Geschöpfen Gottes impft die Angst Schläfrigkeit ein, treibt sie, sich einen ruhigen, versteckten Winkel zu suchen, wo sie sich von der bösen Welt zurückziehen und erst mal ordentlich ausschlafen können.

Wir saßen in einem Hotelzimmer. Ziemlich die Hälfte meines erwachsenen Lebens habe ich im Hotel verbracht. Diesmal war es ein Hotelzimmer in Cambridge, doch erinnerte hier nichts an die gotischen Türme und Bogengänge der alten Universitätsstadt. Das Hotel stand an einer Geschäftsstraße weit von der Universität, ein schäbiges Hotel, wo man rissiges Linoleum unter den Füßen hatte, Toiletten am Ende des Ganges und fließendes Wasser in jedem Zimmer – der tropfende Hahn in unserem hatte allen meinen Bemühungen, ihn zum Schweigen zu bringen, hartnäckig widerstanden.

Es war später Abend, aber wir hatten das Licht im Zimmer nicht angeschaltet. Die Vorhänge waren nicht geschlossen, und so leuchteten durch das Fenster die Straßenlaternen herein, und nur ihr gallig-gelber Schein erhellte unser Zwiegespräch. Ted Riley hatte sich aufs Bett geworfen, ohne seinen feuchten Regenmantel auszuziehen, und den Hut ins Gesicht gezogen. Nur wenn er trank, schob er diesen für Augenblicke zurück.

Ich stand in der Nähe des Fensters und betrachtete durch die Gardinen das Gebäude auf der anderen Straßenseite. Es war ein altes, vierstöckiges Mietshaus, die Fassade rußgeschwärzt und vom Zahn der Zeit schon mancher Ornamente beraubt. Die Messingschilder neben dem Haupteingang gaben uns die Auskunft, daß sich dort ein Architektenbüro und eine Industrie-Design-Firma neben der Anwaltspraxis befanden, die das Ziel unseres Ausflugs war. Im obersten Geschoß lag die Wohnung des Hauswarts, der jedoch, wie Teds diesbezügliche Ermittlungen ergeben hatten, heute besuchsweise bei der Familie seines Sohnes in London weilte. Das ganze Gebäude war dunkel.

»Ach, ich meine . . . Wissen Sie . . .«, sagte Ted und hob, mir zutrinkend, sein Glas. Damit hätten alle meine Fragen beantwortet sein sollen.

Ted Riley versuchte mir klarzumachen, daß – ganz gleich, wie sorgfältig er auch um Erklärungen bemüht war – ich jedenfalls ihn nicht verstehen würde. Wir gehörten verschiedenen Generationen an, und das trennte uns um so mehr, als Teds Generation hatte in den Krieg ziehen müssen und meine nicht. Ted war ein Freund meines Vaters, und Teds Gebärde gab mir unmißverständlich zu verstehen, daß mein Vater jene Frage nie gestellt, sondern die Antwort darauf bereits gewußt hätte. Deshalb antwortete Ted mir nicht. Natürlich paßte ihm die Überzeugung von der überlegenen Einsicht meines Vaters jetzt auch in den Kram.

Ich goß mir noch etwas Whiskey ein und trat mit der Flasche an das Bett. Ted hielt mir sein leeres Glas hin, ohne sich den Hut aus dem Gesicht zu schieben. Ich goß ihm reichlich ein, er würde die Stärkung brauchen.

»Danke, mein Junge«, sagte er.

Ganz gleich, wie nahe ich mich ihm auch fühlte, Ted Riley hielt mich für den Jungen, der es weit gebracht hatte. Wer seine Füße unter einen Schreibtisch in der Londoner Zentrale stecken konnte, atmete die Luft der Etablierten ein, abseits der Männer und Frauen, die in einer sehr entlegenen Welt die eigentliche Arbeit der Abteilung verrichteten.

»Wenn Ihr Mann mir was vorschlägt, kann ich's ihm nicht abschlagen«, sagte Ted. »Ich bin nur auf Widerruf eingestellt. Die Abteilung hat mir das ausdrücklich zu verstehen gegeben.« Er meinte natürlich Bret; und Bret war ›mein‹ Mann, weil ich ihn in seinem großen Auto zum Berwick House begleitet hatte.

Ich ging zum Fenster zurück, um die Straße zu beobachten. Viele Schritte waren es nicht. Der Raum war nicht geräumiger als ein großer Kleiderschrank. »Aber das ist doch schon so lange her«, hörte ich mich sagen, genau so, wie ich's von Leuten zu hören kriegte, die meinten, mich hinsichtlich meiner Vergangenheit beruhigen zu müssen. Einst pflegte die Zeit alle Wunden zu heilen, aber heutzutage halten Computer die Erinnerung unserer Sünden allzeit frisch, so daß alte Wunden auf Knopfdruck noch nach vielen Jahren wieder zu bluten anfangen.

Ein Streifenwagen der Ortspolizei fuhr vorbei. Nicht langsam genug, um Grund zu der Befürchtung zu geben, er observiere unser Ziel, doch andererseits nicht schnell genug, daß man meinen konnte, er sei nur zufällig hier vorbeigekommen. Ich beschloß, Ted meine Beobachtung nicht mitzuteilen. Ted war schon nervös genug.

»Für Erpressung gibt es keine Verjährung«, sagte Ted ohne besondere Bitterkeit im Ton. »In irgendeiner geheimen Akte ist die

Sache verzeichnet und kann jederzeit gegen mich verwendet werden, wenn ich nur irgendwie zu wünschen übriglasse.«

Einen Augenblick lang meinte ich, in dieser Rede einen Doppelsinn zu entdecken. Ich dachte, er wollte mir sagen, daß ich mich genau in der gleichen Lage befände. Aber das war nicht die Art der Abteilung. Wie kann man auch jemanden mit einer Sache erpressen, die schon allgemein bekannt ist? Nein, ebenso wie man Ted Rileys Schande sorgfältig verborgen hatte, würde man auch jeden vielleicht noch bestehenden Verdacht gegen mich fest unter Verschluß halten. Ich sagte: »Mein Gott, Ted. Schinken oder Käse oder Schnaps oder was immer ... das alles ist doch wirklich inzwischen so lange her, daß es jedem egal sein sollte.«

»Ich war jung und saudumm. Denen ging's gar nicht so sehr um meine kleinen Schwarzmarktgeschäfte. Die hatten vielmehr Angst, daß man mich gezwungen haben könnte, auch militärische Informationen zu verraten. Aber das habe ich damals nicht mal geahnt.«

»Vater hat das bestimmt nicht befürchtet«, sagte ich. »Der hätte Ihnen sein Leben anvertraut.«

Ted brachte brummend seine Geringschätzung meiner Sachkenntnis zum Ausdruck. »Ihr Vater hat das Disziplinarverfahren eingeleitet. Ich hätte die Sache vertuschen können, wenn nicht Ihr Vater davon erfahren hätte. Der hat mich dann nach London geschickt und mich gezwungen, die Suppe auszulöffeln, die ich mir eingebrockt hatte.«

Für einen Augenblick wurde mir übel. Ted war nicht nur ein enger Mitarbeiter meines Vaters gewesen, sondern überdies ein Freund der Familie. Als wir bei Lisl Hennig wohnten, ging er bei uns ein und aus. Ted gehörte zur Familie. Unser deutsches Dienstmädchen hielt immer ein Besteck und eine Serviette bereit, für den Fall, daß Ted unangemeldet zum Essen kam. »Das tut mir aber leid, Ted. Ich hatte keine Ahnung ...«

Ted brummte abermals. »Ich mache Ihrem Vater keine Vorwürfe. Die mache ich mir selbst. Ihr Vater hat nie ein Geheimnis daraus gemacht, daß er Verstöße gegen die Bestimmungen jedenfalls mit der ganzen Strenge des Gesetzes zu ahnden beabsichtigte. Und bei meinem Dienstgrad mußte ich mit besonders strenger Bestrafung rechnen. Ihr Vater hat nur getan, was seine Pflicht war. Er hat an mir ein Exempel statuiert. Ich trage es ihm nicht nach, Bernard.«

Die Stimme war die des schlanken, jungen Offiziers, der mich so mühelos auf seine Schultern gehoben hatte, um dann den Korridor entlang mit mir ins Badezimmer zu galoppieren und mich in die Wanne zu setzen. Trotz der schlechten Beleuchtung konnte ich aber erkennen, daß sie jetzt aus einem enttäuschten, dicken, alten Mann sprach.

»Dad war verdammt prinzipientreu, ich meine, unbeugsam«, sagte ich. Ich ging zum Bett und ließ mich darauf nieder. Die müden, alten Federn seufzten, und die Matratze gab unter meinem Gewicht nach.

»Gott habe ihn selig«, sagte Ted. Er streckte sich und berührte meinen Arm. »Sie hatten den besten Vater, den man sich nur wünschen kann. Er hat nie etwas von uns verlangt, das er nicht selbst getan hätte.« Teds Stimme schwankte. Ich hatte vergessen, daß Ted zu irischem Gefühlsüberschwang neigte.

»Dad war manchmal wie ein alter Preuße«, sagte ich, um die Atmosphäre etwas zu versachlichen. Ted war der rührseligen Stimmung nahe, in der er in herzzerreißendem Bariton zu singen pflegte: *Come back to Erin, mavourneen, mavourneen,* ich hatte das bei Weihnachtsfeiern in Berlin erlebt.

»Ein wahres Wort, wenn Sie vielleicht auch nur Spaß machen wollten«, sagte Ted mit rauher Stimme. »Ja, Ihr Vater war wie ein alter Preuße ... von der Art, die ich schätzte, wissen Sie, bescheiden, pflichtbewußt, gerecht. Als das Disziplinarverfahren durchgeführt wurde, kam Ihr Vater extra nach London, um als Entlastungszeuge für mich auszusagen. Ohne diese Aussage wäre ich aus der Armee ausgestoßen worden und hätte meinen Pensionsanspruch verloren.«

»Ist das Langer passiert?«

»So was in der Art«, sagte Ted, als wollte er davon nicht reden.

»Hat Langer illegale Geschäfte gemacht?«

Ted nahm den Hut von seinen Augen, um mich anzusehen, und lächelte. »Ob Langer illegale Geschäfte gemacht hat? Langer war auf dem besten Wege, König des schwarzen Markts in Berlin zu werden, als sie ihn nach Hamburg abgeschoben haben.«

»Und mein Vater wußte das nicht?«

»Jetzt vergleichen Sie mich schon mit Langer. Das ist fast so, als verglichen Sie 'nen Jungen, der zum ersten Mal einen Automaten geknackt hat, mit Al Capone. Ich war doch damals noch ein grüner Bengel. Langer war ein alter Zeitungsmann, der sich in der Welt auskannte. Wußten Sie, daß Hitler ihm ein Interview gewährt hat, dreiunddreißig, gleich nach der Machtergreifung? Langer war schlau und erfahren. Er wußte, wie man seine Spuren verwischt, und konnte fast jeden zu allem überreden. Selbst Ihr Vater war gegen Langers Charme nicht ganz gefeiht. Aber Langer hatte Angst vor Ihrem Vater. Und erst nachdem Ihr Vater aus Berlin versetzt worden war, gab Langer richtig Vollgas. Angeblich hat er damals eine Million Mark auf sein Konto eingezahlt.«

»Angeblich vielleicht«, sagte ich. »Aber besuchen Sie ihn jetzt mal. Heute werden Sie von solchem Reichtum in seiner Umgebung keine Spur mehr finden. Er wohnt in einem halbverfallenen Haus in Schöneberg, in der Nähe der Potsdamer Straße, und trinkt Pflaumenwein, den seine Frau selbst macht. Er tat mir so leid, daß ich für die Informationen, die er mir gab, ein kleines Honorar der Abteilung herausgeschunden habe. Rensselaer sah den Beleg und fing an, mich auszufragen, wollte wissen, was Langer mir erzählt hätte.«

»Sparen Sie sich Ihr Mitleid, Bernie. Langer hat damals ein paar ganz schlimme Dinger gedreht, die ich nicht auf meinem Gewissen haben möchte.«

»Was für Sachen?«

»Langers Schwarzhändlerfreunde waren bewaffnet, und keineswegs nur mit Büchsenöffnern. Es gab Verletzte, manchmal sogar Tote. Langer persönlich hielt sich zwar raus, aber er wußte, was passierte, wenn diese Brüder Lagerhäuser überfielen und Armeelastwagen kaperten. Übrigens beweist die Statistik der in Berlin verübten Straftaten, daß eine ganze Menge auf Langers Konto gingen, denn kaum war Langer nach Hamburg geschickt worden, wurde es in Berlin bedeutend ruhiger.«

»Wurde er deshalb nach Hamburg geschickt?«

»Na klar. Nur auf diese Weise konnten sie ihn überführen. Danach hat er nie wieder einen anständigen Job gekriegt.«

Wir saßen schweigend da und tranken. In einer Stunde würde alles erledigt und vorbei sein. Ich würde mit Ted im Wagen sitzen, mit Höchstgeschwindigkeit auf dem Rückweg nach London sein, und wir würden jene leichte Hysterie genießen, die riskanten kleinen Operationen wie dieser hier gewöhnlich auf dem Fuße folgt.

Ich wechselte das Thema. »Und wie geht's inzwischen Erich Stinnes mit seinem Radio?«

»Das hat alles prima geklappt, Bernie. Er hört jetzt jeden Morgen Radio Wolga.«

»Radio Wolga?«

»Für die sowjetischen Streitkräfte in Deutschland. Täglich kann man es den ganzen Tag lang hören, bis zehn Uhr abends, zu dieser Zeit gehen anständige Sowjetsoldaten nämlich schlafen, außer sonnabends, da endet die letzte Sendung erst um halb elf.«

»Aber würde die Armee Botschaften für einen KGB-Agenten über den Soldatensender ausstrahlen?«

»Wohl nicht. Aber bis fünf Uhr nachmittags bringt Radio Wolga das erste Programm des Senders Moskau. Und das könnte sehr gut vom KGB angeordnete Geheimbotschaften enthalten.«

»Zu welcher Zeit?«

»Wie ich schon sagte, er hört jeden Morgen Radio Wolga. Oder vielleicht sollte ich mich auf die Feststellung beschränken, daß die Uhr, die Sie an den elektrischen Stecker angeschlossen haben, anzeigt, daß allmorgendlich um halb neun Elektrizität verbraucht wird. Dann macht er seine Gymnastik und trinkt ein paar Tassen Kaffee, ehe der Vernehmungsbeamte kommt.«

»Hört er nur Radio Wolga?«

»Nein, nein, er dreht an allen Knöpfen. Ein herrliches Spielzeug, dieser kleine Kurzwellenempfänger. Er scheint sich nicht schlecht damit zu amüsieren. Ost und West, Russisch, Deutsch, alle möglichen Sender spanischer Sprache, darunter auch welche aus Kuba. Der Apparat speichert ja Kennzeichnungen der Wellen, auf denen er empfangen hat. Meinen Sie, daß man ihm trauen kann, Bernie?«

»Was meinen Sie denn?«

»Im Laufe der Zeit, die ich schon beim *Debriefing Centre* bin, habe ich eine ganze Menge Überläufer kennengelernt.« Er stützte sich auf den Ellbogen und nahm einen Schluck aus seinem Glas. Ted war ein ernsthafter Trinker. Er nippte nicht bloß an seinem Whiskey, sondern schüttete ihn sich in den Hals. »Ein bißchen nervös sind sie alle. Manche hatten richtige Angst, manche waren nur beunruhigt, aber nervös waren sie alle. Außer Stinnes. Seelenruhig gibt der sich, dem kann so leicht keiner. Neulich habe ich versucht, ihm einen Schrecken einzujagen. Ich stellte ihm ein Glas Wasser hin, gab ihm eine Scheibe trockenes Brot und sagte, jetzt ginge es ab in den Tower. Wir wären ihm auf die Schliche gekommen. Er lächelte nur und sagte, das sei früher oder später zu erwarten gewesen. Der hat die Ruhe weg, sage ich Ihnen.«

»Glauben Sie, daß er noch immer für Moskau arbeitet? Glauben Sie, der zieht eine Schau ab, um uns falsche Informationen unterzujubeln, und wir blöde genug sind, darauf reinzufallen?«

Ted bedachte mich mit einem Lächeln, das sich sehr langsam über sein ganzes Gesicht verbreitete und besagte, ich sollte lieber nicht versuchen, ihn für dumm zu verkaufen. »Gute Frage. Echte Vierundsechzigtausend-Dollar-Frage, wenn Sie mich fragen. Aber Sie sind jetzt der Kopf, junger Bernard. Sie sind jetzt derjenige, der mir solche Fragen beantworten sollte.«

»Er hat uns schon ein paar gute Hinweise gegeben«, sagte ich.

»Wie den für heute abend? Ihr Mann sagt, mit dem Material, das wir in dem Aktenschrank da drüben finden werden, können wir ein ganzes Agentennetz aufrollen.«

»Diese Sache gefällt mir nicht, Ted. Nicht unser Bier, und MI 5 weiß davon. Wenn wir uns dabei in die Nesseln setzen, haben wir von den Hunden im Innenministerium wenig Unterstützung zu erwarten.«

»Ach, was ist schon ein kleiner Einbruchdiebstahl? So was haben wir beide doch drüben auf dem Kontinent schon oft genug gemacht. Jetzt machen wir's mal in England, das ist der einzige Unterschied. Ich weiß noch, daß Sie früher einen solchen Job in einer halben Stunde erledigt und sich danach zur Erholung noch etwas Aufregenderes vorgenommen hätten.«

»Vielleicht«, sagte ich. Ich war nicht sicher, ob ich daran erinnert werden wollte.

»Wissen Sie noch, wie ich mit dem Auftrag nach Berlin zurückgeschickt wurde, in dieses große Haus in Heinersdorf einzubrechen? Wo Sie das Hausmädchen dazu brachten, Sie im Wohnzimmer warten zu lassen? Ein russischer Oberst wohnte da. Der Hund grub seine Zähne in Ihren Hosenboden, als Sie mit der Schachtel Fotos aus dem Badezimmerfenster kletterten. Und dann sind Sie mit dem Fahrrad zurückgefahren, so daß niemand das Loch im Hosenboden sah. Ihr Vater hat mich nachher ganz schön zur Schnecke gemacht, weil ich Sie da mitgenommen hatte.«

»Ich war als einziger dünn genug, durch dieses Badezimmerfenster zu klettern.«

»Trotzdem, Ihr Vater hatte recht. Sie waren noch ein Kind. Wenn diese Schweine Sie geschnappt und rausgekriegt hätten, wer Ihr Vater war, weiß Gott, was sie mit Ihnen gemacht hätten.«

»Die hätten schon nicht rausgekriegt, wer mein Vater war. Damals wäre es niemand eingefallen, mich für was anderes als einen ganz gewöhnlichen Berliner Lausebengel zu halten.«

»Was haben wir alles angestellt, ehe die Mauer gebaut wurde! Das waren Zeiten! Ich denke oft darüber nach, was für eine verrückte Kindheit Sie doch gehabt haben.«

»Wir sollten uns allmählich auf den Weg machen«, sagte ich mit einem abermaligen Blick auf die Uhr. Ich ging zum Fenster und öffnete es. Es wurde kalt im Zimmer, aber bei offenem Fenster konnte ich besser sehen und hören. Ich wollte nicht riskieren, daß sich ein Zug *Special-Branch*-Detektive unbemerkt an Ted heranpirschte und ihn hoppnahm, um uns mal zu demonstrieren, wie sie mit Leuten umspringen, die sich unbefugt in Angelegenheiten des Innenministeriums einmischen.

»Wir haben noch reichlich Zeit, Bernie. Es nützt doch nichts, wenn ich da am Portal herumlungern muß, weil der Schlosser die Tür noch nicht auf hat. Damit fordert man unglückliche Zufälle doch geradezu heraus.«

»Sie sollten solche Arbeiten nicht mehr machen«, sagte ich.

»Ich kann den kleinen Nebenverdienst gut gebrauchen.«

»Lassen Sie mich gehen, Ted. Sie geben mir Rückendeckung.«

Er musterte mich ziemlich lange schweigend, als überlege er, was von diesem Anerbieten zu halten, ob es überhaupt ernst gemeint war. »Sie wissen genau, daß ich das nicht kann, alter Junge. Weshalb, glauben Sie, hat Ihr Chef gerade mich für diesen Job ausgesucht? Weil Ted Riley keinen guten Ruf mehr zu verlieren hat. Wenn mich die Polizei schnappt, werde ich vor Gericht meine Rolle spielen, und zwar so langweilig, daß die Reporter sich die Mühe sparen werden, mich zu fragen, wie sich mein Name schreibt. Wenn Sie aber da drüben mit den Fingern in den Akten geschnappt würden, müßte vielleicht zuletzt der Premierminister Fragen im Unterhaus diesbezüglich beantworten. Außerdem lasse ich mich lieber dafür einbuchten, daß ich's selber mache, als Mister Rensselaers Wut zu riskieren, weil ich Sie an meiner Stelle habe gehen lassen.«

»Nun, dann wollen wir mal«, sagte ich. Mir gefiel nicht, was er sagte, aber er hatte völlig recht. »In drei Minuten sollte der Schlosser an der Tür sein.«

Ted stand vom Bett auf und griff nach seinem Funksprechgerät. Ich tat es ihm nach. »Ist das okay?« fragte ich ins Mikrophon.

Ted hatte den Hörknopf in einem Ohr und hielt sich das andere mit der flachen Hand zu. Den Lautsprecher anzuschalten konnte er bei dem Unternehmen, das er vorhatte, nicht riskieren.

Ich wiederholte meinen Test, und nickend gab er mir zu verstehen, daß er meine Stimme in seinem Kopfhörer vernahm. Dann sagte er: »Scheint alles okay zu sein, mein Junge.« Und ich hörte seine Stimme in meinem Kopfhörer.

Dann verstellte ich die Wellenlänge und rief den Wagen, der ihn abholen sollte. »Taxi für zwei Fahrgäste?« sagte ich. Obwohl die Lautstärke sehr niedrig eingestellt war, war der stärkere Sender des Funkwagens laut und klar vernehmlich: »Taxi steht bereit.«

»Haben Sie alles?« fragte ich Ted. Er stand am Waschbecken. Das fließende Wasser gurgelte in den Röhren. Ohne den Hut abzunehmen, bespritzte er sich das Gesicht und trocknete es dann mit dem unter dem Spiegel hängenden kleinen Handtuch ab.

Müde sagte er: »Heilige Mutter Gottes, wir haben das doch alles schon mindestens fünfmal durchgekaut.« Auf dem Korridor waren jetzt zwei Leute zu hören, die das Zimmer nebenan betraten. Klappernd wurde dort die Kleiderschranktür geöffnet, und jemand verschob die Kleiderbügel auf der Stange. Die Rückwand des Kleiderschranks mußte sehr dünn sein, denn das Geräusch war sehr laut. »Nur keine Aufregung, Söhnchen«, sagte Ted. »Ein Pärchen, das sich für ein, zwei Stunden da eingemietet hat. Das ist hier das Normale.«

Ja, ich war sogar noch nervöser als er. Ich hatte noch nicht oft Schmiere gestanden und noch nie für jemanden, den ich kannte und gern hatte. Zum erstenmal wurde mir klar, daß das eigentlich schlimmer ist als die Arbeit selbst. Man steht dabei elterliche Qualen aus wie jedesmal, wenn die Kinder in der Hauptverkehrszeit mit dem Fahrrad unterwegs sind oder allein ins Ferienlager fahren.

In dem spärlichen Licht der Straßenbeleuchtung, die ins Zimmer fiel, knöpfte Ted seinen Mantel zu und zog seinen Hut in die Stirn. Ich sagte: »Wenn das Schloß Schwierigkeiten macht, schicke ich Ihnen einen Schneidbohrer rüber.«

Ted Riley berührte meinen Arm, als tätschelte er beruhigend ein scheues Pferd. »Regen Sie sich ab, Bernard. Vor nur zwei Tagen ist unser Mann da drin gewesen. Ein verdammt guter Mann, ich habe schon bei anderen Sachen mit ihm zusammengearbeitet. Er hat das Modell identifiziert und seitdem schon drei Aktenschränke des gleichen Modells geknackt. Ich habe ihm dabei zugesehen. Ich könnte es inzwischen fast alleine machen.«

»Sie sollten jetzt aber losgehen. Rufen Sie mich an, sobald Sie für die Kontrollrufe auf Empfang stellen«, sagte ich. Ich begleitete ihn nicht zur Tür, sondern wandte mich zum Fenster und beobachtete die Straße.

Das Rendezvous lief ab wie bei einer Ausbildungsübung. Unser folgsamer Schlosser kam auf die Sekunde genau zur verabredeten Zeit, und Ted Riley überquerte die Straße und ging durch die Tür, ohne einmal den Schritt zu verhalten. Der Schlosser folgte ihm und schloß die Tür hinter sich, so daß sie dem prüfenden Blick jedes etwa vorbeikommenden Polizisten standhalten konnte.

Den Aufzug konnte er nicht benutzen, er mußte also eine

Menge Treppen steigen. Aber Ted war ein Profi: Er würde sich hüten, außer Atem oben anzukommen – für den Fall, daß da ein Empfangskomitee bereitstand. Selbst mit meinem Taschenfeldstecher bemerkte ich nichts, was mir ihr Eindringen in das Büro verraten hätte. Natürlich würde Ted darauf achten, sich so wenig wie möglich am Fenster zu zeigen. Es war Pech, daß die Aktenschränke an der Außenwand standen.

Sie waren schon ein paar Minuten drinnen, als Ted mich anrief. »Komm mit Haaren zurück . . .«, sang er leise; ». . . du kahlköpfiger Bastard«, erwiderte ich.

Wir hatten uns auf keine bestimmte Parole geeinigt, aber Ted hatte die parodistische Variation des bekannten irischen Liedes *Komm nach Erin zurück* . . . und so weiter schon bei früheren Gelegenheiten als Kennzeichen verwendet.

»Wird 'ne Kleinigkeit sein«, flüsterte Ted.

»Straße frei«, sagte ich.

Mehr als drei Minuten vergingen, ehe ich wieder von Ted hörte. Ich achtete auf die Zeit, sie wurde mir entsetzlich lang, stundenlang. »Kleines Problem . . . aber alles okay. Drei später.«

»Straße frei. Abfahrtszeit drei später.«

Der Wagen parkte hier ganz in der Nähe, ein paar Minuten früher oder später zur Stelle zu sein, konnte man denen ohne weiteres zumuten. Ich beschloß, die Leute im Wagen erst kurz vor dem Rendezvous von der geänderten Zeit zu unterrichten.

Diesmal ließ mich Ted geschlagene fünf Minuten auf seine nächste Meldung warten. Ich hätte allzugern gewußt, was da drüben los war, wußte aber, wie störend Anfragen bei der Arbeit sein können, und wappnete mich deshalb mit Geduld.

»Es ist nicht das gleiche Schloß«, sagte Ted. »Man hat den Zylinder ausgewechselt. Wird zehn später werden.« Er berichtete sehr ruhig und zuversichtlich, aber mir gefiel das Gehörte überhaupt nicht.

»Soll ich den Schneidbohrer schicken?« fragte ich. Damit konnte man die Rückwand des Aktenschranks herausschneiden. Wir hatten Schneidbohrer für fast jedes Material jeder Stärke parat.

»Noch nicht.«

Es regnete noch immer. Ein, wie Ted zu sagen pflegte, »milder Tag«, stetiger, unaufhörlicher Nieselregen. Wenige Fußgänger zeigten sich auf der Straße, und selbst Wagen kamen selten vorbei. Ein Abend, an dem vernünftige Leute zu Hause vor dem Fernseher saßen. Schon wieder dieser verdammte Streifenwagen der städtischen Polizei. War es derselbe Wagen wie vorhin, der sich aus irgendwelchen Gründen für den Gegenstand unseres Interesses interessierte, oder ein anderer? Ich hätte mir die Nummer merken sollen.

»Wir haben gerade Glück gehabt«, sagte Ted. Er ließ sich diesbezüglich nicht weiter aus, sein Funksprechgerät blieb aber auf Sendung eingestellt, während er dem Schlosser bei der Arbeit an dem Aktenschrank zusah. Ich hörte sie dann gemeinsam schweratmend schieben und rücken. »Wir wollen uns nur eben mal die Rückwand ansehen.« Und dann redete Ted mit dem Schlosser: »Passen Sie auf diese Drähte auf... da ist ein Anschluß! Heilige Mutter...«

Ich versuchte zu erkennen, was hinter den dunklen Fenstern des Büros vorging. Einen Augenblick lang glaubte ich, daß sie das Licht eingeschaltet hätten, denn die beiden Fenster der Anwaltskanzlei zeigten sich plötzlich als hellgelbe Rechtecke in der Dunkelheit. Dann kam der Lärm der Explosion. Ein ohrenbetäubender Krach, und die Druckwelle sprang mich durch das offene Fenster des Hotelzimmers an wie eine Sturmbö.

Die Fenster der Anwaltskanzlei zersplitterten in einem Hagelschauer von Scherben, die, untermischt mit Fleischfetzen der beiden Männer, auf die Straße prasselten.

»Taxi. Los. Los. Negativ.« Das war das Kennwort für die Aufforderung, abzuhauen und sich in Sicherheit zu bringen, und die Besatzung, des Wagens antwortete sofort. »Bitte bestätigen.« Die Stimme war ruhig, aber ich hörte den Motor anspringen.

»Los. Los. Negativ. Aus.«

Ich hörte jemand am anderen Ende murmeln: »Viel Glück« – als ich das Gerät ausschaltete. Vorschriftswidrig, dieser Wunsch, aber ich war in dem Augenblick nicht geneigt, den Verstoß gegen die Vorschriften tadelnswert zu finden: Glück hatte ich wirklich dringend nötig.

Irgendwo in der Ferne hörte ich eine Polizeisirene aufheulen. Ich lehnte mich aus dem Fenster und schleuderte mein Funksprechgerät, so weit ich konnte, in Richtung der verwüsteten Anwaltskanzlei. Die Fenster waren jetzt wieder dunkel, bis auf das Flackern eines aufkommenden Brandes.

Ich knöpfte meinen Mantel zu, setzte meine Mütze auf und überzeugte mich mit einem schnellen Blick, daß ich in dem Zimmer keine kompromittierenden Spuren hinterließ. Dann ging ich hinunter und beobachtete die Ankunft von Polizei und Feuerwehr.

Die Feuerwehr kam unmittelbar nach dem ersten Streifenwagen. Und dann ein Krankenwagen. Ungeduldig pochend liefen die schweren Dieselmotoren. Batterien von Scheinwerfern durchbohrten den anhaltenden Nieselregen und stöberten auf dem dunklen Straßenpflaster eine Sternenpracht von glitzernden kleinen Glasscherben auf, über die alle möglichen dunklen Sachen verstreut waren: angekohltes Papier, verbogenes Blech, zersplittertes Holz und Dinge, die näher zu identifizieren ich mich scheute. Die Feuerwehrleiter drehte und neigte sich langsam, bis sie an der Brüstung eines der zerschmetterten Fenster der Anwaltskanzlei lag, hinter dem ein roter Feuerschein wieder zuzunehmen schien. Ein Feuerwehrmann begann die Leiter hinaufzuklettern. Ein scheußlicher Brandgeruch kam aus den Fenstern, und es rauchte so stark, daß die Feuerwehrleute Atemgeräte tragen mußten.

Alle Fenster in der Umgebung waren hell geworden, als die aufgeschreckten Nachbarn die Vorhänge aufzogen, um zu sehen, was draußen los war. Die Besatzung der Ambulanz drängte sich durch die kleine Menge von Schaulustigen, die sich bereits vor dem Haus angesammelt hatte, und ging ins Haus, wohl um sich zu vergewissern, daß da nichts mehr zu retten war. Dabei schienen sie das von vornherein ziemlich gut zu wissen, jedenfalls nahmen die Sanitäter keine Tragen mit.

Als ich endlich wieder vor Brets Haus in Berkshire ankam, war es drei Uhr früh am Sonntagmorgen. Auf mein Läuten hin schien Bret nicht aus dem Bett zu kommen – er versicherte mir sofort, sich gar nicht hingelegt zu haben –, aber er hatte sich seit unserer Abfahrt nach Cambridge umgezogen. Jetzt trug er einen Rollkragenpullover aus Kaschmir und in der Farbe dazu passende blaue Popelinehosen.

Er hatte die telefonische Nachricht erwartet, daß alles glattgegangen sei. Als aber der Anruf kam, mußte er erfahren, daß bei einer Explosion in einem Bürohaus in Cambridge zwei Männer den Tod gefunden hatten. Die Presseagenturen hatten die Story bereits. Für die Sonntagsausgaben war es schon zu spät, aber am Montag würden alle überregionalen Zeitungen sie sicherlich bringen. Wenn ein Fernsehteam dagewesen war, konnte man damit rechnen, die Bilder in den Abendnachrichten zu sehen.

»Jetzt können wir wirklich ein bißchen Glück brauchen«, sagte Bert. Er hatte mir ein Glas in die Hand gedrückt und dann eine Menge Mühe und Zeit darauf verwandt, einen zweiten Holzscheit im Kamin dazu zu bewegen, Feuer zu fangen. Ich beugte mich den Flammen entgegen. Mir war kalt.

»Ja, wir brauchen dringend eine Steigerung des Bierpreises oder einen Streik der Busfahrer, irgendwas, was Schlagzeilen macht«, sagte ich. »Aber mach dir keine Sorgen. Eine kleine Explosion in einer Seitenstraße in Cambridge ist nicht gerade das, was Schlagzeilen bringt, Bret.«

Bret zog einen Servierwagen an den Kamin. Darauf stand eine Flasche Single-Malt-Whisky, die er für mich aus dem Schrank geholt hatte, und ein Krug mit Eiswasser. Er saß im Kaminsessel und wärmte sich die Hände. Die Vorhänge waren jetzt zugezogen, aber noch immer hörte ich die Regentropfen ans Fenster klopfen – wie vor einigen Stunden, als ich mit Ted Riley hier saß und Bret uns erklärte, die ganze Sache wäre das reinste Kinderspiel. »Eine Minenfalle«, sagte Bret. »Welche Schweine!«

»Ziehen wir lieber keine voreiligen Schlüsse«, riet ich. Ich saß in einiger Entfernung vom Kamingitter. Ich sitze nicht gern zu nahe am Feuer – man brät da auf einer Seite und friert auf der anderen –, ich hab's lieber gemäßigt. »Vielleicht sollte die Vorrichtung niemanden umbringen.«

»Du hast doch selber von einer Minenfalle gesprochen«, sagte Bret.

»Ich habe mich da wohl versprochen.«

»Was war es also?«

»Ich weiß nicht. Vielleicht nur ein Sprengsatz zur Zerstörung der geheimen Unterlagen. Aber im Innern eines stählernen Aktenschranks wirkt jeder Sprengsatz wie eine Bombe.«

»Sie haben aber eine Menge Sprengstoff verwandt. Warum nicht lieber einen Brandsatz?« fragte Bret. »Wir hatten mal so eine Explosion in Berlin, vor Jahren. Da hatten sie nur einen kleinen Sprengsatz benützt, aber der Aktenschrank war innen gegen Feuer isoliert. Als die Isolierung endlich hin war, flog eine ganze Wand aus dem Haus. Die Explosion war schlimmer als diese.«

Weshalb nervt er mich mit diesen Einzelheiten, dachte ich. Ist doch scheißegal, wie stark die Ladung war. Ted Riley war tot.

»Und es gibt keine Chance ...«

»Nicht die geringste. Zwei Tote. Wie ich von dir höre, ist die Geschichte schon bei den Nachrichtenagenturen.«

»Die sind auch nicht immer richtig informiert«, sagte Bret. »Wird man die Toten identifizieren können?«

»Ich habe mir ihre sterblichen Überreste nicht näher angesehen«, antwortete ich.

»Ja, natürlich«, sagte Bret. »Gott sei Dank, daß es dich nicht erwischt hat.«

»Riley ist ein alter Hase. Er hat vorher seine Taschen geleert, und seine Kleider waren ohne Wäschezeichen. Er hat verlangt, daß ich das mit ihm zusammen überprüfe. Über den anderen Mann weiß ich nicht Bescheid.«

»Der Schlosser kam aus Duisburg. Der Safe war ein deutsches Fabrikat, und der Mann war darauf spezialisiert.«

»Sie hatten das Innere des Schlosses ausgewechselt«, sagte ich.

»Ich weiß«, sagte Bret. Er trank einen Schluck Tonicwasser.

»Wie konntest du das wissen, wenn du nicht unseren Funkverkehr abgehört hast?«

Bret lächelte. »Es hat jemand für mich euren Funkverkehr abgehört. Das ist kein Geheimnis.«

»Weshalb fragst du mich dann überhaupt aus?«

»Der Alte wird mir eine Menge Fragen stellen, und ich will die Antworten wissen. Und ich will ihm nicht das Protokoll eures Funkverkehrs vorlesen. Das kann er selber tun. Ich muß wissen, was du zu sagen hast.«

»Ist doch alles ganz einfach«, meinte ich. »Stinnes hat dem Vernehmungsbeamten verraten, daß in dem fraglichen Büro interessante Informationen zu holen seien. Du hast Ted Riley den Auftrag erteilt, diese Informationen zu beschaffen. Der stählerne Aktenschrank, in dem sie liegen sollten, war mit einer Sprengladung versehen, die die Papiere im Falle eines unbefugten Zugriffs zerstören würde. Und peng! Was kann der Direktor da für knifflige Fragen stellen, außer ... warum?«

»Ich kann deine Bitterkeit verstehen«, sagte Bret. »Ted Riley war ein Freund deines Vaters, nicht?«

»Ted Riley verstand sein Handwerk. Er hatte den richtigen Riecher dafür. Aber das arme Schwein hat sein Leben damit zubringen müssen, Kennkarten zu kontrollieren und darauf zu achten, daß die Alarmanlagen funktionierten. Nur weil er einmal über die Stränge geschlagen hat.«

»Er hatte nicht das Zeug dazu, für die Londoner Zentrale zu arbeiten, laß dir das gesagt sein, falls du anderer Ansicht sein solltest.«

»Wirklich nicht? Wen muß man denn kennen, um für die Londoner Zentrale arbeiten zu können?« fragte ich. »Ich sage dir, Bret, Ted Riley hatte zu nachrichtendienstlicher Tätigkeit mehr Talent in seinem kleinen Finger als ...«

»Als ich in meinem ganzen Körper? Oder dachtest du an Dicky? Oder vielleicht an den Direktor?«

»Kann ich noch was zu trinken haben?«

»Damit, daß du dir dieses Zeug hinter die Gurgel kippst, machst du Ted Riley auch nicht wieder lebendig«, sagte Bret. Aber er langte nach der Flasche Glenlivet und entfernte den Verschluß, bevor er sie mir reichte. Ich goß mir eine tüchtige Portion ins Glas. Bret bot ich keinen Whisky an. Der schien bei seinem Tonicwasser ganz glücklich zu sein.

»Ich habe mich gestern abend mit Ted Riley unterhalten«, sagte ich. Dann hielt ich inne. Rote Warnlichter flammten vor meinem inneren Auge auf. Immer langsam, riet ich mir.

»War sicher interessant«, sagte Bret, gerade noch so gleichgültig und sachlich, um sich vor einem tätlichen Angriff meinerseits zu bewahren.

»Ted hat mir erzählt, daß Stinnes jeden Morgen um halb neun Radio Moskau einschaltet. Ted meinte, daß er auf diese Weise seine Anweisungen kriegt. Bei einer könnte es durchaus darum gegangen sein, uns von dieser Zelle in Cambridge zu erzählen und so dafür zu sorgen, daß Ted in Stücke gerissen wird.«

»Warum erzählst du mir, was Riley dachte? Riley war nur ein Mann vom Sicherheitsdienst, solche Leute frage ich nicht nach ihrer Meinung, wenn der Vernehmungsbeamte so gut vorankommt wie jetzt bei Stinnes.«

»Warum hast du denn nicht den verdammten Vernehmungsbeamten gestern abend diesen Bruch machen lassen?«

Bret hob eine Hand. »Ach, jetzt sehe ich, wie der Hase läuft. Du versuchst, zwei Ereignisse in Zusammenhang zu bringen. Riley durchschaut – ungeachtet der zufriedenstellenden Resultate der Verhöre – den als Überläufer verkappten treuen KGB-Agenten Stinnes und dessen Desinformationsplan. Also mußte Riley durch eine auf Anordnung des Kremls gelegte Bombe beseitigt werden. Ist es das, was du mir einreden willst?«

»Irgendwas in dieser Richtung«, sagte ich.

Bret seufzte. »Du warst doch derjenige, der Stinnes angepriesen hat, als wäre er der beste Fund mindestens seit der Entdekkung Amerikas. Jetzt hat dein Freund dran glauben müssen, und die Wahrheit ist genau umgekehrt. Wir hätten Stinnes meiden sollen wie die Pest. Da wir ihn ja immerhin praktisch unter Hausarrest haben, konnte er zwar dein Unglück nicht persönlich ins Werk setzen, aber da er mit Moskau in Verbindung stand, hat sich's trotzdem arrangieren lassen. Manchmal stellst du meine Geduld auf eine harte Probe, Bernard.«

»Meine Erklärung paßt aber«, sagte ich.

»Eine Million andere auch. Erst sagst du mir, die Bombe sollte eigentlich nur den Papierkram zerstören. Jetzt war es eine eigens für deinen Freund Riley gestellte Minenfalle. Ich meine, du solltest dich schon für eine dieser Erklärungen entscheiden, zusammen taugen sie nichts.«

»Ach, streiten wir uns doch nicht um Worte. Die einzig wichtige Frage ist, ob Stinnes ein doppeltes Spiel treibt.«

»Vergiß sie.«

»Ich denke nicht daran, diese Frage zu vergessen, Bret«, sagte ich. »Ich werde sie sogar genau verfolgen.«

»Du hast Erich Stinnes für uns an Land gezogen. Jeder sagt, daß er ohne dich nicht zu uns übergelaufen wäre.«

»Ich weiß nicht, ob das stimmt«, sagte ich.

»Sehen wir für den Augenblick mal von solchen bescheidenen Zweifeln ab. Du hast ihn gebracht, und das hält dir jeder zugute. Fang also jetzt nicht an, aller Welt weismachen zu wollen, daß du auf diese Weise einen seiner Behörde treu ergebenen KGB-Agenten bei uns eingeschmuggelt hast.«

»Wir werden ihm das Kurzwellenradio wegnehmen müssen«, sagte ich. »Dann wird er natürlich merken, daß wir Verdacht geschöpft haben.«

»Nichts überstürzen, Bernard, nichts überstürzen. Wenn du dir die Schuld an Ted Rileys Tod geben solltest, weil du dafür warst, Stinnes dieses Radio zur Verfügung zu stellen, vergiß es.«

»Wie kann ich das vergessen? Ich habe selbst vorgeschlagen, ihm das Radio zu geben.«

»Selbst wenn Stinnes tatsächlich noch aktiv ist und das Fiasko in Cambridge Ergebnis eines zwischen ihm und Moskau verabredeten Plans war, kann das Radio dabei keine große Rolle gespielt haben.«

Ich nahm einen Schluck Whisky. Ich war jetzt ruhiger. Der Alkohol schien mir zu helfen. Ich beschloß, es zwischen mir und Bret nicht so weit kommen zu lassen, daß mir nichts anderes übrigblieb, als das Zimmer zu verlassen und die Tür hinter mir zuzuknallen, weil ich mich inzwischen nicht mehr imstande fühlte, nach London zurückzufahren.

Da ich nicht antwortete, fuhr Bret endlich fort: »Er konnte ihnen von hier aus keine Botschaften senden. Selbst wenn es ihm durch ein Wunder gelungen wäre, einen Brief hinauszuschmuggeln und abzuschicken, wäre der in der verbliebenen kurzen Zeit mit Sicherheit nicht rechtzeitig für die entsprechenden Maßnahmen in Moskau eingetroffen. Und was hätten sie ihm sagen können, das für den von dir vermuteten Plan hätte relevant sein können?«

»Nicht viel, nehme ich an.«

»Wenn es eine Verschwörung gab, dann schon vor seinem Abflug aus Mexico City. Daß er dieses Radio zur Verfügung hatte, bedeutet gar nichts.«

»Du hast vermutlich recht«, sagte ich.

»Ich habe das Gästezimmer oben herrichten lassen, Bernard. Schlaf dich erst mal aus. Du hast es nötig. Beim Frühstück können wir uns weiter unterhalten.«

Was er wegen des Radios sagte, war einleuchtend und half mir, mich etwas besser zu fühlen. Aber mir fiel auf, wie Bret sich für Stinnes ins Zeug zu legen schien. War das, weil Bret ein KGB-Agent war? Oder einfach weil er die Möglichkeit sah, sich mit Stinnes' Hilfe von neuem eine mächtige Position in der Londoner Zentrale aufzubauen? Oder beides?

XVI.

Wie neuerdings üblich, wurde der Direktor durch den außerordentlichen Morgan vertreten. Es war eine merkwürdige Tatsache, daß Morgan zwar nicht immer Zeit hatte, zu den Besprechungen zu erscheinen, bei denen die alltäglichen Angelegenheiten der Abteilung zur Diskussion standen, doch sich stets freimachen konnte, wenn es galt, bei den Erörterungen unserer Operationen den Direktor zu vertreten. Ich hatte es immer schon unangebracht gefunden, daß Bürokraten aus dem Obergeschoß bei diesen Diskussionen auftauchten, nur um sich und uns zu beweisen, daß sie was mit unseren Operationen zu tun hatten. Insbesondere wurmte es mich, wenn Federfuchser wie dieser Morgan zugegen waren und sich nicht entblödeten, uns auch noch Ratschläge zu erteilen.

Wir waren in Bret Rensselaers Büro. Bret saß hinter seinem Schreibtisch mit der gläsernen Platte und spielte mit seinen Kugelschreibern und Bleistiften. Morgan stand an der Wand und studierte die *Kreuzigung,* eine winzige Radierung von Dürer, die Bret kürzlich von einem reichen Verwandten geerbt hatte. Es war das einzige Bild im Raum, und ich bezweifle, daß es über die Schwelle gekommen wäre, hätte es sich Brets schwarzweißem Dekorationskonzept nicht eingefügt. Morgans Haltung deutete Gleichgültigkeit, wenn nicht gar Langeweile an, doch lauschte er mit gespitzten Ohren, und sicherlich entging ihm nicht die kleinste Nuance eines Worts, das gesprochen wurde.

»Wir sollten uns jetzt am besten ruhig verhalten und die Köpfe einziehen«, sagte Dicky. Er räkelte sich in verwaschenen Jeans und offenem Hemd auf Brets schwarzem Ledersofa, an dessen anderem Ende Frank Harrington vornübergebeugt saß. »Wir haben ein Hornissennest aufgestört, und MI 5 wird wie wild um uns herumschwirren, wenn die glauben, wir hätten vor, die Sache jetzt weiterzuverfolgen.«

Dicky war natürlich an dem Fiasko, das Ted Riley das Leben kostete, nicht beteiligt, und obwohl ihm nicht gefiel, übergangen worden zu sein, war Dicky doch nicht nachtragend, wie er mir millionenmal versichert hatte. Er würde zufrieden sein, mitansehen zu können, wie Bret Rensselaer lang hinschlug und verblutete, aber selbst zustechen würde er nicht. Dicky war kein Brutus. In diesem Drama würde sich Dicky mit einer stummen Statistenrolle begnügen. Da nun aber Bret Rensselaer eine Nachstoßoperation organisieren und womöglich aus dieser Katastrophe noch einen bescheidenen Gewinn ziehen wollte, hatte Dicky was zu sagen: »Ich bin dagegen.«

»Es ist aber eine einmalige Gelegenheit«, erwiderte Bret. »Sie haben ihre Unterlagen verloren: Unter diesen Umständen ist eigentlich zu erwarten, daß Moskau Kontakt aufnimmt.« Er befingerte die Kugelschreiber, Bleistifte, Büroklammern und den großen gläsernen Briefbeschwerer auf seinem Schreibtisch, wie ein Geizhals seine Schätze zählt.

»Sagt Stinnes das?« fragte ich.

Bret sah mich an, dann die anderen. »Ich hätte es euch vorher sagen sollen . . .«, sagte er. »Bernard ist plötzlich zu der Überzeugung gelangt, daß Stinnes uns nur die Ehre gegeben hat, um uns alle umzupusten.« Er lächelte, aber das Lächeln war nicht breit genug, die Behauptung zum Scherz zu erklären. Er überließ es mir, sie zu bestreiten.

»Ganz so habe ich mich ja wohl nicht ausgedrückt, Bret«, sagte ich. Ich saß auf dem hohen Klappstuhl. Irgendwie schien ich in letzter Zeit dauernd auf harten Klappstühlen zu sitzen. Das bezeichnete zweifellos meinen niedrigen Status.

»Wie denn?« fragte Frank Harrington. Er kreuzte die Arme und zog die Schultern hoch, wie um sich kleiner zu machen.

»Ach, ganz wohl ist mir auch nicht bei dem, was ich tatsächlich gesagt habe«, antwortete ich. Ich hatte nicht übel Lust, ihnen zu erzählen, daß ich Beweismaterial genug hätte, die sofortige Einweisung Brets in einen der ausbruchsicheren Räume des Berwick House zum Zweck einer gründlichen Überprüfung seiner Aktivitäten zu veranlassen. Aber unter den gegebenen Umständen würde jeder Versuch, meine Schlußfolgerungen und die Beobachtungen, von denen ich ausging, darzulegen, höchstwahrscheinlich nur darauf hinauslaufen, daß man statt meines Verdächtigen mich selbst hinter Schloß und Riegel brachte. »Es ist eigentlich mehr so ein Gefühl«, sagte ich lahm.

»Was hast du also vor?« fragte Frank und sah wieder Bret an.

»Stinnes sagt, daß das Agentennetz durch einen Kurier mit Bargeld versorgt wird. Wir kennen die Prozedur des KGB für Geheimtreffs. Wir werden also ein Rendezvous mit dem Netz verabreden, und ich werde ihnen Geld bringen.«

»Geld? Wer soll denn das bewilligen?« fragte Dicky, sich kerzengerade aufrichtend. Wenn irgend jemand anderer als er selbst Miene machte, die Etatmittel der Deutschland-Abteilung in Anspruch zu nehmen, war er plötzlich hellwach.

»Das wird uns direkt aus dem Fonds für Sonderausgaben bewilligt werden«, erklärte Bret, der darauf vorbereitet war.

»Das kann aber gar nicht direkt aus diesem Fonds bewilligt werden«, entgegnete Morgan. »Der Antrag muß die erforderliche Unterschrift haben.« Er meinte Dickys Unterschrift, und natürlich hatte er hinsichtlich der ordnungsgemäßen Prozedur durchaus recht.

Bret zappelte ein wenig mit den Füßen – man sah seine Schuhe durch die Glasplatte des Schreibtischs – und ließ Morgans Einwurf unbeachtet. Zu uns anderen sagte er: »Bei dieser Explosion sind zweifellos Wertpapiere und Bargeld vernichtet worden. Selbst wenn das aber nicht der Fall gewesen sein sollte, werden die Brüder dringend Geld brauchen, um die ihnen durch den Unfall entstandenen Kosten decken zu können. Das gibt uns eine einmalig günstige Gelegenheit, ihre Organisation zu knacken.«

»Mir kommt dieser Plan total hirnrissig vor«, erklärte Morgan, wütend, daß Bret sich erfrechte, seine Einwendungen gar nicht zur Kenntnis zu nehmen.

»Kennen wir denn jemand von diesen Leuten?« fragte Frank Harrington zögernd.

Bret hatte sich seine diesbezüglichen Eröffnungen mit Bedacht bis zuletzt aufgespart, und Frank lieferte ihm nun genau das

Stichwort, auf das er gewartet hatte: »Allerdings! Drei von ihnen kennen wir sogar ziemlich gründlich. Einen haben wir schon im Computer gespeichert. Gestern habe ich eine lange Sitzung mit Stinnes gehabt, und ich weiß jetzt genau, was wir tun müssen.«

Frank hatte noch immer die Arme über der Brust verschränkt. Ich erkannte, daß er so der Versuchung widerstand, Pfeife und Tabak aus der Tasche zu holen. Frank fiel, wenn er keine Pfeife zur Hand hatte, das Denken über die Maßen schwer, aber als er zuletzt seinen würzigen Balkan Sobranje hier drin rauchen wollte, hatte sich Bret das verbeten. Frank sagte: »Du hast doch nicht etwa vor, die Sache persönlich zu übernehmen, Bret?« Die Stimme blieb gelassen und freundlich, aber ein ungläubiger Ton war unüberhörbar und berührte Bret sichtlich unangenehm.

»Doch, allerdings«, erklärte Bret.

»Aber woher weißt du so genau, daß Bernards Verdacht gegenstandslos ist?« fragte Frank. »Woher weißt du, daß nicht Stinnes die beiden Männer vorsätzlich in diese Bombenfalle gelockt hat? Und wie kannst du dir sicher sein, daß er nicht auch dir irgendeine Falle stellt?«

»Stinnes wird mich persönlich begleiten«, sagte Bret.

Das hierauf folgende Schweigen wurde nur durch das Kratzen und Schnüffeln des schwarzen Neufundländers des Direktors an der Tür gestört. Der Hund wollte zu Morgan, der gewöhnlich mit ihm »Gassi« ging.

»Wessen Idee war denn das?« fragte Dicky, eine Spur bewundernd und neidisch. Wie so viele der Schreibtischhengste hier in der obersten Etage redete Dicky häufig von seinem Wunsch, irgendwann einmal höchstpersönlich eine Operation durchzuführen, wenn er auch, wie seine Büronachbarn, bisher nichts getan hatte, diesen Wunsch zu realisieren.

»Meine«, sagte Bret. »Es war meine Idee. Stinnes hatte seine Zweifel, aber mein amerikanischer Akzent sollte mir ausreichende Tarnung bieten. Wenn ich mit Stinnes auftauche, der ihnen alle üblichen Garantien zu geben imstande ist, wird mich niemand als Agenten einer britischen Behörde verdächtigen.«

Ich sah ihn an. Dem Argument war eine gewisse Überzeugungskraft nicht abzusprechen. Was immer man gegen Brets Erscheinung haben mochte, wie einer der schlecht gekleideten Spionefänger vom MI 5 sah er nicht aus, und wie einer von den *Special-Branch*-Gorillas erst recht nicht.

»Es könnte klappen«, sagte Frank Harrington ohne rechte Überzeugung. »Vorausgesetzt, Moskau hat, unseren Freund Stinnes betreffend, noch nicht Alarm gegeben.« Er sah mich an.

»Bisher nicht«, sagte ich.

Dicky verlagerte sein Gewicht auf dem schwarzen Lederpolster und nickte. Dann fuhr er sich mit gespreizten Fingern durch das lockige Haar und lächelte nervös. Ich weiß nicht, was Dicky dachte, außer natürlich, daß, was immer Bret in Atem hielt, ihn auch daran hinderte, Dickys Kreise zu stören.

Nur Morgan konnte sich mit der Idee nicht befreunden. Er verzog das Gesicht und sagte: »Der Direktor wird das nie und nimmer genehmigen. Überleg doch mal, Bret, wie uns MI 5 schon wegen dieser Explosion die Hölle heiß macht.« Der Hund draußen wiederholte sein Kratzen an der Tür. Morgan achtete nicht darauf.

»Du hättest denen niemals davon erzählen sollen«, sagte Dicky, der einem, wenn etwas schiefgegangen war, immer gern verriet, was man falsch gemacht hatte.

Aber Bret wollte nicht einsehen, daß er sich mit dem Fehler, auf den Dicky ihn hinwies, schon die Tour vermasselt hätte. Er wußte, daß seine Karriere auf dem Spiel stand. Er brauchte dringend einen Skalp, und die Zerschlagung dieses Agentennetzes war der einzige Skalp, der sich gegenwärtig anbot. »Ich brauche überhaupt keine besondere Genehmigung. Was ich vorhabe, mache ich auf jeden Fall.«

»Das würde ich dir aber nicht raten, Bret«, sagte Morgan. Er hatte beide Hände in den Hosentaschen und durchquerte nun langsam das Zimmer, den gedankenvollen Blick auf die Spitzen seiner Schuhe gerichtet.

Der vertrauliche Ton, den sich Morgan kraft seines Postens als Büttel des Direktors wie bei allen höheren Beamten auch ihm gegenüber erlaubte, reizte Bret bis aufs Blut. Der walisische Akzent mochte ein Gedicht durchaus erst richtig zum Klingen bringen, seine musikalische Ausdruckskraft konnte jedoch auch die freundlichsten Grußworte in unverschämten Hohn verwandeln. Bret sagte: »Für den Einbruch in die Anwaltskanzlei hatte ich die Genehmigung des Alten. Was ich jetzt vorhabe, ist Teil dieses bereits von ihm gebilligten Unternehmens.«

Morgan drehte sich um und lächelte. Er hatte gute Zähne, und wenn er lächelte, stellte er diese zur Schau, als wolle er so moderne Zahnpflege demonstrieren oder aber vielleicht beißen. »Und das bestreite ich«, sagte er.

Dieser Streit konnte nur auf eine einzige Weise geschlichtet werden, und das wußte Bret. Nach einigem Hin und Her sowie einem Telefongespräch trotteten wir alle den Korridor entlang zum Büro des Direktors. Er war nicht gerade scharf auf das Zusammensein, aber Bret hatte sanft darauf bestanden.

Im Büro des Alten fanden wir die gewöhnlich dort herrschende Unordnung vor, obwohl kürzlich jemand den Versuch gemacht haben mußte, das Durcheinander zu beseitigen. Stehen mußten wir jedenfalls, denn auf Stühlen wie am Boden stapelten sich Bücher.

Sir Henry Clevermore, der Direktor, saß hinter einem kleinen Schreibtisch am Fenster. Der Tisch bot keine große Arbeitsfläche, denn zahlreiche Fotos von der Familie des Direktors, den Familien seiner erwachsenen Kinder und eine Vase mit Schnittblumen dazwischen hielten ihn besetzt. Der Direktor begrüßte uns murmelnd, einen nach dem anderen, und hörte sich dann mit unbewegter Miene an, was Bret zu sagen hatte. Er unterließ es, Morgan nach seiner Meinung zu Brets Plan zu befragen, obwohl Morgan darauf brannte, ihm diese mitzuteilen. Morgan wippte auf den Zehen wie oft, wenn er besonders aufgeregt war.

Bret erläuterte seinen Plan sehr langsam und ausführlich. Das war die beste, wenn nicht die einzig mögliche Methode, dem Direktor etwas zu erläutern. Nur auf diese Weise konnte man hoffen, sich ihm verständlich zu machen, und wenn man dabei ausdauernd genug war, konnte man hoffen, ihn so zu ermüden, daß er schließlich in alles einwilligte, nur um einen loszuwerden. Gerechterweise muß eingeräumt werden, daß der alte Mann einen Wächter brauchte. Aber Morgan hatte er nicht verdient.

Bret war mitten in seinen Erläuterungen, als ein Mann mit einem Stoffbündel unter dem Arm zur Tür hereinkam. Der Direktor erhob sich, zog feierlich sein Jackett aus und reichte es dem Neuankömmling, der es auf einen Bügel drapierte und diesen in einen Einbauschrank hängte.

Obwohl diese Unterbrechung Bret so störte, daß er fast den Faden verlor, redete er weiter, schon um Morgan nicht zu Wort kommen zu lassen. Doch erging er sich jetzt in unbestimmten Andeutungen, wo er vorher Namen genannt hatte. »Machen Sie sich wegen Bony keine Sorgen«, sagte der Direktor und wies auf den Fremden. »Er war schon während des Krieges bei mir. Er ist zuverlässig.«

»Die Sache ist aber sehr vertraulich, Sir«, sagte Bret.

»Ich bleibe nur drei Minuten«, sagte Bony, ein kleiner Mann in einem engen grauen, dreiteiligen Kammgarnanzug. Er zog dem Direktor ein halbfertiges Jackett über und trat, ohne uns weiter zu beachten, einige Schritte zurück, um die Erscheinung des Direktors zu begutachten. Dann brachte er ein paar Kreidestriche auf dem halbfertigen Jackett an und begann nach Art der Schneider Stücke davon abzureißen.

»Die Revers waren bei dem letzten ziemlich breit«, sagte der Direktor.

»So werden sie heute getragen«, erwiderte Bony. Er schrieb etwas in sein Notizbuch und sagte, ohne aufzusehen oder im Schreiben innezuhalten: »Ich habe Sie Ihnen immerhin wesentlich schmaler gemacht, als heute üblich ist.«

»Ich habe die Revers gern schmal«, erklärte der Direktor, dabei stand er kerzengerade wie beim Appell.

»Ich brauche nur Ihre Einwilligung, Sir Henry«, sagte Bret, in der Hoffnung, dem alten Mann diese Einwilligung zu entlocken, während dieser mit den Einzelheiten seines neuen Anzugs beschäftigt war.

»Zwei Hosen?« fragte Bony ihn. Er nahm einige Stecknadeln zwischen die Lippen, während er mit beiden Händen das Jackett glatt zog.

»Ja«, antwortete der Direktor.

»Ist das nicht ein bißchen sehr altmodisch, Sir Henry?« fragte Frank Harrington, der bisher noch nichts gesagt hatte. Frank stand dem alten Mann ziemlich nahe. Sie waren beide gemeinsam ausgebildet worden, in irgendeiner, schon seit langem stillgelegten Einrichtung der Kriegszeit, und die gemeinsame Erinnerung stiftete eine geheimnisvolle Verbindung zwischen ihnen. Frank konnte deshalb mit Sir Henry reden, wie es niemand sonst im Hause, nicht einmal der Stellvertretende Direktor, gewagt hätte.

»Nein, mache ich immer. Habe ich immer gemacht, mache ich immer«, sagte der alte Mann, über seinen Ärmel streichend.

»Wird einem doch aber verdammt warm«, sagte Frank, unaufhaltsam zur Pointe des alten Witzes vorstoßend, »ich meine, mit zwei Hosen an, nicht?«

Der Direktor lachte verbindlich, ein tiefes, dröhnendes Geräusch, das auch ein böser Husten hätte sein können.

»Ich finde, wir müssen jetzt weitermachen«, sagte Bret, der nun versuchte, bei der Durchsetzung seines Anliegens voranzukommen, ohne irgend etwas zu sagen, das Bony hätte verraten können, wovon die Rede war. »Wir haben gleich zu Anfang Pech gehabt, aber jetzt müssen wir weitermachen, um doch noch irgendwas aus der Sache herauszuholen.«

»Ich fühle mich ziemlich beengt«, sagte der alte Mann und zupfte an der Schulternaht. »Ich brauche mehr Spielraum, Bony.« Er schob sich die Faust unter den Arm, um seinem Schneider anzudeuten, wo er mehr Platz brauchte, und hob den Arm dann hoch, um zu demonstrieren, wie der Schnitt des Ärmels seine Bewegungsfreiheit beeinträchtigte.

Bony glättete den Stoff und rümpfte die Nase. »Sie sollen darin ja nicht Golf spielen, Sir Henry. Es soll ein Straßenanzug werden.«

»Wenn wir jetzt aufhören, werden wir ziemlich traurig dastehen, fürchte ich«, sagte Bret. »Die Panne zu Anfang war einfach Pech, irgendeinem Versagen unsererseits ist die jedenfalls nicht zuzuschreiben.« Operation erfolgreich, Patient tot, sozusagen.

Bony stand jetzt hinter dem Direktor und zupfte an den Resten des provisorisch gehefteten Jacketts. »Stillhalten, Sir«, befahl er heftig, in einem Ton, der uns alle schockierte. Weder Bret noch selbst Frank Harrington hätten sich erlaubt, so mit dem Direktor zu sprechen.

»Entschuldigung, Bony«, sagte der Direktor.

Bony nahm die Entschuldigung nicht gerade gnädig an. »Wenn irgendwas danebengeht, geben Sie nachher mir die Schuld«, erklärte er mit der selbstgerechten Entrüstung des selbständigen Handwerkers.

»Haben Sie die Stoffe mitgebracht?« fragte der Direktor. »Sie haben versprochen, die Muster mitzubringen«, nun seinerseits anklagend; wenigstens deutete sein Ton an, daß Bony ihm vielleicht schon wiederholt die versprochenen Muster nicht mitgebracht hatte.

»Von synthetischen Stoffen würde ich dringend abraten«, sagte Bony. »Sie glänzen. Das würde zu einem Mann in Ihrer Stellung nicht passen, Sir Henry. Die Leute könnten auf die Idee kommen, Sie hätten Ihren Anzug von der Stange gekauft.« Zwar schauderte ihm nicht sichtlich, doch sah man Bony an, daß ihn der Gedanke, Sir Henry Clevermore in einem von der Stange gekauften Anzug aus glänzendem Kunstfaserstoff zu begegnen, Grauen einflößte.

Bret sagte: »Wir haben ausgezeichnete Aussichten, Sir Henry. Es wäre kriminell, eine solche Chance nicht wahrzunehmen.«

»Wie lange brauchen Sie?« fragte der Direktor.

Bony blickte auf, fragte sich wohl, ob die Frage die Lieferung des Anzugs betraf, kam zu dem Schluß, daß sie wohl nicht an ihn gerichtet war, und sagte: »Bitte sehen Sie sich doch mal diese Wollstoffe an, Sir Henry. Dies wäre genau das Richtige für Sie.« Dabei schwenkte er einen Packen Stoffmuster. Die Stoffe glichen dem des Anzugs wie allen seinen vorherigen wie aufs Haar. Der Direktor hatte, soweit mir erinnerlich war, nie was anderes getragen.

»Vierzehn Tage«, sagte Bret.

»Bei Ihnen soll immer alles schnell gehen«, sagte der Direktor.

Dies stritten Bony und Bret gemeinsam ab, obwohl sich dann zeigte, daß der Vorwurf eigentlich nur Bony hatte treffen sollen, denn der Direktor fuhr fort. »Ich meine kaputtgehen, schnell kaputtgehen. Wenn die Leute alle dauerhafte Kunstfaseranzüge trügen, hätten Sie bald nichts mehr zu tun.«

Bony mußte beleidigter gewesen sein als Bret, denn er brachte seinen Widerspruch als erster und am lautesten vor. »Das ist aber nun doch wirklich Unsinn, Sir Henry, das wissen Sie selbst am besten. Sie haben Anzüge, die ich Ihnen vor zwanzig Jahren gemacht habe, und die sind noch tadellos erhalten. Mein guter Ruf beruht darauf, daß ich meinen Kunden Kleidung anfertige, die ihnen steht. Wenn ich der Meinung wäre, daß eine Kunstfaser gut zu Ihnen paßte, sollte es mir ein Vergnügen sein, Ihnen einen Anzug daraus zu schneidern.«

»Vielleicht würde sogar eine Woche schon reichen«, sagte Bret, der zu spüren schien, daß sein erster Vorschlag unannehmbar war.

»Wenn die synthetischen Stoffe die teuersten wären, würden Sie mir die mit dem gleichen Enthusiasmus aufzuschwatzen versuchen, mit dem Sie mir jetzt zu Wolle raten«, sagte der Direktor. Er drohte dem Schneider mit dem Finger.

»Absolut nicht«, entgegnete Bony. Der Direktor sprach seine Rolle, als hätte er dieselbe schon viele Male gespielt, Bony aber antwortete ihm in einem frischen, aufrichtigen Ton, der einen glauben machen konnte, er sei ernstlich böse. Dem Direktor schien dieser Wortwechsel Spaß zu machen. Vielleicht bestellte er seine Anzüge überhaupt nur deshalb bei Bony, weil er die Streitereien mit ihm genoß.

»Ich werde die Barbaren eine Woche lang aufhalten«, versprach nun der Direktor. Er brauchte Bret nicht zu erklären, daß die Barbaren aus dem Innenministerium gemeint waren und daß es sich nach Ablauf der Frist als erforderlich erweisen konnte, diesen Barbaren Brets Kopf auszuliefern.

»Danke, Sir«, sagte Bret und beendete weise die Diskussion. Doch nahmen die Stoffmuster, die er jetzt am Fenster befingerte, nicht das ganze Interesse des Direktors in Anspruch. »Wen wollen Sie auf die Sache ansetzen?« fragte er, ohne aufzusehen.

Bony gab ihm ein zweites Päckchen Stoffmuster.

»Kann nicht sagen, daß mir das besonders gefällt«, sagte der Direktor. Er betrachtete noch immer die Stoffmuster, und für ein paar Augenblicke überlegten Bony und Bret schweigend, welchem von ihnen beiden diese letzte Bemerkung galt. »Aber Sie haben die Leitung, ich nehme also an, daß ich Ihnen diesbezüglich freie Hand lassen muß.«

»Ja, Sir. Danke«, sagte Bret.

»Wenn Sie einen glänzenden Stoff wollen, wie finden Sie diesen?« fragte Bony, auf eines der Stoffmuster weisend.

»Ich lege überhaupt keinen besonderen Wert auf glänzende Stoffe«, antwortete der Direktor gereizt. »Ich will aber tatsächlich diesmal eines von diesen synthetischen Fabrikaten probieren.«

Bret bewegte sich zur Tür.

Bony sagte: »Die Stoffmuster sehen oft ganz gut aus, aber manche von diesen Fabrikaten sind schlecht zu verarbeiten.«

»Ein paar wollene, ein paar mit Kunstfaserbeimischung. Ich habe Ihnen das schon ganz zu Anfang gesagt... bei der ersten Anprobe.« Der Direktor sah auf und bemerkte Brets Abgang. »Sie werden den da mitnehmen müssen...« sagte er zögernd und deutete mit einer Kopfbewegung an, daß er von mir redete. Dabei kannte er mich recht gut. Bei Gelegenheit hatte ich sogar schon mit ihm zu Mittag gegessen. Seit sechs Jahren sah er mich fast täglich in der Londoner Zentrale, dennoch hatte er sich meinen Namen noch immer nicht gemerkt. Er konnte sich zwar auch die Namen der Mehrzahl der Kollegen nicht merken – dennoch wurmte mich das.

»Samson?« fragte Bret Rensselaer.

»Ganz recht. Samson.« Der Direktor lächelte mir zu. »Nehmen Sie ihn mit. Er weiß, wie man solche Sachen macht«, fügte er hinzu. Der Mitteilung war zu entnehmen, daß von den übrigen Anwesenden keiner wußte, wie man solche Sachen macht, und der Direktor sah mich dabei an, als wollte er betonen, daß er genau das meinte. Wahrscheinlich mochte er mich. Ich hatte schließlich schon eine ganze Reihe von Klagen seitens verschiedener Vorgesetzter ziemlich ungeschoren überstanden. Vielleicht hatte er aber tatsächlich 'ne Ader für das, was von Kennern »Management« genannt wird.

Jetzt aber wollte ich widersprechen. Ich sah zu Bret, und dem war anzusehen, daß auch er widersprechen wollte. Aber es war zwecklos, noch irgend etwas zu sagen. Unsere Audienz beim Direktor war beendet. Als er uns noch zögern sah, wedelte er mit seinen Stoffmustern, wie um uns wegzuscheuchen. »Und halten Sie Morgan auf dem laufenden«, sagte er noch. Mir sank das Herz, und Bret biß wütend die Zähne zusammen. Uns war beiden klar, was das hieß: Damit konnte sich der teiggesichtige Morgan unter Berufung auf die Autorität des Direktors in alles einmischen.

»Sehr wohl, Sir«, sagte Bret.

Und so war ich dazu verdonnert, Bret Rensselaer, der auf diesem Gebiet bestenfalls ein Amateur war, bei dem Bemühen, das Agentennetz in Cambridge zu infiltrieren, behilflich zu sein. Ausgerechnet ich, der gute Gründe zu haben meinte, Bret Rensselaer verräterischer Beziehungen zum KGB zu verdächtigen. Der Dritte im Bunde sollte Stinnes sein (obwohl Bret beim Direktor dessen Namen schlauerweise nicht genannt hatte), und Stinnes war die einzige andere Person, der ich ebenso entschieden mißtraute.

XVII.

»Ich bin's allmählich leid, mir dauernd anzuhören, was für ein großartiger Mann dein Vater war«, erklärte Bret plötzlich. Er hatte schon lange nichts mehr gesagt. Der Zorn mußte sich seit einer ganzen Weile in ihm aufgestaut haben. Jetzt entlud er sich.

Was hatte ich denn über meinen Vater gesagt, das das Faß bei Bret derart zum Überlaufen bringen konnte? Die Feststellung, daß er mir kein Geld hinterlassen hatte, konnte doch keinen so leidenschaftlichen Ausbruch zur Folge haben.

Wir waren in einem die ganze Nacht über geöffneten Waschsalon. Ich tat, als läse ich eine auf meinen Knien ausgebreitete Zeitung. Es war halb drei Uhr früh und die Straße draußen sehr dunkel. Der Raum, in dem wir uns befanden, lag als Würfel hellen bläulichen Lichts in der Finsternis der Vorstadtstraßen von Hampstead. Aus dem unter der Decke angebrachten Lautsprecher kam Popmusik, so gedämpft freilich, daß man kaum wußte, was man da hörte. An einer Wand entlang war ein Dutzend große Waschmaschinen aufgestellt. Deren weiße Emaillierung war an vielen Stellen abgestoßen. Verschiedene Leute, denen es offenbar auf ihren Nachruhm ankam, hatten außerdem ihre Initialen eingekratzt. Waschpulver puderte den Boden wie gelber Schnee, und ein Getränkeautomat in der Ecke verbreitete penetranten Kaffeeduft. Wir saßen am Ende einer Stuhlreihe den Waschmaschinen gegenüber. Seite an Seite starrten Bret und ich in die Zyklopenaugen, auf deren Grund sich schmutzige Wäsche in schäumender Lauge wälzte. Kunden kamen und gingen, so daß die meisten Maschinen in Betrieb waren. Alle paar Augenblicke machten die Mechanismen klappernde Geräusche, und das Summen steigerte sich von Zeit zu Zeit zu schrillem Kreischen, wenn eine der Trommeln in den Schleudergang überging.

»Mein Vater war ein Säufer«, sagte Bret. »Seine beiden Brüder zwangen ihn, aus dem Aufsichtsrat auszuscheiden, nachdem er einem der besten Kunden der Bank einen Faustschlag verpaßt hatte. Damals war ich zehn Jahre alt. Danach war ich der einzige, der sich um ihn gekümmert hat.«

»Und was war mit deiner Mutter?«

»Man braucht eine ganz außerordentliche Begabung zum Mitleiden, wenn man sich um einen Säufer zu kümmern hat«, sagte Bret. »Diese Begabung hatte meine Mutter nicht. Und meinen Bruder Sheldon hat nur das Geld des alten Herrn interessiert. Er hat es mir selbst gesagt. Sheldon arbeitete in der Bank mit meinen Onkeln. Er schloß sich in sein Schlafzimmer ein und weigerte sich rauszukommen, wenn mein Vater sich betrank.«

»Hat er denn nie versucht, damit aufzuhören?«

»Versucht hat er's. Er hat es wirklich versucht. Meine Mutter wollte es ihm nie glauben, aber ich habe ihn besser gekannt. Einmal ist er sogar in eine Klinik nach Maine gegangen, um eine Entziehungskur zu machen. Ich bin im Wagen mit ihm hingefahren. Die Gebäude sahen nicht sehr einladend aus, ich durfte freilich nur bis zu dem Schilderhaus am Tor mitkommen. Er hat sich nicht abschrecken lassen. Trotzdem hat er ein paar Wochen nach Beendigung der Kur wieder zu trinken begonnen ... Zu Hause hat niemand auch nur versucht, ihm zu helfen. Weder Sheldon noch meine Mutter, niemand. Es tat mir in der Seele weh, ihn bei denen zu lassen, als ich zur Marine ging. Er starb, noch ehe ich auf See war.« Bret sah auf seine Uhr und warf einen Blick auf die einzige Person, die sich im Moment außer uns hier aufhielt. Der gut angezogene Mann saß schon seit einer Weile auf einem Stuhl am anderen Ende der Reihe, in der Nähe der Tür, las *Le Monde* und trank Kaffee aus einem Pappbecher, wie er aus dem Automaten erhältlich war.

Jetzt warf der Mann den leeren Pappbecher auf den Boden, öffnete die Waschmaschine vor ihm und stopfte den feuchten Inhalt der Trommel (Unterwäsche) in eine Plastiktüte. Er nickte uns zu, als er ging. Bret sah mich fragend an. Offenbar erwog er, ob diese Bewegung als erster Kontaktversuch aufzufassen war, äußerte diese Mutmaßung jedoch nicht. Er sagte: »Vielleicht nehmen sie es uns nicht ab. Wir hätten Stinnes mit reinnehmen sollen. Im vergangenen Jahr hat er diese Bargeldübergabe gemacht. Er weiß genau, wie so was abläuft. Sie würden ihn wiedererkennen. Das wäre gut.«

Ich hatte darauf bestanden, daß Stinnes draußen blieb, im zweiten Wagen. Ich sagte: »Es ist besser so. Ich will Stinnes da haben, wo man auf ihn aufpassen kann. Wenn wir ihn brauchen, kann er in zwei Minuten hier sein. Ich habe Craig angewiesen, ihn unter seine Fittiche zu nehmen. Craig ist gut.«

»Trotzdem finde ich, wir hätten Stinnes erfolgversprechender einsetzen können.«

»Ich will nicht, daß er hell angestrahlt hier rumsitzt, wo man ihn aus jedem vorbeifahrenden Auto umnieten könnte. Ich will nicht, daß er hier mit einem Leibwächter rumsitzt. Und schon gar nicht mit 'ner Pistole in der Tasche. Also bleibt er besser draußen im Wagen.«

»Vielleicht hast du recht.«

»Wenn sie nach den Regeln spielen, wird alles glattlaufen.«

»Wenn sie uns glauben, daß wir nach den Regeln spielen, wird alles glatt laufen«, berichtigte mich Bret. »Aber sie werden bestimmt erst mal ganz schön mißtrauisch sein.«

»Sie verstoßen gegen das Gesetz, du nicht. Das mußt du immer bedenken. Natürlich werden sie nervös sein. Aber bewahre die Ruhe, und alles wird glattgehen.«

»Das glaubst du doch selber nicht. Du willst dich doch nur selbst dazu überreden«, sagte Bret. »Du hast doch von Anfang an gegen mich argumentiert.«

»Allerdings«, sagte ich.

Bret lehnte sich nach vorn und faßte in den Wäschebeutel, der zwischen seinen Füßen stand. Er trug einen alten Regenmantel und eine Tweedmütze. Keine Ahnung, wo er diese Sachen aufgetrieben hatte. Sie entsprachen so gar nicht den Ansprüchen, die er an seine Kleidung stellte. Es war sein erster praktischer Versuch auf einem Gebiet, mit dem er bisher nur theoretisch zu tun gehabt hatte, und es fiel ihm schwer, sich an die Vorstellung zu gewöhnen, daß wir nicht versuchten, wie echte Waschsalon-Kunden auszusehen, sondern wie KGB-Kuriere, die versuchten, wie echte Waschsalon-Kunden auszusehen.

»Stinnes war wirklich gut«, sagte Bret. »Dieser Anruf hat perfekt geklappt. Er hatte die Kennworte – *Bingo* werden sie sich nennen – und Summen ... viertausend Dollar. Sie haben ihm geglaubt, daß ich der reguläre Kurier bin, der nur diesmal eine Woche früher als verabredet käme. Sie haben wirklich keinen Grund, mißtrauisch zu werden.« Er beugte sich tiefer, um das auf dem Grunde des Beutels unter der Wäsche verborgene Bündel Geldscheine zu packen. Nach den Angaben von Stinnes wurde die Übergabe immer auf diese Weise getätigt.

Ich sagte nichts.

Bret richtete sich auf: »Ich meine, wer wird schon sein Mißtrauen gegen einen Mann verschwenden, der ihm ohne weiteres, und ohne 'ne Quittung zu verlangen, viertausend Dollar in die Hand drückt?«

»Hast du das denn vor?«

»Es ist besser so. Wir geben ihnen das Geld und lernen sie kennen. Ich will sie in Sicherheit wiegen. Beim nächsten Treff werde ich mich dann näher an sie heranmachen.«

»Sehr vertrauenerweckend, viertausend Dollar«, sagte ich.

Bret war so nervös, daß er den ironischen Ton dieser Bemerkung überhörte. Er nickte und starrte die in der Trommel herumwirbelnde schmutzige Wäsche an.

»Er wurde gewalttätig, mein Vater. Manche können sich besaufen und werden glücklich dabei; oder sentimental, verliebt und lüstern. Mein Vater dagegen wurde entweder gewalttätig oder verfiel in finsteres Brüten. Manchmal, als ich noch klein war, hat er mir die halbe Nacht lang sein Leid geklagt, wie er mir das Leben ruiniert habe, wie er meiner Mutter das Leben ruiniert habe, wie er sein eigenes Leben ruiniert habe. ›Du bist der einzige, der zu mir hält, Bret‹, sagte er immer. Und im nächsten Augenblick wollte er mich dann verprügeln, weil ich versuchte, ihn vom Trinken abzuhalten. Auf mein Alter nahm er keine Rücksicht. Er hat immer wie mit einem Erwachsenen mit mir gesprochen.«

Ein Mann kam zur Tür herein. Er war jung und schlank, trug Jeans und eine kurze, dunkle Marinejacke. Er hatte sich eine hellblaue wollene Skimaske über das Gesicht gezogen, in die nur für Augen und Mund Löcher geschnitten waren. Die Jacke war aufgeknöpft, und nun zog er darunter eine Schrotflinte mit abgesägtem Lauf hervor. »Also los«, sagte er. Er war aufgeregt und nervös. Er fuchtelte mit dem Gewehr vor uns herum und machte Kopfbewegungen, die uns bedeuteten, daß er uns Beine machen wollte.

»Was soll das?« fragte Bret.

»Bingo«, sagte der Mann. »Jetzt ist Bingo dran.«

»Ich habe es hier«, sagte Bret. Er schien wie gelähmt, und weil Bret sich nicht rührte, wurde der Junge mit dem Gewehr immer aufgeregter.

»Also, los! Los! Los!« schrie der Junge. Seine Stimme klang hoch und ängstlich.

Bret stand auf, den Wäschebeutel in der Hand. Ein zweiter Mann trat ein, ähnlich maskiert wie der Junge, aber breiter gebaut und, seinen Bewegungen nach zu schließen, älter als dieser, vielleicht vierzig. Er trug einen kurzen, weiten Ledermantel. Er blieb auf der Schwelle stehen und sah erst den Mann mit der Flinte an, dann über seine Schulter hinweg hinter sich. Offenbar waren sie zu dritt. Eine Hand hatte er in der Manteltasche, in der anderen hielt er ein Bündel bunter Elektrolitze. »Weshalb dauert das so lange, ich habe dir doch gesagt . . .«

Seine Worte wurden von einem gedämpften Knall verschluckt, der die Schaufenster des Waschsalons klirren ließ. Draußen auf der Straße schoß eine Stichflamme empor, die einen Augenblick lang blendend hell brannte. Genau auf der gegenüberliegenden Straßenseite. Das konnte nur eins bedeuten: Sie hatten den Wagen hochgehen lassen. Der zweite Mann warf das Bündel Drähte auf den Boden. Mein Gott: Stinnes war in dem Wagen. Die Schweine!

Bret stand, als der Wagen explodierte. Er stand direkt zwischen mir und den beiden Männern. Die Explosion lenkte die Aufmerksamkeit der Eindringlinge für einen Augenblick von uns ab, lange genug für das, was ich vorhatte. Ich beugte mich gerade weit genug vor, um an Bret vorbeisehen zu können. Meine mit einem Schalldämpfer versehene Pistole lag unter der Zeitung auf meinen Knien. Ich feuerte auf den jüngeren der beiden. Er fiel nicht um, ließ aber seine Flinte fallen und taumelte gegen die Waschmaschinen, die Hände vor der Brust. »Wirf dich hin, Bret!« sagte ich und drückte ihn auf den Boden, ehe der andere Kerl das Feuer eröffnete. »Bleib, wo du bist!« rief ich. Dann rannte ich an den Waschmaschinen entlang, an dem Verletzten vorbei, dabei schubste ich die Flinte mit dem Fuß in Brets Richtung. Ich hatte, weiß Gott, was anderes zu tun, als hier das Kindermädchen für Bret zu spielen. Wenn er freilich ein KGB-Mann war, würde er vielleicht die Flinte aufheben und mir eine Ladung in den Rücken verpassen. Der ältere der beiden Kerle wartete meine Fragen nicht ab. Er verschwand durch eine Tür mit der Aufschrift »Nur für Personal«, bevor ich auf ihn schießen konnte. Ich folgte ihm. Hinter der Tür befand sich ein Büro, das kleinste Loch, das sich als Büro herrichten läßt, mit einem kleinen Tisch, einem Stuhl, einer billigen Geldkassette, einer Thermosflasche, einer benutzten Tasse und einem *Daily Mirror*.

Ich rannte durch die nächste Tür und stand am Fuße einer Treppe. Hinter mir schlug die Tür zu, und es war plötzlich stockfinster. Auf diesem Wege konnte er die Straße noch nicht erreicht haben, aber vielleicht lauerte er mir hier irgendwo in der Dunkelheit auf. Wo war er? Ich blieb einen Augenblick lang stehen und lauschte.

Ich hatte mich noch nicht entschlossen, den Korridor zu erforschen, als ich über mir, im oberen Stockwerk, Schritte hörte. Dann war da ein lauter Knall. Das Mündungsfeuer erhellte blitzartig das Treppenhaus, und die Schrotkugeln prasselten gegen die Tapete. Der andere Hund hatte also auch 'ne Schrotflinte. Wahrscheinlich hatte sie unter seinem zugeknöpften Mantel gesteckt, war nicht im Handumdrehen zu erreichen und der Mann deshalb erst mal abgehauen, als ich seinen Kumpel umlegte. Der Schuß war jetzt natürlich nur ein Warnsignal – sollte mir zu verstehen geben, was ich zu erwarten hatte, wenn ich versuchte, die Treppe hinaufzugehen.

Ich war nicht gerade scharf darauf, mich als Held zu beweisen, aber ich hörte seine Schritte die nächste Treppenflucht hinauftrampeln, und zwei Stufen auf einmal nehmend, raste ich die erste Flucht hoch. Er machte so viel Krach, daß er mich vermutlich nicht hören konnte. Als ich aber auf dem nächsten dunklen Treppenabsatz stehenblieb, verstummte auch das Geräusch seiner Schritte. Und man braucht nicht viel Erfahrung, um zu wissen, daß es sich nicht empfiehlt, eine dunkle Treppe hinaufzusteigen, wenn oben jemand mit 'ner Schrotflinte auf einen lauert.

Ich war in einer ziemlich prekären Lage. Konnte er mich sehen, oder ahnte er, wo ich war? Er ging über den Treppenabsatz, richtete die Mündung seiner Waffe in die Tiefe und zog ab. Es blitzte, knallte, und ich hörte ihn wieder rennen. Ziemlich böse. Weil ich mich nicht hatte warnen lassen, versuchte er jetzt offenbar, mich abzuknallen. Noch einmal. Blitz und Knall! Knall und Blitz! Jesus Christus! Von dem letzten hatte ich irgendwas abgekriegt, und ich sprang erschreckt und verwirrt zurück. Für einen Moment glaubte ich sogar, daß da zwei Leute mir auflauerten, aber das war nur eine Auswirkung meiner Angst. Wie der harte Klumpen, der mir plötzlich im Magen lag.

Ich rührte mich nicht, nur mein Herz schlug wie wild, und mein Gesicht glühte. Bis auf einen schmalen Streifen unter der Tür des Büros einen Stock tiefer fiel kein Licht in dieses Treppenhaus. Es war stockfinster. Dennoch meinte ich über mir, wo der Mann mutmaßlich am Geländer des Treppenabsatzes lehnte und mich in der Dunkelheit zu erspähen suchte, den blassen Schimmer seines Gesichts auszumachen. Anscheinend hatte er die wollene Maske abgenommen. Zu heiß, vermutlich. Ich hielt mich sehr ruhig, die Schultern flach gegen die Wand gedrückt, und wartete ab, ob er nicht vielleicht was noch Dümmeres machen würde. Na los, komm schon! Komm schon! Bald würden die Polizeisirenen ertönen. Dann würde mich ein zahlreiches Publikum draußen auf der Straße willkommen heißen. Ihn natürlich auch, was vielleicht ein schwacher Trost war.

Schweiß tröpfelte mir übers Gesicht, doch mein Mund war trocken und rauh wie Sandpapier. Nur mit Mühe konnte ich mich zwingen, langsam und still zu atmen. Daß ich den Mann da unten niedergeschossen hatte, würde mir die Abteilung vermutlich nachsehen, besonders, wenn ich in meinem Bericht über den Vorfall hervorhob, daß dies zu Brets Schutz absolut erforderlich und unumgänglich gewesen war. Die zur Verteidigung von Leib und Leben hoher Beamter der Londoner Zentrale unumgänglichen

Maßnahmen nahm die Abteilung schließlich doch hin, selbst wenn sich die Beamten mal über die Dienstvorschriften hinwegsetzten. Andererseits würde meine Abteilung es mir wahrscheinlich nie verzeihen, wenn ich sie in die Verlegenheit brächte, mein Verhalten gegenüber der städtischen Polizei rechtfertigen zu müssen. Schon wegen der gegenwärtig ziemlich heftigen Turbulenzen unserer Beziehung zum Innenministerium.

Ah ... es hatte sich also doch gelohnt, die Luft anzuhalten! Da war er. Er lehnte sich vor, und der Lichtschimmer aus der Tiefe des Treppenhauses fiel auf seine Stirn. Ich bin an sich nicht rachsüchtig, aber in diesem Augenblick hatte ich Angst und war wütend. Ich hatte keine Lust, mir gefallen zu lassen, daß irgendein mieser Ganove einen unserer Wagen in die Luft jagte und dann versuchte, mich umzubringen, wie seine Kumpane (wenn nicht gar er selbst) Ted Riley gekillt hatten. Dem Burschen hier wollte ich jedenfalls unzweideutig klarmachen, daß so was nicht ungestraft bleibt. Ich hob langsam die Pistole und zielte mit Bedacht. Vielleicht sah er mich oder die Bewegung der Pistole. Er duckte sich, als ich abdrückte. Verfehlt. Ich blieb mit erhobener Pistole ganz still stehen. Ich zählte bis zehn und hatte Glück. Meine Untätigkeit ermutigte ihn, sich wieder vorzubeugen, vorsichtiger diesmal, aber nicht vorsichtig genug. Ich pumpte ihm zwei Kugeln in den Balg. Die Pistole vibrierte in meiner Hand, und dann hörte ich den Mann oben aufschreien und eine Tür ins Schloß fallen. Anscheinend hatten die Brüder da oben ein Zimmer. Einer von ihnen (wenn nicht die ganze Bande) hatte da oben auf uns gewartet. Deshalb waren wir von unseren auf der gegenüberliegenden Straßenseite postierten Leuten auch nicht gewarnt worden.

Einen Moment lang war ich unschlüssig. Ich hätte mir das Versteck dieser Burschen liebend gern angesehen. Aber die Zeit drängte, und ich konnte es mir nicht leisten, hier Zeit zu vertrödeln. Ich rannte also treppab, durch das Büro – wo ich im Vorüberlaufen die Geldkassette vom Tisch stieß. Geldscheine und Münzen verstreuten sich am Boden. Vielleicht würde das die Bullen überzeugen, daß sie's hier mit einem gescheiterten Raubüberfall zu tun hatten. Das grelle Licht der Neonröhren im Waschsalon blendete meine Augen nach der Finsternis, die im Treppenhaus geherrscht hatte. Ich schloß die Augen, um mich draußen im Freien nicht von neuem an die Dunkelheit gewöhnen zu müssen.

Die Straße wurde von den Flammen des brennenden Autos erleuchtet. Jetzt sah ich den dritten Mann. Er trug ebenfalls eine Marinejacke. Er saß rittlings auf einem Motorrad, dessen Motor eben in dem Augenblick ansprang, da ich die Waffe hob und feuerte. Aber der Mann war schnell. Und stark genug, das schwere Motorrad fast auf der Stelle zu wenden. Er gab Vollgas und schoß davon. Ich schoß eine Kugel hinter ihm her, aber danach sah ich ihn nur noch als Schatten an den Häuserfronten vorbeihuschen. Das Risiko war zu groß, um nochmals zu schießen, ein Querschläger hätte Mitbürger in ihrer Nachtruhe stören oder gar verletzen können. Ich ging also in den Waschsalon zurück, um nach Bret zu sehen.

Bret tat gar nichts, hielt nur seinen Wäschebeutel fest unter dem Arm und sah zu, wie der Bursche mit der Strickmaske hellrotes, schäumendes Blut vergoß. Der Junge klammerte sich noch immer an der Waschmaschine fest, als wollte er sie von der Stelle schieben. Seine Füße standen weit auseinander, und sein Blut floß über die weiße Emaillierung, über das Trommelfenster, hinter dem sich die Wäsche drehte, und mischte sich mit dem aus der Waschtrommel leckenden Seifenwasser auf dem Boden.

»Der ist hinüber«, sagte ich. »Nichts wie weg hier, Bret.« Ich steckte meine Pistole wieder in die Manteltasche. Bret befand sich in einem Schockzustand. Ich gab ihm einen kleinen Rippenstoß. Er blinzelte und schüttelte den Kopf wie ein Boxer, der versucht, auf den Boden der Tatsachen zurückzufinden. Dann begriff er, was ich von ihm wollte, und er rannte hinter mir her, bis zur Ecke, an der mein Wagen geparkt war.

»Bleib im Wagen«, sagte ich, die Tür öffnend und ihn auf den Beifahrersitz drückend. »Ich muß mir die anderen ansehen.«

Bret hielt noch immer den Beutel mit der Wäsche und dem Geld. Er wirkte wie ein Schlafwandler. Er ließ sich auf den Sitz fallen und umklammerte den Beutel auf seinen Knien, als wäre es ein entseelter Körper. Auf der anderen Straßenseite stand der Ford Escort noch immer in Flammen, in dem Stinnes und sein Aufpasser gekommen waren, obwohl die Reifen jetzt Feuer gefangen hatten und pechschwarzer Qualm alles verhüllte. »Er ist hier«, sagte Bret, er meinte Stinnes.

»Meine Fresse!« sagte ich, denn zu meiner Verblüffung hatte Bret recht. Stinnes hatte die Explosion des Wagens überlebt. Er stand an der Tür meines Rover und wartete auf Einlaß. »Setzen Sie sich auf den Rücksitz.« Sein Aufpasser stand dicht bei ihm. Erst als sie unbeholfen einer nach dem anderen in den Wagen stiegen, merkte ich, daß sie durch Handschellen aneinander gefesselt waren. Ein Aufpasser, der das seiner Aufmerksamkeit empfohlene Subjekt mit Handschellen an sich selbst fesselt, ist ein Aufpasser, der kein Risiko eingehen will, daß es ihm abhanden kommt. Craig war riesig und muskulös. Selbst King Kong wäre keine andere Wahl geblieben, als an seiner Seite zu bleiben. Stinnes konnte sich glücklich schätzen. Craig hatte ihm ohne Frage das Leben gerettet.

Ich ließ den Wagen an und fuhr los, bevor sich ein Polizeiwagen sehen ließ. Diese gutbürgerliche Gegend von Hampstead hat wohl keinen besonderen Anreiz für die Polizei an einem Dienstagmorgen um drei Uhr früh. »Was, zum Teufel, ist eigentlich passiert?« fragte ich.

»Ich sah sie kommen«, sagte Craig. »Das waren die reinsten Amateure, richtige Dilettanten.« Er war sehr jung, höchstens zwanzig. »Ich legte also die Handschellen an, und wir stiegen aus.« Craigs Weltanschauung war unkompliziert, die meisten guten Aufpasser sind schlichte Gemüter. Zudem hatte Craig recht. Die Kerle hatten sich wie Amateure angestellt, und das fand ich mehr als merkwürdig, es gab mir zu denken. Offenbar hatten sie gar nicht mitgekriegt, daß sich Craig mit Stinnes dünnegemacht hatte, ehe sie den Wagen in die Luft fliegen ließen. Wenn das nicht dilettantisch war, möchte ich wissen, was sonst. Aber ich wußte, daß das KGB keinen Amateuren Liquidierungen überläßt, und den Widerspruch fand ich besorgniserregend. Bei Swiss Cottage kam ein Polizeiwagen an uns vorbei: auf der falschen Straßenseite, mit über hundert Sachen, Blaulicht und Sirene, so, wie es ihre amerikanischen Kollegen in den Krimiserien tun, die kurz vor Sendeschluß im Fernsehen laufen.

Nun erwachten auch Brets Lebensgeister wieder. »Wie war das

doch gleich, was du da sagtest, daß diese Burschen vermutlich ziemlich nervös sein würden, wenn sie endlich kämen?« sagte er. Seine Stimme schwankte. Nun hatte er mal erlebt, wie 's im Außendienst der Abteilung zuging, und von dem Erlebnis hatte er sich noch nicht erholt.

»Sehr komisch, Bret«, sagte ich. »Soll das ein Witz sein, ehe du mir dafür dankst, daß ich dir das Leben gerettet habe?« Hinter uns hustete der junge Craig gedämpft, um uns in Erinnerung zu rufen, daß wir nicht allein waren.

»Du willst mir das Leben gerettet haben, du Sauhund?« rief Bret hysterisch. »Erst fängst du an, in der Gegend rumzuballern, wobei du mich als Schild benützt, dann haust du ab und überläßt es mir, mich selbst aus der Affäre zu ziehen.«

Ich lachte. »So geht's nun eben mal zu auf freier Wildbahn, Bret«, sagte ich. »Hättest du Erfahrung oder 'ne Ausbildung gehabt, hättest du dich sofort flachgelegt. Oder, was natürlich noch besser gewesen wäre, du hättest dich des zweiten dieser Brüder angenommen, anstatt sie alle mir zu überlassen.«

»Wenn ich Erfahrung oder 'ne Ausbildung gehabt hätte«, sagte Bret drohend, »hätte ich dir den Abschnitt aus der Dienstvorschrift vorgelesen, in dem vom Gebrauch von Feuerwaffen an öffentlichen Orten die Rede ist.«

»Mir hättest du die diesbezüglichen Bestimmungen nicht vorzulesen brauchen, Bret«, sagte ich, »sondern dem Typ, der da mit 'ner abgesägten Schrotflinte auf uns zukam. Und dem anderen, der versucht hat, mir 'nen Scheitel zu ziehen, als ich ihm die Treppe rauf hinterher bin.«

»Du hast ihn getötet«, sagte Bret. Er atmete noch immer schwer. Er war durcheinander, richtig verstört, während ich mich mit Adrenalin vollgepumpt fühlte und also geneigt, alle möglichen Sachen zu sagen, die besser ungesagt blieben. »Er ist verblutet, das konnte ich sehen.«

»Warum hast du ihm denn nicht Erste Hilfe geleistet?« fragte ich sarkastisch. »Weil du dann deine vier Riesen vorübergehend hättest loslassen müssen? War das der Grund?«

»Du hättest ihn nur kampfunfähig zu machen brauchen«, sagte Bret.

»Ja, im Film, Bret. Wenn ich Wyatt Earp oder Jesse James gewesen wäre. Aber in der wirklichen Welt schießt man Leuten nicht den Revolver aus der Hand oder durch den Oberarm, um sie auf humane Weise kampfunfähig zu machen. In der wirklichen Welt kommt's nur darauf an, überhaupt zu treffen. Ein bewegliches Ziel zu treffen ist schon schwierig, auch ohne daß man sich beim Zielen auf bestimmte Körperteile kapriziert. Also hör auf mit dem Scheiß.«

»Wir haben ihn sterben lassen.«

»Richtig. Und wenn du mir mit der Flinte, die ich dir zugeschubst habe, nach oben gefolgt wärst und versucht hättest, mir 'n bißchen Feuerschutz zu geben, hättest du gesehen, wie ich noch eins von den Schweinen umgelegt habe.«

»Wirst du davon Meldung machen?« fragte Bret.

»Da kannst du aber Gift drauf nehmen, daß ich davon Meldung machen werde. Und davon, daß du wie 'ne verfluchte Schneiderpuppe dastandst, als ich Rückendeckung gebraucht hätte.«

»Du bist total wahnsinnig, Samson«, sagte Bret.

Erich Stinnes beugte sich auf dem Rücksitz vor und sagte leise: »Aber so läuft das nun mal, Mister Rensselaer. Was Samson getan hat, hätte auch ich getan. Jeder echte Profi hätte wie Samson gehandelt.«

Bret sagte nichts. Bret umklammerte seinen Beutel und starrte gedankenverloren ins Leere. Ich kannte das, hatte schon miterlebt, wie anderen Leuten das gleiche passiert war. Bret würde nie wieder ganz derselbe sein. Bret war nicht mehr ganz bei uns. Er hatte sich in eine innere Welt zurückgezogen, wo keine der miesen Realitäten seines Jobs Einlaß finden würden. Dann redete er plötzlich, leise, als dächte er nur laut: »Aber in Wirklichkeit hat er Sheldon geliebt. Nicht mich, Sheldon.«

»Also, davon will ich nichts drinhaben«, erklärte Dicky. »Das paßt nicht in einen Bericht, da hast du das Thema verfehlt, das ist mehr 'ne Schmähschrift.«

»Egal, wie du das nennst, es ist wahr«, entgegnete ich. Wir saßen nebeneinander im Wohnzimmer der Cruyers. Dicky trug sein

I-love-New-York-Sweatshirt, Jeans, Jogging-Schuhe und dazu diese besonders dicken, weißen Socken, die angeblich die Belastung beim Auftreten dämpfen und so der Abnutzung der Bandscheiben vorbeugen. Gerade waren die Nachrichten vorbei; über die Schießerei in Hampstead hatten sie nichts gebracht. Das Gas zischte in dem imitierten Kaminfeuer, und auf dem Bildschirm produzierte sich jetzt ein Quartett ziemlich unattraktiver Punker. Für einen Augenblick zogen sie Dickys Aufmerksamkeit auf sich. »Sieh dir bloß diese kreischenden Schwachsinnigen an«, sagte er. »Arbeiten wir uns zu Tode, nur damit der Westen frei bleibt für solchen Mist?«

»Nicht ausschließlich«, sagte ich. »Wir kriegen auch Gehalt.«

Er ließ das Quartett per Fernbedienung zu einem leuchtenden Punkt zusammenschrumpfen. Dann nahm er meinen Berichtsentwurf wieder zur Hand und tat so, als läse er ihn von neuem, obwohl er sich tatsächlich die Blätter nur vors Gesicht hielt, um dahinter ungestört zu überlegen, was er als nächstes sagen sollte. »Deine Anschauung der Wahrheit vielleicht«, sagte er pedantisch.

»Meine ist die einzige, die ich zu bieten habe«, sagte ich.

»Versuch's noch mal.«

»Jeder andere Beobachter an meiner Stelle würde der gleichen Ansicht sein.«

»Wann bekommst du endlich in deinen verdammten Dickschädel, daß ich nicht dein aufrichtiges Zeugnis will, sondern einen Bericht, den ich an den Alten weiterleiten kann, ohne mir ein Donnerwetter zuzuziehen?« Er warf den Entwurf auf den neben ihm stehenden Tisch. Dann kratzte er sich sein lockiges Haupt. Dicky machte sich Sorgen. Er hatte keine Lust, in irgendeinen innerbetrieblichen Parteienstreit verwickelt zu werden. Dicky siegte lieber aus dem Hinterhalt als im offenen Kampf.

Ich lehnte mich aus meinem Sessel herüber und ergriff mein sauber getipptes Elaborat. Aber Dicky nahm mir die Seiten wieder sanft aus der Hand. Er faltete sie und stopfte sie unter einen Briefbeschwerer, der zu seiner anderen Seite griffbereit stand. »Fang lieber noch mal an, Bernard«, sagte er.

»Vielleicht wäre es das einfachste, wenn du mir sagtest, was ich schreiben soll«, schlug ich vor.

»Gut, ich werde die Meldung für dich aufsetzen«, sagte Dicky. »Am besten fassen wir uns ganz kurz. Es genügt, wenn wir kurz das Wesentliche sagen.«

»Hast du Brets Bericht gesehen?« fragte ich.

»Bret hat keinen Bericht geschrieben. Er hat mir mündlich eine kurze Darstellung der Ereignisse seit seiner Übernahme der Verantwortung für Stinnes gegeben.« Dicky lächelte nervös. »Dabei hat er sich nicht gerade mit Ruhm bekleckert.«

»Vermutlich nicht«, sagte ich. Seit Bret die Verantwortung für Stinnes übernommen hatte, war ein Desaster nach dem anderen passiert. Ich fragte mich, inwieweit es Bret gelungen war, die Schuld daran auf mich abzuwälzen.

»Es wurde beschlossen, Stinnes sofort ins Berwick House zurückzuschicken. Und von nun an muß Bret über jeden Schritt, den er in seiner Hinsicht beabsichtigt, Sir Henry vorher verständigen und darf nichts mehr machen, ohne zuvor die Genehmigung des Alten einzuholen.«

»Wieso zurück ins Berwick House? Weshalb diese Panik? Wird denn nicht allgemein behauptet, daß die Vernehmungen sehr ergiebig sind, seitdem wir ihn verlegt haben?«

»Das soll kein Vorwurf gegen dich sein, Bernard. Aber schließlich hätten sie Stinnes ja fast erwischt. Wenn Craig nicht so auf Draht gewesen wäre, wären wir Stinnes schon los. Wir dürfen sein Leben nicht noch mal aufs Spiel setzen. Er ist einfach zu kostbar für uns, Bernard.«

»Wird das Brets Aussichten, den Posten in Berlin zu kriegen, irgendwie beeinflussen?«

»Dazu werde ich nicht zu Rate gezogen, Bernard.« Ein bescheidenes Lächeln deutete an, daß man ihn irgendwann vielleicht doch einmal zu Rate ziehen würde. Tatsächlich rechnete Morgan, wie wir beide sehr wohl wußten, fest damit, daß Dicky durch sein Veto die Versetzung Brets auf den Berliner Posten verhindern würde. »Ich glaube aber, daß Bret sich glücklich schätzen kann, wenn er nach dieser Sache nicht vom Dienst suspendiert wird.«

»Suspendiert?«

»Na, man wird's vielleicht nicht direkt so nennen. Man wird ihm einen längeren Urlaub bewilligen, zum Zwecke der Fortbildung oder der Erholung, vielleicht gibt man ihm auch 'nen Forschungsauftrag.«

»Trotzdem.«

»Bret hat sich in der Abteilung 'ne Menge Feinde gemacht«, sagte Dicky.

»Dich und Morgan, meinst du wohl?«

Die Beschuldigung brachte Dicky aus dem Gleichgewicht. Er erhob sich aus seinem Sessel und ging zum Kamin, wo er mit einem gerahmten Foto seines Segelboots spielen konnte. Er betrachtete es einen Augenblick lang und wischte das Glas mit seinem Taschentuch ab, ehe er es an seinen Platz auf dem Kaminsims, neben der Uhr, zurückstellte. »Ich bin kein Freund von Bret! Ich mag ihn gern. Ich weiß, daß er versucht hat, mein Ressort zu übernehmen, ich nehme ihm das aber nicht übel.«

»Aber?«

»Die Stinnes-Geschichte ist hoffnungslos verheddert. Bret hat sich angestellt wie ein Elefant im Porzellanladen. Erst das Fiasko in Cambridge. Jetzt diese Schießerei in Hampstead. Und was ist für uns dabei rausgekommen? Nichts und wieder nichts.«

»Niemand hat versucht, Bret von diesen Unternehmungen abzuhalten«, sagte ich.

»Du meinst, niemand hat dich bei deinem Bemühen, ihn davon abzuhalten, unterstützt. Das stimmt. Und du hast recht gehabt und Bret unrecht. Aber Bret war entschlossen, die ganze Sache persönlich durchzuführen, und bei Brets Rang und Dienstalter war es nicht leicht, ihn davon abzuhalten.«

»Aber jetzt kann man ihn von allem abhalten, was?«

»Es ist von einer Revision die Rede.«

»Warum konnte nicht schon vorige Woche von einer Revision die Rede sein?«

Er ließ sich auf das Sofa sinken und streckte die Beine aus. »Weil in dieser Sache ein Berg von Komplikationen aufgetaucht ist.«

»Komplikationen mit Bret?«

»Ja.«

»Es ist doch aber noch kein Untersuchungsverfahren gegen ihn eingeleitet worden, oder?«

»Ich weiß nicht, Bernard. Und wenn ich's wüßte, dürfte ich das nicht mit dir erörtern.«

»Wird es auch mich betreffen?«

»Ich glaube nicht, nur insofern du mit Bret zusammengearbeitet hast, als diese Sachen passiert sind.« Er betastete seine Gürtelschnalle. »Es sei denn, Bret gibt dir die Schuld.«

»Und tut er das?« fragte ich. Ich sprach lauter, als ich wollte. Ich hätte meine Befürchtungen, mein Mißtrauen gegen Bret einstweilen lieber für mich behalten.

Während ich sprach, kam Dickys Frau ins Zimmer. Daphne lächelte. »Und tut Bret was, Bernard?« fragte sie.

»Sich die Haare färben«, improvisierte Dicky hastig. »Bernard fragt sich, ob sich Bret die Haare färbt.«

»Aber sein Haar ist weiß«, sagte Daphne.

»Nicht richtig weiß. Es ist blond, mit Weiß gesprenkelt«, entgegnete Dicky. »Wir haben gerade festgestellt, daß es nie weißer zu werden scheint. Was meinst du, Liebling? Ihr Damen kennt euch doch bei solchen Sachen aus.«

»Neulich abends war er hier; zum Abendessen«, sagte Daphne. »Er ist ein so gutaussehender Mann . . .« Sie bemerkte Dickys Gesichtsausdruck und vielleicht auch meinen. »Für sein Alter, meine ich. Ich glaube aber nicht, daß sein Haar gefärbt ist, es sei denn von einem ausgezeichneten Friseur. Denn jedenfalls ist es nicht auffällig.« Daphne stand vor dem Kamin, so daß wir sie in ihrer neuen Aufmachung bewundern konnten. Sie trug ein langes Gewand aus längsgestreiftem, glänzendem Baumwollstoff, eine oberägyptische Gallabia, die ihr Nachbarn von einer Urlaubsreise aus Kairo mitgebracht hatten. Sie trug das Haar in Zöpfen, und in die Zöpfe waren Perlenschnüre eingeflochten. Sie hatte die Kunstakademie besucht und später zeitweilig in einer Werbeagentur gearbeitet. Sie gab sich gern künstlerisch.

»Einen teuren Friseur könnte er sich ohne weiteres leisten«, stellte Dicky fest. »Er hat mit einundzwanzig ein Vermögen geerbt. Und er versteht sich zweifellos aufs Geldausgeben.« Dicky war auf dem College immer knapp bei Kasse gewesen und deshalb jetzt geneigt, es übelzunehmen, wenn jemand, ganz gleich wer, ob Wunderkind, geschiedene Millionärsgattin oder Popstar, schon in der Jugend über eine Menge Geld verfügte oder geerbt hatte. Er blickte auf die Uhr. »Schon so spät? Wenn wir uns dieses Videoband ansehen wollen, sollten wir endlich damit anfangen. Hast du das Essen fertig, Darling?« Ohne eine Antwort abzuwarten, wandte er sich an mich und sagte: »Wir essen hier von einem Tablett. Besser, als wenn wir's runterschlingen müßten.«

Dicky hatte unbedingt den Bericht sehen wollen, den ich zur Vorlage beim Direktor verfaßte, aber seine Aufforderung, ihm denselben zu bringen, erfolgte verbrämt als Einladung zum Abendessen und anschließender Vorführung eines geliehenen Videobandes mit einem Fred-Astaire-Musical.

»Es gibt nur Suppe und getoastete Sandwiches«, sagte Daphne.

»Ich habe ihr nämlich einen von diesen Sandwich-Toastern gekauft«, erklärte Dicky. »Mein Gott, wie ich den Tag bereue! Jetzt wird mir aber auch alles zwischen gerösteten Brotscheiben vorgesetzt: Salami, Käse, Schinken, Avocado und Bacon . . . Was war das doch gleich, das du neulich auf den Tisch gebracht hast, Liebste? – Lamm mit Curry auf getoastetem *chapatti?* Widerwärtig.«

»Es war nur ein Experiment, Darling«, beruhigte Daphne.

»Na ja, du brauchtest ja die angebrannten Stücke auch nicht von dem Gerät abzukratzen, Liebste«, sagte Dicky. »Ich dachte, du hättest die ganze Küche in Brand gesteckt. Ich habe mir den Finger dabei verbrannt.« Er zeigte mir den Finger. Ich nickte.

»Heute abend habe ich die Sandwiches mit Schinken und Käse zubereitet. Vorweg Zwiebelsuppe.«

»Ich hoffe, daß du die Zwiebeln diesmal wirklich fein gehackt hast«, sagte Dicky.

»Er kann es nicht vertragen, wenn ihm die Suppe das Kinn bekleckert«, sagte Daphne, als wäre das eine ihr ganz unerklärliche Aversion.

»Ich habe mir eine meiner besten Krawatten ruiniert. Und im Dunkeln habe ich das nicht mal gemerkt.«

»Bret Rensselaer hat seine Suppe nicht verschüttet. Und er trägt wunderschöne Krawatten.«

»Warum holst du nicht das Essen, Liebling?«

»Die Tabletts stehen schon bereit.«

»Na, dann werde ich mal das Video holen«, sagte Dicky. Er stand auf, zog sich die Hose zurecht und holte meinen Bericht unter dem Briefbeschwerer hervor, ehe er den Raum verließ.

»Das Video ist schon eingelegt«, sagte Daphne. »Er mag nur nicht sagen, daß er aufs Klo muß. In mancher Hinsicht ist er echt prüde.«

Sie stand an der Küchentür und sagte: »Ich werde also das Essen holen«, rührte sich aber nicht.

»Kann ich dir helfen, Daphne?«

Zu meiner Überraschung sagte sie ja. Gewöhnlich ließ Daphne keine Fremden in ihre Küche. Die störten nur ihre Kreise, pflegte sie zu sagen. Das hatte ich schon oft zu hören bekommen.

Ich folgte ihr. Seit meinem letzten Besuch war die Küche neu eingerichtet worden. Sie sah jetzt aus wie ein Schaufenster voller Küchenschränke. Küchenschränke rundum, durchweg aus Kunstharz hergestellt, das Muster ein Imitat von Eichenholz.

»Dicky hat eine Affäre«, sagte sie.

»Wirklich?«

Sie ging auf meine geheuchelte Überraschung nicht ein. »Hat er mit dir über sie gesprochen?«

»Eine Affäre?«

»Er vertraut dir«, sagte sie. »Hat er wirklich nichts erwähnt?«

»Ich hatte in letzter Zeit meistens mit Bret Rensselaer zu tun.«

»Ich weiß, ich bringe dich in eine schwierige Lage, Bernard, aber ich muß Bescheid wissen.«

»Mir gegenüber hat er nichts erwähnt, Daphne. Aber um ehrlich zu sein, er würde mir solche Sachen allerdings auch nicht anvertrauen, wenn er sie tatsächlich auf dem Herzen hätte.« Ich sah ihr enttäuschtes Gesicht und setzte hinzu: »Ich bin aber überzeugt, daß es nicht der Fall ist.«

»Es ist deine Schwägerin«, sagte Daphne. »Die ist mindestens so alt wie ich, vielleicht älter.« Sie öffnete den Toaster und entnahm die Sandwiches, wobei sie sich eines alten Küchenmessers bediente. Ohne sich nach mir umzusehen, sagte sie: »Wenn es um ein ganz junges Mädchen ginge, würde ich die Sache noch eher verstehen.«

Ich nickte. Ob die letzte Bemerkung als Zugeständnis an mein

Verhältnis mit Gloria zu verstehen war? »Diese Sandwiches riechen gut«, sagte ich.

»Da ist nur Schinken und Käse drauf«, sagte Daphne. »Dicky macht sich nichts aus exotischen Speisen.« Sie zog einen großen Teller mit bereits getoasteten Sandwiches aus dem Backofen, wo sie warm gestanden hatten. »Ich meine Tessa. Deine Schwägerin Tessa.«

»Ich habe nur die eine Schwägerin«, stellte ich fest. Eine wie Tessa war mehr als genug, dachte ich. Warum mußte sie bloß allen Leuten das Leben so komplizieren?

»Und sie ist eine Freundin«, sagte Daphne. »Eine Freundin des Hauses, der Familie. Und das tut weh.«

»Tessa hat sich mir gegenüber sehr anständig verhalten und mir mit den Kindern sehr geholfen.«

»Ja, ich weiß.« Daphne schniefte. Es war nicht die Sorte Schniefen, die bei zerbrechlichen Damen einem Tränenausbruch vorangeht, sondern jenes andere Schniefen, das die Richter im Old Bailey hören ließen, bevor sie ein Todesurteil verkündeten. »Ich nehme an, du fühlst dich zur Loyalität verpflichtet.« Sie legte Bestecke auf die Tabletts. Das tat sie sehr behutsam, damit ich nicht etwa glaubte, sie sei zornig.

»Ich will tun, was ich irgend kann, um dir zu helfen«, versprach ich.

»Mach dir keine Sorgen, daß Dicky uns belauscht. Wenn er rauskommt, hört man die Wasserspülung.« Sie begann nach Suppentassen zu suchen und fand sie erst im vierten der Küchenschränke, die sie öffnete. »Sie hatten ja schon früher mal eine Affäre.« Sie sprach mit abgewandtem Kopf zu mir. »Tu bloß nicht so, als wüßtest du das nicht, Bernard. Danach haben Tessa und ich uns ja wieder vertragen. Ich dachte, die Sache wäre damit erledigt.«

»Und diesmal?«

»Eine Freundin von mir hat sie in einem kleinen Hotel in der Nähe von Deal gesehen ... in Kent, weißt du.«

»Aber wieso sollten sie gerade da gelandet sein, bei ihrem ...« ich verstummte, aber Daphne beantwortete die unausgesprochene Frage wie aus der Pistole geschossen: »Da war gar nichts dabei. Das Hotel wurde nämlich im vergangenen Monat in irgendeiner Frauenzeitschrift – *Harper's & Queen,* glaube ich – als eins der zehn angepriesen, die ideal sind für ein Wochenende zu zweit. Deshalb war ja auch meine Freundin da.«

»Dicky hat vielleicht ...«

»Er hat behauptet, er müsse nach Köln«, sagte Daphne. »Irgendeine streng geheime Sache.«

»Wie kann ich dir helfen?«

»Ich möchte deinen Schwager kennenlernen«, erklärte Daphne. »Ich möchte mit ihm darüber reden. Er soll wissen, wie mir zumute ist.«

»Meinst du wirklich, daß das klug wäre?« fragte ich. Schwer zu sagen, wie George auf einen Vorstoß Daphnes reagieren würde.

»Ich will es. Ich habe es mir gründlich überlegt und mich dazu entschlossen.«

»Vielleicht erledigt sich die Affäre mit der Zeit von selbst.«

»Selbstverständlich dauert keine dieser Affären ewig, wo denkst du hin? Er hat eine Freundin nach der anderen. Dauernd warte ich darauf, daß er mit einer Schluß macht. Und dann macht er Schluß und bandelt mit der nächsten an.«

»Hast du schon mit ihm darüber gesprochen?« fragte ich.

»Er sagt, daß er sein eigenes Geld dabei ausgibt, nicht meins. Das Geld, das er von seinem Onkel geerbt hat. Dabei hat das mit Geld überhaupt nichts zu tun. Was mich kränkt, ist der Verrat. Er würde doch sein Vaterland nicht verraten, oder? Er ist eurer Abteilung fanatisch treu ergeben. Warum betrügt er also seine Frau und Kinder? Ist das etwa kein Verrat? Ist die Abteilung was Heiligeres als die Familie?«

»Hast du ihn das schon mal gefragt?«

»Noch und noch. Aber jetzt reicht's mir. Jetzt werde ich die Scheidung verlangen. Ich will George Kozinski mitteilen, daß ich beabsichtige, das Verhältnis seiner Frau zu meinem Mann als Scheidungsgrund zu nennen.«

Der arme George, dachte ich, das hat ihm gerade noch gefehlt.

»Das ist aber ein sehr ernster Schritt, Daphne. Ich meine, ich kann deine Gefühle ja nur allzugut verstehen, aber solltest du nicht auch an die Kinder denken ...«

»Die Kinder sind im Internat. Ich kriege sie nur während der Ferien zu sehen. Manchmal kommt's mir wie ein schrecklicher Fehler vor, daß wir sie ins Internat gesteckt haben. Wenn sie bei uns zu Hause geblieben wären, wäre Dicky vielleicht nicht so leicht auf Abwege geraten.«

»Ach, wer weiß«, sagte ich, »manche Männer geraten auf Abwege, weil ihnen zu Hause ihre Kinder die Luft wegnehmen, auf Abwege geraten kann man immer.«

»Kannst du eine Begegnung mit deinem Schwager vermitteln?« fragte sie. »Irgendwann in den nächsten Tagen?«

»Ich werde es versuchen«, antwortete ich. Oben war jetzt Dicky zu hören.

Daphne hatte die Tabletts fertig. »Würdest du die Weinflasche öffnen und die Papierservietten mitbringen, Bernard? Der Korkenzieher ist in der Schublade.«

Sie öffnete den Kühlschrank für mich, und während ich die Weinflasche herausnahm, sagte sie: »Mister Rensselaer hat mich wirklich überrascht. Ich mochte ihn immer gut leiden.« Sie schlug den Kühlschrank wieder zu, und ich wartete auf sie, während sie die heißen Sandwiches auf den Servierteller plazierte, ohne sich dabei die Finger zu verbrennen.

»Ja?« sagte ich.

»Na, eine Denkschrift des *Cabinet Office* zu klauen und den Russen zu geben. Und dann hat er ja angeblich versucht, euch alle umbringen zu lassen.« Sie sah mir an, daß ich baff war. »Ach, ich weiß, der Fall ist noch Gegenstand einer Untersuchung, und wir dürfen nicht davon reden, aber Dicky sagt, wie Bret sich da herausreden will, sei ihm wirklich schleierhaft.« Sie ergriff jetzt zwei Tabletts. »Das muß doch wohl ein Irrtum sein, meinst du nicht? Er kann doch nicht wirklich ein Spion sein, oder? Ein so netter Mann.«

»Nun kommt doch endlich, dalli, dalli«, schrie Dicky aus dem Wohnzimmer. »Der Vorspann läuft schon.«

»Dicky ist ein gemeiner Hund«, sagte Daphne. »Nicht mal mit dem Film kann er auf uns warten. Bringst du bitte das Tablett mit?«

XVIII.

»Du hast gesagt, du würdest nicht spät kommen.« Gloria war im Bett. Ich hatte sie beim Betreten des Schlafzimmers geweckt.

»Tut mir leid«, sagte ich. Unsere Beziehung hatte sich in jeder Hinsicht ähnlich der eines Ehepaars »entwickelt« oder »eingependelt«. Sie verbrachte jedes Wochenende mit mir und hatte schon Kleider und Kosmetika bei mir deponiert – ganz zu schweigen von zahllosen Paar Schuhen.

Sie setzte sich im Bett auf und knipste die schwache Nachttischlampe an. Sie trug ein Nachthemd aus schwarzem Chiffon. Ihr hellblondes Haar fiel ihr auf die Schultern. »Seid ihr noch um die Häuser gezogen?«

»Nein, ich bin nicht um die Häuser gezogen, jedenfalls nicht durch irgendwelche Kneipen, Nachtklubs oder was du sonst vielleicht denkst.«

»Du brauchst mich ja nicht gleich anzufauchen.« Das Licht reichte weit genug, um mich darauf aufmerksam zu machen, daß sie vor dem Schlafengehen ihre Kleider sorgfältig zusammengelegt hatte. Ein schlechtes Zeichen. Diese Sorgfalt war gewöhnlich ein Indiz unterdrückter schlechter Laune.

»Glaubst du vielleicht, es macht mir Spaß, einen ganzen Abend mit Dicky zu verbringen?« fragte ich.

»Warum bist du dann so lange geblieben?«

»Er hat einen Videofilm vorgeführt. Ich konnte nicht weg, ehe der Film zu Ende war.«

»Haben sie dir was zu essen gegeben?«

»Ein Sandwich und 'ne Tasse Suppe.«

»Ich habe mit den Kindern gegessen. Doris hat falschen Hasen gemacht.«

»Ich wünschte, du würdest sie ›Nanny‹ nennen«, sagte ich. Die

Nanny, unser Kindermädchen, war nämlich jung, und ich hielt es deshalb für angebracht, einen gewissen Abstand zu wahren. »Wenn du sie beim Vornamen nennst, wird sie mich nächstens ›Bernard‹ rufen.«

»Das hättest du mir eher sagen müssen. Ich kann doch nicht jetzt auf einmal förmlich werden. Sie würde ja denken, sie hätte mich irgendwie beleidigt.« Das Haar fiel ihr ins Gesicht. Sie schob es mit der Hand zurück und legte die Hand dann an den Kopf, als posierte sie. »Es war also nicht dienstlich?«

»Natürlich war es dienstlich. Ich habe dir doch erzählt, daß Dicky unbedingt den Entwurf meines Berichts für den Direktor sehen wollte.«

»Wer war noch da?«

Ich setzte mich auf den Bettrand. »Sieh mal, Liebste. Wenn ich ein Wörtchen hätte fallen lassen, hätte Dicky dich auch eingeladen. Das wissen wir doch. Aber waren wir nicht beide der Meinung, daß es besser ist, wenn wir uns in der Öffentlichkeit ein bißchen zurückhalten? Wir wollen doch nicht, daß das ganze Büro über uns redet.«

»Das kommt ganz darauf an, was sie da reden«, sagte Gloria, die der Meinung war, daß wir jede freie Minute miteinander verbringen sollten, und es höchst erbitternd fand, wenn ich sie auch nur während eines Teils des Wochenendes allein ließ.

Ich beugte mich vor, umarmte sie fest und küßte sie.

»Wovon habt ihr geredet?« fragte sie.

»Bret sitzt in der Tinte«, sagte ich.

»Mit der Abteilung?«

»Bei Dicky ist zwar bekanntlich oft nur der Wunsch der Vater des Gedankens. Aber selbst, wenn man das berücksichtigt und die erforderlichen Abstriche an seinen Visionen hinsichtlich Brets Schicksal macht, soll allem Anschein nach Bret zur Verantwortung gezogen werden für alles, was bei den Vernehmungen von Stinnes schiefgegangen ist. Anscheinend neigt man jetzt zu der Auffassung, daß Stinnes überhaupt nur auf Befehl Moskaus zu uns übergelaufen ist und daß Bret der wahre Sachverhalt womöglich bekannt war.«

»Aber das ist wirklich Brets eigene Schuld, Darling. Er hat sich eben alles viel zu leicht vorgestellt, das hast du selbst gesagt.«

»Stimmt schon, daß er sich diese Suppe selbst eingebrockt hat, aber jetzt wird er mit allem überhäuft, was der Abteilung irgendwie stinkt. Ob er nun tatsächlich für das KGB gearbeitet hat oder nicht – er soll zum Sündenbock gemacht werden.«

»Ich weiß nicht, ob der Vergleich mit dem alttestamentarischen Sündenbock in diesem Fall wirklich treffend ist«, sagte Gloria pedantisch. »Die Sündenböcke wurden doch wohl in die Wüste geschickt, während Bret wahrscheinlich dem MI 5 ausgeliefert werden soll als der Mann, der sich unberechtigt in deren Belange gemischt hat, habe ich recht?«

»Also gut, ich hätte vielleicht ›Opferlamm‹ sagen sollen«, sagte ich bitter. Ich hatte zur Beschwichtigung des zürnenden Innenministeriums schon zu viele arme Würstchen zur Schlachtbank geführt werden sehen, um mir hinsichtlich des Schicksals, das Bret zu gewärtigen hatte, noch irgendwelche Illusionen zu machen. »Abgesehen davon, droht ihm ja eine Anklage wegen noch viel schwerwiegenderer Verfehlungen, als nur den Zorn von MI 5 auf die Abteilung gezogen zu haben.«

Sie sah mich vielsagend an und sagte dann: »Ist er nun ein Maulwurf des KGB?«

»Weiß nicht.«

»Aber dessen wird man ihn anklagen?«

»Für eine Anklageerhebung ist es viel zu früh. Vielleicht wird niemals Anklage erhoben werden. Mir hat zwar niemand was davon gesagt, aber es hat wohl eine Art Beratung auf höchster Ebene gegeben. Allmählich denken alle, daß er für Moskau arbeitet. Dicky hat anscheinend Daphne davon erzählt. Im Gespräch mit mir hat Daphne sich dann verquatscht, oder besser, den Verdacht gegen Bret ganz arglos erwähnt, weil sie gar nicht wußte, daß ihr Gatte mich nicht ins Vertrauen gezogen hat.«

»Wenn die Geschichte in die Zeitungen kommt, wird ganz schön was los sein«, sagte Gloria.

Ich küßte sie abermals, aber sie erwiderte meinen Kuß nicht.

»Man sollte sie alle an die Wand stellen«, erklärte sie. »Elende Verräter. Schweine.« Sie hob die Stimme nicht, aber ihr Körper spannte sich vor Zorn, und die Intensität ihres Zorns überraschte mich.

»Das gehört alles mit zum Spiel.«

»Kein bißchen. Leute wie Rensselaer sind Mörder. Um ihr soziales Gewissen zu beruhigen – um einstweilen den Luxus, den ihnen die ungerechte kapitalistische Gesellschaftsordnung gestattet, von Gewissensbissen ungeplagt, genießen zu können, arbeiten diese Hunde heimlich für den Sieg des sogenannten Sozialismus, indem sie Leute, die ihnen nichts getan haben und die ihnen nichts wegnehmen wollen, dem KGB ans Messer liefern. Ich kann dir gar nicht sagen, wie widerlich ich das finde.«

»Vielleicht sind sie aber doch ehrlich überzeugt, das Richtige zu tun«, wandte ich ein. Zwar war ich selbst von der Ehrlichkeit der Überzeugung dieser Leute durchaus nicht überzeugt, aber ich setzte sie notgedrungen voraus, weil ich fand, daß mir das meine eigene Arbeit erleichterte. Ich hatte keine Lust, mir auch noch über Gut und Böse, Freiheit und Tyrannei, ich meine die moralischen Aspekte meiner Tätigkeit, den Kopf zu zerbrechen – ich war schon zufrieden, wenn ich wußte, was ich zu tun hatte und wie das einigermaßen anständig zu bewerkstelligen war.

»Warum gehen sie dann aber nicht in die Sowjetunion? Sie wissen genau, daß wir den sogenannten Sozialismus hier nicht wollen, sonst hätten wir ja längst 'ne kommunistische Regierung wählen können. Warum hauen sie also nicht einfach ab nach Rußland?«

»Also gut, warum nicht?«

»Na, ist doch klar. Wie ich schon sagte. Diese Leute sind doch immer reich und gebildet, stimmt's? Die wollen einfach die Privilegien genießen, die ihnen die hiesige Klassengesellschaft gewährt, und zugleich ihr schlechtes Gewissen beschwichtigen, indem sie ein bißchen an dem Ast sägen, auf dem sie sitzen.«

»Redest du von Bret?« fragte ich. Ich stand auf. »Oder redest du von meiner Frau?«

»Ich rede von Verrätern«, sagte sie.

Ich ging zum Kleiderschrank und öffnete ihn. Da mußte irgendwo ein Tweedanzug hängen, den ich seit Jahren nicht mehr getragen hatte. Ich fand ihn schließlich in einem Plastiküberzug aufgehängt – Fiona schützte meine Anzüge immer mit solchen Plastiküberzügen – und durchsuchte die Taschen. »Ich hatte Bret in Verdacht, eine Affäre mit meiner Frau zu haben. Habe ich dir das mal erzählt?«

»Wenn du Zigaretten suchst, die habe ich alle weggeschmissen.«

»Mir ist plötzlich eingefallen, daß in dem Tweedanzug noch eine Schachtel sein muß«, sagte ich. Der Anzug weckte Erinnerungen. Zum letzten Mal hatte ich ihn getragen, als ich mit Fiona und meinem Schwiegervater eine Pferdeschau besuchte. Damals gab ich mir die größte Mühe, nett zu ihm zu sein. Eins seiner Pferde hatte ein Hindernisrennen gewonnen, und er lud uns alle in ein teures Restaurant am Fluß ein, bei Marlow. Meine Zigaretten gingen zur Neige, und mein Schwiegervater wollte nicht, daß ich bar bezahlte, als ich mir ein neues Päckchen kommen ließ. Er bestand darauf, daß ihm auch die Zigaretten auf die Rechnung gesetzt wurden. Ich erinnerte mich dieses Zwischenfalls, weil ich durch Zufall damals in dem Restaurant erfuhr, daß mein Schwiegervater Treuhandvermögen für die Kinder angelegt hatte. Mir hatte er nichts davon gesagt, Fiona hatte das gleichfalls nicht für nötig gehalten. Das schlimmste war, daß er es den Kindern erzählt, ihnen aber eingeschärft hatte, mir nichts davon zu sagen.

»Ja, ich habe sie weggeschmissen. Solange noch Zigaretten im Hause rumliegen, wirst du immer wieder zu rauchen anfangen, das weißt du selbst. Und du willst doch nicht wieder anfangen, oder?«

Ich schloß den Kleiderschrank und schlug mir den Jieper auf eine Zigarette aus dem Kopf. Sie hatte recht. Ich wollte wirklich nicht wieder mit dem Rauchen anfangen, wenn ich mich auch fragte, wie lange ich in meiner seelischen Bedrängnis der Versuchung noch würde widerstehen können.

»Du brauchst jemand, der auf dich aufpaßt«, sagte sie versöhnlich.

»Es gab eine Zeit, da war ich überzeugt, daß Fiona mich mit Bret betrog. Da haßte ich ihn. Mein Haß gegen ihn beeinflußte alles, was ich dachte, sagte und tat.« Das Verlangen nach einer Zigarette ließ jetzt wirklich nach. Selbst wenn da plötzlich eine ganze Stange auf meinem Kopfkissen gelegen hätte, hätte ich die nicht aufgerissen. »Nur mit großer Mühe war ich damals fähig, irgendwelche Informationen über Bret nicht ausschließlich im Lichte dieses Hasses zu interpretieren. Glücklicherweise habe ich jetzt meine Gefühle, was Bret angeht, unter Kontrolle. Jetzt ist mir schnuppe, ob er 'ne Affäre mit Fiona hatte oder nicht. Und ich kann, was ich über ihn erfahre, vorurteilslos bewerten. Wenn ich dir also sage, daß ich nicht weiß, ob er schuldig ist, meine ich genau das.«

»Du meinst, du warst eifersüchtig. Du warst eifersüchtig auf Bret Rensselaer, weil er reich und erfolgreich ist und vielleicht ein Verhältnis mit deiner Frau hatte.«

»Ja«, sagte ich.

»Das ist doch natürlich, Bernard. Warum solltest du nicht wütend und voreingenommen gegen ihn gewesen sein? Warum solltest du denn gerecht und fair gegenüber einem Mann sein, der dich so mies behandelt?«

»Willst du's mir nicht erklären?«

»Weil du gerne den lieben Gott spielst, Bernard. Gestern nacht, in dem Waschsalon, hast du zwei Menschen getötet. Du hast nicht versucht, das zu vertuschen. Du hast es mir erzählt. Du hast es Dicky erzählt. Zweifellos steht es auch in deinem Bericht, und zwar so, daß die Verantwortung dafür eindeutig und zweifellos allein auf dich fällt. Du bist aber kein gefühlloses Ungeheuer, kein blutdürstiger Killer. Die Schuld an dem Tod dieser beiden Menschen wird für dich nur erträglich, wenn dieser Tod objektiv notwendig war, wenn du dir einreden kannst, daß du jede Situation, die ganze Welt, völlig objektiv beurteilst. Indem du dir das aber einredest, Liebster, spielst du Gott. Und damit wirst du deine Schuldgefühle letztlich doch nicht los. Gib lieber zu, daß du fehlbar bist, auch nur ein Mensch, und daß es dich freuen sollte, wenn Bret vor Gericht im Old Bailey sein Fett abbekommt.«

»Aber es sollte mich nicht freuen. Nicht mal ein betrogener Ehemann will den anderen gleich im Old Bailey vor Gericht sehen. Und in Brets Fall habe ich keine eindeutigen Beweise. Es kann durchaus sein, daß Fiona mich nie betrogen hat.«

»Wenn du ihn nicht haßt, weil er dich betrogen hat, hasse ihn, weil er sich an die Kommunisten verkauft hat. Dabei leiste ich dir gern Gesellschaft.«

»Dein Vater war einer unserer Agenten, stimmt's?«

»Wie hast du denn das rausgekriegt?«

»Reine Vermutung. Es gibt immer irgendeinen besonderen Grund, wenn die Tochter eines Ausländers in die Abteilung aufgenommen wird.«

»Mein Onkel und mein Vater ... die Geheimpolizei hat meinen Onkel abgeholt. Auf der Polizeiwache haben sie ihn umgebracht. Sie suchten meinen Vater.«

»Du brauchst mir das nicht zu erzählen«, sagte ich.

»Es macht mir nichts aus. Ich bin stolz auf ihn. Ich bin stolz auf beide. Mein Vater ist Zahnarzt. London schickte ihm Zahnschemen – Zahnschemen verschieben Zahnärzte untereinander, wenn sie Patienten übernehmen, an dieser Post war also nichts Auffälliges – und jedes Zahnschema identifizierte einen Agenten. Als Einzelheiten der Zahnbehandlung verschlüsselt, übermittelte mein Vater nun seinerseits deren Berichte. Diesen Code hat die Geheimpolizei nie entdeckt, geschweige denn entschlüsselt, und es gelang ihr auch nicht, die Organisation zu infiltrieren. Aber alle Agenten waren bei meinem Vater in Behandlung. Das war der große Nachteil – jeder, der zu diesem Netz gehörte, kannte meinen Vater. Die Polizei bekam seinen Namen schließlich von einem Agenten heraus, den sie faßte, als er an der Grenze fotografierte, und den sie zum Reden brachte. Sie nahm dann aber irrtümlich wegen der Namensgleichheit meinen Onkel fest. Er konnte schweigen, bis mein Vater und meine Mutter in Sicherheit waren. Ich hasse Kommunisten, Bernard.«

»Ich hole mir was zu trinken«, sagte ich. Dabei zog ich das Jakkett aus, band die Krawatte ab und schlüpfte aus den Schuhen. »Whisky. Willst du auch einen?«

»Nein, danke, Darling.«

Ich ging in mein Arbeitszimmer und goß mir einen gehörigen Schluck Whisky ein. Als ich ins Schlafzimmer zurückkehrte, hatte sich Gloria inzwischen die Haare gekämmt und die Kopfkissen aufgeschüttelt. Ich entledigte mich des Rests meiner Kleidung und sagte: »Dicky hat ein Verhältnis mit Tessa, und Daphne ist dahintergekommen.«

»Hat sie dir das erzählt?«

»Eine Freundin von ihr ist den beiden in einem Hotel begegnet.«

»Daß es doch immer gute Freunde gibt, die einem solche Hiobsbotschaften auf dem schnellsten Wege zustellen.«

»Na ja, aber was soll man als Freund in so einer Situation auch tun? Man kommt hinter ein Geheimnis und hat plötzlich eine furchtbare Verantwortung. Was man da auch macht, ist wahrscheinlich falsch.«

»Jetzt denkst du an die Denkschrift aus dem *Cabinet Office*, nicht?«

»Vielleicht.«

»Du hast gar nichts gemacht.«

»Es sieht aber jetzt aus, als hätte ich gar nichts zu tun brauchen. Die Abteilung weiß Bescheid über Bret. Daphne hat sogar die Denkschrift erwähnt.«

»Was will sie von dir?«

»Daphne? Sie will mit George sprechen. Sie sagte, sie wird Tessa als Scheidungsgrund nennen.«

»Allen Ernstes?«

»Da fragst du mich zuviel.«

»Das würde Dickys Karriere ruinieren, stimmt's?«

»Das kommt darauf an. Wenn die Sorte sensationeller Ehescheidungsprozeß daraus zu werden droht, die die Zeitungen beschäftigt, würde die Abteilung sich umgehend von Dicky trennen, soviel ist sicher.«

»Weiß Daphne das?«

»Sie ist erbittert.«

»Sie hat ja auch 'ne Menge geschluckt.«

»Wirklich?«

»Du hast mir selbst erzählt, daß Dicky ihr dauernd untreu gewesen ist.«

»Habe ich das wirklich?«

»Allerdings. Und glaube ja nicht, daß es nicht längst schon im Amt aufgefallen ist, wie er sich an manchen Abenden in Schale wirft und wie seine Frau dauernd anruft und fragt, wo er ist.«

»Ist das allgemein bekannt?«

»Die Mädchen wissen's alle.«

»Spricht denn seine Sekretärin darüber?«

»Solche Fragen darfst du nicht mir stellen, Darling. Ich gebe mich zum Bürospitzel nicht her.«

»Der Gedanke, daß eine Sekretärin die Privatangelegenheiten ihres Chefs herumtratscht, ist mir aber ganz und gar nicht angenehm. Von da zum Verrat dienstlicher Geheimnisse ist's schließlich nur ein Schritt . . .«

»Ach, sei doch nicht so verdammt moralisch. Dicky hat das arme Mädchen immer scheußlich behandelt. Unter den Umständen finde ich ihre Loyalität ihm gegenüber geradezu erstaunlich.«

XIX.

Ich weiß nicht, ob es Bret Rensselaer direkt angewiesen oder ihm nur geraten wurde, Erich Stinnes zu meiden, aber irgend jemand aus der Abteilung mußte sich jedenfalls in Zukunft an Brets Stelle um diesen kümmern. Hätte man Stinnes im Berwick House belassen, ohne weiteres Interesse an ihm zu nehmen, hätte das *Debriefing Centre* wahrscheinlich das Innenministerium aufgefordert, sich des Verwaisten anzunehmen.

Mit großer Dringlichkeit stellte sich die Frage nach der zukünftigen Betreuung Stinnes', als dieser plötzlich bei den Vernehmungen den Mund nicht mehr aufmachte. Da schickte man mich zu ihm, damit ich ihm gut zuredete. Eine von Bret abgezeichnete diesbezügliche Anweisung erwartete mich auf meinem Schreibtisch. Warum man mit dieser Aufgabe ausgerechnet mich betraute, weiß ich nicht, aber anscheinend kam außer mir kein anderer dafür in Frage.

Als ich vor Berwick House ankam, regnete es in Strömen. Von den Formalitäten, mit denen man neulich Bret Rensselaers Bentley hier empfangen hatte, sah man heute ab, da ich in meinem aus zweiter Hand erworbenen Rover vorfuhr. Nach einem flüchtigen Blick auf meine Ausweiskarte winkte man mich durchs Tor.

Niemand nahm zur Kenntnis, daß ich auf dem für Besucher reservierten Parkplatz parkte, und von dem LDC-Direktor oder seinem Stellvertreter erfuhr ich heute nicht die mindeste Aufmerksamkeit. Ich betrat das Gebäude auch nicht durch das Hauptportal, sondern durch den Hintereingang. Der hier wachhabende Beamte kannte mich vom Sehen, legte mir das Besucherbuch vor und bot mir seinen Kugelschreiber an. Als ich mich eintrug, fiel mir auf, daß die letzte Eintragung schon eine ganze Weile zurücklag.

Erich Stinnes war nicht eingesperrt. Zu bestimmten Zeiten durfte er im Garten spazierengehen, und wenn es regnete, konnte er jedenfalls ins Erdgeschoß runterkommen und durch die bleiverglasten Fenster der großen Halle die entblätterten Rosenstöcke draußen betrachten. Er durfte sich im ersten Obergeschoß frei bewegen, ich aber mußte meinen Besuch dort beim Pförtner melden. Dieser legte ein Käsebrot, mit dessen Verzehr er eben beschäftigt war, aus der Hand, um einen Laufzettel für mich auszufüllen, den ich vorweisen mußte, um das Haus wieder verlassen zu dürfen. Seine fettigen Finger ließen Spuren auf dem Laufzettel zurück, als er mir diesen reichte. Gut, daß das nicht Bret passiert ist, dachte ich.

»Nicht so nett hier wie in Notting Hill Gate, was, Erich?« erkundigte ich mich.

»Ich kann nicht klagen«, entgegnete er. Sie hatten ihn jetzt in Nr. 4 untergebracht, einem nach vorn hinaus gelegenen, großen und bequem eingerichteten Apartment. Dort hatte er ein Wohnzimmer mit einem Sofa und zwei Sesseln, einem farbigen Kunstdruck, der die Schlacht von Waterloo zur Schau stellte, und einem auf mittelalterlich verkleideten elektrischen Kaminfeuer. Eine Kochnische war ebenfalls vorhanden, mit Spülbecken, Kochplatte, ein paar Töpfen und etwas Geschirr.

»Können Sie mir eine Tasse Tee machen?« fragte ich. »Es ist ja furchtbar heiß hier drin. Soll ich nicht ein Fenster öffnen?«

»Hier wird immer um vier Uhr Tee gereicht«, sagte er, »das sollten Sie doch eigentlich wissen. Nein, bitte öffnen Sie das Fenster nicht. Ich glaube, ich habe mich erkältet.«

»Soll ich den Arzt bitten, mal bei Ihnen reinzuschauen?«

»Keine Ärzte. Mir graut vor Ärzten.« Seine Stimme war flach und kalt wie seine Augen. Seit unserer letzten Begegnung hatte sich die Atmosphäre spürbar verändert. Stinnes mißtraute mir jetzt und gab sich keine Mühe, das zu verbergen.

»Zeichnen Sie noch immer Landschaften?« fragte ich. Ich zog meinen Regenmantel aus und hängte ihn an einen Haken hinter der Tür.

»Viel anderes habe ich ja nicht zu tun«, antwortete er. Das ganze Gebäude war gut geheizt, und doch hatte Stinnes zusätzlich zur Zentralheizung das elektrische Kaminfeuer an und trug zu seinen grauen Flanellhosen über dem dunkelgrünen Hemd einen dicken Pullover. Er saß auf dem großen mit Chintz bezogenen Sofa, und mehrere Londoner Zeitungen lagen neben ihm verstreut, denen man ansah, daß sie von vorne bis hinten gelesen worden waren.

Er konnte sehr still sein. Das war nicht die gelassene Stille der Entspannung oder die gespannte Stille der Konzentration, diese Stille zeugte vielmehr von einer nicht leicht zu definierenden Eigentümlichkeit seines Charakters, die ihm gestattete, unter allen Umständen Beobachter zu bleiben, ob er nun involviert war oder nicht. Er war immer die Sonne. Alles bewegte sich, außer ihm. Ich zog mein Jackett aus und nahm in dem Sessel ihm gegenüber Platz. »Der Vernehmungsbeamte ist gestern schon früh nach Hause gegangen«, sagte ich. »Und vorgestern auch.«

»Manchen Vogelarten ist ihr Gesang angeboren, andere indessen müssen das Singen von ihren Eltern lernen.« Wenn das ein Witz sein sollte, ließ Stinnes sich jedenfalls die spaßende Absicht nicht anmerken. Es klang, als wenn er etwas für mich rezitierte.

»Ist das 'ne Tatsache von rein ornithologischem Interesse, oder wollen Sie damit etwas andeuten, Erich?« fragte ich. Die unterschiedliche Begabung der Vögel für den Gesang war mir bereits bekannt. Stinnes hatte schon früher davon gesprochen. Er liebte es, mit derartigen Kenntnissen zu verblüffen.

»Es war unvermeidlich, daß Sie's schließlich so eingerichtet haben, daß ich die Schuld kriege«, sagte er.

»Und was für eine Art Vogel sind Sie, Erich? Und wie fangen wir's an, Sie singen zu lehren?«

»Ich habe Ihr Angebot guten Glaubens angenommen. Ich habe nicht versprochen, Ihre Untergrundoperationen zu führen und dafür zu sorgen, daß nichts schiefgeht.«

»Wozu haben Sie sich denn Ihres Erachtens überhaupt verpflichtet?« fragte ich.

»Ich beantworte dem Vernehmungsbeamten jede Frage wahrheitsgetreu, das heißt, nach bestem Wissen und Gewissen. Aber was ich nicht weiß, kann ich ihm nicht sagen. Ich wünschte, Sie würden ihm das mal klarmachen.«

»Vier Menschen sind umgekommen«, sagte ich. »Einen von ihnen kannten Sie: Ted Riley, den Mann, der in London mit Ihnen zusammen war. Er war ein persönlicher Freund von mir. Kein Wunder, daß es deswegen böses Blut gegeben hat.«

»Das tut mir wirklich leid«, sagte Stinnes. Es war ihm nicht anzumerken, daß ihm das, oder etwas anderes, leid tat, allerdings war ihm ja selten was anzumerken.

»Man hat uns reingelegt, Erich. Beide Male hat man uns reingelegt.«

»Ich kenne die Einzelheiten nicht«, behauptete er. Typisch russisch, denn tatsächlich kannte er alle Einzelheiten.

»Beide Male sind wir in eine Falle getappt.«

»Dann haben Sie sich beide Male blöd angestellt.«

»Seien Sie nicht so verdammt selbstgefällig«, sagte ich und bedauerte sofort, daß es ihm gelungen war, mich aufzubringen.

»Sind Sie nun Profi, oder haben Sie schon zu lange hinter einem Schreibtisch gesessen?« Er wartete, und als ich nicht antwortete, fuhr er fort: »Versuchen Sie nicht, mit mir herumzuspielen, Mister Samson. Sie wissen, daß Rensselaer ein Dilettant ist. Sie wissen, daß er sich geweigert hat, die Planung dieses Treffs *Operations* zu überlassen. Sie wissen, daß er das tat, weil er aller Welt demonstrieren wollte, welche Glanzleistungen er auch im Außendienst zu erbringen imstande sei, wenn er nur Gelegenheit dazu hat.«

Das war nicht die Reaktion, mit der ich gerechnet hatte. Stinnes schien nicht sonderlich wütend auf Bret Rensselaer zu sein, obwohl dessen Heldentaten ihn fast selbst das Leben gekostet hatten. Und es schien, als ließe er dessen gescheiterte Unternehmungen allen Ernstes als Heldentaten gelten, amateurhaft und verpfuscht zwar, aber eines Versuchs wert. »Haben Sie Mister Rensselaers dilettantische Planung kritisiert?« erkundigte ich mich.

»Natürlich. Sie etwa nicht?«

Da hatte er mich. »Ja«, räumte ich ein. »Ich habe sie auch kritisiert.«

»Jeder, der auch nur mal 'ne halbe Stunde im Außendienst gearbeitet hat, hätte das gleiche getan. Rensselaer ist ein Schreibtischstratege. Warum hat man ihn nicht angewiesen, die Einsatzplanung den Spezialisten zu überlassen, die wissen, worauf 's ankommt? Ich habe ihm immer wieder dazu geraten, ohne Erfolg.«

»Es gab Probleme«, sagte ich.

»Und ich kann mir denken, was das für Probleme waren«, sagte Stinnes. »Ihr Chef Rensselaer will sich, auf Teufel komm raus, noch einen Namen machen, ehe ihm das MI 5 meine weitere Befragung abnimmt, stimmt's?«

»In etwa«, sagte ich.

»Er ist in einem gefährlichen Alter«, sagte Stinnes mit wohlerwogener Verachtung. »In diesem Alter fangen Schreibtischhengste noch einmal von ruhmreichen Taten auf freier Wildbahn zu träumen an.«

Es klopfte an die Tür, und eine Frau mittleren Alters brachte ein Tablett mit Tee, Buttertoast und Kuchenschnitten. »Na, jedenfalls werden Sie hier gut verpflegt, Erich«, stellte ich fest. »Kriegen Sie so feinen Nachmittagstee jeden Tag oder nur, wenn Besuch da ist?«

Die Frau lächelte mich an, sagte aber nichts. Das Hauspersonal war natürlich gründlich auf seine Zuverlässigkeit überprüft. Manche waren pensionierte Büroangestellte der Londoner Zentrale. Die Frau servierte den Tee und ging, ohne ein Wort zu sagen, aus dem Zimmer. Sie wußte, daß schon ein einziges Wort die Stimmung einer Vernehmung verderben kann.

»Jeden Tag«, sagte Erich. Ein Päckchen mit fünf Zigarillos lag auf dem Tablett. Das war wohl seine Tagesration, doch schien er das Rauchen aufgegeben zu haben, denn es lag ein ganzer Stapel solcher Päckchen auf dem Kaminsims.

»Dennoch gefällt's Ihnen hier aber immer noch nicht, habe ich recht?« Schließlich war ich ja hier, weil er sich neuerdings wieder bei den Vernehmungen sperrte. Daß ihm hier irgendwas nicht paßte, lag auf der Hand.

»Sie trauen mir genug, um auf meine Informationen hin zu handeln und das Leben Ihrer Agenten zu riskieren, sperren mich andererseits aber ein, damit ich nicht abhaue.« Er trank einen Schluck Tee. »Ich frage mich, wohin ich eigentlich abhauen sollte? Etwa zurück nach Moskau, damit sie mir den Prozeß machen?«

Ich war versucht, ihm zu sagen, wie entschieden ich mich dagegen widersetzt hatte, ihn ins Berwick House zurückzubringen, aber das ließ ich besser bleiben, denn es lag ja nicht in meinem Interesse, ihn merken zu lassen, wie wenig man im Obergeschoß der Londoner Zentrale, wo die Entscheidungen getroffen werden, auf meine Meinung gab. »Was für eine Art Vogel sind Sie also, Erich? Darauf haben Sie mir noch nicht geantwortet.«

»Lassen Sie mich hier raus, und ich werde es Ihnen zeigen«, sagte er. »Lassen Sie mich machen, was Rensselaer nicht geschafft hat.«

»Sie meinen, ins Cambridge-Netz einzudringen?«

»Mir werden sie trauen.«

»Das ist aber riskant, Erich.«

»Das Cambridge-Netz ist das Beste, was ich Ihnen zu bieten habe. Wegen dieses Netzes habe ich so viel Zeit in Mexico City vertrödelt und mußte auch noch mal nach Berlin zurück, ehe ich nach England kam. Haben Sie überhaupt eine Ahnung, was ich alles riskiert habe, um mir genug Informationen zu verschaffen, dieses Netz infiltrieren zu können?«

»Erzählen Sie's mir.«

Der ironische Ton entging ihm nicht. Er sagte: »Und jetzt wollen Sie die Chance einfach wegwerfen. Na, es ist ja Ihr Schaden, nicht meiner.«

»Warum bekümmert Sie's in dem Fall überhaupt?«

»Nur insofern Sie beschlossen haben, mir an Katastrophen die Schuld zuzuschieben, die Sie allein zu verantworten haben. Warum soll ich mir die Schuld geben, mich bestrafen lassen für etwas, woran ich völlig unschuldig bin? Ich habe keine Lust, noch monatelang hier hinter Gittern zu sitzen.«

»Ich dachte, es gefiele Ihnen hier«, sagte ich.

»Für ein Gefängnis ist das Haus wirklich nicht übel, aber ich bin es leid, als Häftling behandelt zu werden. Ich will wie ein Mensch leben können. Ich will das Geld ausgeben können, das Sie mir schulden. Ich will ... Ich will alles mögliche.«

»Sie wollen Zena Volkmann wiedersehen? Wollten Sie das sagen?«

»Haben Sie sie kürzlich gesehen?«

»Ja«, sagte ich.

»Hat sie nach mir gefragt?«

»Sie findet, daß sie selbst die ganze Arbeit gemacht hat, während ich den ganzen Ruhm geerntet habe und Sie das ganze Geld kassiert haben.«

»Hat sie das gesagt?«

»Jedenfalls etwas in dieser Richtung.«

»Vermutlich hat sie recht.« Er nahm seine Brille ab und putzte sorgfältig die Gläser.

»Ich weiß nicht, ob sie wirklich die ganze Arbeit gemacht hat, und ich weiß, daß ich nicht den ganzen Ruhm geerntet habe. Alles übrige mag der Wahrheit entsprechen.«

Er sah mich an, ohne zu lächeln. »Machen Sie sich keine Sorgen. Wenn ich rausgelassen werde, denke ich nicht daran, gleich wieder hinter Zena Volkmann herzulaufen.«

»Hat sich Ihre Liebe abgekühlt?«

»Ich habe sie noch gern. Aber sie ist die Frau eines anderen. Ich habe nicht mehr die Energie für diese Art Liebesaffären.«

»Aber die Energie zu versuchen, in das Cambridge-Netz einzudringen, haben Sie noch?«

»Weil ich mich nur auf diese Weise von Ihnen befreien kann.«

»Weil Sie uns damit einen unwiderlegbaren Beweis Ihrer Loyalität erbringen könnten, meinen Sie?«

»Wie ich Ihnen bereits sagte, ist dieses Netz das beste, was ich Ihnen zu bieten habe. Schließlich werdet ihr Engländer mich ja wohl nicht noch länger einsperren wollen, wenn ich euch diese Leute ausgeliefert habe.« Diese Leute waren seine eigenen Agenten, aber er sagte das ohne eine Spur von Anteilnahme. Ein kalter Fisch, dieser Stinnes.

»Da ist aber das Problem Ihrer Sicherheit, Erich. Wir haben eine Menge in Sie investiert und wollen Sie nicht leichtfertig aufs Spiel setzen. Vorige Woche haben sie Ihnen eine Bombe unters Auto praktiziert.«

»Die Bombe war nicht für mich bestimmt. Das war ein Zufall. Sie glauben doch nicht etwa, daß die mich identifiziert haben?« Er lehnte sich auf dem Sofa zurück, verschränkte die Hände so, daß die Knöchel knackten. Eine Altmännergebärde, die mir auffiel, weil sie nicht zu dem Bild paßte, das ich von ihm hatte. Beschleunigte Gefangenschaft das Altern? Er war ein Mann, der Bewegung brauchte – unter Menschen sein mußte: Immer, während seiner gesamten Karriere, hatte er unmittelbar mit Menschen zu tun gehabt. Wenn man ihm den Versuch gestattete, das Cambridge-Netz aufzurollen, gab man ihm jedenfalls eine Chance zu tun, was er am besten konnte. Vielleicht sind überhaupt Untreue und Verrat – ob nun im ehelichen, beruflichen oder politischen Bereich – immer von dem Verlangen motiviert zu tun, was man am besten kann, ganz egal, für wen und unter welchen Umständen.

»Sie scheinen sich Ihrer selbst ziemlich sicher zu sein«, stellte ich fest.

»Ich leide nicht an Paranoia, wenn Sie das meinen.«

Ich ließ die Frage einstweilen auf sich beruhen und trank einen Schluck Tee. »Sie rauchen neuerdings nicht mehr, wie ich bemerke.« Ich nahm das Päckchen Zigarillos vom Tablett und roch daran. Ich hatte schon seit Ewigkeiten nicht mehr geraucht. Ich legte die Zigarillos auf das Tablett zurück, obgleich es mir nicht leichtfiel.

»Ich habe dieser Tage kein besonderes Verlangen danach«, entgegnete er. »Vielleicht nehme ich die Gelegenheit wahr, es ganz aufzugeben.«

Ich schenkte mir eine neue Tasse Tee ein, ohne Milch und Zukker, so wie er ihn trank. Es schmeckte scheußlich. »Wie würden Sie die Sache anpacken?« Ich brauchte nicht zu erklären, was ich meinte.

»Vor allem müßte ich freie Hand haben. Ich kann nicht arbeiten, wenn Sie mich dabei Tag und Nacht beobachten lassen. Ich muß mich diesen Leuten ohne jede Überwachung nähern können. Verstehen Sie das?«

»Die sind jetzt gewarnt«, sagte ich. »Sie müssen sich inzwischen mit Moskau in Verbindung gesetzt haben. Und Moskau könnte ihnen gesteckt haben, daß Sie übergelaufen sind.«

»Sie trauen Moskau zuviel zu. Genau wie wir immer der Londoner Zentrale mehr Tüchtigkeit zugetraut haben, als da tatsächlich zu finden ist.«

»Ich traue mir jedenfalls nicht zu, meine Vorgesetzten davon zu überzeugen, daß Sie dieses Netz ganz allein und ohne Hilfe aufrollen können. Das wollen die nämlich nicht glauben, denn dann würden sie ihre eigenen Fähigkeiten in Frage gestellt sehen. Außerdem hätten sie Angst vor einer weiteren Katastrophe, bei der wir diesmal auch noch Sie verlieren könnten. Moskau sucht nach Ihnen, Erich. Das muß Ihnen doch klar sein.«

»Moskau gibt die Jagd auf Überläufer erst frei, wenn die an die Öffentlichkeit gehen. Man behandelt da solche Fälle immer so diskret wie möglich, schon um durch das schlechte Beispiel nicht andere Sowjetmenschen auf dumme Gedanken zu bringen.«

»Sie sind nicht bloß ein Überläufer«, sagte ich. »Daß Sie abgehauen sind, war für Ihre ehemaligen Chefs ein schwerer Schlag ins Kontor.«

»Um so mehr werden sie geneigt sein, die Sache diskret zu behandeln. Haben Ihre Nachrichtenanalytiker schon irgendwelche Hinweise gefunden?«

»Ich werde mich danach erkundigen«, versprach ich. Erich wußte, daß das eine ausweichende Antwort war, und konnte sich die richtige zweifellos selbst zusammenreimen. Die Analytiker hatten die Sendungen der staatlichen Rundfunk- und Fernsehanstalten sowie die Presse des Ostblocks nach irgendeinem Hinweis auf Erich Stinnes und dessen Flucht in den Westen kontrolliert. Überdies wurden vertrauliche Berichte und der diplomatische Funkverkehr, über den Moskau seine Agenten in der ganzen Welt an der Kandare hält, durchgeforstet und abgehört. Von Stinnes war da nie die Rede gewesen. Man hätte glauben können, daß es den Mann nie gegeben hat. Stinnes lächelte. Er wußte, daß unsere Nachrichtenanalytiker nichts gefunden hatten.

»Ich würde nur zehn Tage brauchen, höchstens vierzehn. Ich kenne dieses Netz, und ich würde mich ihm auf andere Weise nähern. Wenn Sie willens wären, die Leute ohne Beweismaterial festzunehmen, könnte ich sie Ihnen in weniger als einer Woche servieren.«

»Nein, bei uns besteht leider die hinderliche Notwendigkeit, den Gerichten schlüssiges Beweismaterial vorzulegen. Und selbst dann sprechen die Geschworenen noch ungefähr die Hälfte aller Angeklagten frei.«

»Dann fälschen Sie doch irgendwelche Beweisstücke. Ich werde als Zeuge aussagen.«

»Wir sind uns noch nicht im klaren, ob wir Sie überhaupt vor Gericht aussagen lassen können«, entgegnete ich.

»Aber wenn ich dazu bereit bin ...«

»So einfach ist das nicht. Es gibt da rechtliche Bedenken. Meine Abteilung ist nicht bevollmächtigt, in einem solchen Fall die Strafverfolgung zu übernehmen. Sollten Sie also vor einem öffentlichen Gericht ins Kreuzverhör genommen werden, könnte uns das ganz schön in Verlegenheit bringen.«

»Und Ihr Innenministerium würde Sie nicht unterstützen? Warum ändern Sie nicht dieses antiquierte System. Das KGB wird zentral geleitet und sowohl gegen innere wie gegen äußere Feinde eingesetzt. Wenn man, wie Sie das hier in England tun, zwei Behörden unterhält – die eine nur für die Verfolgung ausländischer Agenten im Inland zuständig, die andere nur für nachrichtendienstliche Operationen im Ausland –, ich meine, was soll denn anderes dabei herauskommen als ein heilloses Durcheinander von Kompetenzstreitigkeiten, Mißverständnissen und so weiter?«

»Ein bißchen heilloses Durcheinander ist uns eigentlich ganz lieb, wissen Sie«, sagte ich. »Eine Behörde wie das KGB könnte ja jederzeit die Regierung übernehmen, und so was wollen wir hier nicht erleben.«

»Auch bei uns ist das noch nicht passiert«, sagte Stinnes etwas pikiert. »Es wird auch nie passieren. Die Partei hat Anspruch auf die Führung, und ihre Macht wird von niemandem angefochten.«

»Sie brauchen hier die Parteilinie nicht mehr zu vertreten, Erich. Wir wissen beide, daß der Sowjetunion eine Krise bevorsteht.«

»Eine Krise?« fragte er. Er beugte sich vor, die Ellbogen auf die Knie gestützt, die Hände fest zusammengepreßt, das gespannte Gesicht blaß, die Augen leuchtend.

»Es gibt dringende Forderungen nach Reformen des Wirtschaftssystems, es wird verlangt, zur Belebung der immer unwirtschaftlicher funktionierenden Wirtschaft der Privatinitiative Anreiz zu schaffen. Das brauche ich Ihnen doch nicht zu sagen,

Erich.« Ich lächelte, aber er erwiderte mein Lächeln nicht. Ich schien einen Nerv berührt zu haben.

»Und wer versucht, diese Reformen zu verhindern?« Er zog die Schultern noch höher. Ich fragte mich, wo Stinnes eigentlich selbst stand. Oder wollte er mir vielleicht weismachen, daß er von einem solchen Kampf nichts wußte?

Da ihm jedenfalls die Frage nahezugehen schien, verfolgte ich sie weiter, indem ich sie selbst beantwortete: »Um jeden Preis verhindern wollen es natürlich die verkalkten Parteibürokraten, die die Macht haben, die Wirtschaft herumzukommandieren und den Rahm für sich selbst abzuschöpfen. Die sind natürlich nicht scharf darauf, durch erfahrene Produktionsleiter, technische Experten und Verwaltungsfachleute ersetzt zu werden, die imstande wären, jenes System von Anreizen zu schaffen, das schließlich wirtschaftliches Wachstum stimulieren könnte.«

»Die Partei ...«

»... behält die Führung. Ich weiß, Sie sagten das bereits.«

»... ist der Arbeiterschaft nahe«, sagte Stinnes. Meine Bemerkungen hatten ihn sichtlich erregt.

»Die Partei ist der Arbeiterschaft nahe, wie Sie sagen, weil beide einander entgegengekommen sind. Die Partei kann sich darauf verlassen, daß die Arbeiter die Finger von der Politik lassen, dafür sorgt sie, daß niemand allzu hart arbeiten muß. Das war zu Lenins Zeiten für beide Seiten befriedigend, nehme ich an, aber lange kann das nun nicht mehr so weitergehen. Die sowjetische Wirtschaft ist in einem katastrophalen Zustand.«

Stinnes rieb sich die Wange, er fand die Perspektiven, auf die ich da hinwies, offenbar ziemlich beunruhigend. »Wenn wir erst anfangen, harte Arbeit zu belohnen, tüchtige Leute zu bevorzugen – unfähige Leute aber von ihren Posten zu entfernen, ich meine, dann haben wir doch bald ein System, das ganz von der Habgier, dem Neid, der rücksichtslosen Drängelei des kapitalistischen Wettbewerbs bestimmt ist. Dann wäre die Revolution schließlich umsonst gewesen. Der Klassenkampf ginge weiter.«

»Das ist das Problem«, stimmte ich zu.

»Die Partei wird derartige Reformen nicht zulassen«, sagte Stinnes.

»Aber mit der Wirtschaft wird es weiter bergab gehen. Und eines Tages werden die sowjetischen Generäle und Admiräle bei ihren Waffenkäufen zu rechnen anfangen müssen. Die Wirtschaft wird die Kosten für solche Luxusartikel wie Panzer, Kanonen und Schiffe nicht mehr tragen können.«

»Und dann werden die Militärs sich auf die Seite derer schlagen, die wirtschaftliche Reformen fordern?« fragte Stinnes verächtlich. »Wollen Sie das sagen?«

»Nur, daß es so kommen könnte«, entgegnete ich.

»Nicht zu Ihren Lebzeiten«, erklärte Stinnes. »Zu meinen auch nicht.« Er war der Unterhaltung eifrig, interessiert, mit leuchtenden Augen gefolgt. Jetzt lehnte er sich seufzend zurück. Für einen kurzen Augenblick sah ich einen anderen Stinnes. War das die Schwere, die einen bei andauerndem Schmerz niederdrückt? Oder bereute Stinnes, sich mir in dieser Unterhaltung gezeigt zu haben, wie er wirklich war?

»Aber was kümmert Sie das noch, Erich?« sagte ich. »Sie sind bereits ein Kapitalist, nicht wahr?«

»Na klar«, antwortete er. Er lächelte, aber ich fand das Lächeln irgendwie nicht beruhigend.

Vom Berwick House fuhr ich direkt nach London zurück, wo ich um halb sechs an diesem Nachmittag an einer Konferenz teilnehmen sollte. Es handelte sich um eine Besprechung auf höchster Ebene (innerhalb der Abteilung, meine ich), und die Herren saßen, als ich kam, schon fast eine Stunde lang hinter verschlossenen Türen. Man ließ mich noch fast eine weitere halbe Stunde in einem Vorzimmer warten, ehe man mich in den Sitzungssaal rief.

Den Vorsitz führte der Direktor, der zu dieser Gelegenheit einen sogar für seine Verhältnisse besonders ungebügelt anmutenden Anzug angelegt zu haben schien. Am Tisch saßen Morgan, Frank Harrington, Dicky und Bret Rensselaer. Vollzählig war das Führungsgremium nicht. Der Stellvertretende Direktor befand sich zur Erledigung irgendwelcher Privatangelegenheiten in Nassau, auf den Bahamas, während der Leiter des Europa-Ressorts an einer Konferenz in Madrid teilnahm. Jeder der Anwesenden hatte ein Glas vor sich, und ein Krug mit Eis stand auf dem Konferenztisch. Auf einem Abstelltisch war eine Auswahl der zur Beflügelung der Geister beliebten geistigen Getränke zur Hand, deren sich allerdings nur Frank Harrington bedient zu haben schien. Er hielt mit beiden Händen ein hoch mit Whisky gefülltes Glas umfaßt, das er fixierte wie eine Hellseherin ihre Kristallkugel. Die übrigen tranken Perrier-Wasser. Dem Direktor zu Ehren rauchte niemand. Mir fiel auf, daß diese Abstinenz Frank Harrington nicht leichtfiel. Er bemerkte meinen Blick und schien meine Gedanken zu lesen. Denn er lächelte und befeuchtete sich mit der Zungenspitze die Lippen, wie er's zu tun pflegt, wenn er im Begriff steht, seine Pfeife anzuzünden.

»Ah ...«, sagte der Direktor. Indem er sich nach mir umsah, als Morgan mich in den Sitzungssaal führte, wischte er seinen Bleistift vom Tisch.

»Samson«, half ihm Morgan aus. Es gehörte zu seinen Pflichten, dem Direktor die Namen seiner Mitarbeiter ins Gedächtnis zu rufen; wie auch Sachen unauffällig aufzuheben, die der Direktor, ohne es zu merken, hinschmiß oder fallen ließ.

»Ah, Samson«, sagte der Direktor. »Sie kommen ja gerade von einer Unterhaltung mit unserem russischen Freund. Nehmen Sie sich doch bitte selbst was zu trinken.«

»Danke, Sir.« Die polierte Tischplatte reflektierte die Leuchtröhren, die den Raum erhellten. Mir fiel ein, daß Fiona immer behauptete, bei Neonlicht schmecke ihr der Gin nicht. Das war natürlich reiner Snobismus, ein Vorwand, der ihre Abneigung gegen das Trinken in den billigen Restaurants, Eckkneipen und Büros, wo Neonröhren leuchteten, sozusagen materialistisch untermauern sollte. Trotzdem ist es mir nie gelungen, mich ganz von dem Verdacht freizumachen, an der Theorie könne vielleicht doch was dran sein. Aber davon ließ ich mir den Geschmack an Gin, selbst bei Neonlicht, nicht verderben.

Während ich mir also jetzt ein Glas mit Gin und Tonic einschenkte, sah ich mich im Raum um. Sir Henry Clevermore schien heute in Form zu sein. Trotz der Hängebacken und Runzeln wirkte er nicht alt, leuchteten die Augen unter den schweren Lidern klar und klang Sir Henrys Stimme fest. Sein spärliches Haar war sorgfältig über den Schädel gekämmt, und das Zittern, dessentwegen er manchmal stotterte, war heute nicht zu bemerken.

Ich fragte mich, wovon vor meiner Ankunft im einzelnen die Rede gewesen sein mochte. Daß man Bret im Rahmen einer solchen Sitzung irgendwelche bohrenden Fragen gestellt hatte, glaubte ich eigentlich nicht. Wenn es die Absicht war, Bret durch die Mangel zu drehen, hätte der Direktor dazu nicht Dicky und Morgan als Zuschauer eingeladen. Überhaupt glaubte ich, daß der Alte eine derartige Operation weder selbst in die Hand zu nehmen noch auch nur mit anzusehen geneigt war. Wie ich ihn kannte, würde er sie vielmehr der Inneren Sicherheit überlassen, deren Job es schließlich war, sich bei dergleichen Dingen die Hände schmutzig zu machen. Denn Untreue war dem Alten ein Greuel, und wenn sich's irgend machen ließ, ging er dem schon bei dem geringsten Anschein geflissentlich aus dem Wege.

Bret schien denn auch nicht unter besonderem Druck zu stehen. Er saß neben dem Direktor und präsentierte sich der Welt ganz als die selbstsichere, gepflegte Schaufensterpuppe, als die man ihn kannte.

Augenscheinlich den konservativen Vorurteilen des Direktors zu Gefallen hatte Dicky heute ein Jackett angelegt, ein aus Wildleder gefertigtes. Morgan zappelte nervös, und Frank sah gelangweilt aus. Frank konnte es sich leisten, gelangweilt auszusehen. Er war der einzige hier im Raum, dem es mutmaßlich völlig egal sein konnte, ob für Bret eine orangenfarbige Akte angelegt wurde oder nicht: der einzige, der keinerlei Unannehmlichkeiten zu befürchten hatte, wenn es Bret an den Kragen ging. In dem Fall würde man ihn nämlich sicherlich ersuchen, die Stellung in Berlin noch etwas länger zu halten. Da Frank aber angeblich nichts lieber wollte, als so bald wie möglich in Pension zu gehen, würde man ihm dafür allerlei Sondervergünstigungen und natürlich eine höhere Pension anbieten müssen.

»Hast du die Vernehmung aufgezeichnet?« fragte mich Morgan.

»Ja. Es war allerdings, strenggenommen, keine Vernehmung. Das Tonband wird gerade abgeschrieben.«

»Wieso war es keine Vernehmung?« fragte Morgan. »Du hattest doch den Auftrag, eine Vernehmung durchzuführen.« Morgan fuchtelte mit Notizblock und Bleistift rum. Er hatte einen neuen Anzug an – dunkelgrau, fast schwarz und eng, das weiße Hemd mit gestärktem Kragen –, so daß er ganz wie der ehrgeizige junge Zeitungsreporter aussah, der er vor nicht allzu langer Zeit gewesen war.

Ich gab Morgan keine Antwort. Ich starrte in die rotgeränderten Augen des Direktors. »Ich bin zum Berwick House hinausgefahren, weil der leitende Vernehmungsbeamte nicht weiterkam. Ich hatte den Auftrag herauszufinden, woran das lag. Ich bin kein ausgebildeter Vernehmungsbeamter und habe auf dem Gebiet nur wenig Erfahrung.« Ich sprach langsam, laut und deutlich, und dennoch legte der Direktor angestrengt lauschend die Hand ans Ohr.

»Was war Ihr Eindruck?« fragte er dann. Die anderen hielten sich höflich zurück und warteten ab, wie der Direktor mich anfassen würde.

»Er ist krank«, sagte ich. »Er scheint Schmerzen zu haben.«

»Ist das das Wichtigste, was du entdeckt hast?« fragte Morgan mit ziemlich sarkastischer Intonation.

»Jedenfalls etwas, das dem Tonband allein nicht anzuhören ist«, erklärte ich.

»Aber ist es wichtig?« erkundigte sich Morgan.

»Es könnte sehr wichtig sein«, antwortete ich.

»Haben wir den Bericht von seiner ärztlichen Untersuchung?« fragte der Direktor Morgan.

Nachdem er Morgan ein Weilchen hatte verlegen schweigen lassen, sagte Bret: »Er hat sich bisher stets geweigert, sich einer ärztlichen Untersuchung zu unterziehen. Es schien uns nicht ratsam, ihn dazu zu zwingen.«

Der Direktor nickte. Der Direktor, wie viele leitende Beamte, konnte nicken, ohne dadurch Zustimmung auszudrücken. Das Kopfnicken drückte nur aus, daß er gehört hatte.

Da mich der Direktor nun dazu einlud, referierte ich in Kürze meine Unterhaltung mit Stinnes, wobei ich besonders nachdrücklich auf dessen Begehren hinwies, man möchte es ihm allein überlassen, das Cambridge-Netz aufzurollen.

Bret sagte: »Mir bereitet der Gedanke, ihn loszulassen in der Hoffnung, daß er das ganz allein für uns erledigt, Unbehagen.«

»Wenn wir ihn da lassen, wo er ist, nützt er uns jedenfalls auch nicht viel«, stellte Morgan fest. Er tippte mit dem Bleistift auf seinen Notizblock. Die Art und Weise, wie sich Morgan als Protokollführer des Direktors bei solchen Besprechungen aufspielte, als gehöre er zur Führungsspitze der Abteilung, reizte Bret bis aufs Blut. Und nicht ihn allein. Ich fragte mich, ob der Direktor das nicht merkte oder ob es ihm egal war. Seine Fähigkeit, seine Mitarbeiter gegeneinander auszuspielen, war berühmt. So war die Abteilung von jeher geführt worden.

»Man drängt mich ziemlich heftig, ihn endlich der Obhut des Innenministeriums zu überlassen«, sagte der Direktor mit unverhohlenem Widerwillen.

»Ich hoffe, daß Sie diesem Druck nicht nachgeben«, sagte Bret. Er war sehr höflich, aber der Ton dieser Bemerkung implizierte, daß der Direktor, sollte er sich den Forderungen des Innenministeriums beugen, damit sich und der ganzen Abteilung Schande bereiten würde.

Dicky hatte zwar bisher jeder Versuchung widerstanden, in die Auseinandersetzung über Stinnes einzugreifen, doch nun sagte er, was alle dachten: »Ich war der Meinung, daß wir beabsichtigten, ihn ungefähr ein ganzes Jahr lang festzuhalten. So wie ich die Sache verstehe, wollten wir doch mit seiner Hilfe den Erfolg oder Mißerfolg unserer Operationen während der letzten zehn Jahre überprüfen. Ich dachte, daß wir mit ihm unsere Archive durchgehen sollten.« Dicky sah den Direktor an, und Frank Harrington betrachtete Dicky. Wenn es zu einer peinlichen Untersuchung der Erfolge und Mißerfolge der Abteilung kam, würde jedenfalls Frank Harrington nicht mit Glanz und Gloria daraus hervorgehen. Daß Erfolge in Bonn gefeiert und in London belohnt, Mißerfolge aber in Berlin begraben würden, war eine in der Deutschland-Abteilung jedem geläufige Lebensweisheit. Irgendwann wurde jeder mal nach Berlin geschickt. Aber Berlin war nicht ein Posten, auf dem man hoffen konnte weiterzukommen.

»Ja, das hatten wir anfänglich vor«, sagte Morgan. Er warf dem Direktor einen Blick zu.

Der Direktor erkannte sein Stichwort. »Ja, das hatten wir anfänglich vor«, sagte er, »aber es haben sich Schwierigkeiten ergeben. Mehr Schwierigkeiten, als Ihnen bekannt sein dürfte.« War das vielleicht als Hinweis auf eine gegen Bret anstehende Untersuchung zu verstehen? Der Direktor sprach sehr langsam, und wer gleich auf seine Worte eingehen wollte, riskierte, ihm ins Wort zu fallen. So warteten wir alle schweigend ab, und wirklich fuhr er dann fort: »Das Ganze ist wie ein Pokerspiel. Wir müssen uns überlegen, ob wir unseren Bluff durchhalten wollen, diesem Russen vertrauen, hoffen, daß er uns schließlich was an Land zieht, das uns in die Lage versetzt, aus einer Position der Stärke heraus zu verhandeln.« Hier folgte eine weitere lange Pause. »Oder sollten wir unsere Verluste abschreiben und ihn dem MI 5 überstellen?«

»Er ist ein hochqualifizierter sowjetischer Agent«, sagte Frank Harrington. »Und das KGB ist eine außerordentlich leistungsfähige Organisation. Wenn er sein Handwerk nicht verstünde, hätte er's dort nicht so weit gebracht. Wenn er also sagt, er kann es schaffen, sollte man ihn ernst nehmen.«

»Lassen wir die Frage nach seiner Fähigkeit mal beiseite, Frank«, wandte ich ein. »Es kommt nicht nur darauf an zu entscheiden, ob wir ihm die berufliche Qualifikation für den Job zutrauen. Zunächst müssen wir uns nämlich darüber klar werden, ob er's überhaupt ehrlich mit uns meint oder ob er tatsächlich, anstatt für uns, noch immer für das KGB arbeitet.«

»Das ist allerdings noch keineswegs klar«, sagte Frank hastig. »Wir wären ganz schön blöde, wenn wir ihm einfach aufs Wort glaubten. Andererseits nützt er uns überhaupt nichts, wenn wir ihn in Seidenpapier gewickelt auf die lange Bank schieben.«

»Aber auf lange Sicht?« erkundigte sich der Direktor. Vermutlich war auch ihm klar, daß bei einer systematischen Untersuchung der Nützlichkeit unserer Aktivitäten während der letzten zehn Jahre Frank wenig Aussicht hatte, gut abzuschneiden, und so wollte er wohl sehen, wie Frank sich dazu stellte.

»Die lange Sicht ist was für Historiker«, erklärte Frank. »Mich beschäftigt die letzte Woche, diese Woche, die nächste Woche. Für die Strategie sind Sie zuständig, Sir.«

Der Direktor belächelte die geschickte Antwort. »Ich glaube, wir sind alle einer Meinung«, sagte er, meinen eigenen Beobachtungen mindestens insofern widersprechend, als mir das nicht aufgefallen war. »Wir müssen zu einem Kompromiß kommen.«

»Mit Stinnes?« fragte Dicky. Ob das ein Witz sein sollte, habe ich nie erfahren, aber Morgan lächelte wissend, so hatte er wohl Dicky schon anvertraut, was jetzt kam.

»Ein Kompromiß mit MI 5«, sagte der Direktor. »Ich werde ihnen vorschlagen, ein paar Leute in eine gemischte Kommission zu entsenden, so daß wir dann die ferneren Vernehmungen von Stinnes gemeinsam durchführen.«

»Und wer von uns würde dieser Kommission angehören?« fragte Bret.

»Sie natürlich, Bret«, sagte der Direktor. »Ich wollte mich durch Morgan vertreten lassen. Wäre Ihnen das recht, Frank?«

»Durchaus, Sir. Das wäre eine hervorragende Lösung.«

»Und wie steht's mit der Deutschland-Abteilung?« fragte der Direktor und sah Dicky an.

»Einverstanden, aber ich hätte Samson gern wieder ganz zu meiner Verfügung. Er hat sich in letzter Zeit vornehmlich mit dieser Stinnes-Affäre beschäftigt, und ich brauche jemanden, der in der nächsten Woche für mich nach Berlin fahren kann.«

»Natürlich«, sagte der Direktor.

Bret sagte: »Wir werden ihn aber wenigstens von Zeit zu Zeit brauchen. Er hat schließlich Stinnes abgeworben. Die Kommission wird ihn befragen müssen.«

Bret hätte wohl erwartet, Dicky würde sagen, aber ja, natürlich, wenn's weiter nichts ist, aber Dicky wußte aus Erfahrung, wie Bret solche harmlosen Zugeständnisse auszubeuten verstand, und so hielt er den Mund. Dicky war entschlossen, sich meine Arbeitskraft ungeschmälert zu erhalten. Schon jetzt, bei dem Versuch, sich selbst um alles zu kümmern, was auf seinem Schreibtisch landete, konnte er seinen gesellschaftlichen Verpflichtungen kaum noch nachkommen.

Der Direktor blickte stumm in die Runde. »Ich bin so froh, daß wir uns alle einig sind«, sagte er dann. Selbstverständlich hatte er seine Entscheidung schon vor Beginn der Besprechung getroffen. Wenn nicht Morgan sie für ihn getroffen hatte.

»Wird Stinnes in Berwick House bleiben?« fragte Bret.

»Über die Einzelheiten verständigen Sie sich am besten bei der ersten Sitzung der Kommission«, sagte der Direktor. »Ich will nicht, daß die vom Innenministerium nachher behaupten, ich hätte sie vor vollendete Tatsachen gestellt. Wenn sie erst auf die Idee kommen, ist unsere ganze Zusammenarbeit im Eimer.«

»Natürlich, Sir«, sagte Bret. »Wer soll den Vorsitz übernehmen?«

»Ich hätte gerne Sie als Vorsitzenden«, sagte der Direktor. »Wenn es Ihnen recht ist. Das beschränkt allerdings Ihr Recht auf Stimmabgabe.«

»Ich glaube, ich sollte den Vorsitz übernehmen«, sagte Bret. Bret fühlte sich offensichtlich wieder ganz Herr der Lage, die Ellbogen auf der polierten Tischplatte, die Hände lose gefaltet, so daß wir seinen Siegelring und seine goldene Armbanduhr betrachten konnten. Soweit lief alles wie geschmiert für ihn. Aber zu entdecken, daß Stinnes ihn, was die praktische Geheimdienstarbeit anbelangte, für einen blutigen Dilettanten hielt, wie man dem Transkript meiner Unterhaltung mit diesem entnehmen konnte, würde ihn natürlich nicht gerade beglücken. »Wie viele werden die anderen schicken?«

»Ich werde mich mal erkundigen«, erklärte der Direktor. »Vielleicht will auch das *Cabinet Office* einen Vertreter entsenden.« Er sah sich noch einmal stumm in der Runde um, und sein Blick blieb an mir hängen. »Sie sehen sehr finster drein, junger Mann. Haben Sie noch was zu der Angelegenheit beizutragen?«

Ich sah Dicky an. Was immer der seiner Frau von dem Verdacht erzählt haben mochte, daß wir's bei Bret mit einem Maulwurf des KGB zu tun haben könnten, von Dicky war nicht zu erwarten, daß er jetzt seine Stimme erhob und diesen Verdacht hier äußerte. Dicky wandte den Blick von mir ab und schien plötzlich gebannt irgendein Zeichen des Direktors zu erwarten. »Mir gefällt die Sache so nicht«, sagte ich.

»Warum nicht?« fragte Frank schnell, wie um jeder weiteren, womöglich respektlosen Bemerkung meinerseits zuvorzukommen.

»Sie werden irgendeinen Dreck finden, den sie gegen uns verwenden können.« Wem ich das zutraute, brauchte ich nicht zu sagen. Alle wußten, daß ich nicht von Moskau sprach.

»Sie haben leider nur schon allzu vieles in der Hand, das sie jederzeit gegen uns verwenden könnten«, sagte der Direktor. Er lachte leise in sich hinein. »Es ist Zeit für einen Kompromiß. Ich möchte nicht, daß wir ernsthaft mit ihnen in Konflikt geraten.«

Ich sagte: »Mir gefällt es trotzdem nicht.«

Der Direktor nickte. »Natürlich gefällt es keinem von uns hier«, sagte er mit leiser, freundlicher Stimme. »Aber wir haben keine andere Wahl.« Er schüttelte den Kopf so heftig, daß seine Hängebacken wabbelten. »Gefallen tut's keinem von uns.«

Aber hier irrte Sir Henry. Morgan, der da mit seinem Glas Perrier-Wasser in der erhobenen Rechten dieser Erklärung seines Chefs so beifällig lauschte, war mit dem Gang der Dinge höchst zufrieden. Ihm hätte kein größerer Gefallen getan werden können als der Kompromiß, zu dem sein Chef sich genötigt sah. Er nämlich stieg dadurch vom Botenjungen zum Vertreter des Direktors auf, ohne den weitläufigen Umweg durch eine zwanzigjährige Diensterfahrung machen zu müssen, auf dem andere Leute bestenfalls hoffen können, solche Höhen zu erklimmen.

XX.

»Unverheiratete Männer sind die besten Freunde, die besten Herren und die besten Diener«, sagte Tessa Kozinski, meine Schwägerin. Sie befreite soeben den Korken einer Champagnerflasche von dem ihn fesselnden Drahtgeflecht, wobei sie sehr vorsichtig zu Werke ging, um ihre langen lackierten Fingernägel nicht zu beschädigen. Sie schnippte ein Stück Goldpapier ab und schimpfte leise.

»Schüttle ja die Flasche nicht, oder der Korken landet sonstwo«, warnte ich. Sie lächelte und reichte mir wortlos die Flasche. »Wer hat das doch gleich gesagt? War es George?«

»Nein, Francis Bacon, sei doch nicht so blöde! Warum hältst du mich eigentlich so hartnäckig für total ungebildet? Schön, mit Fionas brillanter Karriere in Oxford läßt sich mein Bildungsgang sicherlich nicht vergleichen, aber das eine und andere habe ich doch mitbekommen.« Ihr blondes Haar saß perfekt, als käme sie gerade vom Friseur, das rosa Kleid verbarg ihre schönen Schultern nicht, und sie trug eine goldene Halskette sowie eine diamantenbesetzte Armbanduhr. Sie erwartete George, denn heute abend wollten die Kozinskis ins Theater und danach noch auf eine Gesellschaft im Hause eines griechischen Reeders. So lebten die beiden alle Tage.

»Ich weiß, daß du nicht ungebildet bist, Tessa. Aber das hätte auch dein Mann sagen können.« Tessa war sehr gewitzt, wenn sie wollte. Sie merkte, daß ich versuchte, die Unterhaltung auf das Thema ihrer männlichen Bekannten und Freunde zu bringen, und wich jedem meiner Vorstöße in diese Richtung geschickt aus. Die Champagnerflasche setzte meinen Bemühungen, sie zu öffnen, ebenfalls Widerstand entgegen. Ich drehte den Korken und schüttelte, meine eigene soeben an Tessa gerichtete Warnung mißachtend, die Flasche ein wenig, um ihn zu lockern. Der Korken fuhr mit lautem Plopp aus dem Flaschenhals.

»Seit wir hier eingezogen sind, entwickelt sich George zum religiösen Fanatiker«, sagte sie. Sie sah mir beim Eingießen des Champagners zu und sagte nichts, als ich ein paar Tropfen auf die polierte Tischplatte verschüttete.

»Inwiefern hat denn euer Umzug dazu beigetragen?« fragte ich. Ich stellte die Flasche in den silbernen Sektkühler zurück.

»Hier ist die Kirche gleich um die Ecke. Nun geht er jeden Morgen zur Messe, ich meine, das ist doch wirklich etwas übertrieben, findest du nicht?«

»Ich habe mir angewöhnt, jeden nach seiner Fasson selig werden zu lassen«, erwiderte ich vorsichtig.

»Und dann hat er sich mit dem Bischof angefreundet. Du weißt doch, was George für ein Snob ist und wie leicht man ihm schmeicheln kann.«

»Woher weißt du denn das?«

»Ach, komm!« Sie grinste. »Ich schmeichle ihm selbst gelegentlich. Ich finde, er ist ein sehr tüchtiger Geschäftsmann, und weiß, daß er das gern von mir hört.«

»Und wieso soll er sich nicht mit einem Bischof anfreunden?« fragte ich.

»Dagegen ist eigentlich nichts einzuwenden. Georges Freund ist sogar ein ausgesprochen amüsanter alter Halunke. Der sitzt bis in die späte Nacht hier, trinkt Georges besten Cognac und diskutiert theologische Spitzfindigkeiten mit ihm.«

»Das macht deinen Mann aber noch nicht zum Fanatiker«, stellte ich fest.

»Selbst der Bischof sagt, daß George ein Eiferer ist. Er meint, wahrscheinlich bemühe sich George mit diesem Eifer, die Sünden seiner beiden Onkel abzubüßen.«

»Ich dachte, diese beiden Onkel waren Priester.«

»Der Bischof weiß das. Er machte Spaß. Manchmal bist du so schwer von Begriff wie der arme, alte George.«

»Na, wenigstens ist George meines Erachtens ein sehr guter Ehemann«, sagte ich, bemüht, den Boden zu bereiten für die Erörterung dessen, was mir am Herzen lag.

»Das finde ich auch. Er ist wunderbar.« Sie stand auf und sah sich im Zimmer um. »Sieh dir bloß mal an, was er aus dieser Wohnung gemacht hat. Die war total verkommen, der reine Trümmerhaufen, als wir sie uns das erste Mal angesehen haben. Die Möbel hat größtenteils George ausgesucht. Er geht gern auf Auktionen und freut sich diebisch, wenn's ihm gelingt, irgendein schönes Stück zu einem guten Preis zu ersteigern. Ich habe nur die Stoffe und die Teppiche gekauft.«

»Das Ergebnis eurer vereinten Bemühungen kann sich jedenfalls sehen lassen«, sagte ich. Die cremefarbenen Sofas und der helle Teppich kontrastierten dramatisch mit dem Dschungel tropischer Pflanzen, der die Ecke neben dem Fenster füllte. Die Lampen waren in der Decke versenkt und verbreiteten ein rosiges, schattenloses Licht im ganzen Raum. Insgesamt wirkte die Einrichtung sowohl teuer als auch irgendwie karg und streng. Es fiel einem nicht leicht zu glauben, daß sie dem Geschmack des Mannes entsprach, der zum Beispiel in seiner Kleidung gern ein bißchen zuviel von seinem beträchtlichen, selbstverdienten Reichtum zur Schau stellte.

Die ganze Wohnung war so perfekt und glanzvoll wie die beiden Renommier-Innenseiten einer teuren Zeitschrift für Innenarchitektur. Und genauso steril. Ich wohnte in Räumen, in denen man überall auf die Spuren zweier kleiner Kinder stieß: Plastikenten im Badezimmer, einzelne Schuhe im Windfang, Flecken auf dem Teppich und Kerben an Holzbeinen und in den Scheuerleisten. Es war wirklich ein Jammer, daß George und Tessa keine Kinder hatten. George wünschte sich nichts sehnlicher, als Vater zu werden, und Tessa war ganz närrisch nach meinen beiden. Aber anstatt eigener Kinder hatten die beiden nun dieses ungemütlich-vollkommen eingerichtete Appartement in dem exklusivsten Viertel Londons – in Mayfair. Ich bezweifle sehr, daß auch nur einer der beiden wirklich dahingehörte.

»Gib mir noch was zu trinken«, bat Tessa. Sie hatte diese Schnapsidee, daß Champagner das einzig richtige alkoholische Getränk sei, von dem nicht zu befürchten war, dick zu werden. In mancher Hinsicht war sie wirklich wie ein kleines Kind, und obwohl George ihr Benehmen nicht billigte, ließ er sie doch gewähren. So war er für das, was er an seiner Frau nicht ausstehen konnte, selbst mit verantwortlich, denn zu einem guten Teil war sie sein Geschöpf.

»Ich wollte nicht bleiben.«

»George wird gleich hier sein. Er hat aus der Werkstatt Bescheid gesagt, daß er losfährt.« Ich nahm die Flasche Bollinger (ein guter Jahrgang natürlich) aus dem massiv silbernen Eiskübel und goß uns beiden noch einmal die Gläser voll.

»Läuft der Wagen gut?« fragte sie.

»Danke, sehr gut.«

»George wird mich bestimmt fragen, ob dir der Wagen gefällt. Bei dem hast du neuerdings einen Stein im Brett, Bernard. Er scheint zu ahnen, daß du mir dauernd zusetzt, weil ich mich nicht richtig um ihn kümmere.« In Tessas Sprachregelung war das die Beschreibung ihrer ehelichen Untreue. Tessa äußerte sich mit geradezu brutaler Unumwundenheit über alles, nur nicht über ihre eigene eheliche Untreue.

»Dann gibt's da etwas, das wir vor seiner Ankunft noch besprechen sollten«, sagte ich.

»Deine Freundin sah neulich abends einfach hinreißend aus«, fiel mir Tessa, sich erhebend, ins Wort. Sie ging ans Fenster und sah auf die Straße hinab. »Wenn George bald kommt, kann er den freien Parkplatz da unten nehmen. Direkt vor dem Haus ist einer frei«, sagte sie. Dann kam sie zurück, blieb hinter meinem Sessel stehen, fuhr mir mit gespreizten Fingern durchs Haar und sagte: »Schön, daß du sie mitbrachtest. Wo ist sie heute abend?«

»In der Abendschule«, antwortete ich. Ich wußte, daß die Mitteilung lautes Gelächter provozieren würde, und so geschah es auch.

»Abendschule, mein lieber Bernard? Wie alt ist sie eigentlich? Sie sieht allerdings aus, als hättest du sie aus der zehnten Klasse entführt.«

»Sie studiert Volkswirtschaft«, erklärte ich. »Sie will unbedingt nach Cambridge.«

»Na, das wäre doch für einen von keinerlei akademischer Bildung angekränkelten Dummkopf wie dich wirklich ein schöner Triumph. Eine in Oxford graduierte Gattin und eine Geliebte in

Cambridge.« Sie stand noch immer hinter mir, sprang aber beiseite, als ich nach ihrem Handgelenk griff.

»Es ist wegen dir und Dicky«, sagte ich, um endlich zum Thema zu kommen.

»Ich wußte, daß du doch noch davon anfangen würdest. Ich hab's dir am Gesicht angesehen«, sagte sie.

»Du hast dir alle Mühe gegeben, dem Thema auszuweichen. Aber es gibt da etwas, das du wissen solltest.«

»Bitte erzähl mir nicht, daß Dicky Cruyer verheiratet ist, oder so was in der Richtung«, sagte sie. Sie ließ sich in den weichen Sessel nieder, schüttelte die goldenen Abendschuhe von den Füßen und legte diese auf den niedrigen Tisch, so daß die Zehen den Eiskübel berühren konnten.

»Daphne ist wütend«, sagte ich.

»Ich habe ihm gesagt, daß sie uns auf die Schliche kommen würde«, sagte Tessa ruhig. »Er ist so unvorsichtig. Fast als wollte er, daß es jeder weiß.«

»Eine Freundin von Daphne hat euch in einem Hotel bei Deal gesehen.«

»Ich wußte es«, sagte sie. Sie lachte. »Dicky hat beide Koffer gepackt und vergessen, daß ich mir immer ein Nachthemd unters Kopfkissen lege – falls plötzlich mal Feuer ausbricht oder so was. Ich habe sofort ausgepackt, als ich nach Hause kam, mir ist aber nicht gleich aufgefallen, daß das Nachthemd fehlte. Als ich's dann merkte, bin ich total ausgeflippt.« Sie nahm einen Schluck aus ihrem Glas. Die Geschichte machte ihr mehr Spaß als mir. »Du kannst dir vorstellen, was mir durch den Kopf ging. Dicky, dieser Trottel, hatte sich mit seiner echten Adresse ins Gästebuch eingetragen, und da lag's für die netten Leute in dem Hotel bei Deal ja nun leider nahe, das elende Hemdchen in der Hoffnung auf weitere einträgliche Aufenthalte in ihrem Hause der sehr geehrten Mrs. Cruyer nachzuschicken.«

Sie sah mich an und wartete, daß ich sie fragte, was sie dann getan habe. »Was hast du dann gemacht?« fragte ich prompt.

»Dicky anrufen konnte ich nicht. Er wird stinksauer, wenn ich im Büro anrufe. Andererseits wußte ich nicht, was ich den Leuten im Hotel erzählen sollte. Ich meine, wie erklärt man, daß man sein

Nachthemd nicht in seine Wohnung geschickt haben will? Sagt man, daß sie's der Wohlfahrt geben sollen, oder daß man gerade umgezogen ist? Unmöglich. Ich sprang also ins Auto und fuhr den ganzen Weg nach Deal zurück.«

»Hast du's wiedergekriegt?«

»Liebster Bernard, es war einfach irre. Die nette Dame am Empfang sagte mir, daß sie schon überall in Europa in den ersten Häusern gearbeitet hat. Kein Hotel schickt jemals Nachthemden oder weibliche Unterwäsche an die im Gästebuch angegebene Adresse, sagte sie. Solche Sachen werden aufbewahrt, bis jemand danach fragt. Dann hat sie mir den riesigen Schrank aufgemacht, und der steckte voller Reizwäsche, die nach Wochenenden illegitimer Leidenschaften da im Hotel zurückgeblieben war. Bernard, du hättest diese Sachen sehen sollen. Einige davon haben sogar mir die Schamröte ins Gesicht getrieben, ob du's glaubst oder nicht.«

»Es ist also alles glattgegangen?« Ich wollte über ihr Verhältnis mit Dicky reden, merkte aber, daß sie entschlossen war, ihre Erzählung so lange auszuspinnen, bis George nach Hause kam.

»Ich habe dieser amüsanten Dame gesagt, wir sollten beide zusammen ein Geschäft aufmachen, dem Hotel diese ganzen wunderbaren Sachen billig abkaufen und in einem eleganten kleinen Laden teuer weiterveräußern. Ich habe dann die Idee sogar in dem Komitee zur Sprache gebracht, dem ich ehrenamtlich angehöre – eine wohltätige Stiftung für Kinder, weißt du –, aber die Gesichter dieser Leute hättest du sehen sollen. Das sind natürlich alles verknöcherte alte Spießer mit Pelzmänteln und gefärbten Haaren. Die taten so, als hätte ich ihnen vorgeschlagen, ein Bordell zu eröffnen.«

»Du hast denen doch nicht im einzelnen erklärt, wie du darauf gekommen bist, oder?«

»Ich habe gesagt, daß die Geschichte einer Freundin von mir passiert ist.«

»Keine besonders undurchsichtige Tarnung, würde ich sagen.«

»Na, vielleicht nicht. Aber ich passe eben nicht in die Welt dieser Leute, was?« Die Frage war an mich gerichtet.

»Es war nicht das Nachthemd. Eine Freundin von Daphne hat dich gesehen.«

»Ich weiß, seit du davon angefangen hast, denke ich schon darüber nach. Ich kann mich nämlich nicht erinnern, an dem Wochenende da draußen irgendeinem bekannten Gesicht begegnet zu sein.«

»Daphne spricht von Scheidung.«

»Das tut sie doch immer«, entgegnete Tessa. Sie warf ihr Haar zurück und lächelte verlegen.

»Immer? Wie meinst du das?«

»Du weißt sehr wohl, daß ich mir schon mal 'ne kleine Eskapade mit dem schicken Dicky geleistet habe. Voriges Jahr, oder war es das Jahr davor? Wir haben eines Abends davon gesprochen. Du hast mir Moral gepredigt.«

»Wenn Daphne Scheidungsklage einreicht, kann aber was ganz Schlimmes aus deinen kleinen Eskapaden werden, Tessa.«

»Laß man, das geht schon in Ordnung. Ich weiß, du willst nur mein Bestes, liebster Bernard. Aber verlaß dich drauf, es wird schon nichts passieren.«

»Wenn ich der Meinung wäre, würde ich nicht hiersitzen und über die Sache reden. Ich kenne Daphne aber gut genug, um zu glauben, daß sie mit ihrer Drohung sehr wohl Ernst machen könnte.«

»Scheidung. Und was wird dann aus den Kindern? Wo würde sie wohnen?«

»Zerbrich dir nicht den Kopf über Daphnes Probleme. Wenn sie nämlich Ärger macht, wirst du genug eigenen haben. Sie will, daß ich sie mit George bekannt mache.«

»Das ist ja lächerlich«, sagte Tessa.

»Dicky hätte bei einem Skandal am meisten zu verlieren«, stellte ich fest. »Wenn der in einen unappetitlichen Scheidungsprozeß verwickelt wird, ist seine Karriere im Eimer.«

»Sag bloß, die würden ihn feuern! Ich weiß nämlich, daß das nicht stimmt.«

»Sie würden ihn wahrscheinlich nicht feuern, aber in irgendein lausiges Nest am Ende der Welt versetzen und ihn da versauern lassen. Die Abteilung kann sich Mitarbeiter, die Schlagzeilen in der Boulevardpresse machen, einfach nicht leisten, Tessa. Das müßte dir eigentlich klar sein.«

Sie hatte jetzt den Versuch, die Angelegenheit herunterzuspielen und wegwerfend zu behandeln, offenbar aufgegeben. Sie nahm die Füße vom Tisch, trank einen Schluck Champagner und würdigte nun stirnrunzelnd ihre unbehagliche Situation. »George wäre wahnsinnig wütend«, sagte sie, als wäre der öffentliche Skandal mehr als ihre eigene Untreue geeignet, die Wut ihres George zu provozieren.

»Ich dachte, ihr versuchtet gerade, eure Ehe wieder in Ordnung zu bringen«, meinte ich. »Wenn ich mich recht erinnere, hast du mir erzählt, daß George der beste Mann der Welt ist und daß du dir nichts Schöneres vorstellen kannst, als ihm 'ne gute Frau zu sein und ihn glücklich zu machen.«

»Und ich will ihn ja auch glücklich machen, Bernard, wirklich. Aber es würde ihn nicht glücklich machen, als betrogener Ehemann hingestellt zu werden und sein Foto in all diesen widerlichen Zeitungen zu finden. Ich werde mit Daphne sprechen müssen. Ich muß sehen, daß sie Vernunft annimmt. Es wäre völlig verrückt, wenn sie Dicky wegen einer so blödsinnigen Kleinigkeit verließe.«

»Für sie ist das keine blödsinnige Kleinigkeit«, sagte ich. »Und wenn du ihr auf *die* Tour kommst, wirst du alles nur noch schlimmer machen.«

»Also, was soll ich sagen?«

»Bitte, tu nicht so, als wolltest du dich mir zuliebe dazu herablassen«, sagte ich gereizt. »Ich kann dir nicht sagen, was du sagen sollst. Aber das einzige, was Daphne von dir hören will, ist sicher, daß du dich mit Dicky nicht mehr treffen wirst.«

»Na gut, dann erzähle ich ihr das.«

»Du mußt es diesmal aber auch ehrlich meinen, Tessa. Mit leeren Versprechungen wird sich Daphne nicht abspeisen lassen. Ich meine, du liebst ihn doch auch gar nicht, oder . . .?«

»Um Himmels willen, nein. Wer könnte sich in den auch verlieben? Ich dachte, ich tue Daphne einen Gefallen, wenn du die Wahrheit wissen willst. Ich weiß nicht, wie irgend jemand Dicky auf die Dauer ertragen kann. Er ist wirklich wahnsinnig ermüdend, sage ich dir.«

Ich hörte mir diese Beteuerungen mit gesundem Mißtrauen an. Ich wußte nicht viel über Frauen und ihr geheimes Wesen, doch war mir schon aufgefallen, daß, wenn eine so lautstark leugnete, man dies nicht selten als Zeichen lodernder Leidenschaft zu werten hatte. »Sag ihr, daß es dir leid tut. Es wird Zeit, daß du mit diesem ganzen Quatsch aufhörst, Tessa. Du bist doch kein Kind mehr.«

»Ich bin nicht alt und häßlich«, sagte sie.

»Nein, das nicht. Es wäre vielleicht besser für dich, wenn du alt und häßlich wärst. George würde dir nämlich treu bleiben, ganz egal, wie alt und häßlich du wärst, und dann würdest du vielleicht endlich einsehen, was für'n guten Mann du hast.«

»Ihr Männer haltet immer zusammen«, erwiderte sie trotzig.

»Du machst 'ne Menge Leute unglücklich, Tessa. Ich weiß, du siehst das anders, aber du bist eine Unruhestifterin. Du hattest einen reichen Vater, der dir immer alles gegeben hat, was du wolltest, und jetzt denkst du, daß du immer haben kannst, was du willst, ganz gleich, wem's eigentlich gehört und was für Konsequenzen das hat.«

»Du hast wirklich eine ganz furchtbare Neigung, den Amateurpsychologen zu spielen, Bernard. Habe ich dir das nicht schon mal gesagt?«

»Ich kann Amateurpsychologen nicht ausstehen«, sagte ich. Sie wußte immer, wo ich zu treffen war. Ich trank mein Glas aus und stand auf.

»Bitte, guck nicht so beleidigt aus der Wäsche, Bernard. Ich weiß ja, daß du es gut mit mir meinst.«

»Wenn du willst, daß ich mit Daphne rede, tue ich es. Aber nur, wenn du mir auf Ehre und Gewissen versprichst, daß deine Affäre mit Dicky endgültig vorbei ist.«

Sie erhob sich jetzt auch. Sie stellte sich vor mich hin und streichelte das Revers meines Jacketts. Sie schnurrte wie eine Katze: »Du bist sehr herrisch, Bernard. Frauen mögen Männer, die so sind, Frauen gehorchen nämlich gerne, weißt du?«

»Bitte, laß das, Tessa! Manchmal kommt es mir so vor, als brauchtest du diese Liebesaffären, weil du nie genug Komplimente gekriegt hast.«

»Das hat Fiona immer gesagt. Vater hat uns niemals für irgendwas gelobt. Fi war das schnuppe, aber ich wollte ab und zu mal gelobt werden.«

Irgend etwas im Ton ihrer Stimme veranlaßte mich, sie fragend anzusehen. »Hast du von Fiona gehört?« fragte ich auf gut Glück. »Einen Brief gekriegt?«

»Ich wollte es dir erzählen, Bernard. Ehrlich. Ich war fest entschlossen, es dir noch heute abend zu erzählen.«

»Was denn?«

»Ich habe Fi gesehen.«

»Du hast Fiona gesehen? Wann?«

»Vor ein paar Tagen.«

»Wo?«

»Ich habe eine liebe, alte Tante in Holland. Wir haben oft die Ferien bei ihr verbracht. Jetzt fahre ich immer an ihrem Geburtstag zu ihr. Früher besuchte sie uns hier, aber inzwischen traut sie sich die Reise nicht mehr zu, sie ist schon ziemlich klapperig.« Sie redete schnell und nervös.

»Holland?«

»In der Nähe von Eindhoven. Sie wohnt da in einer Senioren-Wohnanlage. Die Wohnungen sind winzig, man kann sich warmes Essen kommen lassen und hat jederzeit einen Bereitschaftsarzt zur Verfügung. Wir sollten uns ein Beispiel nehmen an den Sozialeinrichtungen der Holländer.«

»Und Fiona?«

»Sie saß an der Geburtstagstafel. Ich wäre fast in Ohnmacht gefallen. Sie war schon da, als ich kam, und hockte da, als wäre überhaupt nichts dabei.«

»Was hast du gesagt?«

»Was *konnte* ich denn sagen, teuerster Bernard? Meine Tante hatte keine Ahnung, daß Fiona zu den Russen übergelaufen ist. Ich wollte ihr den Geburtstag nicht verderben. So habe ich mich denn nicht anders benommen als bei früheren Geburtstagsfeiern auch.«

»War George auch da?«

»George hat für Familientreffen nichts übrig. Das heißt, für Treffen meiner Familie hat er nichts übrig. Wenn sich's um *seine*

Familie handelt, liegt der Fall natürlich anders, und ich sage dir, er hat Tausende von Verwandten.«

»Ach so.« Wenn George bei Tessas Familie vor allem an deren Vater dachte, konnte ich seine Abneigung nicht nur ausgezeichnet verstehen, ich teilte sie sogar. »Dann wart ihr also nur zu dritt: du, Fiona und deine Tante?«

»Sie will die Kinder, Bernard.«

»Fiona? Meine Kinder? Billy und Sally?«

»Es sind auch ihre Kinder«, erinnerte Tessa.

»Würdest du gern sehen, daß sie mir die Kinder wegnimmt?«

»Nun sei doch nicht so, Bernard! Natürlich nicht. Sie will sie auch nur mal für ein paar Wochen bei sich haben.«

»In Moskau? Oder in Berlin?«

»Ich weiß nicht. In den Ferien, hat sie gesagt.«

»Und wenn wir sie für ein paar Wochen fahren lassen, wie kriegen wir sie je wieder?«

»Daran habe ich auch gedacht«, sagte Tessa. Sie nippte an ihrem Glas. »Aber wenn Fiona verspricht, sie zurückzuschicken, wird sie ihr Versprechen halten. Das war schon so, als wir noch Kinder waren. In persönlichen Angelegenheiten hat sie immer Wort gehalten.«

»Wenn ich's hier mit Fiona allein zu tun hätte, würde ich mich darauf vielleicht verlassen«, erklärte ich. »Aber tatsächlich haben wir's hier mit der sowjetischen Bürokratie zu tun. Nun würde ich schon der britischen Bürokratie nicht so weit trauen, wie ich einen Ball werfen kann, bildlich gesprochen; die Vorstellung, meine Kinder auf Treu und Glauben der sowjetischen Bürokratie anzuvertrauen, erfüllt mich mit Grauen.«

»Ich weiß nicht, was du fürchtest.«

»Die Schweine wollen natürlich die Kinder als Geiseln.«

»Für Fiona?«

»Im Augenblick ist sie offenbar noch schwer begeistert vom sozialistischen Leben. Die Russen lassen sie in den Westen reisen und können sich darauf verlassen, daß sie zurückkommt. Fionas Begeisterung könnte aber eines Tages schwinden. Sie könnte entdecken, daß das sozialistische Lager nicht so paradiesisch ist, wie sie es sich jahrelang hier bei uns aus der Ferne vorgestellt hat.«

»Geiseln?«

»Wenn die Kinder erst mal da sind, wird sie feststellen, daß sie jedenfalls nicht gemeinsam mit ihnen in den Westen zurückkehren kann. Ihre Chefs werden dafür sorgen, daß sie in Zukunft nie vergißt, wo sie hingehört. Wo immer sie selbst auch hingeschickt werden mag – ihre Kinder werden sie in Moskau erwarten.«

»Sie will notfalls vor Gericht durchsetzen, daß sie das Sorgerecht kriegt.«

»Hat sie das gesagt?«

»Nicht nur einmal.«

»Sie weiß eben, daß die Abteilung, für die ich arbeite, nicht dulden wird, daß die Sache vor Gericht kommt. Man wird also Druck auf mich ausüben, ihr das Sorgerecht freiwillig abzutreten.«

»Das wäre ja ekelhaft.«

»Unter den Umständen würden sie genau das machen.«

»Aber die Kinder haben doch auch Rechte. Ein Gericht hätte doch kein Recht, sie den Russen auszuliefern, ohne ihnen eine Chance zu geben, selbst zu entscheiden, ich meine, ob sie Kommunisten oder Kapitalisten werden wollen, nicht?«

»Vielleicht sollte ich mir nicht anmaßen, den Spruch der Richter vorwegzunehmen, mir scheint aber, daß Fiona recht gute Aussichten hat, mit ihrer Forderung durchzukommen.«

»Liebster Bernard, setz dich doch bitte noch mal für einen Augenblick hin. Ich hatte ja keine Ahnung, daß du dir diese Sache so sehr zu Herzen nehmen würdest. Willst du einen Whisky oder so was?«

»Danke, Tessa. Nein, ich nehme noch einen Schluck Champagner«, antwortete ich. Während ich mich hinsetzte, schenkte sie mir ein.

»Sie sagt, sie will sich nicht mit dir streiten. Sie hat dich immer noch gern, Bernard, ich merke so was.«

»Ich glaube das nicht«, entgegnete ich. Aber sagte ich's vielleicht nur, um sie zum Widerspruch herauszufordern?

Tessa setzte sich neben mich. Ich fühlte die Wärme ihres Körpers und roch ihr Parfüm. Ein schwer exotischer Duft, gerade passend, wie ich annahm, für den Abend, den sie vorhatte. »Ich wollte es dir eigentlich nicht sagen, aber ich glaube, Fiona liebt dich noch. Sie bestreitet es, aber ich kenne sie.«

»Du machst es mir nicht gerade leichter, Tessa.«

»Die Kinder müssen ihr schrecklich fehlen. Könnte es nicht sein, daß sie sie wirklich nur wenigstens einmal im Jahr für kurze Zeit bei sich haben will?«

»Könnte sein«, sagte ich.

»Das klingt nicht sehr überzeugt.«

»Fiona ist ziemlich verschlagen, Tessa. Aufrichtig, wenn's ihr paßt, aber verschlagen. Das brauche ich doch gerade dir nicht zu sagen. Hast du irgend jemand außer mir von dieser Begegnung erzählt?«

»Natürlich nicht. Fi hat's mir verboten.«

»Nicht mal George?«

»Nicht mal George. Großes Ehrenwort«, sagte sie mit treuem Kinderblick.

»Und sie war allein da?«

»Ganz allein. Sie blieb über Nacht. Wir haben im Wohnzimmer auf der Couch geschlafen. Nicht lange, denn die halbe Nacht haben wir geredet. Am nächsten Morgen fuhr sie nach Schiphol. Sie mußte irgendwohin fliegen . . . Paris, glaube ich.«

»Warum konnte sie sich denn nicht mit mir in Verbindung setzen?«

»Sie hat damit gerechnet, daß du das fragst. Sie sagte, so sei es besser. Ich nehme an, ihre eigenen Leute würden einen Besuch bei dir in London verdächtig finden – ein Zwischenaufenthalt in Holland ist jedenfalls weniger auffällig.«

Einige Minuten lang herrschte Schweigen. Dann sagte Tessa: »Sie hat mir erzählt, daß sie dich gesehen hat.«

»Nachdem sie abgehauen ist?«

»Am Londoner Flughafen. Sie sagt, ihr hättet kurz miteinander geredet.«

»Ich muß dich bitten, das zu vergessen, Tessa. Es ist auch schon lange her.«

»Hast du denn nicht Dicky oder sonst irgendwem in der Abteilung davon Meldung gemacht? Das war dumm, Bernard. War das auch wegen der Kinder?«

»Ja, wegen der Kinder. Nein, ich habe weder Dicky noch sonst jemandem was davon gesagt.«

»Ich habe Dicky auch nicht erzählt, daß ich meine Schwester getroffen habe«, erklärte Tessa.

»Daran habe ich gerade gedacht, Tessa. Dir ist doch klar, daß deine Beziehung zu Dicky davon betroffen wird?«

»Du meinst, weil ich es verschwiegen habe?«

»Ich will nicht mit dir diskutieren, was Dicky beruflich macht, aber sicherlich muß dir doch klar sein, daß du ihn durch dieses Techtelmechtel in schwere Ungelegenheiten bringen kannst.«

»Wegen Fiona?«

»Wer ihm Ärger machen wollte, brauchte nur Fiona mit Dicky mittels dieses Techtelmechtels in Verbindung zu bringen, das er mit dir hat.«

»Aber könnten sie nicht Fiona auch über dich mit Dicky in Verbindung bringen, da du für ihn arbeitest?«

»Aber ich treffe Fiona nicht regelmäßig.«

»Ich auch nicht, nicht regelmäßig.«

»Das müßtest du erst mal beweisen. Und ich könnte mir vorstellen, daß Dickys Chefs schon nervös werden, wenn sie erfahren, daß sich seine Geliebte mit Fiona getroffen hat.«

»Meine Schwester ist nach Rußland übergelaufen. Deshalb bin ich doch noch keine Spionin. Und sicherlich macht es auch nicht automatisch gleich meine sämtlichen Bekannten verdächtig.«

»Vielleicht sollte es nicht, ist aber dennoch der Fall, teuerste Schwägerin. Und überhaupt kannst du in diesem Zusammenhang Dicky nicht auf eine Stufe mit deinen übrigen Bekannten stellen. Dickys Verbindungen werden sehr aufmerksam überprüft.«

»Vermutlich stimmt das.«

»Verlaß dich drauf.«

»Was soll ich also machen?«

»Es sollte mir wirklich leid tun, wenn du bei deiner Eskapade mit Dicky in irgendeinen scheußlichen Spionageskandal reinrutschen würdest, Tessa. Ich weiß, daß du ein Unschuldslamm bist, aber in solche Geschichten haben sich schon viele Unschuldslämmer verwickelt, manche sind nicht mit heiler Haut und keins ist ungeschoren davongekommen.«

»Du willst also, daß ich mich mit Dicky nicht mehr treffe?«

»Du solltest unverzüglich mit ihm Schluß machen.«

»Soll ich ihm schreiben?«

»Selbstverständlich nicht«, sagte ich. Warum hielten es eigentlich die meisten Frauen für nötig, es einem mit Brief und Siegel zu geben, daß sie Schluß machten?

»Ich kann nicht einfach Schluß machen. Wir sind übermorgen zum Essen verabredet.«

»Bist du sicher, daß Dicky von deiner Begegnung mit Fiona nichts weiß?«

»Ich habe ihm jedenfalls nichts davon gesagt.« Ihr Ton war schrill, als ärgerten sie meine Ermahnungen, zweifellos war das ja auch wirklich der Fall. »Ich habe niemandem etwas davon gesagt, keiner Menschenseele. Wenn ich jetzt aber Knall auf Fall mit ihm Schluß mache, merkt er womöglich, daß irgendwas anderes dahintersteckt als plötzliche Abkühlung meiner Gefühle oder moralische Skrupel oder sonstwas.«

»Also geh mit ihm essen und sage ihm, daß alles aus ist.«

»Meinst du nicht, daß er mich nach Fiona fragen wird?«

»Ich halte das nicht für wahrscheinlich. Tut er's aber doch, sagst du ihm einfach, daß du Fiona nicht mehr gesehen hast, seitdem sie aus England fort ist.«

»Jetzt mache ich mir wirklich Sorgen, Bernard.«

»Wird schon alles wieder in die Reihe kommen.«

»Angenommen, sie wissen Bescheid?«

»Leugne die Begegnung. Im schlimmsten Fall kannst du ihnen sagen, daß du mir darüber berichtet hast und daß ich dir befohlen habe, niemandem ein Sterbenswort davon zu sagen. Und daß du geleugnet hast, weil du meine Anordnungen zu befolgen bemüht warst, irgendwas in der Art.«

»Würde das denn nicht dich selbst in Schwierigkeiten bringen?«

»Das warten wir erst mal ab. Aber ich helfe dir nur unter der Bedingung, daß es dir wirklich ernst ist, diese idiotische Affäre mit Dicky zu beenden.«

»Es ist mir ernst, Bernard. Wirklich.«

»Im Augenblick gibt's in der Abteilung eine Menge Ärger. Irgendwie steht dieser Tage jeder unter Verdacht. Unter diesen Umständen ist es wirklich nicht ratsam, über die Schnur zu hauen, vom Pfad der Tugend abzuweichen, irgendwie unangenehm aufzufallen.«

»Für Dicky?«

»Für jeden von uns.«

»Sie vermuten wohl immer noch, daß du mit Fionas Flucht irgendwas zu schaffen hast, stimmt's?«

»Angeblich nicht, aber trotzdem nehme auch ich an, daß sie sich den Verdacht gegen mich nicht nehmen lassen wollen.«

»Sie sagt, daß sie dir 'ne Menge Ärger gemacht hat.«

»Fiona?« fragte ich.

»Sie sagte, daß ihr das leid tut.«

»Sie ist doch diejenige, die abgehauen ist.«

»Sie sagt, das mußte sie tun.«

»Die Kinder sprechen nie von ihr. Ich mache mir deswegen manchmal Sorgen.«

»Die Kinder sind glücklich. Die Nanny ist ein gutes Mädchen. Und du gibst ihnen viel Liebe, Bernard. Das aber ist es, was Kinder hauptsächlich brauchen, ich meine Liebe. Unser Papa hat uns statt dessen Geld gegeben. Seine Zeit war zu kostbar.«

»Ich bin schließlich auch dauernd weg – Überstunden oder dringende Angelegenheiten.«

»So habe ich es nicht gemeint, Bernard. Ich wollte nicht sagen, daß man Liebe nach Arbeitsstunden berechnen kann. Ich meine, zum Liebesdienst tritt man nicht nach der Stechuhr an. Die Kinder wissen, daß du sie liebst und für sie da bist, auch wenn du nicht da bist. Sie wissen, daß du deine Überstunden für sie machst.«

»Hoffentlich.«

»Aber was soll nun mit ihnen geschehen? Wirst du sie zu Fiona fahren lassen?«

»Ich weiß nicht, Tessa«, sagte ich, und zwar ganz wahrheitsgetreu. »Aber ich weiß, daß du mit Dicky Schluß machen mußt.«

XXI.

Die zur weiteren Auswertung der Aussagen von Stinnes neugebildete Kommission brachte sich unverzüglich energisch zur Geltung. Einige Neulinge meinten, in der fraglichen Kommission den neuerdings beseelenden Geist Whitehalls erkennen zu können, diejenigen, deren Erinnerung weiter zurückreichte, erkannten freilich auf den ersten Blick, daß hier nur ein neues Schlachtfeld eröffnet wurde, auf dem das Innenministerium und das Foreign Office ihre alte Fehde fortsetzen konnten.

Erfreulich war, daß nunmehr sowohl Bret Rensselaer als auch Morgan den größten Teil des Tages in der Northumberland Avenue zubrachten, wo die Kommission ihren Sitz hatte. Es gab dort eine Menge zu tun. Wie bei der Einsetzung derartiger bürokratischer Unternehmen üblich, wurden keine Kosten gescheut. Der Kommission standen sechs Arbeitskräfte zur Verfügung, die in einem gutgeheizten Büro mit Teppichboden untergebracht waren und ihrerseits alles zur Verfügung hatten, wessen die ersprießliche bürokratische Tätigkeit bedarf: Schreibtische, Schreibmaschinen, Aktenschränke, eine Frau, die in der Frühe putzte und Staub wischte, eine weitere Frau, die untertags Tee kochte, und einen Mann, der abends ausfegte und abschloß.

»Bret wird sich da drüben ein nettes kleines Reich schaffen«, sagte Dicky. »Auf der Suche nach einer solchen Gelegenheit war er ja schon, seitdem die Kommission für Wirtschaftsspionage aufgelöst wurde.«

Die Mutmaßung entsprach Dickys Hoffnungen mehr als einer nüchternen Überlegung. Dicky hatte nichts dagegen, wenn sich Bret in der Northumberland Avenue ein eigenes Imperium aufbaute, solange er keine Ansprüche auf Dickys kleinen Amtsbereich erhob. Ich sah ihn an, ehe ich antwortete. Zweifel an Brets

Zuverlässigkeit waren offiziell noch immer nicht zur Sprache gekommen, deshalb ließ ich gelten, was Dicky sagte. Ich begann mich allerdings zu fragen, ob man mir den Verdacht gegen Bret nicht vielleicht absichtlich als einzigem der Abteilung verschwieg.

»Diese Stinnes-Vernehmungen werden sich doch schließlich nicht ewig hinziehen«, meinte ich.

»Bret wird tun, was er kann«, sagte Dicky.

Er trug eine Denim-Weste. Er verschränkte die Arme und versteckte dabei seine Hände. Das sah ganz nach einer neurotischen Zwangshandlung aus. Dicky war sehr neurotisch geworden seit dem Abend, an dem Tessa zum Essen mit ihm verabredet war und an dem sie mit ihm Schluß machen wollte, wie sie mir versprochen hatte. Ich fragte mich, was an diesem Abend tatsächlich passiert war.

»Mir gefällt das nicht«, sagte ich.

»Du bist nicht der einzige«, sagte Dicky. »Sei zufrieden, daß du nicht von Morgan, Bret und dem Rest dieser Bande Tag und Nacht durch die Gegend gehetzt wirst. Das hast du mir zu verdanken, ich hoffe, du weißt es zu schätzen.« Er war bei mir, in meinem elenden, kleinen Büro, und sah zu, wie ich mich bemühte, all die Vorgänge aufzuarbeiten, die während der vergangenen vierzehn Tage auf seinem Schreibtisch liegengeblieben waren. Er saß auf der Schreibtischkante und spielte mit dem Büchsendeckel, in dem ich Büroklammern, und dem Bierseidel – einem Andenken an das Hofbräuhaus in Hongkong –, in dem ich Bleistifte und Kugelschreiber aufbewahrte.

»Ja, ich weiß es zu schätzen«, erwiderte ich. »Aber ich meine, mir gefällt nicht, was da drüben läuft.«

»Was läuft denn da?«

»Sie vernehmen jeden, der ihnen nur in den Sinn kommt. Es ist sogar die Rede davon, daß die ganze Kommission nach Berlin fliegen soll, um dort Leute zu verhören, die man nicht nach London zitieren kann.«

»Und was stört dich daran?«

»Diese Kommission wurde zur Überwachung der weiteren Vernehmung von Stinnes eingesetzt. Die Einzelheiten seiner Abwerbung – wie wir es gedeichselt haben, daß er zu uns überlief –, das, finde ich, ist nicht ihr Bier.«

»Prinzipiell?« fragte Dicky. Er war nicht begriffsstutzig, schon gar nicht, wo es um Behördenpolitik ging.

»Jawohl, prinzipiell. Leuten aus dem Innenministerium steht es prinzipiell nicht zu, unsere Auslandsoperationen zu untersuchen und zu beurteilen. Dafür sind allein wir zuständig – jedenfalls ist das doch der Anspruch, den wir seit Jahren verfechten, oder sollte ich mich da irren?«

»Du meinst also, daß hier mal wieder ein unproduktiver reiner Kompetenzenstreit ausgefochten wird?« erkundigte sich Dicky. Er bog eine Büroklammer gerade und sah sich dann in meinem kleinen Büro um wie ein Jüngling aus gutem Hause, der zum ersten Mal die Slums besucht.

»Sie werden mich vernehmen wollen und vielleicht auch dich. Werner Volkmann soll kommen und aussagen. Dessen Frau auch. Wo soll denn das hinführen? Bald werden diese Brüder überall bei uns rumkriechen und rumschnüffeln.«

»Zena? Hast du Zena Volkmanns Reise nach London genehmigt?« Er kratzte mit einem Fingernagel die Seite eines Stoßes Papiere, was ein unangenehmes Geräusch verursachte.

»Die Kosten gehen zu Lasten des Etats der Kommission«, sagte ich. »Das haben sie als erstes geregelt, ich meine, wer die Kosten trägt.«

»Beamte der Abteilung sind nicht gehalten, Fragen der Kommission zu beantworten, die ihnen nicht zur Sache zu gehören scheinen.«

»Wer hat das verfügt?«

»Das ist eine allgemeine Regel«, erklärte Dicky. Er warf die geradegebogene Büroklammer in Richtung auf meinen Papierkorb, verfehlte ihn aber.

»Ja«, sagte ich. »Wenn es sich um Untersuchungskommissionen anderer Regierungsbehörden handelt, ist das allerdings die Regel. Da können wir auf Fragen, die uns nicht sachdienlich erscheinen, die Antwort verweigern. Aber in dieser Kommission hat einer unserer eigenen leitenden Beamten den Vorsitz. Wie viele Zeugen werden wagen, dem die Antwort zu verweigern?«

»Der Direktor hat sich offensichtlich einschüchtern lassen«, sagte Dicky. »Früher wäre ihm so was nicht passiert. Da hätte er sich auf die Hinterbeine gestellt und keinen an Stinnes rangelassen, in der Hoffnung, daß wir doch noch etwas aus ihm rauskriegen könnten.«

»Ich gebe Bret die Schuld«, sagte ich. Ich wollte hören, was Dicky dazu sagte.

»Woran gibst du ihm die Schuld?«

»Er hat diese verfluchte Kommission ihre Macht zu sehr ausweiten lassen.«

»Was hätte er daran für ein Interesse haben sollen?« fragte Dicky.

»Ich weiß nicht.« Noch immer ließ Dicky nicht durchblicken, daß Bret unter Verdacht stand.

»Vielleicht, daß ihm das selbst mehr Macht bringt?« fragte er.

»Vielleicht.«

»Die Kommission ist gegen Bret, Bernard. Wenn er irgendwas versucht, was denen nicht paßt, wird er überstimmt. Du weißt ja, mit was für Leuten er es da zu tun hat. Alles keine Freunde von ihm.«

»Nicht mal Morgan?« fragte ich.

Dicky nahm meine spöttische Frage ernst. »Morgan haßt Bret«, erklärte er mir. »Früher oder später werden die beiden unweigerlich zusammenrasseln. Es war Wahnsinn, sie miteinander in diese Kommission zu berufen.«

»Vor allem, wenn man bedenkt, daß sie ihre Schau da vor einem dankbaren Publikum abziehen werden«, sagte ich.

»Allerdings«, stimmte Dicky zu. Er sah mich forschend an und knabberte an einem Fingernagel. Ich versuchte mit dem Papierkram auf meinem Schreibtisch voranzukommen, aber Dicky rührte sich nicht vom Fleck. Plötzlich sagte er: »Es ist aus.« Ich blickte von meinen Akten auf. »Mit mir und deiner Schwägerin. *Finito!*«

Was sollte ich nun dazu sagen? Daß es mir leid täte, vielleicht? Hatte ihm Tessa verraten, daß ich Bescheid wußte, oder vermutete er das nur? Ich blickte zu ihm auf, wollte sehen, ob er seine Erklärung mit ernster Miene oder lächelnd vorgebracht hatte. Ich wollte so reagieren, wie er es von mir erwartete. Aber Dicky ließ sich nichts anmerken. Mit abgewandtem Kopf blickte er ins Weite. Vielleicht in Erinnerung an das letzte *tête-à-tête* mit Tessa versunken.

»Es konnte einfach nicht so weitergehen«, sagte Dicky. »Es hat sie ziemlich hart getroffen, aber ich war fest entschlossen. Es machte Daphne unglücklich. Frauen können sehr egoistisch sein, weißt du.«

»Ich weiß«, sagte ich.

»Tessa hat schon seit Jahren diese Schwäche für mich«, sagte Dicky. »Das ist sicherlich auch dir aufgefallen.«

»Na ja, es sah wirklich manchmal so aus«, gab ich zu.

»Ich liebte sie«, sagte Dicky. Offensichtlich hatte er sich da eine Rede zurechtgelegt, die er unbedingt loswerden wollte, und da er sie anscheinend nur bei mir loswerden konnte, ergab ich mich geduldig in mein Schicksal und setzte ein mitfühlendes Gesicht auf. Es war allerdings verschwendet, denn Dicky redete weiter, ohne mich anzusehen: »Das kommt vielleicht nur einmal im Leben vor, daß man in eine Falle rennt, aus der es kein Entrinnen gibt. Man weiß, daß es nicht recht ist, man weiß, daß es Menschen verletzen wird, man weiß, daß es nicht gut ausgehen kann. Trotzdem läßt man sich darauf ein – weil es nicht anders geht.«

»Und deine Geschichte mit Tessa war von dieser Art?«

»Über einen Monat konnte ich an nichts anderes denken. Dauernd ging mir Tessa im Kopf rum, und meine ganze Arbeit blieb liegen.«

»Wann war das?« Daß Dicky zu keiner Arbeit kam, ließ noch nicht auf eine bestimmte Zeitspanne schließen.

»Schon lange her«, sagte Dicky. Er hatte die Arme wieder über der Brust verschränkt. »Hat Daphne es dir erzählt?«

Achtung! Achtung! Ein Warnsignal flammte vor meinem geistigen Auge auf. »Daphne? Deine Daphne?« Er nickte. »Was soll sie mir erzählt haben?«

»Na, von Tessa.«

»Die beiden sind befreundet«, sagte ich.

»Ich meine, hat sie erwähnt, daß ich eine Affäre hatte?«

»Mit Tessa?«

»Mit wem denn sonst!« Ich trug wohl meine Ahnungslosigkeit ein bißchen zu dick auf. Er wurde allmählich ärgerlich, und das wollte ich schließlich nicht.

»Daphne würde über solche Dinge nie mit mir reden, Dicky.«

»Ich dachte, sie hätte dir vielleicht ihr Herz ausgeschüttet. Sie hat verschiedene unserer Freunde mit der Geschichte genervt. Sie hat sogar gesagt, sie wolle die Scheidungsklage einreichen.«

»Na, ich bin nur froh, daß alles wieder bereinigt ist«, sagte ich.

»Sie ist immer noch unheimlich sauer. Ich meine, eigentlich sollte sie doch froh und glücklich sein. Da gehe ich hin und mache Tessa unglücklich – schrecklich unglücklich –, von meinen eigenen Gefühlen zu schweigen. *Finito.«* Er führte einen senkrechten Handkantenschlag durch die Luft. »Ich habe die Frau aufgegeben, die ich wahrhaft liebe. Man sollte erwarten, daß Daphne nun zufrieden ist. Aber nein ... weißt du, was sie gestern abend gesagt hat? Sie sagte, ich sei egoistisch.« Dicky bleckte die Zähne und zwang sich mannhaft zum Lachen. »Egoistisch. Das ist wirklich Spitze, muß ich sagen.«

»Eine Scheidung wäre schlimm gewesen«, sagte ich.

»Habe ich ihr auch gesagt. Denke doch an die Kinder, sagte ich. Unter einer Trennung würden die Kinder am meisten leiden. Du wußtest also gar nicht, daß ich ein Verhältnis mit deiner Schwägerin hatte?«

»Du hast es ja ziemlich diskret behandelt, Dicky«, sagte ich.

Das hörte er gerne. »Es hat schon viele Frauen gegeben in meinem Leben, Bernard«, sagte er.

»Wirklich?«

»Ich bin nicht der Mann, der mit seinen Eroberungen prahlt – das weißt du, Bernard –, aber eine Frau wäre nicht genug für mich. Ich habe eine sehr kräftige Libido. Ich hätte nie heiraten sollen. Das ist mir schon seit langem klar. Mein alter Tutor pflegte immer zu sagen, das Problem jeder Ehe läge darin, daß, während jede Frau eigentlich Mutter werden, jeder Mann eigentlich Junggeselle bleiben will.« Er lachte leise.

»Ich bin um fünf mit Werner Volkmann verabredet«, erinnerte ich ihn. Dicky sah auf seine Uhr. »Schon so spät? Wie doch die Zeit rennt. Jeden Tag das gleiche.«

»Soll ich ihn instruieren, ehe er vor der Stinnes-Kommission aussagt?«

»Du meinst die Rensselaer-Kommission. Bret legt großen Wert auf diese Bezeichnung, weil sie unseren Anspruch, die Kommission zu leiten, deutlich macht.« Dicky sagte das, als müsse jedem klar sein, daß die Kommission unserer Leitung längst entglitten sei.

»Nennen wir sie, wie du willst, aber möchtest du, daß ich Werner Volkmann einschärfe, was er vor ihr aussagen soll?«

»Gibt es irgend etwas, das er ihnen lieber nicht sagen sollte?«

»Ich werde ihm natürlich klarmachen, daß unsere Operationsprozeduren, Codes, Sicheren Häuser und dergleichen auch vor dieser Kommission geheimzuhalten sind ...«

»Um Himmels willen!« sagte Dicky. »Ich meine, selbstverständlich darf er keine Geheimnisse der Abteilung ausplaudern ...!«

»Woher soll er das wissen, wenn's ihm niemand sagt?«

»Du meinst, wir sollten alle unsere Leute, die vor der Kommission aussagen sollen, diesbezüglich instruieren?«

»Entweder das, oder wir sollten mit Bret deswegen sprechen. Man könnte verlangen, daß jedem vor seiner Zeugenaussage erklärt wird, daß er sich an gewisse Richtlinien zu halten hat.«

»Und das sollen wir von Bret verlangen?«

»Das eine oder das andere werden wir tun müssen, Dicky.«

Dicky rutschte vom Tisch und begann, auf und ab zu gehen, die Hände in den Taschen seiner Jeans und die Schultern hochgezogen.

»Da ist etwas, das ich dir vielleicht doch lieber erzählen sollte«, sagte er.

»Ja?« fragte ich.

»Weißt du noch, wie wir eines Abends, gleich nach deiner Rückkehr aus Berlin, hier zusammensaßen, ich meine, wegen der Aussage dieser Frau, die über Weihnachten in der Havel verschwunden ist, erinnerst du dich?«

»Wie könnte ich das vergessen?«

»Du warst irgendwie sehr beunruhigt wegen der Funkcodes, die sie benutzte, habe ich recht?«

»Du hast recht«, sagte ich.

»Würdest du mir das bitte noch mal wiederholen?«

»Die Codes?«

»Erzähl mir einfach noch mal, was du mir an jenem Abend berichtet hast, alles.«

»Ich sagte, daß die Frau bestimmte Nachrichten, und zwar sehr hochwertige, durch Funk übermittelte. Ich sagte, daß es sich dabei um Informationen handelte, die nicht über die Botschaft laufen sollten.«

»Du hast gesagt, daß sich's dabei wahrscheinlich um Informationen handelte, die Fiona dem KGB zukommen ließ.«

»Das war eine Mutmaßung.« Ich fragte mich, was Dicky hören wollte.

»Zwei Codes, hast du gesagt. Und du hast auch gesagt, daß dir die Verwendung von zwei Codenamen zur Identifizierung eines Agenten äußerst ungewöhnlich vorkomme.«

»Zur Identifizierung eines einzigen Agenten allerdings.«

»Jetzt willst du auf einmal nicht mehr mit der Sprache raus, Bernard, das machst du ja manchmal, und jedesmal machst du mir damit das Leben schwer.«

»Tut mir leid, aber wenn du mir sagen könntest, worauf du hinauswillst, könnte vielleicht auch ich ein bißchen deutlicher werden.«

»Na schön, gib mir die Schuld. Darauf verstehst du dich ja bestens.«

»Es gab zwei Codenamen. Was wolltest du denn sonst noch wissen?«

»*Ironfoot* und *Jake*. Du sagtest, Fiona war *Ironfoot*. Und du sagtest: ›Aber wer zum Teufel ist *Jake?*‹, stimmt's?«

»Ich habe später herausgekriegt, daß ich mich bei diesem Eisenfuß verhört habe, daß der Codename eigentlich *Eisenguß* lautete, *Ironfoot* kannst du also vergessen.«

Dicky runzelte die Brauen. »Du bist der Sache also weiter nachgegangen, obwohl ich dir gesagt habe, daß du sie fallenlassen sollst?«

»Ich war zu Besuch bei Silas Gaunt. Brahms Vier war auch da. Ich kam nur zufällig auf die Übermittlung des Materials und dessen Verteilung zu sprechen und fragte ihn deshalb.«

»Du bist immer so verdammt widersetzlich, Bernard. Ich hatte angeordnet, die Sache fallenzulassen.« Er wartete meine Antwort auf diesen Vorwurf ab, da ich ihn aber vergeblich warten ließ, war er schließlich genötigt fortzufahren: »Also gut, also gut. Was hast du also von Brahms Vier erfahren?«

»Eigentlich nichts Neues, aber er hat meine Annahmen bestätigt.«

»Daß zwei Codenamen für zwei Agenten stehen?«

»Wenigstens gewöhnlich.«

»So verhält sich's in der Tat, Bernard. Jetzt zeigt sich uns die Ermordung dieser Mrs. Miller nämlich in einem ganz anderen Licht. Das KGB hat sie verschwinden lassen, damit sie uns nichts verraten kann. Unglücklicherweise für diese Hunde auf der anderen Seite der Mauer hatte sie nur da schon alles verraten – dir nämlich.«

»Aha«, sagte ich. Jetzt war mir klar, was als nächstes kommen sollte, aber Dicky machte es immer ganz spannend.

»Wer zum Teufel ist also *Jake,* hast du mich damals gefragt. Nun, jetzt kann ich dir diese Frage vielleicht beantworten. *Jake* ist Bret Rensselaer! Bret ist ein Doppelagent, wahrscheinlich schon seit Jahren. Wir haben Berichte, die bis auf seine Zeit in Berlin zurückgehen. Nichts ganz Eindeutiges, nichts, das als unumstößlicher Beweis gelten könnte, aber es kommt doch jetzt schon einiges zusammen.«

»Das ist ja 'n ganz schöner Schock«, sagte ich.

»Na, allerdings. Trotzdem finde ich, daß du nicht sonderlich überrascht aussiehst, Bernard. Hast du vielleicht Bret selbst schon in Verdacht gehabt?«

»Nein, das nicht...«

»Es ist nicht fair, dir diese Frage zu stellen. Ich komme mir wie ein zweiter Joe McCarthy dabei vor. Tatsache ist, daß der Direktor sich des Problems angenommen hat. Jetzt verstehst du vielleicht, warum Bret da drüben in der Northumberland Avenue Schulter an Schulter mit diesen MI-5-Gorillas sitzt.«

»Hat der Alte ihn dem MI 5 zum Fraß vorgeworfen, ohne ihm auch nur zu sagen, wessen man ihn beschuldigt?«

»Das würde Sir Henry niemandem antun, schon gar nicht einem seiner eigenen Leute. Nein, MI 5 weiß von alledem nichts.

Aber der Alte wollte Bret irgendwohin abschieben, wo er keinen Zugang zu den aktuellen Vorgängen hat, solange die Innere Sicherheit ihn überprüft ... Das erzähle ich dir natürlich im Vertrauen, Bernard, es muß unbedingt unter uns bleiben. Bitte erzähl's auch Gloria nicht oder sonst jemandem.«

»Nein«, sagte ich, obwohl ich die Zumutung ziemlich stark fand angesichts der Tatsache, daß ich das Wesentliche des mir hier unter dem Siegel der Verschwiegenheit anvertrauten Geheimnisses schon von Daphne erfahren hatte.

»Bret ahnt nicht, daß er unter Verdacht steht. Und wir müssen alles daransetzen, daß er auch weiterhin keinen Wind davon kriegt. Denn wenn er sich dünnemachte, würden wir hier ganz schön dumm dastehen.«

»Wird er offiziell vor einen Untersuchungsausschuß zitiert werden?« fragte ich.

»Der Alte kann sich nicht entschließen.«

»Verdammt, Dicky, irgend jemand sollte mit ihm reden. So kann das doch nicht weitergehen. Ich weiß nicht, welche Verdachtsmomente gegen Bret sprechen, aber man muß ihm doch eine Chance geben, sich zu rechtfertigen. Wir sollten hier nicht sein Schicksal verhackstücken, während das arme Schwein woanders vielleicht seine Pflicht zu tun glaubt und nicht mal ahnt, was man ihm vorwirft.«

»Na, so liegt der Fall ja nun auch wieder nicht«, erklärte Dicky.

»Wie denn?« fragte ich. »Wie würde es dir gefallen, wenn ich Bret erzählte, daß du *Jake* bist?«

»Du weißt, daß das lächerlich ist«, sagte Dicky.

»Kein bißchen weiß ich das«, entgegnete ich. Dickys Gesicht verfinsterte sich. »Nein, nein, nein ... ich will nicht sagen, daß ich meinte, du könntest ein KGB-Agent sein. Ich meine, es ist nicht lächerlich, sich vorzustellen, daß auch du in dieser Sache verdächtigt werden könntest.«

»Ich hoffe, du wirst jetzt wegen dieser Angelegenheit keinen Aufstand machen«, sagte Dicky. »Ich habe lange gezögert, dir davon zu erzählen. Vielleicht hätte ich's doch besser bleiben lassen sollen.«

»Dicky, es ist nur fair gegenüber der Abteilung und allen, die hier arbeiten, jeden an Brets Treue bestehenden Zweifel so schnell wie möglich zu klären.«

»Vielleicht braucht die Innere Sicherheit noch Zeit, um weiteres Beweismaterial zu sammeln.«

»Die Innere Sicherheit braucht immer und unter allen Umständen noch Zeit zum Sammeln weiteren Beweismaterials. Das liegt in der Natur der Aufgabenstellung dieser Behörde. Aber wenn das so ist, sollte man Bret zeitweilig vom Dienst suspendieren.«

»Aber angenommen, er ist schuldig, wird er in dem Fall sofort abhauen.«

»Angenommen aber, er ist unschuldig, muß man ihm wenigstens die Chance geben, seine Verteidigung vorzubereiten.«

Dicky war geneigt, mich wieder mal ungewöhnlich schwierig zu finden. Er bewegte die Lippen, wie immer, wenn er sich über irgend etwas besonders erboste. »Reg dich nicht auf, Bernard. Ich dachte, du würdest dich freuen.«

»Mich freuen zu hören, daß Bret ein Maulwurf des KGB ist?«

»Nein, das natürlich nicht. Aber ich dachte, du würdest dich freuen zu hören, daß endlich der wahre Schuldige entlarvt ist.«

»Du hast selbst unter Verdacht gestanden. Dir muß doch klar gewesen sein, daß man dir nicht mehr recht traute, seit Fiona zu den Russen übergelaufen ist.«

»Du hast mir gesagt, all das wäre längst erledigt, ein alter Hut«, sagte ich. Ich war wieder einmal schwierig. Denn ich wußte, daß er das natürlich nur gesagt hatte, um mich zu beruhigen.

»Siehst du denn nicht, daß es dich entlastet, wenn sich zeigt, daß Bret der Mann war, den sie gesucht haben?«

»Du sprichst in Rätseln, Dicky. Was heißt hier, der Mann, den sie gesucht haben? Ich hatte ja keine Ahnung, daß sie überhaupt jemanden suchten.«

»Na, einen Komplizen.«

»Ich verstehe noch immer nicht.«

»Dann stellst du dich aber dümmer, als du bist. Wenn Fiona einen Komplizen in der Abteilung hatte, käme für diese Rolle am ehesten Bret in Frage. Stimmt's?«

»Warum eigentlich nicht ich?«

Dicky schlug sich mit einer Gebärde ohnmächtigen Zorns auf den Schenkel. »Mein Gott, Bernard, du beißt auch jedem den Kopf ab, der diese Möglichkeit in Erwägung zieht.«

»Aber wenn nicht ich, warum Bret?«

Dicky verzog das Gesicht und wiegte bedenklich das lockige Haupt. »Sie standen einander sehr nahe, Bernard. Bret und deine Frau – sie standen einander sehr nahe. Ich brauche dir das doch wohl nicht näher zu erläutern.«

»Würdest du's mir zu Gefallen aber trotzdem mal versuchen?«

»Sei nicht so empfindlich. Ich will gar nicht behaupten, daß ihr Verhältnis nicht absolut ehrenhaft gewesen sei, aber Bret und Fiona waren eng befreundet. Ich weiß, daß die Vorstellung guter Freundschaft in unserem Milieu nicht so recht am Platze zu sein scheint. Wenn man manchen unserer Kollegen reden hört, möchte man bezweifeln, daß es überhaupt so was gibt, aber die beiden waren Freunde. Sie hatten vieles miteinander gemeinsam, sind ähnlicher Herkunft, aus den gleichen Kreisen, weißt du. Ich erinnere mich, wie Bret eines Abends, als er zum Essen bei euch war, Kindheitserinnerungen mit Fiona auffrischte ... die beiden erinnerten sich an die gleichen Orte und Menschen.«

»Bret ist alt genug, Fionas Vater zu sein.«

»Das leugne ich gar nicht.«

»Wie können dann die beiden aber gemeinsame Kindheitserinnerungen haben?«

»Sie haben beide ihre Kindheit in den gleichen Kreisen verbracht, Bernard. Und so erinnern sie sich der gleichen Orte und Gelegenheiten, eines Lebensstils, den nur Kinder reicher Leute kennenlernen, Jagen, Fischen, Pferderennen und so weiter. Brets Vater liebte Pferde und dein Schwiegervater desgleichen. Fiona und Bret lernten reiten und Skifahren, ehe sie laufen konnten. Sie können instinktiv ein gutes Pferd von einem schlechten unterscheiden, guten Schnee von harschem, frische *foie gras* von Dosenpastete, einen guten Dienstboten von einem miesen ... Die Reichen sind anders, Bernard.«

Mir fiel nichts dazu ein. Was hätte ich sagen sollen? Tatsächlich hatten Bret und Fiona vieles miteinander gemeinsam. Ich hatte immer gefürchtet, sie an Bret zu verlieren. Andere, jüngere und attraktivere Männer hatten meine Besorgnis in dieser Hinsicht nie erregt. Einen gefährlichen Rivalen hatte ich nur in Bret gesehen. Vom Tag an, da ich sie kennenlernte – oder wenigstens von dem Tag an, da ich Bret vorschlug, sie bei uns zu beschäftigen –, wußte ich, daß Bret genau der Typ war, auf den sie fliegen würde, machte mir deshalb Sorgen. Hatte ich damit dazu beigetragen, daß genau das, was ich befürchtete, passierte? Hatte ich mit meiner Haltung das Band der Gemeinsamkeit, durch das sie sich zueinander hingezogen fühlten, vielleicht erst geknüpft? Entdeckte Fiona etwas in ihm, was sie in mir vermißte?

»Siehst du, was ich meine?« fragte Dicky, nachdem ich lange geschwiegen hatte. »Wenn es einen Komplizen gab, ist Bret der Hauptverdächtige.«

»Ein Prozent Motiv und neunundneunzig Prozent Gelegenheit«, sagte ich, ohne eigentlich vorgehabt zu haben, es laut auszusprechen.

»Was heißt das?« fragte Dicky.

»Ein Prozent Motiv und neunundneunzig Prozent Gelegenheit, so kommen nach George Kozinski fast alle Verbrechen zustande.«

»Ich wußte, daß ich das schon mal irgendwo gehört habe«, sagte Dicky. »Tessa sagt das, aber nicht über Verbrechen, sondern über Sex.«

»Vielleicht haben sie beide recht«, sagte ich.

Dicky streckte die Hand aus und berührte meine Schulter. »Quäl dich nicht wegen Fiona. Sicherlich war gar nichts zwischen den beiden.«

»Und wenn was war, soll's mir auch egal sein«, erklärte ich.

Unsere Unterhaltung schien damit zu Ende zu sein, Dicky ging aber nicht weg. Er fummelte an der Schreibmaschine herum. Schließlich sagte er: »Ich war mal mit Bret unterwegs. In Kiel. Kennst du Kiel?«

»Ich bin mal dagewesen«, sagte ich.

»Seltsame Stadt. Total ausgebombt während des Krieges, in der ersten Nachkriegszeit wieder aufgebaut. Nicht gerade Glanzleistungen der modernen Architektur, die jetzt das Stadtbild von

Kiel prägen. Es gibt da eine Hauptstraße am Hafen entlang, erinnerst du dich?«

»Dunkel«, antwortete ich. Ich versuchte zu erraten, worauf er jetzt hinauswollte, kam aber nicht auf des Rätsels Lösung.

»Auf der einen Seite der Straße hat man also Warenhäuser und Bürogebäude, auf der anderen Hochseeschiffe. Der Eindruck ist so unwirklich wie der einer Theaterdekoration, man glaubt, durch ein Bühnenbild zu wandeln, vor allem nachts, wenn die Schiffe alle hell erleuchtet sind. Ehe die Bomben da *tabula rasa* gemacht haben, gab's vermutlich lauter enge Gäßchen und schummrige Spelunken. Jetzt ist da eine Disco und eine Peepshow neben der anderen, aber die Bauten, in denen das untergebracht ist, haben den Charme des sozialen Wohnungsbaus. Die Atmosphäre ist ungefähr so sexy wie die von Fulham High Street.«

»Die sind wegen der Werften da hin«, sagte ich.

»Wer?«

»Die Bomber. Da wurden U-Boote gebaut. Kiel. Die halbe Stadt arbeitete auf den Werften.«

»Kann schon sein«, sagte Dicky. »Ich weiß nur, daß Bret dort einen Treff hatte. Wir kamen ungefähr um elf Uhr nachts in die Kneipe, es war dort nichts los. Das Lokal war großartig eingerichtet, roter Samt an den Wänden, dicke Teppiche auf dem Boden – aber leer, bis auf ein paar Stammkunden, eine Reihe von Bardamen und den Bartender. Ich habe nie herausgekriegt, ob das Nachtleben in Kiel noch später anfängt oder überhaupt nicht.«

»Im Sommer ist Kiel sehr hübsch.«

»Das hat Bret auch gesagt. Er kennt Kiel. Alljährlich findet da eine große Segelregatta statt – die Kieler Woche –, und Bret nimmt, wenn er's irgend einrichten kann, daran teil. Er zeigte mir Bilder vom Kieler Yacht-Club. Riesige Jachten mit bunten Spinnakern voller Wind, leckere Mädchen in Bikinis. Vielleicht segle ich zu dieser Kieler Woche mal mit meinem Boot hin. Damals war es allerdings mitten im Winter, es war saukalt, ich habe in meinem Leben noch nicht so gefroren wie an diesem Tag in Kiel.«

Worauf wollte er mit all diesen Reminiszenzen bloß hinaus? fragte ich mich. »Weshalb mußten denn Bret und du diesen Treff persönlich erledigen? Haben wir denn keine Leute da in der Gegend? Wäre das nicht eigentlich Sache unseres Hamburger Büros gewesen?«

»Es ging um eine Menge Geld. Eine offiziell genehmigte Übereinkunft. Wir zahlten den Russen, und sie entließen dafür einen Häftling. Eine politische Angelegenheit. Auf Verlangen des *Cabinet Office,* natürlich ganz unter der Hand. Du kennst das ja. Normalerweise gehen derartige Transaktionen in Berlin über die Bühne, aber Bret stritt sich mit Frank Harrington, und schließlich wurde Bret beauftragt, sich diesmal persönlich einzuschalten. Ich war nur Begleitung.«

»War das, als Bret noch die Kommission für Wirtschaftsspionage leitete?«

»Damals lief diese Institution noch unter einem anderen Namen, und Bret war offiziell noch nicht deren Leiter, sondern nur dessen Stellvertreter. Wahrscheinlich hatte die fragliche Transaktion unmittelbar gar nichts mit den Belangen von Brets Ressort zu tun, das damals noch nicht mit ›Wirtschaftsspionage‹, sondern nur ganz allgemein mit ›Europäischer Wirtschaft‹ zu tun hatte, also Ressort für europäische Wirtschaft hieß. Den Trip nach Kiel soll Bret jedenfalls in besonderem Auftrag des Direktors gemacht haben.«

»Ressort für europäische Wirtschaft? Dann liegt diese Reise aber schon sehr lange zurück?«

»Ja, viele Jahre. Lange, ehe Bret sein schönes, neues Büro kriegte und einen Innenarchitekten beauftragte, es ihm einzurichten.«

»Worauf willst du denn nun eigentlich hinaus?« Dickys Erzählung schien mir ins Stocken geraten zu sein.

»Ich war völlig ahnungslos. Ich erwartete einen gut angezogenen Botschaftssekretär oder so was, aber der Mann, mit dem wir uns trafen, sah aus wie ein Matrose von einem der schwedischen Fährschiffe, obwohl mir auffiel, daß er in einem schwarzen Volvo mit Chauffeur vorfuhr. Er hätte nur kurz mal über die Grenze gekommen sein können – das ist ja nur ein Katzensprung.« Dicky rieb sich das Gesicht. »Ein großer Kerl war das, schon älter. Sprach prima Englisch. Wir haben ’ne Menge Konversation gemacht. Angeblich hatte er mal in Boston gelebt.«

»Reden wir von einem sowjetischen Beamten?«

»Ja. Er identifizierte sich als Oberst des KGB. Popow war der Name, den seine Papiere trugen. Ich fand den Namen so denkwürdig, daß ich ihn mir gemerkt habe.«

»Bitte, fahr fort, Dicky, ich bin ganz Ohr. Popow ist ein weitverbreiteter russischer Name.«

»Er kannte Bret.«

»Woher?«

»Weiß der Himmel. Aber er erkannte ihn. ›Guten Abend, Mister Rensselaer‹, sagte er, ohne mit der Wimper zu zucken.«

»Das Lokal war ja leer, wie du mir eben erzählt hast. Er hätte also vermuten können, daß ihr die Leute wart, die er treffen sollte.«

»Nein, so leer, daß jemand direkt von der Tür auf Bret zusteuert und ihn beim Namen nennt, ohne ihn zu kennen – so leer war das Lokal nicht.«

»Wie hat Bret reagiert?«

»Es herrschte ziemlicher Krach da. Eins von diesen Lokalen, wo sie die Discomusik so laut aufdrehen, daß einem die Ohren schmerzen und man sein eigenes Wort nicht versteht. Bret schien jedenfalls die Begrüßung nicht zu hören. Aber mir war klar, daß dieser Bursche Bret von früher kannte. Er fing an, ganz freundschaftlich zu plaudern. Bret wurde stocksteif. Sein Gesicht sah plötzlich aus wie eine von diesen steinernen Figuren auf der Osterinsel, weißt du? Schließlich muß wohl auch Popow gemerkt haben, daß sein Gerede Bret peinlich berührte. Jedenfalls ließ er seine leutselige Manier plötzlich fallen. Brets Name kam von dem Augenblick nicht mehr über seine Lippen. Wir gingen gemeinsam auf die Toilette, zählten dort das Geld in ein Waschbecken, packten es wieder ein, dann empfahl sich Popow. Keine Unterschrift, keine Quittung, kein gar nichts. Und kein *›Good night, Mister Rensselaer.‹* Statt dessen: *›Good night, Gentlemen.‹* Ich hatte Angst, es könnte uns irgendein Fehler unterlaufen sein, aber der Mann, für den wir bezahlten, wurde am nächsten Tag wirklich freigelassen. Hast du jemals einen derartigen Auftrag erledigen müssen?«

»Ein- oder zweimal.«

»Angeblich behält das KGB das Geld für sich. Stimmt das?«

»Ich weiß nicht, Dicky. Genau weiß das niemand. Wir können nur Vermutungen anstellen.«

»Woher hat er also Bret gekannt?«

»Weiß ich auch nicht«, sagte ich. »Meinst du, daß er Bret von irgendwoher kannte?«

»Bret hat nie im Außendienst gearbeitet.«

»Vielleicht hat er aber schon mal so 'ne Transaktion wie die in Kiel durchführen müssen, ich meine, in geheimem Auftrag des Direktors.«

»Angeblich nicht. Mir hat er jedenfalls gesagt, daß er so was noch nie zuvor gemacht hätte.«

»Hast du Bret gefragt, ob er den Russen kannte?«

»Ich war damals noch 'n grüner Anfänger. Bret war ein leitender Beamter der Abteilung.«

»Hast du's gemeldet?«

»Daß der KGB-Mann ihn Mister Rensselaer nannte? Nein, denn es schien schließlich nicht sehr wichtig zu sein. Es fällt mir eigentlich jetzt erst rückblickend auf. Meinst du, ich sollte es der Inneren Sicherheit melden?«

»Laß dir Zeit«, sagte ich. »Wenn nicht alles täuscht, hat Bret fürs erste reichlich genug Fragen zu beantworten.«

Dicky zwang sich zu einem Lächeln, obwohl er an einem seiner Fingernägel knabberte. Dicky machte sich Sorgen. Nicht um Bret natürlich, sondern um sich selbst.

XXII.

Wir feierten Werners und Zenas Hochzeitstag. Das Datum stimmte zwar nicht ganz, aber beide waren gerade in London, um vor der Untersuchungskommission auszusagen, und Gloria hatte angeboten, zur Feier ihres Hochzeitstages ein Festmahl zu bereiten.

Gloria war keine großartige Köchin. Es gab Kalbsschnitzel und gemischten Salat, als Dessert kam eine Torte mit dem Glückwunsch *Zena and Werner congratulations* in Schokoladenguß auf den Tisch, die sie in einer Konditorei bestellt hatte.

Nicht ganz leichten Herzens hatte ich den Kindern erlaubt, aufzubleiben und mit uns zu essen. Es wäre mir lieber gewesen, wenn sie mit ihrer Nanny oben im Kinderzimmer gegessen hätten, aber die Nanny hatte gerade an diesem Abend Ausgang und war mit Freunden verabredet. So saßen also die Kinder mit uns am Tisch und kriegten mit, wie Gloria als Gastgeberin schaltete und waltete, wie es vor noch nicht allzu langer Zeit ihre Mutter getan hatte. Billy schien recht gelassen – wenn mir auch auffiel, daß er dem Schokoladenkuchen nicht so kräftig zusprach wie erwartet –, aber Sally saß während der ganzen Mahlzeit stumm und mit verkniffenem Gesicht da. Sie ließ die Augen nicht von Gloria, und wenn sie ihrem Nachbarn die Schüsseln weiterreichte, geschah das mit sichtlicher Mißbilligung. Das mußte auch Gloria auffallen, sie ließ es sich aber nicht anmerken. Gloria stellte sich im Umgang mit den Kindern sehr geschickt an. Sie war fröhlich, rücksichtsvoll und immer hilfsbereit – hütete sich aber, die Kinder durch aufgesetzte Mütterlichkeit gegen sich aufzubringen. Gloria ließ stets Nanny als erste Autorität gelten, beriet sich mit ihr und verwies auf sie, so daß Fionas Rolle schließlich der Nanny aufgenötigt wurde, während Gloria diejenige einer älteren Schwester der Kinder spielen konnte.

Aber Glorias feiner Instinkt im Umgang mit den Kindern verließ sie, als sie bei Tisch Fionas Platz einnahm, nicht etwa absichtlich, als deren Nachfolgerin sozusagen, sondern weil sie auf das Wohl der Gäste bedacht war und sie von dem Platz am Kopfende des Tisches aus am besten bedienen konnte. Die Kinder aber sahen so die Mutter »ersetzt« und fühlten sich so zum ersten Mal veranlaßt, ihre Mutter für immer als verloren zu halten.

Als Gloria nach dem Nachtisch die Kinder zu Bett brachte, wäre ich am liebsten mit ihnen gegangen. Aber Zena war gerade in einer langen Geschichte über ihre reichen Verwandten in Mexiko begriffen, und so ließ ich die Kinder in Glorias Obhut hinaufgehen. Es dauerte eine ganze Weile, bis Gloria endlich wiederkam, mit Billy im Pyjama im Schlepptau, der vor dem Schlafengehen noch Werner einen Spielzeugkran zeigen wollte, von dem er ihm erzählt hatte.

»Wo ist Sally?« fragte ich, nachdem ich Billy einen Gutenachtkuß gegeben hatte.

»Sally hat ein bißchen geheult«, sagte Gloria. »Das ist nur die Aufregung. Wenn sie erst mal richtig ausgeschlafen hat, ist sie morgen wieder putzmunter.«

»Sally sagt, daß Mami nie wiederkommt«, sagte Billy.

»Nie ist aber 'ne sehr lange Zeit«, erwiderte ich. Ich küßte ihn noch einmal. »Ich gehe gleich mit rauf und sage auch Sally gute Nacht.«

»Sie schläft schon«, sagte Gloria. »Mach dir keine Sorgen, Bernie.«

Ich machte mir aber doch Sorgen wegen der Kinder, als auch Billy im Bett war und Zena ihre unendliche Geschichte endlich beendet hatte. Sally fühlte sich wohl verlassen, hatte niemanden, dem sie sich anvertrauen konnte. Armes Kind.

»Wie hast du dich bloß an unseren Hochzeitstag erinnert?« fragte mich Zena Volkmann.

»Ich erinnere mich an alles«, protzte ich.

»Er lügt«, sagte Gloria. »Ich mußte Werners Sekretärin anrufen und danach fragen.«

»Du darfst aber nicht immer Bernies Geheimnisse ausplaudern«, tadelte Werner sie.

»Es war jedenfalls eine wunderschöne Überraschung«, erklärte Zena. Die beiden Frauen saßen jetzt nebeneinander auf dem Sofa. Beide waren sie jung, aber so verschieden, wie zwei junge Frauen nur sein können. Gloria war blond, hellhäutig, groß und kräftig, mit jener gemächlichen Toleranz ausgestattet, die man oft bei Gelehrten findet. Zena Volkmann war klein und dunkel, eine Energiebündel, das überall günstige Gelegenheiten witterte, eine Opportunistin. Sie war teuer angezogen und trug eine Menge Schmuck. Gloria dagegen trug einen Tweedrock und an ihrem Rollkragenpullover nur eine schlichte silberne Brosche.

Werner schwelgte an diesem Abend in Erinnerungen und gedachte mit einer Reihe von Geschichten jener Jugendjahre, die wir beiden gemeinsam in Berlin verbracht hatten. Die beiden Frauen hatten diese Reminiszenzen geduldig über sich ergehen lassen, aber schließlich reichte es ihnen doch. Gloria stand vom Sofa auf. »Will jemand noch Kaffee? Oder Cognac?« fragte sie. Sie schenkte Werner und mir den letzten Tropfen Kaffee ein. »Kümmer du dich um den Cognac, Bernard. Ich brühe frischen Kaffee auf und räume ab.«

»Ich helfe dir«, sagte Zena.

Gloria wollte keine Hilfe, aber Zena ließ sich nicht abweisen und half ihr, den Tisch abzuräumen und das Geschirr in den Geschirrspüler zu stellen. Die beiden Frauen schienen recht gut miteinander auszukommen. Ich hörte sie in der Küche lachen, und als Zena zurückkehrte, um das restliche Geschirr zu holen, trug sie eine Schürze.

»Wie ist es gelaufen, Werner?« fragte ich, als ich endlich Gelegenheit dazu hatte. Ich schenkte meinen edlen, alten Cognac ein, reichte ihm seine Kaffeetasse und bot ihm die Milch an. Werner widerstand aber dieser Versuchung, so goß ich den Rest Milch in meine Tasse. »Zigarre?«

»Danke, nein. Wenn du aufhören kannst zu rauchen, kann ich es auch«, sagte Werner. Er nahm einen Schluck Kaffee. »Es ist genauso gelaufen, wie du's erwartet hast.« Er hatte vor dieser Kommission ausgesagt.

Er lehnte sich in den Sessel zurück. Mir fiel auf, daß er abgenommen hatte, die Diät, zu der ihn Zena nötigte, hatte offensichtlich angeschlagen. Er sah aber müde aus, was freilich kein Wunder war. Schon mit Zena verheiratet zu sein war anstrengend genug, und wenn man dann noch vor Bret Rensselaers Untersuchungskommission erscheinen mußte ... Jetzt faßte sich Werner an die Nase – mit Daumen und Zeigefinger –, wie er stets tat, wenn er sich auf etwas konzentrierte. Diesmal fielen ihm aber fast die Augen zu, und er schien schwer gegen den Schlaf ankämpfen zu müssen.

»Keine Überraschungen?« fragte ich.

»Keine bösen Überraschungen. Ich hatte allerdings nicht erwartet, diesen verdammten Henry Tiptree unter den Mitgliedern der Kommission zu finden. Das ist doch der Kerl, der dir soviel Ärger gemacht hat. Ich dachte, der wäre bei der Inneren Sicherheit beschäftigt.«

»Diese Verbindungsleute aus dem Foreign Office werden von Abteilung zu Abteilung weitergereicht wie der Schwarze Peter, weißt du. Niemand will sie haben. In der Kommission ist er wahrscheinlich am besten aufgehoben. Wenigstens ist er da wohl niemandem im Wege.«

»Bret Rensselaer hat den Vorsitz.«

»Brets letzte Gelegenheit, den Goldjungen zu spielen«, witzelte ich.

»Ich habe gehört, daß er Berlin kriegen soll, wenn Frank in Pension geht.«

»Habe ich auch gehört, ich kann dir aber ein paar Leute nennen, die nichts unversucht lassen werden, das zu verhindern.«

»Meinst du Dicky?«

»Na, zum Beispiel«, sagte ich.

»Wieso? Dicky würde dann doch Brets Chef. Hat er das nicht immer gewollt?«

Selbst Werner waren die letzten Feinheiten des hierarchischen Aufbaus der Londoner Zentrale nicht ganz begreiflich. Die Verteilung der Weisungsbefugnisse war ein so britisches Phänomen, daß selbst scharfsichtige Ausländer wie mein Freund Werner Mühe hatten, sie zu durchschauen. »So einfach ist das nicht«, erklärte ich ihm deshalb. »Die Deutschland-Abteilung der Londoner Zentrale ist gegenüber der Außenstelle Berlin zwar in mancher Hinsicht weisungsbefugt, muß aber gewisse andere Anordnungen der Außenstelle Berlin selbst überlassen. Die Befugnisse sind nirgends festgelegt. Das relative Gewicht der Außenstelle Berlin hängt ganz vom Dienstalter, dem Rang und den Fähigkeiten der jeweiligen Leiter dieser Dienststelle ab. Als mein Vater Leiter der Berliner Außenstelle war, erhielt er seine Weisungen aus London. Als aber Frank Harrington, der schon zuvor einen hohen Posten in der Londoner Zentrale bekleidete, nach Berlin geschickt wurde, mutete ihm niemand zu, sich dort von Dicky herumkommandieren zu lassen, der schließlich einen großen Teil seiner geheimdienstlichen Karriere der Armee attachiert gewesen war.«

»Die Zeit, die er bei der Armee verbracht hat, hätte man ihm nicht auf sein Dienstalter anrechnen sollen«, meinte Werner.

»Ach, fang bloß jetzt nicht davon an, Werner«, sagte ich.

»Es war einfach nicht fair. Es war nicht fair dir gegenüber, es war nicht fair gegenüber der Abteilung, es war unfair gegen jeden Mitarbeiter der Deutschland-Abteilung.«

»Ich habe immer gedacht, du hältst Dicky die Stange«, sagte ich.

»Das tue ich nur, wenn du mir weismachen willst, daß er nichts weiter als ein Possenreißer ist. Du unterschätzt ihn, Bernie, und das ist ein böser Fehler.«

»Wie dem auch sei, jedenfalls wird Dicky sich wahrscheinlich dagegen sträuben, daß man Bret nach Berlin schickt. Morgan – der Büttel des Direktors – haßt Bret und will, daß Dicky diesem die Berliner Tour vermasselt. Und Dicky wird machen, was Morgan von ihm verlangt.«

»Dann kriegst du also den Posten«, sagte Werner mit ehrlicher Freude.«

»Denkste«, erwiderte ich.

»Wieso? Wer soll ihn denn sonst kriegen?«

»Hinter dem Job werden 'ne Menge Leute hersein. Ich weiß, daß Frank immer sagt, daß Berlin das Sibirien des Diensts ist und der Ort, an dem alle Karrieren enden, und das mag alles wahr sein. Aber trotzdem will jeder hin, Werner, weil Berlin der einzige Posten ist, auf dem man mal gewesen sein muß, wenn man's wirklich weit bringen will.«

»Du hast das erforderliche Dienstalter, und du bist der einzige mit der wünschenswerten Erfahrung. Sie können dich einfach nicht übergehen, Bernie. Das wäre absurd.«

»Nach meinen Informationen bin ich nicht einmal in der engeren Wahl.«

»Sprich mit dem Direktor«, schlug Werner vor. »Versichere dich seiner Unterstützung.«

»Der Direktor kann sich nicht mal meinen Namen merken, Werner.«

»Und was ist mit Frank Harrington? Auf den kannst du doch zählen, oder auch nicht?«

»Gerade Franks Empfehlung würde einem, der dessen Nachfolge antreten will, garantiert nichts nützen. Ist doch klar, daß sie jetzt 'nen neuen Besen nach Berlin schicken wollen. Eine Empfehlung des alten Besens wäre da geradezu konterproduktiv.« Ich grinste. Da redete ich schon wie Dicky: konterproduktiv! Saß ich inzwischen selbst schon zu lange hinter einem Schreibtisch in London?

»Hat Frank Harrington Einwendungen gegen den Plan gemacht, Beamte aus dem MI 5 in die Stinnes-Kommission aufzunehmen?« fragte Werner.

»Ich war dabei, Werner. Frank hat einfach ›Jawohl, Sir‹ gesagt, ohne Wenn und Aber. Dann hat aber noch hinzugefügt, daß er die Lösung für vortrefflich hält. Er hat ein sehr gutes Verhältnis zum Direktor. Der Direktor wird Frank vorher angekündigt haben, was er vorhatte, und konnte also mit Franks Unterstützung wohl schon rechnen, ehe er seinen Plan zur Debatte stellte.«

»Aber warum hat Frank Harrington in diesen Plan eingewilligt? Warum? Das finde ich wirklich rätselhaft!« sagte Werner. Er ließ seine Nase los und wandte sich mir zu, wie in der Hoffnung, des Rätsels Lösung aus meinem Munde zu vernehmen.

»Der Direktor will Bret aus der Abteilung raushaben. Da wird nämlich im Augenblick über Bret heiß diskutiert, heiß und hysterisch.«

Werner sah mich lange an. Er hatte seine unergründlichste Miene aufgesetzt und bemühte sich standhaft, keinen Schimmer von Selbstzufriedenheit erkennen zu lassen. »Das ist eine neue

Entwicklung«, sagte er, ohne den triumphierenden Ton, in dem ihm diese Feststellung herausfuhr, noch rechtzeitig unterdrücken zu können. »Irgendwie erinnert mich das an eine Weihnachtsfeier, zu der du von einem Besuch beim Langen kamst – voller Mißtrauen gegen Bret Rensselaer.« Er grinste. Nur mit Mühe konnte er ein schadenfrohes Lachen unterdrücken.

»Damals habe ich nur gesagt, daß man allen Spuren nachgehen sollte.«

Werner nickte. »Und jetzt bist du nicht mehr dieser Meinung?«

»Doch. Aber es paßt mir nicht, wie es jetzt gemacht wird. Man gibt Bret keine Chance, sich zu verteidigen. Ich mag nicht, wie er isoliert wird. Ich weiß nämlich aus eigener Erfahrung, wie das ist, wenn plötzlich alte Freunde auf die andere Straßenseite wechseln, um einen nicht grüßen zu müssen.«

»Hast du damals deinen Verdacht irgend jemandem gemeldet?«

»Ich war über das Wochenende bei Onkel Silas ... schon vor längerer Zeit, noch vor Weihnachten. Brahms Vier war da. Ich fragte ihn nach den Modalitäten der Nachrichtenübermittlung bei denen da drüben.«

»Das hast du mir schon erzählt. Aber was konnte der Mann dir groß sagen, was weiß er denn schon davon?« sagte Werner verächtlich.

»Sicherlich nicht viel, aber, wie ich dir ebenfalls schon erzählt habe, genug, mich davon zu überzeugen, daß mein Verdacht, diese Mrs. Miller habe das Material von zwei verschiedenen Agenten übermittelt, sehr wohl begründet war.«

»Von zwei verschiedenen Agenten in der Londoner Zentrale? Ich meine, irgendwann wirst du dich entscheiden müssen. Willst du nun beweisen, daß Bret ein KGB-Agent ist oder nicht?«

»Ich weiß nicht. Irgendwie drehe ich mich im Kreise. Aber Mrs. Miller hat für zwei verschiedene Agenten gearbeitet. Fionas Codename war *Eisenguß,* der des anderen *Jake.* Brahms Vier hat das bestätigt, Werner.«

»Nein, nein, nein. Wenn Bret wirklich nach Moskau Nachrichten übermittelt hätte ... gar nicht auszudenken ...! Dann wären die ja über jede Einzelheit, die wir von Brahms Vier gekriegt haben, umgehend informiert worden ...«

»Wir müssen also rauskriegen, ob die Informationen, die uns Brahms Vier gegeben hat, uns letztlich alle von Moskau unterschoben worden sind.«

»Aber wie könnte man das rauskriegen?«

»Ich weiß nicht, ob wir es könnten. Es wäre jedenfalls eine Heidenarbeit, das ganze archivierte Material im Lichte dieses Verdachts zu durchforsten, und ich weiß nicht, wie der Direktor darauf reagieren würde, das anzuordnen.«

»Es wäre doch aber verdammt merkwürdig, wenn sie dich hindern wollten, es selbst zu tun, oder?«

»Sie brauchten gar nicht zu sagen, daß sie mir nicht trauen«, sagte ich. »Sie brauchten einfach nur darauf hinzuweisen, wie schwierig es sei, aus dem archivierten Material schlüssige Beweise zu ziehen. Überdies könnten sie sagen, daß das KGB, wenn es einmal eine gute Quelle hat, doch nicht so dumm sein würde, die preiszugeben, indem es auf jede Information gleich unmißverständlich reagiert. Und das ist ein zwingendes Argument, Werner.«

»Ich kann einfach nicht glauben, daß Moskau schon seit Jahren wußte, was Brahms Vier uns berichtete, ohne irgendwie einzugreifen; selbst angenommen, Bret hätte diesen Nachrichtenfluß für sie überwacht.«

»Schließlich haben sie Brahms Vier laufenlassen«, sagte ich.

»Na, das würde ich aber nicht sagen«, sagte Werner. »Du hast ihn rausgeholt.«

»Wir haben ihn rausgeholt, Werner, du und ich gemeinsam.«

»Wenn Bret wirklich nach Moskau berichten würde, säße Brahms Vier noch immer in Ost-Berlin.«

»Auf unsere Operation waren die doch nicht vorbereitet, Werner. Ich sorgte dafür, daß Bret keinen Wind davon kriegte. Und bis zur letzten Minute, als du nach London kamst und Dicky verständigt hast, wußte niemand in der Londoner Zentrale, daß ich vorhatte, Brahms Vier über die Grenze zu holen.«

»Deine Frau hat es erfahren. Sie ist abgehauen. Vorher hätte sie sehr wohl noch Bret Bescheid sagen können.«

»Hätte sie nicht«, entgegnete ich. »Dazu war nämlich die Zeit zu kurz. Selbst wenn er's noch erfahren hätte, hätte Bret nicht mehr rechtzeitig nach Moskau melden können, was wir vorhatten.«

»Also steht Bret jetzt unter Verdacht, und der Direktor hat ihn auf Eis gelegt, während er sich überlegt, was mit ihm geschehen soll?«

»So sieht's aus«, sagte ich.

»Nur diese Mrs. Miller kennt die Wahrheit, nehme ich an«, sagte er. Dazu setzte er eine so vielsagende Miene auf, daß ich ihm den Gefallen tat, ihn fragend anzusehen, während ich sagte: »Vielleicht hätte sie uns die Wahrheit sagen können. Aber wenn sie was wußte, hat sie das für sich behalten, und jetzt schwimmt sie damit irgendwo in der Havel, wenn nicht schon in der Elbe.«

»Was würdest du sagen, wenn ich dir erzählte, daß ich diese Mrs. Miller gesehen habe?«

»Im Leichenschauhaus? Hat man sie aus der Spandauer Schleuse gefischt?«

»Sie ist nicht tot«, sagte Werner. »Sie war bei bester Gesundheit, als ich sie sah. Sie arbeitet jetzt als Angestellte im Roten Rathaus.«

»Was?« rief ich verdutzt. »Bei der Ostberliner Stadtverwaltung? Bist du sicher?«

»Ganz sicher.«

»Aber was soll das Ganze dann? Wer ist sie? Hat sie uns vielleicht von Anfang an nur an der Nase herumgeführt?«

»Ich habe mich ein bißchen über sie unterrichtet«, sagte Werner mit herablassender Bescheidenheit. »Ich habe einen Freund beim Magistrat. Was sie uns von ihrem Vater und ihrem Mann, überhaupt ihr früheres Leben in England betreffend, erzählt hat, scheint der Wahrheit zu entsprechen. Ich konnte die Angaben natürlich nicht im einzelnen nachprüfen, bin aber eigentlich überzeugt, daß die Identität, in der sie bei uns aufgetreten ist, nicht falsch war.«

»Sie hat nur verschwiegen, daß sie inzwischen in der Hauptstadt der DDR ansässig ist und dort bei der Stadtverwaltung arbeitet.«

»So ist es«, bestätigte Werner. »Aber wie hast du sie bloß gefunden? Sie müssen gedacht haben, daß wir nie darauf kämen, eine englische Spionin des KGB hinter einer Schreibmaschine in einem Amtszimmer des Ostberliner Magistrats zu suchen.«

»Ich bin auch nicht darauf gekommen. Aber wie das Leben so spielt, hatte ich schon vor ihrer Verhaftung mal dort mit ihr zu tun gehabt. Sie ist mir bei dieser Gelegenheit sogar sehr behilflich gewesen. Ein in Ost-Berlin zugelassener Lastwagen meiner Firma ging mir im Westen kaputt. Ich brauchte eine Genehmigung, ihn nach Ost-Berlin schleppen zu lassen. Bei ihr habe ich damals diese Genehmigung gekriegt. Das war vor über einem Jahr. In der vorigen Woche nun hatte ich wieder mal auf dem Rathaus zu tun, und als sie mir da über den Weg lief, wußte ich endlich, weshalb sie mir damals in Wannsee so bekannt vorkam.«

»Aber hat sie dich denn nicht wiedererkannt? Sie muß dich doch in der Nacht, als sie festgenommen und verhört wurde, auch gesehen haben?«

»Die Vernehmung hast du allein vorgenommen. Ich wartete draußen. Überhaupt habe ich sie in dieser Nacht nur flüchtig gesehen. Sie kam mir irgendwie bekannt vor, ich konnte mich aber nicht erinnern, woher. Ich meine, sie ist ja eine ziemlich unauffällige Erscheinung. Aber als sie mir dann vorige Woche wieder im Rathaus über den Weg lief, ging mir natürlich ein Licht auf.«

»Die Frau ist keine Dilettantin, Werner. Ihr Selbstmordversuch war immerhin so überzeugend, daß man sie sofort ins Klinikum Steglitz einlieferte.«

»Selbstmordversuch auf der Polizeiwache – so was macht die Bullen doch nervös, Bernie. Ich habe mich nach den Einzelheiten erkundigt. Der Wachhabende in jener Nacht war ein noch ziemlich unerfahrener junger Beamter. Er wollte nichts riskieren und hat gleich einen Krankenwagen gerufen.«

»Und dann haben sie die Spuren unserer Mrs. Miller verwischt, indem sie sie aus dem Klinikum abholen ließen und den Krankenwagen in die Havel kippten.«

»Offensichtlich wurde sie, während dieses Ablenkungsmanöver noch lief, in einem anderen Wagen nach Ost-Berlin zurückgebracht.«

»Das Ablenkungsmanöver hat jedenfalls prima geklappt«, sagte ich. »Ich finde, da kann man ohne Übertreibung von Übererfüllung des Plansolls sprechen. Wenn ich daran denke, wie ich den Heiligabend da bis auf die Knochen durchfroren in Hakenfelde verbracht habe, bis sie endlich die verdammte Karre leer aus dem Wasser hievten ...«

»Ich hoffe bloß, daß du jetzt nicht meinst, wir sollten versuchen, sie uns wiederzuholen. Das ist da drüben einfach nicht zu machen. Die hätten uns am Schlafittchen, noch ehe wir sie im Auto hätten.«

»Schwierig wäre so eine Entführung allerdings.«

»Schwierig nicht«, sagte Werner. »Unmöglich.«

»Du solltest alles, was du mir hier erzählt hast, schriftlich melden, Werner.«

»Ich habe einen schriftlichen Bericht bereits entworfen, aber noch liegen gelassen, weil ich die Sache erst mit dir besprechen wollte.«

»Ich weiß das zu schätzen, Werner. Danke.«

Ein paar Minuten lang tranken wir schweigend unseren Kaffee und machten uns unsere Gedanken, wenigstens machte ich mir Gedanken: indem ich nämlich angestrengt überlegte, wie nun wohl dieses neue Teil, das Werner da lieferte, in das Puzzlespiel passen mochte.

Dann sagte Werner: »Inwiefern verändert das die Lage von Bret?«

»Du hast doch der Kommission nicht etwa erzählt, daß Mrs. Miller noch unter den Lebenden weilt, oder?«

»Du hast gesagt, ich dürfe keine Geheimnisse der Abteilung ausplaudern. Ich meine, dies ist doch ein Geheimnis der Abteilung.«

»So geheim, daß es nur dir und mir bekannt ist«, sagte ich.

»Du sagst es«, bekräftigte Werner.

»Aber was soll das, Werner? Wozu das ganze Theater? Warum haben die diese Mrs. Miller nach Wannsee geschickt, das Material abzuholen, warum gerade sie?«

»Nehmen wir mal an, daß alles, was sie dir erzählt hat, der Wahrheit entspricht. Nehmen wir also an, daß sie den Sender bediente, über den das Nachrichtenmaterial deiner Frau und Bret Rensselaers übermittelt wurde. Nehmen wir an, daß Fiona sie mitgenommen hat, als sie nach drüben ging. Unsere Mrs. Miller findet, in der Hauptstadt der Deutschen Demokratischen Republik gelandet, daß sie für das Spionagegeschäft nicht mehr jung genug ist, und ersucht Moskau um die Genehmigung, sich zur Ruhe zu setzen. Fiona unterstützt sie in diesem Begehren, denn Mrs. Miller weiß entschieden zuviel, und es empfiehlt sich, sie irgendwohin abzuschieben, wo sie von diesem Wissen keinen Gebrauch machen kann. Mrs. Miller kriegt also einen untergeordneten Posten beim Magistrat. Wahrscheinlich bezieht sie überdies eine kleine Rente und verfügt über einen Ausweis, der sie berechtigt, im Intershop westliche Waren gegen Westgeld einzukaufen. Sie hat allen Grund, zufrieden zu sein, und stört niemandes Frieden. Dann wird plötzlich eines Tages jemand gebraucht, der ein Päckchen aus Wannsee abholen soll. Das ergibt sich überraschend, und unsere Mrs. Miller hat Papiere, mit denen sie, ohne Aufsehen oder Verdacht zu erregen, in den Westsektor gehen kann. Weshalb sollte man sie also mit diesem kleinen Auftrag nicht betrauen? Es ist doch weiter nichts dabei. Sie wird nur für ein paar Stunden drüben sein, und wenn sie mit einem Päckchen zurückkommt, braucht sie im Westen ja keine Kontrollen zu fürchten; Reisende, die die Hauptstadt der DDR besuchen wollen, werden bei der Ausreise aus West-Berlin ja nicht kontrolliert.« Werner klapperte mit dem Löffel auf der Untertasse herum, während er einen Schluck seines schwarzen Kaffees trank. »Kann auch sein, daß sie solche kleinen Botendienste des öfteren übernimmt, um ihr Gehalt und ihre kleine Rente aufzubessern. Das könnte ich mir ohne weiteres vorstellen.«

»Na, unvorstellbar ist es tatsächlich nicht. Aber überlege doch mal, ob wir jemanden vom Kaliber dieser Mrs. Miller so behandeln würden. Stell dir vor, wir hätten eine wirklich wertvolle Quelle im Hauptquartier des KGB in Moskau gehabt, die sich dann irgendwann in den Westen abgesetzt hätte. Würden wir den Führungsoffizier oder den Funker, der damals für diese Quelle zuständig war, auch nur für zehn Minuten in den Machtbereich des KGB zurückkehren lassen? Du weißt ganz genau, daß wir das nicht täten.«

»Das KGB denkt anders als wir«, sagte Werner, der seinen Kaffeelöffel jetzt auf dem Tisch herumzuschieben begonnen hatte, als sei er ein Spielzeugauto.

»Vielleicht«, sagte ich. »Aber in dem Fall, der mir vorschwebt, gäbe es noch was anderes zu bedenken. Was, wenn sie nun nicht nur eine wirklich wertvolle Quelle gehabt hätten, sondern deren zwei? Also, daß eine von ihnen noch immer fließt, sie noch immer mit den neuesten Nachrichten aus der Londoner Zentrale versorgt. Denkt das KGB wirklich so anders, daß es sogar unter diesen Umständen ohne Not riskieren würde, daß Mrs. Miller im Westen geschnappt wird? Und vielleicht den noch in der Londoner Zentrale aktiven Agenten hochgehen läßt?«

»Es hat keinen Zweck zu versuchen, sich vorzustellen, wie die vielleicht denken mögen. Das war die erste Lektion, die ich zu lernen hatte, als ich's mit denen zu tun bekam. Sie denken nicht wie wir. Und außerdem ist man nachher immer schlauer. Ich meine, die hatten doch keine Ahnung, daß wir bei der Party in Wannsee auftauchen würden. Der Auftrag, den sie Mrs. Miller erteilten, muß ihnen völlig ungefährlich vorgekommen sein.« Werner versuchte, aus seiner bereits geleerten Kaffeetasse zu trinken. Seinen Cognac hatte er noch nicht angerührt.

»Ich kann mir einfach nicht vorstellen, daß sie das Risiko eingehen würden«, sagte ich.

»Was für ein Risiko? Unsere Leute riskieren Kopf und Kragen, wenn sie durch die Mauer hinübergehen. Und das Risiko ist beachtlich. Ihre Papiere werden sorgfältig geprüft, die Grenzposten beobachten aufmerksam jede Bewegung, die sie machen, hören jedes Wort, das sie sagen. Pässe und andere Reisedokumente werden mit geheimen Markierungen versehen. Jeder, der in den Osten fährt, wird doch von denen unter die Lupe genommen, auch wenn er nur das Grab seiner Oma besuchen will. Aber was riskieren deren Leute, wenn sie zu uns rüberkommen? Es gibt nicht mal 'ne Ausweiskontrolle im Westen, da kann jeder kommen und gehen, wie er lustig ist. Ich meine, als KGB-Agent hat man einen der ungefährlichsten Jobs, die ich mir vorstellen kann. Die haben doch wirklich leichtes Spiel mit uns, Bernie. Unsere Mrs. Miller hatte bessere Chancen, sieben Richtige beim Lotto zu haben, als in Erfüllung ihrer sozialistischen Pflicht von den kapitalistischen Bullen hoppgenommen zu werden.«

»Na, und obwohl sie dann dieses geradezu unvorstellbare Pech hatte, ist sie doch noch mit heiler Haut davongekommen.«

»Eben. Sie brauchte nur ein bißchen die Selbstmörderin zu markieren, schon wurde sie aus dem Kittchen auf die Notaufnahme in Steglitz verlegt, wo sie nur noch abgeholt zu werden brauchte. Verdammt noch mal, Bernie, warum sind wir so weich?«

»Wenn du recht hast, heißt das, das KGB weiß nicht, daß sie uns von den beiden Codenamen erzählt hat.«

Werner drehte die Tasse auf der Untertasse, dachte über meine Bemerkung nach, äußerte sich aber nicht dazu.

Ich drängte ihn: »Glaubst du wirklich, die hätten sie einfach an ihren Schreibtisch im Rathaus zurückkehren lassen, wenn sie zugegeben hätte, daß sie uns Geständnisse gemacht hat?«

»Wahrscheinlich nicht.«

»Sie hat es nicht zugegeben, Werner. Da möchte ich wetten. Wahrscheinlich haben die sich zu sehr wegen ihrer eigenen Tüchtigkeit auf die Schulter geklopft (wie schnell sie ihre gefangene Mrs. Miller aus den Klauen der Kapitalisten befreit haben, weißt du), als daß sie diesbezüglich Verdacht geschöpft hätten.«

»Ich weiß, was du denkst«, sagte Werner.

»Was denke ich?«

»Daß sie umgedreht werden könnte. Du denkst, wir könnten sie erpressen, ihr androhen, dem KGB zu verraten, daß sie geplaudert hat . . .«

»Damit sie für uns arbeitet? Eine müde, alte Frau wie die? Was könnte sie uns denn erzählen? Den neuesten Klatsch aus der Rathauskantine? Nee, Werner, ich habe nicht daran gedacht, sie umzudrehen.«

»Was denn?«

»Ich weiß nicht.«

Werner wechselte das Thema. »Erinnerst du dich noch an dieses scheußliche Loch unter den Trümmern, in dem der Alte seine Modellflugzeuge baute?«

Blöde Frage. Natürlich erinnerte ich mich. Wir waren damals

kleine Jungen gewesen. Der »Alte« war vermutlich höchstens dreißig, aber es gab damals eine Menge alter Männer um die Dreißig in Berlin. Dieser hatte den Krieg bei einer Panzerdivision mitgemacht, war gelernter Mechaniker und baute jetzt Modellflugzeuge, die er für Naturalien an Angehörige der Besatzungsmächte verscherbelte. Schon damals war mir die Ironie des Schicksals aufgegangen: Da sitzt der Mann in den Trümmern Berlins und baut mit so liebevoller Sorgfalt Modelle eben dieser Bomber, die die Stadt in Schutt und Asche gelegt hatten – als Souvenirs für Angehörige der Royal Air Force und der U.S. Air Force. Vielleicht fiel ihm diese Ironie selbst auch auf, jedenfalls blickte er meist ziemlich finster drein, obwohl er uns bei seiner Arbeit zusehen ließ. Wir nannten ihn den »Schwarzen Peter«, ich weiß nicht mehr, warum.

»Wußtest du, daß der Keller, in dem er hauste, zum ehemaligen Hauptquartier der Gestapo zwischen Prinz-Albrecht- und Wilhelmstraße gehörte?«

»Ich dachte, das Hauptquartier der Gestapo hätte sich auf der anderen Straßenseite, im Osten, befunden.«

»Nein, es befand sich an der Südseite der ehemaligen Prinz-Albrecht-Straße, gerade östlich des Kunstgewerbemuseums, der gegenwärtigen politischen Topographie von Berlin entsprechend also im Westen. Ich bin in der vergangenen Woche dagewesen mit einem Freund, der die Graffiti an der Mauer für eine Illustrierte fotografieren wollte – manche von den Sprüchen sind wirklich komisch.«

»Na ja, auf unserer Seite«, sagte ich. »Trink deinen Cognac, Werner, es ist ein Weihnachtsgeschenk von Onkel Silas.«

»Jedenfalls habe ich die Gelegenheit wahrgenommen, den Keller zu suchen, wo der ›Schwarze Peter‹ damals hauste. Aber das ganze Gelände ist jetzt abgeräumt und planiert. Auch die Prinz-Albrecht-Straße gibt's nicht mehr. Inzwischen steht an der Wilhelmstraße ein Schild, auf dem in vier Sprachen zu lesen ist, daß unter dem Gelände die Folterkeller der Gestapo lagen.«

»Ob der ›Schwarze Peter‹ gewußt hat, wo er da wohnte?« fragte ich.

»Ich nehme an, der war froh, ein Dach überm Kopf zu haben«, sagte Werner. »Komische Stadt, Berlin.«

»Ja«, gab ich zu.

»Hast du nicht manchmal Heimweh?«

Die sonderbare Zumutung, Heimweh ausgerechnet nach einem Ort zu haben, wo die meisten historischen Sehenswürdigkeiten von der Qualität des Schildes sind, das mir Werner soeben beschrieben hatte, machte mir bewußt, daß man sich die Orte, nach denen man Heimweh hat, nicht aussuchen kann.

»Manchmal«, sagte ich. »Weißt du noch, wie wir dem ›Schwarzen Peter‹ nachspioniert haben, als er damals mit diesem großen Blumenstrauß loszog?«

»Ich weiß nicht, wer damals mehr Angst hatte, er oder wir«, meinte Werner.

»Wir«, sagte ich. »Jedesmal, wenn er sich umdrehte, haben wir uns fast in die Hosen gemacht. Wußtest du, daß das der jüdische Friedhof war, wo er hinging?«

»Hast du es denn nicht gewußt?«

»Damals nicht«, sagte ich.

»Ich schon«, sagte Werner. Natürlich. Mir fiel wieder ein, daß Werners jüdischer Vater den größten Teil der Nazi-Zeit als Totengräber auf einem jüdischen Friedhof überlebt hatte, denn natürlich durfte kein Arier tote Juden begraben. »Eine jüdische Schule und ein jüdisches Altersheim gab es auch in der Gegend. Die Große Hamburger Straße ging mitten durch Berlins altes jüdisches Viertel.«

»Ja, ich weiß das jetzt. Haben sie in dem jüdischen Altersheim dort nicht die Juden zusammengetrieben, ehe sie sie nach Osten in die Vernichtungslager abtransportierten?«

»Seltsam, daß sie sich in Berlin dazu einen so öffentlich gelegenen Ort ausgesucht haben«, sagte Werner. »In anderen Städten haben sie die Juden auf abgelegenen Güterbahnhöfen oder in geräumten Fabrikgebäuden gesammelt. Aber hier haben sie es direkt in der Innenstadt gemacht, ein paar Schritte von Unter den Linden. Aus den Nachbarhäusern haben damals Hunderte von Leuten die Appelle und Verladungen mit ansehen können.«

»Als er reinging, hast du gesagt: ›Aber der kann doch kein Jude sein, der war doch bei den Panzern‹, und weil ich nicht wußte, daß das der jüdische Friedhof war, hat mich das gewundert.«

»Na und? Auf den Gräbern standen auch Kreuze«, sagte Werner, »bestimmt an die zweihundert Kreuze standen da.«

»Wie er die Blumen auf das Grab gelegt hat, habe ich gleich gedacht, daß da ein Verwandter von ihm begraben sein muß. Dann kniete er nieder und sprach ein Gebet. Aber da wußte er schon, daß wir ihm nachspionierten.«

»Als ich sah, wie er sich bekreuzigte, wußte ich, daß er kein Jude sein konnte«, sagte Werner. »Aber wer hätte gedacht, daß sie diese SS-Leute, und was da sonst noch alles lag, ausgerechnet auf dem alten jüdischen Friedhof beerdigen würden?«

»Diese Leute waren alle während der Kämpfe um den S-Bahnhof Börse gefallen. Nach dem Ende der Kämpfe hat die Rote Armee die Beerdigung der Toten angeordnet. Ich nehme an, daß der alte jüdische Friedhof an der Großen Hamburger Straße einfach am günstigsten lag.«

»Die Russen hatten Angst vor Typhus«, erklärte Werner.

»Aber wenn der Friedhof so alt ist, müßte er doch eigentlich voll gewesen sein«, sagte ich.

»War er aber damals nicht mehr. 1943 wurden nämlich alle Gräber zerstört, das war, als ganz Berlin ›judenrein‹ gemacht wurde, weißt du. 1945 stand also der Friedhof leer.«

»Ich dachte, er würde dich umbringen, als er dich damals erwischte.« Er hatte uns am Ausgang des Friedhofs aufgelauert und sich Werner geschnappt.

»Ich hatte immer ein bißchen Angst vor ihm. Er war so stark. Weißt du noch, wie er uns imponiert hat, wenn er die Bleche, aus denen er die Ständer für seine Flugzeugmodelle machte, einfach mit den Händen bog?«

»Ach, wir waren damals doch noch reine Kinder. Ich glaube, es hat uns einfach Spaß gemacht, den ›Schwarzen Peter‹ für einen schwarzen Mann zu halten. Dabei war er sicherlich völlig harmlos.«

»Er hatte Angst. Ich glaube, daß er irgendwoher erfahren hatte, daß dein Vater englischer Offizier war.«

»Glaubst du, daß der ›Schwarze Peter‹ in Wirklichkeit bei der SS war wie sein Bruder?« fragte ich.

»Hätte ein SS-Mann am Grabe eines Kameraden gebetet?

Also, ich weiß nicht. Damals habe ich einfach alles geglaubt, was er uns erzählt hat. Andererseits, wenn er nicht dabei war, als sein Bruder fiel – woher kannte er sein Grab?«

Ich sagte: »Eigentlich mutig, wie wir dann am Abend mit einer Taschenlampe auf den Friedhof zurückgegangen sind, um uns anzusehen, wer in dem Grab lag, das er besucht hatte.«

»Unter denen, die da begraben lagen, war fast kein einziger richtiger Soldat, die meisten waren Angestellte aus der Prinz-Albrecht-Straße, Büropersonal, Köche, Hitlerjungs und so weiter. Wirklich scheußliches Pech, wenn es einen so erwischt, noch im allerletzten Augenblick. Ich meine, der Krieg war, als diese Leute dran glauben mußten, praktisch schon vorbei.«

»Ich frage mich, wer dafür gesorgt hat, daß die Gräber so sorgfältig gekennzeichnet wurden, mit Namen, Dienstgrad und Einheit der Toten.«

»Die Rote Armee jedenfalls nicht«, sagte Werner. »Darauf kannst du Gift nehmen. Ich komme jetzt manchmal dort vorbei. Man hat den alten jüdischen Friedhof zu einer Gedenkstätte gemacht. Moses Mendelssohn ist dort begraben, und man hat ihm ein neues Denkmal gesetzt.«

»Wir hätten ihm nicht nachspionieren sollen. Er hat es uns ja auch nie richtig verziehen.«

Aus der Küche war jetzt das Geräusch des Geschirrspülers zu hören. Das Ding machte einen Höllenlärm, und Gloria pflegte es immer erst anzuschalten, wenn sie in der Küche nichts mehr zu tun hatte. »Die Damen werden gleich frischen Kaffee bringen«, kündigte ich an.

»Ich werde mit ihr reden«, sagte Werner, als hätte ich ihm mit dieser Bemerkung die rätselhaften Aktivitäten der uns entwischten Mrs. Miller in Erinnerung gerufen. »Vielleicht kommt nichts dabei heraus. Aber ein Versuch kann ja nicht schaden.«

»Mach lieber gar nichts, Werner. Das Problem geht die Abteilung an. Laß die Abteilung damit fertig werden. Es ist wirklich nicht nötig, daß du dich deswegen in Gefahr bringst.«

»Ich werde mal auf den Busch klopfen«, sagte Werner.

»Nein, Werner. Und das ist eine Anordnung.«

»Zu Befehl, Bernie.«

»Du, ich meine das ernst. Laß die Frau in Ruhe.«

Dann kam Gloria mit einer Kanne frisch aufgebrühten Kaffees. »Und worüber habt ihr euch inzwischen unterhalten?« fragte sie leichthin.

»Na, worüber wir uns immer unterhalten«, gab ich zurück, ebenso leichthin: »Nackte Mädchen.«

Gloria versetzte mir einen Faustschlag zwischen die Rippen, ehe sie uns allen vieren frischen Kaffee einschenkte.

Zena Volkmann lachte. Sie war sichtlich aufgekratzt. »Werner«, sagte sie, noch ehe sie sich zu ihrem Gatten gesetzt hatte, »Gloria hat mir gerade eine amerikanische Patchworkdecke aus der Kolonialzeit gezeigt, die Bernard ihr gekauft hat. Ich habe nie was Hübscheres gesehen. Kaufst du mir auch eine? Ich habe die Adresse eines Ladens, wo es diese Dinger gibt. Sie sind anscheinend wahnsinnig teuer, das ist aber auch kein Wunder, es sind ja echte Antiquitäten – und sooo hübsch, Werner, genau das Richtige für unser Bett. Wir sollten uns so eine Decke zum Hochzeitstag schenken, findest du nicht?«

»Gewiß, Liebling.«

»Ist er nicht der beste Mann?« fragte Zena, umarmte und drückte Werner und hauchte ihm einen Kuß aufs Ohr.

»Vergiß nicht, was ich dir gesagt habe, Werner. Mach einstweilen gar nichts.«

»Ich werde es mir merken«, sagte Werner.

»Wenn du diesen Cognac nicht willst, Werner, trinke ich ihn.«

XXIII.

Gloria versicherte mich ihrer Liebe mit so verzweifelter Heftigkeit, daß sie mir Angst machte. War diese Liebe wirklich die einzigartige, einmalige große Liebe, die sie sich einbildete? fragte ich mich. Versprach das Gefühl, das uns verband, uns beiden wirklich immerwährendes Glück? Oder glaubte sie das nur, weil sie noch so jung und unerfahren war? Sie war so reizvoll, wie man sich eine Frau nur wünschen kann: schön, klug, witzig, zärtlich, gut im Bett, dazu noch eine schätzenswerte Kollegin, die überdies schon die Herzen meiner Kinder zu gewinnen gewußt hatte. Kein Wunder also, daß sie mir manchmal wie die leibhaftige Erfüllung meiner Wünsche und Träume erschien. Andererseits kam ich mir diesem jungen Ding gegenüber oft wie ein sich selbst betrügender älterer Herr vor. Es ist befreiend zu lieben, und Gloria genoß die Freiheit, die ihr der Überschwang ihrer Gefühle vermittelte, in vollen Zügen. Wer geliebt wird aber, wird in die Pflicht genommen, wer sich lieben läßt, unterwirft sich einer Tyrannei. Gewiß ist diese Tyrannei im großen ganzen wohlwollend, aber nichtsdestoweniger tritt sie das Freiheitsbedürfnis des geliebten Wesens mit Füßen, zumal wenn sie von jemand ausgeübt wird, der schon so alt ist oder noch so jung, in der Liebe absolut sichergehen zu wollen. Gloria wollte absolut sichergehen. Sie konnte nicht verstehen, weshalb ich sie nicht einlud, bei mir in der Duke Street einzuziehen. Jeden Abend, den ich nicht mit ihr verbrachte, nahm sie mir übel. Sie nahm mir auch übel, wenn ich las, während sie bei mir war, weil sie meinte, daß ich mich in die Bücher vor ihr zurückzöge. Am übelsten aber nahm sie mir meine Dienstreisen ins Ausland, so übel in der Tat, daß ich's oft bis auf den letzten Augenblick aufschob, ihr solche Reisen anzukündigen.

»Schon wieder nach Berlin«, sagte sie unwirsch, als ich's ihr sagte. Wir standen in der Küche, nachdem Werner und Zena in ihr Hotel zurückgekehrt waren.

»Meine Idee war das nicht«, sagte ich. »Aber Berlin ist mein Ressort. Es gibt niemanden, den sie an meiner Stelle schicken könnten. Und wenn ich nicht diese Woche fahre, muß ich in der nächsten hin.«

»Was gibt es denn so Dringendes in Berlin?«

»Dringend ist da gar nichts. Alles Routinesachen. Aber über Verschiedenes kann man nicht in der wünschenswerten Vollständigkeit schriftlich berichten.«

»Warum nicht?« Aus ihrer Stimme sprach eine Besorgtheit, die mich hätte stutzig machen sollen. Ich gab aber nicht acht darauf, sondern schwätzte weiter.

»Man kriegt ein umfassenderes Bild der Lage, wenn man sie sich bei einem Glas Bier schildern läßt, weißt du, da fallen dann manchmal Bemerkungen, die man in einem schriftlichen Bericht vergebens suchen würde – die einem aber geradezu den Schlüssel liefern, den man braucht, den Bericht richtig zu verstehen. Außerdem muß ich mit Frank Harrington sprechen.«

»Also eine ausgedehnte Sauftour, was?«

»Du weißt, daß ich lieber hierbleiben würde«, entgegnete ich.

»Das weiß ich überhaupt nicht. Diese Liebe und Zärtlichkeit, mit der du immer von Berlin sprichst, macht mich richtig eifersüchtig. Ich meine, gegen eine ganze Stadt hat 'ne einzelne, alleinstehende Frau doch keine Chance.« Sie lächelte ein kaltes und falsches Lächeln. Sie konnte ihre Gefühle nicht verbergen. Das war eine der vielen Eigentümlichkeiten ihres Charakters, die mich für sie einnahmen.

»Ich bin da schließlich aufgewachsen, Liebste. Wenn ich Werner treffe, reden wir immer von unserer Kindheit. Ist das nicht völlig normal? Berlin ist die Stadt, in der ich als Kind zu Hause war. Jeder hängt doch irgendwie an dem Ort, wo er als Kind ...«

»Schon recht, schon recht, Darling. Blöde von mir, auf einen schmutzigen, alten Steinhaufen eifersüchtig zu sein!«

»Ich komme zurück, so schnell ich kann«, versprach ich. Ehe ich in der Küche und in der Diele das Licht ausknipste, hatte ich die Lampe auf dem oberen Treppenabsatz angeschaltet.

Es war dunkel am Fuß der Treppe, Gloria ein Schatten, als ich mich nach ihr umwandte und sagte: »Ich komme zurück, so schnell ich kann.« Sie umarmte und küßte mich leidenschaftlich. »Du liebst mich doch?« flüsterte sie. »Nicht wahr, du liebst mich?« Ich drückte sie fest an mich.

»Ja«, sagte ich. Ich gab mir nicht mehr die Mühe, es abzustreiten. Angesichts der Festigkeit von Glorias Überzeugung, daß ich sie liebte, war ja jedes Leugnen vergebliche Liebesmüh. Tatsächlich wußte ich nicht, ob ich sie liebte oder nicht. Ich wußte nur, daß sie mir schrecklich fehlte, wenn ich nicht bei ihr war. Sollte das noch keine wahre Liebe sein, mußte ich mich doch einstweilen damit behelfen, in der Hoffnung, auch der wahren Liebe noch teilhaftig zu werden. Denn der Gedanke, Gloria zu verlieren, war mir schrecklich. »Ja«, wiederholte ich. »Ich liebe dich.«

»Ach, Bernard, Darling«, rief sie so laut, daß ich zusammenzuckte.

»Du wirst noch die Kinder aufwecken«, warnte ich.

»Du hast immer solche Angst, die Kinder zu wecken. Wir werden sie schon nicht wecken, und selbst wenn, werden sie eben wieder einschlafen. Komm ins Bett, Bernard, ich liebe dich so sehr.«

Wir gingen auf Zehenspitzen die Treppe hinauf, an den Zimmern der Kinder und ihrer Nanny vorbei. In meinem Schlafzimmer hätte ich wohl schon an der Tür die Deckenbeleuchtung einschalten sollen, statt dessen tastete ich mich aber durch die Finsternis, um die Nachttischlampe anzuknipsen. Auf dem Weg dahin stolperte ich über einen großen, schwarzen Koffer, der am Fußende des Bettes stand, verlor die Balance und schlug der Länge nach hin und stieß mir den Kopf an der Bettkante, wobei ich Krach genug machte, die ganze Straße aus dem Schlaf zu reißen.

»Was zum Teufel ist das?« schrie ich, auf dem Teppich sitzend und meinen schmerzenden Schädel reibend.

»Es tut mir wirklich leid, Darling«, sagte Gloria. Sie hatte inzwischen im Badezimmer Licht gemacht und half mir auf die Füße.

»Was ist das? Hast du das da stehen lassen?« Ich wollte nicht, daß sie mir auf die Füße half. Alles, was ich von ihr verlangte, war, daß sie mein Schlafzimmer nicht in 'ne Geisterbahn verwandelte.

»Es ist meiner«, flüsterte sie. Einen Augenblick lang sah sie mich beschwörend an, dann ging sie ins Badezimmer und begann, sich abzuschminken und eine weiße Creme ins Gesicht zu schmieren.

»Also wirklich«, rief ich, »wo kommt denn der auf einmal her?«

Sie ließ mich auf eine Antwort lange warten, endlich stieß sie die Badezimmertür auf und sagte: »Ach, das sind nur 'n paar Sachen von mir.« Inzwischen hatte sie sich ihres Pullovers und Büstenhalters entledigt. Nun wusch sie sich das Gesicht und begann sich dann die Zähne zu putzen, wobei sie sich so konzentriert im Spiegel über dem Waschbecken betrachtete, als sei ich gar nicht da.

»Sachen?«

»Kleider und Bücher. Nein, ich ziehe nicht ein, Bernard, ich weiß, daß du das nicht willst. Der Koffer bleibt da nur bis morgen. Dann verschwindet er wieder.« Sie hatte zum Reden die Zahnbürste aus dem Mund genommen und schien nun mit ihrem Bild im Spiegel zu reden.

»Warum mußtest du ihn dann aber mitten im Schlafzimmer stehen lassen? Und weshalb hast du ihn überhaupt hier raufgeschleppt? Konntest du ihn nicht unter die Treppe stellen?« Ich begann mich auszuziehen und warf meine Kleider auf einen Stuhl. Ein Schuh knallte gegen die Wand, heftiger als erwartet.

Sie kam aus dem Badezimmer in einem durchsichtigen Nachthemdchen, das ich noch nicht an ihr gesehen hatte. »Wenn du willst, kannst du jetzt Toilette machen«, sagte sie, und dann: »Mrs. Dias, deine Putzfrau, braucht morgen früh den Staubsauger aus dem Schrank unter der Treppe.«

»Na und?«

»Sie würde mich doch wegen des Koffers fragen, nicht wahr? Oder sie würde dich fragen. Und dann hättest du dich deshalb aufgeregt. Ich habe also gedacht, da wäre er hier oben besser aufgehoben. Ich habe vergessen, ihn wieder unters Bett zu schieben. Es tut mir wirklich leid, Liebster. Du bist ein so schwieriger Mann.«

»Na gut«, sagte ich, aber ich war ärgerlich und unfähig, meinen Ärger zu verbergen.

Dieser alberne Zwischenfall verdarb uns beiden die Stimmung. Als ich aus dem Badezimmer kam, lag sie von mir abgewandt und zusammengerollt im Bett, ein Kissen über dem Kopf. Ich umarmte sie und sagte: »Entschuldige bitte. Ich hätte besser aufpassen sollen.«

Sie drehte sich nicht zu mir um, zog auch den Kopf nicht unter dem Kissen hervor. »Du bist neuerdings so verändert, Bernard. Irgendwie abweisend. Weil ich was falsch gemacht habe?«

»Aber nein!«

»Ist es wegen Dicky? Der benimmt sich seit einiger Zeit wie 'n Bär mit Kopfschmerzen. Angeblich hat er sich von seiner Herzdame getrennt.«

»Weißt du von seiner Affäre mit Tessa Kozinski?«

»Das hast du mir doch selbst erzählt«, sagte Gloria. Sie redete noch immer unter ihrem Kissen.

»Wirklich?«

»Eine Freundin von Daphne ist den beiden in einem Hotel begegnet. Du hast dir große Sorgen gemacht deswegen.«

»Es war der helle Wahnsinn.«

»Wieso?« fragte sie. Jetzt kam sie unter dem Kissen hervor.

»Tessa ist die Schwester einer Beamtin des Nachrichtendienstes, die zur anderen Seite übergelaufen ist und jetzt für das KGB arbeitet. Wenn Dicky und sie nur als gute Bekannte miteinander verkehrten, wäre nichts dagegen einzuwenden. Völlig unbedenklich wäre es auch, wenn Dicky nur bei der Wahrnehmung seiner dienstlichen Pflichten gelegentlich mit Tessa zu tun hätte. Aber Landesverrat und eheliche Untreue haben zuviel miteinander gemeinsam. Dicky traf sich heimlich mit Tessa, und solche Affären machen die Innere Sicherheit sehr, sehr nervös.«

»Hat er sie deshalb aufgegeben?«

»Wer hat dir denn erzählt, daß er sie aufgegeben hat?«

»Manchmal glaube ich, daß du nicht mal mir traust, Bernard.«

»Wer hat dir gesagt, daß er sie aufgegeben hat?«

Ein tiefer Seufzer. »Tatsächlich hat also *sie* ihn aufgegeben.«

»Weshalb hast du geglaubt, die Initiative sei von ihm ausgegangen?«

»Wenn du in der Dunkelheit über offene Koffer stolperst, entwickelst du in Kürze alle Symptome von Paranoia, das heißt Verfolgungswahn, weißt du das, Darling?«

»Ich weiß es, aber beantworte meine Frage trotzdem.«

Gloria streichelte mir das Gesicht und fuhr mir mit dem Finger über den Mund. »Gerade hast du mir erzählt, daß Dicky sich mit dieser Affäre in Gefahr brachte, seine Karriere zu ruinieren. Daraus schloß ich, daß er Schluß gemacht hat, um dieser Gefahr zu entgehen.«

»Nur deshalb hast du angenommen, er sei derjenige gewesen?«

»Er ist ein Mann. Männer sind egoistisch. Wenn sie zwischen ihrer Karriere und einer Frau wählen müssen, entscheiden sie sich gewöhnlich für ihre Karriere. Jeder weiß doch, wie Männer sind.« Aus dieser Erklärung war das Mißtrauen herauszuhören, das sie mir gegenüber und meiner Liebe zu ihr hegte.

»Tessa hat Dicky den Laufpaß gegeben, aber Dicky sieht das anders. In seiner Sicht gibt es einerseits den willensstarken Dicky, der weiß, was für beide das Beste ist, und dieses Beste durchsetzt; andererseits die verzweifelte Tessa, die kaum zu hoffen wagt, sich in einem Leben ohne Dicky je zurechtzufinden.«

»Ja, so ist es wohl wirklich«, sagte Gloria, »ein Chauvi von der schlimmsten Sorte. Liebt Tessa ihn denn wirklich?«

»Ich glaube nicht. Das heißt, es würde mich wundern, wenn sie wüßte, ob sie ihn liebt oder nicht. Ich vermute, er amüsiert sie. Mehr verlangt sie nämlich nicht. Sie würde mit so ziemlich jedem ins Bett gehen, der sie amüsieren kann. Manchmal kommt's mir vor, als sei Tessa gar nicht fähig, irgend jemanden zu lieben.«

»Sag doch nicht so was Gemeines, Darling. Dich betet sie jedenfalls an, und du hast mir selbst wohl tausendmal erzählt, daß du ohne ihre Hilfe total aufgeschmissen gewesen wärst.«

»Das stimmt, aber eben haben wir von Liebe geredet.«

»Vermutlich hast du recht. Liebe ist was anderes.«

»Dicky und Tessa sind nicht ineinander verliebt«, sagte ich. »Wenn sie sich wirklich liebten, könnte nichts sie voneinander fernhalten.«

»So wie ich dauernd hinter dir her bin?« Sie drückte mich an sich.

»Genau so.«

»Wie konnte deine Frau nur auf dich verzichten? Sie muß verrückt sein. Ich kann dich nämlich nur anhimmeln, weißt du?«

»Tessa hat Fiona getroffen«, sagte ich, das Thema wechselnd. Eigentlich hatte ich ihr das nicht erzählen wollen, aber da sie selbst in die Geschichte verwickelt war, fand ich schließlich, daß sie wissen sollte, was passierte. Immer wieder kam es zu solchen Überschneidungen des Dienstes und des Privatlebens in meinem verdammten Beruf. Und die Pflicht, bei solchen Gelegenheiten, ohne mit der Wimper zu zucken, seinen nächsten Menschen alle möglichen Lügen und Halbwahrheiten aufzutischen, hat für mich immer zu den unangenehmsten Seiten dieses Berufs gehört. Frauenhelden haben es da vermutlich leichter.

»Ist deine Frau denn hiergewesen?«

»Sie haben sich in Holland getroffen, in der Wohnung einer Tante.«

»Was wollte deine Frau?«

»Es war der Geburtstag der Tante. Die beiden Schwestern pflegen sie schon seit Jahren zur Feier ihres Geburtstages zu besuchen.«

»Trotzdem ist sie diesmal nicht nur deshalb gekommen, Bernard. Sie muß irgendwas gewollt haben.«

»Wie kannst du da so sicher sein?«

»Ich kenne deine Frau, Bernard. Ich denke dauernd über sie nach. Sie würde nicht nach Holland fahren, um ihre alte Tante zu besuchen und ihre Schwester wiederzusehen, wenn sie nicht einen guten Grund dafür hätte. Sie muß also was gewollt haben. Nicht von der Abteilung vermutlich – wenn sie an die Abteilung herangewollt hätte, würde sie's anders anstellen –, sondern von dir persönlich.«

»Sie will die Kinder«, sagte ich.

»Du darfst sie nicht fahren lassen«, sagte Gloria.

»Angeblich will sie die Kinder nur über die Ferien und verspricht, sie danach zurückzuschicken.« Ich versuchte noch immer, mir etwas vorzumachen, schließlich war sie die Mutter meiner Kinder. Vielleicht hoffte ich, daß Gloria mich in dieser Meinung bestärken würde. Sie tat es indessen nicht.

»Welche Mutter würde ihre Kinder in Feindesland zurückschicken, ohne feste Hoffnung, sie jemals wiederzusehen? Wenn sie sich solche Mühe gibt, sie überhaupt erst mal zu kriegen, hat sie bestimmt nicht vor, sie je wieder herauszurücken.«

Glorias Meinung bereitete mir Unbehagen. Am liebsten wäre ich wieder aufgestanden und hätte was Scharfes getrunken, aber dieser Versuchung widerstand ich. »Das fürchte ich eigentlich auch«, sagte ich. »Aber wenn sie auf dem Rechtsweg Anspruch auf das Sorgerecht erhebt, kann es sehr gut passieren, daß die Richter es ihr zusprechen. Ich werde mich bei einem Rechtsanwalt nach den Aussichten erkundigen.«

»Wirst du deinen Schwiegervater verständigen?«

»Ich weiß es nicht recht. Einstweilen bittet sie ja nur höflich, ihr die Kinder für die Dauer der Ferien zu schicken. Sperre ich mich, kann das vor Gericht als Verweigerung des Umgangs mit den Kindern hingestellt werden und würde Fionas Chancen verbessern, das Sorgerecht zu erhalten.«

»Du armer Liebster, leicht hast du es wirklich nicht. Hat Tessa dir das alles erzählt, als du letzte Woche bei ihr warst?«

»Ja«, sagte ich.

»Deshalb bist du also seitdem so übler Laune. Ich wünschte, ich hätte das gewußt. Ich habe mir Sorgen gemacht. Ich dachte ... vielleicht ...«

»Was?«

»Du und Tessa«, sagte Gloria.

»Ich und Tessa?«

»Du weißt genau, wie gerne sie mit dir ins Bett gehen würde.«

»Aber ich will nicht mit ihr ins Bett gehen«, sagte ich.

»Deshalb brauchst du nicht gleich so zu schreien. Ich denke, du willst nicht, daß die Kinder geweckt werden.«

»Ich mag Tessa, aber nicht so. Außerdem ist sie verheiratet. Und ich habe dich.«

»Deshalb interessiert sie sich ja so für dich. Du bist eine Herausforderung für sie, weißt du?«

»Quatsch.«

»Hast du Werner erzählt, daß Fiona sich mit Tessa getroffen hat? Hast du ihm erzählt, daß sie die Kinder haben will?«

»Nein.«

»Aber Werner ist doch dein bester Freund.«

»Er könnte mir ja doch nicht helfen. Trotzdem würde er sich Sorgen machen. Die wollte ich ihm nicht aufbürden.«

»Du hättest es ihm dennoch sagen sollen. Er wird beleidigt sein, daß du dich ihm nicht anvertraut hast. Werner ist sehr empfindlich, das sieht man auf den ersten Blick.«

»Es ist besser so«, sagte ich, ohne wirklich überzeugt zu sein, daß es auch besser war.

»Wann sagst du vor der Kommission aus?« fragte sie.

»Ich weiß nicht.«

»Ein Gerücht will wissen, daß du die Aussage verweigert hast.«

»Ach ja, richtig.«

»Stimmt es?«

»Nein, es stimmt nicht. Dick hat mir gesagt, daß die Kommission einen Termin für meine Vernehmung angesetzt habe, worauf ich ihm erklärte, daß ich diesbezüglich eine schriftliche Anordnung sehen wolle.«

»Du meinst eine Weisung, vor der Kommission auszusagen?«

»Ich meine eine schriftliche Weisung, die besagt, was ich der Kommission erzählen darf und was ich für mich behalten soll.«

»Und Dicky hat dir diese Weisung nicht geben wollen?«

»Dicky hat sich sogar geweigert, Werner Richtlinien bezüglich der Dinge, die er erwähnen dürfte, zu geben.«

»Wie meinst du das, hat er's ihm wirklich rundheraus abgeschlagen?«

»Natürlich nicht. Er hat drum herum geredet und dann das Thema gewechselt. Du weißt doch, wie Dicky so was macht. Wenn ich ihn um diese schriftliche Anweisung noch mal angegangen wäre, hätte er plötzlich 'ne akute Angina gekriegt und sich im Krankenwagen abtransportieren lassen.«

»Aber alle anderen sagen aus. Treibst du's nicht ziemlich weit, Darling?«

»In dieser Kommission sitzen nicht unsere Leute.«

»Ist nicht das MI 5 auch auf unserer Seite?«

»Ich bin nicht berechtigt, dem MI 5 unsere Operationen in allen Einzelheiten zu schildern.«

»Was du bist, ist ein weder durch Geld noch gute Worte von seinen Vorurteilen abzubringender Dickschädel.« Sie lachte, als hätte sie Freude an der Vorstellung, nicht die einzige zu sein, die unter meinem Dickschädel zu leiden hatte.

»Es geht mir gar nicht hauptsächlich um die Zusammensetzung der Kommission. Gemischte Kommissionen sind schließlich nichts Neues, ich habe schon vor vielen gestanden. Aber es sieht so aus, als hätte man Bret in diese Kommission abgeschoben, um in Ruhe zu überlegen, ob ein Untersuchungsverfahren gegen ihn eingeleitet werden soll. Wenn aber Bret verdächtig ist ... wenn Bret also schließlich als KGB-Agent entlarvt wird: Warum sollte ich mich vor seine Kommission stellen und ihm die eine oder andere Information liefern, die ihm vielleicht noch fehlte?«

»Wenn Bret wirklich unter Verdacht steht, muß das jedenfalls den Mitgliedern der Kommission bekannt sein«, sagte Gloria. »Und in dem Fall werden diese dafür sorgen, daß du nichts aussagst, was die Russen interessieren könnte.«

»Es freut mich, das zu hören«, sagte ich. »Aber diese Brüder sind leider verschlagener, als du ahnst. Wenn mich nicht alles täuscht, will sich nämlich die Stinnes-Kommission meiner sozusagen als Keule bedienen, um Bret aufs Haupt zu schlagen. Und daß ich nicht die mindeste Lust dazu habe, ist der Hauptgrund meiner Weigerung, unter den gegebenen Umständen vor dieser Kommission auszusagen.«

»Wie meinst du das?«

»Diese Kommission nennt sich nicht die ›Stinnes-Kommission‹ – sondern die ›Rensselaer-Kommission‹, und zwar sehr bezeichnenderweise, wie mir scheint. Denn die Kommission interessiert sich primär gar nicht für Stinnes – sondern für diesen nur als potentiellen Zeugen gegen Bret. Und wenn sie mich schließlich im Zeugenstand haben, werden sie nicht wissen wollen, wie wir Stinnes abgeworben haben – sondern mit ihren Fragen an mich bemüht sein, Bret Fallen zu stellen.«

»Aber wenn Bret schuldig ist, was hast du dagegen einzuwenden?«

»Sollen die sich ruhig ihre Beweise selbst verschaffen. Die bilden sich ein, daß ich ihnen apportieren werde, was immer sie wollen. Um mich nämlich selbst zu entlasten, verstehst du? Dicky hat mir das ziemlich unumwunden zu verstehen gegeben. Er sagte, es sollte mich doch freuen, daß der Verdacht jetzt auf Bret fiele, da man doch bisher geneigt gewesen sei zu vermuten, daß ich selbst Fiona bei ihrem verräterischen Spiel geholfen hätte.«

»Das hat er bestimmt nicht so gemeint«, sagte Gloria.

»Genau so hat er's gemeint.«

»Du bist einfach überzeugt, daß die Abteilung dir nicht vertraut. Aber tatsächlich hast du nach wie vor ungehinderten Zugang zu allen dienstlichen Vorgängen. Ich hole schließlich jeden Tag die neuesten Anordnungen aus der Registratur herauf. Wenn man dich irgendwelchen Beschränkungen unterworfen hätte, wüßte ich das.«

»Vielleicht hast du recht«, sagte ich. »Trotzdem spüre ich ein gewisses Mißtrauen in meiner Umgebung. Vielleicht demonstrieren sie mir das nur, um mich unter Druck zu setzen. Aber wie dem auch sei, ich mag es nicht. Und ich mag es nicht, wenn mir Dicky erzählt, daß ich wieder frei atmen könne, wenn erst Bret verurteilt sei.«

»Glaubst du, der Direktor hat diese Kommission einberufen, um sie insgeheim die Aktivitäten ihres Vorsitzenden überprüfen zu lassen?«

»Die Kommission ist ihm sicherlich von irgendeinem höheren Tiere aufgenötigt worden. Der Alte hätte nie das MI 5 dazu herangezogen, uns zu helfen, unsere schmutzige Wäsche zu waschen, wenn ihn nicht irgend jemand dazu gezwungen hätte.«

»Aber wer?«

»Meines Erachtens hatte da das *Cabinet Office* die Hand im Spiel. Der Koordinator der Nachrichten- und Sicherheitsdienste ist der einzige, der sowohl uns als auch dem MI 5 Aufträge erteilen kann. Der Direktor hat das ihm Aufgetragene uns dann als seinen eigenen Wunsch dargestellt, um der Abteilung eine Demütigung zu ersparen.«

»Die Demütigung, einen Beamten der Abteilung einer Untersuchung durch das MI 5 unterworfen zu sehen?«

»So will's mir jedenfalls scheinen.«

»Wenn Bret aber schuldig ist, ist's nicht egal, wie sie ihn überführen?«

»Wenn er schuldig ist. Aber dafür gibt es nicht genug handfeste Beweise. Entweder ist Bret also ein Superagent, der niemals einen Fehler macht – oder er soll als Sündenbock herhalten.«

»Aber für wessen Sünden?«

»Du hast die Panik, die sich bei uns ausbreitet, wenn davon die Rede ist, daß ein feindlicher Agent sich dort eingeschlichen haben könnte, noch nie aus nächster Nähe miterlebt, Gloria. Die reine Hysterie. Neulich ist sich Dicky einer Reihe höchst verdächtiger Aspekte eines Trips nach Kiel bewußt geworden, den er vor Jahren mit Bret unternommen hat, sozusagen siedendheiß. Dicky machte aus dem Ton, den damals ein KGB-Offizier Bret gegenüber anschlug, einen nahezu zwingenden Beweis für Brets Schuld. Und solche Grübeleien führen schnell zu unkontrollierbarer Hysterie.«

»Es heißt, Bret habe den entscheidenden Fehler in diesem Waschsalon gemacht«, sagte Gloria.

»Das habe ich anfänglich auch gedacht. Aber jetzt bin ich geneigt zu glauben, daß sein Verhalten dort Bret eher zu entlasten geeignet ist. Der Bursche, der zur Tür reinkam, rief uns zu: ›Haut ab‹ oder ›Macht, daß ihr wegkommt‹, irgendwas in der Art. Weshalb hätte er das tun sollen, wenn er nicht Bret für Stinnes hielt? Er erwartete, daß irgend jemand mit ihm abhauen würde. Jeder strengt sich jetzt an zu glauben, Bret hätte diesen ganzen Zirkus arrangiert, um Stinnes zu eliminieren. Das ist aber höchst unwahrscheinlich. Nein, was da geplant war, war eine Flucht. Das ist mir jetzt ganz klar. Und vergiß nicht, Bret hätte jederzeit diese abgesägte Schrotflinte an sich nehmen und mich umpusten können.«

»Und die Bombe unter dem Wagen?«

»Sie dachten, Bret wäre in dem Wagen.«

»Und du meinst, das entlastet Bret?«

»Ich sage dir doch, diese Ganoven haben versucht, Stinnes zu befreien.«

»Oder zu entführen«, wandte Gloria ein.

»Nicht auf einem Motorrad. Wer auf dem Rücksitz eines Motorrads sitzt, braucht sich nicht weit mitnehmen zu lassen, wenn er nicht will.«

»Wenn Bret aber völlig unschuldig ist, bleiben noch eine Menge Fragen ungeklärt. Was hat es mit der Denkschrift des *Cabinet Office* auf sich, die anscheinend Bret nach Moskau geschickt hat?«

»Es spricht viel dafür, daß Brets Exemplar dieser Denkschrift nach Moskau gelangte. Aber in der ganzen Abteilung war nur eine einzige Ausfertigung vorhanden. Warum hätte nicht auch Fiona eine Fotokopie des Dokuments nach Moskau geschickt haben können? Fiona hatte Zugang zu Brets Kopie.«

»Und benutzte die Kopie dann, um Verdacht auf Bret zu lenken.«

»Ich sage nur, daß gegen Bret ausschließlich die Indizien sprechen. Wir wissen nicht mal genau, ob auch der Bericht, der diesem Memorandum folgte, nach Moskau gelangt ist. Es gibt keinen Beweis, der Bret zweifelsfrei belastet.«

»Hör mal, deine Theorien widersprechen einander aber, Bernard. Du sagst, sie haben die Bombe unter das Auto praktiziert, in dem Stinnes saß, weil sie glaubten, Bret säße drin. Aber wenn das KGB sich einerseits alle Mühe gibt, Bret bei uns zu diskreditieren, ihn uns als einen ihrer eigenen Leute hinzustellen – warum sollte es gleichzeitig versuchen, ihn umzubringen? Ich meine, das sind doch zwei einander widersprechende Verfahrensweisen.«

»Aber auf die eine wie auf die andere Weise könnte das KGB erreichen, was ihm frommt, teuerste Gloria. Wenn diese Bombe Bret erledigt hätte, wäre die Panik der Abteilung noch größer, als sie schon ist. Jetzt haben sie Bret unter Beobachtung, können bis zu einem gewissen Grade seine Kontakte überwachen. Jeder ist davon überzeugt, daß sich Bret, wenn er schuldig ist, bei den Vernehmungen bloßstellen wird, zumal wenn Stinnes ihm ein paar knifflige Fragen stellt. Sie trösten sich mit dem Gedanken, daß Bret, einmal entlarvt, ein umfassendes Geständnis ablegen wird, um eine Strafmilderung zu erreichen. Wenn Bret aber tot wäre, wären die Aussichten nicht annähernd so rosig. Tote machen keine Geständnisse mehr. Wir müßten also das ganze Material, mit dem er je zu tun gehabt hat, aus dem Archiv holen und unter die Lupe nehmen, alle Leute überprüfen, mit denen Bret Kontakt hatte, und uns den Kopf bei der Art Denksportaufgaben zerbrechen, mit denen wir uns schon zu beschäftigen hatten, als Fiona abgehauen ist.«

»Wenn aber ein toter Bret für uns schlimmer ist als ein lebendiger, warum haben sie nicht noch mal versucht, ihn zu töten?«

»Na, nicht mal bei denen lungern die Mordkommandos auf Abruf in jeder Botschaft herum, Herzblatt. Solche Anschläge müssen geplant und genehmigt werden. Die Killerkommandos müssen instruiert und mit falschen Papieren ausgestattet werden. Im Waschsalon ist ja alles schiefgegangen, wahrscheinlich werden jetzt also einige Beamte des KGB überzeugt sein, daß es sich nicht lohnt, den gescheiterten Versuch zu wiederholen, und davon abraten. All das braucht seine Zeit.« Was ich nicht sagte, war, daß ich wenigstens einen der Offiziere des KGB, die jetzt davon abraten mochten, persönlich gut zu kennen glaubte. Es konnte sehr gut sein, daß das KGB Bret leben ließ, weil Fiona sich dafür einsetzte.

»Was meinst du: Weiß Bret, daß er in Gefahr ist?«

»Was ich eben gesagt habe, ist nur eine Theorie, Gloria. Sie mag falsch sein. Vielleicht ist Bret tatsächlich der Maulwurf des KGB, für den ihn hier jeder zu halten scheint.«

»Wird man dich zwingen, vor der Kommission auszusagen?«

»Der Direktor wird nicht ins *Cabinet Office* laufen und sagen, daß ich Schwierigkeiten mache, und der dortige Koordinator ist der einzige Beamte, der mich zur Aussage verpflichten kann. Ich glaube, der Direktor wird geneigt sein, die Sache auf die lange Bank zu schieben, und hoffen, daß die Kommission mich vielleicht letzten Endes gar nicht brauchen wird. Eine Zeitlang werde ich wohl Ruhe haben. Du weißt doch, wie die Abteilung funktioniert. Wenn die Kommission auf meinem Erscheinen besteht, wird sie das schriftlich tun müssen. Dann werde ich Einspruch erheben, ebenfalls schriftlich. Und bevor ich nicht aus Berlin zurück bin, kann überhaupt nichts passieren.«

»Wann fährst du denn?« fragte Gloria.

»Morgen.«

»Ach, Bernard. Könntest du die Reise nicht um eine Woche verschieben? Ich wollte so vieles mit dir besprechen.«

»Was denn?« fragte ich mit neu erwachendem Mißtrauen. »Hat es irgendwas mit diesem Koffer zu tun?«

»Nein«, sagte sie, schnell genug, um zu verraten, daß sie damit einem »Ja« hatte zuvorkommen müssen.

»Was ist da eigentlich drin?«

»Kleider. Habe ich dir doch schon gesagt.«

»Noch mehr Kleider? Als wenn nicht schon genug von deinen Kleidern hier herumhingen!«

»Das ist überhaupt nicht wahr.« Ihre Stimme klang scharf, sie war wütend. Ein bißchen kläglicher setzte sie hinzu: »Ich wußte, daß du eklig sein würdest.«

»Erinnere dich an das, was wir vereinbart haben, Gloria. Wir werden keine ständige Einrichtung daraus machen.«

»Ach so, ich bin nur deine Wochenend-Mieze, was?«

»Wenn du's so siehst. Aber es gibt keine anderen Miezen, falls du das denken solltest.«

»Du magst mich nicht.«

»Aber doch, aber doch, Herzblatt, aber schließlich muß auch ich meine Sachen irgendwo hinhängen können. Könntest du nicht ein paar Sachen wieder mit zu deinen Eltern nehmen und sie dann von Zeit zu Zeit auswechseln, wenn du sie brauchst?«

»Ich hätte wissen müssen, daß du mich nicht liebst.«

»Ich liebe dich, aber wir können nicht zusammenleben, nicht auf Dauer.«

»Warum nicht?«

»Aus allen möglichen Gründen ... die Kinder und Nanny und ... – also auf diese Art dauerhafter häuslicher Gemeinschaft kann ich mich jetzt einfach noch nicht einlassen ... ich brauche mehr Freiraum ... meine Frau hat mich ja gerade erst verlassen ...« All das, so hastig ich's hervorsprudelte, kam mir selbst ziemlich lahm vor.

»Der Gedanke ans Heiraten macht dir Angst, nicht? Er macht dir regelrecht Angst.«

»Ich bin ja noch nicht einmal geschieden.«

»Du sagst, du machst dir Sorgen, das Gericht könnte deiner Frau das Sorgerecht für die Kinder zusprechen. Wenn wir verheiratet wären, hättest du viel bessere Aussichten, selbst das Sorgerecht zu erhalten.«

»Kann schon sein, aber man kann nicht heiraten, bevor man geschieden ist, und für Bigamisten haben Familienrichter mit Sicherheit nichts übrig.«

»Und für Väter, die sich eine Geliebte ins Haus nehmen, vermutlich auch nicht. Willst du deshalb nicht, daß ich zu dir ziehe?«

»Das habe ich nicht gesagt.«

»Du behandelst mich wie ein Kind. Ich hasse dich.«

»Wir reden über alles, wenn ich aus Berlin zurück bin. Vergiß nicht, daß solche Entscheidungen auch andere Menschen betreffen. Hast du dir zum Beispiel überlegt, was deine Eltern sagen würden, wenn du zu mir ziehen würdest?«

»Du meinst, was sie zu dir sagen würden, nicht? Du machst dir Sorgen wegen der Vorwürfe, die dir meine Eltern machen könnten, stimmt's?«

»Ja, ich mache mir darüber Sorgen.«

Sie begann zu weinen.

»Was hast du denn, Schatz?« fragte ich, obwohl ich genau wußte, was sie hatte. »Warum willst du nur alles so übers Knie brechen? Du bist noch so jung.«

»Ich bin bei meinen Eltern ausgezogen.«

»Wie bitte?«

»All meine Sachen sind in dem Koffer – meine Bücher, meine Bilder, meine restlichen Kleider. Ich hatte einen furchtbaren Krach mit meiner Mutter, und mein Vater hat ihr zugestimmt. Er konnte wohl nicht anders. Ich verstehe schon, warum er's getan hat. Aber mir reicht's jetzt mit den beiden. Ich habe meine Sachen gepackt und bin los. Und ich gehe nie wieder zu ihnen zurück.«

Mir wurde übel.

»Ich gehe nie wieder zu ihnen zurück, das habe ich ihnen auch gesagt. Meine Mutter hat mich beschimpft. Sie hat schreckliche Dinge über mich gesagt, Bernard.«

Sie weinte nun bitterlicher, ihr Kopf fiel auf meine Schulter, und ich fühlte ihre warmen Tränen auf der Wange.

»Geh jetzt schlafen, Liebste. Wir können über all das morgen reden«, sagte ich. »Ich fliege erst mittags.«

»Ich bleibe nicht hier. Du willst mich ja nicht haben, das hast du mir deutlich genug gesagt.«

»Fürs erste jedenfalls ...«

»Ich bleibe nicht. Ich habe jemanden, zu dem ich gehen kann. Mach dir keine Sorgen, Bernard. Wenn du aus Berlin zurückkommst, wirst du meine Sachen hier nicht mehr vorfinden. Endlich weiß ich, woran ich mit dir bin.«

Sie lag noch immer schlaff in meinen Armen und schluchzte leise, niedergeschlagen und hoffnungslos, aber ich hörte die Entschlossenheit in ihrer Stimme. Nur durch ein Eheversprechen würde sie zum Bleiben zu überreden sein, und das war etwas, was ich ihr nicht geben konnte. Sie wandte sich von mir ab, ließ sich nicht trösten. Ich blieb noch lange wach, während sie still vor sich hin schluchzte. Ich wußte, daß da nichts zu machen war. Kein Kummer ist so kummervoll wie der betrübter Jugend.

XXIV.

Berlin ist eine düstere Stadt aus grauem Stein. Die Straßen sind so breit, wie die Häuser hoch sind, und vor diesem Hintergrund nehmen sich in einiger Entfernung die Menschen aus wie hastende Ameisen, was man so frappierend noch nicht einmal am Fuße der Wolkenkratzer in den Straßenschluchten Manhattans erleben kann, weil dort der erforderliche Abstand fehlt. Die Möbel in Lisl Hennigs Hotel hatten die gleichen massiven Proportionen, die die Stadt charakterisieren. Massiv, herrschaftlich und kompromißlos dominierten Eichentische, Mahagonischränke, Biedermeiervitrinen und Geschirrschränke aus Kirsch- und Birnbaum das Haus. Selbst mein kleines Mansardenzimmer unter dem Dach war durch einen Eckschrank, eine Kommode, einen geschnitzten Stuhl und das breite, hohe, zweischläfrige Bett so vollgestellt, daß man schon gelenkig sein mußte, um sich da hin und her bewegen zu können.

Ich schlief immer in diesem Zimmer. Da hatte ich als Kind gewohnt, während mein Vater in Berlin tätig war. Die britische Militärbehörde hatte uns hier einquartiert. Aus diesem Fenster hatte ich meine Papierflugzeuge fliegen lassen, Seifenblasen gepustet und Wasserbomben auf den Hof unten geworfen. Ihren Gästen konnte Lisl den dunklen, kleinen, weit vom nächsten Bad entfernten Mansardenraum nicht anbieten. Und so war die dunkelbraune Blümchentapete hängengeblieben, und über dem winzigen Kamin konnte noch immer der gerahmte Stich des mittelalterlichen Dresden betrachtet werden, den Lisl dort aufgehängt hatte, um die Spuren zu verdecken, die Werners Luftgewehr hinterlassen hatte, als er mit ihm auf ein selbstgefertigtes Konterfei von Herrn Storch, unserem dicken Mathematiklehrer, gefeuert hatte. Storch war ein überzeugter Nazi gewesen, hatte es aber irgendwie verstanden, allen Schwierigkeiten mit der Entnazifizierungsbehörde zu entgehen und nach dem Krieg seine erzieherische Tätigkeit wieder aufnehmen zu können.

Ich schob das Bild beiseite und zeigte Werner, daß die Schrammen noch da waren. »Peng! Peng! Peng!« sagte Werner und feuerte imaginär mit dem ausgestreckten Zeigefinger auf die Stelle, wo der fette Storch damals am Pranger oder Marterpfahl gehangen hatte.

»Eins muß man ihm lassen«, sagte ich, ohne Storch beim Namen zu nennen, »er hat zu seiner Überzeugung gestanden.«

»Er war ein Nazischwein«, sagte Werner ohne Groll.

»Und er hat nicht versucht, das zu verheimlichen«, sagte ich. Schwarze Gewitterwolken verdunkelten den Himmel, und nun begann es zu regnen. Dicke Tropfen klatschten gegen die Scheiben und hinterließen Muster auf den schmutzigen Fensterbrettern.

»Storch war gerissen«, sagte Werner. »Nach dem Zusammenbruch hat er sich darauf beschränkt, sein Recht auf freie Meinungsäußerung in Anspruch zu nehmen. Er war gegen die Amerikaner und gegen die Briten, aber man konnte ihm nichts anhaben.« Werner stand vor dem Kamin und spielte mit einer Nippesfigur, die den Schweizer Freiheitshelden Wilhelm Tell darstellte. Eine Putzfrau hatte sie beim Reinigen einmal ins Waschbecken fallen lassen. Die Stücke waren mit einem Klebstoff zusammengeleimt worden, der, über die Bruchkanten hinausquellend, auf Bart, Armbrust, Lederhosen und Waden des Helden braune Wülste bildete.

Ich wartete auf eine Gelegenheit, Werner zu eröffnen, daß Fiona Tessa getroffen und einen Besuch der Kinder verlangt hatte, aber die Gelegenheit ergab sich nicht. »Hast du ihn eigentlich jemals wiedergesehen? Ich meine, den Herrn Storch?«

»Er hat wieder geheiratet«, antwortete Werner, »eine Witwe mit einem Uhrmachergeschäft in München.« Werner trug ein grauwollenes Jackett und Cordhosen, die die Deutschen Manchesterhosen nennen. Sein Hemd war grün, und grün war auch die Krawatte aus Polyester, allerdings mit kleinen, roten Pferden geschmückt. An einem Haken hinter der Tür hing ein abgetragener, grauer Regenmantel. Ich wußte, daß Werner am Nachmittag mit irgendeinem Bankbeamten aus dem sozialistischen Lager verabredet war, aber selbst wenn ich das nicht schon von ihm gehört hätte, konnte man angesichts seiner Kleidung darauf schließen, daß er einen Besuch in Berlin-Ost plante. So proletarisch zog er sich immer an, wenn er im Osten zu tun hatte. Die eleganten Maßanzüge, der lange schwarze Mantel mit dem Persianerkragen, die handgemachten Schuhe, in denen er sich sonst gefiel, wären da drüben zu auffällig gewesen.

»Storch ist immer wieder auf seine Füße gefallen, was?« fragte ich lachend.

»Dir hat er das Leben zur Hölle gemacht«, sagte Werner.

»Nein, das würde ich nicht sagen.«

»Diese dauernden Strafarbeiten, und immer hat er dich in Geometrie nach vorn an die Tafel geholt.«

»Das hat mir sehr gutgetan. Zwei Jahre hintereinander war ich der beste in Mathe. Mein Vater hat Bauklötzer gestaunt.« Ein blauer Blitz erhellte das Zimmer, dem der Donner und die Dunkelheit folgten.

»Trotzdem hat dich der Storch gepiesackt, wo er nur konnte.«

»Er haßte die Engländer. Sein Sohn war bei den Kämpfen in der libyschen Wüste gefallen. Denen in der zehnten Klasse hat er erzählt, daß die Engländer dort prinzipiell ihre Gefangenen erschossen haben.«

»Das war doch nur Propaganda«, sagte Werner.

»Ach, du brauchst meine Gefühle nicht zu schonen«, sagte ich. »Arschlöscher gibt's überall, Werner. Das wissen wir beide.«

»Aber Storch hätte es nicht an dir auszulassen brauchen.«

»Ich war der einzige Engländer, dessen er habhaft werden konnte.«

»Ich habe dich nie ein böses Wort über den alten Storch sagen hören.«

»Er war ein sturer Bock«, sagte ich. »Er muß gewußt haben, daß es ihn seine Stellung hätte kosten können, wenn ich meinem Vater etwas über seine Vergangenheit erzählt hätte. Aber das ließ ihn offenbar kalt.«

»Ich hätte mich über ihn beschwert«, sagte Werner.

»Du hast ihn mehr gehaßt als ich.«

»Weißt du noch, wie er damals Gift und Galle spuckte gegen die jüdischen Profitgeier, und wie er dabei immer mich ansah?«

»Und du hast gesagt: ›Warum sehen Sie mich an, Herr Studienrat? Mein Vater war Totengräber.‹«

»Das war, als der alte Großmann krank war und wir bei Storch Geschichte hatten. Ausgerechnet so einen Mann haben sie Geschichsunterricht erteilen lassen! Wenn man's sich überlegt, ist's doch eigentlich komisch, daß wir auf diese Weise noch in der Schule gelernt haben, wie die jüdischen Kriegsgewinnler im Ersten Weltkrieg dafür sorgten, daß Deutschland den Krieg verlor, und wie sie später die Inflation herbeigeführt und die deutsche Wirtschaft ruiniert haben.«

»Ich glaube, ich weiß, was du jetzt sagen willst, Werner.«

Werner setzte sich in den ramponierten Sessel, lächelte mich an und sprach trotzdem aus, was er sagen wollte. »Ein Mann war der schlimmste Schurke, sagte uns Storch. Dieser Mann, schon steinreich, verdoppelte binnen weniger Monate sein Vermögen. Er entlieh Kapital von der Staatsbank, um Kohlengruben, Privatbanken, Papiermühlen und Zeitungen zu kaufen. Und dann bezahlte er seine Schulden mit dem durch die Inflation entwerteten Geld, so daß er diesen ungeheuren Besitz zuletzt praktisch umsonst gekriegt hatte.«

»Es klingt, als hättest du im Lexikon nachgeblättert, Werner«, sagte ich. »Hugo Stinnes. Ja, ich habe neulich auch wieder mal an den leidenschaftlichen Vortrag von Storch über Stinnes denken müssen.«

»Weshalb wählt sich also ein eiskalter KGB-Agent ausgerechnet den Namen Stinnes als Decknamen aus?«

»Ich wünschte, ich könnte es dir sagen«, antwortete ich.

»Hugo Stinnes war ein deutscher Kapitalist, ein Klassenfeind, wie er im Buche steht, der den Bolschewismus fürchtete wie der Teufel das Weihwasser. Was ist das also für 'n Witz, wenn ein russischer Agent ausgerechnet den Namen dieses Mannes annimmt?«

»Was für ein Mann würde auf diesen Gedanken kommen?« fragte ich.

»Ein sehr, sehr überzeugter und siegesgewisser Kommunist«, antwortete Werner. »Ein Mann, dem seine Vorgesetzten so sehr vertrauen, daß er nicht zu befürchten brauchte, mit einem so ominösen Decknamen Mißtrauen zu erregen.«

»Bist du jetzt erst darauf gekommen?« fragte ich.

»Komisch fand ich das gleich, als ich den Decknamen zum ersten Mal hörte. Jetzt aber, wo's so besonders wichtig wäre zu wissen, ob wir ihm trauen dürfen oder nicht, finde ich ihn immer ominöser. Und ich mache mir Sorgen.«

»Ich auch, Werner«, sagte ich.

Werner schwieg und kratzte sich mit dem kleinen Finger die buschigen Augenbrauen. »Als Goebbels in Berlin die erste Zweigniederlassung der NSDAP aufmachte, stellte ihm zu diesem Zweck Storchs Onkel einen Kellerraum am Potsdamer Platz kostenlos zur Verfügung. Storchs Onkel erhielt als Gegenleistung ein hübsches Pöstchen in der Partei.«

Ich sah, wie der Regen die Dächer jenseits des Hofes abspülte. Die roten Dachziegel vermittelten den Eindruck einer gemütlichen, heilen Behausung darunter. Meine Gedanken waren nicht mehr beim alten Storch – ebensowenig wie Werners. »Warum hat er nicht seinen wahren Namen – Sadow – benutzt? Warum einen deutschen Namen? Und wenn schon einen deutschen, warum Stinnes?«

»Das wirft eine Menge Fragen auf«, sagte Werner, dessen Gedanken nun eine andere Richtung einschlugen. »Wenn Stinnes nur geschickt wurde, um uns falsche Informationen unterzujubeln, dann wurde diese Mrs. Miller lediglich dazu benutzt, um diesen Trick zu untermauern.«

»Das könnte durchaus der Fall sein, Werner«, sagte ich. »Jetzt, da wir wissen, daß sie nicht in der Havel ertrunken ist, daß sie vielmehr wohlauf und beim Ostberliner Magistrat beschäftigt ist, sehe ich die ganze Geschichte mit anderen Augen.«

»Die ganze Geschichte? Wie sie das Material aus dem Wagen in Wannsee abholen wollte und das alles? War sie vielleicht an dem Abend darauf aus, festgenommen zu werden, als wir so stolz waren, sie in die Falle gelockt zu haben? War das Geständnis vielleicht darauf angelegt, uns irrezuführen?«

»Und Bret in ein schlechtes Licht zu stellen? Ja, diese Mrs. Miller hat mich zum Narren gehalten, Werner. Ich habe ihr aufs Wort geglaubt, was sie mir von den beiden Codenamen erzählt hat. Ich fuhr in der festen Überzeugung nach London zurück, daß in der Londoner Zentrale noch irgendwo ein russischer Maulwurf wühlte. Ich mißachtete ausdrückliche Anweisungen. Ich fuhr hin und redete mit Brahms Vier. Und hielt es schließlich für höchstwahrscheinlich, daß der Maulwurf in der Londoner Zentrale kein anderer als unser alter Bret sei.«

»Na ja, es sah ja auch ganz danach aus«, sagte Werner. Er war nett wie immer. Er konnte sehen, wie verstört ich war.

»Mir sah es danach aus. Niemand sonst hat sich täuschen lassen. Du hast mich ein übers andere Mal gewarnt. Dicky rümpfte die Nase, als ich ihm meinen Verdacht vortrug, und Silas Gaunt wurde richtig wütend. Ich aber fragte mich, ob's da nicht vielleicht 'ne allgemeine Verschwörung gäbe, die Sache unter den Teppich zu kehren. Tatsächlich jedoch ist nur eben niemand auf diese Mrs. Miller und ihre Geschichte hereingefallen – außer mir.«

»Mach dir keine Vorwürfe, Bernard. Die anderen haben sie nicht gesehen. Ich weiß, daß sie sehr überzeugend wirkte.«

»Sie hat mich ganz schön zum Narren gehalten. Sie hatte Nikotinflecken an den Fingern und keine Zigaretten bei sich. Auch keinen Füllfederhalter, obwohl auch Tintenflecken an ihren Fingern waren. Sie ertrinkt, aber wir finden ihre Leiche nicht im Wasser. Wie konnte ich nur so blöde sein? Eine Behördenangestellte aus Ost-Berlin. Natürlich! Alle in der Londoner Zentrale hatten recht und ich unrecht. Ich kann dir gar nicht sagen, wie lausig ich mich fühle, wenn ich daran denke, Werner. Ich war schließlich der Mann mit der großen praktischen Erfahrung, die anderen ausnahmslos Bürohengste. Aber die anderen haben sie durchschaut, und ich bin hingegangen und habe brav alles gemacht, was das KGB von mir erwartete.«

»Ganz so hat sich die Geschichte ja nun doch nicht abgespielt, Bernie, sei mal ehrlich. Silas Gaunt und Dicky und die anderen haben dir nicht ausdrücklich und mit Argumenten widersprochen. Sie wollten dir deine Theorie nur einfach deshalb nicht abnehmen, weil sie ihnen nicht in den Kram paßte.«

»Da hat der Feine Harry mir Dokumente zugesteckt, die zu belegen schienen, daß noch ein Maulwurf in der Londoner Zentrale säße.«

»Du willst doch nicht behaupten, daß der Feine Harry auch einer von der anderen Seite ist?«

»Nein, weil ich das nicht annehme. Harry war nur ein sorgfältig ausgewählter Zwischenträger. Sie haben ihn benutzt, wie wir ihn selbst schon des öfteren benutzt haben. Wahrscheinlich war das Fionas Idee.«

»Da hätten sie sich aber ein verdammt kompliziertes Szenario ausgetüftelt«, sagte Werner und rieb sich das Gesicht. »Bist du sicher, daß wir jetzt dahintergekommen sind? Ich meine, hätte sich die ganze Mühe für die überhaupt gelohnt? Als du Stinnes aus Mexiko rausgeholt hast, hätte dich das um ein Haar den Kopf gekostet. Und einen KGB-Mann von der Botschaft hat 'ne Kugel erwischt.«

»Das war aber ein Unfall, diese Ballerei war nicht geplant. Pawel Moskwin war der Typ, der mich in Ost-Berlin malträtiert hat. Wenn uns Stinnes von denen untergejubelt worden ist, steckt mit Sicherheit dieser Moskwin dahinter. Ich kann's natürlich nicht beweisen, aber Moskwin ist genau die Sorte sturer Parteifunktionär, die Moskau mit der Leitung und Überwachung aller wichtigen Abteilungen betraut.«

»Glaubst du, daß Moskwin ihn uns untergeschoben hat, ohne Kontakt oder Führungsoffizier oder toten Briefkasten für ihn zu arrangieren? Glaubst du, daß Stinnes ganz allein operiert?«

»›Solitäre‹ nennen die Russen solche Agenten. Wer solche Einzelgänger führt, ist nur den Auftraggebern selbst bekannt, ein oder zwei Leuten an der Spitze der Kommandostruktur. Der einzige Beleg ihres Auftrags ist ein unterzeichneter Vertrag in einem Stahlschrank in Moskau. Manchmal erfahren, wenn solche Leute bei ihrer Mission ums Leben kommen – unbeweint und verachtet im sozialistischen Lager –, nicht einmal deren nächste Angehörige – Ehepartner oder Kinder – die wahre Geschichte des vermeintlichen Verräters.«

»Aber Stinnes hat seine Frau verlassen. Er hat sich sogar heftig mit ihr gestritten.«

»Stimmt«, sagte ich. »Und das überzeugte mich von der Echtheit seiner Absicht, das sozialistische Lager zu verlassen. Aber der Ehekrach war echt, die Enttäuschung über den real existierenden Sozialismus nicht, jedenfalls nicht so echt, wie er uns weismachen wollte. Wir hätten diese Möglichkeit von vornherein in Betracht ziehen sollen.«

»Du hältst also Stinnes jetzt für einen dieser Solitäre?« fragte Werner.

»Bei denen sind Solitäre schließlich nichts Ungewöhnliches, Werner. Heimlichkeit, Unsichtbarkeit ist bei den Kommunisten von jeher besonders angesehen und berühmt gewesen. Das Verschwörerische, geheime Codes, Decknamen, unsichtbare Tinte, Beschränkung des Kontakts zwischen Agenten auf höchstens zwei oder drei Zellen, die so voneinander isoliert sind, daß die Entdeckung von einer nicht die einer anderen nach sich zieht – all das ist von jeher die Stärke des Kommunismus gewesen. Und sicherlich ist's nicht zuletzt der Zauber des Verschwörerischen, der den Kommunismus für verbitterte Einzelgänger überall auf der Welt so anziehend macht. Wenn ich recht habe, weiß das außer mir und Stinnes selbst höchstwahrscheinlich nur Moskwin. Wahrscheinlich war jedenfalls das Entführungskommando nicht eingeweiht, das sie auf den Waschsalon angesetzt haben. Das KGB wird der Meinung gewesen sein, daß sich mit jeder zusätzlich in die wahren Zusammenhänge eingeweihten Person das Risiko erhöhte, daß auch wir darauf kämen, daß uns Stinnes von unseren Gegnern untergeschoben worden ist.«

»Aber ist Stinnes der Mann, sich derart selbst auszuopfern?« fragte Werner. »Ich habe ihn eigentlich immer für einen absolut kaltblütigen und ehrgeizigen Opportunisten gehalten. Ich würde noch jetzt wetten, daß Stinnes mehr der Typ ist, der andere die Opfergänge machen läßt, um selbst Karriere zu machen.«

Werner brachte da Dinge zur Sprache, die auch ich mit Tatsachen kaum in Einklang bringen konnte. Von Anfang an war es mir schwergefallen, Stinnes zu glauben, daß er's leid sei und sich in den Westen absetzen wolle. Leute wie Stinnes wechselten nicht in den Westen über – weder als Überläufer noch als Agenten, erst recht aber nicht als Solitäre, die oft für den Rest ihres Lebens unter Verzicht auf Liebe, Anerkennung und Belohnung eine Rolle spielen mußten, die ihnen gegen den Strich ging. Wie Werner fand auch ich in Stinnes mehr den Typ des Mannes wieder, der zu solchen Missionen andere einteilt.

»Wenn Moskau ihn wiederhaben will, werden sie sich schon etwas einfallen lassen«, stellte ich fest.

»Ich will mal deiner Theorie folgen«, sagte Werner, wenn auch unwillig. »Aber glaube ja nicht, daß du andere so erfolgreich überzeugen kannst wie mich. Den meisten paßt nämlich die Lage, wie sie ist. Wie du sagst, hat man in der Londoner Zentrale Bret praktisch schon abgeschrieben. Die Stinnes-Kommission glaubt, endlich schöne Fortschritte zu machen. Wenn das, was du über Stinnes sagst, den Tatsachen entspricht, wäre dieses Gremium erst mal gründlich blamiert – und wer blamiert sich schon gern? Du wirst also handfester Beweise bedürfen, wenn du sie davon überzeugen willst, daß Stinnes ein Kuckucksei ist. Denn was da im Begriff steht, dieses Kuckucksei auszubrüten, ist eine gemischte Kommission, deren Mitglieder sich in der Überzeugung einig sind, so was Gutes wie Stinnes sei ihnen schon seit Jahren nicht mehr ins Nest gelegt worden. Du wirst dich also ganz schön anstrengen müssen, sie von dieser Überzeugung abzubringen. Eine so traurige Wahrheit wie die, daß Stinnes tatsächlich nur ein KGB-Desinformationstrick ist, wird keiner hören wollen.«

»Und was für 'n Bravourstück, Werner«, sagte ich. »Wenn Stinnes ein großes Loch in die Londoner Zentrale sprengt, die Abteilung zu einem Kompromiß mit MI 5 zwingt, mich mit etwas Blut bekleckert und dafür sorgt, daß Bret sich einer Untersuchung stellen muß, kann man das schon, ohne zu übertreiben, als einen artistischen Triumph des KGB bezeichnen.«

»Ich habe vor dieser Kommission aussagen müssen«, sagte Werner. »Die glauben, was sie glauben wollen. Wer sich da querstellt, wird überrannt und fliegt auf die Schnauze. Ich möchte dir dringend raten, deine Theorie für dich zu behalten. Halte dich lieber raus, ganz raus, teurer Freund.«

Es donnerte wieder, doch schon schwächer, denn das Gewitter zog ab, und da stach schon die Sonne durch die Wolken.

»Aber ich halte mich ja raus«, sagte ich. »Ich habe Dicky erklärt, daß ich ohne diesbezügliche schriftliche Instruktion vor dieser Kommission nicht zu erscheinen gedenke.«

Werner sah mich zweifelnd an. Als ihm klar war, daß ich keinen Witz machen wollte, sagte er: »Das war blöde, Bernie. Du hättest es so machen sollen wie ich: ein bißchen Markieren, lächelnde Begrüßung, höfliches Lachen über ihre kleinen Scherze, Zigaretten dankend ablehnen und dir ihre idiotischen Kommentare anhören – mit dem Ausdruck andächtigen Staunens im Gesicht. Statt dessen weigerst du dich, vor ihnen zu erscheinen. Natürlich nehmen sie dir das übel. Was meinst du also, wie sie's aufnehmen werden, wenn du jetzt bei ihnen antanzt und ihnen vormachen willst, daß Stinnes ein falscher Fuffziger ist?«

»Na, wie werden sie's denn aufnehmen?« fragte ich zurück.

»Mit dem größten Mißtrauen«, antwortete Werner. »Irgendein Mitglied der Kommission wird zu bedenken geben, daß du selbst ein KGB-Agent sein könntest, der auf diese Weise versucht, Bret zu retten und den Schaden zu begrenzen, den der Seitenwechsel von Stinnes und seine Befragung schon bei denen drüben angerichtet hat.«

»Aber schließlich habe ich Stinnes doch selbst angeschleppt.«

»Weil du keine andere Wahl hattest. Erinnerst du dich nicht, wie schon damals manche Leute meinten, du wärst nicht mit ganzem Herzen bei der Sache?« Er sah auf seine Uhr, nicht die goldene, die er gewöhnlich trug, sondern eine aus Chromstahl. »Ich muß jetzt aber wirklich weg.«

Er hatte noch reichlich Zeit, aber er war nervös. Werner verdiente eine Menge Geld bei seinen völlig legalen Bankgeschäften, aber jedesmal, wenn er in den Ostsektor fuhr, war er ziemlich nervös. Ich fragte mich manchmal, ob sich das wirklich für ihn auszahlte. »Wo ist dein Wagen?«

»Ich fahre nur mal auf die schnelle rüber. Brauche ein paar Unterschriften, die mir den Eingang von Lieferungen bestätigen. Je schneller ich diese Quittungen beibringe, desto schneller kriege ich mein Geld, und bei den gegenwärtigen Kreditzinsen . . . ich fahre mit der S-Bahn. Von Friedrichstraße sind's nur fünf Minuten zu Fuß.«

»Ich begleite dich bis zum Zoo«, sagte ich. Von Fiona und deren Plänen für die Kinder hatte ich ihm immer noch nichts gesagt.

»Bleib hier, Bernie, es regnet.«

Als wir nach unten kamen, fanden wir Lisl Hennig im Speisesaal, einem hohen, großen Raum, dessen Fenster auf einen düsteren Hof hinausgingen. Die Täfelung und einige der Schränke waren in einem Elfenbeinton gestrichen. Gleich hinter der Tür bedeckte ein alter Orientteppich den abgetretenen Linoleumfußboden, und an den Wänden sah man gerahmte Kunstdrucke – Landschaften zumeist –, unter denen eine Zeichnung von George Grosz nicht nur ihrer Originalität wegen auffiel. Die Zeichnung stellte einen Kriegsversehrten dar, einen Krüppel, dessen Wut und Verzweiflung dem Künstler die Hand geführt zu haben schien, denn Wut und Verzweiflung waren es, was einen aus der kleinen Zeichnung ansprach. Lisl saß an einem vor das Fenster gerückten Tisch. Um die Mittagszeit saß sie immer dort, einen Stapel Zeitungen vor sich. Ohne Zeitungen konnte sie nicht leben – sie war süchtig nach Zeitungen, und wehe dem Unvorsichtigen, der es wagte, sie bei der Lektüre derselben zu stören. Sie las an jedem Morgen mehrere, Seite für Seite: Leitartikel, Nachrichten, Reportagen, Feuilleton, Klatsch, Anzeigen und sogar die Kleinanzeigen. Wie gewöhnlich gegen Mittag hatte sie die Lektüre für heute beendet und war für ein Schwätzchen bereit.

»Ach, lieber Werner, ich habe mich ja so gefreut über die schönen Blumen. Komm und gib deiner alten Lisl einen Kuß.« Werner tat wie geheißen. Sie betrachtete ihn von oben bis unten. »Es friert Stein und Bein draußen. Ich glaube nicht, daß du mit dem ollen Regenmantel warm genug angezogen bist. Das Wetter ist wirklich furchtbar.« Ob sie erkannte, daß Werner für einen Ausflug nach Ost-Berlin angezogen war? »Du solltest deinen dicken Mantel heute tragen.«

Sie war eine voluminöse Frau, und das altmodische, schwarze Seidenkleid mit Spitzenbesatz, das sie trug, war nicht dazu angetan, ihr Volumen zu kaschieren. Ihre Frisur wirkte stark gesprayt, das einst hübsche Gesicht war stark, aber sorgfältig geschminkt, die Wimpern mit Maskara verkleistert. In den Kulissen eines Theaters wäre ihre Erscheinung nicht weiter aufgefallen, aber hier, im kalten, harten Mittagslicht, wirkte sie ziemlich grotesk. »Setzt euch zu mir, ich lasse Kaffee bringen«, verfügte sie mit gebieterischer Gebärde.

Werner blickte auf seine Uhr, gehorchte aber. Lisl Hennig hatte während des Krieges Werners jüdische Eltern beschützt und nach deren Tod den Verwaisten wie ihr eigenes Kind aufgezogen. Das damalige Verhältnis zwischen den beiden bestand weiter. Lisl befahl – Werner gehorchte.

»Kaffee, Klara!« rief Lisl. »Zwei Portionen!« Aus der Tiefe der Küche bestätigte Klara – die übrigens nicht wesentlich jünger als ihre Chefin war – die Bestellung. Lisl aß, was sie immer zu Mittag aß: ein kleines Stück Käse, zwei Scheiben Knäckebrot, einen Apfel und ein Glas Milch. Außer uns war niemand im Speisesaal. Ungefähr ein Dutzend Tische waren dort gedeckt, so als erwartete man Mittagsgäste. Aber mittags stellten sich die wenigsten von Lisls Gästen ein. Manche, die bei Lisl ihren sozusagen festen Wohnsitz hatten, waren tagsüber an irgendeinem Arbeitsplatz; die meisten anderen aßen irgendwo auf die schnelle eine Wurst an einer Imbißbude. »Hast du mir besorgt, was ich dir aufgetragen habe?« fragte Lisl jetzt ihren Werner.

»Tut mir leid, ich hab's vergessen, Lisl«, antwortete Werner. Das Geständnis war ihm offensichtlich peinlich.

»Du hast natürlich Wichtigeres zu tun«, sagte Lisl begütigend, mit dem schicksalsergebenen Lächeln einer Märtyrerin, dazu angetan, Werner das ganze Ausmaß seiner Rücksichtslosigkeit erkennen zu lassen.

»Ich werde mich jetzt gleich darum kümmern«, versprach Werner und erhob sich.

»Was ist es denn?« fragte ich. »Ich hole es dir gerne, Lisl. Werner hat 'ne wichtige Verabredung. Ich wollte ihn sowieso zum Bahnhof Zoo begleiten. Was kann ich dir mitbringen?« Ich glaubte zu erraten, was Lisl brauchte, nämlich einen neuen Augenbrauenstift. Seitdem sie wegen ihrer Arthritis nur noch selten und ungern ausging, besorgte ihr Werner im KaDeWe die Kosmetika. Das wurde aber als ein Geheimnis behandelt, in das nicht einmal ich eingeweiht werden durfte. Aber Werner hatte es mir verraten.

»Ach, Werner wird das schon irgendwann erledigen. So eilig ist es nicht«, erklärte Lisl.

Klara brachte ein Tablett mit einer Kaffeekanne und zwei von Lisls besten Tassen, denen mit dem Sonnenblumen-Muster, sowie ein paar Kipferl auf einer Silberplatte. Klara wußte von Werners Vorliebe für Kipferl.

Ein Mann in eleganter brauner Lederjacke und grauen Hosen betrat den Speisesaal und setzte seine Schultertasche auf einem Stuhl ab. Der Mann bedachte Lisl mit einem Lächeln und verließ ohne ein Wort den Raum.

»Wessies«, erklärte Lisl, die ihrer täglichen gründlichen Lektüre der Zeitungen eine Bekanntschaft mit dem gängigen Jargon verdankte, was bei ihrem Alter und ihrem zurückgezogenen Leben wirklich erstaunlich war. »Sie essen immer zu Mittag hier.«

»Die Familie mit den erwachsenen Söhnen; ich habe sie vorhin schon gesehen«, sagte Werner. Berliner trauen sich zu, Wessies auf den ersten Blick als westdeutsche Touristen zu identifizieren, obwohl diese Bürger der Bundesrepublik Deutschland da, wo sie herkommen, die gleichen Fernsehprogramme verfolgen, die gleiche Kleidung tragen und im Urlaub die gleichen Orte besuchen wie die Westberliner.

»Sie hassen uns«, sagte Lisl, die immer übertrieb.

»Ach, Lisl, wie kommst du denn darauf?« fragte Werner. Er sah wieder auf seine Uhr und trank einen Schluck Kaffee.

»Sie hassen uns. Wenn irgendwas Unangenehmes passiert, geben sie immer uns die Schuld.«

»Jedenfalls geben sie euch die Schuld an den hohen Steuern«, sagte ich. »Ich habe schon eine Menge Westdeutsche über die hohen Zuschüsse meckern hören, die Berlin aus dem Bundeshaushalt kriegt – dabei werden überall auf der Welt die großen Städte von der Zentralregierung bezuschußt.«

»Das ist aber noch nicht alles«, erklärte Lisl. »Berlin hat einfach keinen guten Namen in der Bundesrepublik, ich glaube, am liebsten wären die uns los.«

»Also dennoch würde ich nicht sagen, daß sie uns hassen«, sagte Werner. »Allerdings sind sie geneigt, uns die Schuld am kalten Krieg zu geben, als ob wir was dafür könnten, daß wir damals

als Frontstadt herhalten mußten. Was auch immer zwischen Bonn und Moskau geschieht – uns Berlinern gibt man die Schuld.«

»Ach, ich weiß nicht«, entgegnete ich. »Einerseits ist doch nicht zu leugnen, daß Bonn 'ne Menge Ausgaben hat, während andererseits auf Bonn sicherlich nach wie vor viel mehr rumgehackt wird als auf Berlin.«

»Wieso hat Bonn mehr Ausgaben als andere?« fragte Lisl, die nicht glaubte, daß die Steuern zu irgendwelchen vernünftigen Zwecken Verwendung finden.

»Vergiß nicht, daß nur die Bundesrepublik Deutschland die beim Zusammenbruch 1945 vom Hitler-Reich hinterlassenen Schulden übernommen und abzutragen unternommen hat. Die DDR hat ihr in diesem Fall ausnahmsweise mal die gesamtdeutsche Zuständigkeit nicht bestritten. Sodann läßt die DDR Bonn schwer blechen für die ihr lästig gewordenen Bürger, die sie in den Westen zu entlassen gnädig geruht. Andererseits wird, was man irgendwo auf der Welt gegen Deutschland hat, nie der DDR vorgeworfen (entweder weil man Sozialist ist oder weil man keiner ist und glaubt, die seien da mit dem Sozialismus schon genug gestraft) – sondern immer auf die hochbesteuerten und überarbeiteten Wessies abgeladen, die die überbezahlte, unfähige EWG-Bürokratie aufrechterhalten und die ständig wachsenden Butterberge des Gemeinsamen Markts finanzieren, so daß die Butter den Russen zu lächerlichen Spottpreisen nachgeschmissen werden kann.«

»Bernard redet wie ein Wessie«, sagte Lisl. Spaßig, aber so, daß man verstand, daß eigentlich mit ihr nicht zu spaßen war, vor allem, wo's um ihre Überzeugungen in betreff der Wessies ging. Werner verschlang das letzte Kipferl und verabschiedete sich von ihr. Lisl verabschiedete uns kühl.

Ich ging mit Werner die Kantstraße entlang in Richtung Bahnhof Zoo. Der Regen hatte aufgehört, aber es tropfte noch von den Bäumen, und der Himmel sah aus, als sollte es bald wieder anfangen zu pladdern. Am Bahnhof Zoo das gewöhnliche Getriebe. Der Vorplatz wimmelte von Menschen: Reisende, die zu den Bahnsteigen strebten; Touristen, die einander fotografierten oder Ansichtspostkarten kauften; Punks, die Gitarre klimperten; Polizisten, die wachsam patrouillierten; Verkehrsteilnehmer, die sich an den Bushaltestellen sammelten, und Leute, die einfach nur das Geschehen begucken wollten.

Über hundert Jahre hat der Bahnhof Zoo schon auf dem Buckel. Zu den Olympischen Spielen 1936 wurde er renoviert, nach den schweren Beschädigungen im Krieg lieblos wiederaufgebaut. Heute ist er mit höchstens 58 Zügen am Tag Europas kleinster Bahnhof, aber Fernbahn- und Stadtbahnhof zugleich: Hier halten Züge, die zwischen Paris und Warschau verkehren; von hier aus kann man Wladiwostok oder Hoek van Holland erreichen.

Ich begleitete Werner auf den Bahnsteig. Es war kalt da oben in der zugigen Bahnhofshalle.

»Mach dir keine Sorgen wegen Lisls Augenbrauenstift«, sagte ich. »Den besorge ich ihr gleich auf dem Heimweg.«

»Weißt du denn, welche Farbe sie will?«

»Natürlich. Du bist doch derjenige, der sich die richtige Farbe nie merken kann.«

»Ich hoffe, du irrst dich mit Stinnes«, sagte Werner.

»Laß das jetzt mal beiseite«, sagte ich. »Fahr du rüber, laß dir deine Unterschriften geben und komm wieder zurück. Inzwischen vergiß mich und die Abteilung. Das hat alles Zeit, bis du wieder da bist.«

»Vielleicht bleibe ich diesmal über Nacht«, sagte Werner. »Ich müßte sonst morgen früh noch mal hin, und abends, wenn die Oper aus ist, bilden sich beim Grenzübergang immer lange Schlangen.«

Ein Zug nach Friedrichstraße fuhr ein. Werner ließ ihn fahren. Ich hatte das Gefühl, daß er sich diesmal irgendwie scheute, in den Osten zu fahren. Das war ungewöhnlich bei Werner. Er war oft nervös, aber bisher war mir nie aufgefallen, daß er sich irgendwie überwinden mußte, diese Fahrt in den Osten anzutreten. Im Gegenteil schien er es zu genießen, auf diese Weise ab und zu mal von Zena wegzukommen. Diesmal zögerte er, als schwante ihm etwas Beängstigendes. Dabei ergab sich die passende Gelegenheit, ihm von Fiona zu erzählen, die Tessa in Holland getroffen und die Kinder für sich verlangt hatte. Ich nahm die Gelegenheit aber nicht wahr.

»Wo wirst du heute abend essen gehen?« fragte ich statt dessen, wie man auf Bahnhöfen und Flughäfen zu fragen pflegt, da zu weiterreichenden Fragen keine Zeit mehr besteht.

»Ich kenne da Leute in Pankow«, antwortete Werner. »Die haben mich eingeladen.«

»Kenne ich sie?« fragte ich.

»Nein«, sagte Werner. »Du kennst sie nicht.«

»Wann willst du morgen zurücksein?«

»Ach, mach dir keine Sorgen, Bernie. Manchmal bist du schlimmer als Lisl.«

Abermals fuhr ein Zug nach Friedrichstraße ein. »Paß auf dich auf«, sagte ich, als Werner einstieg.

»Ist doch alles völlig legal, Bernie.«

»Kann aber sein, daß denen das scheißegal ist«, sagte ich.

Werner grinste, die Türen schlossen sich, und der Zug fuhr ab. Nach seiner Abfahrt schien mir die Temperatur auf dem Bahnsteig noch zu sinken, mir war jedenfalls plötzlich sehr kalt. Aber daran war vielleicht meine überhitzte Phantasie schuld.

XXV.

Um Mitternacht wurde die Tür von Lisl Hennigs Hotel abgeschlossen. Das war üblich, solange ich denken konnte. Ein Gast, der gelegentlich später nach Hause kommen wollte, erhielt auf Verlangen einen Schlüssel. Gästen, die häufiger erst nach Mitternacht ins Hotel zurückkehrten, wurde empfohlen, sich eine andere Bleibe zu suchen.

Gäste, die, ohne einen Schlüssel erbeten zu haben, nach Mitternacht heimkehrten, mußten läuten. Draußen war die Klingel nicht zu hören, und so machten diese Nachtschwärmer oft einen Heidenlärm, um eingelassen zu werden. In meiner kleinen Dachkammer störte mich das nicht, so weit reichte das Schrillen der Klingel nicht. Lisl dagegen litt sehr darunter. Sie schlief im Hochparterre – seitdem ihr die Arthritis zu schaffen machte. Natürlich öffnete sie den späten Gästen nie selbst die Tür. Die Treppe aus dem Hochparterre zur Haustür hinunter mutete sie sich nicht einmal am Tage zu, wenn sie jemand anderen schicken konnte. Die Haustür zu öffnen war also Sache des Personals, in der Nacht wie am Tage. Gewöhnlich verrichtete Klara diesen Pförtnerdienst, aber in der Nacht, nachdem ich Werner am Bahnhof Zoo verabschiedet hatte, fiel die Aufgabe Richard zu, einem jungen Mann aus Bremen, der in der Küche arbeitete.

Richard bewaffnete sich für diesen Gang um zwei Uhr dreißig morgens mit einem Fleischklopfer aus der Küche, da er, wie ich später von ihm erfuhr, genau wußte, daß die Gäste des Hotels schon sämtlich in ihren Betten lagen. Richard riß mich aus einem Traum, in dem mich Herr Storch ein Gedicht über Hitler aufsagen ließ.

»A gentleman to see you, sir«, sagte Richard, mich an der Schulter rüttelnd, womit er Herrn Storch endgültig vertrieb. *»There's a*

gentleman to see you.« Er sagte das wirklich in englisch und traf den Tonfall ziemlich genau. Vielleicht hatte er ihm einem Butler in einem englischen Film abgelauscht. Sonst war sein Englisch nicht so berauschend.

»Wer?« fragte ich. Ich knipste die Nachttischlampe an. Der gelbe Plastikschirm gab dem Mann mit dem Fleischklopfer einen Anstrich von gelber Gefahr.

»It's me.« Ich setzte meine Brille auf und sah zur Tür. Es war Bret Rensselaer. Ich traute meinen Augen nicht. Einen Augenblick lang glaubte ich noch zu träumen. Ich stieg aus dem Bett und zog den Bademantel an.

»Mein Gott, Bret, was machst du denn in Berlin?« fragte ich. »Schon recht, Richard, der Herr ist ein Freund von mir.«

Als Richard gegangen und die Tür ins Schloß gefallen war, trat Bret ins Licht der Nachttischlampe. Ich hätte ihn kaum wiedererkannt, wenn ich nicht seine Stimme vernommen hätte. Das war nicht der Bret, den ich kannte. Sein dunkler Mantel war pitschnaß, Wasser tropfte auf den alten Teppich. Die Schuhe waren schlammverkrustet. Er trug keine Krawatte, der Hemdkragen stand offen, das Hemd war schmutzig. Die Augen lagen tief in den Höhlen, und die hohlen Wangen des aschgrauen Gesichts bedurften dringend einer Rasur.

»Du siehst aus, als könntest du was zu trinken brauchen«, sagte ich und entnahm dem Eckschrank eine *duty-free* erworbene Flasche Johnnie Walker und Gläser. Eins goß ich ihm randvoll. Er riß es mir fast aus der Hand und leerte es mit einem Zug.

»Ich muß dich unbedingt sprechen, Bernard. Du bist der einzige, der mir helfen kann.«

War das wirklich Bret Rensselaer? Nicht in meinen kühnsten Träumen hatte ich geglaubt, das jemals zu erleben, daß Bret Rensselaer irgendwelcher Hilfe bedurfte – und dann auch noch von mir. »Wo brennt's denn, Bret?«

»Du bist der einzige, dem ich noch trauen kann.«

»Setz dich«, sagte ich. »Zieh den nassen Mantel aus und gönne deinen Füßen mal 'ne kleine Rast.«

Er folgte meinem Rat wie ein ferngesteuerter Automat. »Auf dich haben sie's auch abgesehen«, sagte Bret.

»Fang ganz von vorn an, Bret«, riet ich ihm.

Er war todmüde. Zusammengesunken saß er da, den Blick auf seine schmutzigen Füße geheftet. »Sie haben mich festgenommen.« Er sagte das so leise, daß ich's nicht verstanden hätte, hätte ich mich nicht zu ihm hinübergebeugt.

»Wer hat das getan?«

»Ein Team von MI 5 . . . absolut legal, die hatten alle erforderlichen Papiere, sogar eine Vollmacht vom stellvertretenden Direktor mit den beiden unerläßlichen Unterschriften.«

»Hatte Morgan unterschrieben?«

»Ja, Morgan hat unterschrieben. Aber dieses Ding hat Morgan nicht allein gedreht. Die haben 'ne ganze Akte über mich.«

Ich goß nun auch mir ein Glas voll, während ich meine Gedanken zu sammeln trachtete. Gab Bret zu, ein Maulwurf des KGB gewesen zu sein? War er zu mir gekommen, weil er auch mich für einen KGB-Agenten hielt? Wie zum Teufel konnte ich das rauskriegen? Ich nippte an meinem Glas und fühlte die Hitze des Feuerwassers in der Kehle. Das verhalf zwar meinem Geist nicht gerade zu größerer Klarheit, beflügelte ihn aber etwas. »Und nun, was?« fragte ich. »Wie kann ich dir helfen?«

»Es fing an, als die Kommission das Berwick House besuchte«, sagte Bret, als hätte er meine Frage nicht gehört. »Einige der Mitglieder wollten einer Vernehmung beiwohnen. Es hatte schon eine große Diskussion bei der Frage gegeben, ob Stinnes wirklich kooperierte oder uns nur an der Nase herumführte. Ladbrook war dabei. Ladbrook ist in Ordnung, das weißt du ja.«

Ich nickte. Ladbrook war der leitende Vernehmungsbeamte. Er hielt sich so weit wie möglich aus dem Grabenkrieg der Behörden heraus.

»Wir benutzten einen der großen Räume im Erdgeschoß. Im Aufnahmeraum mit den Apparaturen war nicht Platz für die ganze Gesellschaft.« Bret reichte mir sein leeres Glas zum Nachfüllen. Diesmal füllte ich es nicht bis zum Rand. Er trank nicht gleich, was ich ihm eingeschenkt hatte, sondern drehte das Glas zwischen den Händen. Dabei sagte er: »Bei der Vernehmung ging es um Codes und Kommunikationssysteme. Zuerst habe ich nicht besonders aufmerksam zugehört. Ich dachte, daß ich dieses ganze

Zeug ja schon mehr als einmal gehört hätte. Plötzlich war mir aber klar, daß Stinnes da ganz sensationelle neue Enthüllungen machte. MI 5 hatte speziell für diese Vernehmung einen Experten mitgeschickt. Der war wirklich hingerissen. Er ist zwar nicht gerade im Zimmer herumgehüpft unter Absingen von ›Rule Britannia!‹, aber wenn mehr Platz gewesen wäre, hätte er's vielleicht gemacht.«

»Sachen, die du vorher noch nie gehört hattest?«

»Wirklich tolles Material, Bernard. Stinnes fing damit an, uns den Funkschlüssel der Botschaft zu präsentieren, und der Typ von MI 5 stellte ein paar Fragen, die Stinnes, ohne Umstände zu machen, eindeutig beantwortete. Ich lernte da einen ganz neuen Stinnes kennen. Glatt war der Mann, charmant, höflich, ehrerbietig. Er hat 'ne verdammt gute Figur gemacht vor diesem Publikum. Es wurden sogar Witze gerissen. Die haben richtig gelacht, ich meine, die Kommission, und Stinnes war gelöster und entspannter, als ich ihn je erlebt habe. Dann sagte einer der Leute von MI 5, daß es wirklich schade sei, daß er mit diesen Informationen jetzt erst herausrückte, da man angesichts seines Seitenwechsels die Funkschlüssel inzwischen wohl schon geändert habe oder binnen kurzem ändern werde. Und da hat dann der Stinnes in aller Seelenruhe behauptet, er hätte mir die ganze Chose schon bei unserer ersten Begegnung erzählt.«

»Und du hast das abgestritten?«

Brets Stimme war schrill. »Diese präzisen Informationen hatte er noch niemandem gegeben. Weder mir noch Ladbrook, noch dir.«

»Was hast du also gemacht?«

»Ich bin der Vorsitzende dieser lausigen Kommission. Was hätte ich machen sollen? Mich selbst zur Ordnung rufen und eine Unterkommission ernennen? Ich habe die Behauptung auf sich beruhen lassen. Was sollte ich schon anderes machen, als dasitzen und mir diesen Scheiß anhören?«

»Und die haben das geschluckt?«

Bret Rensselaer fiel plötzlich etwas ein. »Ich meine, es stimmt doch, daß er dir nichts von diesem Zeug erzählt hat, oder? Ich meine über Codes und Kommunikationssysteme? Funksicherheit? Hat er dir doch was davon erzählt? Um Himmels willen ...«

»Nein, davon hat er mir nichts erzählt«, erklärte ich.

»Gott sei Dank!« Er wischte sich die Stirn. »Es gibt Augenblicke, in denen ich mich wirklich frage, ob ich noch alle Tassen im Schrank habe.«

»Sie haben dich also festgenommen?«

»Das kam erst zwei Tage später. Wie ich später erfuhr, haben die Leute von MI 5 in der darauffolgenden Nacht anscheinend eine Art Kriegsrat gehalten. Die waren total aufgedreht und glaubten Stinnes aufs Wort, sage ich dir. Die sahen Stinnes ja bei dieser Gelegenheit zum ersten Mal. Alles, was sie von ihm wußten und kannten, rührte von dem einen Tag her, an dem er sich als ein umgänglicher, dynamischer Partner gebärdete, der mit Feuereifer sowjetische Geheimnisse offenbart. Was sollen die denn anderes denken, als daß ich versucht habe, dem netten Mann die Freiheit vorzuenthalten, die er doch gewählt hat?«

»Und Ladbrook?«

»Ladbrook ist in Ordnung, Bernard. Von dir abgesehen, ist Ladbrook der einzige, der mitkriegt, was tatsächlich gespielt wird. Aber das macht die Sache auch nicht besser. Ladbrook wird ihnen zwar die Wahrheit sagen, das wird mir aber nichts nützen.«

»Was wird er sagen?«

Bret sah mich an, beunruhigt und verärgert. Wenn ich ihn jetzt ins Verhör nehmen wollte, mußte er sich das wohl oder übel gefallen lassen. Ich war seine letzte Hoffnung. »Er wird sagen, daß Stinnes uns nur die Operationen betreffende Hinweise gegeben hat.«

»Nützliche Tips«, sagte ich in einem Ton, der die Aussage weder als Behauptung noch als Frage eindeutig kennzeichnete.

»Sehr nützliche Tips«, sagte Bret sarkastisch. »Aber jedesmal wenn wir diesen Hinweisen folgten, ging uns unerklärlicherweise alles schief.«

»Sie werden behaupten, das sei nur deine Schuld gewesen«, sagte ich. In gewisser Hinsicht stimmte das auch. Bret hatte aller Welt beweisen wollen, was für ein fabelhafter, tüchtiger Agent uns im Außendienst an ihm verlorengegangen sei, und dabei hatte er nicht nur sich, sondern auch die Abteilung blamiert.

»Na klar. Das ist ja gerade das Schöne. Im Rückblick ist jetzt nicht mehr festzustellen, ob wir Scheiße gebaut haben oder ob die Tips von Anfang an beschissen waren.«

Ich sagte: »Stinnes ist kein echter Überläufer, sondern ein eingeschleuster KGB-Agent. Ein Solitär. Er muß sehr eingehend instruiert worden sein. Wahrscheinlich war das der Grund seines langen Zögerns vor dem Absprung. Deshalb ist er nach Berlin zurück, bevor er wieder nach Mexiko kam.«

»Danke, Kumpel«, sagte Bret. »Wo warst du, als wir dich brauchten?«

»Im nachhinein ist die Sache jetzt ziemlich klar«, gab ich zu. »Aber zunächst sah es doch recht vertrauenswürdig aus. Und ein paar von den Informationen, die er uns gab, waren nachweislich brauchbar.«

»Was die ersten Verhaftungen in Hannover, die toten Briefkästen, den Bengel in unserer Außenstelle in Hamburg anbelangt, ja. Aber was sie uns da zugespielt haben, konnten sie entbehren.«

»Wie wurdest du festgenommen, Bret?«

»MI 5 schickte zwei Beamte von K7, die mein Haus durchsuchten. Das war Dienstag ... nein, vielleicht schon Montag ... ich komme schon ganz durcheinander mit der Zeit.«

»Sie haben nichts gefunden?«

»Was sollen sie denn gefunden haben?« fragte Bret zornig. »Einen Sender, unsichtbare Tinte, irgendwas in der Art?«

»Ich wollte nur genau wissen, was passiert ist«, erwiderte ich.

»Ist doch klar, daß mir da was angehängt werden soll«, sagte Bret. »Ich dachte, das sollte jedenfalls dir klar sein.«

»Ist mir auch klar. Ich wollte nur wissen, ob man nicht vielleicht zu diesem Zweck irgendwelches belastende Material bei dir zu Hause deponiert hat.«

»Scheiße«, sagte Bret. Er wurde blaß. »Da fällt mir was ein!«

»Was?«

»Sie haben einen Koffer mitgenommen, der bei mir auf dem Boden stand.«

»Was war drin?«

»Papiere.«

»Was für Papiere?«

»Keine Ahnung. Maschinengetippte Akten. Aber haufenweise. Sie haben sie mitgenommen, um sie sich in Ruhe anzusehen. Auf dem Boden standen verschiedene Gepäckstücke, ich hielt sie allerdings alle für leer.«

»Und jetzt ist ein Koffer mit Aktenstücken vollgestopft. Hast du in letzter Zeit irgendwelchen Besuch gehabt?«

»Nein, schon seit Wochen nicht mehr.«

»Keine Handwerker?«

»Doch, eine Telefonreparatur, aber das war okay. Ich habe das Haus am nächsten Tag durch unsere eigenen Spezialisten überprüfen lassen.«

»Was die gesucht haben, waren aber Wanzen und dergleichen, keine Koffer voller Papiere.«

Er biß sich auf die Lippe. »Ganz schön blöde habe ich mich angestellt.«

»Sieht ganz so aus, Bret. Die brauchten nur dein Telefon anzuzapfen und dann bei dir aufzukreuzen. Du hast's ihnen wirklich leichtgemacht.«

»Allerdings. Sie waren tatsächlich gleich da, kaum daß ich das Problem mit dem Telefon hatte. Angeblich arbeiteten sie gerade draußen auf der Straße an den Leitungen. Das war an einem Sonnabend, ich habe noch gesagt: ›Ich wußte gar nicht, daß ihr Brüder sogar am Sonnabend Dienst macht.‹«

»Das KGB ist immer im Dienst, Bret«, stellte ich fest.

»Das kann er auf die Dauer nicht durchhalten«, sagte Bret, in der Hoffnung, daß ich ihm zustimmte. Er meinte Stinnes. Ich schwieg aber. Daraufhin fuhr er fort: »Ich meine, er zieht da augenblicklich 'ne bravouröse Schau ab, und die Kommission frißt ihm aus der Hand. Aber auf die Dauer wird er das nicht durchhalten können.«

»Wann haben sie dich festgenommen?«

»Zuerst besuchte mich der ranghöchste Beamte von K7 zu Hause. Er erklärte mir, ich sollte fürs erste das Haus nicht verlassen.«

»Dein Haus?«

»Ich sollte nicht ins Büro kommen. Aber überhaupt sollte ich daheim bleiben, nicht mal zum Einkaufen ins Dorf gehen.«

»Was hast du dazu gesagt?«

»Ich traute meinen Ohren nicht. Ich bat ihn, im Zimmer zu bleiben, während ich im Büro anrief. Ich versuchte, dort den Direktor zu erreichen, aber Sir Henry war mit dem Zug unterwegs nach Manchester.«

»Kluger Mann, unser alter Sir Henry.«

»Nein, wirklich. Seine Sekretärin hat versucht, ihn in Manchester zu erreichen, aber er war noch nicht angekommen.«

»Sag mal, spinnst du, Bret? MI 5 schickt ein K7-Kommando zur Festnahme eines seiner leitenden Beamten, und der Direktor muß gerade zur fraglichen Zeit in einem Zug sitzen, wo er nicht mal telefonisch zu erreichen ist? Willst du mir weismachen, daß der Alte gar nicht eingeweiht war?«

Bret sah mich an. Er wollte nicht glauben, daß sie ihm das antun konnten. Oder auch nur wollten. Bret war eben nicht in England geboren wie wir gewöhnlichen Sterblichen. Er war Amerikaner, war aus freien Stücken bei uns, ein Anglophiler. Er liebte jeden Halm des grünen Grases, auf das einst Shakespeare den Fuß gesetzt haben mochte. »Vermutlich hast du recht«, sagte er dann.

»Trotzdem bist du ihnen durch die Lappen gegangen?«

»Ich habe im Büro hinterlassen, daß ich dringend den Direktor sprechen müßte, und meine Telefonnummer angegeben. Ich habe gesagt, ich erwartete seinen Anruf.«

»Und dann bist du verduftet. Das war clever, Bret«, sagte ich mit ungeheuchelter Bewunderung. »Genauso hätte ich's auch gemacht. Aber sie werden dich über die Passagierliste aufspüren, selbst wenn du bei der Paßkontrolle niemandem aufgefallen sein solltest.«

»Einer meiner Freunde hat 'ne Cessna«, sagte Bret.

Das hätte er mir nicht zu erzählen brauchen, es beruhigte mich, ihn so bereitwillig zu finden, sich mir anzuvertrauen. »Haben sie irgendwen vor deinem Haus postiert?« Bret zuckte mit den Schultern.

»Glaubst du, daß dir irgend jemand gefolgt ist?«

»Ich habe unterwegs die Wagen gewechselt.«

»Und den Observierern steht nichts zur Verfügung, mit dem sie einer Cessna hätten nachjagen können, sie werden also jetzt versuchen festzustellen, wo die Maschine gelandet ist.«

»Ich flog bis Hamburg und bin mit dem Wagen hergekommen. Ich habe den Wagen unter einem falschen Namen gemietet. Glücklicherweise hat sich das Mädchen bei der Autovermietung meine Papiere nur flüchtig angesehen.«

»Meinst du wirklich? Sie hat vielleicht wegen des falschen Namens nichts gesagt, du kannst aber Gift darauf nehmen, daß sie sich die Angaben deines Passes notiert hat. Und die Kennzeichen der Wagen, die durch die DDR nach Berlin-West fahren, werden meines Wissens noch immer bei der Ausreise aus der Bundesrepublik registriert. Bald werden sie dir also wieder auf den Fersen sein.«

»Ich bin unschuldig, Bernard.«

»Das weiß ich, Bret. Aber es wird nicht leicht zu beweisen sein. Hat irgend jemand was von der Kabinetts-Denkschrift gesagt?«

»Kabinetts-Denkschrift?«

»Sie haben sich alle Mühe gegeben, den Fall gegen dich zu präparieren, Bret. Es gibt da eine Kabinetts-Denkschrift. Die betreffende Kopie ist als diejenige identifizierbar, zu der du Zugang hattest. Und sie ist uns aus Moskau zugespielt worden.«

»Ist das wahr?«

»Eine Menge Leute wissen davon.«

»Wer?«

»Mir hat man eine Kopie gezeigt. Dicky Cruyer hatte gleichfalls die Ehre. Und du kannst dich darauf verlassen, daß wir beide nicht die einzigen waren. Die Indizien weisen natürlich darauf hin, daß du auch den vollständigen Bericht nach Moskau geschickt hast.«

»Davon hätte man mir doch was sagen müssen.«

»Du hast es nicht nur mit Stinnes zu tun«, sagte ich. »Die ganze Moskauer Zentrale bearbeitet deinen Fall, und allem Anschein nach schon seit geraumer Zeit.«

Er nahm einen kleinen Schluck Whisky, zögernd, als könnte er sich selbst nicht mehr trauen. Er fragte nicht, was das alles sollte. Er hatte schon reichlich Zeit gehabt, darüber nachzudenken. Und er muß gewußt haben, daß diesmal seine Chance, noch einmal davonzukommen und die weiße Weste zu retten, ziemlich winzig war. Er sah übel aus. Bret ging zum drittenmal zu Boden, und es sah ganz so aus, als würde er mich in sein Debakel mit hineinreißen. »Was soll ich also machen, Bernard?«

»Was wäre, wenn ich sagte: ›Stell dich den Behörden!‹?«

»Würde ich nicht machen.«

»Was wäre, wenn ich dich den Behörden auslieferte?«

»Das würdest du nicht tun«, erwiderte Bret. Er wandte den Blick ab, als bestünde bei Augenkontakt die Gefahr, daß ich's dennoch täte.

»Weshalb glaubst du das?« fragte ich.

»Weil du so selbstgefällig bist. Dir würde es als einzigem von uns ein Vergnügen sein, es mit der ganzen Abteilung aufzunehmen, wenn du nur im Recht zu sein glaubst; und ich weiß, daß du mir glaubst, du hast es mir selbst gesagt.«

Ich kann nicht sagen, daß es genau das war, was ich hören wollte, aber es kam offensichtlich von Herzen. »Wir haben nicht viel Zeit. Es kann nicht mehr lange dauern, bis unsere Freunde hier auf der Matte stehen, zwei, drei Tage allerhöchstens.«

»Meinst du wirklich?«

»Jawohl. Wir werden mit Frank reden müssen. Wenn dir das nicht paßt, bleibt dir keine andere Wahl, als so schnell wie möglich aus Berlin zu verschwinden. Warum bist du überhaupt gerade hierher gekommen?«

»Ich war überzeugt, daß nur du mir helfen könntest.«

»Etwas genauer wirst du dich aber schon erklären müssen, lieber Bret«, sagte ich.

»Ich habe Geld hier«, sagte er. Ich starrte ihn weiter abwartend an. »Und eine Waffe.«

»Ehrlich währt am längsten, Bret«, sagte ich.

»Du wußtest es also?«

»Von dem Geld wußte ich nichts. Aber wenn ein höherer Beamter unserer Abteilung in Berlin irgend etwas Ungewöhnliches tut, weiß ich gern Bescheid, und es gibt hier 'ne Menge Leute, die meine Einstellung kennen.«

»Wer, zum Teufel, hat dir von der Knarre erzählt?«

»Der Kauf einer Waffe ist höchst ungewöhnlich, Bret«, sagte ich. »Insbesondere für einen Mann, der sie gegen eine Quittung jederzeit von Frank Harrington hätte haben können.«

»Also Frank weiß auch davon?«

»Ich habe es ihm nicht gesagt.«

»Wird Frank mich festnehmen lassen?«

»Führen wir ihn besser nicht in Versuchung. Vielleicht solltest du dich 'n bißchen im Hintergrund halten, während ich ihm unser Problem vortrage.«

»Ich wäre dir sehr dankbar.«

»Frank könnte der Abteilung wochenlang trotzen, und wenn MI 5 irgendwen herschickt, hätte Frank die Autorität, ihm am Flugplatz die Einreise verweigern zu lassen. Wenn wir also Frank auf unsere Seite ziehen könnten ...«

»Wären unsere Aussichten gut«, fuhr Bret hoffnungsvoll fort.

»Na, gut wohl noch lange nicht, aber doch vielleicht 'ne Spur weniger düster.«

»Du wirst Frank also gleich morgen früh aufsuchen?«

»Ich werde Frank gleich jetzt aufsuchen. Wir haben nicht die Zeit, auf Nachtruhe Rücksicht zu nehmen. Überdies hat die nachtschlafende Zeit den Vorteil, daß ich unbeobachtet mit ihm reden kann. Wenn wir ihn alleine antreffen und er weigert sich mitzuspielen, können wir ihn vielleicht wenigstens überreden zu vergessen, daß er uns gesehen hat. Wenn seine Sekretärin aber unseren Besuch erst mal im Terminkalender notiert hat, ist er so leicht nicht wieder aus der Welt zu schaffen.«

»Aber zu dieser Stunde wird er noch in tiefem Schlaf liegen.« Bret fürchtete offenbar, daß Frank weniger geneigt sein mochte, ihm gefällig zu sein, wenn er aus tiefem Schlaf gerissen wurde.

»Frank schläft nie.«

»Er hat 'n Mädchen im Bett? Meinst du das?«

»Jedenfalls kommt das der Sache schon näher.«

XXVI.

Frank Harrington, Leiter der Berliner Außenstelle der Abteilung, schlief nicht. Er saß auf dem Fußboden des großen Salons der prächtigen Grunewald-Villa, von Schallplatten umgeben: Duke-Ellington-Platten türmten sich rings um seinen Sitzplatz, und die Stereoanlage spielte »Frenesi«, glaube ich – ein üppiges Orchesterarrangement, zu der eine Vokalistin sang: *»A long time ago I wandered down into old Mexico ...«* Oder sang sie ganz was anderes? Rief mir das Lied nur mein schlechtes Gewissen in Erinnerung, daß ich die Stinnes-Abwerbung in Mexiko organisiert hatte, anstatt sie hier in Berlin über die Bühne gehen zu lassen, wo dann ein Teil des Glorienscheins auch auf Frank gefallen wäre? Noch immer fühlte ich mich in dieser Hinsicht unwohl, und nun mußte ich Frank bitten, mir aus den Schwierigkeiten zu helfen, in die jener glänzende Erfolg mich inzwischen verwickelt hatte. *»... Stars were shining bright and I could hear romantic voices in the night ...«*

Franks Diener, der undurchschaubare Tarrant, machte mir auf. Er kam im Schlafrock an die Tür, und sein Haar war ein bißchen in Unordnung, aber wenn ihn mein Besuch zu dieser nachtschlafenden Zeit überraschte, ließ er sich das jedenfalls nicht anmerken. Franks lebhaftes Liebesleben hatte ihn längst gelehrt, jederzeit auf alles gefaßt zu sein.

»Bernard«, sagte Frank sehr ruhig. »Willst du was zu trinken?« Er hielt eine Schallplatte in der Hand. Wie alle seine Platten steckte auch diese in einer blütenweißen Hülle, die nur an einer Ecke durch eine Nummer gekennzeichnet war. Er zögerte, ehe er sie auf einen der Stapel legte, sah dann auf. »Whisky und Wasser?«

»Ja, bitte. Soll ich mich selbst bedienen?« Auf dem Servierwagen stand ein Kristallglas mit ein paar noch nicht ganz geschmolzenen Eiswürfeln darin und Spuren eines hellroten Lippenstifts am Rand. Ich führte es an die Nase und roch daran. »Campari und Orangensaft«, sagte Frank, der mich beobachtete. »Spielst du noch immer Detektiv, Bernard?«

Frank hatte anderen Besuch gehabt, offensichtlich eine Dame. Er verriet mir aber ihren Namen nicht. »Macht der Gewohnheit«, sagte ich. Campari und Orangensaft war ein von Zena Volkmann bevorzugtes Mixgetränk.

»Es wird ja wohl was Dringendes sein.« Er blieb auf dem Teppich sitzen, mitten im Zimmer, griff nach seiner Pfeife, seinem Tabaksbeutel und dem großen, bereits zur Hälfte gefüllten Aschenbecher.

»Ja«, sagte ich. »Nett, daß ich gleich kommen durfte.«

»Na, du hast mir ja keine Chance gegeben, dich abzuweisen.« Er sagte das bedauernd. Hatte er die Dame meinetwegen weggeschickt, oder wartete sie oben im Schlafzimmer auf ihn? War es Zena Volkmann oder nur irgendeins von den Mädchen, die er auf Parties aufgabelte?

»Die Stinnes-Kommission dreht durch«, erklärte ich.

»Setz dich da nicht drauf!« schrie er. Es hörte sich fast wie ein Schmerzensschrei an. »Das sind meine allerältesten Platten. Es würde mich umbringen, wenn eine von denen kaputtginge.«

»Das ist doch deine Ellington-Sammlung, nicht?« fragte ich und ließ meinen Blick über die Schallplattenstapel schweifen.

»Ich habe nur nachts Zeit dafür. Ich schicke sie jetzt nach England. Die Versicherung will den Wert geschätzt haben, bei den selteneren ist das ziemlich schwierig.«

Höflich ließ ich ihn ausreden und wiederholte dann: »Die Stinnes-Kommission ist verrückt geworden, Frank.«

»So was kommt vor«, sagte Frank. Er saß noch immer genauso da wie bei meinem Eintritt in das Zimmer. Nun stopfte er seine Pfeife. Sehr sorgfältig und methodisch drückte er den Tabak in den Kopf, als wollte er mir zeigen, daß es sich dabei um eine Tätigkeit handelte, die gelernt sein wollte.

Ich sagte: »Stinnes scheint sie davon überzeugt zu haben, daß Bret Rensselaer eine Art KGB-Maulwurf ist. Sie haben ihn unter Hausarrest gestellt.«

»Und was soll ich da machen?« fragte Frank. Er zündete sich die Pfeife nicht an. Vielmehr lehnte er diese gegen den Aschenbecher, während er eine neue Schallplatte aus der Hülle zog, Angaben des Etiketts in einem Ringbuch notierte, die Schallplatte in ihre Hülle zurücksteckte und dann auf einen der Stapel legte.

»Hast du gewußt, daß das passieren würde?«

»Das nicht gerade, aber ich hätte ahnen sollen, daß sich da was zusammenbraut. Ich bin von Anfang an gegen diese verdammte Kommission gewesen.« Er nippte an seinem Glas. »Wir hätten Stinnes den Kollegen von MI 5 übergeben und es damit gut sein lassen sollen. In diesen gemischten Kommissionen kommt es unweigerlich zu Machtkämpfen. Da waltet ein Naturgesetz.«

»Stinnes treibt den Keil verdammt tief rein, Frank«, sagte ich. Als wir gemeinsam beim Direktor gewesen waren deswegen, hatte er sich nicht anmerken lassen, daß er gegen die Bildung dieser Kommission war, doch versagte ich's mir, ihm das jetzt in Erinnerung zu rufen.

Frank griff nach seiner Pfeife, während er überlegte. »Hausarrest? Bret? Bist du sicher? Da war die Rede von einer Untersuchung, aber Arrest ...?« Er zündet die Pfeife mit einem Streichholz an, wobei er den Kopf nach unten drehte, so daß die Flamme nach oben durch den festgestopften Tabak schlug.

»Die haben da 'ne echte Hexenjagd veranstaltet, Frank. Das könnte der Abteilung bleibenden Schaden zufügen. Bret hat zwar 'ne Menge Freunde, aber er hat auch unversöhnliche Feinde.«

»Langer vielleicht?« Machte er sich über mich lustig? Er nahm einen Zug an seiner Pfeife und betrachtete mich, ohne die Miene zu verziehen.

»Manche haben sehr viel mehr Einfluß als Langer«, sagte ich. »Und noch schlimmer ist, wie manche Leute – selbst unter unseren leitenden Beamten – bemüht scheinen, Beweise aufzutreiben, die Brets Schuld bestätigen.«

»Sag bloß!« sagte er. Offenbar glaubte er mir das nicht.

»Dicky kam mit irgendeiner wirren Geschichte, wonach Bret, als er mal mit Dicky in Kiel war, von einem KGB-Mann plumpvertraulich behandelt worden sein soll.«

»Und, stimmt es nicht?«

»Doch, es stimmt schon. Aber wenn sich Dicky die Mühe gemacht hätte, Brets Bericht über diesen Treff zu Rate zu ziehen, hätte er diesen Umstand sehr befriedigend und völlig unverdächtig erklärt gefunden. Die Leute sind nervös, und dann treten leider immer ihre schlimmsten Angewohnheiten zutage.«

»Die Leute sind nervös, seitdem deine Frau auf die andere Seite gewechselt ist. Die Ungeheuerlichkeit dieses Verrats hat die Abteilung bis in die Grundfesten erschüttert.«

»Wenn du ...«

»Nun werde nicht gleich wütend, Bernard.« Er hob die Hand und duckte den Kopf, als erwartete er einen Schlag. Frank nahm gerne die Gelegenheit wahr, mich in die Rolle des jähzornigen Sohns zu drängen, indem er die des eingeschüchterten, wehrlosen Vaters spielte. »Ich werfe dir überhaupt nichts vor, stelle nur eine Tatsache fest.«

»Bret ist hier. Er ist hier in Berlin«, sagte ich. »Und er ist in ziemlich schlechter Verfassung.«

»Das hatte ich mir schon fast gedacht«, erwiderte Frank. Er hatte das Interesse an seiner Ellington-Sammlung verloren. Er legte nicht einmal eine neue auf, als die Musik zu Ende war. »Ich meine nicht, daß er in schlechter Verfassung, sondern daß er in Berlin ist.«

»Woher?« Wenn Frank offiziell von Brets Ankunft unterrichtet worden war, würde die Nachricht auf dem Dienstweg weitergeleitet werden und spätestens am kommenden Mittag in London eintreffen. »Weshalb würdest du sonst mitten in der Nacht hier aufkreuzen? Sicherlich doch nicht, weil Bret dich von London aus angerufen hat. Bret muß hier sein. Das ist die einzige Erklärung.«

»Er glaubt, man habe die ganze Abteilung auf ihn gehetzt.«

»Na, so weit ist's doch wohl noch nicht gekommen«, wiegelte Frank ab.

»Ich weiß nicht, unmöglich ist es nicht, Frank. Der Alte war nicht zu erreichen, als Bret unter Hausarrest gestellt wurde.«

»Und das hältst du für ein schlechtes Zeichen?«

»Du kennst den Direktor besser als sonst jemand, Frank.« Frank schmauchte sein Pfeifchen und äußerte sich nicht zum mutmaßlichen Verhalten des Direktors.

Endlich sagte er: »Was könnte ich denn für Bret tun – angenommen, daß ich überhaupt was für ihn tun wollte?«

»Wir sollten Stinnes ausschalten. Ohne ihn bricht die ganze Kampagne zusammen.«

»Ausschalten? Was meinst du damit?«

»Wir dachten, Stinnes sei ein mittelmäßiger Agent auf einem Posten ohne weitere Aufstiegschancen. Alle meine Unterlagen und Ermittlungen weisen in diese Richtung. Ich meine aber jetzt, daß wir uns haben an der Nase herumführen lassen. Jetzt bin ich überzeugt, daß Stinnes einer ihrer zuverlässigsten Leute ist. Wer weiß, wie lange sie ihn schon auf seine gegenwärtige Mission vorbereitet haben?«

»Kann sein. Könnte auch sein, daß deine Frau denen da drüben noch ein paar Informationen liefern konnte, die Stinnes hier die Wege geebnet haben.«

»Es wäre dumm, diese Möglichkeit nicht in Betracht zu ziehen«, sagte ich, ohne mich zu erregen. »Die Zeitplanung weist auf Fiona hin. Sie könnte der auslösende Faktor gewesen sein, aber Stinnes' Unternehmen war schon lange geplant.«

»Aber wie sollen wir ihn jetzt ausschalten?«

»Wie wir das machen, ist im Grunde egal, wir müssen nur Moskau davon überzeugen, daß mit Stinnes nicht mehr zu rechnen ist.«

»Ich hoffe, du willst ihn nicht einfach liquidieren lassen. Denn das würde ich nicht mitmachen.«

»Nein, ich will nicht, daß er getötet wird. Die beste Lösung wäre, wenn es uns gelänge, Moskau weiszumachen, daß wir den Mann zu guter Letzt umgedreht haben und daß er jetzt wirklich für uns arbeitet.«

»Das ist aber doch nicht von heute auf morgen zu deichseln.«

»Genau. Deshalb können wir uns die Mühe sparen. Sagen wir ihnen doch statt dessen einfach, daß wir wissen, was von dem Lumpen zu halten ist, daß er hinter Schloß und Riegel sitzt und wir ihm das Leben schwermachen.«

»Wie schwer?«

»Verdammt schwer«, sagte ich.

»Würde denen das was ausmachen?«

»Wie wäre uns zumute, wenn das einem von unseren Leuten zustieße?«

»Wenn sie ihm allzusehr zusetzten, würden wir versuchen, ihn so schnell wie möglich da rauszuholen.«

»Und genau das werden sie auch tun«, sagte ich. »Alles weist darauf hin, daß Stinnes krank ist. Er sitzt herum, als hätte er ziemliche Schmerzen, läßt keinen Arzt an sich heran, hat sogar das Rauchen aufgegeben . . . all das könnte andererseits aber auch 'ne Finte sein.«

»Und was erwartest du nun von mir?«

»Du solltest noch etwas anderes wissen, Frank«, sagte ich. »Diese Mrs. Miller lebt, ist bei bester Gesundheit und arbeitet im Roten Rathaus für den Ostberliner Magistrat.«

»Bist du sicher?«

»Werner hat mit ihr gesprochen.«

»Das hätte er melden müssen.«

»Er ist noch mal hin, um sich zu vergewissern.«

»Das war es also«, sagte Frank, halb zu sich selbst.

»Was?«

»Etwas, das du vielleicht wissen solltest. Sie haben Werner Volkmann geschnappt. Er ist in der vergangenen Nacht in Ost-Berlin festgenommen und nach Babelsberg gebracht worden.«

»Babelsberg?«

»Ja, auf das Gelände der alten UFA-Ateliers. Der Stasi quartiert da vorzugsweise Leute ein, für deren Schicksal sich möglicherweise die westlichen Schutzmächte interessieren könnten. Babelsberg liegt schon außerhalb der Stadtgrenzen von Groß-Berlin, wo kraft des Viermächte-Status die Westmächte irgendwelche Kompetenzen beanspruchen könnten.«

»Armer Werner.«

»Wie du dir vermutlich schon gedacht hast, habe ich sofort Zena herkommen lassen.«

»Wie hat sie die Sache aufgenommen?«

»Wie Zena alles nimmt«, sagte Frank. »Sehr, sehr persönlich.«

»Wo ist es passiert?«

»Im Roten Rathaus. Er hat sich da mit jemandem unterhalten

und zu viele Fragen gestellt. Einer meiner Leute sah das Fahrzeug vor dem Rathaus halten und erkannte Volkmann in dem Augenblick, da man ihn hineinkomplimentierte. Die Meldung wurde uns später durch einen unserer Agenten bestätigt, der den Polizeibericht gesehen hat.«

»Hat man schon Anklage erhoben?«

»Ich weiß nur, was ich dir erzählt habe. Die Sache ist erst gestern abend passiert.«

»Wir werden irgendwas unternehmen müssen, Frank.«

»Ich weiß, was du denkst, Bernard, aber das ist unmöglich.«

»Was?«

»Stinnes gegen Werner auszutauschen. Die Londoner Zentrale würde uns was husten.«

»Ist's denn besser, Bret nach London zurückzuschicken und tatenlos zuzusehen, wie Stinnes MI 5 gegen unseren Kollegen aufhetzt und dafür sorgt, daß einer von unseren Diensten den anderen fertigmacht?«

»Bret ist unschuldig. Sehr gut. Ich glaube auch, daß Bret unschuldig ist. Aber bitte nichts überstürzen. Du glaubst doch nicht wirklich, daß Bret vor Gericht gestellt, verurteilt und ins Gefängnis gesteckt wird?«

»Moskau hat für gefälschtes Belastungsmaterial gesorgt. Weiß der Himmel, was da alles vorliegt.«

»Gefälschtes Belastungsmaterial oder keins, ins Gefängnis bringen wird es Bret jedenfalls nicht, und das weißt du.«

»Sie werden ihn nicht mal vor Gericht stellen«, sagte ich. »Leitende Beamte werden nie vor Gericht gestellt, was an belastendem Material auch gegen sie vorliegt. Aber Bret wird aus dem Dienst ausgestoßen werden. Und Bret hat ein sehr ausgeprägtes Ehrempfinden. Die Schande würde er nicht überleben.«

»Und was passiert, wenn ich Stinnes, ohne jegliche Vollmacht dazu, hierherhole? Was passiert dann mit mir?«

Na, wenigstens hatte Frank inzwischen gemerkt, worauf mein Hilfeersuchen hinauslief. Franks Autorität war auf Berlin beschränkt. Wenn wir also umgehend etwas für Bret tun wollten, mußten wir Stinnes hier zur Verfügung haben. »Du wirst bald in Pension gehen, Frank. Wenn du über das Ziel hinausschießt, werden sie ganz schön sauer sein, aber sie werden dich wohl kaum noch dafür zahlen lassen. Um so weniger, wenn ihnen erst klar wird, daß du sie vor einem Fiasko bewahrt hast.«

»Ich werde wegen deines hirnrissigen Plans doch nicht meine Pension aufs Spiel setzen«, erklärte Frank. »Für was hältst du mich eigentlich?«

»Sprich erst mal mit Bret«, sagte ich. »Er wartet draußen im Wagen – sprich mit ihm, vielleicht besinnst du dich dann eines Besseren.«

»Also, meinetwegen ... ich rede mit ihm. Aber ich versichere dir, ich werde meine Meinung nicht ändern.«

Ohne Bret Rensselaer wäre es mir nicht gelungen, Frank zu einem Sinneswandel zu bewegen. Aber angesichts des jammervollen Zustands, in dem sich unser so anglophiler Kollege befand, vergaß Frank alle Skrupel und schickte zwei von seinen Gorillas nach England mit dem Auftrag, ihm Stinnes zu apportieren. Einiges Papier war auch vonnöten, damit diese Transaktion vonstatten gehen konnte. Stinnes hatte keine Papiere außer einem Personalausweis für Staatenlose. Dieser Ausweis berechtigte ihn zwar theoretisch zu Reisen ins Ausland, doch praktisch nur in Verbindung mit zusätzlichen Genehmigungen, die für Stinnes noch eilends zu beschaffen waren.

Frank hatte sowohl mündlich dem persönlichen Referenten des Direktors als auch schriftlich per Telex der Londoner Zentrale weisgemacht, daß er Stinnes nur im Zusammenhang mit der jüngst erfolgten Festnahme eines seiner Mitarbeiter in Ost-Berlin zu vernehmen wünschte. Werners Namen hatte er dabei nicht genannt, und er ließ auch offen, was er sich von Stinnes' Aussagen versprach.

Unsere weiteren Vorbereitungen verliefen unkomplizierter. Ich stöberte den Feinen Harry in Frankfurt auf. Als er hörte, daß ich einen gutbezahlten Job für ihn hätte, nahm er die nächste Maschine nach Berlin.

Wir trafen uns im Café Leuschner in der Nähe der Ruine des Anhalter Bahnhofs, oder vielmehr des Rests von dessen Fassade, die man als Monument der Vorzeit stehen ließ, als die Ruine abgeräumt wurde.

Das Café wirkte größer, als es tatsächlich war, da goldgerahmte Spiegel an den Wänden eine imaginäre Weitläufigkeit erzeugten und die blitzende Theke mit einer Batterie von Flaschen und Gläsern dem Betrachter durch sie doppelt so groß erschien.

Als Kind hatte ich immer am liebsten an der Theke gesessen. Die Stühle des Lokals waren seinerzeit olivgrün gestrichen, denn nur in diesem Ton war Farbe auf dem Schwarzmarkt erhältlich. Was immer damals frisch gestrichen wurde, hatte die Farbe der Ausrüstungsgegenstände der US-Army.

Unsere Besuche bei Leuschners an den Sonnabenden waren für mich immer der Höhepunkt der Woche. Ich pflegte meinen Vater vom Dienst abzuholen, und gemeinsam besuchten wir das Café, wo er mir gewöhnlich ein Eis spendierte. Das Eis war übrigens ausgezeichnet. Als mein Vater erfuhr, daß Leuschners es unter der Hand aus US-Army-Beständen bezogen, wollte er das eigentlich, pflichtbewußt, wie er war, zur Anzeige bringen, aber meine Mutter, die den alten Herrn Leuschner, der eine Seele von Mensch war und mit seinem unrecht erworbenen Gut viel Gutes tat, ins Herz geschlossen hatte, konnte ihn schließlich davon abbringen. Doch Leuschners Café war seitdem tabu.

Jetzt stand Leuschners Sohn Willi hinter der Theke. »Wie geht's, Bernd?« fragte er. Wir kannten uns seit unserer Kindheit.

»Mühsam ernährt sich das Eichhörnchen«, antwortete ich. »War der Feine Harry da?«

»Schon seit 'ner ganzen Weile nicht mehr. Früher kam er öfter, brachte auch gute Kundschaft. Aber er teilt jetzt mit jemand ein Büro draußen in Tegel. Es ist wichtig für ihn, in der Nähe des Flughafens zu sein, sagte er, und seitdem er da draußen sitzt, kommt er nicht mehr so oft.«

Genau in diesem Augenblick erschien der Feine Harry. Auf die Minute. Er war ein sehr pünktlicher Mann. Wahrscheinlich hatte er das wie ich im Umgang mit den Deutschen gelernt, die einem Unpünktlichkeit leicht krummnehmen.

Er trug einen bildschönen Kamelhaarmantel und grauen Schlapphut. Beides paßte eigentlich nicht recht zusammen, aber an dem Feinen Harry wirkte alles, was er anzog, immer piekfein. Er hätte in zerknautschtem Schlafanzug, eine Baseballkappe auf dem Haupt, zur Tür reinkommen können, Willi hätte ihn dennoch respektvoll begrüßt, wie eben jetzt: »Ich sagte gerade, wie sehr wir uns hier immer über Ihren Besuch freuen, Harry.« Selbst Willi kannte den Familiennamen des Feinen Harry nicht.

»Ganz meinerseits, ich meine, die Freude«, sagte Harry in fehlerlosem Deutsch.

Willi dirigierte uns an einen ruhigen Tisch in einer Ecke des Lokals. Willi konnte seinen Gästen die Wünsche an den Augen ablesen. Er wußte, wer am Fenster sitzen und Wein schlürfen und wer irgendwo hinten im Schatten sitzen und trinken wollte. Es gab auch Plätze, wo man gänzlich ungestört war. Wenn man Wert auf diese Plätze legte, mußte man Champagner bestellen. Das heißt, Sekt tat's auch.

»Wir wollen einen Treff organisieren, Harry«, sagte ich, nachdem Willi uns die Sektgläser gefüllt, den Preis auf einem Bierfilz notiert hatte und hinter der Theke verschwand.

»Wer ist ›wir‹?« fragte der Feine Harry. Er spielte mit dem Bierdeckel, damit ich sehen konnte, was mich die Sache kostete.

»Sagen wir mal, daß es darauf im Grunde nicht ankommt. Wichtig ist nur, daß alles klappt und daß Sie Ihr Geld kriegen, finden Sie nicht?«

»Mir soll's recht sein«, antwortete Harry. Er lächelte. Er hatte das breite Lächeln des Orientalen.

»Wir haben einen KGB-Mann hinter Schloß und Riegel. Er operiert unter dem Namen Stinnes. Wir haben ihn bei einer ganz krummen Sache geschnappt.«

»Darf ich fragen, was das für 'ne krumme Sache war?«

»Er hat eine hilflose, alte Dame in einem Süßigkeitenladen beklaut.«

»Was Sie nicht sagen, Bernie! Also wirklich! Eine hilflose, alte Dame?« Jetzt zeigte er das ernsthafte Gesicht und ließ die leise, betroffene Stimme hören, die den wahren Profi auszeichnet. Ich verstand jetzt, warum er so erfolgreich war. Er konnte einem wirklich weismachen, daß er die Probleme, mit denen man zu ihm kam, ernst nahm.

»Na ja, vielleicht keine hilflose, alte Dame, aber unsere Freunde beim KGB werden uns schon verstehen. Erzählen Sie ihnen jedenfalls, daß wir Stinnes auf Nummer Sicher haben und ihm die Hölle heiß machen, aber verdammt heiß.«

»Soll ich sagen, daß Sie persönlich damit was zu tun haben?«

»Ja, sagen Sie ihnen, daß Bernie Samson ganz persönlich dafür sorgt, daß Stinnes Blut und Wasser schwitzt, um sich für Gastfreundschaft erkenntlich zu zeigen, die man ihm vergangenes Jahr in der Normannenstraße hat angedeihen lassen. Sagen Sie ihnen ruhig, daß Rache süß ist.«

Ein alter Mann kam herein. Er trug Frack und Zylinder und spielte Ziehharmonika. ›Der Zigeunerbaron‹ wurde er genannt, war ein stadtbekanntes Original. Er spielte die Melodien, die auswärtige Touristen gern hören – Strauß und Lehár und ein Potpourri aus *Cabaret* –, aber in Leuschners Café hielt er sich an einheimischeres Liedgut.

»Und?«

»Und daß Sie meinen, sie müßten das wissen.«

»Okay.« Der Feine Harry war ein Mann, dem so leicht nicht anzusehen war, was er dachte.

»Geben Sie ihnen ungefähr fünf Minuten Zeit, sich Ihre Andeutungen auszumalen, und sagen Sie dann, daß die Londoner Zentrale mit dem Typ fertig ist. Daß London sich entschlossen hat, ihn an MI 5 zu überstellen – wenn ihr nicht jemand, zum Beispiel Moskau, ein interessantes Angebot macht.«

»Wann?« fragte der Feine Harry, griff nach der tropfnassen Flasche im Sektkübel und schenkte uns nach.

»Sehr bald. Sehr, sehr bald. MI 5 würde unter keinen Umständen mit Moskau kungeln, wenn aus dem Geschäft also was werden soll, muß es sofort über die Bühne gehen. Wenn sie Interesse bekunden, Stinnes zurückzukriegen, können Sie einen Treff für mich verabreden.«

»Hier?« Er wischte mit einer Papierserviette das verschüttete Eiswasser vom Tisch.

»Ja. Wir würden ihn hier entlassen. Aber zunächst möchte ich das Treffen.«

»Mit wem?«

»Mit meiner Frau. Sie kann mitbringen, wen sie will.«

»Aber was ist das Geschäft, Bernie? Sie lassen diesen Russki frei – was verlangen Sie dafür? Oder wollen Sie einfach nur mal 'ne Vorleistung für den Frieden auf Erden erbringen, durch 'ne großzügige Geste Mißtrauen abbauen und so?«

»Die werden schon wissen, was ich dafür haben will. Aber das darf bei uns nicht aktenkundig werden. Fangen Sie also nicht an, Vermutungen darüber anzustellen«, sagte ich. »Übrigens sollten Sie im Laufe der Unterhaltung zur Sprache bringen, daß Bret Rensselaer befördert worden ist und eine wichtige neue Aufgabe erhalten hat. Sie wüßten zwar nicht genau, worum sich's handelt, jedenfalls kam es dazu, weil er derjenige war, der Stinnes entlarvt hat. Können Sie das behalten?«

»Ist ja nicht weiter schwierig, Bernie. Eigentlich 'ne Schande, sich dafür bezahlen zu lassen.«

»Das Geld können Sie mit gutem Gewissen einstecken.«

»Werde ich.«

»Der Treff sollte auf unserer Seite stattfinden. Ich schlage die VIP-Suite in der obersten Etage des Hotel Steigenberger vor. Das ist eine bequem zu überwachende Lokalität, überdies geräumig ... ausgezeichnete Parkmöglichkeit ... Sie wissen schon.«

»Auch die Küche ist hervorragend. Das könnte ihnen gefallen.«

»Sie sagen es.«

»Sie werden wahrscheinlich vorher jemanden schicken wollen, der sich die Räumlichkeiten ansieht.«

»Können sie gern tun.«

»Termin für den Austausch?«

»Wir werden Stinnes hier in Berlin bereit haben.«

»Ich meine ... Sie werden das doch sicherlich gleich nach Ende des Treffes durchziehen wollen, nicht? Das soll doch nicht eins von diesen Medienspektakeln an der Glienicker Brücke werden?«

»Austausch unmittelbar danach. Und absolute Geheimhaltung. Auf beiden Seiten.«

»Ihre Frau, sagen Sie? Ich gehe gleich heute rüber. Vielleicht kann ich das ganze Geschäft bis zum Wochenende abwickeln.«

»So ist's recht, Harry. Ich bin heute abend bei Lisl Hennig. Rufen Sie mich dort an. Sagen Sie mir, wie es läuft. Die Telefonnummer haben Sie doch?«

»Na sicher. Ihre Frau, was?« Der Ziehharmonika-Spieler beendete seine Darbietung von »Es war in Schöneberg, im Monat Mai« und verbeugte sich. Der Feine Harry rückte seinen Stuhl vom Tisch ab und applaudierte laut. Er lächelte mich an, um mir zu zeigen, wie zufrieden er war. Diesmal war sein Lächeln noch breiter als gewöhnlich. Ich konnte seine goldenen Zähne zählen.

»Sie ist diejenige, an die Sie sich wenden sollten, Harry.«

»Ich werde sie schon finden.«

»Wenn ich sie richtig einschätze, hat sie diese ganze Sache eingefädelt. Sie wird also jetzt am Telefon sitzen und auf Ihren Anruf warten.« Ich erhob mich. Ich hatte genug gesagt.

»So ist das also, was?«

»Das Drehbuch liegt fest, Harry. Wir brauchen bloß unsere Rollen abzulesen.«

Harry zog ein Bündel Papiergeld aus der Gesäßtasche und bezahlte den Sekt. Sein Trinkgeld war bei weitem zu großzügig, aber die Abteilung würde es ihm erstatten.

»Hat dieses Material was getaugt, das ich Ihnen gegeben habe?«

»Es war Spielmaterial«, erwiderte ich.

»Tut mir echt leid«, sagte er. »Mal gewinnt man, man verliert man und mal ...«

» ... fällt das Spiel aus wegen Nebel«, vervollständigte ich die Volksweisheit.

Er zuckte mit den Schultern. Ich hätte mir eigentlich denken können, daß der Feine Harry von der Qualität seines Materials nie sonderlich überzeugt gewesen war. Er hatte es mir umsonst gegeben. Und das war sonst nicht die Art des Feinen Harry.

XXVII.

Lisl saß so, daß sie die Blumen sehen konnte. Das umfangreiche Bukett, aus Blumen der verschiedensten Farben und Arten zusammengestellt – die meisten hätte ich nicht mal beim Namen nennen können –, stammte offensichtlich von einem teuren Floristen, Werner war der edle Spender. Werner trug seine Gefühle nie zur Schau, doch Blumensträuße brachte er Lisl häufig. Wenn er in der Stimmung dazu war, konnte er bei der Auswahl und dem Arrangement von Blumen für seine Pflegemutter einen halben Nachmittag zubringen. Nicht einmal für seine heißgeliebte Zena suchte er Blumen so sorgfältig aus wie für Lisl. Lisl liebte Blumen, besonders, wenn sie von Werner kamen.

Manchmal, wenn sie lächelte, sah ich noch jetzt in Lisl Hennig die schöne Frau, die ich als kleiner Junge bewundert hatte. Sie muß schon damals fast fünfzig Jahre alt gewesen sein, war aber noch immer so schön, daß jeder Mann sich glücklich schätzte, ihr zu Diensten sein zu dürfen.

Jetzt war sie alt, und das gebieterische Gebaren, das sie sich in den Tagen ihrer Unwiderstehlichkeit angewöhnt hatte, wirkte nur mehr als Ausdruck ständiger Unzufriedenheit einer reizbaren, launenhaften alten Frau. Doch ich erinnerte mich ihrer als der Göttin, die sie einmal gewesen war, und so ging es auch Lothar Koch, dem zusammengeschrumpften pensionierten Beamten, der regelmäßig Bridge mit ihr spielte.

Wir saßen in Lisls sogenanntem Arbeitszimmer, einem kleinen Raum, der zum Museum ihres Lebens geworden war. In Schränken und auf Regalen drängten sich die Andenken: Porzellanfiguren, Tabaksdosen, Aschenbecher und anderer Krimskrams. Das Radio spielte Tschaikowsky, die Musik schien aus großer Ferne zu kommen, denn ab und zu schienen dem Sender die Kräfte zu schwinden, und der Ton schwankte. Wir spielten heute nur zu dritt. Es machte so mehr Spaß, erklärte Lisl jedesmal, wenn wir reizten und entschieden, wer den Strohmann machen sollte. Aber tatsächlich liebte Lisl Gesellschaft, je mehr, desto besser, und wir waren nur deshalb zu dritt, weil Lisl keinen vierten Bridgespieler hatte auftreiben können.

Die Spielmarken, um die wir spielten, lagen in hohen Stapeln. Lisl fand, man müsse um Geld spielen, seien die Einsätze auch noch so niedrig. Was hatte denn das Spiel für einen Sinn, wenn dabei nichts auf dem Spiel stand? Je älter sie wurde, desto wichtiger wurde es ihr, im Kartenspiel zu gewinnen.

»Das ist seit einiger Zeit ein florierendes Geschäft«, sagte Herr Koch. »Seit 1963 hat die DDR fast drei Milliarden Mark Lösegelder von der Bundesrepublik kassiert.«

»Ein Pik«, sagte Lisl, in ihr Blatt blickend. »Drei Milliarden?«

»Keine Meldung«, sagte Koch. »Ja, drei Milliarden Mark.«

»Ein Herz«, sagte ich.

»Das kannst du nicht machen«, sagte Lisl.

»Entschuldigung«, sagte ich. »Keine Meldung.« Weshalb hatten sie plötzlich angefangen, von politischen Häftlingen in der DDR zu reden? Von Werner konnten sie noch nichts gehört haben. Lisl meldete schließlich zwei Pik.

»Durchschnittlich kauft die Bundesregierung jährlich etwa vierzehnhundert Häftlinge frei. Die wenigsten von ihnen wären nach den in der Bundesrepublik geltenden Gesetzen verurteilt worden, diese Leute sind keine Verbrecher. Die meisten haben nur einen Ausreiseantrag gestellt und sich irgendwann beschwert, daß er ihnen nicht bewilligt wurde.«

»Die müssen doch verrückt sein, da drüben einen Ausreiseantrag zu stellen«, sagte Lisl.

»Sie sind verzweifelt«, stellte Herr Koch fest. »Verzweifelte Menschen greifen auch nach dem dünnsten Strohhalm.«

Lisl legte eine Herzkönigin auf Herrn Kochs König. Wenn ich nicht irrte, würde sie von jetzt an Herz als Trumpf spielen. Ich wußte, daß sie das As nicht hatte. Das hatte ich. Ich spielte niedrig aus. Herr Koch sammelte den Stich ein. Vielleicht würden sie

Werner nicht gegen Stinnes austauschen. Vielleicht mußten wir zahlen, um Werner wiederzubekommen. Aber würden sie ihn uns verkaufen, oder war ihnen ein Schauprozeß mit großem Propagandagetöse lieber? Vielleicht hatte ich die Sache doch nicht richtig angefaßt. Vielleicht hätte ich das KGB in dem Glauben lassen sollen, Stinnes habe uns total eingewickelt. Dann würden sie es nicht riskieren, ihn durch einen Schauprozeß gegen Werner zu entlarven. Konnten sie Werner vor Gericht stellen, ohne die Rolle zu enthüllen, die Mrs. Miller bei dem Versuch gespielt hatte, Bret Rensselaer bei seiner Behörde in Verdacht zu bringen?

Koch spielte ein Kreuz-As aus. Ich wußte, daß Lisl ihn übertrumpfen würde, und sie tat es mit einer Drei. Beim Kartenspielen war es wie im Leben: Man konnte mit der wertlosesten Karte ein As übertrumpfen, wenn man sie nur im richtigen Augenblick ausspielte.

Lisl kassierte den Stich und spielte eine Pik-Vier aus. Anscheinend hatte sie die ganze Hand voller Trümpfe.

»Du hättest einen Groß-Schlemm melden sollen«, sagte Herr Koch ironisch. Es kränkte ihn, wie sie sein As übertrumpft hatte.

»Die Leute gehen je nach Wert zu verschiedenen Preisen weg«, setzte Lisl die Unterhaltung fort, als wolle sie Koch beschwichtigen.

»Ein Universitätsprofessor kostet uns bis zu zweihunderttausend Mark«, sagte Koch. »Ein Facharbeiter an die dreißigtausend.«

»Woher wissen Sie denn das alles?« fragte ich ihn.

»Es stand im Hamburger Abendblatt«, sagte Lisl. »Ich habe ihm die Zeitung gegeben.«

»Die Regierung der Deutschen Demokratischen Republik hat ein Konto in Frankfurt«, sagte Koch, ohne auf Lisls Angabe zur Herkunft seiner Informationen einzugehen. »Die Häftlinge werden zwei Wochen nach Eingang des jeweils geforderten Betrags auf diesem Konto in den Westen entlassen. Das ist Menschenhandel.« Dann spielte Lisl ein Herz aus dem Blatt des Strohmanns aus und übertrumpfte es. Nun, da Lisl keine Herzen mehr hatte, waren auch meine wertlos. Man kann nur mit den Mitteln kämpfen, über die auch der andere verfügt. Ich spielte meinen Herz-Buben aus.

»Spiel dein As, Bernard«, drängte mich Lisl. Sie wußte, daß das As mir jetzt nichts mehr nützte. Sie lachte. Sie liebte es, beim Kartenspiel zu gewinnen.

Sie spielte einen kleinen Trumpf aus und verlor den Stich an Herrn Koch.

»Den hast du verloren«, sagte ich. Ich konnte es mir einfach nicht verkneifen.

Herr Koch sagte: »Das macht ihr nichts aus. Der Strohmann hat keine Trümpfe.«

»Dem wirst du Bridge nie beibringen können«, sagte Lisl. »Schon seit seinem zehnten Lebensjahr versuche ich vergeblich, es ihm zu erklären.«

Aber Herr Koch beharrte: »Sie hat uns beide dazu gebracht, je einen unserer Trümpfe auszuspielen.«

»Aber den Stich hat sie doch verloren«, sagte ich. »Den haben Sie mit Ihrem Buben genommen.«

»Sie hat die möglichen Risiken ausgeschaltet.« Koch deckte die Karten des Stichs auf und zeigte mir die Zehn und den Buben, die wir ausgespielt hatten. »Jetzt weiß sie, daß Sie keine Trümpfe haben, und wird Sie rücksichtslos schlagen, ganz egal, was Sie aufdecken.«

»Laß ihn nur nach seiner Art weiterspielen«, sagte Lisl rücksichtslos. »Er ist nicht raffiniert genug für Bridge.«

»Laß dich nicht täuschen«, sagte Herr Koch zu Lisl, als wäre ich gar nicht da. »Die Engländer sind samt und sonders raffinierte Leute, und der da ist sogar auf die allergefährlichste Weise raffiniert.«

»Und wie sieht die aus?« erkundigte sich Lisl. Sie hätte einfach ihr ganzes Blatt aus lauter Trümpfen auf den Tisch legen können, und wir hätten uns geschlagen geben müssen, aber das Vergnügen, Stich für Stich zu gewinnen, wollte sie sich nicht entgehen lassen.

»Er macht sich nichts draus, für dumm gehalten zu werden. Das ist Bernards größte Stärke. Seit jeher.«

»Ich werde die Engländer nie verstehen«, sagte Lisl. Wieder strich sie lächelnd einen Stich ein. Dann erklärte sie uns die Engländer. Berlinern widerstrebt es, Unwissenheit zuzugeben. Ihnen würde es nicht im Traume einfallen, sich für dumm halten zu lassen. »Wenn ein Engländer sagt, daß irgendwas nicht eilt, heißt das, daß er's sofort braucht. Wenn er sagt, etwas sei nicht weiter wichtig, meint er, daß es ungeheuer wichtig ist. Wenn er einem eine Sache anheimstellt ›wenn Sie wollen ...‹ oder ›wann immer es Ihnen passen sollte‹, muß man auf der Hut sein. Er will damit sagen, daß er einem klargemacht hat, was er verlangt, und erwartet, daß man seinen Wünschen umgehend und in allen Einzelheiten nachkommt.«

»Wollen Sie diese Verleumdungen unwidersprochen hinnehmen, Bernard?« fragte Koch. Kleine Kontroversen waren ihm lieb, vorausgesetzt, er konnte den Schiedsrichter spielen.

Ich lächelte. All das hörte ich nicht zum ersten Mal.

»Aber was ist dann mit uns Deutschen?« beharrte Herr Koch. »Sagen wir immer genau, was wir meinen? Sagen Sie es mir, Bernard, ich möchte Ihre Meinung hören.«

»Bei den Deutschen gibt es keine Grautöne«, sagte ich und bedauerte schon, mich auf diese Diskussion eingelassen zu haben.

»Keinen Blick für Grautöne? Wie meinen Sie das?« fragte Koch.

»In Deutschland stoßen zwei Autos zusammen: Ein Fahrer ist schuldig an dem Unfall und der andere daher unschuldig. Für die Deutschen ist alles entweder schwarz oder weiß. Das Wetter ist gut, oder das Wetter ist schlecht, ein Mensch ist krank, oder er ist gesund, ein Restaurant ist ausgezeichnet, oder es ist ganz mies. Und im Konzert wird entweder stürmisch applaudiert oder gebuht.«

»Und Werner?« fragte Koch. »Gibt es bei dem auch keine Grautöne?«

Die Frage war an mich gerichtet, aber Lisl fühlte sich zur Antwort genötigt. »Werner ist ein Engländer«, erklärte sie. Das stimmte natürlich nicht. Es war ein Beispiel für Lisls Lust an schockierenden Behauptungen. Werner war so unenglisch, wie ein Deutscher nur sein konnte. Niemand wußte das besser als ich.

»Du hast ihn doch aufgezogen«, sagte ich. »Wie könnte Werner da ein Engländer geworden sein?«

»Im Geist«, beharrte Lisl.

»Er hegte die allergrößte Bewunderung für Ihren Herrn Vater«, sagte Koch, mehr um zwischen Lisl und mir zu vermitteln denn aus eigener Überzeugung.

»Na gut, er hat ihn bewundert«, sagte ich. »Aber das macht ihn noch nicht zu einem Engländer.«

»Tatsächlich war es zuerst deine Mutter, die Werner liebgewann«, sagte Lisl. »Ich weiß noch, wie dein Vater zuerst immer geklagt hat, wenn Werner bei dir oben war, weil ihr so viel Krach gemacht habt. Aber deine Mutter hat sich gefreut, daß du so einen netten Spielkameraden gefunden hattest, und ihn immer eingeladen, zu euch raufzukommen.«

»Sie wußte, daß du das Hotel zu führen hattest«, sagte ich. »Dir blieb ja wirklich kaum Zeit, dich um Werner zu kümmern.«

»Eines Tages fahre ich mal nach England und besuche deine Mutter. Sie schickt mir jedesmal zu Weihnachten eine Karte. Vielleicht nächstes Jahr.«

»Sie hat ein Gästezimmer«, sagte ich. Aber ich wußte, daß Lisl, wie meine Mutter, den Anstrengungen einer Flugreise nicht mehr gewachsen war. Lisl hatte die kräftezehrende Reise nach München, die jetzt fünf Jahre zurücklag, noch in schlimmer Erinnerung.

»Dein Vater ging immer so förmlich mit dem kleinen Werner um. Er sprach mit ihm wie mit einem Erwachsenen.«

»Mein Vater sprach mit jedem auf die gleiche Weise. Eine der Eigenschaften, die ich an ihm am meisten schätzte«, sagte ich.

»Werner hat er damit schwer beeindruckt ... diese feine englische Art ... hallo, Bernard, du hörst mir ja gar nicht mehr zu!«

Nein, ich hörte nicht mehr zu. Ich hatte erwartet, daß beide sagen würden, ich sei praktisch ein Deutscher, aber das fiel denen gar nicht ein. Die implizierte Zurückweisung machte mich ganz krank. Schließlich war ich hier aufgewachsen. Wenn ich im Geiste kein Deutscher war, was war ich denn dann? Warum sollten diese beiden die Wahrheit nicht zugeben? Berlin war meine Stadt. London war der Ort, wo meine englischen Freunde wohnten und meine Kinder geboren waren, aber hierher gehörte ich. Ich war glücklich, hier mit Herrn Koch und Lisl unter Lisls Reminiszenzen Karten zu spielen. Eigentlich fühlte ich mich nur hier richtig zu Hause.

Das Telefon klingelte. Ich war überzeugt, es war der Feine Harry. Lisl mischte die Karten, und Herr Koch rechnete zum hundertsten Mal die Punkte nach. Das Telefon klingelte eine ganze Weile, ohne daß jemand den Hörer abnahm, und verstummte schließlich. »Erwartest du einen Anruf, Bernard?« fragte Lisl und sah mich prüfend an.

»Möglich«, sagte ich.

»Klara geht ran, wenn ich nicht abnehme. Wahrscheinlich war da wieder mal jemand falsch verbunden. Das ist in letzter Zeit häufiger vorgekommen.«

Wenn sie nun aber auf Harrys Anerbietungen nicht eingingen? Das brächte mich in eine sehr schwierige Lage. Selbst wenn Bret Rensselaer unschuldig war, war damit die Richtigkeit des Restes meiner Theorie keineswegs bewiesen. Stinnes konnte durchaus echt sein. Ich fing an, mir Sorgen darüber zu machen, daß Moskau vielleicht gar nicht in alle Einzelheiten des Plans zur Diskreditierung von Bret Rensselaer eingeweiht gewesen war. Angenommen, Stinnes war ein Kamikaze, der Befehl hatte, sich auf die Londoner Zentrale zu stürzen und den ganzen Laden in Trümmern zu legen – dem aber niemand anvertraut hatte, wie das im einzelnen vonstatten gehen sollte? Stinnes war durchaus der Mann, sich für eine Sache aufzuopfern, an die er wirklich glaubte. Aber an was glaubte Stinnes wirklich? Das war die Frage, auf die eine Antwort gefunden werden mußte.

Und was hätte ich in Fionas Lage getan? Sie hatte alle Trümpfe in der Hand. Sie brauchte Stinnes nur zu opfern. Würde sie glauben, daß ich ihnen auf die Schliche gekommen war? Ja, vermutlich. Aber würde sie glauben, daß ich imstande war, die Londoner Zentrale von der Wahrheit meiner Auffassung zu überzeugen? Nein, wahrscheinlich nicht. Bret Rensselaer war das Element, von dem Fionas Entscheidung abhing. Ich hoffte, daß der Feine Harry den einschlägigen Teil der Geschichte da drüben überzeugend vorgetragen hatte. Vielleicht würde Fiona meinen, ich sei nicht imstande, den bornierten Bürokraten beizubringen, daß Stinnes sie an der Nase herumführte. Wenn sie aber hörte, daß

Bret und ich es mit vereinten Kräften geschafft hätten, wäre sie vielleicht eher geneigt, das zu glauben. Vereint waren Bret und ich nach Fionas Meinung zu allem fähig. Ich nehme an, daß der Mann ihrer Träume eine unvereinbare und unmögliche Kombination von uns beiden war.

»Drinkies?« fragte Lisl in einer Sprache, die sie für Englisch hielt. Ohne eine Antwort abzuwarten, goß sie uns allen Sherry ein. Ich mochte keinen Sherry und schon gar nicht den dunklen, süßen, den Lisl bevorzugte, hatte aber schon so häufig Sherry bei ihr getrunken, daß ich jetzt nicht mehr den Mut hatte, was anderes zu verlangen. Der Anruf kam um halb zehn. Ich lag hundertundfünfzig Punkte hinter Lisl und versuchte, zwei Herzen mit einem Blatt zu kriegen, das so gut wie nichts zu bieten hatte. Lisl ging an den Apparat. Sie hatte offenbar gemerkt, daß ich allmählich ungeduldig wurde. Sie reichte mir den Hörer. Es war der Feine Harry.

»Bernard?« Das Gespräch würden sie natürlich abhören, aber ich brauchte mich nicht zu verstellen: Sie würden schon wissen, wer ihnen Harry geschickt hatte.

»Ja?«

»Ich habe mit ihnen gesprochen.«

»Und?«

»Sie wollen in einer Stunde wiederkommen.«

»Was meinen sie?«

»Sie hat gefragt, ob Bret bei dem Treff anwesend sein wird.«

»Das ließe sich einrichten.«

»Sie werden das möglicherweise zur Bedingung machen.« Ich sah zu Lisl und Herrn Koch hinüber. Beide studierten ihre Karten mit der angestrengten Aufmerksamkeit von Leuten, die sich den Anschein geben wollen, nicht zu lauschen.

»Bret hat die Federführung. Machen Sie ihnen das klar«, sagte ich.

»Ich werde es ihnen sagen. Sie wollen übrigens in voller Ausrüstung kommen.«

In voller Ausrüstung hieß: bewaffnet. Dagegen ließ sich nichts machen. Wir hatten kein Recht, sowjetische Militärfahrzeuge oder Militärpersonen zu durchsuchen oder zu entwaffnen, die nach West-Berlin kamen.

»Mir soll's recht sein«, sagte ich.

»Freies Geleit für die Frau?« Das war Fiona, die fürchtete, von uns festgenommen zu werden, obwohl sie inzwischen sicherlich längst Papiere hatte, die sie als sowjetische Staatsbürgerin, Oberst des KGB und wahrscheinlich auch Parteimitglied auswiesen. Ein juristischer Alptraum würde heraufbeschworen werden, wenn wir versuchten, sie in West-Berlin festzunehmen, wo aufgrund des Besatzungsstatuts die Sowjetunion noch immer die gleichen Rechte genießt, auf die Großbritannien, Frankreich und dic USA in der Hauptstadt der DDR Anspruch erheben. In Großbritannien wäre das eine andere Sache.

»Freies Geleit für die ganze Delegation. Wollen sie das schriftlich haben?«

»Sie fordern es nicht für die ganze Delegation, nur für die Frau«, sagte der Feine Harry. Die Einschränkung war eigentlich seltsam, aber im Moment zerbrach ich mir deswegen nicht den Kopf. Erst später gewann sie ihre Bedeutung.

»Wie die das wollen, Harry.«

»Ich rufe wieder an«, versprach er.

»Ich warte hier«, sagte ich.

Ich legte auf und kehrte an den Spieltisch zurück. Lisl und Herr Koch machten keine Bemerkung über mein Telefongespräch. Wir hatten uns darauf geeinigt, daß ich für ein internationales Unternehmen der Pharmaindustrie tätig war.

Wir spielten noch einen Rubber, bevor sich Harry wieder meldete und mich wissen ließ, daß seine Verhandlungspartner meine Vorschläge für einen Treff im Steigenberger Hotel akzeptiert hatten. Selbst jetzt, nach dem Abschluß seiner Verhandlungen, wußte der Feine Harry noch nicht, daß Werner drüben festgehalten wurde. Das war typisch für das KGB. Die erzählten jedem nur das, was er unbedingt wissen mußte.

Ich rief Frank Harrington an und informierte ihn, daß die Gegenseite unseren Vorschlag annehmen wolle, aber auf einer schriftlichen Garantie freien Geleits für die Frau bestehe.

Frank gab brummend seine Einwilligung. Die Implikationen waren ihm klar, aber er sagte nichts von Fiona oder dem Interesse der Abteilung, sie dingfest zu machen. »Schon seit zwei Stunden kommen die KGB-Kundschafter in Schwärmen über die Grenze. Ich wußte, daß sie annehmen würden.«

»KGB-Kundschafter? Willst du sagen, daß sie nach West-Berlin reinkommen?«

»Ja. Ein paar von denen schnüffeln hier schon rum, seit du hier bist. Wahrscheinlich haben sie deinen Freund ankommen sehen.« Er meinte Bret.

»Ihren Freund auch?« fragte ich. Ich meinte Stinnes, der am Nachmittag in Berlin eingetroffen war.

»Hoffentlich nicht«, sagte Frank.

»Aber beide sind in Sicherheit?«

»Völlig«, bestätigte Frank. »Ich lasse sie nicht raus.« Frank hatte beide Männer in seinem Amtssitz im Grunewald untergebracht, der mit Sicherungsvorkehrungen ausgerüstet war, die gut eine halbe Million Pfund Sterling gekostet hatten. Selbst dem KGB sollte es schwerfallen, da an die beiden ranzukommen. Nach einer Pause fragte Frank: »Bist du ausgerüstet, Bernard?«

Ich hatte eine Smith & Wesson, die zusammen mit den anderen persönlichen Dingen in Lisls Safe deponiert war. »Ja«, sagte ich. »Wieso?«

»Vor einer halben Stunde ist ein Killerkommando des KGB rübergekommen. Die Identifizierung ist zuverlässig. Sie schicken diese Leute nicht ohne Auftrag los. Ich befürchte, daß du unter Umständen das Ziel sein könntest.«

»Danke, Frank. Ich werde die üblichen Vorsichtsmaßregeln beachten.«

»Bleibe heute nacht, wo du bist. Morgen früh schicke ich dir einen Wagen. Sei vorsichtig, Bernard. Die Sache gefällt mir nicht. Ist dir acht Uhr recht?«

»Acht Uhr paßt mir prima«, sagte ich. »Gute Nacht, Frank.« Ich hatte das Radio leiser gestellt, als ich ans Telefon ging. Jetzt stellte ich's wieder lauter. Ein schwedischer Sender übertrug eine Bruckner-Symphonie. Die Anfangsakkorde füllten den Raum.

»Ihr Pillendreher habt wirklich sehr späte Geschäftszeiten«, sagte Lisl ironisch.

Herr Koch, der die NS-Zeit auf einem Posten in einem Ministerium überlebt hatte, weil er seine Neugier bezwang und derartige vorlaute Bemerkungen unterdrückte, lächelte und sagte: »Ich hoffe, es ist alles in Ordnung, Bernard.«

»Absolut«, versicherte ich. »In bester Ordnung.«

Er stand auf und schaltete das Radio aus.

»Danke, Lieber«, sagte Lisl.

»Bruckner«, erklärte Herr Koch. »Nach der Bekanntgabe der Niederlage von Stalingrad hat das Radio drei Tage lang nichts anderes als Beethoven und Bruckner gespielt.«

»So viele gute Jungen . . .«, sagte Lisl traurig. »Leg doch 'ne Schallplatte auf, Lieber. Irgendwas Fröhliches – *Bye, bye, Blackbird* . . . vielleicht.«

Als aber Herr Koch die Schallplatte laufen ließ, ertönte eins von seinen Lieblingsliedern: »Ich hab noch einen Koffer in Berlin . . .«

»Marlene Dietrich«, sagte Lisl, lehnte sich zurück und schloß die Augen. »Schön!«

XXVIII.

»Jetzt passieren sie den Checkpoint Charlie.« Ich kannte die Stimme, die aus dem winzigen Lautsprecher drang, wenn ich auch nicht hätte sagen können, wem sie gehörte: einem der älteren Mitarbeiter der Berliner Außenstelle zweifellos. Der Mann meldete uns die Ankunft unserer Verhandlungspartner aus dem Osten: »Drei schwarze Volvo.«

Ich hörte die Meldungen über mein Funksprechgerät ab. Irgend jemand am anderen Ende fragte: »Wie viele?«

Frank, der neben mir in der VIP-Suite des Steigenberger Hotels stand, sagte: »Drei Volvo! Lieber Himmel! Das ist ja die reinste Invasion!« Frank hatte sich zu der Operation entschlossen, aber jetzt, da sie anlief, war er ziemlich nervös. Ich hatte ihm geraten, ein Glas zu trinken, aber er hatte abgelehnt.

»Und plötzlich ist es grün«, sagte Frank, der noch immer aus dem Fenster auf die Straße hinabsah. »Berlin, meine ich. Die Winter scheinen hier nie enden zu wollen. Dann scheint eines Morgens die Sonne, und plötzlich sind die Kastanienbäume grün, die Magnolien blühen, Blumen überall.« Das war alles, was er sagte, aber für mich war es genug. Ich machte mir klar, daß Frank Berlin liebte wie ich. Das ganze Gerede, daß er sich darauf freue, endlich aus Berlin wegzukommen, um sich in England zur Ruhe setzen zu können, war Unsinn. Er liebte diese Stadt. Möglicherweise war ihm das erst so richtig klargeworden, als er anfing, sich auf den Abschied von seinem Amt und Berlin vorzubereiten, als er seine Sammlung von Ellington-Platten nach England verfrachten ließ und seine persönlichen Habseligkeiten zusammensuchte.

»Drei Fahrer und neun Passagiere«, sagte die Stimme.

»Wer ist das?« fragte ich Frank. »Ich glaube, ich kenne die Stimme.«

»Der alte Percy Danvers«, sagte Frank. Der Mann hatte schon zur Zeit meines Vaters hier Dienst getan. Seine Mutter war Deutsche, aus Schlesien, der Vater Engländer, ein Sergeant der Irish Guards.

»Ist der noch immer im Dienst?«

»Er wird nächstes Jahr pensioniert, nur ein paar Monate nach mir. Aber er will in Berlin bleiben«, sagte Frank ein bißchen wehmütig. »Ich weiß nicht, wie das Büro ohne Percy auskommen will.«

»Wer kriegt Berlin, wenn du gehst?« fragte ich. Ich nippte an dem Whisky, mit dem ich mir Mut antrank. Würde Fiona wirklich kommen?

»Bret war im Gespräch.«

»Der kommt jetzt nicht mehr in Frage.«

»Mir soll's egal sein, wer hierherkommt – wenn ich nur endlich wegkomme«, sagte Frank.

Ich sah ihn an. Jetzt wußten wir beide, daß das nicht stimmte. Frank lächelte. Dann kam Bret Rensselaer vom Telefon zurück, und ich sagte: »Eben sind sie mit neun Mann hoch über den Checkpoint Charlie gekommen. Gleich sind sie hier.« Hinter Bret stand der ihm zugeteilte Leibwächter, ein Deutscher namens Peter – ein netter Kerl, der seine Aufgabe aber so ernst nahm, daß er Bret nicht mehr aus den Augen ließ.

Bret nickte und stellte sich für einen Augenblick zu uns ans Fenster, bevor er sich in einen der weichen, mit grauem Wildleder bezogenen Sessel sinken ließ. Die VIP-Suite des Steigenberger erstreckt sich über die ganze Länge des Gebäudes, aber ihr Eingang ist so unauffällig, daß viele der Gäste des Hotels von ihrer Existenz gar nichts ahnen. Die *Very Important Persons,* die da oben ihre geheimen Geschäfte tätigen oder politische Abmachungen treffen, die öffentlichkeitsscheuen Industriekapitäne, Politiker und Filmstars, die Stammgäste der VIP-Suite sind, legen keinen Wert auf ein die Neugier erweckendes spektakuläres Portal. An einem Ende der Suite liegt ein Speisesaal, am anderen elegant eingerichtete Büros. Dazwischen findet man einen Fernsehraum, einen Salon, Schlafzimmer und sogar eine Art kleine Küche, wo die Kellner Champagnerflaschen öffnen und Appetithäppchen anrichten können. Champagner und Appetithäppchen standen für die KGB-Delegation bereit, auch die Sicherheitsvorkehrungen waren getroffen, die unseren Gästen aus dem sozialistischen Lager ermöglichen sollten, den Verhandlungsort, ohne Aufmerksamkeit zu erregen, zu erreichen und zu verlassen.

»Was ist ihr schwächster Punkt?« fragte Bret hinter uns, als spräche er mit sich selbst. Bret hatte inzwischen etwas von seinem Selbstvertrauen wiedergewonnen. Er hatte das amerikanische Talent zum Abschütteln. Alles, was er dazu brauchte, waren eine heiße Dusche, saubere Wäsche und der Sportteil der *Herald Tribune.*

Ich schwieg, aber Frank sagte: »Fiona.«

»Fiona?« Hatte Brets Stimme eben gereizt geklungen? War da irgendein Besitzanspruch verletzt, den Bret noch immer auf sie zu haben glaubte? »Fiona soll ihr schwächster Punkt sein? Wie meinst du das, Frank?«

Frank drehte sich um und nahm in dem Sessel Bret gegenüber Platz. Schon als ich Bret das erste Mal in Franks Haus im Grunewald brachte, war mir eine Distanz, fast Kälte, zwischen den beiden Männern aufgefallen. Herrschte da eine latente Feindseligkeit zwischen den beiden, oder kam nur Franks Verlegenheit zum Vorschein angesichts der Demütigung, die Bret erlitten hatte? Frank sagte: »Sie ist noch nicht lange bei der Organisation. Einige ihrer Kollegen werden sie sicherlich noch recht mißtrauisch betrachten. Zweifellos sind etliche ihr gegenüber sogar feindlich eingestellt.«

»Stützt sich diese Vermutung auf konkrete Beweise?«

»Sie ist Ausländerin«, sagte Frank. »Dadurch, daß sie dort gleich eine leitende Stellung gekriegt hat, hat sie einer Menge Leute die Aufstiegschancen genommen. Vergleich ihre Lage mal mit unserer. Wir kennen einander schon seit Jahren. Wir wissen, was wir voneinander erwarten können – im Guten wie im Bösen. Sie ist isoliert. Sie hat keine alten Freunde. Sie weiß nicht, mit welchen Meinungen und Neigungen sie bei ihren Kollegen zu rechnen hat. Sie wird dauernd argwöhnisch beobachtet. Jedes Wort, das sie sagt, wird auf die Goldwaage gelegt und von Leuten interpretiert, die nur darauf lauern, ihr was anhängen zu können.«

»Sie ist von Moskau auf diesen Posten gesetzt worden«, sagte Bret. War da ein nicht näher zu bestimmender Ton in seiner Stimme, aus dem ich Zärtlichkeit oder sogar Stolz herauszuhören meinte? Bret sah mich an, aber ich blickte in mein Glas.

Frank sagte: »Gerade deshalb werden ihre Mitarbeiter ziemlich sauer auf sie sein.«

»Was schlägst du also vor?« fragte Bret.

»Wir müssen ihr die Möglichkeit geben, mit uns zu reden, ohne daß die übrige Delegation das hört«, sagte Frank.

»Das wird aber kaum zu machen sein, Frank«, wandte ich ein. »Du weißt doch, weshalb sie immer so große Delegationen schikken. Niemand soll die Chance haben, irgendwelche Privatgeschäfte mit uns zu machen.«

»Wir müssen es irgendwie deichseln«, sagte Frank. »Bernard muß die Unterhaltung auf Privatangelegenheiten lenken. Da gibt's doch sicherlich irgendwas, das er mit ihr besprechen kann.«

»Redet von den Kindern«, sagte Bret. Ich hätte ihn glatt erwürgen können, aber statt dessen lächelte ich.

»Vielleicht hat sie sich das alles schon selbst überlegt«, sagte Frank, der Fiona schließlich auch gut kannte. »Vielleicht hat sie sich selbst schon eine List ausgedacht, die ihr gestattet, der Aufsicht ihrer Mitarbeiter für einen Augenblick zu entschlüpfen.«

»Und was ist mit uns?« fragte Bret. »Was ist unsere schwächste Stelle?« Sein Leibwächter Peter behielt ihn ständig im Auge und war sichtlich bemüht, der Unterhaltung zu folgen.

»Das liegt doch auf der Hand«, antwortete Frank. »Unsere schwächste Stelle ist Werner Volkmann.« Frank konnte Werner nicht leiden, weil er Werner mit Zena betrogen hatte. Schuldgefühle bewirken Abneigungen. Frank lehnte Werner ab, weil er ihm Hörner aufgesetzt hatte.

»Werners Name ist bisher überhaupt noch nicht zur Sprache gekommen«, sagte Bret. »Wenigstens sagt das Bernard.«

»Ich bin sicher, daß Bernard uns die Wahrheit gesagt hat«, erwiderte Frank. »Aber sie haben Werner Volkmann hinter Schloß und Riegel, und Werner ist Bernards bester Freund. Sie wissen also, was wir von ihnen wollen.«

»Was wir *angeblich* von ihnen wollen, Frank«, sagte ich. »Worauf 's uns aber vor allem ankommt, ist der Nachweis, daß Stinnes für Moskau arbeitet, den Auftrag hatte, Bret in die Pfanne zu hauen und überhaupt die Londoner Zentrale auf den Kopf zu stellen. Das müssen wir bewerkstelligen, ohne daß Moskau merkt, worauf wir aus sind. Die Forderung von Werners Freilassung bietet uns eine hervorragende Tarnung unseres Hauptanliegens.«

Frank lächelte. Er glaubte mich besser zu kennen, zu wissen, daß ich die ganze Operation nicht vornehmlich im Interesse der Abteilung, sondern Werner zuliebe angeleiert hätte. Aber Frank irrte sich. Keinem von ihnen würde ich mein wahres Motiv nennen. Mein wahres Motiv waren meine Kinder.

»Bernard!« Plötzlich kam meine Frau zur Tür herein. »Was für eine prächtige Suite. Hast du sie ausgesucht?« Ein kaltes Lächeln für den Fall, daß irgend jemand geneigt war, ihren herzlichen Ton für echt zu halten.

Sie stand da, als erwartete sie den üblichen Kuß, aber ich zögerte und streckte dann meine Hand aus. Sie schüttelte sie mit einem spöttischen Lächeln. »*Hello,* Fi«, sagte ich. Sie trug ein graues Wollkleid. Es war einfach, aber teuer. Sie lebte nicht wie die arbeitende Bevölkerung, sondern wie jemand, der der arbeitenden Bevölkerung sagt, was sie tun darf und lassen muß.

»*Hello,* Frank; *hello,* Bret«, sagte sie. Sie lächelte die einstigen Kollegen an und schüttelte ihnen die Hände. Sie führte die Delegation an und war entschlossen, daran keinerlei Zweifel aufkommen zu lassen. Dies war ihr erster offizieller Besuch im Westen. Im Rückblick wurde mir später klar, daß sie sich trotz unserer Zusicherungen fragte, ob wir sie nicht doch festnehmen würden. Aber sie tat das mit dem gleichen forschen Selbstvertrauen ab, mit dem sie alles anging. Ihre Haare waren anders. Sie hatte sie wachsen lassen und in einer Art Knoten im Nacken zusammengefaßt. Es war genau die Frisur, die Hollywood einer kommunistischen Funktionärin verpaßte in der Sorte Film, in der die kommunistische Funktionärin auf den letzten Metern die Brille abnimmt, ihre Haare löst und eine Kapitalistin wird – Ninotschka. Aber nichts wies darauf hin, daß Fiona Anstalten machte, den Kokon des

Kommunismus abzuwerfen. Im Gegenteil schien ihr der Kommunismus ausgezeichnet zu bekommen.

Nachdem jeder jedem die Hand geschüttelt hatte, servierte ein Kellner – das heißt, einer von unseren Leuten, als solcher verkleidet – Getränke. Frank bot Champagner an. Er hatte fünf Pfund mit mir gewettet, daß sie ihn ablehnen würde. Er hatte einige Flaschen russischen Weißwein kalt stellen lassen, falls sie – nur um Ärger zu machen – danach verlangen würde. Aber Fiona erklärte, Champagner wäre genau das Richtige, und danach entschieden sich alle für Champagner. Außer mir. Ich nahm noch einen Scotch.

Es waren nicht alle neun hereingekommen. Zwei bewaffnete KGB-Leute waren im Vorzimmer, einer war den Fahrern zur Bewachung der Volvo zugeteilt, ein vierter beaufsichtigte den privaten Lift der VIP-Suite. Es gab drei eigentliche Unterhändler und zwei Sekretäre der Gegenseite. Außer Fiona kannte ich nur Pawel Moskwin, der meinen Weg immer wieder gekreuzt hatte. Er zog seinen knöchellangen, schwarzen Mantel aus und warf ihn aufs Sofa. Er starrte mich an. Ich lächelte, und er wandte den Blick ab.

Da war ein recht junger Mann mit von der Partie, vielleicht fünfundzwanzig und blond. Er trug die Sorte Anzug, die KGB-Leute tragen, wenn sie nicht aus Moskau herauskommen. Er schien sich seine Sprachkenntnisse in einem Sprachlabor angeeignet zu haben, denn er sprach Deutsch und Englisch akzentfrei und machte sogar ein paar kleine Späße. Er schien Fiona treu ergeben zu sein und folgte ihr mit den Blicken, um ihr notfalls jeden Wunsch von den Augen ablesen zu können. Neben ihm stand der dritte Unterhändler, ein weißhaariger Mann, der ständig nur die Stirn runzelte.

»Ich hoffe, es besteht Übereinstimmung darüber, daß die Angelegenheit eilt«, sagte Bret. Es war seine Show. Frank hatte sich sofort damit einverstanden erklärt. Bret hatte am meisten zu verlieren. Falls das Treffen schiefging, würde er sich die Schuld daran nur selbst zuzuschreiben haben. Und zweifellos würde ihn Frank in diesem Fall den Wölfen zum Fraß vorwerfen, um die eigene Haut zu retten. Wie würde Frank dann aber meine Rolle charakterisieren? fragte ich mich.

»Ja«, sagte Fiona. »Können wir Notizen machen?«

Bret sagte: »Wir halten es aus Zeitgründen für besser, uns aufzusplitten. Jeweils zwei Unterhändler können untereinander beraten. In der Hauptsache wird es um Ihren Mann Stinnes gehen. Die Prozedur seiner Freilassung können wir gleichzeitig in der Hoffnung diskutieren, daß wir zu einer Einigung kommen. Sind Sie Leiterin der Delegation?« fragte Bret förmlich.

»Ja«, sagte Fiona. Sie trank einen Schluck Champagner. Sie wußte natürlich, was kam, ließ sich aber nichts anmerken.

»Unser Hauptunterhändler ist Mister Samson«, sagte Bret. Ein langes Schweigen folgte. Pawel Moskwin paßte das gar nicht. Er hatte sein Champagnerglas nicht angerührt und verschränkte stirnrunzelnd die Arme. »Was meinen Sie, Oberst Moskwin?« fragte Fiona. Sieh mal einer an, dachte ich. *Oberst* Moskwin ... da wird Major Stinnes höllisch aufpassen müssen.

»Besser, wir bleiben alle zusammen«, sagte Moskwin. »Keine Tricks.«

»Wie Sie meinen«, sagte Bret. Er bat sie, an dem runden Eßtisch Platz zu nehmen. Der Kellner schenkte die Gläser voll. Der blonde Jüngling rückte seinen Stuhl hinter Fiona, so daß er seinen Notizblock auf die Knie legen konnte.

»Was wollen Sie denn nun eigentlich?« fragte Moskwin, als wollte er die Leitung der Diskussion übernehmen, während Fiona sich zurücklehnte und schwieg. Die verschränkten Arme spannten den Rücken seines Jacketts, so daß der Umriß der Pistole, die er unter der Achsel trug, sichtbar wurde.

»Wir haben Ihren Mann Stinnes«, sagte Bret. »Das war ganz gut eingefädelt, ist aber trotzdem danebengegangen. Bis jetzt haben wir die Sache aus der Presse herausgehalten, aber lange wird sich das nicht mehr machen lassen.« Der blonde Jüngling übersetzte das für Moskwin. Moskwin nickte.

»Haben Sie ihn deshalb nach Berlin gebracht?« fragte Fiona ebenso förmlich wie Bret.

»Zum Teil. Aber die Deutschen haben auch Zeitungen. Wenn die Sache erst mal ruchbar wird, bleibt uns nichts anderes übrig, als Ihren Mann dem DPP zu übergeben, und dann können wir nichts mehr für ihn tun.«

»DPP?« fragte Moskwin. »Was ist das?« Offenbar verstand er genug Englisch, um unserer Unterhaltung folgen zu können.

»Der *Director of Public Prosecutions.* Der Generalstaatsanwalt«, erklärte Bret. »Eine Behörde, auf die wir keinen Einfluß haben.«

»Und was wollen Sie von uns?« fragte Fiona.

»Ihr habt Werner Volkmann festgenommen«, sagte ich.

»Haben wir das?« fragte Fiona. Das war sehr russisch.

»Ich bin nicht hier, um meine Zeit totzuschlagen«, erklärte ich.

Meine Bemerkung schien sie zu ägern. »Nein«, sagte sie mit ruhiger Stimme, aber von Haß und Groll erfüllt. »Du bist hier, um über das Schicksal von Erich Stinnes zu verhandeln, eines loyalen Genossen, der trotz seines diplomatischen Status von euren Terroristen schamlos entführt worden ist. Und der, unseren Quellen zufolge, systematisch mit dem Ziel gefoltert worden ist, ihn dazu zu bringen, sein Land zu verraten.« Fiona hatte die Syntax der Partei schnell gelernt.

Ich war versucht, ihr ironisch zu antworten, widerstand aber der Anwandlung. Ich sah Frank an. Jetzt wußten wir beide, daß ich recht hatte, und ich sah die Erleichterung in seinem Gesicht. Wenn das KGB offiziell zu der Version stand, daß wir Erich Stinnes entführt und gefoltert hatten, würde man ihn in Moskau auch in Gnaden wieder aufnehmen. Selbst die begriffsstutzigsten Beamten in London würden sich zu der Einsicht bequemen müssen, daß Moskau Stinnes mit dem Auftrag geschickt hatte, uns Ärger zu machen. »Verschwenden wir unsere Zeit nicht mit Volksreden«, sagte ich. »Außer uns ist ja niemand da. Werner Volkmann gegen Major Stinnes. Ein glatter Tausch.«

»Wo ist Genosse Stinnes?« fragte Fiona.

»Hier in Berlin. Wo ist Werner?«

»Checkpoint Charlie«, sagte Fiona.

»Gesund und munter?«

»Willst du jemanden rüberschicken, der sich davon überzeugt?«

»Wir haben jemanden am Checkpoint Charlie. Könnte der sich nicht gleich jetzt, während wir hier weiterreden, davon überzeugen, daß Werner wirklich nichts fehlt?« fragte ich. Sie sah Moskwin fragend an, und der nickte fast unmerklich.

»Einverstanden. Und Genosse Stinnes?« fragte Fiona. Ich sah Bret an, der Austausch sollte dessen Sorge sein.

»Wir haben ihn hier im Hotel«, sagte Bret. »Aber Sie müssen einen von Ihren Leuten bestimmen, der ihn sich ansehen soll. Allen kann ich das nicht ermöglichen.« Guter, alter Bret. Hätte ich ihm nicht zugetraut, aber da hatte er wirklich schnell geschaltet.

»Ich werde selbst gehen«, sagte Fiona. Moskwin war das gar nicht recht, aber unter den Umständen konnte er nichts machen. Wenn er Einspruch erhob, würde Fiona ihn schicken und hätte so ebenfalls Gelegenheit, ungestört mit mir zu sprechen.

Erich Stinnes war in einem Raum am anderen Ende des Korridors untergebracht. Franks Leute hatten ihn aus dem Berwick House praktisch entführt, unter Vorlage von Anordnungen, die Bret als Vorsitzender der Stinnes-Kommission unterzeichnet hatte: in einer Position, die er offiziell noch innehatte. Ich ging mit Fiona in einen Raum neben Stinnes' Zimmer.

»Also, was wird hier gespielt?« fragte Fiona. Sie sah sich in dem unbewohnten Raum um. Sie durchsuchte sogar einen Rosenstrauß auf dem Tisch nach einem Mikrophon. Von den Feinheiten der Abhörelektronik schien sie noch immer nicht viel Ahnung zu haben. »Worum geht's?« Sie schien besorgt.

»Immer mit der Ruhe«, sagte ich. »Ich werde nicht auf meinen ehelichen Rechten bestehen.«

»Ich bin gekommen, um Stinnes zu sehen«, sagte sie.

»Du bist in der Hoffnung gekommen, ein paar Worte unter vier Augen mit mir reden zu können.«

»Trotzdem will ich ihn sehen«, sagte sie.

»Er wartet nebenan auf uns.«

»Geht es ihm gut?«

»Was kümmert dich das?«

»Erich Stinnes ist ein großartiger Mann, Bernard. Ich werde tun, was in meinen Kräften steht, um zu verhindern, daß er im Gefängnis stirbt.« Stinnes' subtil vorgetäuschte Krankheit gehörte zu ihrem Plan. Das war mir jetzt klar.

»Mach dir keine Sorgen«, sagte ich. »Wir beide wissen, daß Erich Stinnes kerngesund ist. Er wird heimkehren und sich die Brust mit Orden behängen lassen.«

»Er ist ein guter Mann«, wiederholte sie, als sei ihr daran gelegen, mich zu überzeugen. Sie bestritt nicht, daß er gesund war. Seine »Krankheit« gehörte zum Szenario – vermutlich Fionas Idee; vielleicht hatte sie gedacht, ihm seine Rolle dadurch leichter zu machen.

»Wir haben keine Zeit, uns lange über Stinnes zu unterhalten«, stellte ich fest.

»Nein, ich weiß, du willst über deinen teuren Werner reden«, sagte sie. Selbst jetzt, nachdem sie mich verlassen hatte, war ihrer Stimme noch der Groll zu entnehmen. Sind alle Frauen auf die alten Freunde ihrer Männer eifersüchtig?

»Falsch«, sagte ich. »Wir müssen über die Kinder reden.«

»Da gibt es nichts zu reden. Ich möchte sie mal während der Ferien bei mir haben. Das ist schließlich nicht zuviel verlangt. Hat Tessa mit dir gesprochen?«

»Allerdings. Aber du kriegst die Kinder nicht.«

»Es sind meine Kinder so gut wie deine. Glaubst du, ich hätte keine Gefühle? Glaubst du nicht, daß ich sie genausosehr liebe wie du?«

»Wie soll ich das glauben, wo du uns verlassen hast?«

»Mitunter gibt es Pflichten und Aufgaben, hinter denen die Familie zurückstehen muß.«

»Ist das eine der Weisheiten, die du dem kleinen Billy beibringen willst, während du ihm die Wunder der Moskauer Untergrundbahn vorführst?«

»Es sind meine Kinder«, sagte sie.

»Siehst du denn die Gefahr nicht, in die du dich selbst und die Kinder bringst, wenn du sie nach Moskau holst? Siehst du denn nicht, daß sie zum Faustpfand für dein Wohlverhalten werden? Ist es denn nicht offensichtlich, daß euch nie gestattet wird, gemeinsam in den Westen zu kommen, wenn sie erst einmal drüben sind? Solange sie deine Kinder haben, haben die Genossen die Gewähr, daß du immer brav deine Pflicht tust und nach getaner Arbeit ins sozialistische Lager zurückkehrst.«

»Wie sieht ihr Leben denn jetzt aus? Du bist immer unterwegs. Nanny sitzt dauernd vor der Mattscheibe. Mal müssen sie bei deiner Mutter unterkriechen, dann macht mein Vater Ansprüche geltend, und so geht es immer hin und her. Bald wirst du dann etwas mit einer anderen Frau anfangen, und dann bekommen sie eine Stiefmutter. Das ist doch kein Leben. Bei mir hätten sie ein richtiges Heim und ein ordentliches Familienleben.«

»Mit einem Stiefvater?«

»Es gibt keinen anderen Mann, Bernard«, sagte sie sehr weich. »Es wird nie einen anderen Mann geben. Deshalb brauche ich die Kinder so sehr. Du kannst andere Kinder haben, Dutzende, wenn du willst. Für einen Mann ist das eine Kleinigkeit, Männer zeugen noch mit achtzig Kinder – aber meine Zeit ist schon fast abgelaufen. Bitte, verweigere mir die Kinder nicht.«

»Hol sie nicht in ein Land, das sie nie wieder verlassen können, Fiona! Sieh mich an, Fiona. Ich bitte dich darum, um deinetwillen, um der Kinder willen und auch um meinetwillen.«

»Ich muß sie sehen. Ich muß einfach.« Nervös ging sie ans Fenster, sah hinaus und kam dann zu mir zurück.

»Du kannst sie in Holland oder Schweden oder sonstwo auf neutralem Boden sehen. Aber ich flehe dich an, hole sie nicht in den Osten.«

»Ist das wieder einer von deinen Tricks?« fragte sie rauh.

»Du weißt, daß ich recht habe, Fi.«

Sie drehte die Ringe an ihren Fingern. Sie trug den Ehering noch, ebenso wie den Diamanten, den ich ihr für den Erlös meines alten Ferrari gekauft hatte. »Wie geht es ihnen?« Ihre Stimme klang anders.

»Billy hat ein neues Zauberkunststück gelernt, und Sally lernt mit der rechten Hand zu schreiben.«

»Wie lieb sie sind. Ich habe ihre Briefe und Zeichnungen bekommen. Vielen Dank.«

»Das war Tessas Idee.«

»Tessa ist plötzlich erwachsen geworden.«

»Ja, das stimmt.«

»Hat sie immer noch diese albernen Liebesaffären?«

»Ja, aber George nimmt sie neuerdings mehr an die Kandare.

Ich glaube, inzwischen überlegt sie, ob diese Affären den ganzen Ärger wert seien, den sie sich und anderen damit macht.«

»Was ist das Kunststück?«

»Welches Kunststück?«

»Billys.«

»Ach so! Man schneidet ein Stück Strick entzwei und macht's dann wieder ganz.«

»Ist es überzeugend?«

»Nanny ist immer noch nicht dahintergekommen.«

»Die Begabung liegt wohl in der Familie.«

»Vermutlich«, sagte ich, obwohl mir nicht ganz klar wurde, welche Begabung sie eigentlich meinte – die Begabung, den Nächsten zum besten zu halten? – und von wem die Kinder sie haben sollten, von mir oder von ihr.

»Werden sie mich festnehmen, wenn ich mit meinem alten Paß nach England komme?« fragte sie.

»Ich werde mich erkundigen«, versprach ich ihr. »Aber warum willst du dich mit den Kindern nicht lieber in Holland treffen?«

»Paß auf, daß du dich nicht zu meinem Komplizen machst, Bernard.«

»Im Augenblick konspirieren wir miteinander. Weder deinen noch meinen Herren und Meistern wäre das recht«, sagte ich.

»Das stimmt.« Es war ein Zugeständnis, ein winziges zwar, aber immerhin das erste, das sie machte.

»Du fehlst mir, Fi.«

»Ach, Bernard«, sagte sie. Ihre Augen füllten sich mit Tränen. Ich war dabei, sie in die Arme zu nehmen, aber sie trat zurück. »Nein«, sagte sie, »nein!«

»Ich werde tun, was ich kann«, versprach ich. Ich weiß nicht genau, was ich damit meinte, und sie fragte nicht. Irgendwie sollte die leere Versicherung sie trösten, und das verstand sie wohl auch.

»Sie wollen Werner nicht freigeben«, sagte sie. Sie sah sich um, hatte Angst, abgehört zu werden.

»Ich dachte, darüber hätte Einigkeit bestanden.«

»Pawel Moskwin hat die Entscheidungsgewalt. Er hat die Leitung der Verhandlungen, nicht ich.«

»Werner hat nichts Wichtiges gemacht.«

»Ich weiß, was er gemacht hat. Seit der vergangenen Woche wurde diese Mrs. Miller ständig überwacht. Wir hatten damit gerechnet, daß er Kontakt zu ihr aufnehmen würde.«

»Die Stinnes-Operation ist im Eimer. Geplatzt, kaputt, verstehst du? Was Werner dieser Mrs. Miller gesagt hat, ist also gar nicht mehr relevant.«

»Reg dich ab. Ich weiß. Aber ich habe meine Anordnungen.«

»Kein Werner, kein Stinnes«, erklärte ich.

Sie schwieg, aber ihr Gesicht war weiß und angespannt, und sie atmete so, wie sie's immer tat, wenn sie befürchtete, im nächsten Augenblick die Nerven zu verlieren.

Ich sagte: »Moskwin hat den kleinen MacKenzie in dem Sicheren Haus in Bosham umgebracht.«

Sie zuckte mit den Schultern.

»Wozu war das nötig?« drängte ich. »MacKenzie hätte keiner Fliege was zuleide getan, ohne ihr vorher ihre verfassungsmäßigen Rechte vorzulesen.«

Sie sah mich an und seufzte tief. »Du wirst ihn ausschalten müssen, Bernard.«

»Was?« fragte ich.

Gereizt und mit einer Hast, die ich an ihr nicht kannte, stieß sie hervor: »Moskwin – du wirst ihn ausschalten müssen.« Einen Moment lang war ich sprachlos. Hatte da eben wirklich meine Frau geredet? »Wie? Wo?«

»Das ist die einzige Möglichkeit. Ich habe Werner auf dem Busparkplatz hinter dem Checkpoint Charlie. Ich habe Moskwin gesagt, daß du voraussichtlich darauf bestehen würdest, dich von jenseits der Grenze durch Augenschein davon zu überzeugen, daß ihm nichts fehlt. Ich meine, bevor Moskwin eingewilligt hat, daß einer von deinen Leuten rübergeht und ihn sich aus der Nähe ansieht.«

»Wie willst du das deinen Leuten erklären?« fragte ich.

»Schaff mir den Kerl vom Hals, und ich brauche überhaupt nichts zu erklären.«

Ich war mir immer noch nicht ganz sicher, wie sie's meinte. »Du meinst, ich soll ihn umlegen?«

Sie war nervös und erregt. Ihre Antwort klang schrill. »Na und? Es wäre nicht das erste Mal, daß jemand an der Mauer erschossen wird.«

»Nein, aber ich kann doch nicht einfach auf eine Delegation wie eure das Feuer eröffnen. Als nächstes lassen deine Genossen dann Panzer auffahren. Ich habe keine Lust, der Mann zu sein, der den Dritten Weltkrieg vom Zaun bricht. Ehrlich, Fi.«

»Du mußt es persönlich übernehmen, Bernard. Du darfst nicht irgendwem den Befehl geben, es zu tun. Niemand darf wissen, daß wir darüber gesprochen haben.«

»Na gut«, hörte ich mich zustimmen.

»Versprichst du's?« Ich zögerte. »Es geht um Werner, deinen Freund«, sagte sie. »Ich tue für ihn, was ich kann. Mehr als ich sollte.« Weil es ihr paßt, dachte ich. Sie tat das nicht für Werner, nicht mal für mich. Und was tat sie denn überhaupt? Ich war schließlich derjenige, der den Kopf in die Schlinge stecken sollte. Und jetzt wollte sie mir die Möglichkeit nehmen, meine Handlungsweise vor meinen Vorgesetzten zu rechtfertigen.

»Ich verspreche es«, sagte ich verzweifelt. »Setze ihn mit Stinnes in den letzten Wagen und laß mich mit den beiden fahren. Aber die Kinder bleiben, wo sie sind. Das ist die Bedingung, Fi.«

»Paß auf dich auf, Bernard. Der Kerl ist ein Rohling.«

Ich sah sie an. Sie war sehr schön, noch schöner, als ich sie in Erinnerung hatte. Ihre Augen schimmerten, und der Duft ihres Parfüms rief Erinnerungen wach. »Bleib hier, Fi«, sagte ich. »Bleib hier im Westen. Wir würden schon wieder alles in Ordnung bringen.«

Sie schüttelte den Kopf. »Leb wohl«, sagte sie. »Mach dir keine Sorgen, ich schicke Werner rüber. Und ich werde dir fürs erste die Kinder nicht wegnehmen.«

»Bleib.« Sie beugte sich vor und küßte mich so flüchtig, daß ihr Lippenstift nicht verwischen konnte. Vermutlich würden sie bei ihr nach derartigen Spuren Ausschau halten. »Du verstehst das nicht. Aber eines Tages wirst du es verstehen.«

»Ich glaube nicht«, sagte ich.

»Gehen wir und sehen uns den Genossen Stinnes an«, sagte sie. Und nun war ihre Stimme wieder hart und entschlossen.

XXIX.

Ich hatte zwar eine Menge möglicher Konsequenzen meiner Begegnung mit Fiona in Betracht gezogen, aber auf das Ansinnen, ich sollte sie von Pawel Moskwin befreien, einem hochrangigen KGB-Offizier, war ich nun wirklich nicht gefaßt gewesen. Dennoch bestand kein Zweifel daran, daß sie es ernst meinte. Wie Bret und Frank wenige Minuten vor Beginn des Treffens schon festgestellt hatten, war mir meine Freundschaft mit Werner Volkmann verdammt wichtig. Wenn ich durch die Beseitigung eines Gorillas wie Pawel Moskwin meinem Freund zwanzig Jahre Gulag ersparen konnte, würde ich keine Minute zögern. Und Fiona wußte das auch.

Dennoch gab es da eine Menge ungeklärter Fragen. Die Begründung, die sie mir gegeben hatte, war bestenfalls unvollständig. Würde sie es wirklich riskieren, Moskwin umbringen zu lassen, nur um ihr Versprechen bei dem Handel halten zu können? Es schien wahrscheinlicher, daß Moskwin ihren Ambitionen im Wege stand. Dennoch war es schwer zu glauben, daß Fiona so weit gehen würde. Ich neigte mehr zu der Annahme, daß es dem Wunsch des KGB in Moskau entsprach, Moskwin tot zu wissen.

Warum stellte die Moskauer Zentrale, wenn sie was gegen Moskwin hatte, ihn nicht vor Gericht, an den Pranger, sorgte auf legale Weise dafür, daß der Kerl sein Fett abkriegte? Hatte Moskwin vielleicht einen einflußreichen Freund oder Bekannten, mit dem sich selbst das KGB nicht anlegen wollte? War der Plan, sich seiner im Westen zu entledigen – und die Schuld daran den Imperialisten zuzuschieben –, eine optimale Lösung, bei der Moskau saubere Hände behalten konnte? Wahrscheinlich.

Werner Volkmann stand noch immer auf der Fahrbahn jenseits der Mauer, von unserem Beobachtungsposten am Checkpoint

Charlie aus konnte man ihn deutlich erkennen. Wie der Beobachter mir über das Funksprechgerät ins Steigenberger übermittelte, trug Werner seinen grauen Regenmantel und ging, begleitet von einem Bewacher in Zivil, ruhelos auf und ab.

Wie mit Fiona verabredet, stieg ich vor dem Hotel in den letzten der drei Volvo. Es standen eine ganze Menge Polizisten dort herum, teils in Uniform, teils in Zivil, aber das war vor dem Steigenberger mit internationalen Gästen nicht ungewöhnlich. Die Spitze der Kolonne bildete ein weißer VW-Bus, ein Polizeifahrzeug und ein Polizist auf einem Motorrad. Hinter den schwarzen Volvo der KGB-Delegation fuhr ein weiterer VW-Bus mit Frank Harrington, Bret Rensselaer und drei Angehörigen der Berliner Außenstelle. Dieser Wagen war unsere Kommandozentrale, mit einem Funkgerät ausgerüstet, wie die Peitschenantennen und die FM-Stabantenne auf dem Dach anzeigten.

Die Kolonne fuhr langsam vorbei an der Kaiser-Wilhelm-Gedächtniskirche, deren im Krieg zerstörter Turm als Mahnmal stehen blieb, als man in den fünfziger Jahren dranging, Berlin wieder aufzubauen, und auch den Breitscheidplatz. Da die Wagen sich in den fließenden Verkehr einordnen mußten, kamen wir auf der Tauentzienstraße nicht sehr schnell vorwärts. Am Nollendorfplatz wurde die Ampel an der Ecke Maaßenstraße auf Rot geschaltet. Als wir dann bei Grün in Richtung Bülowbogen weiterfuhren, trat aus dem Gewimmel auf dem Bürgersteig plötzlich ein junger Mann auf die Fahrbahn und schleuderte uns einen Plastikbeutel voll weißer Farbe gegen die Windschutzscheibe. Ich habe nie erfahren, ob sich's bei dem jungen Mann – der in Richtung Winterfeldtplatz verduftete und nie dingfest gemacht wurde – um einen Sponti handelte, dessen spontanen Widerwillen nur die vorbeifahrende Kolonne von Volvo provozierte, oder um einen, der auf Weisung von Fiona handelte. Ob Pawel Moskwin vor der Verübung eines Anschlags und der Gefahr, die ihm besonders von mir drohte, gewarnt worden war, weiß ich auch nicht. Jedenfalls trat der Fahrer auf die Bremse, als der Farbbeutel an der Windschutzscheibe zerplatzte. Im selben Augenblick riß Moskwin die Tür auf und sprang aus dem Wagen. Ich rutschte über den Sitz, verließ ebenfalls den Volvo und setzte ihm durch den fließenden

Verkehr nach. Ein roter Mercedes hupte und überfuhr mich fast. Ein junger Mann auf einem Motorrad umkurvte Moskwin und nahm mich um ein Haar unter die Räder.

Als ich die Fahrbahn endlich überquert hatte, befand sich Moskwin schon auf der Treppe, die zur Hochbahn führte. Glaubte der Idiot etwa, da oben einen Zug zu kriegen, der ihn vor mir in Sicherheit bringen könnte? Anscheinend kannte er sich im westlichen Teil der Stadt nicht sonderlich gut aus, denn ich sah ihn mitten auf der Treppe innehalten. Der Hauptzugang zu den stillgelegten Bahnsteigen da oben ist nämlich über die Treppen an der entgegengesetzten Seite, wo es auch zu den Bahnsteigen der Untergrundbahn geht, von denen die Züge fahren. Hätte der Bengel uns seinen Farbbeutel schon vor der Kreuzung auf die Windschutzscheibe gepflastert, hätte Moskwin bessere Chancen zum Verschwinden gehabt. Jedenfalls lief Moskwin nun die Treppe wieder runter auf die Straße, sah mich und schoß. Ich feuerte zweimal, ohne ihn zu treffen. Inzwischen war der weiße Volkswagenbus uns gefolgt, und ein Blick über die Schulter zeigte mir, daß die Besatzung Position bezogen hatte, Frank und Bret vorneweg, beide mit Pistolen bewaffnet.

Was zum Teufel will bloß Frank mit einer Pistole? fragte ich mich. Der hat doch keine Ahnung, wie man mit so 'nem Ding umgeht. Hatte er sich diesmal bewaffnet, weil er Angst hatte, unsere Gäste aus dem Osten könnten versuchen, uns mit Waffengewalt nach drüben abzuschleppen?

Inzwischen erreichte ich die alte Hochbahn. Irgendwo auf der Straße wurde eine Salve Schüsse abgefeuert. Vielleicht die Polizei oder Leute aus dem anderen VW-Bus, aber von hier aus war das nicht auszumachen.

Moskwin rannte einen Mann um, der eine Büste des Großen Kurfürsten auf dem Arm trug. Der Große Kurfürst überstand den Sturz nicht so gut wie der Mann. Der nämlich kam mit dem Schrecken davon, der Große Kurfürst ging in Stücke. Moskwin war nicht viel besser dran als der Große Kurfürst, denn er mußte erkennen, daß der gelbe Zug, der hier oben am Bahnsteig stand, längst seine Endstation erreicht hatte und nirgendwo mehr hinfuhr: Das über der Fahrerkabine am Kopf des Zuges angegebene

Fahrziel lautete »Berliner Flohmarkt«, der flüchtende KGB-Agent war also buchstäblich auf dem »Müllhaufen der Geschichte« gelandet. In dem stehenden Zug hatten sich Trödler Läden eingerichtet, in denen man allerlei Nostalgisches erstehen konnte. Moskwin drehte sich um und ballerte in meine Richtung drauflos. Seine Bestürzung konnte man seinem Gesicht ansehen. Ich schoß zurück, obwohl wir uns jetzt mitten unter den Trödelmarktbesuchern befanden, die hofften, hier etwas günstig zu erstehen, das ihre Wohnung schmückte. Mit unserem Feuerwerk verursachten wir ziemliches Entsetzen.

Moskwin meinte offenbar, in einer allgemeinen Panik noch am ehesten unbemerkt verschwinden zu können, denn er feuerte aufs Geratewohl in die Menge. Eine Frau fiel hin, die fliehenden Menschen trampelten über sie hinweg. Moskwin drängte sich zwischen ein Knäuel blindlings in Richtung der westlichen Treppe Flüchtender. Möbelstücke wurden umgeworfen, ein Kronleuchter zersplitterte am Boden. Ein Kasten mit alten Münzen kippte aus, und der Mann, der sie einsammeln wollte, wurde weggerissen.

Durch die Fenster des in Trödelbuden verwandelten Zuges sah ich auf dem gegenüberliegenden Bahnsteig Frank und seine Leute. Sie kamen schneller als ich voran, weil dort nicht geschossen worden war und keine Panik herrschte. »Halte dich zurück, Bernard!« hörte ich Bret rufen. »Wir kriegen ihn schon.«

Sie hatten Scharfschützen bei sich. Es war tatsächlich das Vernünftigste, alles weitere ihnen zu überlassen.

Ich hörte Glas splittern und sah, daß Bret von der anderen Seite auf das Dach des stillgelegten Zuges zu klettern begann. Von da oben konnte er bis ans Ende des Bahnsteigs sehen – und Moskwin. Aber Moskwin entdeckte ihn zuerst. Er feuerte, und Bret verlor die Balance, rutschte aus, glitt ab und stürzte mit einem lauten Schmerzensschrei auf den Bahnsteig.

Ich ging weiter an dem stillgelegten Zug entlang, langsamer jetzt. Moskwin war hinter der zum Ausgang drängenden Menge zurückgeblieben, er hatte wohl gemerkt, daß man ihn dort erwartete, daß er in eine Falle geraten war. Unten auf der Straße heulten Polizeisirenen. Moskwin sprang hinter einem der Stände hervor, ging hinter dem nächsten in Deckung. Ich sah ihn nie lange genug, um eine Chance zu haben, ihn zu treffen. Auch mich verfehlten seine Schüsse, aber einmal traf mich sein Blick, der haßerfüllte Blick eines in die Enge getriebenen Todfeinds. Er hatte den Hut verloren, sah plötzlich viel älter aus, als ich ihn kannte, war jetzt ein fast kahler, alter Mann, vor dem sich's gleichwohl auf der Hut zu sein dringend empfahl.

Am Ende des Bahnsteigs angelangt, wurde ihm klar, daß es für ihn in der Richtung nicht weiterging. Den Rückweg auf dem Bahnsteig blockierte ich. Moskwin sprang in einen der Trödelläden im ersten Wagen des Zuges, stieg dort auf eine Bank, schob ein paar alte Uniformstücke beiseite, trat mit dem schweren Stiefel die Fensterscheibe kaputt und sprang dem Hagel von Glassplittern hinterdrein. Er landete auf den Gleisen der Gegenrichtung, stürzte fast, fand aber sein Gleichgewicht und rannte dann zurück in die Richtung, aus der wir auf den Bahnsteig gekommen waren, nach Osten. In dieser Richtung war die nächste Station Bülowstraße. Auch von dieser Station fuhren natürlich keine Züge mehr, aber da sich ihm sonst nirgendwo ein Ausweg mehr zeigte, da er beide Aufgänge zu den Bahnsteigen besetzt wußte, rannte Moskwin auf den Gleisen der Hochbahn in Richtung Bülowstraße. Die langen Schöße seines schwarzen Mantels flatterten wie die Flügel einer flügellahmen Krähe, und die Pistole hielt er in die Höhe, wie ein olympischer Läufer die brennende Fackel.

»Nicht schießen!« hörte ich Frank Harrington rufen. »Er kann uns nicht entkommen, der verdammte Narr.«

Dennoch fielen zwei Schüsse, und die flügellahme Krähe stolperte. Doch noch immer hatte sie genug Energie und Entschlossenheit. Sie hastete weiter. Eins, zwei, drei, vier Schritte. Als sie dann aber wieder stürzte, waren ihre Flügel auf immer lahm. Moskwin blieb liegen. Die Pistole fiel ihm aus der Hand. Verzweifelt griff er nach den Schwellen, suchte sich abzustützen, sich aufzurichten, doch vergeblich: Er rollte auf den Rücken und lag in seinem Blut.

Über den Verkehrslärm hörte man jetzt aus der Ferne vom ehemaligen Bahnhof Bülowstraße orientalische Musik. Sie kam aus dem »Türkischen Basar«, der heute gut besucht war.

Unsere Leute blieben in Deckung, wie die Regeln es vorschreiben. Ich hörte jemanden schreien: »Wo bleibt denn bloß der verdammte Arzt, Mister Rensselaer ist schwer verletzt!«

Dann erscholl Franks Stimme: *Everyone stay exactly where they are, everyone!«* Anschließend wiederholte er die Anordnung auf deutsch: »Jeder bleibt an seinem Platz! Keiner rührt sich vom Fleck!«

Ich gehorchte. Jetzt hatte Frank das Kommando: Für Berlin war Frank zuständig. Ich stand in einem der kleinen Trödelläden und konnte durch das von Moskwin bei seinem letzten Fluchtversuch zerschmetterte Fenster auf der offenen Strecke Moskwin liegen sehen. Frank Harrington ging allein auf ihn zu. Er beugte sich über ihn, fühlte seinen Puls. Richtete sich dann auf und wandte sich von der Leiche ab. Pawel Moskwin war tot, genau wie Fiona es gewollt hatte. Es war jetzt still, bis auf die türkische Musik und Brets Schmerzenslaute.

XXX.

Es war Nacht. Ich hörte ein lautes, sich regelmäßig wiederholendes klickendes Geräusch, aber in der Dunkelheit konnte ich nicht ausmachen, wo es herkam. Frank war gerade noch zu erkennen. Er saß auf einer harten, hölzernen Bank.

»Man muß schon für kleine Dinge dankbar sein«, sagte Frank Harrington. »Wenigstens haben sie Werner Volkmann freigelassen. Wir können zufrieden sein, daß sie uns wegen Moskwins Tod keine Scherereien gemacht haben.«

»Ja, sie haben Werner freigelassen.« Ich kam gerade vom Leichenschauhaus, wo Pawel Moskwin mit einem Etikett am Zeh in einer Kühllade lag. Ich setzte mich zu Frank auf die Bank.

»Obwohl wir die Sicherheit der Delegation nicht garantiert haben – freies Geleit wurde eigenartigerweise ja nur für Fiona verlangt –, finde ich's seltsam, daß es wegen Moskwin nicht mal einen offiziellen Protest gab.«

»Ich kann dir was verraten, das dir vielleicht das Verständnis dieser Zurückhaltung erleichtert, Frank«, sagte ich. »Die ballistische Untersuchung hat ergeben, daß Pawel Moskwin nicht durch eine unserer Kugeln getötet worden ist.« Ich warf ein verformtes Stückchen Metall in die Höhe und fing es wieder auf.

»Was?«

»Wie ich höre, hast du den Bericht schon auf deinem Schreibtisch.«

»Ich bin noch nicht wieder im Büro gewesen.«

»Er wurde von dreien unserer Schüsse getroffen, aber die tödliche Kugel stammt aus einer sowjetischen Waffe.« Ich hielt ihm das Geschoß hin, aber Frank nahm es nicht. Frank war im Umgang mit Feuerwaffen und Munition merkwürdig zimperlich.

»Warum zum Teufel?« fragte Frank. »Und weshalb haben sie eine ihrer eigenen Waffen benützt?«

»Jemand da drüben wollte Moskwin offenbar ins Jenseits befördert sehen, Frank. Und sie wollten, daß wir das wissen.« Zweifellos hatte Fiona das organisiert, dachte ich. Auf diese Weise wurde die Aufmerksamkeit von mir und damit auch von ihr abgelenkt.

»Deshalb haben sie also keinen Protest erhoben?«

»Und deshalb haben sie auch Werner verabredungsgemäß freigelassen«, sagte ich. Von meiner Unterhaltung mit Fiona und deren Bitte, ihr Moskwin vom Halse zu schaffen, hatte ich Frank nichts erzählt. Jetzt war offenbar, daß das KGB sich auf uns beide nicht verlassen hatte; es hatte einen ihrer Spezialisten auf Moskwin angesetzt. Vermutlich wollten sie nicht riskieren, daß er uns lebendig in die Hände fiel.

»Du meine Güte«, sagte Frank. »Daß doch nichts ein sauberes Ende finden kann, was?«

»Deshalb haben wir ja die Akten, Frank.«

»Moskwin sollte also sterben«, sinnierte Frank. »Das erklärt das KGB-Rollkommando, das wir beobachtet haben. Und ich hatte befürchtet, es sollte dich umlegen.«

Ich sagte: »Stinnes wird im Triumph heimkehren. Moskwin stellte eine Bedrohung für ihn dar. Ich habe mal eine Unterhaltung zwischen den beiden belauscht. Moskwin wollte Stinnes ausbooten.«

Wir redeten gedämpft. Es war Nacht, und wir befanden uns im Klinikum Steglitz, dem Krankenhaus, aus dem Mrs. Miller nach ihrem vorgetäuschten Selbstmordversuch entkommen konnte. Wir hatten schlimme Stunden hinter uns, und Frank sah ziemlich mitgenommen aus.

Wir warteten auf Sheldon Rensselaer. Bret lag auf der Intensivstation, die Ärzte gaben ihm keine große Chance, das Wochenende zu überleben. Sein Bruder war mit einer Maschine der US Air Force aus Washington nach Berlin unterwegs. Sheldon Rensselaer hatte großen Einfluß in Washington.

»Und seine Frau?« fragte ich. Ex-Frau, meinte ich. Brets Frau lebte schon seit Jahren sehr angenehm von Unterhaltszahlungen.

»Ja, auch die haben sie aufgetrieben. Offensichtlich überwintert sie in Monte Carlo.«

»Kommt sie?«

»Sie hat drei Dutzend Rosen geschickt.«

»Vielleicht ist ihr nicht klar, wie schlecht es um Bret steht.«

»Vielleicht«, sagte Frank in einem Ton, der verriet, daß Brets Ex-Gattin seiner Meinung nach genau Bescheid wußte.

»Armer Bret«, sagte ich.

»Mich hat er nicht erkannt«, berichtete Frank. Er erwartete, darauf erneut zu Bret hineingelassen zu werden, und trug noch immer den lindgrünen Kittel, den man ihn bei seinem ersten Besuch der Intensivstation überziehen ließ.

»Er war nicht ganz bei Bewußtsein«, sagte ich.

»Ich hätte ihn nicht auf diesen Zug klettern lassen sollen. Aber als Moskwin da einfach in die Menge reinschoß, glaubte er wohl, irgend etwas unternehmen zu müssen.«

»Ich weiß«, sagte ich. Frank braucht sich wegen der Kugel, die Bret getroffen hatte, wirklich keine Vorwürfe zu machen.

»Hast du mit London gesprochen?« fragte ich ihn, um das Thema zu wechseln.

»Der Alte war nicht gerade bei bester Laune«, sagte Frank.

»Wir haben ihm aus der Patsche geholfen. Wir haben der ganzen Gesellschaft aus der Patsche geholfen. Wenn du nicht getan hättest, was du getan hast, würden diese Schwachköpfe noch immer jedes Wort glauben, das ihnen Stinnes serviert hat.«

»Aber das geben sie nicht zu«, sagte Frank.

»Wie können sie es denn leugnen? Gestern abend wurde eine Nachricht abgehört, in der von einer Ehrung für Stinnes in Moskau die Rede war.«

»Wir beide wissen, daß wir London davor bewahrt haben, sich total lächerlich zu machen, aber die Herrschaften halten jetzt zusammen und behaupten, sie hätten von Anfang an gewußt, was von Stinnes zu halten war. Der Alte höchstpersönlich hat wissen lassen, daß auch aus unechten Überläufern mitunter wertvolle Informationen herauszuholen seien.«

»Und wie erklären sie, was sie Bret angetan haben?«

»Angeblich war Hausarrest gar nicht wirklich gegen ihn verfügt worden. Der Beamte, der das auf Brets Türschwelle erklärte, hat, wie es heißt, seine Kompetenzen überschritten.«

»Quatsch«, sagte ich.

»Jetzt ist der Verantwortliche gerade irgendwo dienstlich unterwegs und nicht erreichbar.«

»Das wundert mich nicht«, sagte ich.

»Ich habe mit ihnen allen gesprochen. Sie sind Dreckskerle, Bernard. Ich habe dich oft gerügt, wenn du das gesagt hast. Laß dir sagen, daß ich das jetzt bedaure. Du hattest völlig recht.« Es war überall dunkel. Eine Schwester rollte einen Wagen, auf dem Glas und Chromstahl klapperten, durch eine Schwingtür an uns vorbei und verschwand am anderen Ende des Korridors in der Dunkelheit.

»Und was wird aus dir, Frank?«

»Ich sollte in den Adelsstand erhoben werden.«

»Ja, davon habe ich gehört.« Auf diese Auszeichnung hatte Frank sein ganzes Herz gesetzt, auch wenn er es nicht zugeben würde.

»Der Alte sagt, daß eine entsprechende Empfehlung angesichts der schweren Insubordination, die ich mir jetzt habe zuschulden kommen lassen, nicht aufrechtzuerhalten ist.«

»Aber du hast die doch gerettet.«

»Das sagst *du*«, sagte Frank gereizt. »Aber ich sage dir, daß die Herrschaften in London das ganz anders sehen.«

»Ohne dich hätten wir das nicht machen können, Frank. Du hast alles riskiert, und der Erfolg hat uns recht gegeben.«

»Es ist die Rede davon, Bret an meiner Stelle den Adelstitel zu geben«, sagte Frank. »Wir werden ja sehen, was passiert.«

»Der Arzt sagt, daß Bret seine Verletzung kaum überleben wird.«

»Der Arzt sagt, daß man bei solchen Schußverletzungen auf alles gefaßt sein muß. Sie haben ihn in so 'ne Art Silberfolie eingewickelt, um soviel wie möglich von der Körperwärme zu erhalten. Sie lassen nichts unversucht.«

»Wirst du auf jeden Fall in Pension gehen?« fragte ich.

»Der Alte hat mich gebeten, hier auf dem Posten zu bleiben. In dem Fall hätte ich Aussicht, in zwei Jahren geadelt zu werden.«

»Was hast du geantwortet?«

»Daß sie Berlin dir geben sollten«, sagte Frank. »Aber der Alte meinte, du könntest schon zufrieden sein, wenn du kein Disziplinarverfahren an den Hals kriegst.«

Jetzt, da meine Augen sich an die Dunkelheit gewöhnt hatten, sah ich die große elektrische Uhr über der Tür, hinter der die Intensivstation lag. Das laute Klicken zeigte die Sekunden an. Bis auf dieses Klicken war es absolut still.

»Wann soll die Maschine aus Washington landen?«

»Vor vier kann Sheldon eigentlich nicht hiersein«, erwiderte Frank.

»Sheldon war der Liebling des Vaters. Bret hat darunter gelitten. Hat er dir das erzählt?«

»Bret hat über persönliche Dinge kaum gesprochen.«

»Ja. Ich war überrascht, daß er es mir anvertraute.«

»Er wußte, daß er dir trauen konnte, Bernard. Er kam zu einem Zeitpunkt, zu dem er sonst niemandem mehr trauen konnte.«

»Ich kannte ihn nicht besonders gut«, sagte ich. »Ich habe ihn immer verdächtigt, eine Affäre mit Fiona zu haben.«

»Er wußte, daß du ihn nicht mochtest, aber er ist trotzdem zu dir gekommen. Bret war dankbar für das, was du für ihn getan hast. Das hat er mir erklärt. Ich hoffe, daß er es dir auch gesagt hat.«

»Keiner von uns hat irgendwas für Bret getan«, erwiderte ich. »Es war nichts Persönliches. Nicht so, als hättest du etwas für mich getan oder ich was für dich ...«

»Oder du was für Werner«, schob Frank listig ein.

»Es war zum Besten der Abteilung«, fuhr ich fort, ohne auf Franks Seitenhieb einzugehen. »Bret wurde zu Unrecht beschuldigt, und diese Idioten in London sind kopfüber darauf reingefallen. Irgend etwas mußte getan werden.«

»Es wird jetzt ein großes Revirement geben«, erklärte Frank. »Dicky hofft, die Leitung des Europa-Ressorts zu kriegen, aber daraus wird wohl, Gott sei Dank, nichts werden. Bret hätte den Posten vielleicht erhalten, wenn das hier nicht geschehen wäre. Morgan, der Büttel, wird jedenfalls befördert werden.«

»Ist Bret nun vollkommen entlastet?«

»Ja, wenn ihn nicht diese verdammte Kugel erwischt hätte, würde er in all seinem früheren Glanz wieder unter uns zu sehen sein. Komisch, wie das Leben spielt, findest du nicht?«

»Doch. Sehr komisch«, stimmte ich zu.

»Ich habe dem Direktor gesagt, daß du 'ne Auszeichnung verdienst. Aber da war nichts zu machen. Er ist dagegen, und ich kann gegenwärtig nicht viel für dich tun, fürchte ich.«

»Deinen guten Willen weiß ich trotzdem zu schätzen, Frank.«

»Sei nicht enttäuscht, Bernard. Es handelt sich um eine gerade noch verhinderte Katastrophe, es ist quasi ein Dünkirchen für die Abteilung. Für Siege wie bei Trafalgar oder Waterloo gibt's haufenweise Auszeichnungen, Adelstitel und Beförderungen. Für Rückzüge wie bei Dünkirchen gibt es nie Belohnungen, ganz egal, wie vernünftig und tapfer sich die Überlebenden auch verhalten haben. Die Londoner Zentrale gibt Leuten keine Orden, die sie ins Unrecht gesetzt haben und das auch noch unter den Augen ausgewählter Vertreter der Führungsspitze des MI 5. Wenn in der letzten Szene, wie am Ende des letzten Aktes von *Hamlet,* die Bühne voller Leichen liegt, darunter die eines auf nicht befriedigend zu erklärende Weise ums Leben gekommenen hohen KGB-Offiziers, denkt London nicht an Applaus, verstehst du?«

»Aber wir haben sie davor bewahrt, sich tödlich zu blamieren. Wir haben dem Direktor seinen Posten gerettet, Frank.«

»Mag sein. Aber man hat mehr davon, einen schlechten Rat erteilt zu haben, wenn 'ne Operation am Ende noch gut ausgeht, als mit gutem Rat nur dafür gesorgt zu haben, daß irgendwas, das schiefgegangen ist, nicht noch schlimmer ausging.«

Ein Arzt kam durch die Schwingtür, die zur Intensivstation führte, wo Bret an eine Batterie von lebenserhaltenden Apparaturen angeschlossen lag.

»Würden Sie bitte mitkommen«, sagte der Arzt, ein Mann mit einem riesigen Schnauzbart und mit starkem türkischem Akzent. »Vielleicht erkennt er Sie jetzt.«

»Danke«, sagte Frank zu dem Arzt. Zu mir sagte er: »Im Leben ist das wie im Showgeschäft – es ist immer besser, 'nen Fünfer in einen Renner zu investieren, als fünftausend in eine Pleite.«

»Wir haben fünf Riesen in eine Pleite investiert«, erklärte ich.

»Bestell Werner schöne Grüße von mir«, sagte Frank. »Ich hätte ihn nicht hängenlassen, Bernard. Selbst wenn du mir nicht auf die Füße getreten wärst, hätte ich Werner nicht hängenlassen.«

»Das weiß er, Frank. Das weiß doch jeder!«

Werner wartete draußen in Zenas Wagen. Er sah müde aus, aber nicht müder als schon oft zuvor. Er trug noch immer das alte Jakkett und die Cordsamthosen. »Ich habe deine Nachricht gekriegt«, sagte er.

»Habe ich dir nicht gesagt, du sollst die Finger von der verdammten Mrs. Miller lassen?« fragte ich.

»Du wußtest nicht, daß es eine Falle war?«

Ich ließ die Frage einstweilen in der Luft hängen. Dann sagte ich: »Nein, ich wußte es nicht, aber ich habe Grips genug, das zu vermuten.«

»Ich kam gerade in meine Wohnung zurück, als das Telefon klingelte«, sagte Werner. »Es war dein Mädchen. Sie versuchte schon den ganzen Tag lang, dich zu erreichen.«

»Mein Mädchen?« Ich wußte, daß er Gloria meinte, aber es ärgerte mich, daß sie angerufen hatte, und auch, daß sie zu Werner durchgekommen war.

»Gloria. Vielleicht hat sie angenommen, daß du bei uns wohnst. In London laufen alle möglichen Gerüchte um. Sie hat sich Sorgen um dich gemacht.«

»Wann war das?«

»Jetzt eben.«

»Mitten in der Nacht?«

»Sie rief aus irgendeinem kleinen Hotel in Bayswater an. Sie hat gesagt, ihr hättet Krach miteinander gehabt. Deshalb sei sie bei dir ausgezogen.«

»Das stimmt.«

»Ich habe ihr gesagt, sie soll ihre Sachen packen, ein Taxi kommen lassen und zu dir nach Hause zurückfahren.«

»Was hast du gesagt?«

»Du willst doch nicht wirklich, daß sich das arme Kind in irgend 'ner miesen Absteige in Bayswater härmt?«

»Hör auf, auf die Tränendrüsen zu drücken, Werner. Sie hat genug Geld, sich 'n Zimmer im Savoy zu nehmen, wenn's ihr in Bayswater nicht gefällt.«

»Nun sei mal nicht so'n Ekel, Bernie. Sie ist 'n nettes Mädchen, und sie liebt dich.«

»Moment mal, Werner! Hast du ihr etwa erzählt, es wäre meine Idee, daß sie wieder zu mir ziehen soll?«

Keine Antwort.

»Werner! Hast du das Gloria sozusagen von mir bestellt?«

»Sie hat angenommen, daß es deine Idee ist. Ich hielt es für besser, sie in dem Glauben zu belassen. Ihr könnt euch darüber ja dann in London auseinandersetzen.«

»Du bist ein verdammter alter Kuppler, Werner!«

»Du bist doch verrückt nach ihr, Bernie, gib's zu. Schnapp sie dir, solange du die Gelegenheit dazu hast. Es ist nicht gut für dich, in der Hoffnung zu leben, Fiona könnte eines Tages zu dir zurückkehren.«

»Das weiß ich«, sagte ich.

»Du hast sie heute gesehen ... ich meine, gestern. Ich habe sie auch gesehen. Fiona hat sich verändert, Bernie. Sie ist jetzt eine von ihnen. Und sie hat uns in unserem eigenen Spiel geschlagen. Sie ist rücksichtslos und clever. Sie hat uns alle lächerlich gemacht.«

»Wie meinst du das?« fragte ich. Ich war erschöpft und reizbar. Ich erwartete ja nicht, daß Werner mir für seine Befreiung Dankbarkeit zeigte, aber ich fand, daß er mit Kritik zurückhaltend sein konnte.

»Na, nimm mal Stinnes. Willst du mir noch immer weismachen, daß er krank ist?«

Ich antwortete nicht.

»Ich habe ihn nach seiner Rückkehr drüben 'ne dicke Havanna anzünden sehen und sagen hören, daß der schlimmste Teil seines Jobs gewesen sei, so lange darauf verzichten zu müssen. Er hat sich nicht geweigert, sich einer ärztlichen Untersuchung zu unterziehen, weil er krank war, sondern weil er uns verheimlichen wollte, wie kerngesund er ist.«

»Ich weiß«, sagte ich, aber Werner ließ sich nicht bremsen.

»Und das war nur ein kleiner Teil der geplanten Täuschung. Indem er uns weismachte, daß er krank sei, konnte er damit rechnen, mit Seidenhandschuhen angefaßt zu werden.«

»Mit Samthandschuhen«, korrigierte ich.

»Fiona hat damit gerechnet, daß ihr einen Kranken schont. Fiona hat uns reingelegt, Bernie, aber total. Fiona ist einfach schlauer als wir, auf der ganzen Linie. Spiel, Satz und Sieg an Fiona, Bernie.« Der Vergleich unserer beruflichen Tätigkeit mit derjenigen Björn Borgs und Boris Beckers schien Werner zu gefallen, denn er wiederholte ihn für den Fall, daß ich ihn vielleicht noch nicht hinreichend gewürdigt hätte. »Spiel, Satz und Sieg an Fiona.«

»Sag doch nicht immer wieder das gleiche«, sagte ich.

»*Sag doch nicht immer wieder, was ich nicht hören will,* meinst du wohl, was, Bernie?«

»Wir sind unversehrt aus der Geschichte herausgekommen«, sagte ich. »Du bist hier, und ich bin hier, und die Abteilung überweist weiterhin an jedem Ersten unsere Gehälter auf unsere Konten...«

»Mach dir doch nichts vor, Bernie. Denk doch nur daran, wie schnell sie Erfolg gehabt hat. Erinnerst du dich noch an diese Nacht, als wir in meinem alten Auto am Checkpoint Charlie saßen und warteten? Zena war verreist, und du hast damals bei uns auf dem Sofa geschlafen. Wir dachten, Brahms Vier würde es in dieser Nacht versuchen. Weißt du noch? Das ist erst ein knappes Jahr her, Bernie, und damals war Fiona noch bei uns. Und nun sieh dir mal an, was sie seither alles errreicht hat. Brahms Vier hat seine Tätigkeit eingestellt, Brets Wirtschaftskommission ist aufgelöst. Dich hat sie so schlau verleumdet, daß es dich Jahre kosten wird, das volle Vertrauen der Abteilung zurückzugewinnen. Bret drohte eine hochnotpeinliche Untersuchung. Stinnes hat unsere Beziehung zu MI 5 so total versaut, daß die Ressentiments auf beiden Seiten jede Zusammenarbeit auf Jahre hinaus behindern werden. Und das alles haben sie verdammt billig gekriegt. Fiona hat nach dieser kurzen Zeit beim KGB schon glänzende Erfolge vorzuweisen – und Stinnes wird nach seiner Rückkehr die im Westen gewonnenen Erfahrungen und Einsichten *ad maiorem com-*

munistae partium gloriam anzuwenden wissen. Sieh doch endlich den Tatsachen ins Gesicht, Bernie!«

Werner drehte den Schlüssel und wollte den Motor anlassen. Die Nacht war kalt, und der Motor sprang erst nach einigem Widerstand an. Dann fuhr Werner zum Tor hinaus. Ganz ruhig sind die Straßen in Berlin auch nachts nie, und am Rathaus Steglitz war der Verkehr selbst zu dieser Stunde ziemlich lebhaft. Wir fuhren nach Dahlem. Er konnte davon ausgehen, daß ich den Rest der Nacht auf dem Sofa in seinem Wohnzimmer verbringen würde, ebenso wie ich davon ausgehen konnte, daß Frank Harrington bei Werner anrufen würde, wenn er mir morgen früh irgendwelche Anweisungen aus London zu übermitteln hätte. So war es mit uns allen. Jeder konnte bei jedem eine Menge voraussetzen. Wir kannten einander sehr gut. Zu gut, wie wir mitunter meinten. Deshalb sagte Werner, als er vor seiner Wohnung anhielt und den Motor abgestellt hatte, nur: »Gib's ruhig zu.«

»Betrachte die Sache doch mal andersherum«, antwortete ich. »Fiona, eine der klügsten und bestplazierten Agenten, die je für sie gearbeitet haben, wurde enttarnt und mußte sich so überstürzt absetzen, daß für uns nur geringer oder gar kein Schaden aus ihrer Spionagetätigkeit entstand. Brahms Vier, ein tapferer alter Mann, der uns jahrelang so ausgezeichnete Informationen über die Wirtschaftspolitik der Warschauer-Pakt-Staaten lieferte, daß die Amerikaner sich bei uns darüber unterrichteten, wurde in den Westen und in Sicherheit gebracht, als ihm die Festnahme drohte . . .«

»Weil du und ich . . .«, sagte Werner.

Aber ich ließ mich nicht unterbrechen. »Ihre Bemühungen, mich in Mißkredit zu bringen – ebenso wie die verrückte Hoffnung, sie könnte mich zum Überlaufen bewegen –, sind gescheitert. Tatsächlich scheiterte dieser Versuch so eindeutig, daß sie sich genötigt sahen, umzudisponieren und den Verdacht nun auf Bret zu lenken. Nun gut, sie waren sehr schlau. Ich bin zunächst darauf reingefallen – und später ging es dann auch einer Menge anderer Leute so, die mehr Informationen hatten als ich und es hätten besser wissen müssen. Aber zu guter Letzt wurde Brets guter Ruf doch wiederhergestellt, und wir sind flexibel genug gewesen, wo sich das als nötig erwies, die Regeln ein bißchen zu verbiegen, gelegentlich sogar zu brechen. Die Bereitschaft, die Regeln im Notfall zu brechen, unterscheidet den freien Mann vom Roboter, teuerster Werner! Und wir haben ihnen einen Strich durch die Rechnung gemacht. Vergiß Spiel, Satz und Sieg, wir spielen nicht Tennis. Unser Spiel ist viel rauher und bietet mehr Möglichkeiten, falsch zu spielen. Wir haben sie geblufft. Wir haben mit einem miserablen Blatt von Jokern und Zweiern einen Großen Schlemm gemacht, und wir haben sie getäuscht. Sie waren so zufrieden, Stinnes wiederzukriegen, daß sie nicht mal versucht haben, die Fiktion aufrechtzuerhalten, daß er ernsthaft zu uns übergelaufen wäre.«

»Zum Glück für dich«, sagte Werner.

»Zum Glück für uns beide«, korrigierte ich ihn. »Wenn sie nämlich an ihrer Geschichte festgehalten hätten, Stinnes sei als Verräter zu uns übergelaufen, säße ich jetzt, mit Handschellen an einem Beamten von der Inneren Sicherheit gefesselt, in einem Flugzeug unterwegs nach London – du aber wärst noch immer jenseits von Checkpoint Charlie. Klar, es hat Wunden gegeben, klar, es werden Narben zurückbleiben, aber Spiel, Satz und Sieg gehen nicht an Fiona, gehen weder an die eine noch an die andere Seite. So klare Ergebnisse gibt's in unserem Spiel nie.«

Werner öffnete die Tür, und als sich die Deckenbeleuchtung im Wagen einschaltete, sah ich sein müdes Lächeln. Er war nicht überzeugt.